U0780431

愿解西游真实义

韩金英 ◎ 著

团结出版社

© 团结出版社，2021 年

图书在版编目（CIP）数据

愿解西游真实义 / 韩金英著 . -- 北京 : 团结出版
社 , 2021.10（2025.4 重印）
ISBN 978-7-5126-9007-3

Ⅰ . ①愿… Ⅱ . ①韩… Ⅲ . ①《西游记》研究 Ⅳ .
① I207.414

中国版本图书馆 CIP 数据核字 (2021) 第 125087 号

责任编辑：尹　欣
封面设计：韩金英

出　　版：团结出版社
　　　　　（北京市东城区东皇城根南街 84 号　邮编：100006）
电　　话：（010）65228880　65244790（出版社）
　　　　　（010）65238766　85113874　65133603（发行部）
　　　　　（010）65133603（邮购）
网　　址：http://www.tjpress.com
电子邮箱：zb65244790@vip.163.com
经　　销：全国新华书店
印　　装：天津盛辉印刷有限公司

开　　本：175mm×235mm　　16 开
印　　张：37.75　　　　　　　　字　　数：553 千字
版　　次：2021 年 10 月 第 1 版　　印　　次：2025 年 4 月 第 3 次印刷

书　　号：978-7-5126-9007-3
定　　价：81.00 元
　　　　　（版权所属，盗版必究）

彩图一
《泰卦》
作者油画

彩图二
《三家相见》
作者油画

彩图三《抱元守一》
作者油画

彩图四《分神》
作者油画

彩图五《一圣神》
作者油画

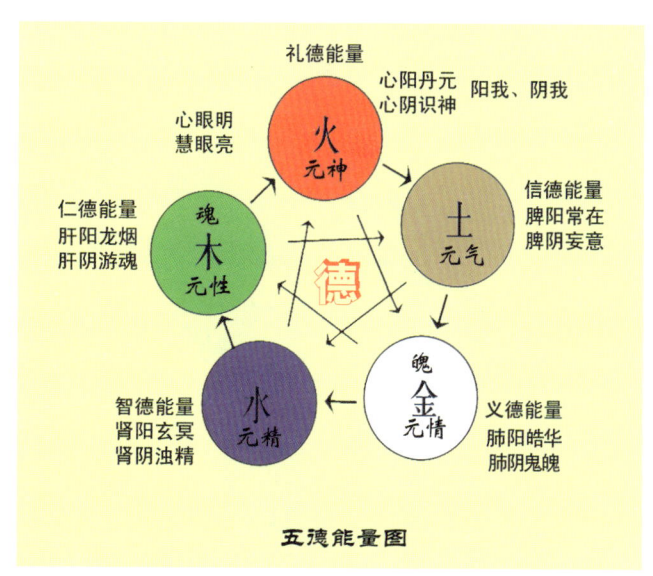

彩图十
《五德能量图》

彩图六《元神》 作者油画

彩图七《玉神》 作者油画

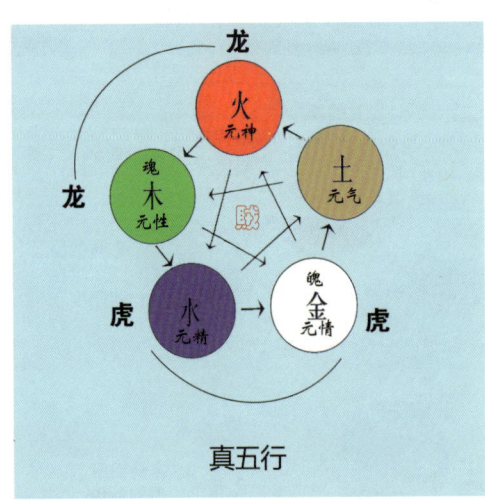

彩图八《真五行》

彩图九《五行生克图》

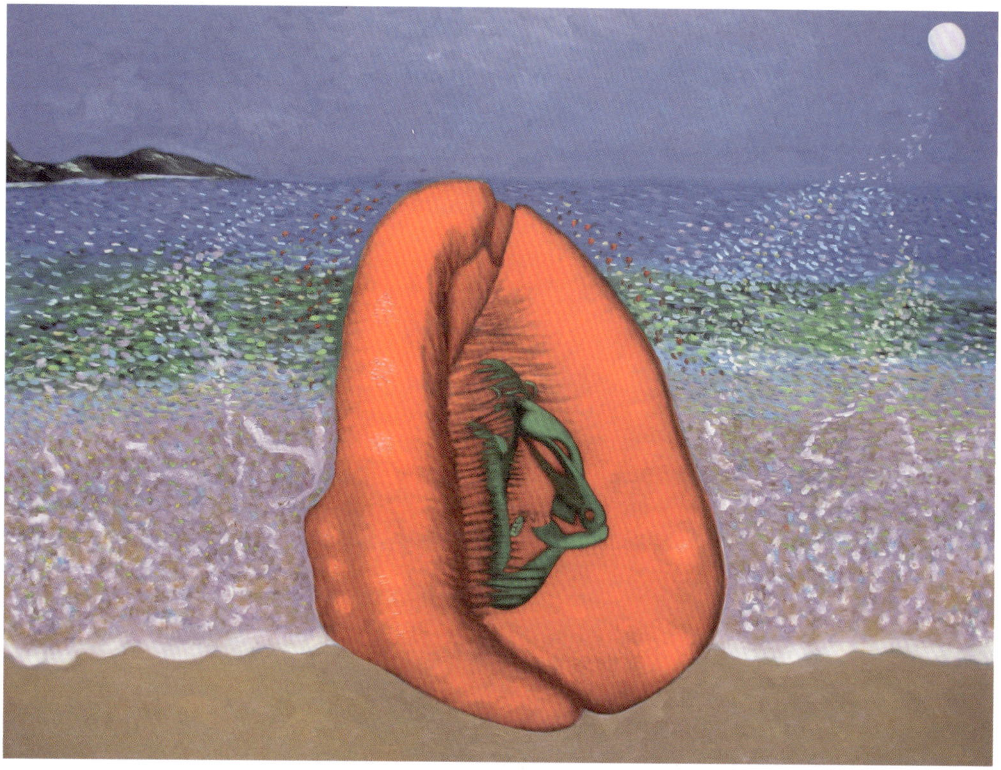

彩图十一《真铅氤盒》 作者油画

彩图十二《玄牝通天》
作者油画

彩图十三《真一》　作者油画

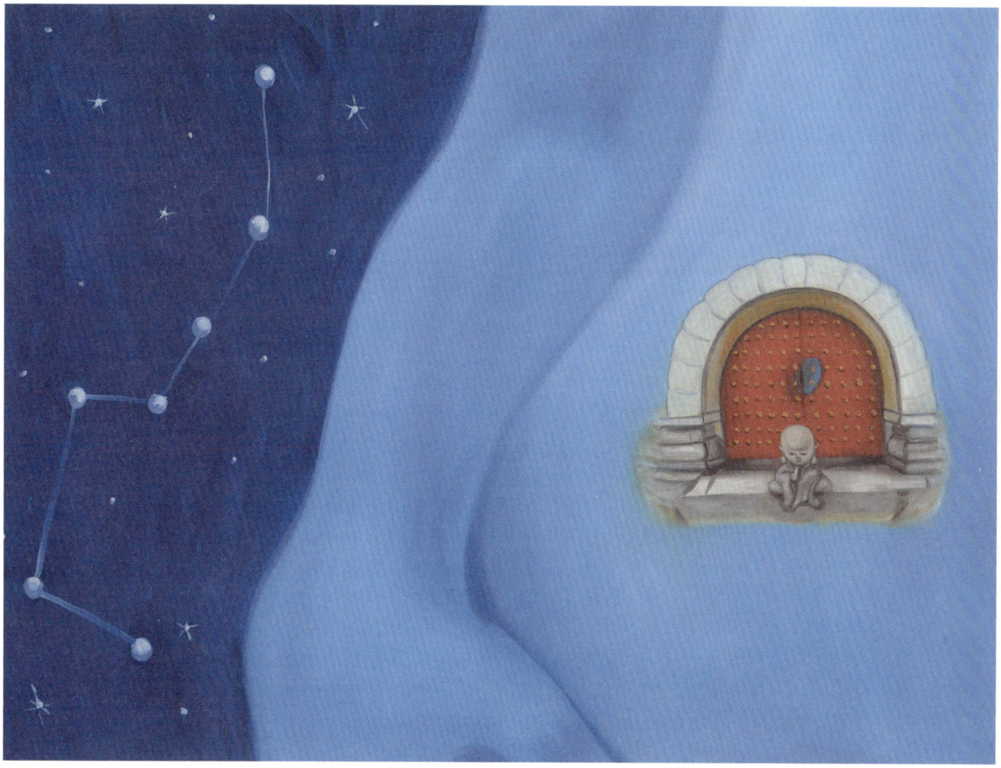

彩图十四《天枢－玉神》 作者油画

彩图十七《聚火载金》
作者油画

彩图十五
《坤腹生莲》
作者油画

彩图二十一
《心之象》
作者油画

彩图十六《内经图》 作者油画

彩图十八《鱼篮观音》 作者油画

彩图十九《老君的坐骑》 作者油画

彩图二十
《行者现真身》

彩图二十二《大圣》 作者油画

彩图二十四《魂魄归真》 作者油画

彩图二十三
《庆玉像》
作者油画

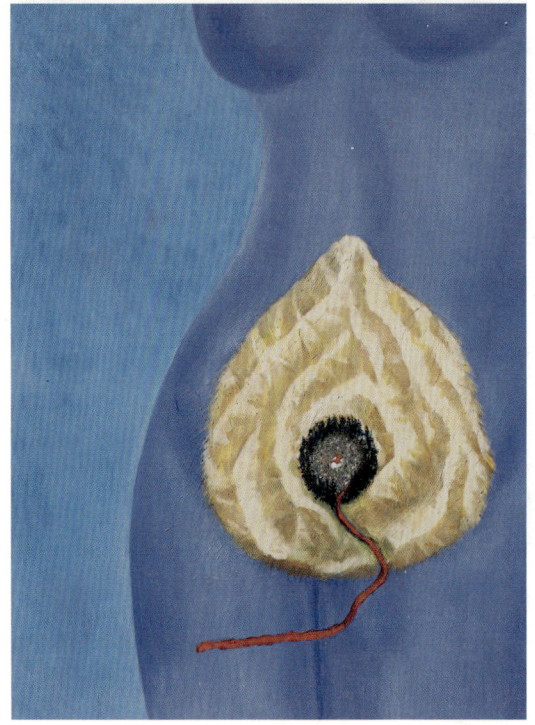

彩图二十五
《盗天地生机》
作者油画

彩图二十六《水月观音》 作者油画

彩图二十七《金丹》　作者油画

序言

《西游记》的作者丘处机，因以 74 岁高龄远赴西域劝说成吉思汗止杀爱民而闻名世界。"敬天爱民以治国，清心寡欲以治身"，太祖深契其言，礼遇甚隆，尊为神仙。其弟子李志常 1228 年撰作《长春真人西游记》，记述其事颇详。

《西游记》中的孙悟空是先天一炁，是初心、初灵。神话世界，是心灵世界，不是一般人能写出来的。丘处机是宋元时期的一个历史巨人，他是一个思想家、文学家、养生家、医学家、宗教家，是一个全方位的通才。不是这样的人，很难驾驭心灵这个广大的世界。此书问世历代被追捧，真人写的书，语言非常简单，但是生命的玄机，藏在简单的故事里头。一个文学家写的书词藻华丽，但义理是肤浅的。《西游记》是成道的丘处机祖师写的，他思想的穿透力，他对有形的、无形的自如把握，普通人是根本做不到的。

明代问世的《西游记》，是《易经》《黄帝内经》《道德经》《周易参同契》《黄庭经》对天人合一的心灵奥秘，一脉相承的探索。万年的古道，中国人从未停止探索的脚步。历史发展到宋代，丘处机的师父王重阳提出了以性带命的理论，人身的能量，来自心灵境界的回归初心，主张儒释道三家合一的性命双修。性是自然本心，命是先天真气。真气电感不是为肉身服务的，是心灵的能量支持。全真指心灵的本真状态，即自然本心。本性的能量和智慧是一体的、天生的，是生命共同的一颗心。性命双修的金丹大道，是从丘处机的师父开始的。丘处机在师父的理论指导下苦心修道，成为"全真七子"之一。丘处机的实践成功了，他就开始传播这个理论。儒家叫太极，道家叫金丹，佛家叫本性，三家的圣人讲的都是初心的恢复。

　　《西游记》通过人的实践，来展示自然心灵的成长。人的精、气、神合成一个小光，这个小光与天地的五行合一，被天光养大。一匹白马，一个唐僧，三个徒弟，讲的就是天地的五行。心灵成长不是一句空话，五脏之气都要转阳。天地的五行能量进来，把你五脏的阴气转化掉，变成一个纯阳的能量，五色光合一，捧着一个月亮，即是纯阳的自然心灵。

　　明清时代的悟元子（刘一明）和悟一子（陈士斌），他们从修心性，从本性智慧的角度解释《西游记》。我在2014年讲《西游记金丹揭秘》时参考了他们的观点。2021年再讲《愿解西游真实义》，本书是在讲课的基础上整理而成的，把《西游记》一百回按故事段落一一分析归纳，做了大量烦琐的工作，发现心光世界的思维和大众的通常看法是截然不同的。原来写孙悟空的是心光，金箍棒是心光的用；原来妖怪都是自心污垢的照妖镜；原来取经取的就是五行合一的金丹；原来唐僧出生、取经来回都是贞观十三年，不是时间写错了，而是心光涵盖所有时空；原来花果山、水帘洞说的是人体的天地元神、元精；原来一周七天，七是光的数，是天光养育心光的最小刻度；原来大闹天宫是金丹得大药，跳出八卦炉是心光脱胎；原来八戒撞天婚是元精发动，人参果树是元精灵根；原来九头狮子是一点灵光初心本性。这些完全颠覆了人们对《西游记》固有的看法。

　　　　　　　　　　　　　　　　　　　　韩金英

　　　　　　　　　　　　　　　　　　　　2021年6月30日

　　　　　　　　　　　　　　　　　　　　60岁生日纪念

目录

第一回　花果山、水帘洞，讲先天一炁

第一回　灵根育孕源流出，心性修持大道生

第一，先天一炁

"灵根孕育源流出，心性修持大道生"是这一回的主题。大道是什么？是灵根。灵根就是先天一炁。灵根孕育，养育灵根的是大道，先天一炁！是肉身还没有的时候先天的那口元炁。

"心性修持大道生"，你要先找对了东西，这东西是什么材料做的，是先天元炁做的，老天的元炁遍地都是，根本不用修。需要修的是你后天的意识心，杂念都退了的清净，就是本性，本性露出来就可以感受先天一炁了。这是人先天自然体系的逻辑，要把后天的逻辑退掉，让自然体系的价值观发挥作用。只要修心就行了，这么看来修道太容易了吧！对，大道至简至易。你知道是两种思维，你把思维调整好了，把人的思维给退掉就行了。

先天一炁代表的是大道能量，它不是元炁的概念，而是大道，是体，有体就有用，德是用来显道的，道是体，德是用。在《西游记》里讲先天一炁的这首诗是很重要的：

混沌未分天地乱，茫茫渺渺无人见。自从盘古破鸿蒙，开辟从兹清浊辨。
覆载群生仰至仁，发明万物皆成善。欲知造化会元功，须看西游释厄传。

混沌未分时的太极，还没有肉身。阴阳还没有分的时候是先天一炁、一点灵光。

"自从盘古破鸿蒙"，破鸿蒙就是开辟鸿蒙，开始是阴阳混一的，现在这种混沌的状态分开了。就像原来是一锅粥，现在把粥里的米和豆子分开了，米是米，豆是豆，分开了就叫破鸿蒙。

"开辟从兹清浊辨"，开始分阴阳了，也就是太极。开始太极是阴阳混一的，现在白是白，黑是黑，慢慢的黑白分开了，这就是无极而太极。混沌的时候叫

无极，无极的时候是一个淡灰色的圆球，黑白混在一起，是一个透明、呈淡灰色的圆气泡，这就是无极光。太极就黑白分明了，清浊分辨了，从混沌到清浊辨，就是从无极到太极。

"覆载群生仰至仁"，群生是湿生、卵生、化生各种各样的生命。先天一炁是一切生命的灵魂，仁善是魂。人之初性本善，本性是先天一炁的光。从无极变成太极，变成了魂。太极是每一个人的灵魂。"发明万物皆成善"，万物都是这个仁善之光生成的。

"欲知造化会元功"，造化就是自然，老天爷。自然是怎么发生的，就是自然造化。先天一炁、德一能量这个光是怎么运作的，是自然造化的。"会元功"，就是回到人的本原，所有生命的本原都是道德之光，回归本原，见本来面目叫"会元"。光和本原相会，光就有了功用，叫"会元功"。

"须看西游释厄传"，回归本原，知道老天的造化，是你的光才能知道的，你得心领神会，光去西游。你的光是老天给的，只有他懂得自然的语言，懂得老天的心思。光修出来以后，去大自然的学校读博士，读懂天意、与造化合一。"释厄传"，是把所有的困难释放了，消除了，能除一切苦真实不虚，本性能量是能除一切苦的。"心性修持大道生"，你的心干干净净的，无知无识像婴儿一样，达到这种程度，你的神光就可以西游了，就进入大道正能量海了。"天行健，君子以自强不息"。说老天的元炁，是最高的阳气，还有什么不能化解的呢，它是能够化解一切阴气的。

《西游记》原文讲先天一炁是怎么回事：

贞下起元，近子之会，而复逐渐开明。到此天始有根。正当子会，轻清上腾，有日有月有星有辰。日月星辰，谓之四象，故曰天开于子。子会将终，近丑之会，至此，地始凝结。《易》曰："大哉乾元！至哉坤元！万物资生，乃顺承天。"水火山石土，谓之五形，故曰地辟于丑。"天气下降，地气上升；天地交合，群物皆生。"至此，天清地爽，阴阳交合。正谓天地人，三才定位。故曰人生于寅。

"贞下起元,近子之会,而复逐渐开明",贞下起元是使用频率很高的一个词。贞观十三年,十三就是一,贞下起元讲的是一阳生,先天一炁接通了。近子之会,而复逐渐开明,子时对着肾,子时会一阳生。复卦五个阴爻,最底下一个阳爻。复卦讲的就是先天真阳,开明逐渐发出光,明是光的意思。先天一炁是怎么发生的呢?是近子之会而复逐渐开明,到此天开始有根,大脑是天,腹部是地,地是天的根,人体的大地感应老天的元炁。地是天根,讲的是阴阳一体,就像太极图,黑白是一体存在的、互相融合的关系。将花果山说成福地,水帘洞说成洞天,讲的就是阴阳混一,混一就是先天一炁。同一个位置都是阴阳混一的,是地又是天,是天又是地。

"天始有根,正当子会,轻清上腾,有日有月有星有辰。日月星辰,谓之四象,故曰天开于子。子会将终,近丑之会,至此,地始凝结。"丑时地始凝结,

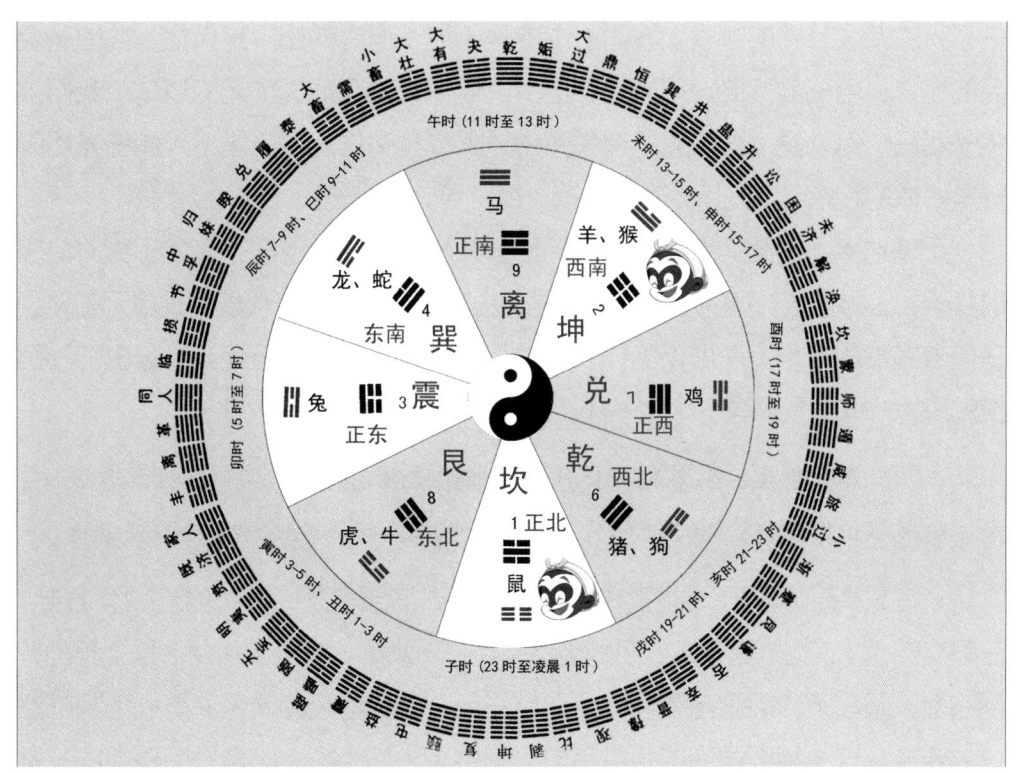

贞下起元

一个是天，一个是地，丑时下一个是寅时。人生于寅时，讲的是先有了天地、阴阳，然后在寅时，人感受到天地阴阳的元炁，开始元精发动。

《易经》说，"大哉乾元！至哉坤元！万物滋生，乃顺承天"。有了天，有了地，子时生天，丑时生地。天诞生了，地顺着天与天合一，随着天，就是乃顺承天。"大哉乾元！至哉坤元！"这两句话说的是一个天、一个地，实际上就是先天一炁。先天一炁是天地阴阳混一，就是玄牝之门的玄关，玄关里养的是自然之光。天地用乾坤两个卦表示，元精发动是坎离相交，变成乾坤两卦，人的光就融入了老天的天光。先天一炁是虚无的能量，《西游记》的作者用《易经》的原文来讲先天一炁，讲这个原理，先天一炁是元神的光，是人的自然天性，自然心灵。

借着天地讲虚无的大道，有了天、有了地，天上是日、月、星、辰四象，地下是水、火、山、石、土五行，四象五行就在玄关里。故曰：地辟于丑，就是丑时，天气下降，地气上升，天地交合，群物皆生。虚无的天地阴阳能量合一了，就有了万物的诞生。表面上讲的是天地，但说的却不是天地，说的是虚无的道体，用乾坤两卦，用大哉、至哉说道体，借天地说虚无的道体。我们人的光和日、月、星、辰的光是有关系的，人体也有日、月、星，人体的光和天光是一体的。金丹之光里，就含着日、月、星、辰的光。

天清地爽，阴阳交合，正为天、地、人三才定位，故曰：人生于寅时。子时生天，丑时生地，寅时生人，讲的是太极玄关里头的光，代表的是虚无的体，是借着有形的天地，说虚无的体，玄关里的光包含了四象五行。后边说的孙悟空就像人一样，是光像一个人一样。

三阳交泰产群生，仙石胞含日月精。借卵化猴完大道，假他名姓配丹成。

内观不识因无相，外合明知作有形。历代人人皆属此，称王称圣任纵横。

"三阳交泰产群生，仙石胞含日月精"。天，乾卦三阳；地，坤卦三阴。泰卦：三阳交泰，坤在上，乾在下，阴的自然属性是下降的，阳的自然属性是上升的，阴在上，阳在下，阴阳自动抱一，就是先天一炁。老天的元炁，是一个阴阳混一的泰卦。这个阴阳混一的生机活力，诞生了一切生命。肉身是父母给的，灵

光活力是老天给的，天光就是灵父灵母。（**见彩图一《泰卦》**）

"仙石胞含日月精"，仙石像个胞一样，是一个能量团，含着日月的精华。月光在上，太阳光在下。"一"里头含着日月，我们证出来的元神是人体的月亮，圣神是人体的太阳。为什么我们能看到日月？一点灵光里含着日月。一年看到月亮，三年看到太阳。先天一炁是无形的高能量，太阳、月亮是有形的、可见的。月亮自己不发光，靠反射太阳光而发光，月亮和太阳光是互存的关系，用有形的日月比喻无形的先天一炁。

"借卵化猴完大道，假他名姓配丹成"，借着一个蛋一样的光，光显化成一个猴的象。借着这个光把我们自己的真我给显出来，最后显出真我，是16岁年轻的自己的样子。"完大道"，是真我证出来了，大道证完了，光长出来，证出来了真我的光叫"完大道"。

"假他名姓配丹成"，配丹成就是孙字，孙由子和小组成，子是阳，小是阴，阴阳合一就是丹。孙悟空，是说你要悟本性。悟是与本性对话的通道，悟空就是悟本性之空。要悟本性，还要有先天一炁与本性合一。这就是借他名姓配丹成，孙悟空的名字就是金丹，本性就是金丹。你得见本性，不见本性，得不了金丹。后边唐僧度亡灵，观音菩萨说你度不了，得去西天取经。取经路上遇到老虎，唐僧害怕，一害怕，他带的两个人就被老虎吃了。后来又遇见老虎，他心想没办法只能等死吧，害怕的心就放下了，放下就是见本性。本性一现出来，就被猎人救了，亡灵也度成了。金丹就是本性，不见本性，怎么能有金丹呢？本性不用你修，它好好的在，你把心思放下就见本性了。

"内观不识因无相，外合明知作有形"。好像什么也看不着，什么也没有，好像只是一个小光点，虚无的看不见的。但"外合明知作有形"，外边是无限的先天一炁的光，当你有了光就会和外面的光汇合了，汇合了以后会显出各种各样的能量的象，比如说你看到一只龟，看到一条蛇，看到好多的象，实际上是你的光跟外边的光合一了，就叫"外合明知作有形"。孙悟空是先天一炁，先天一炁虽然无形，不要以为无形就什么都没有了，万物都是先天一炁所化生的，所有的生命，所有的成就都是来自先天一炁的。"外合明知作有形"，明就是光，

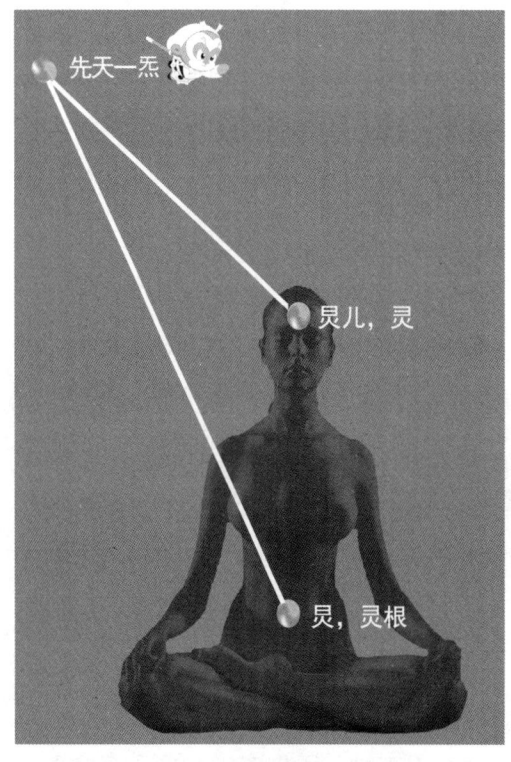

先天一炁

炅儿，灵

炅，灵根

大道根源

它和外边的光合一了，你就看到各种各样的有形的事物。

"历代人人皆属此，称王称圣任纵横"。历代祖师都是因为金丹而成道的，都是因为见本性，又有先天一炁道德能量，本性与能量合一。见本性不是一个空性，只有空性叫顽空，还要有能量，能量跟空性结合。后边好多的故事情节都在暗示，空性要和能量结合，到处都在点化你。比如小说写唐太宗还魂，看河里的金色鲤鱼，觉得好看，就看得出神了，别人催他也听不见，这是入定了，这就是本性状态。金鲤鱼比喻水中金，本性跟水中金合一，合一就是金丹。再比如孙悟空的名字，悟空还要有孙，孙是子和小的阴阳合一，比喻先天一炁，既要悟了空，还要有先天一炁的能量，孙悟空就是金丹的意思。

先天一炁就是大道，金丹就是本性，所有成就的人都是在这里成就的，这是比较重要的，所以讲得比较细。因为先天一炁代表的是大道，是道体的代表，你懂了，你掌握了，就得真道了。

第二，花果山

第一讲讲先天一炁，第二讲讲花果山，第三讲讲水帘洞，可以看到好多的地方都是这样对比的，一个山，一个水，山和水总是联系在一起的。山比喻性，水比喻命，一百回的结构安排，总是一回讲性，一回讲命，性命总是紧密相连的。从人体的角度说，山指头部，水指腹部，头部是神光，腹部是精气。大脑是离卦指真阴，水是坎卦指真阳，金丹是真阴真阳合一。《西游记》被喻为神话小说，但实际上讲的是人体的精气神，是讲实在的东西，不是跟我们人没关系的虚无缥缈的神话，都是人话。

> 感盘古开辟，三皇治世，五帝定伦，世界之间，遂分为四大部洲：曰东胜神洲，曰西牛贺洲，曰南赡部洲，曰北俱芦洲。这部书单表东胜神洲。海外有一国土，名曰傲来国。国近大海，海中有一座名山，唤为花果山。此山乃十洲之祖脉，三岛之来龙，自开清浊而立，鸿蒙判后而成。

四大部洲之一的东胜神洲，其实讲就是人的魂，肝藏魂，在东。《西游记》讲人的魂，心灵世界，是你心灵之光所看到的世界。东胜神洲，神光在东边，必须得脱胎出来，做人体的卫星。所以，首先要有先天一炁，把你的光养大，养大了就自动脱胎，就开始西游了。光出来了，借着光看到广大的世界，不只是一个肉身的小空间，而是一个无限大的世界。

西牛贺洲、东胜神洲、北俱芦洲，佛祖传经的时候说，这几个地方还好，就是南赡部洲最差劲，奸杀淫恶全在那里头。西是魄，东是魂，北是肾，南是心。南赡部洲是离卦，对应人心识神。鬼魄为体，识神为用，南赡部洲是最坏的。西天取经，送到南赡部洲，大唐国所在的地方，就是要改变识神的阴气。三藏真经，一个论天、一个论地、一个度鬼，天地是玄关，中间是人，南赡部洲的识神，活着的时候吞噬阳气，死了下地狱为鬼遭罪。活的、死的，生灵、亡灵都因为识神的阴气而受苦，为了让生灵、亡灵都离苦得乐，才去西天取经。取经的目的就是改造识神，把人心改造好了，活着的时候也好了，死后也好了，都脱离苦难了。西天取经，其实是帮人消除灵光上的阴气。

傲来国是一个虚无的国，无所从来、无所从去的一个虚无的地方。海中有一座名山，唤作花果山，此山乃十洲之祖脉，三岛之来龙，自开清浊而立，鸿蒙判后而成。花果山是什么？花是阴、果是阳，阴阳合一叫花果。花果山就是一个阴阳合一的山，阴阳合一的山是什么呢？鸿蒙判讲的是混沌无极化成了太极，从混沌到开辟鸿蒙了，这个时候形成了花果山，花果山是阴阳混一的先天

一炁。

有很长的一首诗描写花果山，这个就不细讲了。丹崖怪石，彩凤双鸣，麒麟独卧，描写的是神仙世界。前面说的"乃十洲之祖脉，三岛之来龙"，普通人就会认为蓬莱仙境、三岛十洲，是神仙世界，令人向往。其实这些地方不是最高级的地方，花果山才是最高级的地方，是仙山的祖脉。花果山上是一些神奇的、人间没有的动物，像麒麟等一些特殊的动物。丹崖上双凤鸣，龙出入，讲的是真阴。花不谢，柏长春，仙桃常结果，修竹美流云，讲的都是一些长久的生命，花是不谢的，是永远长生的植物。

修竹美流云，说光和云是很近的。流云，比如说云彩变成一个龙，变成个凤，变成个鸟，风、雨、雷、电都是先天一炁化生的，人的金丹之光和这些自然现象最易发生交感。流云实际上是人的丹光和云气感应，形成各种云的形象，你有了云的验证就知道了。唐僧走在地上，天上就显祥云。你走在地上，天上的云龙、凤云罩顶，验证出来了，你才知道，原来我们的脑光就是花果山，和天上的云气交感。

书中讲到"正是百川汇处擎天柱，万劫无移大地根"。花果山说的是头，头是人体的天，把天说成是大地的根，讲天和地是混一的。天是大地的根，脑是腹部的根，腹部的根在大脑，脑神经控制全身，脑不就是根吗？龙出入，龙是人的真阴、元神的象。

石鸾

花果山上的仙石高是三丈六尺五寸，按周天是三百六十五度，二丈四尺围圆，按正历二十四节气。三百六十五天，像一个圈一样。圆圈又代表着二十四节气。金丹这个圈，〇，一个圆圆的光，代表的是时间，高讲的是空间。金丹代表时间和空间。我们人说白天、晚上，北京、云南，从先天一炁金丹的角度看，白天、晚上没有区别，北京、云南没有区别。金丹没有分别，是总体的一。一切都是一体的，金丹是共性，无所不包。花果山讲的是光的生命形态，没有白天，没有黑夜，没有时间，没有空间。元神通了以后就都通了，没有距离了，也没有空间了。为什么我们白天有一念，晚上就做梦？对你来说是白天晚上，但对光来说没有白天晚上之分。

上有九窍八孔，讲的是九宫八卦。四面更无树木遮阴，左右倒有芝兰相衬，是三沟九洞。要通日月星辰的能量，先天通道必须先开了，光才能直接进来。光是人的寿数、人的智慧，光直接进来了以后，人肯定长寿！

"盖自开辟以来，每受天真地秀，日精月华，感知即久，遂有灵通之意"。金丹的光是天真地秀、日精月华，说的是老天的光是日月的精华。金丹是天光的精华养育的，不是人的东西，是天的东西，先天一炁是大自然，是上帝，人为的炼，那简直就是愚蠢！人和天是怎么通的？靠这颗光就通了，你修好了心性就有了光，就拥有了大自然，就拥有了老天的能量，就是这么回事。光可以把人改变，变骨头、变血、变肉、变相貌。这就可以明白，为什么必须要遵守无为，光是天的东西，无为才能得，有为根本得不着。

"内育仙胞，一日崩裂产一石卵，似圆球一样大"。内育仙胞说的是花果山，山上石头里有光，承载天光的石头，翡翠当属第一。光出来了，像一个圆球的形象。因见风，化作一个石猴，五官俱备，四肢皆全。刚才讲先天一炁诞生的时候，讲了日、月、星、辰，金、木、水、火、土，底下是五，上边是四，四象五行，金丹光里含着四象五行，跟一个活人一样。

"便就学爬学走，拜了四方。目运两道金光，射冲斗府。如今服饵水食，金光将潜息矣"！两道金光射冲斗府，说目光可以和北斗星光交汇。双目光足的时候，目光如柱，射冲斗府是真实的体验。玄关里养着虚无的光，你也看不见。光是高能量，呈现出一个五官俱备、四肢健全的纯阳神。玄关的光，是北斗七星养着的，用孙悟空比喻玄关里养的光。你会在梦里看到一个小男孩，就是这个光显的象。

后来吃了水食就有了阴气，先天是纯阳的能量，光生出来了，就像从娘胎

金光

里蹦出来一样，吃了后天的饮食，光就逐渐暗下去。人在娘胎里是开着玄关、吃先天一炁的，是先天的能量，出生以后，吃了后天的东西，就吃不着先天一炁了，后天的水和食物都是阴气的，所以光渐渐就隐藏了。小孩囟门后来长上了，吃老天光的能力就没有了，所以光就逐渐淡下去了。

你看小孩天真的眼神，长到六七岁以后，那种比较天真的眼神就退掉了。因为七岁以前，他的光是和老天的光通着的，先天的元神是通本性的，所以小孩天眼、天耳功能都在，这是本性的自然属性。到了七岁以后，先天的自然功能逐渐消退，天眼也看不见了，天耳也听不见了。因为先天的光已经被后天的意识盖住了，小孩那种先天的本性就退下去了。

修道以后就不一样了，幼儿园和小学的老师，他们修道了，就知道保护孩子的先天。现在这一套全是后天的教育，都用的是后天意识，忽略了先天、自然，背天、背自然，把光都给掩埋了，先后天失衡，先天的智慧就发挥不出来。

第三，水帘洞

"一派白虹起，千寻雪浪飞，海风吹不断，江月照还依"，形容水帘洞。

下面这张图是水帘洞，宽宽的白色瀑布一样，这是什么？"白虹起、雪浪飞"，这形容的是元精的气，精化气；白色的雾，形容白色的光气。

水帘洞

"海风吹不断，江月照还依"，这个海风比喻的是玄关，玄关能量是一起一伏吹不断的，是永远不停的。"江月照还依"，玄关虚无的动，光就化出来了，所以"江月照还依"就像江面上映着一个月亮一样，实际上讲的是玄关把精化成气、化成像月亮一样的光。

"冷气分清嶂，余流润翠微"，讲的是生气，像青色屏障一样的一片绿，润翠微全是绿的色。

"潺湲名瀑布，真似挂帘帷"，精化气是白色的云、白色的雾气。到处都是绿色的，像绿色的屏障一样，像挂了个帘子一样。卷帘大将军，卷帘是遮羞的意思，水帘洞形容的就是元精。

水帘洞里有一块牌子，上面写"花果山福地、水帘洞洞天"。花果山说是福地，山说成地；水帘洞说是天，洞天福地。"洞天福地"指的是真阴真阳，是人体的天地。洞天福地，上边是地，底下是天。在天的这一部分是阴阳混一的，在地下也是阴阳混一的。先天是阴阳混一的，先天是阴阳颠倒的，天就是

11

地，地就是天。天地颠倒了，天也是先天一炁，地也是先天一炁，都是生机活力。水帘洞里牌子上写的就是先天一炁，是因为在你心里有先天一炁，你懂先天一炁，没有得先天一炁的人肯定看不懂。

孙悟空就跳进去了，原来是一座铁板桥，桥那边是一座天造地设的家当。进了水帘洞以后，他说是大造化，真阴真阳合一是先天一炁，是大道，是大造化。铁板桥比喻会阴窍，元精发动的元精库。天造地设的家当，指投胎这口元炁，老天给了每个人一口元炁，投胎那口元炁从山根祖窍进来到肚脐后命门前。

有一首诗形容水帘洞："刮风有处躲，下雨好藏身，霜雪全无惧，雷声永不闻。"猴子们有一个栖身之地，有个窝。这个窝是什么呢？"烟霞常照耀，祥瑞每蒸熏"。是真炁熏蒸，不断地有青春气，是这样生机无限的窝。然后说"松竹年年秀，奇花日日新"，讲元精的生机能量是一个日日新。时间每天都是新的，元神的光就是时间。一年三百六十五天，二十四节气，所有的节日其实都是元神这个光的节点，它是一个日日新的。老说过日子，脑子里的光就是日子，是日日新的。一年三百六十五天，你过的日子实际上是给它过的，实际上是它的日子，你人是什么？人只不过是它的一个附属品，光是日日新的，讲的是本性生机能量。

第四，菩提祖师

孙悟空去求道，有一首诗说"天产仙猴道行隆"，隆是高的意思。说先天一炁是天产的。只有先天一炁的光才能够行道，而且能够行到很高，人行不了道。

"离山架筏趁天风"，"趁天风"顺着天风，一点灵光是这样运行的。是天空中无数的一点灵光，趁着先天能量的意思。

"漂洋过海寻仙道，立志潜心建大功"。漂洋过海说的是求道可不容易了，要行万里路，要受挫折，能克服艰难险阻求道，说明你的诚恳心出来了。道是要求的，诚恳心不出来，道是得不着的。诚恳心就是本性、自然本心。这个心出来了才能得道。

"立志潜心建大功"，修道要有大志气，因为这东西太大了，不仅是人类命运共同体，而且是一切生命的非共同体。如果没有大志的话，很难胜任这件事。所以，学道不是一件小事，是一件特别大的事。如果没有大的志气，轻描淡写的，小小不言无所谓的，大道的功力就见不着，就验证不出来。

"有份有缘休俗愿"，把人的七情六欲、计较得失都放下。休俗愿就是把那东西都放下了。

"无忧无虑会元龙"，无心才能证神光，这个光是自然本体，是人的自然体系的主宰，如果有各种各样的后天意识，自然系统就不启动，必须要无忧无虑才行。

"料应必遇知音者，说破源流万法通"。如果立志要修大道，道心一发现，必遇知音，一定会遇到一个懂的人教你。很多修道的人，几十年，甚至一辈子都遇不到真师，因为他根本就没立志，大我的心根本就没出来，没出来的话，就遇不到真师。"说破源流万法通"，源流就是灵根，源流一通就懂了，而且不用练就万法通，得一万事毕，什么都通了。

孙悟空路上听到樵夫念《黄庭经》，《西游记》里原文说"《黄庭》乃道德真言，非神仙而何"。《黄庭经》讲的是人体的光系统，所以是道德真言，属于共性不变的真理。用后天识神去读《黄庭经》、理解《黄庭经》，你可能小看它了，如果从孙悟空元神这个角度去看，"五脏神"是《黄庭经》里描述的心光的世界，是一个真实的世界，人人都如此，是生命共性的东西，不是个性。就像每个人都长着一个鼻子两个眼睛，光的形象是共性，从元神的角度，是真的世界，所以说是道德真言，这是作者对《黄庭经》的肯定。有人把《黄庭经》归于某一个派别，这是一个狭隘的说法。大道不分派，大道探索真理，就像科学家探索人体里光的系统，是人体的自然系统，光是物质，也是科学。《黄庭经》是研究生命的一部著作，并不是某一个派别，大道无派，凡是有派别的就不是大道。

樵夫道："此山叫做灵台方寸山，山中有座斜月三星洞。"灵台就是大脑松果腺，"灵台方寸山，斜月三星洞"讲的就是松果腺，外边的天眼像个斜月。三是人的心，人的心是三个点，一个钩。心光总往头上跑，经常上灵台山来，脑光、心光是一体的，是经常流动的。

有个菩提祖师，菩提是智慧的意思，有一个智慧的祖师。有一个光的师父，讲的是金丹的光是能量和智慧一体的，本性之光是含着智慧的。很多人特别重视能量，金丹有验证、有光了，如果特别重视光的话，智慧就难开。金丹的智慧和能量是一体的，光是有智慧的，结果你的光长大了智慧却没打开，在生活里还是晕晕糟糟的，看不到问题本质，是长了能量没长智慧，就是不合格产品。没有明心见性！见性了，智慧才开。明心见性是需要吃苦的，是需要老天锤炼的，老天给你一个锤炼，给你一个巨大的灾难，让你一下开悟，那是受苦换来的，不容易开悟见本性的。有人受了苦智慧却没开，太可惜了！太可惜了！老天锤炼白锤了。锤炼是为了让你开智慧的，智慧不开，就好比是生了孩子不睁眼睛，智慧不开是不行的。菩提祖师讲的是光，同时是智慧的。

有一首诗来形容菩提祖师：

大觉金仙没垢姿，西方妙相祖菩提。不生不灭三三行，全气全神万万慈。

空寂自然随变化，真如本性任为之。与天同寿庄严体，历劫明心大法师。

菩提祖师是一个大觉悟者，叫金仙。金是永恒的意思，大觉金仙就是佛，菩提祖师是个佛祖。"没垢姿"是纯阳的、干干净净的、没有人心的污染的，那些贪、嗔、痴，人的乱七八糟的杂念和愚蠢都没有了，是干净的。西方妙相，菩提祖师不是现实里的人，是无中生妙有的一个妙相，不是个实体的人，是一个玄相，是你的神光才能够看见的象，不是你的肉身能接触的。

"不生不灭三三行，全气全神万万慈"，三三是乾卦，是先天一炁纯阳的能量。"全气全神万万慈"是说的光，如果是一个小月牙，一个小光点，就不叫全，圆圆的才叫全了。圆月是全性的一个验证，小月牙是才见性光，见到月亮圆圆的了，才叫全性。见到圆满的光，叫"全气全神万万慈"，就是大慈，我们人的慈悲是一个小的慈悲。性光是大慈，是万万慈，是无限的慈，不管是什么好人、坏人，一切都救，都去给送温暖、送阳光、送正能量，这个光是一个大慈悲心。当你的光成熟了，你的大慈悲心就生出来了。

"空寂自然随变化"，本性之光是个空的、自然的、随顺的，遇到什么，就随着变化。"真如本性任为之"，本性这个光是无所不能的。

"与天同寿庄严体，历劫明心大法师"。这个光是与天同寿的，一般的人，比如说鬼、人、仙，不同的生命体是光的含量不同。鬼是纯阴，人是阴阳各占一半，仙是纯阳。人死为鬼，光就没了，就叫鬼了，纯阴了。但是佛光与天同寿，不会消失，它是永恒的长生体。"历劫明心大法师"，人的光轮回之后，光上背着历代的冤亲债主，历代自己犯的错误，"历劫明心"就是这个光修出来了以后，把你几千年几万年轮回的冤亲债主都给平了，把阴气都给转化了，把它度走了，所以叫"历劫明心大法师"。这个光好像不存在，偶尔看到它，就是一个小光而已，但他是一个大法师，真的太厉害了，他能够带你千年游历，把你过去丢失的光捡回，犯的错误帮你去和解，这叫"历劫明心大法师"，这就说的是"菩提祖师"。

菩提祖师给孙悟空起名字，问他姓什么，孙悟空说我无性，无性是性命的性，不是姓名的姓，孙悟空是无，是本性。我无性，我是那个无，是那个本性，"人若骂我我也不恼，人若打我我也不嗔，只是陪个礼就罢了，一生无性"。本性强的人脾气好，根本就没脾气，谁说什么都行，打也行，骂也行，什么都行，叫随顺众生。然后给悟空取名字，"子者男也，系者婴细也，正合婴儿之本论"。"子"就是小，"系"是婴儿的意思，菩提祖师说："你就姓孙，叫孙悟空。"孙悟空听后很高兴。

有一句诗说"鸿蒙初辟原无性，打破顽空须悟空"，姓什么不重要，重要的是本性，是先天一炁本性能量。"打破顽空须悟空"，悟空要悟真空妙有，没有妙有就是玩空。

第一回要点：大道、先天一炁、真阴花果山、真阳水帘洞、本性师父。

第二回　传道诗，讲真道

第二回　悟彻菩提真妙理，断魔归本合元神

第一，"诚"了性

明白了什么是大道了，想得大道就修心性，把人的后天意识的阴气、魔性都去掉。断魔就是断后天意识，断了这些东西，你的光就能合上大道自然之光了，悟了大道后就要修心性。

开篇诗是菩提祖师在演道，这首诗说：

天花乱坠，地涌金莲。妙演三乘教，精微万法全。慢摇麈尾喷珠玉，响振雷霆动九天。说一会道，讲一会禅，三家配合本如然。开明一字皈诚理，指引无生了性玄。

本性就是大道，只有诚恳心出来了，才能打开通往本性之路。本性世界是太玄妙的大世界，是靠你的诚恳心闯进去的。"天花乱坠、地涌金莲"，讲的是金丹的法相，天上像放花一样，腹部有一朵莲花升上来，叫"地涌金莲"，是一个能量玄象，心光是莲花的象。"妙演三乘教"，是上、中、下三乘。"精微万法全"，金丹先天一炁是最小的光粒子，但是"万法全"，这个小光它可以包括"三乘教"，可以"万法全"。"慢摇麈尾喷珠玉"，菩提祖师摇着一个拂尘在这儿讲道。"响振雷霆动九天"，讲道和一般的讲课大不同，讲道是会震九天的，会影响到光的世界的。道、释、儒三家其实都说的是本性。（**见彩图二《三家相见》**）

"开明一字皈诚理"，光放出来了叫"开明"，"诚"是诚恳心，全靠诚恳、诚恳、再诚恳，光就有了。"了性玄"，本性是一个玄妙的世界，有了光会看到很多玄象，有了能量同时又有了高超的智慧，叫了性玄。心灵的世界，光的世界。真正做到了诚恳，就通了玄妙的本性世界。

第二，元神

菩提祖师问孙悟空来了几年了，孙悟空说七年了，七是元神的数，元神就是自然之光。为什么一个星期是七天，是这个光所决定的。光的一个周期是七天，当你有了光，你会以七为单位变化，七天、十四天、二十一天，你是这样变化的。七是元神的数，是生命中自然之光的数，道是光，你有了光才能靠近道，元神才能修道。修道修的是元神的光，修的不是肉身，光能量强了，肉身会受益。谁来行道？是孙行者，是光行道，是金丹的光行道。菩提祖师问孙悟空这个事，说是七年了，讲的就是这个光，这个光才能够学道，才能够修道。

第三，假道

菩提祖师讲了术、流、静、动四个门派。孙悟空问能长生吗？不能长生就不学。术、流、静、动都是假道。《西游记》和《钟吕传道集》都讲得明明白白，为什么这么多人还愿意抱着假道呢？为什么是假道在流行！多数人都在术、流、静、动中浪费生命。《钟吕传道集》是唐末的，《西游记》是明代的，好几百年上千年了，都在告诉你真假，不认真假是几千年的现实，不是现在的现实，真心不出来，很难遇到真东西，就是这么回事。

"术"字门，请仙扶鸾、问卜揲蓍，能知趋吉避凶之理。就是那些庙门口算命的，就是"术"字门。"流"字门中，儒家、释家、道家、阴阳家、墨家、医家，或看经，或念佛，并朝真降圣之类的流派，这些是流派不是道。菩提祖师说，就像人盖房子，想图坚固，将墙壁之间立一顶柱，有日大厦将颓，必朽矣。学了这些流派的东西，跟长生的光没有关系，就像一间屋子只有一根柱子撑着，大厦一倒就全塌了，这是"流"字门。"静"字门是休粮辟谷，不吃饭，辟谷的清静无为。参禅打坐，戒语持斋，或睡功，或立功，并入定功之类，就像窑头上造成砖瓦之坯，虽已成形，尚未经火锻炼，一朝大雨滂沱，必滥矣，就像砖的土坯，有水就完了。"动"字门是有作有为，采阴补阳，攀弓踏弩，摩脐过气，用方炮制，烧茅打鼎，进红铅，炼秋石，并服妇乳之类。各种人为的练功，

什么采阴补阳，练化学丹，喝女人奶的，乱七八糟的花样百出，这就叫"动"字门，就像月在长空，水中有影，虽然看见，只是无捞摸处，到底只是成空，这一套东西到底是成空的。

第四，传道诗

菩提祖师在揭露了动、静、术、流的假道后，传真道了。

难、难、难！道最玄，莫把金丹坐等闲，不遇至人传妙诀，空言口困舌头干。

道是很玄的，是最玄妙的，但是当你体验过来以后，你就知道，是虚中生妙有，是很真实的，是有很严格的验证的。金丹是大道，是本性大道。明心见性，你的本性之光露出来了，真阴真阳合一，把先天一炁引进来了，开了玄关，光在玄关里行道，就是一个孙行者。金丹之光在行道，是很高级的。不需要人练功，是天炼人的，不练之练是至高的练。别把金丹看小了，金丹可不是等闲之物，金丹是大道本体。"不遇至人传妙诀"，至人是金丹成就的人，金丹已经回归本原了。这是一个漫长的过程，不带着本原的能量，就不是至人。回归本原要九年面壁，加上前面的三年，最快也要十二年，十几年的过程才能回归本原，是一个脚踏实地的过程，不是气吹的。"不遇至人传妙诀"，一定是达"道"的人，告诉你要害在哪儿，否则都是废话。

显密圆通真妙诀，惜修性命无他说。都来总是精气神，谨固牢藏休漏泄。
休漏泄，体中藏，汝受吾传道自昌。口诀记来多有益，屏除邪欲得清凉。
得清凉，光皎洁，好向丹台赏明月。月藏玉兔日藏乌，自有龟蛇相盘结。
相盘结，性命坚，却能火里种金莲。攒簇五行颠倒用，功完随作佛和仙。

金丹是隐显共传的，有形、无形圆融一体的。"显密圆通"无形、有形之间，是一种圆满智慧的验证，无形的能量渗透到你的能量场里，你遇到的事和虚无的能量之间有完美的解释，叫圆通。圆通是圆满的通达，有无之间畅通无阻。性命双修这个事，就是精气神不外漏，丹就是精气神合一。所谓三家合一，其实也就是精气神合一，丹光不要漏出去。"休漏泄，体中藏，汝受吾传道自昌"，把精气神保住，不要漏出去。一看、一听、一说，就漏出去了。不听、不看、不说，把能量都攒在体内，藏在体内，是"汝受吾传道自昌"的前提，精气神不外漏了，光能量就聚了。有了光，再听菩提祖师传道，菩提祖师是带本原能量的。有这样的一个人把精气神合一的丹传给你，你就开始昌盛了。精、气、神是一个光，你的光接受了这个人传给你的光，他带着本原的光，你的验证陆续就出现了，叫道自昌，昌就是发达的意思，道的能量验证过程自动就会出来了。

"口诀记来多有益，屏除邪欲得清凉"。是说当能量起来的时候，你要空静。四圣试禅心那一回，不要像猪八戒一样控制不住，要像唐僧一样得清凉。"得清凉，光皎洁，好向丹台赏明月"，当你能量起来了，你能够用本性空静对峙，光就化出来了。"光皎洁"，就像月亮一样的光就化出来了。"好向丹台赏明月"，月光出来了，元神就修成了。"月藏玉兔日藏乌，自有龟蛇相盘结"，玉兔在西，是月亮里藏的；金乌在东，是太阳里藏的。如果金乌、玉兔已经出来了，说明代表性的蛇和代表命的龟已经盘结了，也就是水火既济了。**（见彩图三《抱元守一》）**

坎离的先天的卦位在东西，金乌、玉兔就在东西。先是龟蛇元精发动，水火既济，然后金木交并，魂魄就合一了，元神一个新的灵体就形成了。"相盘结，性命坚，却能火里种金莲"，龟蛇相盘结了以后，性命合一得结实了，原来真阴真阳一上一下在两个地方，现在精化气、气化光。无为法一步化光，性命就化到一块儿了。人体的天地联成了一个整体，叫开玄关。"却能火里种金莲"，火里是真阳之火、元精能量。金是永恒的意思，真阳之火长出来的是永恒的本性莲花。莲花是心光的象，长出来的心光是一个莲花的象。心光是一个永恒的、不生不灭的长生体，所以叫金莲。

"攒簇五行颠倒用，功完随作佛和仙"，五行是自动合一的，后边你就知道，一说取经人就不打了，自动就合一了。明心见性后，五行就自动合一了，五脏之气的五色光，抱着月亮一样的性光。"颠倒用"，水生木，现在反过来木生水；金生水，反过来水生金，叫颠倒用。一是攒簇五行，二是颠倒用。明心见性了，元神就通了，元神通了就开玄关跟北斗七星合一，就是真五行了，反生反克。为什么明心见性最厉害，你明心见性了以后，五行就合一，就是真五行。是天

光的能量，人是假五行，天是真五行。"功完随作佛和仙"，这个过程经历完了以后，人的光就长大了，人提升为高光生命体。如果师父的神光没有到达本原，带不了本原的能量来，就不是真师，就没有金丹的真种子。

原来东边是金乌，西边是玉兔，在中间画上龟蛇。"自有龟蛇相盘结"，是说如果你看到左右的金乌玉兔，一定是水火既济了，是先天的坎离，不是后天的坎卦离卦。水火既济后是金木交并，后天的坎离两个卦合一了，先天的坎离两个卦必定就合一。元精发动，坎离相交，这个才是要害。有了这个后天一返先天，先天卦位一动，就是先天里头的先天，元神就形成了。

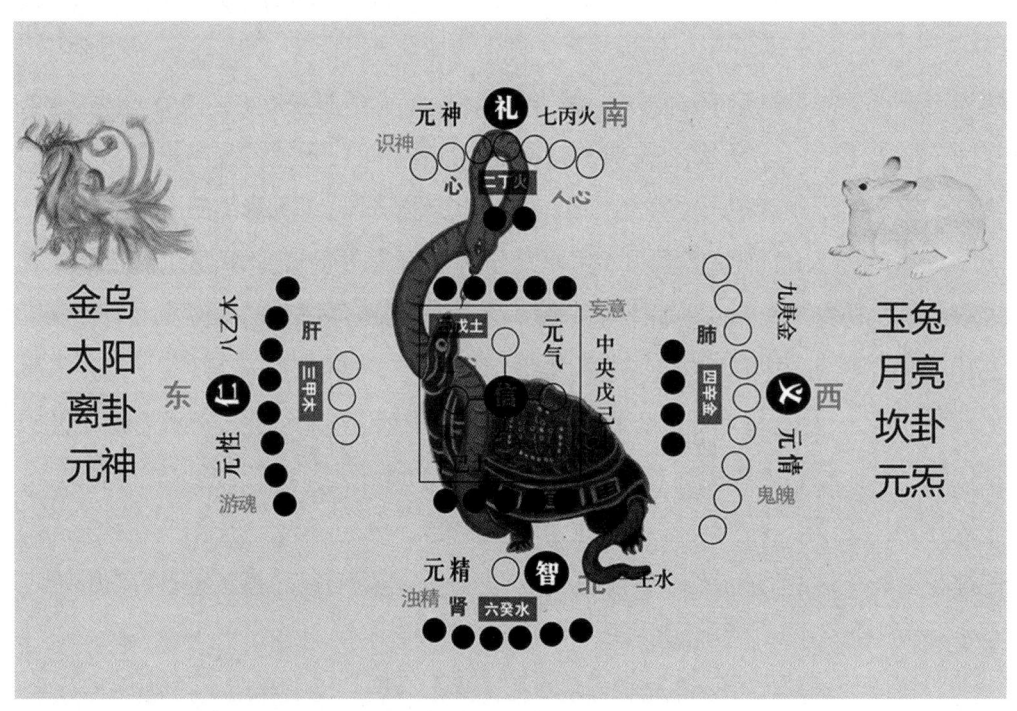

金乌玉兔

第五，三灾

却早过了三年，祖师道："你既通法性，会得根源，已注神体，却只是防备着三灾利害。此乃非常之道，夺天地之造化，侵日月之玄机，丹成之后鬼神难容，虽驻颜益寿，但到了五百年后，天降雷灾打你，须要明心见性，预先躲避。躲过寿与天齐，躲不过就此绝命。再过五百年，天降火灾烧你，这个火不是天火，亦不是凡火，唤做阴火。自本身涌泉穴下烧起，直透泥垣宫，五脏成灰，四肢皆朽，把千年苦行，俱为虚幻。再五百年，又降风灾吹你，这风不是东南西北风，不是和熏金朔风，亦不是花柳松竹风，唤做赑风，然后说自囟门中吹入六腑，过丹田，穿九窍，骨肉消疏，其身自解，所以都要躲得过。"

"会得根源"是说金丹之光已经和大道本原的自然之光融为一体了。但是，如果修心性不到位的话，就会有"三灾"。五百年指肉身，人是五行的产物。丹虽然出来了，还有肉身，还有人心。这些后天的五行都是阴气，就会有"雷火风"三灾。雷、火、风指自然，人心达不到自然，人心违背天道，贪婪引起的第一灾是雷灾，天打雷劈；嗔恨引起的是火灾；痴心引起的是风灾。人的贪、嗔、痴不退的话，就会出现魔障。现在有金丹了，有能量了，能够带动能量了，如果你不修心性，就会有灾，就会遇到各种各样的灾难，灾难是识神带来的。唐僧八十一难，都是识神带来的。直到识神完全驯化了，灾难才结束。

第六，神通的禁忌

孙悟空说："师父，为人为彻，索性舍个大慈悲，将此腾云之法，一发传于我吧，绝不敢忘恩。"孙悟空让菩提祖师教他一个筋斗十万八千里。舍个大慈悲，师父法身的光，就是大慈大悲的，没有分别，不管是人还是其他生命，见到阴气自动就去送阳光，转化阴气。悟空将身一抖，跳将起来，一个筋斗就有十万八千里，不用练，一下就会了。师父一教就会了，这什么意思呢？一教就会了，而且一下就十万八千里，讲的是本性无距离、无空间。前面我们讲花果山三百六十五、二十四的数，讲的是没有时间、空间，一个筋斗云十万八千里讲的是本性。本性是没有时间、空间的，好像是一个形容似的，其实不是形容，是真的，当你本性通了以后，就没有时间和空间了。

孙悟空学会筋斗云了，他整天就无拘无束，自在逍遥，此亦长生之美。是说得了金丹的人，就会像孙悟空一样无忧无虑，逍遥自在，什么也不想，就是

这种状态。既得了大道、得了金丹，就什么都不需要挂着，什么都不需要纠结。孙悟空卖弄神通，变了棵松树。菩提祖师就说他，赶他走。你快走，别说我是你师父，如果说出半个字来，我就知之，把你猢狲剥皮挫骨，将神魂贬在九幽之处，教你万劫不得翻身。悟空吓得，说绝不敢提师父一字，只说是自家会的。为什么不能提师父？师父就在你大脑里头，你想什么他都知道。本性是一体的，一动念，玄象就出来了，共性一体，师父就知道了。如果出去给师父惹了麻烦，是欺师灭祖之罪，师父就在你大脑里，是你脑光的一部分，毁师父等于毁自己。

第七，元神的分身

讲元神的特点：

> 去时凡骨凡胎重，得道身轻体亦轻。举世无人肯立志，立志修玄玄自明。
> 当时过海波难进，今日回来甚易行。别语叮咛还在耳，何期顷刻见东溟。

得了先天一炁了就是得光了，光多了骨头都轻了，光没了死沉死沉的。"当时过海波难尽，今日回来甚易行"，当时离家去求道的时候还是一个俗人，一个凡体，凡体就是光很少。现在，回来已经是个仙体了。光很大的人叫仙。是俗人时候，识神还没卸掉呢！当你元神成了，杂念早都甩掉了，心已经清了，没负担了，就身轻如燕。来找师父花了很多年，回家瞬间就到家了，回来甚易行，因为已经是仙体了，光是会飞的。花果山比喻先天一炁，回到花果山，是返本还原的意思。只要返本还原，行道这件事就非常容易。要是没摸到根本，就比登天还难。"别语叮咛还在耳，何期顷刻见东溟"，转眼已经回来了，顷刻便到东胜神洲，回到东边来了。

回来后，见妖魔把他的地盘给占了，小猴子被弄去表演了，或者被煮着吃了，孙悟空就去报仇。魔王见了笑道："你身不满四尺，年不过三旬，手内又无兵器，怎么大胆猖狂？要寻我见甚么上下。"一旬是十天，三旬就是满月的小孩。说你这么小，像一个月的小孩，手里又没有兵器，怎么能跟我比高下呢？这讲的是法身，人人都有两个身，一个肉身，一个法身，人的光叫法身。人的光呈现为一个婴儿的象。小小的人，好像手无缚鸡之力，但这个小人很厉害，他是用"无"来战斗的，"无"的能量多大，是吧！他是有无限能量的小人。

"孙悟空见他凶猛，即使身外身法，拔一把毫毛，丢在口中嚼碎，望空喷去，叫一声变，就变作三二百个小猴子，周围攒簇。原来人得仙体，出神变化无方。"金丹的光芒，叫分神。分神就是分光，光的小光粒子和光的主体是一样的。为什么人在这儿，一念就感应到了万里之外的事，实际上是小光过去了，小光和我们的心光是一样的，就这意思。

"这猴王自从了道以后，身上有八万四千毛羽，根根能变，应物随心。那些小猴眼乖会跳，刀来砍不着，枪去不能伤。"有无限的亿万分神，一个光有亿万的小光点、小光束，这些小光束是刀砍不成，水伤不了，刀、兵、水、火都不能伤，和光的主体是一个特征，分神就是这意思。通过孙悟空的分身，吹毛变的这小猴子，讲人的光的特点，光的特点是主体和分体的作用是一样的，也是刀、兵、水、火不能侵害的。（**见彩图四《分神》**）

第八，法术

元神的分身和法术这一段，描述的是元神的特征，但是小说放在祖师传道这一章了，菩提祖师让孙悟空回花果山，回花果山跟妖打的时候就出现了分身和法术。元神对应法眼，法眼是主法术的。一个讲分神的特征，一个讲主法术的特征，法术是元神的老本行。悟空的毛用完了，一抖身毛就回来了，讲的就是分神那些光又收回来了，既不见其损，也不会有损耗。

悟空看见一些小猴子没收上身来，原来是妖弄来的，那些猴不是他身上毛变的。这些小猴说："大王，我们来时只听的耳边风声嘘呼呼就到此地，更不识路径，今怎么回乡？"悟空说："这有何难，我如今一窍通百窍通，我也会弄，你们就合眼休怕。"随后孙悟空使用法术把这些小猴给变回去了。这讲的就是法术，在讲元神的时候，讲分神、讲法术，这都是元神的特征。

第三回　金箍棒、销生死簿，讲元神

第三回　四海千山皆拱伏，九幽十类尽除名

第一，元神的魔性

第三回讲的是元神。这回的题目为"四海千山皆拱伏，九幽十类尽除名"，讲悟空去地狱销生死簿。"四海千山皆拱伏"，金丹在心场区中丹田，人体的二级光、三级光都朝向金丹，叫拱伏，也就是金丹的高能量养育着身体里的众生。

悟空寻找兵器，风起处，惊散了那傲来国君王，三市六街，都慌忙关门闭户，无人敢走，悟空才按下云头，径闯入朝门里，直寻到兵器馆武库中，打开门扇看时，那里面无数器械，刀枪剑戟，斧钺毛镰，鞭耙挝简，弓弩叉矛，件件俱备。一见甚喜道："我一人能拿几何？还使个分身法搬将去罢。"

孙悟空就吹了好多毛，变成小孙悟空帮他搬兵器。孙悟空好像很骄傲："我自闻道之后，有七十二般地煞变化之功，筋斗云有莫大的神通，善能隐身遁身，起法摄法，上天有路，入地有门，步日月无影，入金石无碍，水不能溺，火不能焚，哪儿去不得？"孙悟空确实有超能力，有了超能力人就容易狂。傲来国是个虚无的地方，悟空到一个虚无的地方偷兵器，先天一炁是虚无的，当然不能用实的兵器。七十二地煞，三十六天罡，三十六是真性、真阴，七十二是真命、真阳，真阴真阳是有数的，一提三十六、七十二，就知道指的什么。

元神的光是人的五脏之气、五色光培养出来的，和肉身比较近，肉身是物质体，和纯阳的光比起来是阴性的，元神离肉身比较近，所以元神有魔性。元神提升到圣神、玉神，完全是大自然的光塑造的，根本就不依靠人身的物质，是高能量高物质，所以，就没有魔性。

第二，如意金箍棒

悟空找来的兵器不趁手，就去龙宫借兵器了。金箍棒叫如意金箍棒。他尽力两手拽过道："忒粗忒长些，再短细些方可用。"说毕，那宝贝就短了几尺，细了一围。悟空又颠了一颠道："再细些更好。"那宝贝真又细了几分。

金丹是虚无的，但是可以实用。金箍棒是金丹的用，是虚无能量的实用。这个用是如意的，你怎么想它就怎么用。如果不修心性，又带能量了，那就麻烦了。胡思乱想消耗的都是光，贪、嗔、痴的心也修不出自然之光来。那光叫大慈悲，是自然能量、自然运作。你要是有心人为地用，就用不了。你能完全自然，妙显妙应就出神入化。

三清的上清，上清灵宝天尊代表的是元神，元神拿的法器就是如意。元神是如意的。如意金箍棒，重一万三千五百斤，一三五指先天一炁，三家相见，五行合一，代表的是金丹，原来孙悟空和金箍棒都是金丹的意思，金箍棒是金丹的用。有了趁手的兵器，还要有配套的装备，四海龙王给了悟空披挂，北海龙王给了一双藕丝步云履，西海龙王给了一副锁子黄金甲，南海龙王给了一顶凤翅紫金冠。四海龙王比喻四象，龙王是水中金、元精。先天一炁是虚的，用四象五行来实用。金箍棒，无数的中国儿童都知道孙悟空，都知道金箍棒，但不懂其中的真义。这意思太深了，根本不是人们想象的意思。

第三，销生死簿

说孙悟空做梦去了地府，他就看见有两个黑白无常来勾他：

美猴王顿然醒悟道："幽冥界乃阎王所居，何为到此？"那两人道："你今阳寿该终，我两人领批，勾你来也。"猴王听说，道："我老孙超出三界外，不在五行中，已不伏他管辖，怎么朦胧，又敢来勾我？"那两个勾死人只管扯扯拉拉，定要拖他进去。那猴王恼起性来，耳朵中掣出宝贝，晃一晃，碗来粗细，略举手，把两个勾死人打为肉酱。

另有个簿子，悟空亲自检阅，直到那魂字一千三百五十号上，方注着孙悟空名字，乃天产石猴，该寿三百四十二岁，善终。悟空道："我也不记寿数几何，且只消了名字便罢，取笔过来！"那判官慌忙捧笔，饱掭浓墨。悟空拿过簿子，把猴属之类，但有名者一概勾之。掼下簿子道："了账，了账！今番不伏你管了！"一路棒打出幽冥界。

跳出三界不在五行，五行指的是肉身，天、地、人三界，是说每个人的魂光在身肉里，在五行里。现在，光已经出来了，不在肉身里了，叫不在五行。人投胎的时候就已经被规定了寿命，这是老天对人的设置。金丹跳出五行，老天的设置就失灵了，就不算数了。所以，孙悟空才说，我都跳出五行了，怎么无常还来勾我。

一路棒打出幽冥界，梦就醒了。了账是什么？了账就是性命俱了，性和命都了了，讲的是金丹已经成熟了，性命合一了。有了金丹就了账了，了了轮回的账了，销生死簿讲的是不再轮回了。

第四，受招安

元神成了，不仅免轮回了，而且人在物质世界，元神成了以后就不仅是物质世界，天堂地狱随便走，在高维空间已经有这么一号人了，叫受招安。仙箓就好像名册一样，在高光生命群的名册里入群了。入册了并不是说人就死了，是说人的光成了，入仙箓不是死了的意思。

悟空在地上闹，玉皇大帝问谁在闹。千里眼、顺风耳道："这猴乃三百年前天产石猴。当时不以为然，不知这几年在何方修炼成仙，降龙伏虎，强销死籍也。"销生死簿是死了再不做鬼，死了是一个纯阳的光。人的光耗完了才死的，现在，这光是完美的、饱满的、纯阳的。降龙伏虎，强销死籍。虎代表的是精魄，龙代表的是神魂，降龙伏虎、金木交并，是魂魄合一，魂魄变成元神了。魂魄是二，元神是一，阴阳已经合一，叫降龙伏虎。强销生死簿，讲的是光没有死了，没有死了就没有生，就不生不灭了，自然之光是不生不灭的永恒，寿齐天地。

玉帝道："哪路神将下界收伏？"言未已，班中闪出太白长庚星俯伏启奏道："上圣三界中，凡有九窍者，皆可修仙。奈此猴乃天地育成之体，日月孕就之身，他也顶天履地，服露餐霞，今既修成仙道，有降龙伏虎之能，与人何以异哉？臣启陛下，可念生化之慈恩，降一道招安圣旨，把他宣来上界。"上圣的上是自然的意思。圣指圣天，圣天有四个，三清天加上大罗天，三清天：太清境大赤天、上清境禹余天、玉清境清微天，这是三清，合称三清天。加上大罗天，大罗代表先天一炁，这四个叫圣，妖、魔、鬼、怪、仙、佛、圣，这是圣境。上圣三界，上就是自然，自然是大圣，圣境讲的是这个级别。上圣是四圣天里地位最高的。

九窍讲的是三沟九洞，人和星光的能量直接交流，星光来哺育脑光。所谓的成仙，是光变纯阳。"天地育成之体，日月孕就之身"，这个光是天地合一之体，体是虚无的，日月是实在的。有体必有用，日月孕就之身就是用。天地合一的玄关里的纯阳之光，是虚无的体。日月孕就之身，日月合一之光是金丹的肉身。"他也顶天履地，服露餐霞"，这个丹光顶天履地，顶着天、踩着地，玄关是天地合一，那不就是踩着天、踩着地吗？玄关里元神的光，不就顶天立地吗？服露餐霞，都是大自然的光，金丹的光全是大自然的光、大自然的产物。他现在修成了，他和一个真人一样。这个光呈现出来一个猴子的象，但是他和人有什么不同呢？他就像一个真人一样，五行四象跟一个真人是一样的。"可念生化之慈恩，降一道招安圣旨，把他宣来上界"，玉帝的法身是生化之慈恩，是大慈大悲的。是吹捧玉帝，求他舍点光吧，你大慈大悲的光能化生万物，你干脆就下一道圣旨算了，把他收了，搁在身边也好管，就这意思。

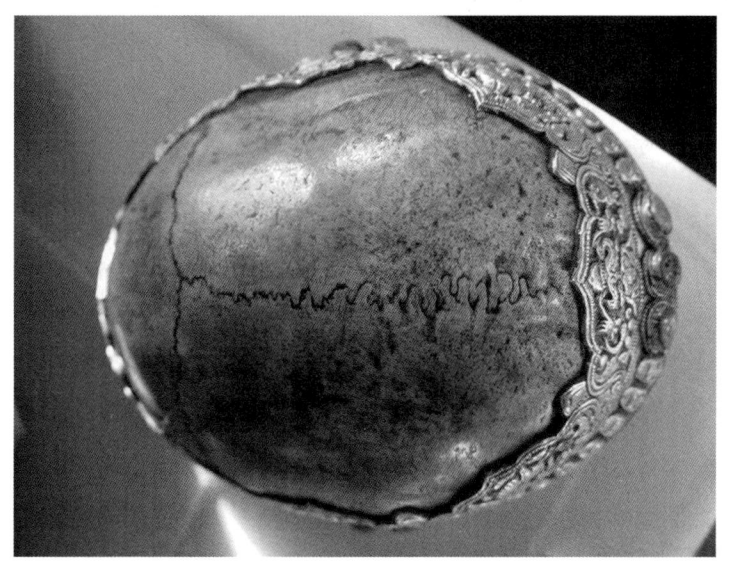

三沟九洞

第四回　封齐天大圣，讲圣神

第四回　官封弼马心何足，名注齐天意未宁

第一，天宫即大脑

这回讲孙悟空上天，受仙箓给了一个最小的官，他觉得太耻辱了，非要做齐天大圣。就给他个齐天大圣的名号，反正也没有俸禄，也没什么实权。

孙悟空就上天宫了，"只见那南天门，碧沉沉琉璃造就，明晃晃宝玉妆成。柱上缠绕着金鳞耀日赤须龙；又有几座长桥，桥上盘旋着彩羽凌空丹顶凤"。龙、凤，赤须龙、丹顶凤，都是红色。天宫指人的头，人的头对的是离卦，离卦是红色。天宫指的就是大脑。"这天上有三十三座天宫，又有七十二重宝殿"，三十三座宫殿，最重要的是在离恨天，在三十三重天。兜率宫，是太上老君的住所，太上老君代表原始祖气、先天一炁。三十三天是接引人成仙的地方，也就是使人有光的地方。太上老君的金丹，三十三重天指脑光。

"寿星台上，有千千年不卸的名花；炼药炉边，有万万载常青的瑞草。万圣朝王参玉帝。"千年的花、万年的草、万圣朝拜的玉帝。玉帝指脑光，神仙世界就在大脑里。"正中间，琉璃盘内，放许多重重迭迭太乙丹"，在玉帝这儿是太乙丹，是光。"朝王玉兔坛边过，参圣金乌着底飞"，又说了玉兔、金乌，

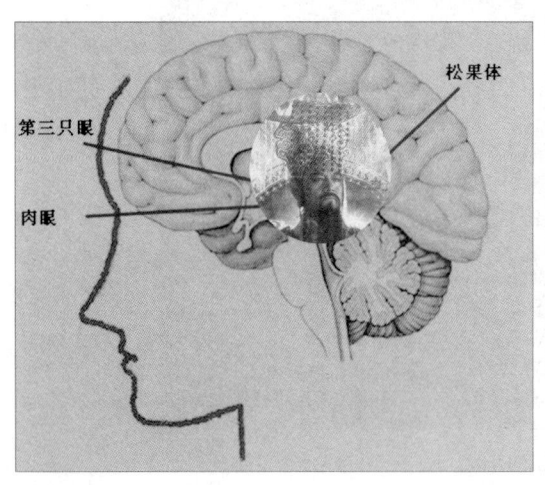

实际上讲的是魂魄，龙凤讲的也是魂魄，大脑这个太极在这转，是魂魄的光，太极就是魂魄。天宫里斗牛宫、灵霄宝殿，是玉帝所在的地方，相当于核心、中心点，中心点叫灵霄宝殿。灵霄就是人的灵光，最高的宫殿，叫灵霄殿。

在人体里的光，当然低级。人是三维物质空间的产物，大圣是已经

出来的光，已经和本原的高能量合一的光，已经跳出三界不在五行的光。玉帝是人体里松果腺这个光。孙悟空是上八洞的，玉帝是中八洞的，九幽是下八洞的，讲的就是这个区别。孙悟空是在上边的，下边是地狱，中间是人，上面是天。看清它们之间的关系，就明白孙悟空夺权是怎么回事了。

我作这张图，把大脑放在这儿，大脑里的松果腺，我把松果腺这儿放一张玉帝的图，玉帝这儿就是灵霄宝殿，这就是玉帝。

第二，开玄关

弼马温养马，马是什么马？全是神仙马，全是超级出色的马。说"一个个嘶风逐电精神壮，踏雾登云气力长"，先天一炁是电，马是追逐电的，孙悟空养马就是给马吃先天一炁，给它吃电。所以嘶风逐电精神壮，有电了精气神就壮了。踏雾登云，是一个虚无的境界。

"弼马昼夜不睡，滋养马匹。日间舞弄犹可，夜间看管殷勤，但是马睡的，赶起来吃草，走的捉将来靠槽。那些天马见了他，泯耳攒蹄，都养得肉肥膘满。"日夜不停，就是玄关。弼是碧的谐音，弼马是玉马的意思。玉马比喻的是细胞神，细胞都是光，俗称玉神，玉神是圣神的坐骑，是给大圣提供能量的。玄关是二十四小时不停的，玉神比喻的是不生不灭永恒的道体能量。从人的角度看，玉神给圣神永远不停地提供能量。弼马温的温，就是温温的

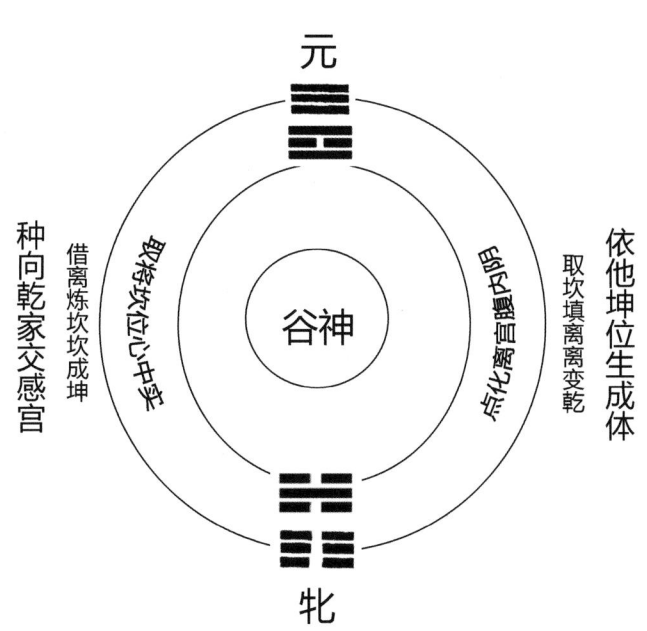

元

谷神

牝

种向乾家交感宫　借离炼坎坎成坤

取坎填离离变乾　依他坤位生成体

电感，之前的电感很猛烈，玉神验证成功了是温温的电，所以叫弼马温。

第三，天兵天将

天兵天将天罗地网地来收拾孙悟空，巨灵神厉声高叫道："巨灵天将！今奉玉帝圣旨，到此收降你。你快卸了装束，归顺天恩，免得这满山诸畜遭诛。若道半个不字，教你顷刻化为齑粉！"齑粉说的就是光，就是把光打碎了，叫齑粉。"大圣轻轻抡铁棒，着头一下满身麻"，巨灵神来收拾他，孙悟空一棒子打过去，这一棒子把他打麻了，孙悟空是先天一炁，先天一炁是电感，电一下就给他电麻了，电感强了满身麻，讲的就是金箍棒跟电棒一样一下把人给电住了。

下一个是哪吒跟悟空打，哪吒是托塔李天王的儿子。塔是盛佛经、盛佛舍利的，是光的护法。李天王是元性，是佛光的护法。讲元性是元神、圣神的基础，先天一炁与元性结合形成元神。李天王有两个儿子，一个金叉、一个木叉，金叉在佛祖身边，木叉在观音身边，那不就是本性的护法吗？是护持这个光的。金木交并，一点灵光恢复，所以金叉、木叉是李天王的儿子。天兵天将来打孙悟空，来收拾孙悟空，其实在这儿讲的是光的护持，不是人们理解的打杀，是护持的意思。

哪吒跟悟空打，这样变那样变都不行，最后孙悟空变成哪吒，哪吒就傻了，变成哪吒的样子跑到哪吒身后他就傻了。讲先天一炁本性能量是无所不变的，在后边，讲在神光的后边，如果能看到前边，水平还一般，光可以看到身后，那就厉害了。哪吒跟孙悟空就差这么一点，孙悟空在后边哪吒看不见。所以说，到没到本原呢，哪吒跟他差不多，但是哪吒还没到，他是本性的护法，他还没到。而孙悟空是本原化生出来的，所以他是到了本原的。到了本原和没到本原，不是一个级别，所以哪吒打不过孙悟空。这点主要讲的是一个验证，光能在背后看见，和在背后看不见的区别，是在隐传的部分。孙悟空被天兵天将打败了，被扭起来了。

第四，齐天大圣指圣神

玉帝道："那孙悟空过来，今宣你做个齐天大圣，官品极矣，但切不可胡为。"齐天大圣府，府内设二司：一名安静司，一名宁神司。他才遂心满意，喜地欢天，在天宫快乐，无挂无碍。正是：仙名永注长生箓，不堕轮回万古传。

孙悟空的神光已经入了长生仙箓，玉皇大帝封了他一个齐天大圣。元神脱胎以后，授仙箓、免轮回、得长生之体才能成圣。从元神到圣神，还有一个过程，一步一步的，在讲这个过程。而这个过程里头很重要的就是心光的反应，心脏的心场区的光逐渐长大了以后，人的中丹田区域有反应。圣神是《道德经》里说的其中有信，是主管智慧信号的，我们一般的人，理解不了圣神的智慧信号。这个系统和物质生活系统不一样，完全是不可思议的，圣神能演化这种智慧信息。

七七四十九天是元神脱胎，十月怀胎是圣神脱胎，三年成就是玉神的光长出来。元神、圣神、玉神，四十九天、十个月、三年，这都是经典上写的，但是实际上，在时间上是有重叠的。人的心脑之光，分别叫三个光的名字，因为光的功能不一样，状态也不一样了。元神还有魔性，到了圣神，完全是高智慧在指挥着。其实就是元神这个光，但是，已经不同了，就叫圣神了。圣神成长的时候，元神在搬运能量，又在助他，所以不能完全分开，也不能够完全重叠，这就是一气化三清，三个圣。（**见彩图五《一圣神》**）

第五回　大闹天宫，讲阳生

第五回　乱蟠桃大圣偷丹，反天宫诸神捉怪

第一，交友

第五回是大闹天宫。"乱蟠桃大圣偷丹，反天宫诸神捉怪"，他又偷酒，又偷桃子，又偷丹，这是什么意思？这是阳生到了极点，喝酒喝醉了是得大药，得大药是醉了的状态。阳生到极点了以后就开始阴生了，这就是第五回。第六回就是阴生了，二郎神，小圣战大圣了。

只知日食三餐，夜眠一榻，无事牵萦，自由自在。闲时节会友游宫，交朋结义。见三清称个"老"字，逢四帝道个"陛下"。与那九曜星、五方将、二十八宿、四大天王、十二元辰、五方五老、普天星相、河汉群神，俱只以弟兄相待，彼此称呼。今日东游，明日西荡，云去云来，行踪不定。结交天上众星宿，不论高低，俱称朋友。

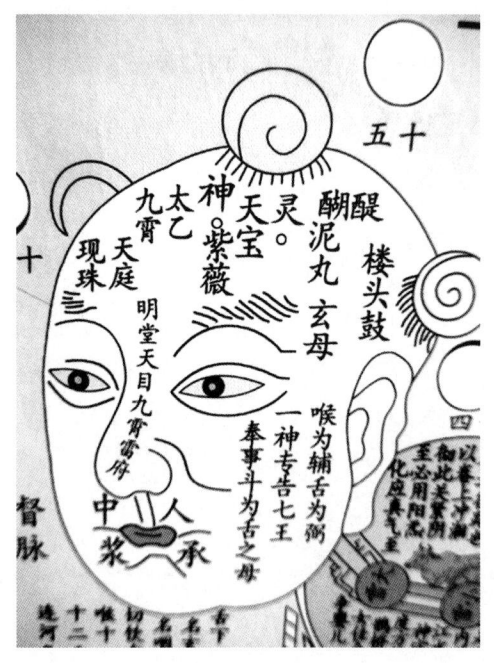

这讲的是大圣，圣神在九天之上，人的脑门有一个穴位叫九霄。讲人的光在腹部汇聚，后来上升到头部。头部的光与天相同。圣光是星光、天体的这些光养的。元神是真阴真阳合一、魂魄合一出来的，材料不一样。也就是说，刚出来这个材料是带着阴气的，带着肉身的痕迹，所以是阴气。出来以后，这个光在天体的光整体的养育下，长的圣神那个光，所以圣神那个光高级多了，它就是纯粹的自然之光。你元神光还有人的光，圣神那个全是自然之光，所以它不是一个级别的。圣神在九天之上，在三清四帝身边与众星为伍，其实，是众星都给它能量，就是这意思。头与天河星系相联。

第二，吃桃

四时不谢色齐齐。左右楼台并馆舍，盈空常见罩云霓。不是玄都凡俗种，瑶池王母自栽培。有三千六百株。前面一千二百株，花微果小，三千年一熟，人吃了成仙了道，体健身轻。中间一千二百株，层花甘实，六千年一熟，人吃了霞举飞升，长生不老。后面一千二百株，紫纹缃核，九千年一熟，人吃了与天地齐寿，日月同庚。

原来大圣耍了一会儿，吃了几个桃子，变作二寸长的个人儿，在那大树梢头浓叶之下睡着了。

孙悟空吃的是九千年一熟的桃子，也就是先天一炁，得到的是本性能量，而六千年和三千年，是神仙和地仙的数，他们都没吃到本性的能量，只有天仙，天是自然的意思，天仙吃的就是最纯种的自然之光，先天一炁是最根本的能量，也就是得了灵根的能量，所以是大圣。那些小的神仙，级别差得远着呢。

上乘是天仙法果，得的是自然之光，道法自然，自然是最高级的能量光。吃了九千年一熟的桃子后，悟空在树上变了一个二寸长的人，在树梢头浓叶之下睡着了，二寸的小人，是元神的象。这个时候，元神和圣神、玉神是交叉的。三个光的验证，形象的区分是比较明确的，小人是元神的象，圣神是一个十六岁的自己的样子，是真我的验证，后边救了井底乌鸡国国王，立帝货是一个小和尚，是玉神的验证。白玉圭又是小和尚，二寸的小和尚。从小人到小和尚，是一个很大的不同，也就是讲光，这个光显一个小孩的象，后来光显一个小和尚的象，小和尚比小孩的能量高多了。

见彩图六《元神》、彩图七《玉神》，第一张上边是一个小人，第二张上面是一个小和尚。2014 年的时候，我不知道为什么那么喜欢这个小和尚，我说不行，要再画一张。特别喜欢这小佛、小和尚，后来就又画了一张。实际上那时候的光已经显小佛的象了，所以心里特喜欢，喜欢得不得了，也不知道为什么，等到后来才懂了。我把这两张摆在一个画面上你就清楚了，一个是元神的验证，一个是玉神的验证。

第三，蟠桃会

蟠桃会上参加的人，有"五方五老。还有五斗星君，上八洞三清、四帝，太乙天仙等众、中八洞玉皇、九垒，海岳神仙；下八洞幽冥教主、注世地仙"。

你看地仙、神仙、天仙，这是三乘，区分是很清楚的，太乙天仙、孙悟空就是先天一炁、太乙真气，孙悟空是这个，在上八洞的级别里。你就看出来，比中八洞的玉皇，比他的级别都高。

孙悟空喝醉了，偷了酒就喝醉了，喝醉了以后就上了兜率宫。"兜率宫是三十三天之上，乃离恨天太上老君之处。他就把那葫芦都倾出来，就都吃了，如吃炒豆相似。"孙悟空为什么不服玉皇大帝的管，因为他比玉皇级别高。悟空喝酒喝醉了，是得大药了，酥软如绵得大药，是元精发动到了最强的那种状态。他偷了桃子，七仙女来了，他用定身法，讲的是元精发动了，能量简直像洪水猛兽一

西王母胜会

西天 佛老、菩萨、圣僧、罗汉，
南方 南极观音，
东方 崇恩圣帝、十洲三岛仙翁，
北方 北极玄灵，
中央 黄极黄角大仙，这个是五方五老。
还有 五斗星君。

上八洞（天）	中八洞（人）	下八洞（地）
三清、四帝，玉皇、九垒，海	幽冥教主、	
太乙天仙	岳神仙	注世地仙

样，实在受不了，再一看见女的，更是火上浇油。七是元神的数，用神把心定住，就会精化气、气化光。

悟空吃了太上老君的金丹，老君的金丹阳间医。佛家说人死了以后，灵魂才能再转化，再提升。太上老君的金丹是人不用死，活着的时候，灵魂已经换新了，心灵之光，活着的时候已经更新了，不用死后提升，就叫阳间医。活着就提升了是有实证的，生理机能、能量状态已经完全不一样了，完全变了。死了光提升了，怎么验证？

第五回和第六回要连在一起看，第五回讲阳生，阳极就阴生，先天一炁，随着天地日月的循环，整个过程又是登太极。用这两回讲的登太极，登太极的时候先上三十三重天，后下十八层地狱，那就是下一回灌江口，给二郎神值班的全是那些鬼判官，这不就是下地狱吗？天堂、地狱任我行，悟空下十八层地狱、上三十三重天，讲的就是登太极入无极本原。太极图两个眼，从这个眼穿进去，从那个眼穿出来的循环。太极图那两只鱼眼，阳中之阴、阴中之阳，就是真阴、

真阳这两只眼睛，在两个里头循环、转圈，实际上讲的是这个。登太极进入到无极，就像刮龙卷风一样，旋风能量特别强，把人给旋进去了。

第四，十万天兵

又派十万天兵来镇压了，派的是谁呢？"玉帝大恼，即差四大天王，协同李天王并哪吒太子，点二十八宿、九曜星官、十二元辰、五方揭谛、四值功曹、东西星斗、南北二神、五岳四渎、普天星相，共十万天兵，布一十八架天罗地网，下界去花果山围困，定捉获那厮处治。"派来的都是星星，都是光。大圣跟这些光有关。十万天兵来打孙悟空，实际上都是给圣神送光的，圣神是天光养育的，就是这个意思。

"反天宫，诸神捉怪"，大闹天宫，天兵天将来捉孙悟空，捉孙悟空，说孙悟空是妖怪。悟空已经到了纯阳，乾卦下一个就是姤卦，就开始变阴了，这讲的是阳极阴生。讲的是一气流行，阳生从复卦、临卦、泰卦、大壮、夬卦到乾卦，这是阳升的过程。到了乾卦是最高的阳了，然后阳极必生阴，下一个就是姤卦，那是下一回的内容了。

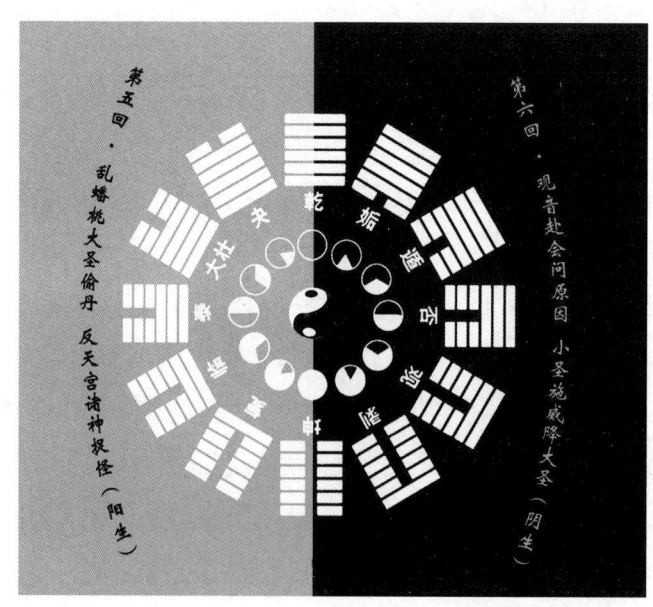

第六回　二郎神捉大圣，讲阴生

第六回　观音赴会问原因，小圣施威降大圣

第一，木叉

十万天兵打孙悟空，先是木叉来打。"早有虚日鼠、昴日鸡、星日马、房日兔将言传到中军帐下。"四正位，四正时讲的是东西南北，比喻四象。木叉道："吾乃李天王第二太子木叉，今在观音菩萨宝座前为徒弟护教，法名惠岸是也。"他是护法，是观音的护法。他是李天王的二太子，叫木叉，木在东，木属魂，二是阴，李天王是元性，木叉是元性的儿子，也代表的是元性。五元：元精、元气、元神、元性、元情，他代表的是木元龙，元性那个龙、那个魂。孙悟空已经成大圣了，已经不是元神了，他连元神都打不过，怎么能打过大圣呢？"一个是太乙散仙呼大圣，一个是观音徒弟正元龙。"讲他们俩能量级别不一样。元性和元神没法比，元性和大圣更没法比，这一比就知道了。

第二，二郎神

二郎神，二是阴的意思。二郎神"只请托塔天王与我使个照妖镜，住立空中"。元性给使个照妖镜，讲性光是一面镜子。照妖镜的妖是阴，二郎神的天眼是阴眼。二郎神的天眼是显圣的，天眼是面镜子，你有什么我就照你什么，所以孙悟空有七十二变，他就有七十二变。他是照妖镜，是镜子，叫显圣二郎神。可以看出，天眼是阴性的，是元性魂的光，这就是"托塔天王与我使个照妖镜"的内涵。

二郎神"心高不认天家眷，性傲归神住灌江"。他本来是玉帝的外甥，但不住天宫，住在灌江口，住在底下，本来是上边的却住在底下。"赤城昭惠英灵圣，显化无边号二郎"，赤是红色，是后天离卦。昭惠是光，离卦外阳内阴，本质是阴性的。"昭惠英灵圣"，昭摄光来显圣，"显化无边号二郎"，他就是显圣光的天眼。天眼是镜子，二郎神是这样一个角色。

"我乃玉帝外甥，敕封昭惠灵显王二郎是也。"玉帝的外甥，玉帝是松果腺。松果腺外边是谁？不就是天眼嘛，玉帝的外甥，实际上就是松果腺的外显。他的七十二变，不是他变的，是孙悟空变的，他是显变化的，并不是他变化的，所以是阴的。孙悟空是阳的，七十二表示是真阳。

第三，赌赛变化

孙悟空变成一只麻雀，二郎神就变成一只雀鹰；孙悟空变成一只大鹚老，二郎神就变成一只大海鹤；孙悟空变成一条鱼，二郎神就变成鱼鹰；孙悟空变成水蛇，他就变个灰鹤。阴就是煞气，一个仁、一个义，一个生、一个杀，那个是主生机的，这个是主杀机的，阴就是杀机，所以，二郎神总要变一个把你杀了，我把你吃掉，表明他就是杀气。

后来，悟空变成一座庙，尾巴被二郎神发现了。再后来就跑到二郎神庙里去了，二郎神庙里值班的全是鬼，说明灌江口是地狱界的。玉帝的外甥不认天，家眷住灌江，讲的是天堂、地狱。腹部以下是地狱，他住在底下了，讲的是阴生的过程。二郎神有六兄弟，一千二百个草头神，都是阴的数。值班的是鬼判，是阴的。所以小圣是阴，大圣是阳。刚才是已经到了乾卦，从复卦到乾卦，阳生已经到了极点，阳极阴生，从乾卦到姤卦，到遁卦，到否卦，到观卦，到剥卦，最后到坤卦，这是一个阴胜阳的过程。

表面上是阴胜阳，实际上是阴助阳，这讲的就是一气循环。这个一气循环，太极图白色的这一面是阳生，阳生是通过元精发动、真阴真阳合一了以后把光

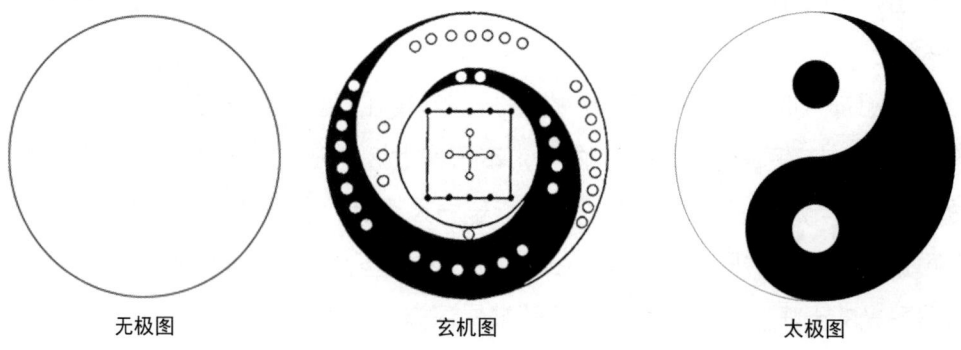

无极图　　　　　　玄机图　　　　　　太极图

给修出来。光修出来了，身外身在体外，在体外它采集更高级的自然之光，来气化肉身。阳升、阴升，组成一个整体的过程。一个月实际上是先天一炁的升降过程，前半个月是阳胜阴，后半个月是阴助阳，它是一个整体的过程。

这里的验证，讲元神是阳空间，玉神是阴空间。光能够到阳空间，也能够到阴空间，阴阳合一才能够化生，无限地变，无限地用。孙悟空去灌江口，到二郎神的驻地，等于下十八层地狱，见那些鬼判官，等于下地狱。但是，悟空没看见恐怖的东西。你再看唐太宗梦游地府的时候，他看到的是十八层地狱、奈河桥，他看到的都是恶心、恐怖的东西。就是说，在登太极的时候，瞬间就到了三十三重天，瞬间就到了十八层地狱，如果你的身上阴气很重的话，可能就像唐太宗一样看到好多恶的景象。如果你是孙悟空这样纯阳的，你是一个无心的、纯阳的能量，进十八层地狱，你看不见什么东西。

第四，乾坤圈

第六回的阴生，是讲二郎神战孙悟空。到最后是太上老君出来解决问题的，太上老君说："这件兵器，乃锟钢抟炼的，被我将还丹点成，养就一身灵气，善能变化，水火不侵，又能套诸物；一名金钢琢，又名金钢套。"话毕，自天门上往下一掼，滴流流，径落花果山营盘里，可可的着猴王头上一下。

乾坤圈，就是无极圈，太极图最外边这一圈，乾坤圈讲的是这个无极圈，中间是太极阴阳二象，太极最外圈叫无极，是一。老君的金钢琢实际上就是无极圈，老君代表的是无极本原、本性大道。蟠桃会一片狼藉，是个否卦，惠岸来打探军情是观卦，到最后剥卦，讲的是一阴生、二阴生、三阴生、四阴生、五阴生，

讲的是天地能量的循环，循环到了一定的火候，就进入无极圈。

第六回讲阴生，讲了木叉、二郎神、赌变化、乾坤圈这么四个内容，为什么说大道是隐传的呢？如果你不懂阴生阳生，你看那么多情节，蟠桃会，西王母慌了，玉皇大帝急了，太上老君也来凑热闹了，这到底都是怎么回事？为什么观世音派木叉来了，这就是观卦。邂逅七仙女是姤卦，悟空跑了，跑了是遁卦，孙悟空从西天门跑出去了。姤卦、遁卦、否卦、观卦、剥卦、坤卦，讲的是阴生的过程。如果你不懂金丹的过程，又不懂《易经》的话，看《西游记》的故事你就看不出来，这就是隐传的地方。

阴阳消息图

第七回　跳出八卦炉，讲脱胎

第七回　八卦炉中逃大圣，五行山下定心猿

第一，法身摩尼珠

那大力鬼王与众启奏道："这大圣不知是何处学得这护身之法，臣等用刀砍斧剁，雷打火烧，一毫不能伤损，却如之何？"怎么都没办法，因为悟空是一个光，刀劈也不行，火烧也不行，一毫也损不着。

太上老君说："那猴吃了蟠桃，饮了御酒，又盗了仙丹。我那五壶丹，有生有熟，被他都吃在肚里，运用三昧火，锻成一块，所以浑做金钢之躯，急不能伤。不若与老道领去，放在八卦炉中，以文武火锻炼。炼出我的丹来，他身自为灰烬矣。"偷了酒，吃了桃子，吃了丹，讲的是得了先天一炁，得了大药。太上老君说不如用三昧火，锻炼成一块。你就知道了，为什么元精发动了两年多以后，身上就自动着火。呼呼往头上着火，三昧真火是干什么的，看《西游记》你就懂了，原来光是分散的，通过火炼，把光给打成一个团，三昧真火是把光凝聚成团用的。《西游记》告诉你了，太上老君告诉你了，这火是干什么的。是把那散的光给聚成一个光球，叫金刚之躯，金是永恒不变的意思。

在他那八卦炉，是乾、坎、艮、震、巽、离、坤、兑八卦。八卦有八个方位，东西南北四正位，然后四个角，那就是八个方位。说巽位有风，巽位就是风池穴，讲的是光会从风池穴出来。

"他即将身钻在巽宫位下。巽乃风也，有风则无火，只是风搅得烟来，把一双眼熸红了，弄做个老害病眼，故唤作'火眼金睛'。真个光阴迅速，不觉七七四十九日，老君的火候俱全。"

七的倍数，七七四十九天是元神的火候。老君的火候俱全，四十九天元神成。人走的时候是四十九天七魄才走完，七天走一个，所以七就是神光的数。八卦炉中脱胎，讲的是光从肉身里脱胎，在太上老君的八卦炉里四十九天出来，讲的是元神从肉身出来。到五行山下压心猿的时候，那是佛祖的手指，再出来的，就不是元神的脱胎。压了五百年，五百指五行，比喻肉身。脱胎级别是不同的，光是高能量，就像核爆炸一样，炸好多次。时间不同，四十九天是元神的光，一年是圣神的光，三年是玉神的光，时间不同，含义不同。

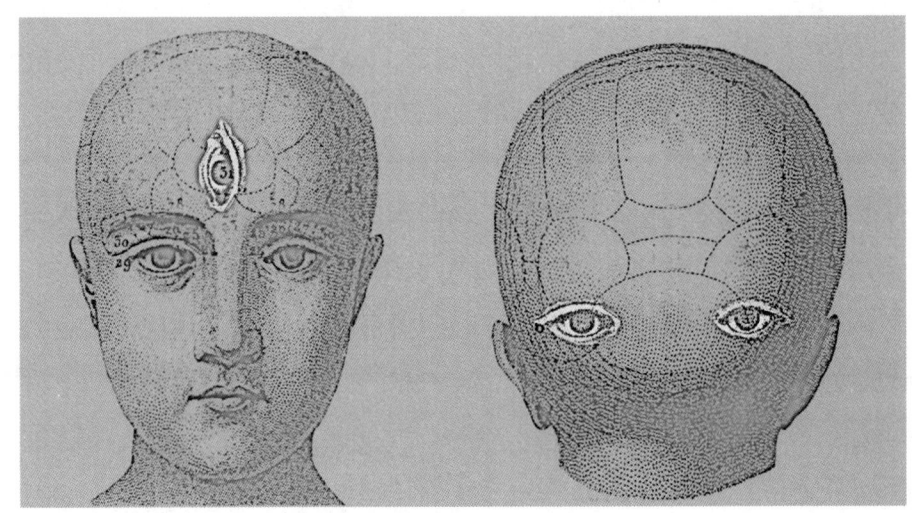

风池穴

第二，如来

还收拾不了悟空，就把佛祖请来了。佛祖说："你那厮乃是个猴子成精，焉敢欺心，要夺玉皇上帝龙位？他自幼修持，苦历过一千七百五十劫。每劫该十二万九千六百年。你算，他该多少年数，方能享受此无极大道？"

也就是说，要成大道，这个灵光要积功累德，攒光要攒那么久。天上一日，人间一年，一比一年的关系，站在人的角度，可能就是两万两千六百八十万年，如果站在天的角度，可能这就是几万年。意思就是说，无极大道，人的光太小了承载不住。佛祖就骂他，说你真不知道深浅，不知道好歹。切莫胡说！但恐遭了毒手,性命顷刻而休,可惜了你的本来面目!佛祖说了这句话,可惜了你这个灵光。猖狂、胡作非为,能量高的把你给灭了,不就可惜了。本来这个灵光是可以做佛的,结果你连个人都当不成。然后,孙悟空就跟佛祖打赌,悟空拿根毛变了一支笔,写了字,还撒泡尿做一个印记。回来跟佛祖对证,这一对证就着愧了,着愧了

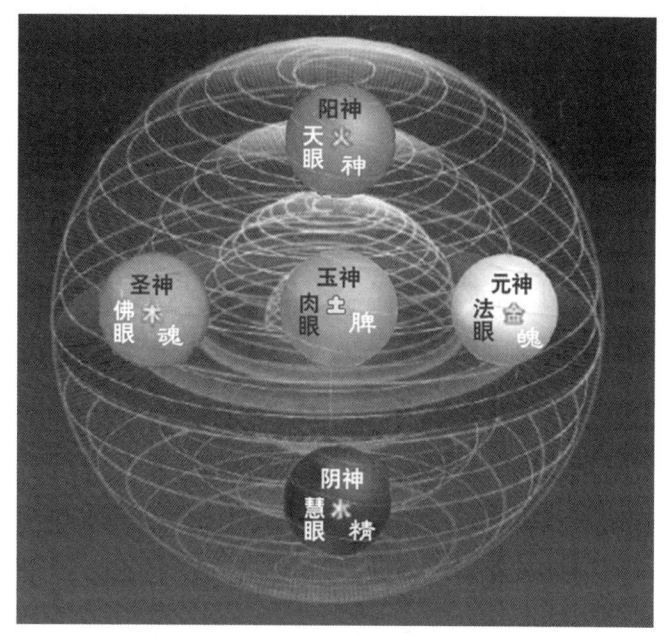

外五行

又想跑,佛祖一翻手指就把他扣下了。佛祖的手比喻本性,本性是一只无形的大手,谁也逃不过。一翻掌就把你扣住了,逃不出如来佛的手掌心,谁也逃不出本性。本性是老大,谁也逃不出老大的手心。佛祖的五指化的五行山,是一个虚无的山,讲的是外五行。之前画了两套画,画的五脏神是内五行,五个小佛就是外五行,外五行是阴神、阳神、元神、玉神、圣神。为什么都是佛的样子?本性佛代表先天一炁,魄出来了的先天一炁是阴神,魂出来了的先天一炁叫阳神,五神都是得了先天一炁,所以都是小佛的形象。把孙悟空扣在外五行山下,其实,不是把他扣到了山下的意思。肉身有五脏五行之气作为灵光的房子。光在虚空中住哪里?外五形就是体外光的房子,在虚空中建设出一个外五行系统,一个光的五行系统,五行山下压心猿就是这个意思。为什么说是隐传?真的是很秘密地传,没走过,你绝对看不懂,这就是大道隐传。

第三,安天大会

孙悟空被扣下了,贴上封条,把他封住不能动了。安天大会一是感谢佛祖,

一是庆功。"不一时,那玉清元始天尊、上清灵宝天尊、太清道德天尊、五炁真君、五斗星君、三官四圣、九曜真君、左辅、右弼、天王、哪吒,元虚一应灵通"齐聚。如来领众神之托曰:"今欲立名,可作个安天大会。"有一首诗,好像在歌颂佛,好像是把孙悟空给镇压了,开庆功会。其实,歌颂的是先天一炁,大道能量。你不要看孙悟空惹了那么多祸,实际上是歌颂圣神的成就。孙悟空已经到了大圣的级别,玉神也成了,入无极了。实际上是歌颂本性的成就,借歌颂如来,歌颂大道本原、先天一炁。

碧藕金丹奉释迦,如来万寿若恒沙。清平永乐三乘锦,康泰长生九品花。

无相门中真法主,色空天上是仙家。乾坤大地皆称祖,丈六金身福寿赊。

"如来万寿若恒沙",讲佛光是一个永恒的、无限的恒河沙一样,多得不得了的意思。小说里说的佛,是西方的阿弥陀佛,不是释迦牟尼佛,是西方的佛。永乐就是极乐,实际上是极乐世界的。极乐世界讲的是人的心,有了高智慧、无牵无挂的快乐,那种极乐,没有烦恼,整天高兴,其实它讲的是这个。

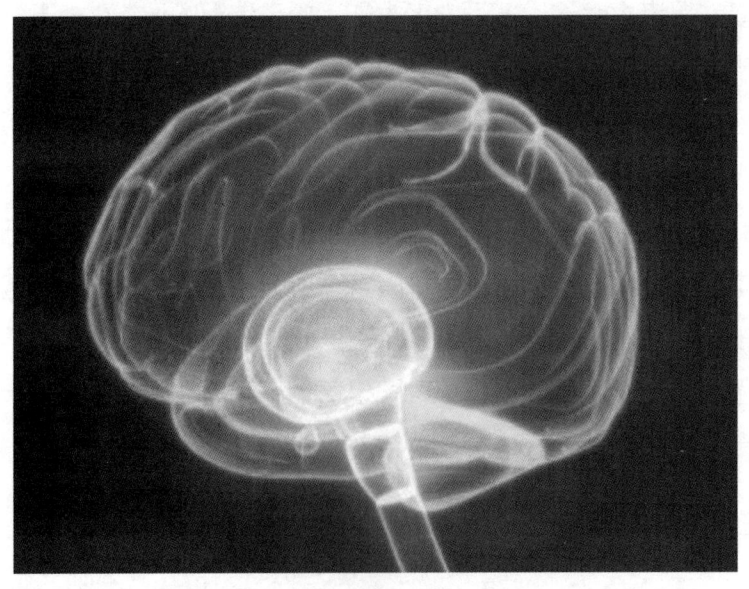

摩尼珠

"康泰长生九品花"是纯阳的花，"无相门中真法主"，讲佛是虚无世界的真主人，其实，歌颂的是金丹。"色空天上"，虚无的世界叫色空天上，一个高维度空间的虚无世界是仙家。"乾坤大地皆称祖"，大道是祖，先天一炁是祖，佛是先天一炁、金丹之光显的一个象，大道才是祖，不是说佛本身是祖。

"丈六金身福寿赊"，人的灵光和师父的灵光合一了叫金身。金丹的光能显佛的象出来，叫金身。丈六金身是很高的身，智慧出来了，才能显化大身。福寿赊就是福气、寿命很长，是这个意思。

一个帖子把孙悟空封在底下了，帖子是六字大明咒，六字大明咒是定的意思，让他安定、定住，别猴头猴脑的，别闹，要静得住。这个帖代表的是本性，就是静。第七回讲脱胎，从太上老君的八卦炉里脱出来，脱出来的摩尼珠，是一个小光球。这个光就是如来，遍恒河沙数，是无限的光，无限的小光，是无数的。如来的意思是，好像来了，但是没有，无所从来，无所从去，叫如来，是虚无的。

第八回　观音找三徒一马，讲三家相见

第八回　我佛造经传极乐，观音奉旨上长安

第一，真性真我

第八回讲佛祖要传真经，安排观世音执行取经大业。观音是本性和能量一体的金丹，金丹才能取经，光才能去西天。这是一个团队的事，团队的领导是观音。师父找徒弟，三家相见，四象五行，来展示金丹的内涵。然后，观音一直在暗中出力。取经是本性世界参与的大事，不是一个人能干的。开篇诗：

试问禅关，参求无数，往往到头虚老。磨砖作镜，积雪为粮，迷了几多年少？毛吞大海，芥纳须弥，金色头陀微笑。悟时超十地三乘，凝滞了四生六道。谁听得绝想崖前，无阴树下，杜宇一声春晓？曹溪路险，鹫岭云深，此处故人音杳。千丈冰崖，五叶莲开，古殿帘垂香袅。那时节，识破源流，便见龙王三宝。

修道、修禅，如果找不对真道的话，多少年都是白费时间。就像把一块砖给磨成镜子，是不可能的。"毛吞大海，芥纳须弥"，这么一个小光点，心细如毛，一个小光粒，这么小，但是它可以吞掉大海。讲的是一个小光可以带动共性的能量。这么小，可以有那么大的力量，叫毛吞大海。我觉得这句话写得特别好，对于你理解本性，很有帮助。原来这一个小金丹，代表的是本体的用，原来有那么大的后援部队，那么大的背景。明白了这个道理，就很自信了。你就不会轻视金丹了，你肯定会很恭敬了。"金色头陀微笑"，是拈花一笑，讲虚无的小光点，能带动本体的能量，这个学问是怎么学的？是心领神会学的。什么叫神会？不仅你的后天意识理解了道理，你的心光也长了。理通了能量就交汇了，叫心领神会。

"悟时超十地三乘，凝滞了四生六道"，悟了金丹以后，我们说的十法界、三乘，连这些都超越了。三乘、天仙道挺高的，顿超，连这都能超越。法界六道轮回，四圣道、六凡道加起来是十法界，凝滞了四圣六道。所以你看多厉害，为什么我要讲这首诗，这首诗讲的是大道，孙悟空他修成大道了。表面是佛祖把他扣住了，实际上，讲的是修成真道了。修成真道，第八回就在传真道，是吧？传真道的时候，在歌颂真道怎么好，怎么厉害。

"谁听得绝想崖前，无阴树下，杜宇一声春晓？曹溪路险，鹫岭云深，此处故人音杳"。这是一个虚无生出的妙有，是无中生出来的。在这里走过的人很少，很少，无为法成功的人很少，天仙道很少有人成，所有练的都不是这个。天仙是自然的，纯自然成功的人是很少的。所以他就说了，故人音杳，就是已经走过来的人非常的少。你看《钟吕传道集》，都没有说完全自然走过来的。只有宋代的王重阳说了，先秦尹喜的《文始真经》、列子的《冲虚经》讲了无为法。他们是怎么验证的也没有多少记载，王重阳说的以性带命，王重阳培养出来七真，最小的徒弟丘处机，就是《西游记》的作者，借寓言讲金丹大道。尹喜以《道德经》为蓝本修行的文始派，讲自然无为法，后世不见传人，故人音杳，丘处机祖师说，历史上自然无为走过来的人太少了。

"千丈冰崖，五叶莲开，古殿帘垂香袅"。千就是一，千、百、一千一百都是一，一是金丹，五行是一的体现，都指本性。"那时节，识破源流，便见龙王三宝"。如果你真正悟了以后，精气神三条龙就成了。龙王三宝就是精气神合一，精气神合一就是金丹。第一回讲大道，到第七回的时候，孙悟空成了大道。已经开始行道了，歌颂大道。谁能够踏踏实实地走这条路，坚持无为，坚持自然。这条路不断地走下去，这样的人很少。人有后天意识心，人不能自然，人心太难办了，后边的八十一难，都是人心挡道。人要做这个，要忙那个，心就放不下，守不住无。很闹腾，人心放不下。所以只能像唐僧一样不断地磨，不断地磨，最终磨得心明眼亮，磨成了元神看透本质的火眼金睛。孙悟空为什么三年就成了，孙悟空是元神，元神只有灵感，没有意识。孙悟空是元神，元神行道、证道，就这样自然走过来了，这是很少见的。真东西实际上是很容易的，你只要把源流悟了，把本性悟了，就得龙王三宝，精气神就合一了，合一就是金丹，就是本性。你明白本性了，原来他是那么高的能量，他能够解决一切的困惑，你依靠本性就行了。

"甚深般若，遍观三界。根本性原，毕竟寂灭"。这么高的一个了不起的智慧，其实就是那个灵根。根本性原，就是你本性的根源，其实就是灵根。毕竟寂灭，那东西又是个什么？又是个虚无的体，又是虚无寂灭的，又是这么个东西。"同虚空相，一无所有"，就像虚空一样，根本就没有，但这是体。"名生死始，法相如是"，生实际上是死的开始，生死循环。你看这个人投胎了，你说他是生了，但是，对先天这口元气来说，是一点点在死，一点点在消失，一点点在消耗。你明白了生死，你就知道怎么生了，怎么活着了，他是这个意思。下面一首诗就描述长生怎么好，这个都容易懂。然后就是金丹的好处，"烟霞缥缈随来往，寒暑无侵不记年。福增无量永周全。禄爵无边万国荣。寿如山海更悠哉"。这是一个永恒的，没有时间的，无限的福禄寿，讲的是根，性根。第一回讲的是灵根，灵根、性根其实是一个东西，就是本原，把本原弄懂了，生死指的是一点灵光的生死，你把本原搞懂了，见龙王三宝，就很容易。

第二，三藏真经

如来曰："我有《法》一藏，谈天；《论》一藏，说地；《经》一藏，度鬼。三藏共计三十五部，该一万五千一百四十四卷，乃是修真之径，正善之门。我待要送上东土，叵耐那方众生愚蠢，毁谤真言，不识我法门之旨要，怠慢了瑜迦之正宗。怎么得一个有法力的，去东土寻一个善信，教他苦历千山，询经万水，到我处求取真经，永传东土，劝化众生，却乃是个山大的福缘，海深的善庆。谁肯去走一遭来？"当有观音菩萨，行近莲台，礼佛三匝道："弟子不才，愿上东土寻一个取经人来也。"

西天取经取的三藏真经，《法》《论》《经》这三藏，一个是谈天，一个是说地，一个是度鬼，天地就是玄关，玄关养元神，金丹元神才能度鬼，讲的就是度阴气。对于一个活人来说，是一个生灵，有后天识神的阴气，元神这个光、金丹这个光能够转化阴气。人死是亡灵，因为生前不修心性，阴气缠绕着他，他在各种痛苦境界里出不来，也得有金丹才能度他。

三藏真经、西天取经，什么是真经？玄关才是真经，玄关养元神这才是真经，也就是天地虚无的道体能量，这才是真经。

东土找一个人千山万水到西边来求经，就是从东到西。东是什么，东是物质世界。西是什么？西是法界光的世界，虚无的心灵空间。从东到西，西天取经，就是这样。西天取经回到东土，把经送到东土。佛祖让观音菩萨到东边找一个人来，把经拿走。你就会这么说，菩萨直接送过去不就行了吗？你干什么还要找四个人，还有马，找个五行来取经呢？这样不行，经是求的，要历尽千难万苦才能到手的。真东西哪那么容易到手，你以为是一个物质的东西呢，以为是一个小小不言的东西呢。

第三，五件宝贝

如来见了，心中大喜道："别个是也去不得，须是观音尊者，神通广大，方可去得。""这一去，要踏看路道，不许在霄汉中行，须是要半云半雾：目过山水，谨记程途远近之数，叮咛那取经人。但恐善信难行，我与你五件宝贝。"

"这袈裟、锡杖，可与那取经人亲用。若肯坚心来此，穿我的袈裟，免堕轮回；持我的锡杖，不遭毒害。"这菩萨皈依拜领。如来又取出三个箍儿，递与菩萨道："此宝唤做紧箍儿。虽是一样三个，但只是用各不同，我有金紧禁的咒语三篇。假若路上撞见神通广大的妖魔，你须是劝他学好，跟那取经人做个徒弟。他若不伏使唤，可将此箍儿与他戴在头上，自然见肉生根。各依所用的咒语念一念，眼胀头痛，脑门皆裂，管教他入我门来。"

那菩萨到山脚下，有玉真观金顶大仙在观门首接住，大仙道："取经人几时方到？"菩萨道："未定，约摸二三年间，或可至此。"

看到观音菩萨报名了，如来就吩咐："不许在霄汉中行，须是要半云半雾。"霄汉指虚无中，半云半雾是虚中得实，虚的要有实证，实的要有虚的配合，就是虚实结合，它是个虚的，但你是有实证的，能量与心性的成长，你得记录。这五件宝贝中有袈裟和锡杖，袈裟是五彩的，讲的是五行，九环锡杖是九个环，

纯阳的意思，还是圆融的智慧的意思。杵着一根棍，凭着这根棍走路的意思，凭着先天一炁，圆满的智慧行道。实际上，袈裟和锡杖讲的就是金丹、本性。三个箍，金、紧、禁，金箍、紧箍、禁箍。红孩儿是金箍，孙悟空是紧箍，黑熊精是禁箍。孙悟空是元神，黑熊精是元精，红孩儿是三昧真火，元精禁止变成浊精，元神紧紧地归于本性，归于大智慧。三昧真火是锻炼真金用的。三个箍三个宝贝是保证什么的？保证本性之光最后成功的。五件宝贝实际上就是五行，就是本性，五行之光，就是先天一炁。

第四，四象

四象是观音找徒弟，第一个找的是沙僧。他跟观世音说："我不是妖怪，我是灵霄殿下侍銮舆的卷帘大将。"銮舆是玉帝坐的车，孙悟空给玉帝养马是玄关，玉帝坐的车就是玄关，沙僧是玄关的侍卫。"只因在蟠桃会上，失手打碎了玻璃盏，玉帝把我打了八百，贬下界来，变得这般模样。又教七日一次，将飞剑来穿我胸肋百余下方回，故此这般苦恼。没奈何，饥寒难忍，三二日间，出波涛寻一个行人食用。不期今日无知，冲撞了大慈菩萨。"菩萨道："我今领了佛旨，上东土寻取经人。上西天拜佛求经，我教飞剑不来穿你。那时节功成免罪，复你本职，心下如何？"那怪道："我愿皈正果。"这就是沙僧。

第二个是猪八戒。"我本是天河里天蓬元帅，只因带酒戏弄嫦娥，玉帝把我打了二千锤，贬下尘凡。一灵真性，竟来夺舍投胎，不期错了道路，投在个母猪胎里，变得这般模样。"沙和尚是土，土是元气的意思，土就是电感。五行的土居中，是真信。为什么叫卷帘大将军？电感像瀑布一样，像一个帘子一样，人在那种时候，那个状态是不好意思的，要遮着的，卷帘大将军是放遮着布的，他犯了错误。猪八戒是动了色心，猪八戒是天河里的天蓬元帅，水指元精，他色欲很强。后边在水里打的时候，孙悟空说你下去，我不会干这个事，讲的就是元精这个事，元精这个事孙悟空不懂，孙悟空是先天一炁，还没有肉身时的先天元气，不懂肉身男女之事。猪八戒色心特强，因为贪色，投了猪胎，投动物胎。

第三个出来的是白龙，白龙说："我是西海龙王敖闰之子，因纵火烧了殿上明珠，我父王表奏天庭，告了忤逆。玉帝把我吊在空中，打了三百，不日遭诛。望菩萨搭救搭救。"菩萨上前礼毕道："贫僧领佛旨上东土寻取经人，路遇孽龙悬吊，特来启奏，饶他性命，赐与贫僧，教他与取经人做个脚力。"观音替他求情，就把他放了。他的错误是什么？他烧了殿上明珠，龙珠就是灵光。菩萨是先打个招呼，后边才收白龙的。收白龙的时候，先把龙珠给摘了，观音菩萨把龙珠给没收了。龙珠这个光不能用，不让用，师父不让用，老早天眼就开了，但是师父给封上了，不让看，不让你把精气给耗了，就是这么个意思。

第一个沙僧是土，第二个八戒是火，第三个白龙是水，这是三个。第四个是孙悟空。这个时候观音过来了，大圣道："把我压在此山，五百余年了，不能展挣。万望菩萨方便一二，救我老孙一救！"菩萨道："待我到了东土大唐

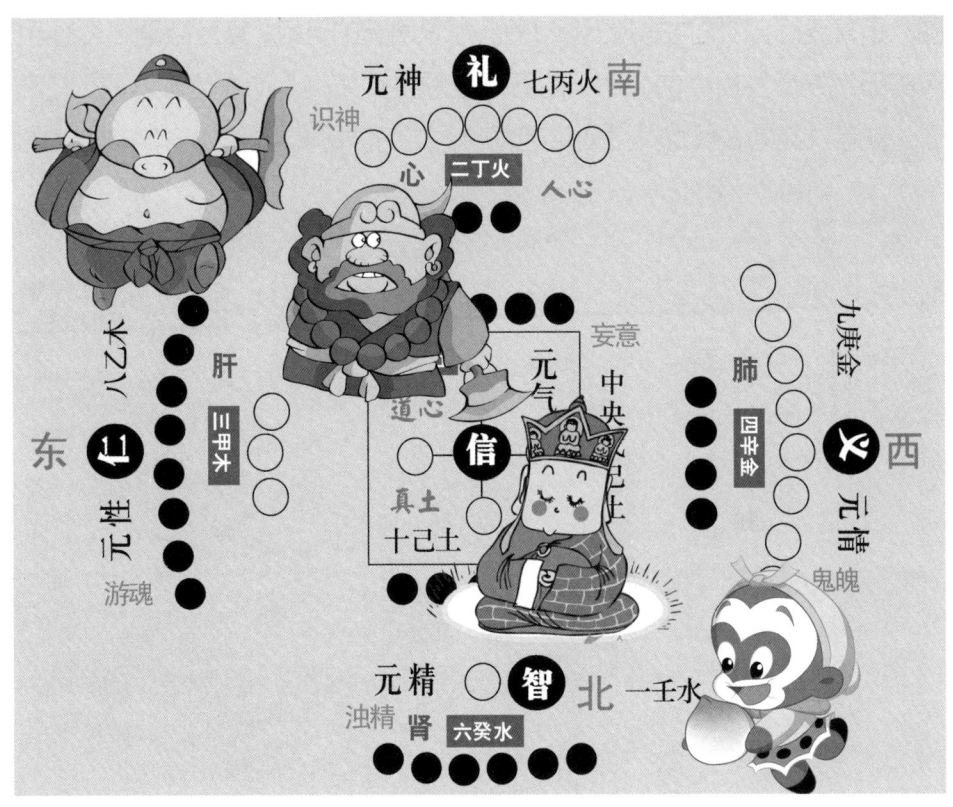

三家相见结婴儿

国寻一个取经的人来，教他救你。你可跟他做个徒弟，秉教伽持，入我佛门，再修正果，如何？"大圣声声道："愿去，愿去！"菩萨见到悟空，没有把他放出来，让唐僧来放他。菩萨找取经人的五行顺序是土、火、水、金、木，唐僧是法身。唐僧还没出现，现在这四个是三家相见。八戒是木火一家，沙僧是土一家，孙悟空是金水一家，三家相见结婴儿。木火代表人的神，金水代表人的精，精神是一个身、一个心，人的身心两部分，加上中间土，就是三家相见。关键是五行出来的顺序，火生土，金生水，是这么顺着生的，但是，现在反着出来，先是土后是火，先是水后是金，四象是反着出来的，讲的就是真五行，反生反克。观音找徒弟的顺序，告诉你的是真五行。**（见彩图八《真五行》、彩图九《五行生克图》）**

三家相见，下一回就是婴儿，江流儿讲的是唐僧，唐僧是最后一个出来的。彩图八是真五行，彩图九是假五行，假五行是后天的五行，真五行是先天的五行，先天的五行是反生反克的，后天的五行是顺生顺克的。你一比较这两张图就知道了，观音找徒弟，找这几个徒弟的顺序，讲的就是真五行。

附录集　江流儿，讲婴儿

附录集　陈光蕊赴任逢灾，江流僧复仇报本

第一，贞下起元

附录集讲的"陈光蕊赴任逢灾，江流僧复仇报本"，讲的是婴儿，前面是三家相见，这一回就讲婴儿。这两回在讲金丹，佛祖给的五个宝贝是金丹，三个徒弟一匹马加上唐僧，又是一个金丹，又是在讲金丹。你就明白了，为什么整部小说，插上一回关于唐僧的人生经历，为什么这样安排。有人认为这不重要就删了，其实这一回是很重要的。

这个时候大唐太宗皇帝登基，改元贞观，已登基十三年。你看登基十三年，他游历地府又给他加了二十年，是贞观三十三年，唐僧出生的时候是贞观十三年，取经又是贞观十三年，取经回来还是贞观十三年，这是什么意思？作者糊涂了吗？不是，讲的是先天一炁，讲的是大道，大道没有时间，没有空间。

唐僧的父亲中了状元，然后就撞婚，人家给他丢绣球，就撞婚了，撞婚以后就当了官，当官上任的时候是带着老母亲去的。他给老娘买鱼，看鱼眨眼睛，心想这不是等闲之物，就给放生了。在路上走的时候，陈光蕊被刘洪杀了，把他扔在水里。殷温娇没办法，因为怀孕了，就顺了刘洪，把孩子养出来了，刘洪要害这个孩子。母亲把孩子的小指咬下来，捆在一个板上，放到水里，结果就漂到金山寺。老和尚把唐僧养大了，故事很快就讲过来了。

唐僧的父亲被丢下水的时候，龙王叫将尸抬来，放在面前，仔细一看道："此人正是救我的恩人，如何被人谋死？常言道，恩将恩报。我今日须索救他性命，以报日前之恩。"原来，龙王就是陈光蕊放生的那条金鱼。金色鲤鱼是水中金，水中金是复卦，一阳生其实讲的是这个。龙王就报恩，神是讲报恩的，如果不该不欠的话，神便不理。龙王就把陈光蕊的肉身用定颜珠保护起来，让他的魂光替龙王做事。

第二，江流儿

这时候孩子生了，唐僧被捆在一块木板上，漂流到了金山寺。老和尚叫法明，法明已经明心见性了。修真悟道，已得无生妙诀。他已经能够无中生有，得化生的能量了。法明把唐僧养大。

不觉江流儿年长一十八岁。长老就叫他削发修行，取法名为玄奘，摩顶受戒，坚心修道。和尚聚会的时候，有人嘲笑唐僧，你看你都十八了，还不知道父母是谁，就嘲笑他。玄奘就开始想这件事了，他就寻母，法明给了他证据，母亲写的血书。唐僧找到了母亲殷温娇。接着去找奶奶，奶奶还在半路上，因为病了，半路租了房子给奶奶住。后来，奶奶没钱要饭去了，玄奘在砖窑把奶奶找着了。

那时奶奶已经瞎了，唐僧这个时候就说："今日领母命来寻婆婆，天若怜鉴弟子诚意，保我婆婆双眼复明！"祝罢，就将舌尖与婆婆舔眼。须臾之间，双眼舔开，仍复如初。奶奶是父母生我之前的先天一炁，当找到先天一炁以后，先天一炁可以令人起死回生，能转化一切阴气。眼瞎了不就是阴气吗？得了先天一炁阴气就被转化了，所以，奶奶的眼睛就好了，这是讲先天一炁的妙用。

第三，起死回生

这个时候"丞相与小姐、玄奘三人亲到江边，望空祭奠，活剜取刘洪心肝，祭了光蕊，烧了祭文一道"。唐僧已经找着奶奶，又找到姥爷，姥爷即是外公，比喻先天一炁。姥爷是大官，带着兵就来了，剿灭了刘洪，在河边上祭奠陈光蕊。

小姐忙向前认看，认得是丈夫的尸首，一发号啕大哭不已。众人俱来观看，只见光蕊舒拳伸脚，身子渐渐展动，忽地爬将起来坐下，众人不胜惊骇。光蕊道："皆因我与你昔年在万花店时，买放了那尾金色鲤鱼，谁知那鲤鱼就是此处龙王。后来逆贼把我推在水中，全亏得他救我，方才又赐我还魂，送我宝物，俱在身上。更不想你生下这儿子，又得岳丈为我报仇。真是苦尽甘来，莫大之喜！

陈光蕊复活后就升官了，玄奘就到洪福寺内修行，殷小姐从容自尽，从一而终的观念让她觉得丢脸就自杀了，故事就是这样。陈光蕊的复活，讲的是真阳，真阳能量令人起死回生。他讲的是水生金，水中金、元精发动这个能量，它能够让人的光重新长出来，只要你还有一口气，元精一发动，光就长大了。说的是光的起死回生，不是人的起死回生。当然，光长大了，肉身受益。

玄奘救了他母亲，子救母。子是水，母是金，子救母就是子生母，水中金，子救母，子气生母气，是这个含义。这一回是讲婴儿，叙述得很快，一点不拖泥带水，几十年的过程，几句话就给写完了，非常短的概述，过程非常快。为什么这样？其实是讲婴儿，唐僧是婴儿。第八回讲的是三家相见，观世音收了几个徒弟，讲的是三家相见结婴儿，附录集写的就是婴儿，前边写的是三、五，现在写的是一，三五一就是金丹，所以第八回和附录集是这样的联系。

木火是猪八戒，金水是孙悟空，沙和尚是土，中间是婴儿唐僧，是卡通画，我用卡通画摆上，三家相见结婴儿。三家相见结婴儿，讲的是金丹。前边在第三回、第四回讲了元神，后边讲了金丹，第九回袁守诚梦斩老龙，又是在写元神。和后边的唐太宗游历地府，那个是阴神，阴神所看到的。水中生魂，金中生魄，然后魂魄合一成元神。整个过程都写的是人的神光的科学，先给你讲大道、真道，然后给你讲金丹，第九回又讲元神，讲完元神又讲唐太宗游历地府，这讲的是神的成长过程，阴神、阳神、元神是这样成长过来的。这个过程紧紧扣住的就是人的神光，人的魂光。人的阳光，阳性的光。紧紧扣住这个主题在讲，人的阳光的提升和现状，现状是阴神、阳神，元神是魂魄的提升。《西游记》紧紧扣住的是光的主体，东胜神洲这个魂光。可以清楚地看出这个脉络，看出这个线索，光的特点和光的提升。

第九回　梦斩龙头，讲元神是自然之光

第九回　袁守诚妙算无私曲，老龙王拙计犯天条

第一，元神的形成

　　袁守诚卦算得特别准，这讲的是元神，元神跟天地能量一体，老龙虽然是一个神，但是，神也不能够违背自然，违背天条，就犯错误了。写元神的这一章，有一半是诗词，一首一首的诗，诗后是词，一首一首的联句，这是什么意思呢？我看明白了，先说时间，"今却是大唐太宗文皇帝登基，改元龙集贞观"。改年号叫贞观，"此时已登基十三年，岁在己巳"。贞观十三年，说这个时间，为下边游历地府作铺垫的。唐太宗寿数到了，该死了，因为积了德，被延寿二十年。这么多的诗，太多了。张稍道："你山青不如我的水秀。"张稍是一个渔夫，说自己这边的水好，有一首《蝶恋花》词为证。然后，李定夸青山好，"你的水秀，不如我的山青"。李定是真阴，张稍是真阳，他们两个对诗。你说《蝶恋花》，我就说《蝶恋花》；你说《鹧鸪天》，我就说《鹧鸪天》；你说《天仙子》，我就说《天仙子》；你说《西江月》，我就说《西江月》；你说《临江仙》，我就说《临江仙》。你一看就明白了，是真阴真阳合一呢。两个人说一个事，这不就是合一吗？真阴真阳合一，是水火既济。水火既济了以后，金木交并，魂魄合一不就是元神吗？讲的是元神的形成，二人同气，就是合一。

第二，元神通天道

　　卖卦先生、算卦先生算得非常准，渔夫每日送他一尾鲤鱼，他就袖传一课，教他百下百着。每天给卖卦先生钱，得到一卦，告诉他在哪儿去捞鱼，百发百中。龙王听了，说这不行，这样下去，鱼不都给吃了吗？龙王就变成一个秀才，来找卖卦先生麻烦来了。算命先生袁守诚，是钦天监袁天罡的叔父。天罡星是北斗星的把儿，北斗七星对应人体腹部，指玄关。开了玄关的人，跟天是合一的，袁守诚跟天是合一的，所以说什么都准。袁守诚，守的是诚恳，质朴诚恳，是元神的特征。朴素、诚恳是元神。袁守诚是守一、通天的，跟袁天罡一样。袁天罡的叔叔比他还厉害，对不对？一个开玄关的叔叔，比他厉害的意思。

龙王和卖卦先生打赌，龙王说行，打赌下雨，明天什么时候下雨、下多少？袁守诚说："明日辰时布云，巳时发雷，午时下雨，未时雨足，共得水三尺三寸零四十八点。"下这么多雨，龙王就说："你要是说准了，我给你五十两银子，你要说不准，我把你这卦摊砸了。"龙王是找茬儿来了。这时候，只听得半空中叫："泾河龙王接旨。"旨意上时辰数目，与那先生判断者毫发不差，唬得那龙王魂飞魄散。龙王旁边的人就给他出主意，就说："你管下雨的，你少下点不就行了吗？"龙王听从了，就少下点雨。龙王找袁守诚来砸卦摊了，他变成一个白衣秀士，袁守诚说："我认得你，你不是秀士，乃是泾河龙王。你违了玉帝敕旨，改了时辰，克了点数，犯了天条。你在那剐龙台上，恐难免一刀，你还在此骂我？……你明日午时三刻，该赴人曹官魏征处听斩。你果要性命，须当急急去告当今唐太宗皇帝方好。"龙王克扣雨量，少了三点八寸，下雨是自然，违反了自然，就要招恶果。人曹官魏征处斩，人间的管事把龙头杀了，这是什么意思呢？其实，讲的是元精在人体里，元精能量是自然的，如果你违背自然的话，就要人曹官问斩，就会出问题了。你如果不顺其自然，你要人为干涉，人体会遭殃的。人曹官问斩，实际上讲的元精就是人体的，要是违背自然胡来的话，你是要遭报应的，人体会出问题的，其实他讲的是这么个道理。

第三，水中生魂

此时唐太宗正梦出宫门之外，步月花阴，忽然龙王变作人相，上前跪拜，口叫："陛下，救我，救我！"太宗云："你是何人？朕当救你。"龙王云："陛下是真龙，臣是业龙。臣因犯了天条，该陛下贤臣人曹官魏征处斩，故来拜求，望陛下救我一救！"太宗曰："既是魏征处斩，朕可以救你。你放心前去。"龙王欢喜，叩谢而去。却说那太宗梦醒后，念念在心。唐太宗就有心事了，他想救老龙，觉得魏征是自己的手下，说一句话就行了。

再说魏征，"却说魏征丞相在府，夜观乾象，正爇宝香，只闻得鹤唳九霄，

却是天差仙使，捧玉帝金旨一道，着他午时三刻，梦斩泾河老龙"。魏征元神也通了，上天让他梦斩龙头。魏征好像今天没上朝，唐太宗就惦记着，找他来，我得看着他。看着他，跟他下棋。老龙比喻水中金，金色鲤鱼就是水中金。老龙入梦，梦是魂，魂出来魂游，魂对应木。老龙是水中金，水生木，水中生魂，金中生魄，讲魂得先天一炁，然后，魄再得先天一炁，魂得先天一炁叫阳神，魄得先天一炁叫阴神，讲的是阴神阳神，二者合一是元神。其实讲的是元神是怎么形成的。前面讲的真阴真阳，二人对诗。二人一个心思就是合一，元神就是这么成的。通过老龙给唐太宗托梦，讲的是水生木，水中生魂，唐太宗游地府是金生魄。一个阳神、一个阴神，然后是元神，讲的是这样一个逻辑。元神通天道，元神就是自然能量本身，就是先天一炁那个自然之光，所以，大自然是什么样，元神知道，元神算的下雨，一个点都不错，这就是第九回的内容。

第九回讲的是元神的形成，但是还没讲完，后边游历地府，金中生魄了以后，阳神阴神合一才是元神。小说用这几回讲元神的形成，你得联系起来看，为什么俩人对诗，一个樵夫一个渔夫，两人对诗提贞观十三年干什么？对诗还找个哪一年才对，你要把它整体联系起来看，你才能够明白，实际上，讲的是人的光。

第十回　唐太宗游历地府，讲的是阴神

第十回　二将军宫门镇鬼，唐太宗地府还魂

第一，无形有据

唐太宗因为答应了要救老龙，就把魏征拘在这儿了，想看着他，就拉他下棋。正下到午时三刻，一盘残局未终，魏征忽然踏伏在案边，鼾鼾盹睡。太宗笑道："贤卿真是匡扶社稷之心劳，创立江山之力倦，所以不觉盹睡。"魏征打盹睡着了。

只听得朝门外大呼小叫。原来是秦叔宝、徐茂功等，将一个血淋淋的龙头，掷在帝前。"千步廊南，十字街头"，南是离卦，指老龙还是人心。"云端里落下这颗龙头，微臣不敢不奏。"魏征转身叩头道："是臣方才一梦斩的。"唐太宗闻言，大惊道："贤卿盹睡之时，又不曾见动身动手，又无刀剑，如何却斩此龙？"魏征奏道："主公，臣的身在君前，梦离陛下。"说着说着话，好好的，忽然深度睡眠，忽然困得睁不开眼，深度睡眠了，是神出去了。这是一个无形的，也看不见，但是，所在环境出现了验证，是无形有据的。一般来说，困了好像是休息了，其实是工作了。元神是阴阳一体，休息和工作是一体的。晚上睡觉了，我们认为是休息了，其实那个光是没有休息的。白天工作是靠光能量的支持，晚上睡了光还在工作。人的细胞、骨骼、血液，所有的物质体形成的一颗光叫内丹。这个光渗透到物质中，元神外丹的验证是比较虚的。玉神内丹可以虚象与现实融通，在现实里可以验证。

魏征梦斩龙头，马上有一个真的龙头就扔过来了，讲的是玉神的验证。梦斩是无形的，但有据。唐太宗就不懂。魏征说，臣的身在君前，梦离陛下。身体在这儿，梦是离开的，梦就是神光离开了。这个玄象，是光所看到的真相，光用象的语言说话，人曹官梦斩龙头，说的是元精这件事，如果违背自然，就被砍头，龙头指的是光，元精发动用了人心，干扰自然，精化气、气化光，光到头上，就上不来了，龙没头了，说的是人头上没光了。

第二，最初出来的是阴神

元神的形成是一个过程，西天取经，要解决的是魄转阳的问题。魄怎么转阳，魄得先天一炁就转阳，魄出来得先天一炁的纯阳之光，叫阴神。魂出来，得先天一炁，叫阳神。阴神、阳神合一叫元神，元神就开玄关，天人合一了。还有七情六欲的退位，识神顺从自然。综合起来，魄的转阳就完成了。唐太宗梦游地府，唐太宗假死的状态，讲的是出阴神。他看到的是特别可怕的景象，因为他不修心性，他的那个纯阳的本性太阳光没有放出来，身体的五脏六腑是阴气，人的思想也是阴气，所以他看到的都是阴的，都是可怕的。但，重要的是阴神出来得天光的哺育，魄开始转阳了。

心里纠结多时，唐太宗渐觉神魂倦怠，身体不安。当夜二更时分，只听得宫门外有号泣之声，太宗愈加惊恐。有这个恐惧，人所看到的，就是他的心的象，这个心要是修干净了，就没有这个象。所以，都是心的象。十法界都是心的象，都是心的问题，你心要修好了，干干净净的，什么都没有。所以呢，你在读唐太宗游历地府的时候，首先要破除迷信。不懂的话会害怕，哦，真有地狱，地狱是这样的吧？不是，首先要破除迷信。

正朦胧睡间，又见那泾河龙王，手提着一颗血淋淋的首级，高叫："唐太宗，还我命来，还我命来！你昨夜满口许诺救我，怎么天明时反宣人曹官来斩我？你出来，你出来！我与你到阎君处折辩折辩！"他扯住太宗，再三嚷闹不放，太宗箝口难言，只挣得汗流遍体。正在那难分难解之时，只见正南上香云缭绕，彩雾飘飘，有一个女真人上前，将杨柳枝用手一摆，那没头的龙，悲悲啼啼，径往西北而去。原来这是观音菩萨，领佛旨上东土寻取经人，此住长安城都土地庙里，夜闻鬼泣神号，特来喝退业龙，救脱皇帝。那龙径到阴司地狱具告不题。老龙上阴间告状去了，要三曹对证，所以，就把他的神给拉走了。所有现的象都是心的象，恐惧的心没有了，那个恐惧的象就不会有。心光是一面镜子，是照你的心念的，你只要心把持好了，心修好了，恶象就没事了。

魄先出来，好像魄水平最低，看到了恐怖的东西不好。但，这正是一个转阳的机会。魄出来得先天一炁了，就开始转阳了，其实是好事。你要这样看，你要这样看这个阴神。如果有恐惧心，就难免鬼扯。唐太宗救人没救成所以心虚，怕老龙来算账，心怀恐惧，心虚就是鬼扯。你要是坦坦荡荡的，刘全送瓜，人家去阴间什么也没看见，怎么你唐太宗看见这么多呢？那就是做贼心虚，贼就是鬼。一切都是心的问题，鬼只是一个玄象，关键就是人心。女真人是观音，观音是元神，元神就把唐太宗给救了。本性元神是生机，有了本性、有了生机就能解脱。讲人的胡思乱想，本性的光能让人从中解脱出来。你一静一空就是本性，就是纯阳能量。一空下来纯阳能量一来，把阴气就化掉了，心也放下了，阴气就走了，鬼扯就没有了，讲的是这个道理。

也就是说，你人在遇到困难的时候，你不要往坏处想，你要依靠本性，依靠本性的大太阳，大太阳一照，就把妖魔鬼怪照走了，也就是阴气就被化掉了。你要学会使太阳，你有问题，有纠结了，要学会自救，你用这个纯阳，你一空一静这个纯阳的正能量，自动解决问题。你不能老是说谁救我吧，不用谁救你，自己救自己。但是，你要及时醒悟，及时回来，及时回到太阳上来。越是遇到困难的时候，你越是要抱住了太阳。识神的阴气一起，你的太阳光一放出来，就这样转阳。观世音来救唐太宗，其实，讲的是本性自救。本性是很厉害的，但是你不释放它，它的那个玄妙表现不出来。实际上这就是释放本性，让本性的能量、智慧释放出来。

再说老龙，说他径往西北而去。那没头的龙，悲悲啼啼，径往西北而去。什么意思？没头的老龙，西北是乾卦，乾卦对应头。八卦就是先天一炁，五行八卦都是先天一炁的用，先天一炁是虚无的，没头的老龙，龙比喻光，光是自然，如果动用人心，违背自然，光就没了，就是龙掉脑袋的比喻。五行八卦，一三五，一万三千五百斤那个金箍棒的一三五，都是虚指。千万别糊里糊涂地放在实上，你一放在实上就错了。跟迷信一点关系都没有，是一种玄象、是隐传。一个没有头的龙，往西北去了，西北就是头，不是有头没头，是一个虚的比喻，一个虚象，要这样理解。不要再滑到识神上去，要元神去理解，八卦就是元神，从元神上去理解才对。

第三，信息做功

唐太宗恐惧成病，病了就闹鬼。他的两员大将秦琼、尉迟恭，后来被老百姓尊为门神。秦琼、尉迟恭二将军侍立门旁，一夜天晚，更不曾见一点邪祟。两个将军是充满阳刚之气的，充满阳刚之气，鬼就没有了，心阴暗，才遭鬼扯，心里阳光就什么事都没有。作者讲的是心，不是讲迷信。唐太宗说："这两日朕虽得安，却只难为秦、胡二将军彻夜辛苦。朕欲召巧手丹青，传二将军真容，贴于门上，免得劳他。"于是就请人作画，画了以后，把秦琼、尉迟恭两个人的像贴在了门上，夜间也即无事。两个像贴在那儿，也不鬼扯。二人的像代表的是纯阳，充满正气的阳气形象。一个阳刚的信息，就没有鬼扯的事。讲的是能量世界，信息是随心的。心阳它就是阳的，心阴它就是阴的。信息就是能量，一个虚无的元神之光，对光来说，一个信息就是事实。

第四，神是报恩的

这个时候唐太宗病重得就要死了，沐浴更衣，待时而已。把寿衣穿好了，就等着时辰了，等着钉棺材了。这时，旁闪魏征，手扯龙衣，奏道："陛下宽心，臣有一事，管保陛下长生。"太宗道："病势已入膏肓，命将危矣，如何保得？"征云："臣有书一封，进与陛下，捎去到冥司，付酆都判官崔珏……他念微臣薄分，必然放陛下回来，管教魂魄还阳世，定取龙颜转帝都。"太宗闻言，接在手中，笼入袖里，遂瞑目而亡。在白虎殿上，停着梓宫。说是死了，其实是做梦去了阴司。去那儿找到崔判官。崔判官早就知道了，崔判官满心欢喜道："魏人曹前日梦斩老龙一事，臣已早知，甚是夸奖不尽。又蒙他早晚看顾臣的子孙，今日既有书来，陛下宽心，微臣管送陛下还阳，重登玉阙。"太宗称谢了。棺材停在白虎殿，白虎指魄。他做梦是神游，肝阴神游魂，游魂出去了，游魂出去旅游了。七魄还在，做梦是魂出游魄还在，棺材停在白虎殿，实际是讲这个意思。而真正的死是什么呢？死是魂走了，魄也走了，那才叫死。唐太宗还没死呢，魄还在那儿，是做梦而已，讲的是魂魄的关系。

魏征是崔判官生前的同事，崔判官去世了，在阴司当判官。因为魏征照顾崔判官的家人，崔判官就感激他，这讲的是德重鬼神钦。积善成德，你做善事，是有无形的效果的。崔判官是阴间的生命体，积善成德，在无形中是有用的。一个人的寿命，活着是因为有光，光没了就死了。积德是什么呢？积德实际上就是积累光，你光长了，是无形的，无形的叫阴德、玄德，谁也看不见。实际上这个德就是光，积德就是长光，光就长大了。德就是人的健康寿数，积德的后果，是健康、长寿。后果就是一种报答，是无形的报答。光是无形的，光长大了，就健康了、长寿了，这不就是报答吗？这讲的就是德重鬼神钦。不是有鬼，不是有神，是讲德灵光，积德行善，善是魂，德是魂光。

玉阙就是大脑，魂光出游了，光又回来了，叫重登玉阙。做梦所见是光出来，光所显化的，做梦就是游魂出走。往人身上去理解，你就明白了，不会迷惑，也不会理解错了。人做梦的时候，光出来照的各种各样的景象。但是，这个照，梦的这个照，那可不是一般的事，一般的、没有能量的人是一般的事，有能量就不是了，有能量就是光在做功了。一个信息就是能量，实际上是光在做功，在做功德。讲神是报恩的，用无形报答你。

第五，人是报果的

刘全送果，讲人是报果的。崔判官是报恩的，给唐太宗延长了二十年的寿命。接着讲人是报果的，"自那龙未生之前，南斗星死簿上已注定该遭杀于人曹之手，我等早已知之。但只是他在此折辩，定要陛下来此三曹对案，是我等将他送入轮藏，转生去了。今又有劳陛下降临，望乞恕我催促之罪"。南斗是生死簿，南是离卦，对应人心、识神。识神是遗传和自身业力的集散地，自身带来的业力，父系的、母系的遗传，没出生的时候就知道什么时候死，犯什么错误。鬼魄为体、识神为用，南是负能量的大本营。人的生死是鬼魄决定的，把鬼魄清理干净了，人就活好了，讲的是这个道理。

只见南赡部洲大唐太宗皇帝注定贞观一十三年。崔判官吃了一惊，急取浓墨大笔，将"一"字上添了两画，却将簿子呈上。这时阎王就看了，拿他的生

死簿来看了，一看他说糟了，怎么现在就该死了？他赶快就给添了两笔。阎王惊问："陛下登基多少年了？"太宗道："朕即位，今一十三年了。"阎王道："陛下宽心勿虑，还有二十年阳寿。此一来已是对案明白，请返本还阳。"注定的是十三年，现在该死了。但是，贞观十三年，贞下起元先天真阳的再生，对唐太宗来说，他是死了，又是生了，讲生死的关系。人从娘胎里出来，元气一直就耗，耗到死，从一开始生的时候就开始死了。死是一个漫长的一生的过程，慢慢死，最后真死了，死又是灵光的重生。我们这个肉身，把灵光给扣住了，扣住了就消耗，死了是把灵光放出来。虚空中无数的先天一炁，放出来见了先天一炁的光，就又开始新生了，这就是生死的真相。不是我们人理解的肉身的生死，我们总会从自己的经验来看生死。《西游记》让你从元神的高度看生死，生是死的开始，死是生的开始。要打破对生死的误解，生死的决定因素是识神，这个阴性的大本营，活着的时候把它转阳了，把这个阴气大本营消灭了。

唐太宗还魂了，道："朕回阳世，无物可酬谢，唯答瓜果而已。"十王喜曰："我处颇有东瓜、西瓜，只少南瓜。"太宗道："朕回去即送来，即送来。"从此遂相揖而别。送南瓜，南是离卦。给阎王送南瓜，是把阴气送出去，把负能量的大本营清理掉。讲的是改造识神转化鬼魄，把鬼魄转阳，实际上讲的是这个。神是报恩的，人是报果的。神报的恩是无形的，是无限的，是没法衡量的，延寿二十年，怎么衡量？人的报答是有限的，是可以衡量的。得了一个无限的，你要用有限的回报。阴阳和谐就平安喜乐，阴阳失衡就是麻烦。

第六，贪心地狱现

这时候把唐太宗送出来还阳，唐太宗问："这路怎么不是我走来的那条路呢？是不是走错了呢？"判官道："不差。阴司里是这般，有去路，无来路。如今送陛下自转轮藏出身，一则请陛下游观地府，一则教陛下转托超生。"阴司是有去无回的，你来到这儿了，只能往前走。所谓的还阳，也不是给你退回来，比喻的是过生死关。在现实里，能量太强了，人晕过去睡着了，讲的是过生死关。你觉得特别难受，觉得出不来气儿，你觉得到了绝处了，觉着要不行了。但实际上没事，过了就好了，是跨越生死关。跨越生死，你不能还没走到那儿就退回来，那不行，你得跨越生死，跨越生死，其实讲的是超越生死。

如今送陛下自转轮藏出身，身不是指肉身，是魂光。光是从这儿来的，又送出去了，你也得这么走一遭，就转出去。说一则请陛下游观地府，一则教陛下转托超生。超生的意思就是投胎的意思，又投胎去了，灵又投胎了叫超生。不超生是什么呢？不超生就出不去。这个时候，唐太宗看到了幽冥背阴山、阴山背后一十八层地狱，判官道："陛下，那叫做奈河桥。若到阳间，切须传记。"

"又无钱钞盘缠，都是孤寒饿鬼。陛下得些钱钞与他，我才救得哩。"没带钱来，解脱不了。讲的是该冤亲债主的债，不能超生。判官道："他是河南开封府人氏，姓相名良，他有十三库金银在此。陛下若借用过他的，到阳间还他便了。"太宗甚喜，情愿出名借用。遂立了文书与判官，借他金银一库，着太尉尽行给散。判官复吩咐道："这些金银，汝等可均分用度，放你大唐爷爷过去，他的阳寿还早哩。我领了十王钧语，送他还魂，教他到阳间做一个水陆大会，度汝等超生，再休生事。"众鬼闻言，得了金银，俱唯唯而退。判官今太尉摇动引魂幡，领太宗出离了枉死城中，奔上平阳大路，飘飘荡荡而去。

十三库银，那老两口给亡灵烧纸钱，在阴间存了十三库银，又是十三，实际上讲的是灵光。十三就是一，一就是先天真阳的生，先天真阳，随着天地能量一阳生、二阳生、三阳生，不断地生长。人死是阳光用完了，积德就是积攒阳光，阳光会长大，这讲的就是积阴德，积德就是积攒灵光，天地的能量在长，你的灵光自动也会长。

做水陆大法会超度亡灵。水是本性，上善若水，水指的就是性。陆是陆地，陆地指能量有一个脚踏实地的过程，从一阳、二阳、三阳、五阳，这样不断地生长、循环，这是一个脚踏实地的过程。所以，水陆大法会就是金丹大法会，就是性命合一的金丹，金丹才能度亡灵，就是这意思。这一回讲的是阴神，最初出来的是阴神。那为什么会看到恐怖的景象，因为人的肉身、意识还没有转阳，元神的思维还没有建立，所以会看到阴气。

第十一回　刘全献瓜，讲积阴德

第十一回　还受生唐太宗遵善果，度孤魂萧瑀正空门

第一，善道大开

这回讲行善，善道大开。

古来阴骘能延寿，善不求怜天自周。

为什么阴德能延寿呢？为什么老天自然就帮你呢？你不用求，"天自周"，老天自然就给你长寿，自然就给你能量，为什么呢？德就是光，是无形的，是阴的看不见的。但是，这个看不见的光是健康、寿数和你生活中的好事。这个光是能量，你干一个企业，企业干得这么成功，这成功是什么？就是德光化来的，能量化来的。如果能量很足的话，你一定做得很好，如果你能量不足的话，你就出问题，寿命也是这个问题，是看不见的这个光所决定的。

却说唐太宗随着崔判官、朱太尉，自脱了冤家债主，前进多时，却来到"六道轮回"。判官道："陛下明心见性，是必记了，传与阳间人知。这唤做六道轮回：行善的升化仙道，尽忠的超生贵道，行孝的再生福道，公平的还生人道，积德的转生富道，恶毒的沉沦鬼道。"

十法界是从灵光的层面划分级别的，这里说的六道，是站在人的角度说的，人的行为决定灵光下一次转世的地方，是从转生这个角度讲的。"自脱了冤家债主"，讲的什么？冤亲债主在人临终的时候来算账。临终人是最无力的，完全不能做主，完全无力，在那个时候债主来算账。灵光所带的负能量、所犯的错误，到临终的时候是一次集中的爆发。所以，人要提前修心性，化恶因，提前转化了阴气。六道唯心，嗔恨心是地狱道，贪心是饿鬼道，愚痴是畜生道，良心是人道，傲慢心是魔道，善心是天道。自我成就心是小乘罗汉和中乘圆觉、慈悲心是菩萨道、平等心是佛道，六道唯心现。虚无的十法界，实际上都是心的显象，有什么样的心，你的灵光就生活在一个什么样的世界。你有一个什么样的价值观，有一个什么样的认可，什么样的心思，这是真实的，这不是假的，不是装的。你有什么样的心，就有什么样的世界。所以你看到的天堂地狱，实际上是你心的境界，境界是虚的，不是真的。很多人把问题搞错了，从识神理解，认为这是菩

十法界	人心不退的六道世界									人心退掉的无为大道
	三恶道			三善道			四圣法界			
各道	地狱道	饿鬼道	畜牲道	人道	修罗道	天道	小乘罗汉	中乘缘觉	大乘菩萨	佛道
维层	一维	二维以下	二至三维	三维	二至六维	四至六维	七维	七维	八维以上	九维以上
量级	-7至-12级	-3至-7级	-1至-3级	-1至4级	-7至6级	4至6.5级	7级	7级	8级以上	9至12级
活动范围	不动或被动	小范围活动	地球	地球及周围	太阳系	太阳系周围	超越时间空间	超越时间空间	超越时间空间	宇宙无处不在
心因	瞋恚心	贪心	愚痴心	良心	傲慢心	善心	自我成道心	自我成道心	大慈大悲自觉觉他	清静平等心
行因	憎恨仇怨嫉妒烦恼	贪图财色名食睡	吃苦受罪不明道理	利己利他修持五戒	积大功德傲慢好斗	利他利己修十善业	修四谛法自我了脱	修十二因缘法自我了脱	修六度法舍己利他	清静无为如如不动

萨、这是佛，这种很高级的境界，我们就追求，我们要上极乐世界，觉得那个是很高的，别的是很低的。把虚无的境界当真，这就错了。

五行有五阳、有五阴，你看这个肺阳神皓华，肺阴神鬼魄，名字就叫鬼魄。你看心阳神丹元，心阴神识神。一个心、一个肺，鬼魄为体，识神为用，人的最大的问题是鬼魄，识神为用，识神改造，鬼魄也就转化了。你看明白了，这是生命的问题所在。为什么佛祖说三藏真经，人最大的问题是鬼魄，人是个活鬼，活动着的阴气。阴气不断地把人的阳气给吞噬了，然后，人就老了、病了、死了。人最大的问题是识神、鬼魄，所以佛祖说度鬼，他不说度人，天一藏，地一藏，度鬼一藏，经一藏度鬼，他不说度人，他说度鬼。你知道，五德五行，讲的是一个活人，有阴阳的，肺阴神鬼魄，对应肺主呼吸。这个心呢，心脏对应识神。**（见彩图十《五德能量图》）**

第二，金中生魄

金中生魄，唐太宗不是回来了嘛，崔判官把他送回来了，跨越生死了就回

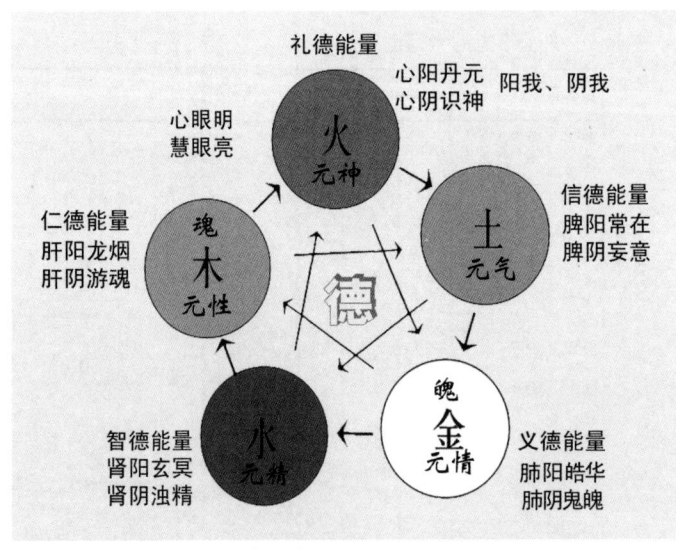

五德能量图

来了。说早到了渭水河边，只见那水面上有一对金色鲤鱼在河里翻波跳斗。唐太宗见了心喜，兜马贪看不舍，太尉道："陛下，趱动些，趁早赶时辰进城去也。"那唐太宗只管贪看，不肯前行，被太尉撮着脚，高呼道："还不走，等甚！"扑的一声，

望那渭河推下马去，却就脱了阴司，径回阳世。

他看金色鲤鱼，贪看是忘定，一忘了就是本性。无心一出来，水中金与本性自动就合一了。合一就是金丹，金丹就是光。金中生魄，光是怎么诞生的？金色鲤鱼是水中金，本性一露出来，与水中金自动就吸到一块儿了。光又重新生出来，又长大了，人就活回来了。这一段讲金中生魄，魄属金，水中生金，金生水，现在，反过来水生金。魄被转阳。游历地府，是游魂出走，出的是阴神，阴神是鬼魄的提升。阴神出来见了先天一炁，鬼魄就转阳了。不要认为这是一件小事，这是一切生命的大事，是先贤智慧留给世界的一大法宝，是养护生命的大法宝。本性一露出来，一吸这个电，电就变成了光，就把魄的阴气转阳了。讲的是魄怎么转阳的。金中生魄，魂是阳，魄是阴，魄转阳了，就都是阳了，阴阳是二，都是阳了，就是二反一了。人是一半阴一半阳，仙佛是纯阳，魄转阳，人就提升了，就解决了灵光生死轮回的大问题。

第三，德光就是寿命

唐太宗言而有信，要去献南瓜。榜张数日，"有一赴命进瓜果的贤者"，

赴命就是得死，死才能去做这件事，人是去不了的，亡灵才能去，就这意思。

　　"本是均州人，姓刘名全，家有万贯之资。只因妻李翠莲在门首拔金钗斋僧，刘全骂了她几句，说她不遵妇道，擅出闺门。李氏忍气不过，自缢而死。撇下一双儿女年幼，昼夜悲啼。刘全又不忍见，无奈，遂舍了性命，弃了家缘，撇了儿女，情愿以死进瓜，将皇榜揭了，来见唐太宗。"刘全以死进瓜，他就去了，把瓜送给阎王了。阎王大喜道："好一个有信有德的太宗皇帝！"遂收了瓜果。便问那进瓜的人姓名，哪方人氏，刘全道："小人是均州城民籍，姓刘名全。因妻李氏缢死，撇下儿女，无人看管，小人情愿舍家弃子，捐躯报国，特与我王进贡瓜果，谢众大王厚恩。"十王闻言，即命查勘刘全妻李氏。那阎王却检生死簿子，他夫妻都有登仙之寿，急差鬼使送回。鬼使启上道："李翠莲归阴日久，尸首无存，魂将何附？"阎王道："唐御妹李玉英，今该促死。你可借她尸首，教她还魂去也。"却将翠莲的魂灵，推入玉英身内。这段是比喻，刘全为国捐躯，他是一个阳刚的，为大家不是为个人，当然他想跟亡妻见面，但是他舍去了儿女，舍去了家庭。讲的是他充满阳光的状态，讲的就是舍，阎王看他有神仙的寿命，他舍出去，他做功德了，为国捐躯利益众生了，他做了这种善举，他的光就长了。元神成了以后，分神去做功德，去舍光。任何生命的灵光有问题了，元神就自动去帮助那些光弱的生命体，做了好多这种事，元神就有了法力，就有了功力。光是舍后得，舍的越多，得的越多。

　　光是怎么长大的？舍出去了以后，德重鬼神钦，无形地受了帮助反馈回来的感激，那个感激就是功德。舍后才有功德，有了功德，光才长大、才有法力了，讲的是这么一个道理。不是说坐在家里，一个自私的小我，这光就长大了。必定要达到真我、大我的境界，无私奉献，真正地去做，光才能长大的，讲的是先舍后得。刘全有神仙之寿，登仙之寿。那登仙之寿，不是白来的，是舍出去得的。德光就是寿命，行了一个大善，光就长大了，所以，他能回来。真的光长大了，他死不了了，讲的是这个。死讲的是光用完了，现在，因为他做了功德，光长大了，光大了他就能回来，就这么个比喻。功德、长寿、善，积德，做功德是舍，舍后得，然后才有果。

第四，相由心生

刘全说道，他见了那十代阎君，将瓜果奉上，备言我王殷勤致谢之意。阎君甚喜，多多拜上我王道："真是个有信有德的太宗皇帝！"唐太宗道："你在阴司见些什么来？"刘全道："臣不曾远行，没见甚的，只闻得阎王问臣乡贯、姓名。臣将弃家舍子、因妻缢死、愿来进瓜之事，说了一遍，他急差鬼使，引过我妻，就在森罗殿下相会。一壁厢又检看死生文簿，说我夫妻都有登仙之寿，便差鬼使送回。臣在前走，我妻后行，幸得还魂。但不知妻投何所。"唐太宗惊问道："那阎王可曾说你妻什么？"刘全道："'阎王不曾说什么，只听得鬼使说'李翠莲归阴日久，尸首无存。'阎王道：'唐御妹李玉英今该促死，教翠莲即借玉英尸还魂去罢。'臣不知唐御妹是甚地方，家居何处，我还未曾得去找寻哩。"唐太宗问刘全在阴间看到了什么，刘全说没看见什么。讲的是相由心生，刘全是一个充满阳光的，有正气、正能量心的人，就看不见什么。唐太宗是一个有恐惧之心的人，就看到地狱的好多景象。刘全是阳魂游地府，唐太宗是鬼魄入地狱，一个阳的，一个阴的，阳的没看见什么，阴的看到了好多恐怖景象。这讲的是识神的牵引，恐惧、痛苦、仇恨，都是识神，这种信息在，就牵引识神呈现地狱的象。相由心生，这个容易懂。

第五，积阴德

送瓜的刘全已经回来了，原来那个唐御妹就是妻子翠莲。皇帝给了好多礼物，把妹妹生前的东西都给了刘全，他们就回家了，给借唐太宗库银的老两口去还银子。那相良两口儿只是朝天礼拜，哪里敢受，道："小的若受了这些金银，就死得快了。虽然是烧纸记库，此乃冥冥之事；况万岁爷爷那世里借了金银，有何凭据？我决不敢受。"一个冥冥中的事儿，是一个无形中的事儿，你怎么拿它当真事儿了呢，他就这意思，你不能当真事。尉迟公道："陛下说，借你的东西，有崔判官作保可证，你收下罢。"相良道："就死也是不敢受的。"死也不收，后来就盖了一个"敕建相国寺"，现在叫大相国寺，"尉迟公监造"，就是那时候的事儿。

遂将金银买了一段对城里军民无碍的地基，周围有五十亩宽阔，在上兴工，起盖寺院，名"敕建相国寺"。左有相公相婆的生祠，镌碑刻石，上写着"尉迟公监造"，即今大相国寺是也。积阴德是无形的，所谓的阴德，讲德的能量是无形的，但是有能量。德的能量场，是正能量、太阳光，就是先天一炁，你的生命能量场，是你的灵的生活环境。先天一炁，是像太阳一样的纯阳能量，可以化解阴气。当你积了无形的德，你就相当于有了太阳，有了太阳在包着你的灵光，便不会有灾难，不会有阴气，一切阴气都被化解了。德是无形的，但是，是最实用的。当你积了德以后，你的神生活在一个阳光世界里，生活在一个充满正能量的世界里，所以，叫积阴德。

所谓阴，不是阴间的阴，是无形、看不见的意思，事实上，德是高能量。积了阴德后，你的神有了一个良好的生活环境，不然的话，如果德太亏的话，灵光就被一群阴气围着。物质上的成就，你那个黄金和那个文凭，是德能量化出来的。积阴德是这么回事，跟阴间没什么关系。

第六，度亡灵

度亡灵，度的是什么？度亡灵是度的鬼魄。人的肺阳神皓华、肺阴神鬼魄，实际上就是度人的鬼魄。阳的好好的，不用你度。阴气是坏的，要把坏的变好，叫度。这时候，唐太宗就建了大庙，要开法会度亡灵。工完回奏，太宗甚喜。却又聚集多官，出榜招僧，修建"水陆大会"，超度冥府孤魂。得有人主持水陆法会，就推荐唐僧了。

"恩官不受愿为僧，洪福沙门将道访"。前面已经说了唐僧的父亲陈光蕊当大官了，他姥爷是个宰相。让唐僧当官，唐僧却要修行，叫恩官不受愿为僧。洪福沙门将道访，洪福寺，唐僧去洪福寺参禅悟道。"小字江流古佛儿，法名唤做陈玄奘"，他是一个古佛再来。

选在本年九月初三，黄道良辰，开启做七七四十九日"水陆大会"。九是纯阳，三是生机，用纯阳的能量度亡灵。亡灵是阴气，要给他正能量，给他正能量了，

就是送生机，送纯阳能量，化解亡灵上的阴气。

《道枢》记载，复卦曰：七日来复。其见天地之心。天地之心讲的是玄关，玄关是天地一体的，里头养着光。法会七七四十九天，七日来复，为什么要七天呢？玄关七日见天心，用老天的先天一炁，用这个元气来度。七七四十九天七魄全，死则四十九日七魄绝。生的时候，四十九天七魄才全了，死的时候四十九天七魄才走完了，七天走一个。现在用这个纯阳的能量，老天的天地之心这个纯阳能量转化阴气。一个灵光，经过了人生的消耗，他的光都没有了，现在，将最高的光重新给他，叫引他归真。本来好好的光，现在消耗完了，他找不到回家的路，没能量回不去。现在就用这个天地之心，先天一炁，用七七四十九天的法会，七魄一个一个给他正能量，给他的灵光复原。

这第十一回讲积阴德、善道大开、金中生魄、德光就是寿命、相由心生、度亡灵就是度魄。

第十二回　讲大乘，不是大乘转化不了鬼魄

第十二回　玄奘秉诚建大会，观音显象化金蝉

第一，金丹度亡灵

贞观十三年，岁次己巳，九月甲戌初三日，癸卯良辰。陈玄奘大阐法师，聚集一千二百名高僧，在长安城化生寺开演诸品妙经。那皇帝早朝已毕，率文武多官，乘凤辇龙车，出离金銮宝殿，径上寺来拈香。

贞观十三年是贞下起元，讲的是先天一炁。把阴的转成阳的，叫化生。借化生寺这个庙的名字，讲度亡灵是转化阴气。

至德渺茫，禅宗寂灭。清净灵通，周流三界。千变万化，统摄阴阳。体用真常，无穷极矣。观彼孤魂，深宜哀愍。此奉太宗圣命：选集诸僧，参禅讲法。大开方便门庭，广运慈悲舟楫，普济苦海群生，脱免沉疴六趣。引归真路，普玩鸿蒙；动止无为，混成纯素。仗此良因，邀赏清都绛阙；乘吾胜会，脱离地狱凡笼。早登极乐任逍遥，来往西方随自在。

唐僧说奉皇帝的命令，开度亡法会，引归真路，普玩鸿蒙，鸿蒙是阴阳混沌的时候。引归真路，真是一，用德一之光，让他回归到阴阳混一的本原状态，归真之路，就是用道德这个光引他回家。动止无为，混成纯素，把人想的、人做的都放下，把识神化掉。纯素是自然之光，完全自然、没有人为的东西，完全顺从自然。灵光就是纯天然，因为有了人心，有了人的作为，才把光污染了，变成阴的。纯素就是还原光的本来面目。用什么才能使其还原，用先天一炁这个纯阳的光，把阴气化掉，把有为的、人心的痕迹清理掉了。纯素是纯粹自然，让他还原成一个自然之光，他原来是个自然之光，后来被人用了，充满了阴气，把阴气去掉。

度亡灵度的是什么？拿什么度的？一看就很清楚。人的自然心灵、自然之光，就是要恢复它本来的纯洁。这是要点，回到本真。自然之心、自然之灵，跟迷

信一点关系都没有。你对人的心灵有一个彻底的了解，你了解了以后你就知道，就像洗澡一样，把光洗干净了。金丹度亡灵，就是用纯阳的光，清理阴气。

第二，赞袈裟

这时，法会外边，观音听到了唐僧的话，忽闻得太宗宣扬善果，选举高僧，开建大会，又见得法师坛主，乃是江流儿和尚，正是极乐中降来的佛子，又是他原引送投胎的长老，菩萨十分欢喜。菩萨带着袈裟寻找取经人来了。讲的是师父找徒弟，唐僧的使命是取真经、传大道。唐僧投胎的时候，就是观音送来的，师父找徒弟，从投胎的时候就开始培养了。

菩萨带着袈裟来了，说卖袈裟，袈裟卖得挺贵的。后来又说，要是有缘我就送你，不要钱。菩萨道："你这小乘教法，度不得亡者超升，只可浑俗和光而已。我有大乘佛法三藏，能超亡者升天，能度难人脱苦，能修无量寿身，能作无来无去。"你这是小乘佛法，我有大乘佛法。小，是阴的意思，凡是用识神的，凡是有为的，都是阴的，叫小乘。大乘是无为自然的，先天的，是天地的自然之光，是自动化的过程，是天练人的。大乘是道体，道法自然，道是效法自然的，自然是最高的。问题的关键是解决阴气，你还用阴气，怎么能解决阴气问题呢？

能度亡者升天，讲的是一个亡灵，因为他生前不修心，是识神主宰一生的，识神所带的业力，使他在那个世界受苦，把他超度出来，是从痛苦的境界解救出来。"能度人脱难，能修无量寿身，能作无来无去"，讲的是先天一炁，这个光是无量寿。齐天大圣，寿齐天地，这个光没有寿数，是无限的。人的光有限，总是在经历生死，先天一炁是无限的。所谓阿弥陀佛的《无量寿经》，西方极乐世界，实际上讲的就是这个。作无来无去，先天一炁是虚无的。无所从来无所从去，那个虚无的道体。

这袈裟，龙披一缕，免大鹏蚕噬之灾；鹤挂一丝，得超凡入圣之妙。但坐处，有万神朝礼；凡举动，有七佛随身。这袈裟，闲时折迭，遇圣才穿。闲时折迭，千层包裹透虹霓。遇圣才穿，惊动诸天神鬼怕。偷月沁白，与日争红。明心解养人天法，见性能传智慧灯。

"但坐处，有万神朝礼"，讲的就是光，无数的光。"凡举动，有七佛随身"。人是什么呢？人是七魄随身，是七个鬼随身。如果是佛光，是七佛随身，七魄已经转阳了，已经变成七个佛了，就是七佛随身。妖、魔、鬼、怪、仙、佛、圣，都是从心灵之光的层面来说的，圣是最高的。"偷月沁白，与日争红"。月白、日红，讲的是与日月同辉，与日月交光。圣光可以和月亮交流，可以和太阳对话，讲的是光的能量。在验证的时候，你验证出来一个月亮，你看那一个红太阳，就是光与日月交辉，讲的就是这个验证。

第三，赞大乘

菩萨道："你那法师讲的是小乘教法，度不得亡者升天。我有大乘佛法三藏，可以度亡脱苦，寿身无坏。"太宗正色喜问道："你那大乘佛法，在于何处？"菩萨道："在大西天天竺国大雷音寺我佛如来处，能解百冤之结，能消无妄之灾。"太宗道："你可记得吗？"菩萨道："我记得。"太宗大喜道："教法师引去，请上台开讲。"那菩萨祥云渐远，霎时间不见了金光。只见那半空中，滴溜溜落下一张简帖，上有几句颂子，写得明白。颂曰：

礼上大唐君，西方有妙文。程途十万八千里，大乘进殷勤。

此经回上国，能超鬼出群。若有肯去者，求正果金身。

我们人是一个小光，菩萨是一个大光，菩萨不可能站在你面前跟你说话。大西天，大是大乘，西是金，天是无形。金丹是怎么来的？西兑金，肺藏金，兑金那个地方藏精，精化气，气化光，金丹就出来了。西是金丹的本乡。雷是一阳生，先天真阳。如来是无所从来，无所从去，好像来了叫如来，他是虚无的。"西天"是真金之处，"天竺国"是阴阳之乡，"大雷音"是正觉之旨，"佛如来"是圆成之地。大雷音寺，我佛如来处，讲的是这个意思。行程十万八千里，十八两个九，就是纯阳的意思。这是一条长长的路，这条路你得走过来，才能纯阳，走不过来，纯阳不了。孙悟空已经是一个大圣了，他把唐僧背过去不就行了，干吗非让他走呢？这条纯阳的路，只能自己一步一步走过来，你得一步一个脚

印走到纯阳之地。

"大乘进殷勤",大乘是自然的、自动的,不断有验证,不断有新的变化,叫进殷勤。"能超鬼出群",鬼是纯阴,纯阴和纯阴凑在一块儿是一群阴,得了先天一炁这个光,把鬼从阴的群体里提出来了,不属纯阴群体的生命,已经是高能量的另一种生命。"求正果金身",大乘是得正果的,不是大乘,得不了正果。金身是修出来的光,已经和师父的光合一,你的心灵和师父的心灵相应,心灵合一,光能显师父的象,这叫金身。这就是大乘,大乘不仅能度亡灵,而且能得正果。如果不是自然无为,不是真正的自然心灵,没有老天的自然之光养育的过程,得不了正果。

第四,勿忘初心

这时,取经要出发了。唐太宗就给他通关文牒,问他什么时候回来,唐僧说三年。通关文牒就是金丹验证,每走一个地方你要记下来,记录光的成长。哪天炸丹了,哪天旋转了,都是验证。通关文牒指的就是验证,每走一个地方要去盖戳,就是记录验证。如果你没有记录的话,就不知道光的成长阶段。比如开始学的时候,你梦见去世的亲人,这是阴神。到第五年、第六年,再梦见去世的亲人,那是玉神。玉神在做功,阴神只是看见,没能量做不了功。不同时间发生的事儿,不是一个意思。唐僧说三年就回来了,三年是内丹成的时间。内外有丹,才为金丹。元神是外丹,玉神是内丹,所有的物质体形成了一个光。一个虚的丹,一个实的丹,有虚有实,才叫金丹。实的这个光,三年才能够长成。唐僧讲的三年回来,讲的就是这个。但是走了十四年才回来,三年讲的是元神行道,唐僧是识神行道,要经历八十一难的磨炼,才能把光养成纯阳。

唐太宗这一撮土,讲的是不要忘了故乡,不要忘了初心,要返本还元。不要忘了,什么叫修道,修道就是返本还元。你别出去不回来了,忘了家了。修道修的就是这个本原,本原就是自然,自然心灵、自然之光,就这东西。你别把这个忘了,别把初心忘了,出去就眼花缭乱了,把主题给忘了。第十二回讲了金丹度亡灵、赞袈裟、赞大乘、不忘初心,这都讲的是大乘。

第十三回　唐僧取经去了，见本性，度亡灵成功

第十三回　陷虎穴金星解厄，双叉岭伯钦留僧

第一，人心第一关

"心生，种种魔生，心灭，种种魔灭"。这是唐僧出发时说的，好像说得挺好的，一到实际上，他就种种魔生了。唐僧跟皇帝告别就出发了，正疑思之间，他着急，急躁的心一起，"正疑思之间，忽然失足，三人连马都跌落坑坎之中。三藏心慌，从者胆战"。这时遇到了三个妖怪：南山白额王、熊山君与特处士。老虎精是主角，后边俩是随从。山君道："不可尽用，食其二，留其一可也。"三个人，把两人吃了，留一个人。"魔王领诺，即呼左右，将二从者剖腹剜心，剁碎其尸，将首级与心肝奉献二客，将四肢自食，其余骨肉，分给各妖。只听得渝麻之声，真似虎啖羊羔，霎时食尽。把一个长老，几乎唬死。这才是初出长安第一场苦难。"三个妖怪是恐惧心的显象，妖怪就是人心的照妖镜。

南山白额王，南是离卦，对应人心，人心燥火现虎象。熊精火、牛精土，特处士是个阴土，是牛精，熊山君熊精是火，人心燥火，包括着火和土。食其二，留其一，是去掉颠倒的人心，去掉二心，只留一心，讲的是这个。人心修道就会招妖，元神才能修道。无心是本性，不断地回到无心的状态就是修道。现在是人心，人心怎么修道呢？人心是妖魔鬼怪，阴气无穷。《钟吕传道集》里写的那些魔障，那么多的魔障，全是心魔，全是自己的心，全是后天意识心不退，显化的魔象。九九八十一难，讲的是人心招来的磨难，自招自魔，讲的就是这个。其实不是妖怪吃人，妖怪是阴气，阴气吃你的光、吃你的元气。只要人心不退的话，就会被阴气蚕食阳光，蚕食阳气。所以，妖怪是比喻，借妖怪显化人心的阴气。

第二，真金自救

这个时候呢，太白金星就来救他，老叟道："处士者是个野牛精，山君者是个熊罴精，寅将军者是个老虎精。左右妖邪，尽都是山精树鬼，怪兽苍狼。

只因你的本性元明，所以吃不得你。你跟我来，引你上路。"三藏道："贫僧的从人，已是被怪食了，只不知行李与马匹在于何处？"老叟用杖指定道："那厢不是一匹马，两个包袱？"他的行李还在。野牛精、黑熊精、老虎精，还有山精树鬼，怪兽苍狼，讲的都是附体，开始修道的时候，还是在人心的层面上，根本看不清真假。在这条路上，无数的妖怪等着呢。没有法眼，会魔障不断，磨难不断。

金星表示的是兑金，肺藏金，是真金，真金自救。金星代表本性师父，你修大道，遇到困难了，真金这个本性能量就启动。空和静就是本性，一静真金能量就启动，先天一炁的纯阳之光就放出来了，妖魔鬼怪全跑光，这就叫真金自救。只是一个空还不行，还得有能量，能量和空性一体就是金丹，就是光，光是正能量，是纯阳的太阳，太阳一出来妖魔鬼怪就走了。

第三，本性妙用

唐僧第一次遇到虎、遇到妖怪的时候，是金星把他救了，第二次没人救他了。"正在危急之际，只见前面有两只猛虎咆哮，后边有几条长蛇盘绕。左有毒虫，右有怪兽，三藏孤身无策，只得放下身心，听天所命。又无奈那马腰软蹄弯，便屎俱下，伏倒在地，打又打不起，牵又牵不动。苦得个法师衬身无地，真个有万分凄楚，已自分必死，莫可奈何。却说他虽有灾迍，却有救应。"就遇到猎人来了，把虎给打了。讲的是只要放下人心就是本性，本性是天地能量，纯阳之光。困难是阴气，遇到纯阳之光，阴气就被转化了，把麻烦消灭于无形。关键是你能不能放下人心，露出本性的太阳光，正能量一来，负能量就被化解了。这就是本性自救，也是本性的妙用。

能静本性的智慧能量自动出来，要学会应用本性能量。无为法不做任何事情，但遇事空静这件事可以做。你不断体验本性智慧的妙用，空中出妙有，出智慧，出能量，你在生活中练。你要空静，空静就是阳生，这就叫本性妙用。

第四，度亡成功

唐僧被猎人救了，一看他家的食物全是动物肉，唐僧根本不能吃。整了点馒头吃了，猎人的母亲求他超度刚去世的丈夫。唐僧就念经，念了以后，却说那伯钦的父亲之灵，超荐得脱沉沦，鬼魂早来到东家宅内，托一梦与合宅长幼道（全家人做了同一个梦）："我在阴司里苦难难脱，日久不得超生。今幸得圣僧，念了经卷，消了我的罪业，阎王差人送我上中华富地长者人家托生去了。你们可好生谢送长老，不要怠慢，不要怠慢，我去也。"这是验证，度亡成功了。之前，倾一国之力要度亡灵，都度不成，这次度成了。本性即是金丹，他放下人心见了本性了。他的光长了，有足够的光，才能度亡灵。大乘就是这自然之光，自然之光就是先天一炁。先天一炁靠你把本性露出来，靠你那个静定，你的静定一出来，先天一炁就来了，就度亡成功了，这就是大乘。

第十三回讲的是见性得金丹，唐僧见本性得丹了。金丹就是本性。虽然是虚的，但金丹是永恒的道体的能量，就是自然之光。取经的第一关就是人心关，人心没退，带着人心去行道，马上就显了三个妖怪。应该先修心性，再取经，要不然的话，一步一险，这一个妖精，那一个妖精，三打白骨精，是尸魔，没把肉身看破，没有放下，就是尸魔。一个魔一个魔陆续出场，展示的是人心上的一个一个阴气。

第十四回　杀六贼，讲的是识神退位

第十四回　心猿归正，六贼无踪

第一，道心

识神、七情六欲退位。金丹是一，是体，六根是用，用不退，体不显。用退了，体才显。用，把光散出去了；不用，光就凝聚了。

> 佛即心兮心即佛，心佛从来皆要物。若知无物又无心，便是真如法身佛。
> 法身佛，没模样，一颗圆光涵万象。无体之体即真体，无相之相即实相。
> 非色非空非不空，不来不向不回向。无异无同无有无，难舍难取难听望。
> 内外灵光到处同，一佛国在一沙中。一粒沙含大千界，一个身心万法同。
> 知之须会无心诀，不染不滞为净业。善恶千端无所为，便是南无释迦叶。

佛就是心，心就是佛，天堂、地狱、仙佛、妖魔、鬼怪，都是你的心看到的。佛是光的意思，"佛即心兮心即佛"，佛眼就是心灵的眼睛。佛根本就不用眼睛看，是你心灵的声音，心灵的图像。妖是阴神的眼睛，是肉眼的先天功能，叫阴眼，妖是用阴眼看的。只能看，没有能量，不能干涉，肉眼的先天功能太有限了。佛眼广大无边，超过千手千眼观音的范围，是无限广阔的。"心佛从来皆要物"，佛就是心光，从来就是最重要的东西。"若知无物又无心"，虽然确实有心光，但是，你要无物无心。你根本就没有在意，什么心光几尺几寸，根本就不在乎。无心无物，有能量你完全是自然心灵，才是那个自然之光，就这意思。

"法身佛，没模样，一颗圆光涵万象"。人人都有两个身，一个肉身，一个法身。法身是一颗圆光，但是涵万象，包罗万象，指这颗圆光可以显示万物的象。"无体之体即真体，无相之相即实相"，无才是真体，无相才是真相、实相。真是永恒的意思，化生万物，一切都是那个虚无的体变出来的，虚无才是本体，任何有形有相的都不是体。"非色非空非不空，不来不向不回向"，说虚无的体是空的，是空又不是空的，说什么都不对，就这意思。

"内外灵光到处同，一佛国在一沙中。一粒沙含大千界，一个身心万法同"，你有一个光叫内丹，和身外无数的自然之光是一样的。"一佛国在一沙中"，这个光虽然小，但包含着一个无限大的世界。无限大、无限小是一体的，一颗小光能代表整体、带动整体。"一个身心万法同"，一个光，一个法身，万法通，通了一就通了万法，就什么都通了。这个就叫本性通，本性通就是智慧通。智慧通了以后，任何的学问，什么中医、兵法，多种门类，有了金丹的根本智慧，可以通一切，无师自通。

"知之须会无心诀，不染不滞为净业"，得金丹要会无心诀，像孙悟空一样，什么都不想，那种元神的状态。无心就是自然心灵，自然心灵和自然之光才匹配。要带着一堆人的思想，和自然之光不匹配，要无心才行。"不染不滞为净业"，什么事情来了，反应过了，心是空空无物的，叫不染。处在什么样的状态，不纠结，无思，心没染着。不染不滞为净业，没有杂念，光是干干净净的。看破放下，叫不染不滞。在一种难受的状态下，很难空掉、放下。不抱着、不想，就要练放下，不染不滞就行了。一放下，金丹是纯阳能量，纯阳能量一扫，阴气就没了。"善恶千端无所为，便是南无释迦叶"，善恶是后天的分别心，不要依着后天的思想行事，守住无为就是本性。这是为后边悟空杀六贼作铺垫的，唐僧还停留在善恶分别心上，看不懂元神是在本质上做事的，杀的六个人是眼、耳、鼻、舌、身、意六贼，唐僧后天意识，非要看成是杀人、做坏事，和悟空起了争执。

第二，脱胎

唐僧把帖儿给揭下来，让猎人送到两界山，猎人就说我不能再往前走了。两界山是先后天的分界线，猎人是个俗人，俗人进不了法界，猎人帮唐僧上山去揭帖儿。那猴道："这山顶上有我佛如来的金字压帖。你只上山去将帖儿揭起，我就出来了。"三藏依言，回头央唤刘伯钦道："太保啊，我与你上山走一遭。"伯钦道："不知真假何如！"那猴高叫道："是真！决不敢虚谬！"伯钦只得呼唤家僮，牵了马匹。他却扶着三藏，复上高山，攀藤附葛，只行到那极巅之处，果然见金光万道，瑞气千条，有块四方大石，石上贴着一封皮，却是"唵嘛呢

叭咪吽"六个金字。唐僧说我怎么救你，悟空让他到山顶揭帖子。什么叫佛的帖子，一揭就出来了？佛的帖子是本心，孙悟空是水中金，本性一露出来，水中金就自动来了。讲的是先天一炁是怎么来的，关键就是露出来本心。你能放下，把本性露出来，关键就是这个。五行山下压着孙悟空，讲的是天地五行。佛的手指变的五行山，不是人体的内五行，讲的是外五行，天地的五行，五行里藏着原始祖气，先天一炁。唐僧救了孙悟空，讲的是西天取经的路上，唐僧是本性，本性离不开水中金，没有水中金，本性是孤阴，孤阴不生，孤阳不长，那是不行的，所以，需要孙悟空。自动出来，讲本性一露，先天一炁自动出来。

那猴欢喜，叫道："师父，你请走开些，我好出来，莫惊了你。"伯钦听说，领着三藏，一行人往东即走。走了五七里远近，又听得那猴高叫道："再走，再走！"三藏又行了许远，下了山，只闻得一声响亮，真个是地裂山崩。这讲的是脱胎，光是一个高能量，光出来的时候，有很大的动静，咔嚓一声炸出来。霹雳一声震天响，才是脱胎。悟空说了自己的名字，三藏欢喜道："也正合我们的宗派。你这个模样，就像那小头陀一般，我再与你起个混名，称为行者，好吗？"孙行者，悟空是本性，本性是一个实践过程，叫行道，说嘴的是空禅，悟了还要有验证。悟得无心之空，为"心猿"，行得空中之物，为"归正"。空了以后，能量的作用变化叫正，就是先天一炁。

第三，剿灭六贼

前面说真正的道心是一心，六根是一心的用，把六退掉，一才能成。那人道："你是不知，我说与你听：一个唤作眼看喜，一个唤作耳听怒，一个唤作鼻嗅爱，一个唤作舌尝思，一个唤作意见欲，一个唤作身本忧。"讲的是六根、六尘、六识，喜、怒、爱、思、欲、忧。悟空笑道："原来是六个毛贼！你却不认得我这出家人是你的主人公，你倒来挡路。"六识的主人公是元神，本性是体，六根是用。孙悟空跟他们开玩笑，本来他们要抢劫，孙悟空反过来说："把你的东西分我吧。"那贼闻言，喜的喜，怒的怒，爱的爱，思的思，欲的欲，忧的忧，一齐上前乱嚷道："这和尚无礼！你的东西全然没有，转来和我等要分东西！"然后就跟孙悟空对打，被孙悟空那个棒子沾上就完了。

悟空对唐僧说："师父请行，那贼已被老孙剿了。"唐僧就急了，悟空道："师父，我若不打死他，他却要打死你哩。"三藏道："我这出家人，宁死决不敢行凶。我就是死，也只是一身，你却杀了他六人，如何理说？此事若告到官，就是你老子做官，也说不过去。"唐僧看不出真，这是一个玄象，讲识神退位，七情六欲退位，真一才能恢复。人小的时候是用真一的，长大了，光被阴气掩埋了。现在，知道了道心是真一，首先把六根的用去掉，真一才能够恢复。但是，唐僧执着后天识神的逻辑，人道和天道，天壤之别，他看不懂真一是主人公。六根的用把光都散出去了，光怎么长？道理很简单，一说清楚了，谁都会接受这个道理，但是唐僧就不懂。

第四，本性禁制

元神、识神意见不一，悟空撂挑子就走了，唐僧又是孤单一人了。这时，观世音来了，给他一个箍，道："东边不远，就是我家，想必往我家去了。我那里还有一篇咒，唤做'定心真言'，又名做'紧箍咒'。你可暗暗念熟，牢记心头，再莫泄漏一人知道。我去赶上他，叫他还来跟你，你却将此衣帽与他穿戴。他若不服你使唤，你就默念此咒，他再不敢行凶，也再不敢去了。"观音菩萨嘱咐完，化一道光就走了。观音传紧箍咒，讲的是碰到困难的时候，师父就出现了。本性就是师父，本性自救，本性通智慧世界，有困难的时候，本性世界的师父会帮你。因为你是修大乘、修大道的，他就帮你。如果不是修大道的话，没有明心见性，本性师父也沟通不了。修自然大道，师父自动来点化。

唐僧又孤单了，前面可能又有虎狼。观世音就来传紧箍咒了，讲的是不用怕困难，烦恼即菩提，遇到困难就是长智慧的时候。

紧箍咒，唐僧一念悟空就疼，悟空就想将它弄下来，但见肉生根，长在脑袋上弄不下来了。讲的是本性，本性能量是光。人的脑光，光怎么拔出来？本性禁制，讲水中金归本性，悟空是水中金真阳，真阳和本性结合变成光，光是扒不下来的，就是这个意思。这是第十四回，讲的是识神退位。

第十五回　收白龙马，讲金丹火候

第十五回　蛇盘山诸神暗佑，鹰愁涧意马收缰

第一，自然火候

第十五回讲收服水中金的火候。八戒与龙打斗，还没斗好，孙悟空猴急，龙又钻到水里去了。这一段写的是火候，火候不到，大药不得。意马收缰是什么意思？联系上一回你就知道了，上一回说的是杀六贼，杀六贼就是识神退位。这一回说意马收缰，应该讲的是真意。

"师徒两个正然看处，只见那涧当中响一声，钻出一条龙来，推波掀浪，撺出崖山，就抢长老。慌得个行者丢了行李，把师父抱下马来，回头便走。"马和鞍辔都被龙吞了，讲的是意马。意马指的是后天意识，龙吞了马，龙是元神，讲的是真意，龙吞马是真意，先天的意识是真意。真意是元神，神才能够感觉能量，捕捉无形。元神才能做取经的脚力。元神是虚的，但是要脚踏实地。通关文牒，一个一个验证是一个实在的过程，无中生妙有，龙马的意思是无形带来的实证。众神道："我等是六丁六甲、五方揭谛、四值功曹、一十八位护教伽蓝，各各轮流值日听候。"诸神讲的是天地能量，自然之光不是人练的。

第二，真实脚力

"原来是如此。这涧中自来无邪，只是深陡宽阔，水光彻底澄清，鸦鹊不敢飞过，因水清照见自己的形影，便认做同群之鸟，往往身掷于水内，故名鹰愁陡涧。"水面好像镜子一样能照见，以为是真的，就投进去了，结果死了，所以叫"鹰愁涧"。批判有为法，菩提祖师传道时说，就像一个水中的月亮捞不起来。龙是观音菩萨收来的，沙僧是真土电感，龙是水中金，凡是元精，都是观音菩萨收来的，真阴收真阳。行者道："这桩事，作做是我的魔头罢，你怎么又把那有罪的孽龙，送在此处成精，教它吃了我师父的马匹？此又是纵放歹人为恶，太不善也！"菩萨道："那条龙，是我亲奏玉帝，讨他在此，专为求经人做个脚力。你想那东土来的凡马，怎历得这万水千山？怎到得那灵山佛地？须是得这个龙马，方才去得。"

元神还有魔性，遇到一个磨难，算我孙悟空的阴气，但是，你为什么把一条有罪的龙放在这儿观音是让它做一个脚力，千山万水，灵山佛地，是法界的高维度空间，俗马怎么去呢？人去不了，马也去不了，神马、龙马才能去。龙马讲的是神在行道，光在行道，不是人在行道，人是去不了的，只有金丹才能去。真实脚力讲的是元神炼丹，不是人炼丹，后天意识不退就不是真意，真意是什么，空和能量合一就是真意，真土、电感是阴阳合一的。假意是没有能量的后天意识。神讲的是自然，自然有多少就是多少，是一个真实的脚力。龙马方才去得，如果是人的后天意识，就差得太远了。

第三，师父的作用

菩萨道："那猴头，专倚自强，那肯称赞别人？今番前去，还有归顺的哩，若问时，先提起取经的字来，却也不用劳心，自然拱伏。"真一里含五行，取经就是真一，就是先天一炁，就是金丹，就是本性。你只要提一，五行就自动合一，不用你费事。一本身就含五，你喊一，他们就自动归顺了。自然拱伏，讲的就是这个意思。

菩萨上前，把那小龙的项下明珠摘了，将杨柳枝蘸出甘露，往他身上拂了一拂，吹口仙气，喝声"变！"那龙即变作他原来的马匹毛片，又将言语吩咐道："你须用心了还业障，功成后，超越凡龙，还你个金身正果。"小龙犯什么错了呢？他把殿上龙珠打碎了。菩萨把龙珠给摘了，讲的是不让用神通，不让用天眼。要脚踏实地一步步走过来，出现了龟蛇、龙凤、龙虎的玄象，能量长了多少，是一个脚踏实地的过程。西天取经，你从东到西，不能用天眼，不能拔苗助长。师父先把天眼封上，能看却不让你看。十多年走过来，要是先看到了，不乱套了吗？很多学有为法、开天眼的人，其实是很吃亏的。习惯了用天眼看，相当于拔苗助长。还没走到西边，先用西边的功能，不是走过去了，是飞过去了。打坐通了阴神，能看见的，一定不看，没有玄中师父给你封上，你自己封，

要不然就倒霉了。正果金身，虽然是个龙，不管是龙，是人，真正明心见性了，脚踏实地走过来了，就可以成佛。正果金身，金丹的光与师父的光合一，叫金身。

观世音又给了悟空三根毛，菩萨将杨柳叶儿摘下三个，放在行者的脑后，喝声"变"！即变作三根救命的毫毛，教他："若到那无济无生的时节，可以随机应变，救得你急苦之灾。"观世音是本性，本性的柳叶、杨柳枝，讲的是本性真阴的能量，非常柔软和无比坚硬合一，比喻的是先天一炁。前面悟空收小白龙收不成，为什么收不成，硬打用强不行，用柔才厉害。毛也比喻的是心细，心细如毛，修道修的就是心细，非常的细，非常的精微，好像一个探测器一样，一切都能探测出来。

这一节叫师父的作用，师父找徒弟。师父是取经的组织者，是本性世界的总代表。所有的磨难都是师父安排的，为的是把你的本性磨炼出来。只要是修自然无为的大道，自然能量，背后都有团队在管，不是你一个人的事，背后都有师父跟着。一佛出动七佛随身，讲的就是这个意思。修大道不是个人的小事，是惊天动地的大事。

第四，不认真假

有了龙马没有鞍子，土地送了一套鞍子。行者心中暗笑，将鞍辔背在马上，就似量着做的一般。马鞍和马好像特别匹配。然后又给了一根绳子，说："圣僧，我还有一条挽手儿，一发送了你罢。"那三藏在马上接了道："多承布施！多承布施！"人家早就消失了，唐僧还使劲在磕头，然后孙悟空就说话了，行者道："你哪里知道，像他这个藏头露尾的，本该打他一顿，只为看菩萨面上，饶他打尽毂了，他还敢受我老孙之拜？老孙自小儿做好汉，不晓得拜人，就是见了玉皇大帝、太上老君，我也只是唱个喏便罢了。"唐僧不认真假，以为是菩萨呢，使劲地跪拜、磕头。孙悟空知道高低，那个级别的是鬼仙，不需要拜他。唐僧说，人家给你东西，你还不拜人家。土地神是小阴神，大圣怎么能拜小阴神呢？唐僧不认真假，这讲的是这个意思。

第十五回讲真意，讲自然火候、真实脚力、师父的作用、不认真假。

第十六回　金池长老，讲假阴

第十六回　观音院僧谋宝贝，黑风山怪窃袈裟

第一，水中金

观音禅院修禅的人，怎么还偷袈裟呢？肯定是假佛。老和尚见了孙悟空，觉得他特别丑，那和尚打了个寒噤，咬着指头道："这般一个丑头怪脑的，好招他做徒弟？"他就说你唐僧怎么招这么丑的徒弟。三藏道："你看不出来哩，丑自丑，甚是有用。"讲水中金，丑是丑，和人的性能量有关，好像很丑，但甚是有用。

三藏问："老院主高寿几何？"老僧道："痴长二百七十岁了。"行者听见道："这还是我万代孙儿哩？"老和尚二百多岁了，一般人就会觉得长寿就是好的。嫌孙悟空丑，讲他根本看不出来水中金。水中金是给本性供应能量的，老和尚根本不懂。水中金度了鬼魄，魂魄合一了，顽固的识神，已经给拿掉了。老和尚不知道元神，水中金与本性合一。度鬼魄、度阴气，全都需要水中金这个真阳。

孙悟空说还是我几代孙呢，讲先天一炁是本元、是古道、是元始祖气，二百七十岁算什么？孙悟空是一个古道，多大岁数都数不清，可见老和尚是假的。他根本不知道真东西，根本没有感应。一个人来了，如果是有修行的人，肯定是有感应的。没有金丹，什么也感应不到。金丹是本性，长生之体。没明心见性，就是假的观音禅院。普通的人是看不出来的，认为活二百七十岁了，就不得了了。虽然长寿都并没得长生。守心、守肾的，很容易蒙人。

第二，先天之真

比袈裟，行者一一观之，都是些穿花纳锦、刺绣销金之物，然后就说："好，好，好，收起，收起！把我们的也取出来看看。"三藏道："倘若一经入目，必动其心；既动其心，必生其计。"唐僧说你不要拿出来啊，贼看见了就该惦记了。唐僧这还是在人心的层面上，和孙悟空完全不在一个层面上。孙悟空根

本不在乎，把袈裟拿出来。然后就有一首诗，形容袈裟怎么好。"千般巧妙明珠坠，万样稀奇佛宝攒。上下龙须铺彩绮，兜罗四面锦沿边。体挂魍魉从此灭，身披魑魅入黄泉。托化天仙亲手制，不是真僧不敢穿。"宝贝是纯阳高能量，魑魅魍魉那些阴气，一披上就走了。那是天仙做的，不是真僧不敢穿。真僧是先天一炁，本性纯阳能量，穿了就没事。不是真僧，穿不了。两个袈裟对比，真的是无形的，是可以千变万化的。假的只不过是一些金银珠宝，是有形的物质。真金是那永恒的丹，永恒的道体，先天一炁能量。一个俗物，一个圣物，差得远着呢。假的是有形的，真的是无形的，是化生万物的，无所不变的，你怎么跟人家比呢？用假的袈裟来批判幻丹，守心守肾，得的是幻丹，不是真正的金丹，在比喻这个。

第三，赔上家当

什么叫赔上家当，如果是诡诈的心，广谋、广智偷袈裟，一看就动了贪心。如果是这样的话，就赔上家当。动意识心，光就被消耗完了，就是赔上家当。动了贼心就烧了庙，赔上了家当。人心的燥火，一下把你的光给烧了，所以叫赔上家当。

老和尚说："我虽是坐家自在，乐乎晚景，却不得他这袈裟穿穿。若教我穿得一日儿，就死也闭眼，也是我来阳世间为僧一场！"光来投胎，光最大的任务是要成就自己。不是成就肉身，是借着肉身成就光，一点灵光是为这来的。但是，老和尚走错路了，他练的是有为法，人为的都是阴气，他方法错了，后悔也晚了。即使后悔，他能放下吗？很多人就是金池长老，多少人后悔练了有为法，知道哪个是真的，但是，人心放下太难了。

老和尚要占有唐僧的袈裟，广谋、广智就出主意，把唐僧他们住的房子给烧了，追究起来好推卸责任。老和尚觉得这个主意好，老和尚和广谋、广智是一路货，贼心、偷盗心、诡诈心。"这一计，正是弄得个高寿老僧该尽命，观音禅院化为尘！原来他那寺里，有七八十个房头，大小有二百余众。当夜一拥搬柴，把个禅堂前前后后四面围绕不通，安排放火不题。"禅堂着火，讲的是诡诈心的燥火，诈心、贪心、贼心都是燥火，燥火把自己的光给烧了，赔了自己的家当。

第四，去假存真

你看孙悟空，"他就一骨鲁跳起，欲要开门出看，又恐惊醒师父。你看他弄个精神，摇身一变，变作一只蜜蜂"，变一只蜜蜂是观察、心细，变成一个无形的，讲的是神在暗中观察。

悟空去天宫借了避火罩，着火为什么不借水去救？行者道："借水救之，却烧不起来，倒相应了他；只是借此罩，护住了唐僧无伤，其余管他，尽他烧去。快些快些！此时恐已无及，莫误了我下边干事！"借个罩把唐僧保护好，其他尽情地烧。讲的是烧掉有形，消灭假的。"行者拿了，按着云头，径到禅堂房脊上，罩住了唐僧与白马、行李，他却去那后面老和尚住的方丈房上头坐，着意保护那袈裟。看那些人放起火来，他转捻诀念咒，望巽地上吸一口气吹将去，一阵风起，把那火转刮得烘烘乱着。"火着得更大了。避火罩保护唐僧，悟空保护袈裟，相当于太极图的两个眼，一个阴眼，一个阳眼。借着肉身把两个鱼眼修出来，进入本原，回归大道。假的不烧掉，真的出不来。老和尚那一套都是假的，庙也是假的，假的没用，就都烧了吧。有形的、人想的、人做的、动心机的东西，都要去掉，要把无形之真给锻造出来。

第五，假阴的危害

火起之时，惊动了一山兽怪。这观音院正南二十里远近，有座黑风山，山中有一个黑风洞，洞中有一个妖精正在睡醒翻身，只见那窗门透亮，只道是天明。起来看时，却是正北下的火光晃亮，妖精大惊道："呀！这必是观音院里失了火！这些和尚好不小心！我看时与他救一救来。"他来了，本来想来救火，结果看见袈裟了，"他解开一看，见是一领锦襕袈裟，乃佛门之异宝。正是财动人心，他也不救火，他也不叫水，拿着那袈裟，趁哄打劫，拽回云步，径转东山而去"。黑熊怪趁火打劫，把袈裟给偷了。

袈裟不见了，庙也烧了，人财两空，自己的家当也没了，偷的袈裟也没了。讲的是要想偷真东西的话，你的家当就没了，想偷根本偷不着，还得把自己的家当赔上。

"原来这老和尚寻不见袈裟，又烧了本寺的房屋，正在万分烦恼焦躁之处，一闻此言，怎敢答应？因寻思无计，进退无方，拽开步，躬着腰，往那墙上着实撞了一头，可怜只撞得脑破血流魂魄散，咽喉气断染红沙！"老和尚一头撞死了。讲的是假阴的危害，把自己的命也赔进去了。人为的守心、守肾，他用的是人心，人心是黑烟。黑烟把自己的光给耗完了。如果用人心燥火，就把自己那点光也烧干了，命就没了，比喻的是这个。

这是第十六回，讲假阴。用真的袈裟和假的袈裟比，一个是无形的、化生万物的，一个是有形的，天壤之别。赔上家当，讲烧掉有形，假阴的危害。下一回讲黑熊怪，讲假阳。

第十七回　黑熊怪，讲假阳

第十七回　孙行者大闹黑风山，观世音收伏熊黑怪

第一，钝铁

上回讲假阴，现在讲假阳。假阳是钝铁。"那行者正观山景，忽听得芳草坡前有人言语。他却轻步潜踪，闪在那石崖之下，偷睛观看。原来是三个妖魔，席地而坐。上首的是一条黑汉，左首下是一个道人，右首下是一个白衣秀士，都在那里高谈阔论。讲的是立鼎安炉，抟砂炼汞，白雪黄芽，旁门外道。"作者直接就说，弄有形的都是外道，都是假的。孙悟空听他们说偷了佛衣，偷了袈裟，孙就急了，喝一声："休走！"抡起棒照头一下，慌得那黑汉化风而逃，道人驾云而走，只把个白衣秀士，一棒打死，拖将过来看处，却是一条白花蛇怪。偷了老和尚盗的袈裟，和老和尚是朋友，讲的是守心、守肾是朋友。黑熊属火，是肾中的欲火；道士虚灵，属气；秀士白蛇，是浊精。都是有形的旁门左道。先天一炁一棒子打下去，是先天一炁在化阴，黑汉化风而逃，是先天一炁转化欲火。打得道人驾云而走，是清气上升；把白衣秀士打死，是消灭浊精。要元精不要浊精，有形的浊精浊气是钝铁，是后天之假。无形的才是真金，才是永恒的光。

有一首诗来形容黑熊怪，"碗子铁盔火漆光，乌金铠甲亮辉煌。皂罗袍罩风兜袖，黑绿丝绦麖穗长。手执黑缨枪一杆，足踏乌皮靴一双。眼晃金睛如掣电，正是山中黑风王。"铁盔、乌甲、皂袍、乌靴，形容的是肾气，肾气是黑色的光，是五行之一的水。描写黑熊怪的时候，上下一团黑，强调他是五行之一的肾水。是五行之一，不是真金。真金是五行之全，永恒的光。告诉人假阳是什么，真阳不是这个。

真阳是什么？一大段的描写，好像孙悟空在吹牛，但实际上，他说的是真金，这先天一炁是怎么来的。先天一炁是能变化的，是虚无的，有化生之机的。《西游记》要真看懂了，作者是很厉害的，一句废话不说，说得一清二楚。

第二，真金

得传大品天仙诀，若无根本实难熬。回光内照宁心坐，身中日月坎离交。

万事不思全寡欲，六根清净体坚牢。返老还童容易得，超凡入圣路非遥。

三年无漏成仙体，不同俗辈受煎熬。十洲三岛还游戏，海角天涯转一遭。

活该三百多余岁，不得飞升上九霄。下海降龙真宝贝，才有金箍棒一条。

几番大闹灵霄殿，数次曾偷王母桃。天兵十万来降我，层层密密布枪刀。

战退天王归上界，哪吒负痛领兵逃。显圣真君能变化，老孙硬赌跌平交。

道祖观音同玉帝，南天门上看降妖。却被老君助一阵，二郎擒我到天曹。

日满开炉我跳出，手持铁棒绕天跑。纵横到处无遮挡，三十三天闹一遭。

我佛如来施法力，五行山压老孙腰。整整压该五百载，幸逢三藏出唐朝。

吾今皈正西方去，转上雷音见玉毫。

孙悟空说自己"得传大品天仙诀"，天是自然的意思，得了自然之丹了，自动成丹。"若无根本实难熬"，如果没有先天一炁这个根本，长不出光来。"身中日月坎离交"，不是阴阳双修那一套，是自身的阴阳，不是外在的异性的阴阳。强调身中日月，人体的太阳，人体的月亮，就是自己的心光和性光。是天地的能量，在你身体里化生的自然景象，跟人练的那一套完全不是一回事。"万事不思全寡欲，六根清净体坚牢"。无心，什么都不想，寡欲，对什么都不执着，清心寡欲。体是一，六根是体的用，六根清净不用了，体的光才能长大，叫体坚牢。原来光是松散的，无心寡欲使光变得紧密。紧密到像一个实体的黄金一样的光，叫体坚牢。

"返老还童容易得，超凡入圣路非遥"，如果得了先天一炁，得了元始祖气这一大道本体的能量，返老还童太容易了。成圣也不难，三年内丹就成，金丹成就是圣人，也很容易。"三年无漏成仙体，不同俗辈受煎熬"，三年内丹养成了以后，肉身的物质形成一颗细胞光，有先天一炁包裹着、养育着。普通人的光越用越少，阳气越来越少，阴气越来越重，受病痛的煎熬，忍受衰退、衰败的折磨。"十洲三岛还游戏，海角天涯转一遭"，这讲的就是脱胎了。光原来是在身体里的，现在不是了，现在是广大的空间来去自由。神光脱出来了，身外身了，就自由了。"活该三百多余岁，不得飞升上九霄"，孙悟空是元神，在地府里查生死簿，他是活三百多岁的，不得飞升上九霄，元神还不行，上九霄要玉神和圣神，先是圣神支持元神，然后是玉神支持元神，这样才能上九霄。元神成了还不行，必须从圣神到玉神，才能真正上去。

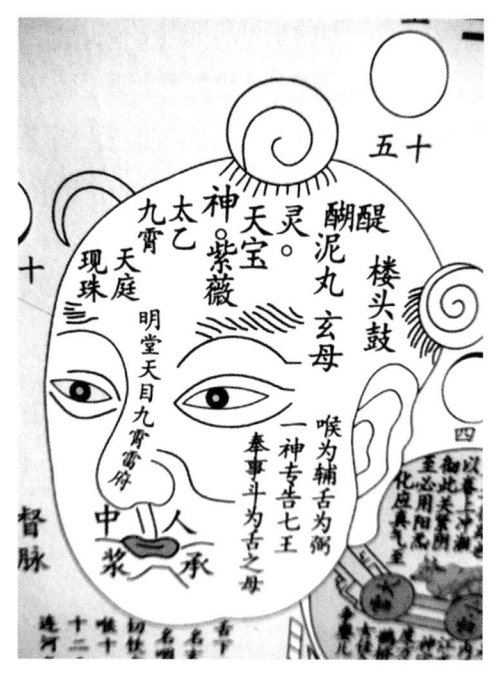

说他弄了金箍棒，又大闹灵霄殿，又偷了王母的桃，哪吒来打，二郎神来降，老君的乾坤圈助阵，二郎神请他到天曹，讲的全是天宫虚无的世界。他在讲真金是什么，真金是虚无的，是上天入地的，上三十三重天十八层地狱。"日满开炉我跳出"，从人体八卦炉里出来了，"三十三天闹一遭。我佛如来施法力，五行山压老孙腰"，佛指变的五行山压住了老孙，讲的是外五形。"整整压该五百载，幸逢三藏出唐朝。吾今皈正西方去，转上雷音见玉毫"，上天入地，进入无极道，回归本原了。然后在外五行，佛的手指变的山，在此修行。外五行托着一颗丹，就这意思。转上雷音见玉毫，玉毫是玉光，指玉神、玉佛，也就是白玉一样的光。心细如毛，明察秋毫，讲的是佛眼，圣神就是佛眼。这一大段孙悟空好像在吹牛，实际上是和黑熊怪的浊精浊气比较，一个钝铁，一个真金，一个是人的短命的光，一个是永恒的长生之光。钝铁和真金，是有天壤之别的。

第三，有形无形

这个时候孙悟空跟黑熊怪打，"渐渐红日当午"，打到中午，刚半天的时间，黑熊怪就饿了，黑熊怪就说，"我两个且收兵，等我进了膳来，再与你赌

斗"，然后孙悟空说，"半日儿就要吃饭？似老孙在山根下，整压了五百余年，也未曾尝些汤水"，我五百年没吃也没事，你半天就饿了。比较的是真金和钝铁，真金是无限的能量，是天的能量，是自动就有的能量，食物都是阴气，还要吃饭，能量太有限了。悟空靠老天的元气活着，黑熊怪靠食物的阴气活着，有形无形，对比分明。

行者见了，哈哈大笑道："那个老剥皮，死得他一毫儿也不亏！他原来与妖精结党！怪道他也活了二百七十岁。想是那个妖精，传他些什么服气的小法，故有此寿。"有形的肉身弄的浊精浊气，叫服气的小法。人为的整点气，妄想长生。前面形容黑熊怪，眼睛贼亮。一般人就分不清了，眼睛也亮啊，也显得年轻啊，普通人就被蒙了。那是服气的小法，把人的精气神尽快地消耗，有形的是假的。观音禅院的和尚，守着唐僧，孙悟空不去找袈裟。黑熊怪是个妖怪，和尚们特别害怕，怕孙悟空把他们也当成是妖怪。老院主死了有新的院主，那院主慌忙跪下道："老爷，我师父是人。只因那黑大王修成人道，常来寺里与我师父讲经，他传了我师父些养神服气之术，故以朋友相称。"行者道："这伙和尚没甚妖气，他一个个头圆顶天，足方履地，但比老孙肥胖长大些，非妖精也。你看那帖儿上写着'侍生熊罴'，此物必定是个黑熊成精。"请柬上有黑熊的字，讲黑熊就是个妖怪。黑熊怪是个附体，不是个人，是熊精附体。金池长老是个人，这些和尚也是人，没有妖气。金池长老是一个人心，以妖为朋友，讲的是贪心招妖。如果是人心，招的就是妖。人心认不清真假，没有明心见性，真假不那么好认。真也不好认。

第四，真阴降真阳

黑熊精是肾精，孙悟空打不了，只能观音来降。这时候，孙悟空把观音请来了，路上遇见道士，道士拿着金丹来给熊精过生日。孙悟空一棒子就把他打死了，菩萨问为什么随便打死人？行者道："菩萨，你认他不得。他是那黑熊精的朋友。他昨日和一个白衣秀士，都在芳草坡前坐讲。后日是黑精的生日，请他们来庆佛衣会。今日他先来拜寿，明日来庆佛衣会，所以我认得，定是今日替那妖去上寿。"菩萨说："既是这等说来，也罢。"行者才去把那道人提起来看，却是一只苍狼。旁边那个盘儿底下却有字，刻道"凌虚子制"。

　　道人是气儿，也是妖，是个狼精，黑熊是个熊精，悟空是先天一炁，打死妖怪是转化阴气。两颗丹，孙悟空变到一颗丹里，熊一吃孙悟空就进到他肚里，熊就老实了，被观音菩萨一个箍下去箍住头。这是禁箍，熊就老实了。这个时候，孙悟空意欲打死，菩萨急止住道："休伤他命，我有用他处哩。"行者道："这样怪物，不打死他，反留他在何处用哩？"菩萨道："我那落伽山后，无人看管，我要带他去做个守山大神。"行者笑道："诚然是个救苦慈尊，一灵不损。若是老孙有这样咒语，就念上他千遍！这回就有许多黑熊，都教他了账！"黑熊精和道士都是妖怪，一个熊精，一个狼精，比喻人体上弄的浊精浊气，阴气是没有用的。守山大神，观音是真阴，真阴在头。真阴是需要元精的，用本性管束元精，是不会化成浊精的。元精发动的时候，能空能静就是本性，本性没有欲火。妖做守山大神，其实讲的是这个意思。站在人体里头讲，真阴降真阳。如果你是本性，阴的也能转阳。

第十八回　真性变假性，找到八戒

第十八回　观音院唐僧脱难，高老庄行者降魔

第一，性命金丹

行者忽坠阶前，道："师父，袈裟来了。"三藏大喜，众僧亦无不欢悦道："好了，好了！我等性命，今日方才得全了。"唐僧脱难，一个金池长老，一个黑熊，是守心守肾带来的难。取回袈裟，唐僧脱难，也是金丹脱难。观音是真阴，金池长老是假阴识神，这是真阴假阴的对比，悟空和黑熊是真阳假阳的对比。这回讲猪八戒，是讲真阴。

前两回，一是心之偏动而火炽，一是肾之偏动而气焰，两者都不是道，是难。假的就是难，脱难就是脱假的难。"我等性命，今日方才得全了"，唐僧吓唬他们，袈裟要找不回来，我徒弟可得收拾你们。袈裟找回来了，和尚们就放心了，性命就保住了。"今日方才得全了"，前边说黑熊精也是个知命的怪物，现在袈裟回来了。一个是性，一个是命。现在性命都在了，就全了。以性带命，空静后就感受到能量，就是以性带命，见本性自动得能量。除了这个，任何有为的都是假的。

第二，借宿玄关

孙悟空他们到了高老庄，这个地方怎么这么好呢，生机勃勃，说这一定有好人家。见一个年轻人过来，孙悟空就使劲问他，那人不耐烦想走。唐僧就说你问别人吧，你不要非得问他。行者笑道："师父不知，若是问了别人没趣，须是问他，才有买卖。"孙悟空是元神，他能够感受环境。环境里有八戒的信息，悟空一看他就好像看见了猪八戒一样，讲的是元神能够感应。元神是能够感应的，它能够感应气息，感应无形。

那人被行者扯住不过，只得说出道："此处乃是乌斯藏国界之地，唤做高老庄。一庄人家有大半姓高，故此唤做高老庄。""三女儿翠兰招福陵山人做女婿"，女婿是个妖怪，老丈人要他出来找人帮着降妖，孙悟空就说："你的造化，我有营生，这才是凑四合六的勾当。你也不须远行，莫要化费了银子。我们不是那不济的和尚，脓包的道士，其实有些手段，惯会拿妖。"好人家，是阴阳汇聚之处，生机之处，正好借宿。借宿讲的是玄关，居善地，就是玄关，真阴真阳合一之处。玄关就是悟空的买卖，因为悟空是真阳，他就要找真阴。凑四合六的勾当，是太巧了，正要找他，这是他的营生。真阴真阳一合一，一点灵光不就恢复了吗？这是悟空最重要的任务，这是他的事业，成就一点灵光。三女儿是兑卦，福陵山人，山是艮卦，兑山是咸卦，咸卦就是感应、交感。先天的真阴真阳自动交感，讲的是这个意思。惯会拿妖，说先天一炁的真阳就是化阴气的，所以叫惯会拿妖，指的就是先天一炁转化阴气，指的是这个意思。

第三，真性变假性

一行人来到了高老庄。高老道："初来时，是一条黑胖汉，后来就变作一个长嘴大耳朵的呆子，脑后又有一溜鬃毛，身体粗糙怕人，头脸就像个猪的模样。"八戒本来是真阴，他调戏嫦娥，动了色心，被贬下来。真阴本来在头部，被色心迷失，忘了本性，变真为假，变正为邪，失去了本来面目，变成了畜生的样子，真阴变成了识神。真阴是感受能量的，他本来是一个神，后来变成猪的样子，真性变假了。真阴感觉电的时候，如果动了色心，就是愚痴，不知道这是很高级的东西，动的是色心，以色欲之心对待真阳，就入了畜生道，愚痴心入畜生道，愚痴心在畜生道，他不知道本性是高能量。老猪是天蓬元帅，擅长干水里的事儿，他本来是真阴，最擅长的是感觉阴阳电。动了色心，愚痴心在畜生道，变成个猪脸。

真阴
愚痴心
畜生道

高老道："吃还是件小事，他如今又会弄风，云来雾去，走石飞砂，唬得我一家并左邻右舍，俱不得安生。又把那翠兰小女关在后宅子里，一发半年也不曾见面，更不知死活如何。"行者道："容易，容易！入夜之时，就见好歹。"风来雾去比喻离卦真

阴，很容易流动。只有真阳，见了就把真阴定住，像铅凝固水银一样。人的意识，一念接一念，电感一下就把纷飞的念头止住了。为什么八戒是个妖怪相，因为人心没退，他虽然是真阴，天蓬元帅在天上，指的是先天的真阴，天蓬元帅被打下凡，色欲之凡如恶鬼缠身，人心就是凡。本来是神仙，是真阴，现在用的是人心，就是天蓬元帅被打下凡间。什么叫下凡，用人心就是凡，用无心就是天。说入夜之时，一试就知好歹。真阴已经变成一个妖了，孙悟空说没关系，我试试就知道了。因为他是真阳，是不是真阴，一试就试出来了。

六道轮回表格，表格这边我放了一张猪八戒的卡通画。看三恶：畜生道、地狱道、恶鬼道。畜生道里是什么？愚痴心。你看猪八戒，他本来是真阴，但他的识神没退，动了色心，所以他是一个愚痴心。愚痴心就在畜生道。从他这个相，六道里他是什么样的心，他挑拨离间，他胡说八道，都是他惹的祸。你看祖师多厉害，他设置猪八戒这个形象，太厉害了。为什么修道的人多如牛毛，成道的人凤毛麟角，成的人很少，因为绝大多数人都是猪八戒。所以，祖师他就给你一个形象，让你照镜子，你看你自己是不是猪八戒。猪八戒就是那个捣乱的，就是那个大麻烦。你就知道作者设置猪八戒的意图。人的东西根本没放下，识神没修干净，真性根本没露出来。所以，猪八戒就是一面镜子，你的真阴出来了没有？识神化掉了没有？什么年轻了，享乐了，人的这套东西去掉了，说明真阴修出来了。不要看真阴

十法界	三恶道			三善道			四圣法界		人心退掉的无为大道	
各道	地狱道	饿鬼道	畜生道	人道	修罗道	天道	小乘罗汉	中乘缘觉	大乘菩萨	佛道
维层	一维	二维以下	二至三维	三维	二至六维	四至六维	七维	七维	八维以上	九维以上
量级	-7至-12级	-3至-7级	-1至-3级	-1至4级	-7至6级	4至6.5级	7级	7级	8级以上	9至12级
活动范围	不动或被动	小范围活动	地球	地球及周围	太阳系	太阳系周围	超越时间空间	超越时间空间	超越时间空间	宇宙无处不在
心因	瞋恚心	贪心	愚痴心	良心	傲慢心	善心	自我成道心	自我成道心	大慈大悲自觉觉他	清静平等心
行因	憎恨仇怨嫉妒烦恼	贪图财色名食睡	吃苦受罪不明道理	利己利他修持五戒	积大功德傲慢好斗	利他利己修十善业	修四谛法自我了脱	修十二因缘法自我了脱	修六度法舍己利他	清静无为如如不动

真阳这几个字简单，真的不容易。特别是真阴，真阴修成功了，和先天一炁结合，才是真正的金丹。真阴没稳定，没有修成，是幻丹。所以，祖师设置这个形象，他就知道多数人是猪八戒，人心难放下，色心难放下，不开悟的愚痴心也难放下。我觉得这个形象太精彩了，设置得太棒了，谁要真正看懂了猪八戒，真阴就修成了，真阴修成了，真阳很容易，真阴太难了。

第四，以亲而治

行者却弄神通，摇身一变，变得就如那女子一般，独自坐在房里等那妖精。那阵狂风过处，只见半空里来了一个妖精，行者暗笑道："原来是这个买卖。"悟空变作一个女子，真阳是坎卦，外表是阴，里头是阳，悟空外表是个女子，这是他的本相。一阵狂风过处，风是树刮的，树是木，八戒是木，又是识神燥火，是木火一家。"那怪不识真假，走进房，一把搂住，就要亲嘴。"真阴的真性早忘了，他就是个识神色鬼。行者暗笑道："真个要来弄老孙哩。"即使个拿法，托着那怪的长嘴，叫做个小跌，漫头一抖，扑的掼下床来。托住嘴，讲的是不着于声，掼得扔到床底下，是不着于色。真阴真阳交感，确实是电感状态，猪八戒这种状态，是人在干这个事。不着于声、不着于色，真性真阴，要无心空静，叫不着声色，真阴、真阳是虚无的神气，不是有形的东西。真阴、真阳合一，叫以亲而治，是自动合一的，对境无心，无心就是真阴，无心，真阴和真阳便自动合一。虽然，水是五行之一，对境无心，就是真阴，就是不犯五行之气，一有心就是猪八戒。

那怪爬起来，扶着床边道："姐姐！你怎么今日有些怪我，想是我来得迟了。"行者道："不怪！不怪！"那怪不解其意，真个就去脱衣，行者跳起来，坐在净桶上。八戒还是色心色欲的状态，孙悟空躲开，坐在马桶上。意思就是清理阴气，排除阴气。去旧染之污，讲的是这个。以亲而治，真阴也不容易，因为他面对的是合亲，但是又不能动心，是虚无的东西在合一。

第五，一点灵光的复原

这时，猪八戒说出了自己的来路，说他是真阴已经变成假阴了。说出他的身份，讲的是真阴慢慢恢复了。

"我家住在福陵山云栈洞，我以相貌为姓，故姓猪，官名叫做猪刚鬣。"行者暗喜道："那怪却也老实，不用动刑，就供得这等明白，既有了地名、姓名，不管怎的也拿住他。"行者说出"请一个五百年前大闹天宫姓孙的齐天大圣，要来拿你哩"。那怪化万道火光，径转本山而去。行者驾云，随后赶来，叫声："哪里走！你若上天，我就赶到斗牛宫！你若入地，我就追至枉死狱！"真阴真阳，上天入地，真阴、真阳合一就是玄关，他俩在天地里循环，是你到哪儿我就到哪儿，讲的是这个意思。说出籍贯是返本还原，不忘本，不忘初心，讲他从哪里来，是假性开始返真性了。猪八戒的耙是三十六天罡，猪八戒会三十六变，孙悟空是七十二变。三十六和七十二都是北斗七星里的东西。北斗七星是一个星群，天罡地煞都在这个星群里。北斗七星对应腹部，讲的是玄关里的真阴真阳。五百年前大闹天宫的齐天大圣来抓你，五百年前是先天一炁，齐天大圣是真阳。在没有肉身的时候先有先天一炁，真阳真阴在五百年前是一体的，是一对老夫妻。八戒化的是火光，火光是离卦。孙悟空见了猪八戒就穷追不舍，表示一见面就化成先天一炁了，就化成一点灵光了，他们俩就一体了，讲的是这个。玄关里头的真阴真阳，就化成了光，化成了元神之光。

第十九回 收猪八戒，讲的是真阴

第十九回 云栈洞悟空收八戒，浮屠山玄奘受心经

第一，真性假性

"却说那怪的火光前走，这大圣的彩霞随跟。正行处，忽见一座高山，那怪把红光结聚，现了本相，撞入洞里，取出一柄九齿钉耙来战。"他化了光了，不是猪的样子了，真性、本来的面目在演变，讲的是这个。

> 有缘立地拜为师，指示天关并地阙。得传九转大还丹，工夫昼夜无时辍。
> 上至顶门泥丸宫，下至脚板涌泉穴。周流肾水入华池，丹田补得温温热。
> 婴儿姹女配阴阳，铅汞相投分日月。离龙坎虎用调和，灵龟吸尽金乌血。
> 三花聚顶得归根，五气朝元通透彻。功圆行满却飞升，天仙对对来迎接。
> 放生遭贬出天关，福陵山下图家业。我因有罪错投胎，俗名唤做猪刚鬣。

这首诗是猪八戒说自己是真阴，讲他也有缘，有名师教。天关地阙就是真阴真阳，九转大还丹是先天一炁，自然无为的无为法。自然之光，自然无为法，他也得了，也开玄关了，昼夜无辍就是开玄关了。从泥丸到涌泉，上到头下到脚，大周天就是玄关。整个过程跟孙悟空学的差不多，都学的是大乘，自然无为，学的是这个。为什么投了猪胎了呢，因为他动了人心，他动了色心，本性的智慧没开，是个愚痴心，所以被贬下来了。真阴是可以三十六变的，也是大道能量化生的。八戒是火光，大圣是彩霞，火就是五行之一，彩霞是花色的光，是五行之全。

第二，媒婆的作用

这时，孙悟空就跟唐僧说，猪八戒也不是凡人，"师父，那妖不是凡间的邪祟，也不是山间的怪兽。他本是天蓬元帅临凡，只因错投了胎，嘴脸像一个野猪模样，其实性灵尚存。他说以相为姓，唤名猪刚鬣"。猪的象应该是猪精，虽然八戒

是一个动物的象，但他不是妖怪，是天蓬元帅下凡。动物精附人体叫妖怪，他不是动物精附人体，是因为真阴没守住，动了人心、愚痴心，动了识神，投了猪胎了。他不是一个猪精，是投错了胎。六道中贪心是恶鬼道，愚痴心是畜生道，讲的是他动了愚痴心，忘本了，真阴变成了假阴。"你这个弼马温，着实惫懒！与你有甚相干，你把我大门打破？你且去看看律条，打进大门而入，该个杂犯死罪哩！"行者笑道："这个呆子！我就打了大门，还有个辩处。像你强占人家女子，又没个三媒六证，又无些茶红酒礼，该问个真犯斩罪哩！"讲的是没有中间的媒介，他们两个还合不上，还在打。三媒六聘，讲的是真阴真阳合一，中间要有真土，真土就是真信，没有真信，所以他还在打，还不和。

第三，钉耙真阴

讲这个钉耙，就像金箍棒一样，也是个神兵。

此是锻炼神冰铁，磨琢成工光皎洁。老君自己动铃锤，荧惑亲身添炭屑。
五方五帝用心机，六丁六甲费周折。造成九齿玉垂牙，铸就双环金坠叶。
身妆六曜排五星，体按四时依八节。短长上下定乾坤，左右阴阳分日月。
六爻神将按天条，八卦星辰依斗列。名为上宝沁金耙，进与玉皇镇丹阙。

全是星光做的，太上老君亲自打的铁，金子做的一个钉耙，也讲都是天的能量。"铸就双环金坠叶"，比金箍棒不同，它是双环，双是阴，比金箍棒差点级别。都是心性的能量，星光的能量。是给玉皇大帝镇丹阙，就是守护玉皇大帝的，就是守护松果腺的，玉皇大帝是松果腺，守护光的。真阴和钉耙，实际上是人脑里的光。真阴的时候是光，要动了意识呢，就是黑烟了。所以，不能动意识，一动意识，就错了。

那怪一闻此言，丢了钉耙，唱个大喏道："那取经人在那里？累烦你引见引见。"说完钉耙了后，孙悟空就跟他说，他如今已经皈依佛了，跟着唐僧去西天取经了。经就是信，取经就是先天一炁，就是真信。好像一个消息，一个信息，这是真信，真信就是真土，真土就是电感，真土一出来，真阴真阳就合一，讲的就是这个意思。

第四，金木交并

金性刚强能克木，心猿降得木龙归。金从木顺皆为一，木恋金仁总发挥。

一主一宾无间隔，三交三合有玄微。性情并喜贞元聚，同证西方话不违。

金木交并和水火既济，是连续发生的。元精发动水火既济，紧接着就是金木交并，魂魄合一，转化鬼魄，金木代表的就是魂魄，魂魄合一就是转化鬼魄，这是最重要的事。"心猿降得木龙归"，《西游记》就说八戒是木龙，放着红光。"金从木顺皆为一，木恋金仁总发挥"，菩萨给孙悟空那个毛，意思是要用柔。八戒识神不退，特别犟，他就不顺，孙悟空怎么打也打不服他。要柔顺才能和，所以它叫"金从木顺皆为一，木恋金仁总发挥"，两个都顺了，你顺我我顺你了，两个都顺了，就合一了。合一了以后，"木恋金仁总发挥"，木是魂，魂是仁德能量，仁德慈悲这个能量就发挥了。木在东为主，金在西为宾，孙悟空降了猪八戒，悟空是西边的，西边的降了东边的，讲的是反宾为主，金木交并了，以虎驾龙，是元情和元性合一，一合一就是元神。真阴真阳合一叫"元贞聚"。"一主一宾无间隔，三交三合有玄微。性情并喜贞元聚，同证西方话不违"，一主一宾，主宾颠倒位置了，三交三合，是乾卦和坤卦，孙悟空是三个阳道，猪八戒是三个阴道，乾坤两卦就是三交三合，有玄微，元性元情结婚了。"性情并喜贞元聚"，先天一炁的一点灵光就恢复了，一点灵光就是贞元。"同证西方话不违"，一点灵光，元神的光才能够去法界，去西方。证西方，讲的是元神之光成了。这时候，猪八戒就拜师，对唐僧说"菩萨已与我摩顶受戒，起了法名，叫做猪悟能也"，猪悟能是说元性柔而不能，要悟能更要戒能，真阴和先天一炁比起来，是柔弱无力的，先天一炁纯阳的能量厉害得多。感受电感要悟，不能动人心动色欲，要用空性来悟，一悟就是本性，用本性对峙能量，叫悟能。八戒，要戒这个能，你不能去享乐这个能，要戒能、悟能。

行者道："贤弟！你既入了沙门，做了和尚，从今后，再莫提起那拙荆的话说，世间只有个火居道士，那里有个火居的和尚？"别再提你媳妇了，结婚比喻结丹，

那是前一段，养丹的时候，要无心养丹。

第五，去掉心魔

"意马胸头休放荡，心猿乖劣莫教嚎。情和性定诸缘合，月满金华是伐毛"。这时候已经结丹了，开始养丹了，开始养道胎了。意马心猿全收住，要无心养胎。四象已经合一，水火既济，金木交并，已经是五气朝元了。金丹已经成，月满精华，是圆月亮已经出来，元神已经成了。伐毛讲的是脱胎换骨，气化肉身，讲的是这个过程。养丹的过程就是养光。光养大了，脱胎换骨，把人整个给你换新了，这时候靠什么？靠无心，完全不纠结，完全自然，像个小孩一样，什么都不想，那个状态光才能养大。养大了以后，光给你脱胎换骨，把你身上的旧东西都给你变成新的，这就是"月满金华是伐毛"。禅师传《心经》就说"道路不难行，试听我吩咐：千山千水深，多瘴多魔处。若遇接天崖，放心休恐怖。行来摩耳岩，侧着脚踪步。仔细黑松林，妖狐多截路。精灵满国城，魔主盈山住"。满国的都是精灵，花白柳黄，魔主坐山头，每一派都是大魔头，都不修心性，又有高能量，就是一个大魔障的状态，都被历史给灭了。"魔主盈山住。老虎坐琴堂，苍狼为主簿"。在那儿坐着传道的全是妖怪，"狮象尽称王，虎豹皆作御"，金丹成了，靠无心养丹，但是人的后天意识退掉不容易，肯定要起魔障，人会起心动念，所以，传一个《心经》，保着你好好养丹。凡是心魔障的时候，就念《心经》，化解魔障。

禅师传了《心经》，三藏就问禅师，说我们现在都见到月亮了，法身都成了，是不是离西天就很近了呢？禅师说，还远得很呢，虽然真阴真阳合一有了金丹，但是还差着十万八千里呢。真正的明心见性是要磨出来的，不是明白了什么是真阴，你就能保持住了，人心总在泛滥，要不断地磨，把本性稳住，就是一个磨的过程。所以，就跟你说千山万水多魔障，"若遇接天崖，放心休恐怖"，在你走到绝境的时候，觉得快死了，不要恐怖。"仔细黑松林，妖狐多截路"，一路上有妖魔截路，一路上都是，一听说你开玄关了，妖就急了，就扑上来了，一个妖两个妖三个妖都扑来吃光。妖怪没有玄关，疯了似的扑过来。你看这祖师传道的时候就跟你说了，你开玄关了吧，你得金丹了吧，小心后边妖会扑上来的。"精灵满国城，魔主盈山住"，一门一派的占山头，都是大魔头，都是山精水怪，走过来真不容易。"老虎坐琴堂"刚才讲过了，意思是遍世界传道的，几乎都是妖在传，都是附体在传，根本不是道，真道根本就见不着。一个修正道的人，你要知道是这样的环境，你能不能安全地走过来，十几年，安全地走过来，真的是很不容易。

"野猪挑担子，水怪前头遇"，已经收了猪八戒，猪八戒是担行李的，前面会遇到沙和尚这个水怪。孙悟空是金水一家，猪八戒是木火一家，沙僧是土一家，这就是三家相见。"多年老石猴，那里怀嗔怒"，讲的是孙悟空。唐僧问西天还有多远，禅师说，他知道，你问他就行了，也就是问孙悟空就行了。

第二十回　虎先锋，写心慌虎现，讲假土

第二十回　黄风岭唐僧有难，半山中八戒争先

第一，修道就是修心

黄风岭的虎先锋，虎在前代表的是心，黄风怪在后代表的是意。虎是黄风怪的先锋，就是意的先锋，是心。后天意识心是虎象。讲的是心和意，心意代表的是假阴。金丹是真阴真阳，在给你讲真阴真阳之前，先给你讲假阴。假阴是后天的心和意。

> 法本从心生，还是从心灭。生灭尽由谁，请君自辨别。
> 既然皆己心，何用别人说？只须下苦功，扭出铁中血。
> 绒绳着鼻穿，挽定虚空结。拴在无为树，不使他颠劣。
> 莫认贼为子，心法都忘绝。休教他瞒我，一拳先打彻。
> 现心亦无心，现法法也辍。人牛不见时，碧天光皎洁。
> 秋月一般圆，彼此难分别。

真心是可以生万法的，真心是一个母体，可以化生万物。但假阴就不行了，假阴是人的心意，有好多杂质，必须得清理干净了，才能一念成真，才能生万法。所以，首先要搞清楚真假，搞清楚真阴、假阴。"既然皆己心，何用别人说？只须下苦功，扭出铁中血"。既然是自己的心，把心和意给修干净了就行。修道修的是什么？修的就是心意这些假东西退位，不来捣乱，其实修的就是这个，就要下苦功夫修心。

你看唐僧、猪八戒，作者设置了这么两个形象。八戒代表人心，唐僧代表本性，但是完全的道心坚定有个过程，唐僧还不坚定；性命合一，合一的还不紧密。所以，唐僧总是糊里糊涂就听猪八戒的话了，他顺应的是人心，所以说要受苦磨炼。受一次磨难，醒悟一点。先天的东西，没经历过，没人懂，只能是自己一点一点磨出来。拧出铁中血，讲修心性不是那么容易的，没经历磨难，根本就不懂。

它不是一个后天的知识，它是光，是先天的生命在成长，每一步成长都是新的，是你没经历过的，哪怕你听别人说了，轮到你的时候还是要摔跟头。自己不磨，就变不成自己的。所以，你还得磨，经过磨难以后，心才懂了，所以叫铁中血。

别以为修心性是容易的，其实是最不容易的，自己要受苦的，一个苦一个苦吃过来，真正地醒悟了，都是苦换来的。"绒绳着鼻穿，挽定虚空结。拴在无为树，不使他颠劣"。像牵牛鼻子一样，拿根绳牵着，你这个心总是左右摇摆，元神本性才是正确的，后天意识心基本上是偏离的，总是不对的。所以，对人的后天意识、起心动念，要拴住它。先要反省，要及时地醒悟，管住这个心。"挽定虚空结，拴在无为树"，无眼耳鼻舌身意，真心是一个虚无的，你所有有的、你感觉的、你想的、你的情绪，这些东西都是多余的。

去掉多余的就是挽住虚空结，有什么都要灵明觉知，察觉它，把它放下，抱着任何有的东西全是错的。无为树，不使他颠劣，人的念头往往是愚蠢的。对愚蠢的念头，要像警察抓小偷一样特别警觉，不能放松。修金丹能量很容易，修心很不容易，人看不住，老是后知后觉。"莫认贼为子，心法都忘绝。休教他瞒我，一拳先打彻"，所有有的、你想的、你的情绪，这些都不是真心，都不是本性，都是贼。从根上你就有一把利剑，戳在那里看着贼。这把利剑是干什么的，所有有的、所有想的、感觉的、感受的，情绪、思想、所有的东西都铲除，都是假的。能做到吗？太难了，人总是抱着一个有的，抱着一个情绪，抱着一个观念。心法都忘绝，有为法要忘了，无为法也要忘了，纯粹的自然、生活。道是一个当机、当下全新的东西，你抱着的东西，是已经变旧了、变死了的东西。什么都不抱着，什么都不去认可，都把它放下。一切有形有色的东西都是假的，"一拳先打彻"，你就狠一点，你心里明白一点，狠一点，有的东西都不要在乎，都假的。"现心亦无心，现法法也辍"，你有什么心思，想什么你就把它放下，一个什么法你也把它放下，没有法，哪有法，就有生活。没有法，都放下。"人牛不见时，碧天光皎洁。秋月一般圆，彼此难分别"。你能看的和所看的都放下，就没有东西抓着你了，光才能长，才能够见到圆圆的本性之光。

如果你抱着任何的思想、任何的情绪，你在一种后天的阴气的状态，这个纯阳的光就见不到、长不出来。《西游记》传道的时候，诗词是很重要的，很多传道的要点都藏在诗里头。所以，诗词甚至比那些故事情节都重要。所以每一次碰到诗的时候，我就比较在意，作者的意思在诗里点明了。无心，法亦无，就是生活，就是自然，没有多余的。就是老百姓，普通人，就是这样一种向内的、清净的、简单的、顺其自然的生活方式。这种生活方式习惯成自然，这种自然的生活方式要养成。什么我们是修道的，我们是学佛的，那都不是自然，没有达到自然，还端着。

《九鼎炼心图》所示修道就是修心性。图上还有一个心字，这个心字整个是黑的，讲的是人的心思，逐渐逐渐地练，练到最后是一个圆圈，一个空的心。心不可能一下从全黑到全白，不可能的，是一点点地磨出来的，后天的七情六欲，后天的思想情绪，这些东西逐渐地才能退。退到后来就干净了，干净得就像小孩一样，无忧无虑，无思无虑，脑子根本不想事，这是逐渐的这样一个过程。

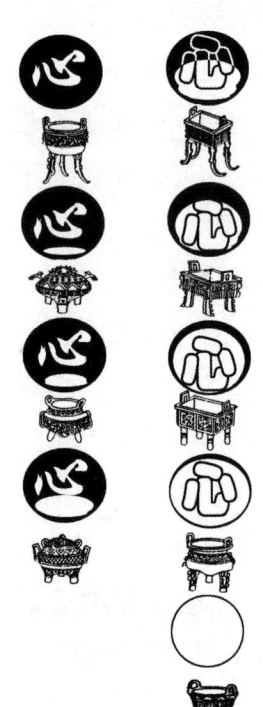

这个过程，假如说内丹是三年，外丹是一年，这就是四年多的时间。但是修心，真正的把本性露出来，真正修得像小孩一样，像儿童一样，完全是一个简单自然的无知无欲的一个人，九年能修出来就不错。所以，是很不容易的。而如果你的心能够达标的话，或者说你本来就是一个自然人，你本来就不知道那么多东西。如果真的是心达到这种婴儿般的纯洁状态，根本就不用修金丹，本身就是金丹。所以金丹是什么？金丹就是你的后天意识心退位了，你的心意都很干净了。所以，这是很不容易的，这得靠自己一点一滴常年下功夫。

第二，修的是出离心

前边第十九回讲的是收了八戒，孙悟空收了猪八戒，

九鼎炼心图

真阴真阳合一，已经开玄关了。这个时候，唐僧就看到了玄象，他就说："你看那日落西山藏火镜，月升东海现冰轮。"真阴真阳，月亮和太阳是一个互相反射的关系，你看的是月亮，实际上它藏的是阳，反射的是太阳光。讲的是唐僧已经开玄关了，已经能够看到玄象了。他们几个人就聊天，猪八戒就喊累，说又饿又累，这么多天都没吃饱。孙悟空就骂他："你这个恋家鬼，你离了家几日就生抱怨。"然后唐僧紧接着说："悟能！你若是在家心重呵，不是个出家的了，你还回去罢。"就是说，如果你出家了，还抱的是人心，等于没出家。所以什么叫出家呢？你的心出离了没有，吃啊喝啊住啊都是肉身上的事，人的这些欲望的满足，这些东西你放下了没有？人的那套逻辑放下了没有？真正放下了，有了出离心，出家要有出离心。

唐僧和孙悟空一大顿的讨论，猪八戒只得死心塌地前来。这就是说，修道修的是什么？修的是放下人心，本性能量带着往前走。如果人心不放下来，你端着人心往前走，是走不动的。每走一步都要摔跟头，所以要死心塌地。我觉得我就是一个死心塌地的人，我对别的东西根本没兴趣，心全在研究大道上，除了这个心思别的一点都没兴趣。你这个心带着你走，死心塌地，就心带着你走，这个真心在本性大道上，就不断地有验证，不断地有发展进步。但如果你说我现在又上班去了，又跟人勾心斗角去了，或者又跟人拼去了，又跟人闹去了。你如果是这样的一个心的话，就没法往前走。所以说，行道靠什么行呢？靠你真正放下人心才能行。你只有死心塌地，你的心特别的坚定。不是强迫、人为的约束，是自然的，自然自觉的这样。这样高兴，觉得好玩，喜欢这样。那种由衷的自觉自愿的，就是死心塌地。所以，如果不死心塌地的话，就是原地踏步，就没法往前走，心很重要，由这个心带着走。

第三，心不定即是妖

他们去问路，说我们要西天取经，我们在这住一晚上。那个人说去不得，西天难取经，要取经，往东天去吧。走回头路，为什么呢？如果你是一个肉身，一个俗人的心意，人的这一套价值观，你去不了西天，你只能在东天，东土。

东土是人的世界，西天是一个光的世界，是法界，人是去不了的。所以，老头说的也对。老头看着他们三个徒弟特别丑，孙悟空就说："想我老孙，虽小，颇结实，皮裹一团筋哩。"说自己是皮裹着一团筋，这是什么意思？我现在就觉得皮裹一团筋，整天就是筋疼。一会儿在手背上，一会儿在大骨头上，一会儿像刀割筋。悟空的话我特别有同感，整天就是筋疼，可不就是皮裹一团筋嘛。筋是走真气的，真气能量强的话，就像刀割筋，特别有同感。

再看八戒、沙和尚，老头吓得说："简直一个比一个丑。"猪八戒就说："你若以相貌取人，干净差了，我们丑自丑，却都有用。"看表面就错了，丑自丑，自有用。比如猪八戒，性光就在鼻子这儿，真阴真阳，总在暗自交媾，光就是这样养大的。猪鼻子是有大用的，别人说丑，悟空就说猪八戒，你收敛着点，把那些丑也收起些。三藏道："你看悟空说的话，相貌是生成的，你教他怎么收拾？"行者道："把那个耙子嘴，揣在怀里，莫拿出来，把那蒲扇耳，贴在后面，不要摇动，这就是收拾了。"这讲的是真阴真阳，是一个隐秘的，外人看不见的，其实讲的是这个。老头说经非易取，道路艰涩难行，从这向西去三十里远，有一座山，叫做八百里黄风岭，山中有许多妖怪。三十里这个三是离卦，离卦对应的是人心。

黄风岭的黄是土，土不定叫黄风，就是意不定，颠来倒去的，一会儿这么讲，一会儿那么讲，一会儿又信了，一会儿又不信了，这就是黄风怪。什么是妖怪？人心的阴气就是妖怪，有什么样的心就现什么样的妖。得了金丹有了光的人，如果人心的逻辑还不退的话，就是妖。前边有妖怪等着你，指的就是有了能量，人心不退，那就等着倒霉吧。

得了金丹能量，人心必须退，退的话会化生万物，不退的话就是妖。黄风怪这个形象，讲的就是人心状态，猪八戒要吃、抱怨累，还有唐僧，每走到一个新的地方，都先是恐惧、心慌。这些人心的状态没退的话，第一个招的就是黄风怪，妖怪是人心的写照，看你有什么样的心的状态，心不稳，意不定，心慌意乱，没有本性的淡定，没有忘我无知的状态，大无畏的心根本没有出来。妖怪就是照妖镜，什么样的心灵状态，外边就显一个什么样的妖怪。所有这些妖怪都是本性师父安排的，佛祖安排的，观音安排的，老君安排的。本性世界是一个光的世界，如果不达标的话，呈现的是光上带阴气的象，就是一个妖的象。

带阴气是不行的，要把阴气拿掉，变成干干净净的光，干干净净的光就是本性，本性师父代表的就是干干净净的光。一次一次的安排，一次一次的磨难，遇到魔，就是要把心里的杂质给修干净。什么叫妖？什么叫师父的安排？实际上就是在西天取经的路上，心逐渐变干净的过程。不懂的人，就把它理解成什么上天吧，仙佛吧，那个佛叫什么，那个仙叫什么，执着于那个东西，那又是一种执着，又是一种抱着有了。要理解它的本质，你要理解透彻了，就是光干净不干净的问题，不干净不行，要一次一次把它弄干净。

《西游记》里孙悟空降妖除魔，妖怪和师父的安排，其实是一回事。妖怪和师父怎么是一回事呢？在本质上看清楚，不要说这佛怎么样了，那太上老君怎么样了，俗人才那么想，要把这些东西看破，是光不干净，就不行。光确实他也会显那些象，但是，象也不重要，重要的是你理解了没有？你真正理解了，多余的放下了，你就不是一见太上老君就懵了，就不知道东南西北了，神就昏了。《西游记》里，有很多共性问题，比如说遇到妖怪，师父的安排，悟空每一次都遇到问题，就找土地，土生金，土地给他提供信息。还有一个共性，每一回降妖的时候，是先降妖后救师父。就是光上的阴气，阴气去掉了，干净了，就是本性；没去掉，不干净，怎么是本性呢？其实讲的是这个。这样理解《西游记》，就清楚了，就读懂了。它其实就是教你怎么把心光修干净，教的就是这件事。修道就是修心性，就是把这个心修干净，这就是《西游记》的主题。

六十集电视剧《西游记》，片头曲是：我的心啊，穿越繁华。这就比较抓住《西游记》真正的主题，讲的是心，不是讲的神话，讲的是人话，讲的是人心的改造。把主题整对了，《西游记》在修心的过程中，心光有妙用。抓不住修心性这个要点，羡慕神通，但神通是末节，本在修心。注意了皮毛，没领悟重点。修好了心，心光是道体、自然之光，有化生万物的妙用。主题是修心，不是展示神通。很多人本末倒置，把《西游记》当成气功。

《真一图》所示后天的五行。五行指肉身，肉身是一个五行的产物。人的

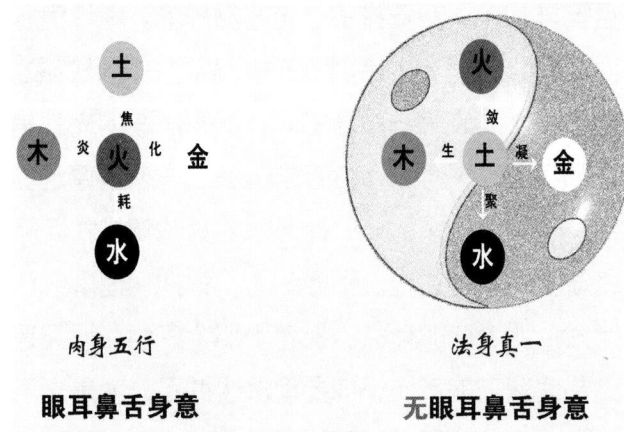

肉身五行

眼耳鼻舌身意

法身真一

无眼耳鼻舌身意

《真一图》

光是一，一是个虚无的，但是它落在人的肉身变成五行。五行是什么，就是六根、六尘，眼、耳、鼻、舌、身、意，色、香、声、味、触、法，六根引起六尘。《西游记》讲修心，我这儿画了一个太极球，太极球里头放的是先天五行。先天的五行，遇木则生，遇火则敛，遇金则凝，遇水则聚，先天是真土。真土既是五行之一，又是真一。先天的五行是合一的，后天的五行是分散的，是互相伤害的。先天的五行是一个整体，合一的五行就叫法身真一。金丹是怎么修的呢？就是这个真一，它是无眼耳鼻舌身意。眼、耳、鼻、舌、身、意是一的用，一是全息的，一包括五，可以代替眼睛、耳朵、鼻子，一切都是一变出来的。这个一才能够西游，西天取经，后天这个五是不行的，肉身是不行的。这个一就是无眼耳鼻舌身意，把后天的五行都退掉了，先天的德一之光独领风骚，是德一在西天取经。

《心经》说"无受想行识，无眼耳鼻舌身意，无色声香味触法，无眼界，乃至无意识界"，你所听、所看、所想，西天取经，真一是没有这些的。修心性就是把人的那套逻辑全部放下，忘掉了。无眼界乃至无意识界，连意识都没有的。"无无明，亦无无明尽"，无明就是人糊涂的、看不懂的、不明白的，现在没有了，大智慧出来了，一切都懂的，无明尽就是不懂的都懂了。"乃至无老死，亦无老死尽。无苦集灭道，无智亦无得"。真一是跨越生死的，一般人真一这个光出不来，只有死的时候，魂魄的光才出来，还不是真一的光。活着的时候，光一出来就死了。但是，真一是什么？跨越生死，随时出来，随时进来，人不死。乃至无老死，亦无老死尽，真一是本原不生不灭的元气。无智，智讲的是后天那些知识，知识都忘了。亦无得，不要以为西天取经是得一个什么，其实不得就对了，什么都没有就对了。就是你学了好多，但是最后你脑子里什么都没有，什么都不知道，那就对了，最后，取到的是无字真经，那就对了。前面黄风怪这一回，强调的是修心性。如果心性不稳的话，还抱着人心的话，那就一步一个跟头一步一个磨难，其实讲的是这个。

第四，心动虎现

说这个时候孙悟空就抓了一把风，把那风抓过来闻了一闻，有些腥气，道："果然不是好风！这风的味道不是虎风，定是怪风，断乎有些蹊跷。"把风抓了一把闻，风是个虚无的，能闻吗？能抓住吗？它是空的。这讲的就是用一，先天的真一，不用鼻子可以闻，无形的可以抓住。本性通，六根退，不是说一定用鼻子去闻一个什么东西，虚无的风也能闻。是闻到无形的意思，本性通六根就退了。所以，如果看和听还没有回收、向内，还是一个向外放的，那你的本性就通不了。这个一出来主事，后天的六根停用，先天才活跃起来。后天总在用，先天就总被压制，就这么一个关系。

就像我解《西游记》这些天，一热了，出汗就是檀香味。檀香味是光的味道，悟《西游记》就是站在本性上，放掉后天的六根，壮大本性的先天真一。然后说，跳出来一只猛虎，"慌得那三藏坐不稳雕鞍，翻跟头跌下白马，斜倚在路旁，真个是魂飞魄散"。唐僧见着虎了，魂飞魄散。虎和他魂飞魄散的这种状态，就是心慌，虎就现这个象。然后妖怪就说"吾当不是别人，乃是黄风大王部下的前路先锋"。黄风怪是妄意，前锋就是人心，跟妖怪打，猪八戒和行者一起打，这个虎怪"使个金蝉脱壳计，打个滚，现了原身，依然是一只猛虎。行者与八戒哪里肯舍，赶着那虎，定要除根。那怪见他赶得至近，却又抠着胸膛，剥下皮来"。那虎把皮盖在石头上，自己那个神脱出去了，就是一只死虎，光脱出去了，讲的是金蝉脱壳。这时，唐僧正在路上念经，"被他一把拿住，驾长风摄将去了"。唐僧是本性之光，他是那个光，摄走光的不是老虎，是老虎的灵，真身那个灵光。也就是说，虎的灵光把唐僧的光，给弄走了。不是讲的人，讲的是光。但是普通人看《西游记》，就会说，唐僧是个人，妖怪也是个人，会

这样想，会在人的层面想。西游是光的世界的事，不是人的肉身世界的事，人们总会掉下来，从本性的高度掉下来，用人的逻辑在理解，其实不是。

金蝉脱壳，讲的是唐僧已经开玄关了，已经有金丹了。但是他的人心不稳，见着一个什么就慌了，心性还不稳。所以是金蝉脱壳，他是一个空禅。性命坚，性命很结实地合在一起，他还合得不结实。像我们现在，任何事情都不会心慌，不管大大小小的好事坏事，根本就不会激动，不是不会激动，其实也会高兴，但是不像普通人那样，喔，就不得了了，就乱套了，完全失去常态了，那个心就没有定力。现在遇到任何事情，心都很淡定。老虎的金蝉脱壳，讽刺的是唐僧，讽刺他是一个空禅。

心慌虎现，心气化烟。上面像电波一样，表示心慌，老虎就显出来了。老虎在那个心上，四面放黑烟。讲的是唐僧遇到老虎，吓得魂飞魄散，其实讲的是人的心。这个心必须要很淡定，很淡定就是本心。人的心这么慌，就是老虎的象。人的心如果很静的话，会是一个莲花，心静如水。心静如水的时候，人的心呈现的是一个莲花的象。当你心慌的时候，呈现的是老虎和黑烟的象，所以《西游记》其实就是在讲人，要把心真正懂了以后，你就会很自觉地来改造自己的心。念头情绪一起，马上意识到老虎又出来了，黑烟又冒起来了，你马上一想，人心慌意乱的时候，原来是这个样子，那你就会觉得修心性这件事太好了。我们所说的比心，什么叫比心？其实心是一种爱，有爱，这个心就发出爱的能量。你特别的静，先天的莲花的象就出来了。为什么最后孙悟空成佛了，猪八戒和沙和尚都没有成佛？因为降妖积累了功德，所谓的降妖，实际

心慌虎现心气化烟

上就是舍光化解阴气。要知道阴阳，知道心的阴和心的阳，但是这种知识没有老师讲过，只有《西游记》里讲了，讲了我们这个心，在慌的时候是什么样子，乱的时候是什么样子，静的时候是什么样子。所以我说《西游记》是心灵学，是真的讲心灵的学问。所有的人都有一颗心，现在都是很时髦的比心，你这心到底是什么呀？到底怎么回事？自己根本不认识自己的心。

第五，性情和降心魔

猪八戒木火一家代表的性，孙悟空金水一家代表的命，代表的情。性情合，就是他们共同作战，能够降服心魔。性情和，代表真阴真阳合一，合一了就是元气、电感。元精发动那个电感元气，就能把心魔给定住。也就是说，人的胡思乱想，一有了电，就顾不上胡思乱想了，那个电把这胡思乱想给止住了。就是这意思，就是性情和降心魔。心魔是需要能量的，是需要这个电去转化它的。

"那虎先锋，腰撇着两口赤铜刀，双手捧着唐僧"。他把唐僧给抓来了，二是阴的意思，赤铜刀，赤就是红色，代表离卦，人心是阴气。唐僧被抓了以后，是颠来倒去的心，恐惧、慌张，希望有人救他。看《西游记》，要真看懂的话，所有东西都在写心。你不要看他写个刀，不是写刀，写的是人心的象。"且把他绑在后园定风桩上，待三五日，他两个不来搅扰，那时节，一则图他身子干净，二来不动口舌"。定风桩定的是唐僧心，颠来倒去的二心。定风桩，就是让他止住心的颠来倒去，定下来，静下来。不要看写妖怪的行为，其实是写唐僧的心，你得定下来。定不下来，光上有黑烟，吃着不香。

三五日讲的是十五。十五是纯阳。他身子干净了再吃，唐僧他在很乱的时候是阴气，如果他静下来，达到十五，就是纯阳的光。妖怪要吃纯阳的光，妖怪不吃阴气。光纯阳才能吃，他自己还乱着，还不纯阳，光不能吃，是脏的，吃了没用，纯阳才有用呢。"你这个剥皮的畜生！你弄什么脱壳法儿，把我师父摄了"，悟空就骂虎先锋是剥皮的畜生，讽刺那些在肉身上着意的，以为金丹跟肉有关，在肉身上怎么练怎么折腾，讽刺的是这个。老虎代表的是人心，讲的是人心在有形的肉身上练功。有为法练功，是在人心指挥下，在肉身上做

功夫的，就叫剥皮的畜生，他骂的就是这个。这时，把妖怪赶到了山坳，正抬头，见八戒在那里放马，八戒就举着耙子来了。可怜那先锋脱身要跳黄丝网，岂知又遇罩鱼人。好像从网子里刚要脱出来，结果又被一网子罩住了。讲的是八戒给了他一耙，这一耙就筑了九个窟窿，鲜血冒，一头脑髓尽流干，打死了。打死妖怪，是消灭阴气。打了九个窟窿，九是纯阳，把妖怪的灵光给度了。

打死人是错的，打死妖怪却是有功绩的。讲的是在光的层面，妖怪是一个带阴气的灵光，用先天一炁纯阳能量把光的阴气化掉了，给它度了，等于是做了功德。功德讲的就是把光上的阴气去掉了，把它解脱了，从动物的壳里脱出来了，帮它解脱，帮它把阴气化掉。老虎比喻人心，孙悟空和猪八戒同时打，讲的是电感，真阴真阳合一这个电，把人胡思乱想的念头给制住了，给化掉了。所以说，不是把妖怪打死的意思，讲的是把人的胡思乱想的阴气给转阳了。"法师有难逢妖怪，情性相和伏乱魔"。因为唐僧自己人心动了，所以他遇到妖怪了。妖怪讲的就是自己的人心。性情合是真阴真阳合一这个电，把他胡思乱想的念头给止住了，阴气给化掉了。讲的是心灵的改造过程，并不是什么表面上的打。

第二十一回　黄风怪写意乱，讲假土

第二十一回　护法设庄留大圣，须弥灵吉定风魔

第一，用多不能治乱

虎怪比喻的是人心，假阴。黄风怪，黄是土，讲的是假意。

这时候，虎怪被打死了，黄风怪出来打，他嘲笑孙悟空是骷髅病鬼，孙悟空就说，你看我长不长，一打就长。打了三十个回合不分胜负，这时，孙悟空就拔毛，把身上毛拔了，变成百多个小孙悟空。但是，黄风怪一吹，小悟空是毛变的，特别轻，就像树叶子一样被风给刮起来了。"盘古至今曾见风，不似这风来不善。唿喇喇乾坤险不炸崩开，万里江山都是颤"，讲的这风太厉害了，山崩地裂的。暗示的是人的意识摇摆不定，是要坏大事的。小悟空都被刮起来了，孙悟空就害怕了，赶快把毛给收了。这么一收呢，就分神了，又被黄风怪吹了一口，把眼睛吹瞎了。黄风怪嘲笑孙悟空，讲的是用人心练功的，根本不懂法身，他看不出来。孙悟空用毛，是用多治乱。多不能治乱，一才能治乱，所以用多方法就不对。用多难治乱，未免眼花缭乱，伤人眼目。伤了眼睛，实际上讲的是伤了德一之光，如果用多的话，就跟意乱差不多了。很多的头绪，就伤那个光。如果一心一意，就养这个光。方法用错了，所以就被伤了。

第二，意乱伤神光

黄风怪的风太厉害了，"老君难顾炼丹炉，寿星收了龙须扇，王母正去赴蟠桃，一风吹断裙腰钏，这风吹倒普陀山，卷起观音经一卷，白莲花卸海边飞，吹倒菩萨十二院"。风比喻的是人的意乱，意乱就伤光。老君、王母、观音、寿星这些天神的名字，是光的世界的角色。光里有觉知、智慧，人的觉察力，人的那种捕捉问题的敏锐度、准确度，光里包含着这些内容。所以，光一受伤，人就昏了，灵明昏聩，觉知、觉察就没了。三昧真火是锻炼光的纯洁的，光要出胎前，自动的起三昧真火，让光更干净。而三昧神风，是专伤光的。所以，

三昧神风对应的就是意乱。人千万不能意乱，意一乱的话，光就受伤。所以，你看，一个愿意多想的人，多思多虑的人，他的意识动得可频繁了，脑肾一体，那样的人肾气就会亏，就会有麻烦。

"救师父且等再处，不知这里可有眼科先生，且教他把我眼医治医治"。先别救师父了，先治眼睛。救师父拿什么救的？是拿光去救的。光都没了，怎么救？"我这敝处却无卖眼药的，老汉也有些迎风冷泪，曾遇异人传了一方，名唤三花九子膏，能治一切风眼"。三花就是精气神，三家相见讲的是金丹。先天一炁这个电感，不仅能治意乱，而且还治胡思乱想，电一出来，就顾不上胡思乱想了，就给定住了。一个纯阳的光，可以解决一切问题，能开一切的障碍。

"与行者点上，教他不得睁开，宁心睡觉，明早就好"。睡觉就是恢复元神的灵明觉知。睡觉的时候，后天意识心就退下去了，元神是不睡觉的，人的觉知就恢复了。比如头天晚上还想不清楚的问题，你早上起来刚一醒的时候，突然就有答案了，脑子里就冒出来了，这就是人的觉知。人的光最怕后天意识，后天意识退下去了，休息一宿了，后天意识退位，光养好了，早上起来就有觉知了。人的觉察，一觉察就是光，黑的阴气就走了，妖魔就走开了。其实是讲这个。他们早上起来一看，什么都没有了，根本就没房子，根本就没药店。觉知觉察一起的话，一切妖魔鬼怪就不存在了。

第三，灵明自知

"不觉又是五更将晓，行者抹抹脸，睁开眼道：果然好药，比常更有百分光明"。比之前的眼睛还亮，讲的是自己的灵明觉知，玄中师父给的药，护法伽蓝给的，给的就是光。所谓玄中师父，你修的是大道，是自然之光，你跟天地的光就是一体的，你走到哪里，天地的光就护持到哪里。什么天神护佑，不要迷信。是你的光和天光都是自然之光，一体的护持。也就是所谓玄中师父直接灌光，是有这样的象，本质就是自然之光，是大的自然之光，你小的自然之光，同类相吸。

人的胡思乱想、意乱，是因为神昏了，只要他的灵明觉知恢复，觉察力一回来的话，胡思乱想马上就下去了。灵明觉察就可以治妄意。孙悟空就说："你还不知哩，这护教伽蓝、六丁六甲、五方揭谛、四值功曹，奉菩萨的法旨暗保我师父者，自那日报了名，只为这一向有了你，再不曾用他们，故不曾点札罢了。"有了猪八戒以后就开玄关了，真阴真阳合一开了玄关，天人合一，天光自动供给，就不用去点天神的名了。

观音菩萨暗保，观音是本性，整个西天取经，观音菩萨是暗中领导者，取经队伍是他组织的，磨炼是他安排的，他是本性光世界的代表。奉观音菩萨法旨暗保我师父，暗保是无形的，在无形中来保护。讲的是师父的法身，师父的光，只要真信这个师父，师父的光就一直在跟着你，在保着你。从玄象上也是能看到的，象是一种验证。本性世界，光的世界有各种各样的象，有各种各样的角色，你的光的成长和光的世界是一体的。不是孤零零的一个光，不是你孤独地成长，一层一层的都管着呢。道法自然，你得的是自然之光，自然之光的大部队世界，跟你就连通了。如果修有为法的话，根本不是自然之光，不是纯阳的，而是充满了阴气的，与自然之光的大本营连接不上，也没神管。孙悟空所说的，奉观音菩萨法旨暗保，就是无形中光会管着你的，法身是跟着的。天人合一，自然能量是一个完全自然的过程，如果你有人心，你达不到自然心灵的状态，这个过程就会出问题。你一定要是自然心灵，自然地走过来。这个过程，只有灵明自知，比如说师父法身跟着没跟着你，那只有你自己能够知道，是你自己的境界里头出现的，当你遇到困难的时候，师父怎么做的，你能够感受到，只有你自己知道，别人不知道。

第四，神明妙用

悟空跟妖怪打的时候把眼睛打瞎了，这时候就知道谨慎了，不能再以多制乱了。他先变了一个花脚蚊子，去打听消息，讲的是神明默运。悟空飞到唐僧的头上去了，长老听得他的声音，"悟空啊，想杀我也！你在那里叫我哩？"然后行者就道："师父，我在你头上哩。你莫要心焦，少得烦恼，我们务必拿住妖精，方才救得你的性命。"先拿妖后救师父。"说老孙是风吹杀了，又说

是请神兵去了。他却自家供出一个人来，甚妙！甚妙！"供的是谁？行者道："他说怕什么神兵，那个能定他的风势！只除是灵吉菩萨来是。但不知灵吉住在何处？"悟空变成一个蚊子，在探听消息，结果黄风怪自己就说，谁能制住他，说只有灵吉菩萨才能制住他。

这时候就出来一个老者，给悟空指路，"灵吉在直南上，到那里，还有二千里路。有一山，呼名小须弥山。山中有个道场，乃是菩萨讲经禅院。""哄得那孙大圣回头看路，那公公化作清风，寂然不见"。然后就有一个帖子，"上复齐天大圣听，老人乃是李长庚，须弥山有飞龙杖，灵吉当年受佛兵"。指路的是李长庚，太白金星。金星代表的是水中金，水中金指元精，灵吉菩萨代表元神。花脚蚊子，花是五色，五行之内藏真一。蚊子叮在唐僧的头上，讲的是三尺上方有神灵，比喻人的灵明觉知。不在肉身上，在虚空中。讲的就是静思默察，神明妙用。

先拿妖精后救师父，讲的是先消了阴气，本性才能得救。南是离卦，南边的二千里路，有一个小须弥山，大须弥山是佛待的地方，大须弥山是本性，小须弥山是元神。灵吉菩萨对应元神，如来对应真我本性。李长庚出来点化，讲的是元精给元神供养能量，你有困难了，内心的声音自动会告诉你怎么做。

第五，真灵得，假土灭

灵吉菩萨说，我受了如来法旨，在此镇压黄风怪。也就是说，黄风怪是如来安排的，如来是本性。讲光长到纯阳，往纯阳长的时候，你毕竟会经历这个。因为你的心不稳，你的光有阴气，就要通过这样的一次磨难，去掉它的阴气。一下还去不掉，一点一点地去，经过了八十一难才去完。所谓的如来法旨，一个是定风丹，一个是一柄飞龙宝杖。飞龙杖讲的是元神，元神和能量是一体的，元神看什么都是准的，不像人心，人心是瞎子看不准，说不对，想不对的。飞龙杖是元神，非常准。妖怪现了本相，是一个黄毛貂鼠，就是个老鼠。一般老鼠是白耗子、黑耗子、灰耗子，它是一个黄耗子。黄风是不定之意土，假土灭了，真土才能现，下一回就讲真土沙和尚。

老鼠对应的是肾，坎卦，双肾上有两个金毛老鼠。我这张图的名字叫《意乱鼠现肾气干》，如果意乱的话，心慌意乱，现老鼠的象。乱意耗人的肾气。光是哪儿来的？光是精气化的，伤了肾，光就没了。如果人明白了的话，就一定把胡思乱想给拿掉，拿掉了以后，元气就能够保住。

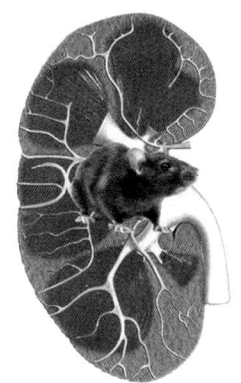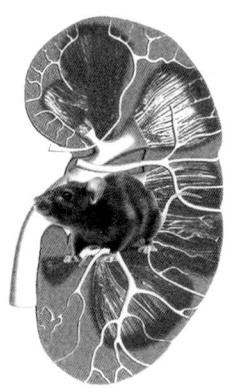

意乱鼠现肾气干

第二十二回　收服沙僧，讲电感真土

第二十二回　八戒大战流沙河，木叉奉法收悟净

第一，真土含五行

"话说唐僧师徒三众，脱难前来，不一日，行过了八百黄风岭，进西却是一脉平阳之地。光阴迅速，历夏经秋，见了些寒蝉鸣败柳，大火向西流"。环境描写是有用意的，八百里黄风岭的八是坤卦，阴气。大火向西流，八百里黄风岭，黄是土，火指人心，黄风岭指妄意。现在，走过这个阴气了，已经到了一马平川的平阳之地，到了好地方了，火向西，离卦往西是坤卦，坤卦是真土。人心和妄意是个火，火向西，已经是土了。

"八百流沙界，三千弱水深。鹅毛飘不起，芦花定底沉"。流沙讲的是真土、电感。土是元气，电感很容易跑，叫流沙。"三千弱水深"，讲这个电河特别难过，特别深。一般的人是后天意识，元精根本就不发动。元神当家的人，元精发动起来，能量很猛，所以，这个关真的很难过。三千弱水，三是生机，生机固然好，但是，这个关是很难过的。

描写沙和尚什么样子，"一头红焰发蓬松，两只圆睛亮似灯。不黑不青蓝靛脸，如雷如鼓老龙声。身披一领鹅黄氅，腰束双攒露白藤。项下骷髅悬九个，手持宝杖甚峥嵘"。黄氅白藤，不青不黑，红艳，就是红、黄、白、黑、青这五色，讲的是真土含五行。

猪八戒在打，"正战到好处，难解难分，被行者轮起铁棒，望那怪着头一下，那怪急转身，慌忙躲过，径钻入流沙河里"。气得个八戒乱跳道："哥啊，谁着你来的！那怪渐渐手慢，难架我耙，再不上三五合，我就擒住他了！他见你凶险，败阵而逃，怎生是好！"猪八戒是木，沙和尚是土。木克土，木克土应该能够克住，但是克不住。为什么呢？真土是先天的真一，土比五行之内的木地位高，所以，克不住。悟空猴急猴急地硬打，沙僧就钻到水里。讲电感得顺其自然，元精不能人为操控。

《五帝图》左边是木，就是青帝之子甲乙，受之天真木德之三气。把五行叫五帝，青龙叫青帝，白虎叫白帝，对着肾是黑帝，对着心的叫赤帝，这是四个，中间是土。里圈红色的是先天的卦位，外圈黑色的是后天八卦。数对应后天八

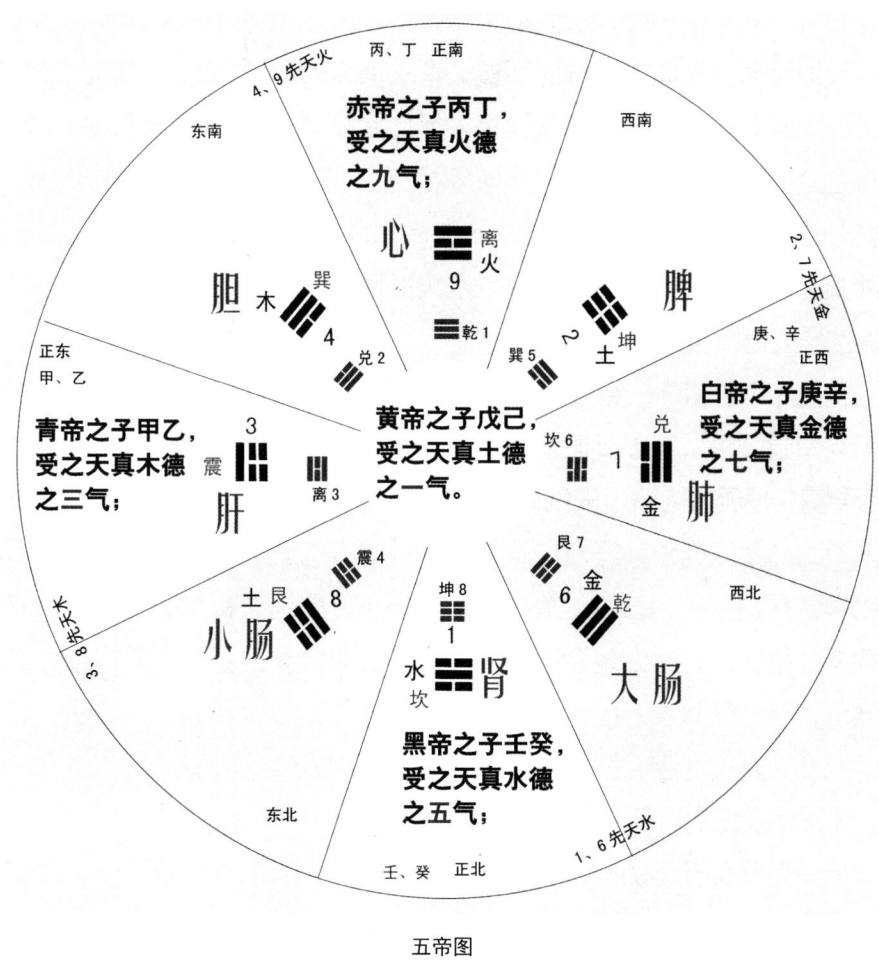

五帝图

卦的数。震卦是三，天真木德之三气，离卦是九，天真火德之九气。兑卦是白帝金德之七气，黑帝水德之五气。后天卦数是一，不说一气说五气。中间，黄帝土德之一气，卦数是五说成一。难道把一和五说反了吗？不是。不是说错了，《钟吕传道集》里的话不会错。我根据文字画了一张图，其实，先天的五就是一，

真土就是一炁。

第二，收服的火候

八戒让悟空下水，悟空说我真的不行，水里的勾当，老孙不大熟悉，登山踏云我都行，就水里不行，水里的买卖有些榔槺。悟空是先天一炁，还没有肉身时的天地元气，人体的元精他不懂。有一首诗形容沙和尚，"因此才得遇真人，引开大道金光亮"，说他遇到真人传他金光大道。"先将婴儿姹女收，后把木母金公放"。婴儿姹女讲的是坎离相交，水火既济。坎离的先天卦位是金木。水火既济后，金木交并。只要水火既济，金木就交并了。坎卦和离卦一动，坎卦离卦的先天卦位跟着动，所以，水火既济接着就金木交并。也就是说，沙僧得的也是大道，也是无为法。

"玉皇大帝便加升，亲口封为卷帘匠，南天门里我为尊，灵霄殿前吾称上"。被玉帝封为卷帘将军，跟御前侍卫似的，他是那个角色。八戒对悟空说："你能腾云驾雾，把唐僧给背过去就算了，干什么这样还陪着在地上走这么麻烦。"悟空就说："我的筋斗，好道也是驾云，只是去的有远近些儿。你是驮不动，我却如何驮得动……自古道，遣泰山轻如芥子，携凡夫难脱红尘。"八戒这样的大块头都背不动，悟空是个小人更背不动。背个泰山容易，讲的是有道的就是有光的，一个光驮着泰山也轻如鸿毛，很容易，搬一个泰山，也像一粒米那么轻。携凡夫难脱红尘，红尘指的是人心这一套逻辑、价值观。七情六欲这套东西，如果你要能把它改了，比移泰山还难。

"但只是师父要穷历异邦，不能够超脱苦海，所以寸步难行也。我和你只做得个拥护，保得他身在命在，替不得这些苦恼，也取不得经来，就是有能先去见了佛，那佛也不肯把经善与你我。正叫做'若将容易得，便作等闲看'。"他们这几个徒弟都是有法力的，他们的作用只能是保他，给他当护法，保着他命在性在，只能起保护的作用，不能替他这个苦，这苦非得他吃。因为他是一个人心，一个人心变成本性，都是一点点苦磨出来的，只能看着他吃苦。

然后说"若将容易得，便作等闲看"。本性真正地磨炼出来，是非常不容易的。是摔多少跟头，经过多少痛苦，才摔打出来的。以前都是有为法，没有一个成的。无为法有了，金丹能量很容易长上来，第四年验证都能出来了。但是，你这个心磨没磨到位，心的功夫不到，本性没磨出来，金丹出来也没用。一定要抓住重点，在光的成长过程中，智慧没有跟上，你的智慧不匹配。验证出来了，心性没磨出来，还是个慌张的心，一有点什么事就坐不住，就胡思乱想。天将降大任于斯人，必先苦其心志，心是要受苦的，心灵要受很多的苦，本性是从苦里磨出来的。

一般的人学了金丹，听了课，道理都明白了。但是，你在生活中，在任何时候，你的心灵的磨炼，是不是真的磨过来了？都是本性的智慧的状态，真正的不乱，磨炼出一种超常的智慧。这个磨炼谁能代替呢？孙悟空和猪八戒就说了，说咱们都不能代替，讲的就是这个。心灵的磨炼、吃苦，没人能代替。不是特别大的死而后生的磨炼，本性根本打不开。所以说金丹容易，但是见本性，心灵的磨炼，你真正能受过来，不容易。

心没磨炼出来，你到不了平常心，你到不了慈悲心，你到不了。就是孙悟空所说的，不能代替，唐僧这个磨炼就得磨。你明白这个道理了，把在生活中的磨炼作为重要的课题，就是心灵的磨炼，心灵抗击打能力。什么都打不倒你，就是这个磨炼。

沙和尚叫卷帘，叫流沙。卷帘是什么呢？卷帘讲的是电感是很猛的，这种状态的时候有点丑，得拿帘子遮着点，拿遮着布遮着点，所以叫卷帘。流沙，讲的是电感很容易跑，你一动了意识它就跑了。

第三，灵性神兵

讲沙和尚的法器。说这个也不是凡器：

宝杖轮，钉耙筑，言语不通非眷属，只因木母克刀圭。

致令两下相战触，没输赢，无反复，翻波淘浪不和睦。

八戒跟他打，他总不服，是什么原因呢？因为没有真信。木克土，木是管

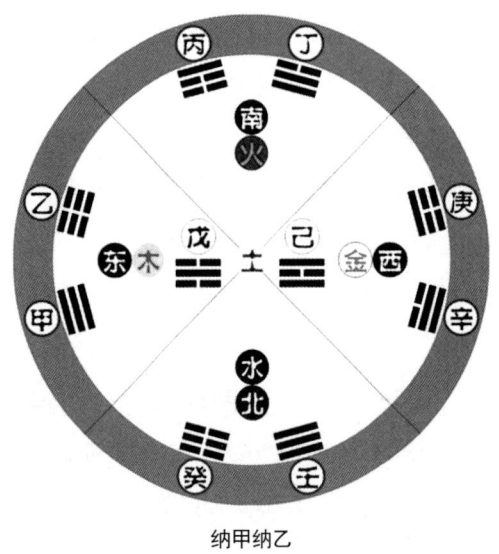

纳甲纳乙

着土的。其中有精，其中有信，那个信没出来，精就不出来。老子的《道德经》，把精和信的关系讲得很清楚。精对的是玉神，信对的是圣神。唐僧取经，一说取经，就自动归顺。信一来，精就来了。

"致令两下相战触，没输赢，无反复，翻波淘浪不和睦"。没有真信，真土就不出来，真土就含着信。这时唐僧又落泪了，怎么能过这流沙河呢？他讲的是过元精发动这一关。孙悟空就说"师父莫要烦恼，这怪深潜水底，其实难行"。悟空就去找观音了。真阴对峙真阳，凡是找观音，基本上都是解决真阳的问题。

《纳甲纳乙图》里，坎离两卦在中央，坎卦含戊土，离卦含己土。一个阴土，一个阳土。如果坎离相交的话，两个土就合一，这张图是讲这个。两个土落到一块儿是圭字，圭是戊土和己土合一，合一就是真土。

《悟真篇》里有一句诗说"离坎若还无戊己，虽合四象不成丹"。坎离相交，里头一个阴土、一个阳土，阴土、阳土合一是真土，真土没有的话，丹成不了。虽然有四象了，但是，不能把它串成一个圆圈，形成一个整体。如果是自在神观的话，就会自动合一，自动地转化，猛烈的程度就会降下来，火就化成水，化成甘露。燥火炽烈，立刻就变成柔和的舒服感。所以说，找观世音的意思，是用自在神观对峙元精。

第四，自动归顺

菩萨道："那流沙河的妖怪，乃是卷帘大将临凡，也是我劝化的善信，教他保护取经之辈，你若肯说出是东土取经人呵，他决不与你争持，断然归顺矣。"为什么一说取经人，就归顺了？西天取经唐僧是圣神，是圣神本性。只要一提本性，就像一提先天一炁一样，它是自动合一的。金、木、水、火、土是后天，本性先天一炁是先天，先天一炁含后天五行，一气是母，五行是子，一提母，子就自动合一。

菩萨即唤惠岸，袖中取出一个红葫芦儿，吩咐道："你可将此葫芦，同孙悟空到流沙河水面上，只叫悟净！他就出来了。"因为悟净是观音菩萨取的名，所以一叫悟净，他就想到观音菩萨了。观音菩萨代表的就是本性，葫芦代表的是真土，阴土阳土两个土合一叫真土，葫芦是真土的一个象。所以说，真土就是一只法船，沙僧"把九个骷髅穿在一处，按九宫布列，却把这葫芦安在当中，就是法船一只"。讲的就是这个真土，这个葫芦代表的是真土，真土代表的是电感、元气。电感就是法船，元精就是法船，能够载你到法界的船，什么载你到法界呢？就是水中金，元精。元精化出光来，光是法界生命体。这时有一首诗：

五行匹配合天真，认得从前旧主人。炼己立基为妙用，辨明邪正见原因。

金来归性还同类，木去求情共复沦。二土全功成寂寞，调和水火没纤尘。

旧主人就是一点灵光，最后一个收的是沙僧，前边是悟空、八戒和小白龙，最后一个加上，他们凑在一块儿就是五行。五行全了以后，就是金丹，就是一点灵光，就是先天的旧主人。

"炼己立基为妙用，辨明邪正见原因"。你的真主人一点灵光，是五行合一的。一点灵光有了，这个光已经出来了。但是，"炼己筑基为妙用"，如果还是一套人心的逻辑，这个光就形不成。如果炼己筑基做得好，把人心一点点清理干净了，清理得越干净，这个光的妙用就越显。你清理多少就显多少妙用。修心性才能有妙用，如果心性修得不到位，这个光没有妙显，"金来归性还同类，木去求情共复沦。二土全功成寂寞，调和水火没纤尘"。金讲的是孙悟空，木讲的是猪八戒。金木合一，也是性情合一。再加上这个土，二土全功成寂寞，说的是真阴真阳合一了，电来了要成寂寞，要凝定不动，意大定不动。然后，调和水火没纤尘，电感元气调和水火转化阴气。

第五，金丹法船

那木叉捧定葫芦，半云半雾，径到了流沙河水面上，厉声高叫道："悟净！悟净！取经人在此久矣，你怎么还不归顺？"这一段描写跟前面有一点重复，但是也没关系，还是讲法船。说把葫芦安在当中，请师父下岸，"那长老遂登法船，坐于上面，果然稳似轻舟"，法船站了那么多人，结果还很轻。讲的是五行合一的光很轻，当然不是指肉身。"左有八戒扶持，右有悟净捧托，孙行者在后面牵了龙马半云半雾相跟，头直上又有木叉拥护，那师父才飘然稳渡流沙河界，浪静风平过弱河。真个也如飞似箭，不多时，身登彼岸，得脱洪波，又不拖泥带水，幸喜脚干手燥，清净无为，师徒们脚踏实地"。写过河，这么多人保着唐僧稳渡流沙河。实际上是过了元精的关，就身登彼岸了。精化气，气化光，一步化光，一步到位，所以，一下就到彼岸了。"得脱洪波"，洪波指电感，如洪水猛兽。一点都不拖泥带水，手脚都是干净的。讲的是没动色心，不拖泥带水，一下就过去了。清净无为，讲的是化成了真水，真阳化成了真阴之水。"师徒们脚踏实地"，金丹化光的过程，是脚踏实地的。悟了道了还要行道，是真实体验的。

"木叉收了葫芦，那骷髅一时解化作九股阴气，寂然不见"。法船就是金丹，就是纯阳能量，九个骷髅就是阴气，阴气不见了，九个骷髅不就变成了九个佛珠嘛。先天一炁化阴气，一下就把它化了，就是所谓的度了。什么叫度呢？度亡灵、度人，度实际上就是把纯阳的光给它，把它的阴气化走，降妖就是化阴气。最后孙悟空成佛，猪八戒和沙僧都没有成佛，就是因为悟空降妖化阴气做的功德够了，做功德不够就成不了。讲的就是化阴气，把光舍出去，把各种各样的阴气化掉，功德就圆满了。八戒后天意识还很强大，到最后还偷馒头呢，他根本就不行，这就是金丹法船。那幅画，法船就是真铅氤氲。（**见彩图十一《真铅氤氲》**）

第二十三回　四圣试禅心，讲元精

第二十三回　三藏不忘本，四圣试禅心

第一，自然之心

第二十三回讲元精发动。真土讲电感，四圣试禅心讲元精发动，前后是连续的。先天一炁、一点灵光，就是人的根本。本是阴阳合一的，唐僧没有忘了本。八戒动了人心，所以是忘本。收服了沙僧，过了流沙河又往前走。一上来先有一首诗：

> 奉法西来道路赊，秋风渐渐落霜花。乖猿牢锁绳休解，劣马勤兜鞭莫加。
>
> 木母金公原自合，黄婆赤子本无差。咬开铁弹真消息，般若波罗到彼家。

自然之心，自然之光，自然过程，一定要心灵的配合。所以，你只做一件事，就是管住心。"劣马勤兜鞭莫加"，就是你得管住这个心，除了自然的感觉以外，不让它胡思乱想。七情六欲、胡思乱想，都是干扰。"木母金公原自合"，他们本来就是真阴、真阳，一点灵光，他们本来是阴阳合一的，在先天是合一的。"黄婆赤子本无差"，黄婆指的是土，土是电感，电感和赤子本无差，赤子是电光显的象，电少显一个小小孩，电多显一个强壮的大孩子，叫本无差。"咬开铁弹真消息"，咬紧牙关过了电感的难关，光这个真消息就出来了。"般若波罗到彼家"，光就是智慧彼岸。所以说，你必须保持自然之心，完全不需要用人心，你感觉就行了，或者你似感觉非感觉，心里有数就行了，不用费任何事，就这意思。

这时，猪八戒说："似这般许多行李，难为老猪一个逐日家担着走，偏你跟师父做徒弟，拿我做长工。"又跟孙悟空抱怨了，行者道："你要他快走，我教他快走个你看。"好大圣！他把金箍棒揝一揝，燄的就是万道彩云生。先天一炁是彩色的光，我们看到的彩虹、佛光，佛光那一圈又是彩虹的光，这就是先天一炁，金箍棒代表的就是先天一炁，它就是这样的光。

本来收了沙僧五行就全了，但是猪八戒又懈怠了，又发牢骚抱怨了。孙悟空又冒进了，赶马，马飞奔，马上坐着师父呢。讲的是五行不和，光就飞出去了。七情六欲一出来，磨难就要来了。孙悟空看到了是神仙点化，他也不吭声。金丹是一个自然的过程，要一步一步自己去经历。所以不能说，一说的话，就等于跳跃过去了。你得一点一点自己经历，这里讲的就是这个。一点点地磨，一点点地走。

第二，四炉火

四个女人就是四炉火，就是考验。那妇人道："此间乃西牛贺洲之地。"西天取经，就已经到了西方，光去的世界。包括后边的人参果树，也是在西牛贺洲，不是我们人的物质世界，是西牛贺洲光的世界。妇人说，她丈夫死了，万贯家资，有三个女儿，"意欲坐山招夫，四位恰好"。想招四个女婿，配她们家这四个女人。

那妇人道："我是丁亥年三月初三日酉时生。故夫比我年大三岁，我今年四十五岁。大女儿名真真，今年二十岁；次女名爱爱，今年十八岁；三小女名怜怜，今年十六岁，俱不曾许配人家。虽是小妇人丑陋，却幸小女俱有几分颜色，女工针指，无所不会。"家资万贯，良田千顷，讲的是先天一炁、大道能量是非常富有的。四个女人的岁数加起来是九十九，阳数之极就是先天一炁。四个女人，四炉火，比喻元精大药。见色不色，对境无心，精一步化光。在炉火面前，如果能够对境无心，就会一步化光。如果动了色心，就是自毁灵根。把元精毁了，成了浊精了。

第三，对境无心

这时，三个美女出来了，"三藏坐在上面，好便似雷惊的孩子，雨淋的虾蟆，只是呆呆挣挣，翻白眼儿打仰"。唐僧翻着白眼仰着头，好便似雷惊的孩子，唐僧从小不近女色，就像一个小孩一样，他哪见过这个，一见就给吓坏了。八戒闻得这般富贵，这般美色，他却心痒难耐，坐在那椅子上，一似针戳屁股，左扭右扭的，忍不住走上前，扯了师父一把，说："师父，你怎么假装不理呢？"

唐僧就骂他："你这个孽畜！我们是出家人，岂以富贵动心，美色留意，成得个什么道理！"在女色面前，唐僧是本性，八戒是人心，八戒动的是色心。唐僧对境无心，无心就是本性。

唐僧有一首诗：

> 出家立志本非常，推倒从前恩爱堂。外物不生闲口舌，身中自有好阴阳。
> 功完行满朝金阙，见性明心返故乡。胜似在家贪血食，老来坠落臭皮囊。

出家本来就不是一件平常的事，一般的人根本就出不来，心出不来。光长足了去的金阙，是永恒的宫殿，返故乡就是明心见性，回归本原。人的一生用的是识神，用的是人心，一般人的人生都是阴气，所以叫贪血食。死了是臭皮囊，讲的是元气用完了，就是一个尸体。这就是说，在元精发动的时候，要不忘本，要看得透这件事，很多人不知道什么是本，悟不到本，只是人心的感受，人心是随缘的，是随着感受走的攀缘心，随着电感生色心。机不可失，失不再来，过去了以后就没有了，所以是很稀有很珍贵的。这是跳出轮回，把光修出来的唯一机会。错过了要等一辈子，是本性的大事，真正看透了，就在本性状态了，大脑深度静定，火起来就把它化成水了。（**见彩图十二《玄牝通天》**）

第四，元精发动

形容猪八戒被摔得东倒西歪这一段，其实讲的是元精发动，不能自持。八戒道："娘！既怕相争都与我罢，省得闹闹吵吵，乱了家法。"他丈母道："岂有此理！你一人就占我三个女儿不成？"八戒道："你看娘说的话，那个没有三房四妾？就再多几个，你女婿也笑纳了，我幼年间，也曾学得个熬战之法，管情一个个伏侍得他欢喜。"意思说他学过阴阳双修，有战斗力。这妈妈就说不行，干脆撞天婚，把头蒙起来，给他一个方巾，撞了谁你摸着谁就是谁，"似有仙子来往，那呆子真个伸手去捞人，两边乱扑，左也撞不着，右也撞不着，来来往往，不知有多少女子行动，只是莫想捞着一个……东扑抱着柱科，西扑摸着板壁，两头跑晕了，立站不稳，只是打跌……"然后八戒道："娘啊！既

是他们不肯招我啊，你招了我罢。"八戒撞不到女儿，说妈妈也行，讲元精发动那种猛烈的状态，实在是熬不住了。

然后，给了他一个坎肩，"还未曾系上带子，扑的一跌，跌倒在地，原来是几条绳紧紧绷住，那呆子疼痛难禁，这些人早已不见了"。猪八戒撞天婚，讲元精发动后不能自持。四个女人的美色，形容的是真阳之火的精神。猪八戒学过采阴补阳，原本已昧，天根早坏，尽是在鬼窟中作生涯。有形的浊精浊气叫"鬼窟生涯"。这时，四个女人忽然不见了，讲真阳之火捉摸不定，猛烈到使人癫狂，又忽然消失。被绳子捆住，比喻的是元精对人是一种束缚，很难摆脱。只有本性，大脑深度的那种静，那种理性，才能把真火化掉。人都不见了，讲真阳之火的变化神奇灵速，不可以形求。人为地捉昔肌，整出来的都是假的，真的东西是自然来的，自然来的，没法控制，谁能控制自然呢？

第五，虚无神丹

却说三藏、行者、沙僧一觉睡醒，不觉的东方发白，忽睁睛抬头观看，哪里是那大厦高堂，也不是雕梁画栋，一个个都睡在松柏林中。慌得那长老忙呼行者，沙僧道："哥哥！罢了！罢了！我们遇着鬼了。"孙大圣心中明白，微微笑道："怎么说？"长老道："你看我们睡在哪里耶？"行者道："这松林下落得快活，但不知那呆子在哪里受罪哩。"猪八戒还在树上吊着，这个时候一个天书金光字在空中显现：

黎山老母不思凡，南海菩萨请下山，普贤文殊皆是客，化成美女在林间。
圣僧有德还无俗，八戒无禅更有凡，从此静心须改过，若生怠慢路途难。

三个菩萨，一个骊山老母，三个菩萨是中性人的状态。观音有女相有男相，文殊和普贤，有男相有女相，暗示的是元精发动了以后成中性人。磨难都是师父安排的，安排什么人来考试都是有用意的。元气电感是阴阳混一的，得了以后，成为阴阳混一的中性人，电很足没有欲望。一个很刚的人，得了以后就会变柔了。

"圣僧有德还无俗"，有德就是有光，德一就是光。当你面对元精、电感对境无心的时候，电就化光。"圣僧有德还无俗"，是有光没有俗人的心了。"八戒无禅更有凡"，猪八戒没到本性，还是一个凡人的色性。"不忘原本方为有德"，一点灵光是真主人，是你的原本，它是阴阳混一的。元精发动是原本重生的机会，对境无心就是不忘本。如果是色心状态，就是忘本。不忘原本方为有德，才有光。有光叫有德。下面三回讲人参果树，四圣试禅心讲元精发动，人参果树，讲元精就是灵根，接着讲元精的重要性。

第二十四回　人参果树，讲元精是灵根

第二十四回　万寿山大仙留故友，五庄观行者窃人参

第一，一个根本

色乃伤身之剑，贪之必定遭殃，佳人二八好容妆，更比夜叉凶壮；

只有一个原本，再无微利添囊，好将资本谨收藏，坚守休教放荡。

美女比鬼还要命，她要人的元精，这个更要命，因为人靠光活着，光是最大的利益，可以化生万物的，如果光损失了，"好将资本谨收藏"，跳出轮回的资本就没了。所以要"坚守休教放荡"，千万不能去放纵元精。修道修的就是这个根本，就是这个光，返本还原，返的就是这个根本，还原不过就是还此本，归根不过是归此本，复命不过复此本，它是最重要的。

《西游记》让人人都认识这个根本，八戒见色则迷是忘了根本，人心假性，得不了金丹。很多人是邪行妄想，就像八戒的晕倒昏迷，不省人事。孙悟空笑他昧本伤身，自取其祸，不明根本，得了金丹也保不住。其实有好多人就是猪八戒这个水平的，光已经被伤了，昧本伤身，愚痴得像猪八戒。

第二，生而知之

这时候，他们就到了一个好地方，"三春争艳丽，龙吟虎啸，鹤舞猿鸣，麋鹿从花出，青鸾对日鸣，乃是仙山真福地，蓬莱阆苑只如然，又见些花开花谢山头景，云去云来岭上峰"。讲的是万寿山。唐僧以为到灵山了，行者只道还早，行者道："你自小时走到老，老了再小，老小千番也还难。"描写万寿山生机勃勃后，讲了修道的三种人。第一种是生而知之，自然得道，像孙悟空这样的，是天生的圣人，完全自然的就行了。第二种是学而知之，利而行。觉得有利才学。第三种人是遇到困了，勉强而行之。很勉强地困而学之，勉强而行，这种人就非常慢。这种人离自然太远了，人心和无心的自然之间差距太大了，这种人就非常困难，抱着后天的人心，后天的肉身，这些都是阴气。如果你抱的是肉身和阴气，多少辈子都不成，就是孙悟空说的这句话，老小千番也不行，你活一千辈子，这一辈子一百年的话，你一千辈子再加多少年都成不了。抱着人心、肉身来学，一辈子成不了，一千辈子都成不了。孙悟空说离灵山还很远。孙悟空又说很近，"见性至诚，念念回首处，即是灵山"，一千辈子都学不成，但是，见性志诚，你见了本性，淡定沉稳、诚恳、自然，叫见性志诚。达到这种状态，就是到了灵山。所谓的灵山讲的就是光，有了念头是黑烟，就不是干净的光。

其实每一个人小的时候，不懂事的时候都是生而知之的，但是后天教育给教错了，把人自然的、先天的、本来的那种东西给掩盖了，或者给扭曲了，人的左右脑，让后天的那一部分发达起来，把先天给废置了，所以本来都是生而知之，结果很多人就不成了。

第三，金丹了性命

却说这座山名唤万寿山，山中有一座观，名唤五庄观，观里有一尊仙，道号镇元子，混名与世同君。那观里出一般异宝，乃是混沌初分，鸿蒙始判，天地未开之际，产成这颗灵根。盖天下四大部洲，惟西牛贺洲五庄观出此，唤名草还丹，又名人参果。三千年一开花，三千年一结果，再三千年才得熟，短头一万年方得吃。似这万年，只结得三十个果子。果子的模样，就如三朝未满的小孩相似，四肢俱全，五官咸备。人若有缘，得那果子闻了一闻，就活三百六十岁；吃一个，就活四万七千年。

万寿山形容的是金丹，"却说这座山名唤万寿山，山中有一座观，名唤五庄观，观里有一尊仙，道号镇元子，混名与世同君"。万寿山是本原长生体，五庄观讲的是长生体装在人体。一点灵光就是万寿山，落到人身上，人有五脏五行，人体就是个道观，所以叫五庄观。孙悟空是没入胎前的先天一炁，镇元大仙是一点灵光落入肉体的先天一炁。两个都是先天一炁，一个飘在空中，一个进入

到人体。道号镇元子，混名与世同君，镇是真金，元子就是一点灵光。与世同君，讲一点灵光是宇宙本元，原始的生机的活力，所以混名叫与世同君。

"那观里出一般异宝，乃是混沌初分，鸿蒙始判，天地未开之际，产成这颗灵根"。说人参果树就是一点灵光，先天一炁，阴阳未分，因为先天一炁就是阴阳不分的，阴阳合一的，它就是那灵根。"盖天下四大部洲，惟西牛贺洲五庄观出此，唤名草还丹，又名人参果。"西牛贺洲，指的是法界不是东土。在光的世界长的，不是三维空间东土这个物质世界，是一棵仙树，是最高级的仙树，不是俗木。"草还丹"，草是蒙昧的象，在恍恍惚惚的状态，阴阳就合一了，丹就来了，草还丹是这个意思。又名"人参果"，"参"是参悟，参悟了本性所结的正果，讲的是本性的果。本性是虚无的，金丹是虚无本性的一个载体。"三千年一开花，三千年一结果，再三千年才熟，短头一万年方得吃。"三是纯阳，三生万物、化生万物的本原能量，九是纯阳。一万年的一就是原始祖炁、先天一炁。只得三十个果子，像未满三岁的孩儿，讲的是光显小孩的样子。从小孩到小佛，元神是小孩的象，四肢俱全，五官咸备。光是四象五行俱备，就像一个人一样，讲金丹的光含着四象五行。闻一闻就活三百六十岁，"闻"，听闻是领悟的意思。三十六讲的是真性的数，吃一个活四万七千年，四十七是真命的数。金丹是真性真命合一，人参果就是金丹。

第四，性命合一

"当日镇元大仙得元始天尊的简帖，邀他到上清天上弥罗宫中听讲混元道果。大仙门下出的散仙，也不计其数，见如今还有四十八个徒弟，都是得道的全真。"真是本性，全真是得了本性之光的人。四十六个跟着去听课了，家里剩下两个是四十八个，加上他自己是四十九个。讲的是元神的数，七七四十九。留下两个绝小的看家，一个唤做清风，一个唤做明月。清风只有一千三百二十岁，明月才交一千二百岁。镇元子吩咐二童道："不可违了大天尊的简帖，要往弥罗宫听讲，你两个在家仔细。不日有一个故人从此经过，却莫怠慢了他，可将我人参果打两个与他吃，权表旧日之情。"故人叫三藏，三藏、两个果子讲的是五行，讲的是一气。

二童道："师父的故人是谁？望说与弟子，好接待。"大仙道："他是东土大唐驾下的圣僧，道号三藏，今往西天拜佛求经的和尚。"二童笑道："孔子云，道不同，不相为谋。我等是太乙玄门，怎么与那和尚做甚相识！"大仙道："你哪里得知。那和尚乃金蝉子转生，西方圣老如来佛第二个徒弟。五百年前，我与他在兰盆会上相识，他曾亲手传茶，佛子敬我，故此是为故人也。"镇元大仙是懂先天一炁的，先天一炁是性命合一，和尚是这个元气，和尚代表本性，代表性，道士代表命，五百年前是一家，五指肉身，五百年前是一点灵光，还没有肉身，性命是合一的，镇元大仙和三藏是一体的。师父知道，弟子还不懂，还在分什么佛家和道家。和尚是崇尚和气，本性崇尚元气，叫和尚，性命一体。但是，很多道士不懂，很多和尚也不懂，很多好道的人也不懂，还把和尚、道士分成两个东西，说《西游记》到底是佛家的，还是道家的，佛家也反对，道家也反对。大仙是命，唐僧是性，大仙送人参果给唐僧，就是性命合一，给人参果，等于送元精，人参果代表的是元精。元精化出的光是小孩的象，大仙送唐僧人参果，实际上讲的是性命合一的金丹。讲到五庄观，处处讲的都是先天一炁。

第五，人参果就是金丹

形容万寿山时，有这么几句"真个是福地灵区，蓬莱云洞，清虚人事少，寂静道心生"，这个地方其实就是道心，就是玄关，"青鸟每传王母信，紫鸾常寄老君经，看不尽那巍巍道德之风，果然漠漠神仙之宅"。王母是精母，其中有信、其中有精，信中藏精；太上老君的经，老君代表的就是性，是神光，王母信是精化出来的光，西王母和太上老君，代表的是性命。道德之风讲的是光，讲这个地方到处是光，是个神仙之宅，光就叫神仙。神仙之宅就是养光的地方，玄关里才能养光，神仙之宅就是玄关。"长生不老神仙府，与天同寿道人家。"

唐僧问："仙童！你五庄观真是西方仙界？何不供养三清、四帝、罗天诸宰，只将天地二字侍奉香火。"天地就是玄关。童子笑道："不瞒老师说，这两个字，上头的，礼上还当，下边的，还受不得我们的香火，是家师父谄佞出来的。"

是我师父编出来的。三藏问怎么回事，童子说："三清是家师的朋友，四帝是家师的故人，九曜是家师的晚辈，元辰是家师的下宾。"孙悟空说你太会吹了，我就够会吹的，你更会吹。

上头的讲的是天仙，地下的讲的是地仙。天仙讲的就是自然之光。说上边的还行，还可以恭敬。下边地仙，是有为法练得，把肉身炼强壮了，叫地仙。天仙是自然之光，是最高级的，怎么能拜地下的呢？

人参果长在玄关里，他们供奉的是天地玄关。人参果就是元神的光，连孙悟空都不知道，讲的是知音甚少。一万个学佛修道的人，没有一个人知道这个，太稀少了。从来没见过一个天仙，天仙就是不练功自然而成的。这个时候，二仙童就给唐僧吃人参果，那长老见了，战战兢兢，远离三尺道："善哉，善哉！今岁倒也年丰时稔，怎么这观里作荒吃人？这个是三朝未满的孩童，如何与我解渴？"清风暗道："这和尚在那口舌场中，是非海里，弄得眼肉胎凡，不识我仙家异宝。"唐僧是个肉眼凡胎，他不认识。

天仙太稀有了，这么多年，这么普及，没人懂《西游记》讲的是自然、天仙、金丹大道。唐僧是金蝉子转世，是佛再来，他都不认人参果，他都忘了本了。人参果讲天仙的道果，非常稀有，非常少的人才能得。第一，天仙非常简单，就是生活，验证都来了，不用练功，心灵自然。第二，无形的德性要好，德性好光就足。第三，是心灵的磨炼，心灵的磨炼是老天磨炼你，大道天成，老天给你，你真正磨炼出来了才行，老天不给你磨炼，你也成不了。

第六，人参果就是五行之全

推开第三道门才看到人参果，讲玄关是很隐秘的，不是大敞门，一下就能看见的。"只见那正中间有根大树，真个是青枝馥郁，绿叶阴森，那叶儿却似芭蕉模样，直上去有千尺余高，根下有七八丈围圆"，千讲的是一，先天一炁的意思，七八是十五，是金丹圆光的象，是元神的光。

"只见向南的枝上，露出一个人参果，真个像孩儿一般"。向南的方向，南对应元神。孙悟空打掉了一个就找不着了，把土地喊来，土地道："大圣！错怪了小神也，这宝贝乃是地仙之物，小神是个鬼仙，怎么敢拿去？就是闻也无福闻闻。"土地属于阴神鬼仙，人参果讲的是一点灵光落到人身长出来的光，鬼仙阴神连闻都闻不着。你要明白光的级别，光和光是很不一样的。掉地上的果子怎么没了？土地道："这果子遇金而落，遇木而枯，遇水而化，遇火而焦，遇土而入，敲时必用金器，方得下来，打下来，却将盘儿用丝帕衬垫方可，若受些木器，就枯了，就吃也不得延寿，吃他须用瓷器，清水化开食用，遇火即焦而无用，遇土而入者，大圣方才打落地上，他即钻下土去了，这个土有四万七千年，就是钢钻钻他也钻不动些许，比生铁也还硬三四分。人若吃了，所以长生。"

金丹是金，遇金而落，同类才能得。真金是永恒的、不生不灭的；遇木而枯，金克木，不能用木棍；遇水而化，就是金生水，金不是化在精里了吗？遇火而焦，金光怕火，火一烧，把金光给烧化了；遇土而入，土是电感，一遇到电感就变成光了，不是掉在土里的意思，是电化成光了，叫遇土而入。

土有四万七千年，四十七是真命，光就是真命。三四是七，元神的数，指光，人得了金丹的光就长生。唐僧害怕，说是吃人。唐僧害怕是不智，三个人偷吃了人参果不承认是不信。不智不信，五德已经缺了两德，金丹是五行全，现在已经缺了两个了，人参果树就倒了。五德全才是这个光，如果五德亏了，光就散了。第二十四回，讲人参果树就是灵根，讲元精是人的灵根。

第二十五回　毁人参果树，讲弄神通是毁灵根

第二十五回　镇元仙赶捉取经僧，孙行者大闹五庄观

第一，弄神通是自毁灵根

这一回讲拔人参果树，叫毁灵根，比喻弄神通是自毁灵根。这个时候，童子就骂孙悟空，孙悟空的最大的缺点就是不能批评，"火眼睁圆，把条金箍棒揝了又揝，忍了又忍道：这童子这样可恶，只说当面打人也罢，受他些气儿，等我送他一个绝后计，教他大家都吃不成！"孙悟空发火了，"好行者，把脑后的毫毛拔了一根，吹口仙气，叫：'变！'变作个假行者，跟定唐僧，陪着悟能、悟净，忍受着道童嚷骂。他的真身出一个神，纵云头跳将起去，径到人参园里，揩金箍棒往树上乒乓一下，又使个推山移岭的神力，把树一推推倒"。

把人参果树给拔了，不是人拔的，是神拔的，是神出去用神力推倒了。这比喻的是用神通，人用神通是人为地用灵光，比如说念咒，比如说人为地开天眼，什么观想，都叫弄神。人的神光是自动地用的，自然之光，会有自然之用。如果你人为地用了，就叫拔人参果树，是自毁灵根。悟空一看地下怎么一个果子都找不着，都入土里了，比喻的是皮之不存，毛将焉附。人参果树，你的灵根都拔掉了，把元精都给拔掉了，光怎么长出来呢？人为地用光，自己那点肾气，一下两下就用完了，肾气就空。凡是用了神光的人，没有一个是肾不亏的，亏得一塌糊涂，骨头疼得生不如死，人为地用光叫自毁灵根，就是拔人参果树。孙悟空看一个果子都没有了，就说大家散伙。神火炼丹，神火都没了，就是散伙。

第二，慧命事大

这个时候，两个道童发现人参果树倒了，就想办法把他们给锁起来了，"扑的把门关倒，把锁锁住，将这几层门都锁了，不要放他，待师父来家，凭他怎的处置"，事毕这两个人就开骂，清风骂道："你偷吃了我的仙果，已该一个擅食田园瓜果之罪，却又把我的仙树推倒，坏了我五庄观里仙根，你还要说嘴哩，若能勠到得西方参佛面，只除是转背摇车再托生。"把元精给毁掉了，佛光就是元精化出来的，见佛面就是见着光，元精都没有了，光怎么能有，下辈子转世投胎再说吧，灵根已经毁了，这辈子白来了。所以，弄神通的，弄阴阳双修的，都是毁灵根，都是人为地弄光。灵根都毁了，光怎么长出来呀？所以，很多人都是被假的给蒙着，或者用光或者倒腾光，什么捉昔肌捉几万下，为了让光出来，这全是自毁灵根。多少人都被假的毁掉了，自己还不知道，真是太可怜了。

这时，孙悟空就用神通把锁解开了，使一个解锁法往门上一指，只听得锁就开了。"行者复进去，来到那童儿睡的房门外。他腰里有带的瞌睡虫儿，原来在东天门与增长天王猜枚耍子赢的，他摸出两个来，瞒窗眼儿弹将进去，径奔到那童子脸上。"已经没有灵根了，元精都没有了，你开的锁就叫顽空之锁。道心是元精和本性合一的，元精没有了，你就是个空禅。解的是顽空之锁，所以没用。赌博赢的骰子，没有了元精，还想西天取经，那就是撞大运，就是瞎猜，根本不可能。讲人的光是最大的事，光是精气神，是人的真性命。光带着人的智慧、觉知，人的灵感、创新，光是最大的事，比肉身重要得多的事。我希望通过公开的直播课，把真东西告诉人们，不管老的能不能救过来，但是至少年轻人知道真的，再有假的、毁人光的事，就不上当，不受害。

第三，玄关元神的妙用

他们解开锁就跑了，这时大仙回来了，带着清风、明月就追去了，顷刻间就有千里之遥。结果回头一看，他们走过得太多了，大仙在云端里向西看时不见唐僧，即转头向东看时，道"多赶了九百余里"，原来长老一夜马不停蹄只行了一百二十里，大仙的云头一纵赶过了九百里，就是超过了九百里，讲先天和后天的区别。大仙说："你们两个回去拿绳子，我一个人逮他们。"大仙按落云头，摇身一变，变作个行脚全真。行脚全真讲的是行解相应。你知道一个道理，还能实践这个理论。先天一炁，包罗万象。大仙一袖子把他们就给兜了，这就是行。理论是解，解了还能做到，叫行解相应，叫行脚全真。脚踏实地，不是说嘴的，是能做得到的。

"那行者没高没低的，棍子乱打。大仙把玉麈左遮右挡，奈了他两三回合，使一个'袖里乾坤'的手段，在云端里把袍袖迎风轻轻的一展，刷地前来，把四僧连马一袖子笼住。"大仙一下就跑过了，超过他们九百多里，讲先天一炁超光速，一个袖子就把他们都兜了，讲先天一炁是大手段、大法门，袖里乾坤，是一个无形的、玄关里的事。

第四，归本性

这时候就挨打，把他们抓了以后就打，"且与我取出皮鞭来，打他一顿，与我人参果出气！"原来是龙皮做的七星鞭，着水浸在那里。北斗七星，七星鞭就是玄关的意思。龙皮做的，龙是神的意思。大仙打不是打，是给能量的意思。

"那小仙轮着鞭，望唐僧道：'打你哩。'那柳树也应道：'打么！'乒乓打了三十，轮过鞭来，对八戒道：'打你哩。'那柳树也应道：'打么！'及打沙僧，也应道：'打么！'"树是悟空的法术做的，他们已经跑了。行者在路上偶然打了一个寒颤，打了一个机灵。树是他的分神变的，打分神本尊是有反应的。"及打到行者，那行者在路，偶然打个寒噤道：'不好了！'三藏问道：'怎么说？'行者道：'我将四棵柳树变作我师徒四众，我只说他昨日打了我两顿，今日想不打了，却又打我的化身，所以我真身打噤，收了法罢。'那行者慌忙念咒收法。"

柳树讽刺的是花柳之姿，批判双修。又抓回来了，这回给裹起来，再涂上漆。大仙道："把唐三藏、猪八戒、沙和尚都使布裹了，众仙一起上前裹。"行者笑道："好好好，夹活就大殓了。""须臾，缠裹已毕，又教拿出漆来。""夹活就大殓了"，讲弄浊精浊气，光毁了，肉身就是行尸走肉，没有灵魂了，跟死人了一样，干脆你就裹起来，死了得了，夹活就大殓了。自毁灵根，把人的元精，把光给毁了，干脆入殓、进棺材算了，灵根已坏还妄想成仙。

第二十六回　观音甘露活树，讲救灵根

第二十六回　孙悟空三岛求方，观世音甘泉活树

第一，释放本性

处世须存心上刃，修身切记寸边而。常言刃字为生意，但要三思戒怒欺。

上士无争传亘古，圣人怀德继当时。刚强更有刚强辈，究竟终成空与非。

"心上刃"是一个忍字，忍就是一种韧性，特别能忍，特别有耐性，有韧性。修身其实就是一念，方寸之心这一念，问题就出在这儿，把一念管好了，一点事都没有，一念没管好，麻烦就大了。方寸之间、心头，讲的是念头。能忍是能定，能定生光，所以能忍为生意。戒怒，不要发火，戒怒，怒是烟火。天仙是自然能量，自然之心，上士就是自然，修的是自然之道，你怎么还能跟人争呢？你跟人争的话，肯定不是修的大道，不是修的无上道。刚强的，不管你输了赢了全没用，全是假的。

孙悟空跟镇元大仙求情，说你解了我师父，我还你一棵活树如何？师父是本性，人参果树是元精。本性一释放，元精就发动。其实讲的是这个，所谓还你一棵活的人参果树，实际上说的是你一空静，是自在自然的状态，你就感觉到有电感，你一空静就元精发动的意思。然后，悟空就找仙方去了。行者道："古人云：'方从海上来。'我今要上东洋大海，遍游三岛十洲，访问仙翁圣老，求一个起死回生之法，管教医得他树活。"三藏道："此去几时可回？"行者道："只消三日。"三藏道："既如此，就依你说，与你三日之限。三日里来便罢，若三日之外不来，我就念那话儿经了。"三岛十方，什么蓬莱仙境，对普通人来说是仙山，但实际上这些地方级别是很低的。三日就回来，三指的就是先天一炁。

第二，假心不中用

悟空去了蓬莱，三老在下围棋，观局者是寿星，对局者是福星、禄星，福

禄寿三星，"常来世上送千祥，每向人间增百福"，是为人服务的，它对应的是人心。人心哪有力量呢？三老道："你这猴子！不知好歹，那果子闻一闻，活三百六十岁……我们的道，不及他多矣，他得之甚易，就可与天齐寿。"它是自然得的，就特别容易。"我们还要养精、炼气、存神，调和龙虎，捉坎填离，不知费多少功夫，你怎么说他的能值甚紧？天下只有此种灵根！"三星闻言，心中也闷道："你这猴儿，全不识人。那镇元子乃地仙之祖，我等乃神仙之宗。你虽得了天仙，还是太乙散数，未入真流，你怎么脱得他手？若是大圣打杀了走兽飞禽，蜾虫鳞长，只用我黍米之丹，可以救活。那人参果乃仙木之根，如何医治？没方，没方。"

讲成仙的光，用有为法整出一点光，这点儿光只能管点小虫子，根本管不了先天灵根这么大的事。肉身修好了叫地仙，有点神通，叫神仙。有为法修出来的，识神没退，人心阴气没退，这点可怜的光还在六道里。天仙自然得道，与自然合一，无为无不为。孙悟空虽是天仙，还未入真流。孙悟空虽然是先天一炁，是元神，但是魔性还在，和本性的融合还没有到位。和本性师父融为一体，才能入真流。天仙、地仙、人仙的区别是很清楚的。福禄寿对应人心，人心是假心，不是真心，所以，救不了人参果。

第三，假性、假命也不中用

这时候就去找东华帝君，离了蓬莱又到方丈仙山，到方丈仙山就是找东华帝君。

帝君道："我有一粒九转太乙还丹，但能治世间生灵，却不能医树。树乃水土之灵，天滋地润。若是凡间的果木，医治还可；这万寿山乃先天福地，五庄观乃贺洲洞天，人参果又是天开地辟之灵根，如何可治？无方，无方！"孙悟空遂驾云至瀛洲海岛。

悟空又去瀛洲找九老。东华帝君，比喻有为法炼出来的丹，也有点光，对世间俗物有点用。人参果树是长佛光的，精化光的根源，五庄观乃贺洲洞天，不是物质世界，是光的世界，有为法练的光，只能在物质世界在人间混点事，怎么能上法界混事儿去？法界它根本上不去，它不可能治人参果树。

悟空又到了瀛洲，九老谈笑耍耍，所有自在之乐，只不过留此幻化之身。小说的文字直接就批了，九老你肉身长寿管什么用，只不过是幻化之身，你没有法身，不生不灭没修出来，要肉身有什么用。九老也大惊道："你也忒惹祸，惹祸！我等实是无方。"孙悟空没办法就走了，离开瀛洲，去落伽山找观音菩萨去了。

福禄寿三星代表的是假心，东华帝君代表的是假性，九老代表的是假命，他们都不是真，真不落幻形声色。

第四，真性才找对人

几拨人都没找对，就到了观音菩萨这里，有首诗描写观音"海主城高瑞气浓"，普陀山是个岛，海主指观音。观音瑞象。"更观奇异事无穷，须知隐约千般外，尽出希夷一品中，四圣授时成正果，六凡听后脱樊笼，少林别有真滋味，花果馨香满树红。"观音尽出希夷一品中，观音是那个一，阴阳合一的一。听了观音的话，四圣授时成正果，十法界、四圣界、六凡界，四圣界因为听他的理论成了正果，六凡界因为听了他的话脱樊笼，观音是佛级别的人物。

菩萨道："你怎么不早来见我，却往岛上去寻找？"行者闻得此言，心中暗喜道："造化了，造化了！菩萨一定有方也！"他又上前恳求，菩萨道："我这净瓶底的'甘露水'，善治得仙树灵苗。"

观音的甘露，善治仙树。和东华帝君那些级别一下就拉开了。行者道："可曾经验过么？"菩萨道："经验过的。"行者问："有何经验？"菩萨道："当年太上老君曾与我赌胜，他把我的杨柳枝拔了去，放在炼丹炉里，炙得焦干，送来还我。是我拿了插在瓶中，一昼夜，复得青枝绿叶，与旧相同。"行者笑道："真造化了，真造化了！烘焦了的尚能医活，况此推倒的，有何难哉！"树叶干了都能活过来，树倒了更能救了。

玉毫金象世难论，正是慈悲救苦尊。过去劫逢无垢佛，至今成得有为身。

几生欲海澄清浪，一片心田绝点尘。甘露久经真妙法，管教宝树永长春。

现在他是观音，曾经是一个成就的佛。一个成就的佛，现在又有一个菩萨的身体。"几生欲海澄清浪"，他有元精，但是清浪，一个清净的心，一个念头都没有。"甘露久经真妙法"，甘露活树，讲的是行道，几生欲海，一念不动，化成了甘露水。这就是观音的行道。"少林别有真滋味"，讲真阳之火化成真阴之水，是一个很强的生机活力，叫少林真滋味。一空一静就是禅了？不是，那不是真禅，真禅是可以行道的，能量是可以化生的。

悟空找观音，是虚心求悟，依靠本性，观世音代表本性，观音活树是炼铅而行，悟了以后的行。把人参果树救了，讲的是真阳之后变成了真阴之水，讲行道是怎么行的，是能量转化的。甘露就是真阳的行，所以叫行道，是真阳的运作，是不着一空不着一色的，是无上至真之妙道，真性是有验证的。

第五，不犯五行

这个时候观世音来救树了，"那大仙即命设具香案，打扫后园，请菩萨先行，三老随后，三藏师徒与本观众仙，都到园内观看时，那棵树倒在地下，土开根现，叶落枝枯。菩萨叫：'悟空！伸手来。'那行者将左手伸开，菩萨将杨柳枝，蘸出瓶中甘露，把行者手心里画了一道起死回生的符字，教他放在树根下，但看水出为度，那行者捏着拳头，往那树根底下揣着，须臾有清泉一汪"。

菩萨拿着甘露写了一个符，普通人就会讲了，这是菩萨的法力、法术。其实不是法术，也不是什么法力，讲的是一个虚无的能量。一虚是元神，元神现，元精产，元气出。一空静就感觉到有电，一空静就是一虚感受到电。不是什么法术，是很实在的东西。"但看出水为度"，出水讲的是什么呢？孙悟空是先天一炁，先天一炁就是真阳，真阳在那比画一下，其实讲的是真阳是虚无的信息。真阳经过本性的点化，它就化成水了，化成甘露水，真阳变成了真阴之水。不犯五行，讲的是元精虽然是水，但是，如果你一动色心，是金木水火土这个水，不动心就化成了光。讲真的是很实在的事。

然后这时候又有一首诗：

万寿山中古洞天，人参一熟九千年。灵根现出芽枝损，甘露滋生果叶全。

三老喜逢皆旧契，四僧幸遇是前缘。自今会服人参果，尽是长生不老仙。

有了真阴之水，果叶就都还原了。讲真阴真阳合一，光就长出来了。三老、四僧讲的是三家相见、四象和合、五行攒簇的金丹。人参果树的复活，讲的是人的光的复活。一点光就又恢复了，这个光就叫金丹，也就是人的心光。救活人参果树，就是救活灵根，救的是人的光。

老天给的这一点光投到肉身以后，就消耗了。只能等到下一辈子，老天再给你光，你才能再拥有这个光。脱根救，是把根救了，不必等死后再得光，你活得好好的时候，光已经新生了。而且会逐渐地长大，发生玄妙的用。所以，得金丹叫"脱根救"，救一个人的灵魂，灵魂已经提升为元神了。灵魂是阴阳二，元神是一，一是不生不灭的。金丹不是成就一个俗人，是拯救出一个非凡的人，这叫"脱根救"，把几千年轮回的根都给救了。所以，金丹是一个最伟大的智慧和成就，人世间任何成就也没有这个成就大。

人参果树这一回就讲完了。这三回，讲人参果、灵根、毁灵根、救灵根的故事，其实这三回是讲元精。元精化光是一个根本，是一个根！这个根要没了，光就化不出来。前面收沙和尚，说的是真土电感。有电感了，就"四圣试禅心"，有电感不能心动，不能像猪八戒一样蠢。接着就讲元精，光不能用，如果你人为地用神通，就是刨自己的灵根，刨人参果树，把自己的慧命给毁了。

第二十七回　三打白骨精，执着有形即尸魔

第二十七回　尸魔三戏唐三藏，圣僧恨逐美猴王

第一，能量随心

现在讲"三打白骨精"。因为吃饭的问题吵起来了，最后把孙悟空给赶走了！吃饭讲的是肉身上的事，其实，还是接着讲元精。说如果你有能量了，你关注肉身，就是尸魔。以为能量跟肉身有关，好像发生在肉身上，对肉身特别的在意，老想着元精发动了没有，年轻了没有，病好了没有，注意的是这些，就是尸魔。你没看到这个光是慧命，本性之光是一个仙佛圣，只看有形的肉身，多数人都会这样。肉身上有了能量反应，就会抱着这些反应，想不到本体虚无，就忘了本。大道祖师就知道到什么时候，人会犯什么毛病，就给你讲这个故事，提醒你别犯这个毛病。接着讲元精，就是不要在意肉身，虽然元精发动在肉身，但是你不要在意，在意就是尸魔。

"那长老自服了草还丹，真似脱胎换骨，神爽体健"。"影落沧溟北，云开斗柄南。万古常含元气老，千峰巍列日光寒"。开玄关得了金丹，就会脱胎换骨，骨头也变了，皮肤也变了，血也变了，什么都变了。"云开斗柄南"，斗柄朝南，讲的是元精，北斗七星的斗柄，讲的是开玄关的意思。"万古常含元气老"是原始祖炁，先天一炁。"千峰巍列日光寒"是开了玄关，玄关里养出来的光。日光讲的是圣神，月亮和太阳，都是法相。

轻描淡写的一个环境描写，讲的是唐僧现在发展到哪一步了。虽然整个《西游记》一百回都在讲修心性，在修心性的主题下，又有光的成长和验证。光的成长和验证是一条辅线。这时，唐僧又开始不对劲了。

三藏道："悟空，我这一日肚中饥了，你去哪里化些斋吃？"行者陪笑道："师父好不聪明。这等半山中，前不巴村，后不着店，有钱也没处买，叫往哪里去寻斋？"然后唐僧就急了，口里就骂道："你这猴子！想你在两界山，被如来压在石匣之内，口能言，足不能行，亏我救你性命，摩顶受戒，做了我的徒弟。怎么不肯努力，常怀懒惰之心！"唐僧虽然已经开玄关了，但还是一个计较得失心，是一个人心。如果你开了玄关，跟天都合一了，带高能量了，心还是一个俗人的心。在乎肉身是忘了真身，就招尸魔。为了吃看不破肉身，招来的就是尸魔，白骨精。三打白骨精，不是把妖打死了，是借一个尸体来表演，三次妖的神脱出去了，本来就是个尸体，不是孙悟空打死的。通过白骨精讲尸魔，讽刺唐僧看不到真相。人心不退，贪心招来了负能量。

第二，人心瞎盲

人心就是个瞎子，是个盲人。

这时该讲白骨精了，山高必有怪，岭峻却生精。果然这山上有一个妖精，孙大圣去时，惊动那怪。他在云端里，踏着阴风，看见长老坐在地下，就不胜欢喜道："造化，造化！几年家人都讲东土的唐和尚取'大乘'，他本是金蝉子化身，十世修行的原体。有人吃他一块肉，长寿长生，真个今日到了。"

妖怪知道唐僧修的是上乘的无为大道。唐僧是十世修行的原体，讲的是他的灵光本来就是个佛再来。吃一块唐僧肉就能长生，讲的是在肉身上执着，不懂道是虚无的，不懂法身，只在乎肉身，就是"妖怪"。妖怪讲的是人心的阴气，阴气就是妖，人心的逻辑是在肉身和思想的牢笼里头转，吃唐僧肉就能长生是妖界的共识，这个说法始于白骨精。

"好妖精，停下阴风，在那山凹里，摇身一变，变作个月貌花容的女儿，说不尽那眉清目秀，齿白唇红，左手提着一个青砂罐，右手提着一个绿瓷瓶，从西向东，径奔唐僧。"妖怪打扮成一个年轻的少女，从西向东而来，西指法界，东指物质界。妖是从西到东来，讲的是法界里来的一个黑烟的光。那八戒见她生得俊俏，呆子就动了凡心，忍不住胡言乱语，叫道："女菩萨，往哪里去？手里提着是什么东西？"分明是个妖怪，他却不能认得。那女子连声答应道："长老，我这青罐里是香米饭，绿瓶里是炒面筋，特来此处无他故，因还誓愿要斋僧。"八戒闻言，满心欢喜，急抽身，就跑了个猪颠风，报与三藏。八戒见美女就疯了，太愚蠢、太没智慧了。

女菩萨！你府上在何处住，是甚人家，有甚愿心，来此斋僧？分明是个妖精，那长老也不认得。唐僧和猪八戒代表的是人心，人心是一个瞎子，看不清光的本质。只有元神的法眼才能看出来，明明是妖，他俩却喊成女菩萨。现实中，很多人就是猪八戒，把妖怪看成菩萨。大仙是动物附体，给人算命说事，明明是妖，骗大家说是老菩萨。

第三，看事见心

这个时候，孙悟空回来了见妖怪就打。唬得个长老用手扯住道："悟空！你走将来打谁？"行者道："师父！你面前这个女子，莫当做个好人，他是个妖精，要来骗你哩。"三藏道："你这猴头，当时倒也有些眼力，今日如何乱道？这女菩萨有此善心，将这饭要斋我等，你怎么说她是个妖精？"法眼看光，原形就现出来了。孙悟空是元神的法眼，他一下就能看出来是妖怪变的。唐僧是人心，评判的标准是对我有用就是好的。被妖害得生不如死，人心在光的世界是个瞎子，真是太危险了。

"那长老原是个软善的人，那里吃得他这句言语，羞得个光头彻耳通红。三藏正在此羞惭，行者又发起性来，擎铁棒，望妖精劈脸一下。那怪物有些手段，使个解尸法，见行者棍子来时，他却抖擞精神，预先走了，把一个假尸首打死在地下。"妖不是孙悟空打死的，棒子还没碰到她呢，她自己的神光脱出去了。白骨精是一个妖灵，借着一个肉身，附着在一个尸体上。这是尸解法，并不是孙悟空杀人，有为法练得最高即是尸解法，把肉身丢了光走掉。孙悟空让唐僧看事实，一看罐子里的饭是长蛆，面筋是癞蛤蟆，刚死的人，怎么立刻变成骨头架子了，唐僧才有三分信了，知道这是个妖怪，饭也不是饭，是妖精变的蛆。唐僧已经看到了事实，但是，他禁不住猪八戒挑唆，也就是说他在脱离人心的道路上刚起步，摇摆不定，还是人心倾向，看到了真相又被人心给打倒了。很多人都是这样，明明看到了真相的世界，但是，一会儿又不信了，颠来倒去的。唐僧信道，但是他很快就被他自己的计较得失的人心，或者一个什么原因，变得糊里糊涂了，唐僧就这个状态。开始开玄关的时候，差不多人都是这种状态，半信半不信。唐僧被猪八戒的人心一挑唆，就又不信了。小说设置唐僧和猪八戒这两个形象，讲开玄关后还是人心，就会有很多麻烦，心光成长的过程，会出什么问题，祖师招得很准，看得很对。

唐僧又信了猪八戒的挑拨，猪八戒气不忿，他是分别心、争强好胜的心。他觉得孙悟空那么大本事，自己老是受气包干活的，是一种争强的心，气不忿，为了发泄情绪就挑唆："师父，说起这个女子，她是此间农妇，因为送饭下田，路遇我等，却怎么栽她是个妖怪？哥哥的棍重，走将来试手打她一下，不期就打杀了！怕你念什么紧箍咒，故意的使个障眼法，变作这等样东西，演晃你眼，使不念咒哩。"明明看见了饭都是蛆，猪八戒却说这是孙悟空变的蛆，挑拨离间，唐僧就信了。一个开了玄关的人，看事看不到心。猪八戒是挑拨的心，唐僧就看不到，看不到妖怪是要吃他的光，他是人心的逻辑，被人心的枷锁捆绑，心魔自困，自己看不破。人心不退，就是大妖！这不是白骨精是妖，人心结合了能量就是妖，白骨精只不过是一面镜子。

第四，法眼不易

唐僧反复的这么折腾，反复的看不明白，说真的很不容易看明白。

"却说那妖精，脱命升空。原来行者那一棒不曾打杀妖精，妖精出神去了。他在那云端里，咬牙切齿。将要吃饭。若低头闻一闻，我就一把捞住，却不是我的人了？不期被他走来，弄破我这勾当，又几乎被他打了一棒。若饶了这个和尚，诚然是劳而无功也，我还下去戏他一戏。"妖精又变成一个八十岁的老太太来了。猪八戒马上就说："她女儿被打杀了，定是她娘寻将来了。"猪八戒非常执着，完全不醒悟。要不这么执着，稍微怀疑一点自己错了，这个事就不会发生了。孙悟空就说："孩子十八，她现在八十，六十岁还生孩子呀？明明是错的。"猪八戒不认错，唐僧也不认错。

孙悟空认得妖精，就又打。妖精依然抖擞，又出化了元神，脱真儿去了。他的真身，讲的是他的光，他的光又脱出去了，打的是尸体，他本来是借尸还魂，他的光借一个尸体在用，唐僧哪里看得清，孙悟空没打死他。唐僧一见，惊下马来，

睡在路旁，更无二话，就使劲地念紧箍咒，把孙悟空就疼死了。

第二次明明看到了真相，孙悟空也指出了真相，但是，唐僧就信八戒的话，他的经验里只有人心，不懂元神光的世界的真相，只是在人心里陷落。在光的世界，每一次都是新的，都是未知的第一次经历的。只有顺其自然，不动人心、人情。在未知的世界，是找不到经验的，硬是要用一个人心的逻辑认定，一定是错的。那是一个活动的过程，不是死的，你只有顺其自然地跟随鲜活的过程走，不能用一个死的理论，错过当下的过程。

第五，真假生死

"却说那妖精，原来行者第二棍也不曾打杀他……好妖怪！按耸阴风，在山坡下摇身一变，变成一个老公公。唐僧在马上见了，心中欢喜道：'阿弥陀佛！西方真是福地，那公公路也走不上来，逼法的还念经哩。'"妖怪又变成一个老公公，第三次来了。唐僧说，西方真是福地，这个地方多好，公公走路还不忘了念经。他只看到表象，人心只看表象看不清本质。

八戒道："行者打杀他的女儿，又打杀他的婆子，这个正是他的老儿寻将来了。我们若撞在他的怀里呵，师父，你便偿命，该个死罪；把老猪为从，问个充军；沙僧喝令，问个摆站；那行者使个遁法走了，却不苦了我们三个顶缸？"猪八戒坚持他前面的逻辑，又用严重的后果吓唬唐僧，这是争强好胜、嫉妒羡慕恨，所有的愚蠢集于八戒这个识神一身。

第三次打的时候，"行者掣出棒来，暗自思量，若要不打他，显得他倒弄个风儿，若要打他，又怕师父念那话儿咒语"。就是说表面上已经好像打死两个了，第三次你要再打的话，他们不就疯了？干脆不打了，在天上去打，让他们看不见。

"这妖精三番来戏弄我师父，这一番却要打杀他，你与我在半空中作证，不许走了，众神听令，谁敢不从，都在云端里照应。"在唐僧眼里，悟空打死了两个人，其实一个人也没打死，第三次打死了，唐僧没看见。其实孙悟空在上边让天神围着，这回真打死了，"那大圣棍起处，打倒妖魔，才断绝了灵光"，把灵光给断绝了。白骨精是灵光到期了，不同级别的灵光都是有寿数的，光寿到了，就会灰飞烟灭彻底消失了。白骨精为什么急了呢？灵光要死了。抢了光要延长光的寿命。白骨精冒着灵光被毁灭的危险，也要吃唐僧的光。唐僧认贼为友，八戒挑拨离间，三打白骨精，从少到老，从老到枯，讲白骨精三次死，都是一堆白骨，肉身的死是假死，光的死才是真死，这是一个真假生死的问题。唐僧是人心，哪里看得懂死的真假。

唐僧因为贪吃，八戒因为贪色，引来尸魔。三打白骨精就是三戒，戒尸魔，让你忘掉肉身；三杀实际上是三生，是转生，行者杀白骨精，令其转生是真慈悲，杀妖精是立功德。杀一个人是有罪，杀一个妖是有功。孙悟空用先天一炁把妖的灵光阴气给转化了，转化了阴气以后，就有功德了。元神是生杀一体的，杀是令其转生，是真慈悲。唐僧保护妖怪是假仁义，是助纣为虐。如果真假不能看破，一举一动，都会认假为真。

第六，肉身就是尸魔

八戒在旁边又笑道："好行者！风发了！只行了半日路，倒打死三个人！"唐僧正要念咒，行者急到马前，叫道："师父，莫念，莫念！你且来看看他的模样。"却是一堆粉骷髅在那里。唐僧大惊道："悟空，这个人才死了，怎么就化作一堆骷髅？"人刚死了应该还有肉身，怎么就剩一个骨头架子了呢？行者道："他是个潜灵作怪的僵尸，在此迷人败本，被我打杀，他就现了本相。他那脊梁上有一行字，叫做'白骨夫人'。"唐僧闻说，倒也信了。怎奈那八戒旁边唆嘴道："师父，他的手重、棍凶，把人打死，只怕你念那话儿，故意变化这个模样，掩你的眼目哩！"他又说这骨头架子也是孙悟空变的，你看这猪八戒多可恨吧！

唐僧果然耳软，又信了他，随复念起。最后非要赶孙悟空走，孙悟空说你给我把箍拿掉，不然我走多远，你一念我都疼，唐僧说菩萨没有传给他松箍咒，拿不掉，其实是孙悟空将他，不想走，结果唐僧急了，书中道："越添恼怒，滚鞍下马来，叫沙僧包袱内取出纸笔，即于涧下取水，石上磨墨，写了一纸贬书，递于行者道：'猴头！执此为照，再不要你做徒弟了，如再与你相见，我就堕了阿鼻地狱。'行者连忙接了贬书道：'师父！不消发誓，老孙去罢。'"

非要把悟空赶走。

　　三打白骨精，实际上是清三尸。人体有三尸虫，上尸彭琚、中尸彭瓒、下尸彭矫，是人的神光层面的阴气，它们是毒素，当光要脱胎的时候，三尸要清掉，感觉身上掉虫子。三尸不清除的话就无法脱胎，光是纯阳才能脱出来。一般的人都带着三尸虫，很深的阴毒。肉身就是尸魔，通过白骨精三次神脱出来，光才是真，光在你就活着，光走了，肉身只不过是尸体，光比肉身重要多了，但人们总是本末倒置。三次都被猪八戒撺倒了，就是唐僧意不定。看到了真相，猪八戒一挑唆就又动摇了，这就是意不定。意不定，就遇到黄袍怪。把孙悟空赶走了，孙悟空是真命，唐僧是本性，如果你的本性把能量赶走了的话，你就是空禅，那就肯定要遭磨难。黄袍怪的黄是土，又是奎木狼，奎木是二十八星宿奎木星，是土又是木，黄袍怪讲的是假性妄意。木是长在真土里的，把孙悟空整走了，没有水中金了。唐僧圣神属木，把木植在假土里了，假土就很危险，最后被变老虎了。

第二十八回　黄袍怪，讲心魔自困

第二十八回　花果山群妖聚义，黑松林三藏逢魔

第一，生杀一体

唐僧心魔自困，意不定，自己有一个想法，被猪八戒一挑唆就动摇，一挑唆就动摇，动摇了三回，最后把孙悟空赶走了，像拦腰把自己下半身割了一样，铸成了大错。

孙悟空被赶走了，回到花果山。孙悟空说："我不走此路，已五百年矣！"然后有一首诗说，"浪卷千年雪，风生六月秋"。随后，描写花果山惨败的景象，五是五行，五行指肉身。孙悟空被唐僧赶走，实际上讲的是光出去后，又回到肉身。脱胎后，到一定时间，光又回来了。"风生六月秋"，本来是六月份，天很热，应该特别闷，天特别的矮，总是阴的，夏天那种闷热的感觉，但是现在六月像秋天一样，天很高，很蓝，白云像画儿一样，像九月、十月的天空，自然天象有这样一种变化。悟空离开后，花果山就特别惨，猴子被人家给收拾了，山上郁郁葱葱的生机没有了。讲的是人的光是管感觉的，光出去了，人的感觉是麻木的，像个木头人似的。等到孙悟空一回来，花果山就恢复了生机。"重修花果山复整水帘洞"，说这个时候"他的人情又大，手段又高……前栽榆柳，后种松楠，桃李枣梅，无所不备。逍遥自在，乐业安居"。讲的是光回来了，感觉又来了，现在电感又恢复了，而且超强，重整花果山讲的是这个意思。

他想给小猴子报仇，来收拾这些猎人。"小的们，都出去把那山上烧酥了的碎石头与我搬将起来堆着。或二三十个一推，或五六十个一堆，堆着我有用处。"他朝碎石吹风，一吹碎石刮起来，把那些猎人杀了。猎人杀了很多小猴子，是煞气。悟空用"五"数的石头吹杀了一千多猎人，五是五行，一千多的一是先天一炁，悟空杀猎人，是用生气转化杀气，杀了那么多猴子，毁了这么好的地方，是充满杀气的。孙悟空吹的是虚的，用的是先天一炁杀猎人，实际上，是用先天一炁转化煞气，表面上是杀，实际上是生。对照前面唐僧的不认真假，唐僧说你

杀了妖精不对，孙悟空就说，我杀妖精不对，杀人就对，他用的是唐僧的逻辑。他用这个逻辑来批判唐僧的逻辑。唐僧只看表面，但元神是生杀一体的，元神是光，光过去了，光杀一个妖怪，实际上是送阳光，替妖把阴气给转化了，他是杀妖怪吗？他是让妖怪重生了，是生杀一体的。人心就是单面地看、表面地看，元神是双面的，生杀一体的。

人心的逻辑是表面的，元神的逻辑是阴阳混一的，表面上是杀，实际上是生，先天一炁是阴阳混一的。唐僧就看不懂，即使你没有到孙悟空的水平，你就在旁边默默地观着，不能像猪八戒那样胡说。在元神没成的时候，你要学会顺其自然，你不要犟。

第二，釜底抽薪

"却说唐僧听信狡性，纵放心猿"，狡性指八戒狡诈的心，纵放心猿，是把心猿孙悟空给赶走了。

攀鞍上马，八戒前边开路，沙僧挑着行李西行。过了白虎岭，忽见一带林丘，一个黑松林。三藏叫道："徒弟呀，山路崎岖，甚是难走，却又松林丛簇，树木森罗，切须仔细，恐有妖邪妖兽。"走到黑林子里，让猪八戒去化斋，八戒走得辛苦，心内沉吟道："当年行者在日，老和尚要的就有。今日轮到我的身上，诚所谓当家才知柴米价，养子方晓父娘恩。公道没去化处。"呆子就把头拱在草里睡下，当时也只说朦朦胧胧就起来，岂知走路辛苦的人，丢倒头，只管睡起。八戒想，反正也要不着饭，干脆睡一会儿，没想到一睡就睡过了。孙悟空代表的是先天一炁，老天的能量。把能量赶走了，等于釜底抽薪，唐僧成了一个空禅。悟空在时，要什么就有什么。悟空不在，他们饭也吃不上，觉也没地方睡。唐僧是一个孤阴了，孤阴没有能量。釜底抽薪讲的是赶走悟空，要八戒的人心，西天取经，人心怎么担担子呢？凡马为什么换成龙马？不要孙悟空的元神，要猪八戒的人心，他肯定撂挑子，人心怎么去法界？

第三，木在假土

"长老独坐林中，十分闷倦，只得强打精神，跳将起来，把行李攒在一处；将马拴在树上，取下戴的斗笠，插定了锡杖；整一整缁衣，徐步幽林，权为散闷。"唐僧待不住，静不住，他一会儿穿衣服，一会儿摸摸东西，"那长老看遍了野草山花，听不得归巢鸟噪。原来那林子内都是些草深路小的去处，只因他情思紊乱，却走错了。他一来也是要散散闷，二来也是要寻八戒、沙僧。不期他两个走的是直西路，长老转了一会儿，却走向南边去了"。走岔道了，神昏了，没有定性，就是此时的唐僧。

"这叫做个蛇头上苍蝇，自来的衣食。"妖怪说我正想吃你呢，你给我送上门来了。这说的是食色之心自招魔，他等着化斋，又等不住，自己就乱走，他是一个意乱的状态。一会儿这样一会儿那样，神就昏了，走错路了。他意一乱就撞上了黄袍怪，一个妖怪，一个假土，一乱就碰上了假土，就是心魔自招。离开了孙悟空，离开了真能量，就遇到黄袍怪这个假能量。黄袍怪是内土而外木，狼是贪毒，毒则不仁，贪则不义。唐僧误认狨性，为了吃就闹翻了，是珍爱白骨，不仁不义，与狼为伍，他遇到奎木狼，奎木狼的不仁不义，正好是他珍爱白骨，与狼为伍，妖怪的特点，正是唐僧此时的特点。

唐僧是本性佛，是圣神，属木，需要孙悟空的先天一炁，这是真能量。奎木狼外边是木，但是为妖做黄袍怪，是后天的假能量。唐僧这个木，离开了孙悟空就等于失去了能量。黄是土，妖怪是阴气假土，土生木，唐僧这个木种植在假土里。奎木狼就是现在的唐僧，唐僧就是现在的奎木狼。也就是说，唐僧的能量状态就是这个妖的状态，如果不是这状态，就遇不到这个妖。唐僧他人心作怪，他自己现在是假的，遇到的就会是假的，讲的是这个道理。你就记住，妖怪是唐僧的镜子。不要看妖怪，妖怪写的是唐僧的状态。这样就能看懂《西游记》了。

第四，不识时务

大道是当下之真，当下是什么，它是一个鲜活的运行的过程，不是一个死的概念，是一个活生生的生命体验过程，人心跟不上这个过程，只有元神才能跟得上，识神完全脱节。看这一段，唐僧落入妖的虎口，送上门去的唐僧肉。

这时，沙僧找到了猪八戒，道："兄弟啊！有福的只是有福，你看师父往他家去了，那放光的是座宝塔，谁敢怠慢？一定要安排斋饭，留他在那里受用，我们还不走动些，也赶上去吃些斋儿。"其实，师父已经入虎口了，八戒认为他们有斋吃了，完全不识时务，识神完全是错的，当下之真是感应不到的，就像痴人说梦一样，完全不知道怎么回事。猪八戒闯入的"碗子山波月洞"，一个吃饭的碗，吃货到了吃的妖洞，猪八戒就闯到这儿来了。这讲人心和七情六欲都是障碍，如果不退的话，行道就处处是魔坑。

第二十九回　宝象国传信，讲真信真精

第二十九回　脱难江流来国土，承恩八戒转山林

第一，刹那成正

猪八戒他用识神看问题，完全是错的，真是又可笑，又可悲，又可恨，又很讨厌。但是也没什么了不起的，只要把错误的念头纠正了，一念转正，能量就成正的了，所以也不可怕，就是刹那成正。这里头有一首诗说：

妄想不复强灭，真如何必希求？本原自性佛前修，迷悟岂居前后？

悟即刹那成正，迷而万劫沉流。若能一念合真修，灭尽恒沙罪垢。

"妄想不复强灭"，猪八戒乱七八糟的念头，也不用勉强地压制，本性是圆满的智慧，就是在的，不用你修，你只是别迷了，要开悟。一悟，只要你悟对了就行。真东西摆在那儿，只是你不认，你一认就没事了，也就是说"悟即刹那成正"，猪八戒那么蠢，虽然错了，但是你只要一悟，他叫悟能，他就悟不出来这能，悟不出来电感是化光的，老动色心，所以叫他悟能。错的没关系，刹那就能转正。

"迷而万劫沉流"，如果你不开悟，如果你不反思，不反问自己我哪错了？我为什么错了？你这样反思反问自己，如果你永远抱着错的，是猪八戒的逻辑、人心的逻辑，将万劫沉沦，活几万岁你也是迷失的，就是这个意思。

"若能一念合真修，灭尽恒沙罪垢"。如果能够一念正，就是本性，本性和能量合一，这个真道真心，能够短暂来到纯阳的智慧和能量上，别管你前面犯了多少错误，猪八戒多么愚蠢，说了多少错话，惹了多少麻烦。好了，只要一次纯阳了以后，你那些犯的错误的阴垢，就都能帮你消了。讲的是本性的能量的慈悲。这回的题目"脱难江流来国土，承恩八戒转山林"，讲唐僧帮助公主送信，宝象国国王打开通关文牒一看，怎么是贞观十三年？贞观十三年是唐僧出生的那一年，唐僧取经的起始是贞观十三年，"脱难江流来国土"讲的是

他虽然走到宝象国了，但好像是取经的开始。贞观十三年，唐僧一出生就被扔到河里，捆在一个木板上，差点性命不保。这时他被黄袍怪捆在柱子上，就像当时漂在江上一样，不知生死。"脱难江流来国土，承恩八戒转山林"，唐僧怎么就灾难不断呢？宝象国就是金丹的宝象，多灾多难的唐僧到了宝象国，讲的是得了金丹。八戒胡说八道改了，他收敛了，就是"承恩"。唐僧信了八戒的狡诈之性，赶走了金公，才灾难连连，这时终于醒悟了，叫"转山林"，承的是宝象金丹的恩，即"一念成正"的恩。回归本性，负能量就转化了。

第二，来找真土

唐僧去宝象国，宝象就是金丹之象，就是大道能量。回归大道，金公就该归队了。给公主送信，真信对应真土，对应元气。送信就是得真土。土生金，悟空就快回来了。

"却说那八戒、沙僧与怪斗经个三十回合，不分胜负。你道怎么不分胜负？若论赌手段，莫说两个和尚，就是二十个，也敌不过那妖精。只为唐僧命不该死，暗中有那护法神祇保着他，空中又有那六丁六甲、五方揭谛、四值功曹、一十八位护教伽蓝，助着八戒、沙僧。"唐僧是本性，自然之光，和自然之光的大部队是一体的，好像是在保护他。其实不是什么天神保护，就是自然能量一体存在。唐僧走到哪里，自然能量就在哪儿。八戒和沙僧能量级别不够，唐僧在时，他俩就能打过黄袍怪，有天兵天将帮忙。唐僧去宝象国送信了，天兵天将跟着唐僧走了，他俩就打不过了。

公主说："我是那国王的第三个公主，乳名叫做百花羞。只因十三年前八月十五日夜，玩月中间，被这妖魔一阵狂风摄将来，与他做了十三年夫妻。"那公主陪笑道："长老宽心，你既是取经的，我救得你。那宝象国是你西方去的大路，你与我捎一封书儿去，拜上我那父母，我就叫他饶了你罢。"三藏点头道："女菩萨，若还救得贫僧命，愿做捎书寄信人。"宝象国是你西方去的大路，西是金，信是土，父母是乾坤，宝象国就是玄关里的金丹。有了金丹，唐僧就得救了。

"郎君啊！我才时睡在罗帏之内，梦魂中，忽见个金甲神人，那金甲神人来讨誓愿，喝我醒来，却是南柯一梦，因此，急整容来郎君处诉知，不期那桩上绑着一个僧人，万望郎君慈悯，看我薄意，饶了那个和尚罢，只当与我斋僧还愿，不知郎君肯否？"公主以前发过愿，发了愿她没做到，金甲神人就给他托梦了。她说得放这个僧人，我发了愿了就得做，奎木狼就依了她。梦是魂是木，金甲神人入梦是金克木。妖怪是木，就是用金来制他。金甲神人是金，孙悟空是金，金才能治这个妖怪，然后就把唐僧放了。

第三，本性自救

唐僧就到宝象国来送信儿，皇帝看他的通关文牒，"广陈善会，修建度亡道场，感蒙救苦观世音菩萨，金身出现，指示西方有佛有经，可度幽亡，超脱孤魂，特着法师玄奘，远历千山，询求经偈，倘到西邦诸国，不灭善缘，照牒放行，须至牒者，大唐贞观一十三年，秋吉日，御前文牒"。这是唐太宗给唐僧的，除了通关文牒，又看了他女儿的信，"乃于十三年前八月十五日良夜佳辰，蒙父王恩旨着各宫排宴，赏玩月华，共乐清宵盛会。正欢娱之间，不觉一阵香风，闪出个金睛蓝面青发魔王，将女擒住。驾祥光，直带至半野山中无人处，难分难辨，被妖倚强，霸占为妻。是以无奈捱了一十三年，产下两个妖儿，尽是妖魔之种"。通关文牒讲的是验证，你的光成长到哪一步了，是有明确的验证的，所以通关文牒盖戳，实际上讲的是光长到什么程度了，有什么验证了。通关文牒和公主的信都是贞观十三年，公主被妖怪捉正是三藏离开长安之时，贞观十三年秋日，是取经的起始处，这两个时间是相同的，磨难是相同的。

唐僧是吃了人参果得了金丹，阳极阴生开始遇到磨难，公主是八月十五阳极阴生被妖怪掳走，他们是同时同难，所以唐僧给公主报信其实是自通其信，公主救唐僧其实是公主自救，把唐僧救了，实际上就是把她自己救了，公主是贞观十三年八月十五被妖精抓走了，唐僧也是贞观十三年出来取经，她跟唐僧是同一个时间，是同一件事，都是阳极阴生。唐僧吃了人参果，得了金丹，是阳极阴生，遇到妖怪。乾卦以后是姤卦，公主是阳极的八月十五被妖怪抓走，

也是阳极阴生。他俩是同一时间，同一命运。宝象国是金丹，金丹能救公主，也能救唐僧。唐僧送信，救了公主也是救了他自己。唐僧不但自救，把悟空也救了，悟空救唐僧也救了他自己，回归了本性。这里讲的就是先天一炁大道能量，是一救无不救，所有的问题都能解决。这一节的题目叫本性自救，不要以为是在救别人，但实际上救得多了，只要你回归本性，你把自己也救了，把别人也救了，还把好多东西都给救了。讲的是遇到困难，你回归本性，问题就都解了，一大堆的麻烦都能够化解了。

第四，先后天合一

这时，国王就说了，那就降妖吧，谁去降妖呢？这些人都不行，去不了，更无一人敢答。真是木雕成的武将，泥塑就的文官，这朝廷里的文官武将全都是一些没用的。其中一个官就说，我们都是凡人，他们都是云里雾里的，我们怎么收拾他们。国王着急，这时，猪八戒说我行，我能去收拾，猪八戒就在那儿表演。说那行，你能干什么？你给我表演一下，猪八戒就变大，"那八戒他也有三十六般变化，就在阶前，卖弄手段，却便捻诀念咒，喝一声叫：'长！'把腰一躬，就长了有八九丈长，那呆子又说出呆话来，说那要看风，东风犹可，西风也将就，若是南风起，把青天也拱个大窟窿"。天是乾卦，南是离卦，乾卦是天，离卦就是天上捅个窟窿，讲的是这个意思。八戒是真阴，会三十六变，八戒变化，是识神退位，真阴显象了。悟空是真阳，八戒是真阴，八戒先天状态已经出来了，事情就好办了。之前，他忘了本，总在用人心，现在人心已经退了，真阴的本色已经露出来了。恢复先天了，事情就开始好转了。

第三十回　唐僧变虎，讲被妖附体

第三十回　邪魔侵正法，意马忆心猿

第一，二土结合

真土就是电感，先有信后有精。替公主传信，信是土。公主救了沙僧，沙僧包庇公主，讲二土合一。那怪心中暗想道："唐僧乃上邦人物，必知礼义；终不然我饶了他性命，又着他徒弟拿我不成？噫！这多是我浑家有什么书信到他那国里，走了风讯！等我去问他一问。"那怪陡起凶性，要杀公主。

沙僧喝道："那妖怪不要无理，他有什么书来，你这等枉他，要害他性命！你要杀就杀了我老沙，不可枉害平人，大亏天理。"妖怪发凶，要杀公主，沙僧挺身而出，说你杀我吧，你不要冤枉人。沙僧替公主隐瞒，救了公主。妖怪就把给公主系的绳子解了，公主就替沙和尚求情。妖怪觉得对不起夫人，就把沙僧也给解了。公主和沙僧两个心知肚明，他们暗通消息，讲的是真信暗通。

公主是阴土，沙僧是阳土，这时候两个土合一了，就是圭字真土。真土是电感，元气能量，也是真意，意大定。这回题目说的意马忆心猿，小龙马回忆悟空，让八戒找大师兄回来，小龙马很坚定，就是意定。真土是元气，意大定是本性，真土和意大定合一，就是本性，就是金丹。邪魔侵正法，本性就是正。本性长出来的光就是正，后天意识、阴神修出来的光就是邪。

第二，被妖附体

他一般的也舞蹈山呼的行礼，多官见他生得俊丽，也不敢认他是妖精。他都是些肉眼凡胎，却当做好人。普通的人真的看不出来他是妖怪，好像是个相貌堂堂的人，但他的灵光是个狼，只有法眼才能看到。"那十三年前，带领家童数十，放鹰逐犬，忽见一只斑斓猛虎，身驮着一个女子，往山坡下走。是微臣兜弓一箭，射倒猛虎，将女子带上本庄，把温水温汤灌醒，救了她性命……却是公主娘娘教且莫杀。臣因此言，饶了他性命。那虎带着箭伤，跑蹄剪尾而去，

不知他得了性命，在那山中，修了这几年，炼体成精，专一迷人害人。"得了性命，指保住了灵光。炼体成精，老虎的灵光脱胎了，到处游走、去附体，叫炼体成精。国王不相信，让驸马拿出证据。那妖道："主公！臣在山中，吃的是老虎，穿的也是老虎，与他同眠同起，怎么不认得？"驸马接水在手，纵起身来，走上前，使个黑眼定身法，念了咒语，将一口水望唐僧喷去，叫声："变！"那长老的真身，隐在殿上，真个变作一只斑斓猛虎。

唐僧灵光被虎精附体

第一，妖怪都是伪装的，没有一个人说我是个耗子精出来干嘛了，所以全上当；第二，妖怪都是邪恶的，不要看他表面说什么，他骨子里坏透了，《西游记》讲得很清楚。十三年前，贞观十三年碰到一只老虎。取经第一关，唐僧碰到老虎的事，妖怪居然编成了他是那猎人，他救了人，把唐僧说成是老虎。妖怪有神通，他能够看到过去的事，张冠李戴地胡编。你们没经历过妖怪，就是这样的。

炼体成精就是附体，他说唐僧是一个虎附体，实际上为了掩盖自己是个狼附体，他才是附体，他说人家是虎精附体，其实他是狼精附体，他是奎木狼，是只狼。讲的是人心是个瞎子，看不到本质，很容易被附体。唐僧是肉眼凡胎，跟妖怪接触就很危险，因为你不认识，很容易就被附上了，一定远离有神通的人。妖怪是怎么回事？我画了两个太极图，表示人的灵光。左边的太极球是唐僧的脸，这是唐僧本来样子，右边的太极球是被附体的，一只老虎把唐僧踩在脚下了。左边唐僧睁着眼睛，是一个活泼的人，右边则闭着眼睛生气，嘴耷拉下来，表示灵光被妖怪给占领了，自己被压到监牢里去了，不见影了。你自己的觉察，自己本性的智慧和本性的光，被一个另外的光给罩住了，自己完全失效了。为什么被附体的人非常愚痴呢？因为他的光已经被盖住了，那种觉察力，那种智慧和慧眼就没了，完全没了，所以你看所有被附体人都是非常的愚蠢、愚痴。因为它光上带的灵性的那种灵感、智慧，已经被抹杀了。所以，这是很麻烦的事。这个人的光被妖怪的光给盖住了，这是最麻烦的事。抑郁症或者身体总有毛病，都是这问题造成的。这就是附体，用这幅图表示清楚了，原来附体是这样，是自己的主人被剥夺生存权了。

第三，意定心平

这个时候因为孙悟空不在，所以小龙白马就现出人身来和妖怪搏斗。

"小龙王在半空里，只见银安殿内，灯烛辉煌，原来那八个满堂红上，点着八根蜡烛，低下云头，仔细看处，那妖魔独自个在上面，饮酒吃人肉。小龙笑道：'这厮不济，走了马脚，识破风讯，吃人可是个长进的！'"妖怪在的地方，点了红灯，还点了八个，八是坤卦，纯阴的意思，红是离卦人心，红光是识神修出的光，是妖怪的光。佛光是金光，金丹是金光，本性的光是金光，妖怪是红光燥火，形容妖精待的环境。

白龙马比喻元神，元神能看到妖的嘴脸，妖怪吃人的光，吃光的时候是大摇大摆地吃，很理直气壮，很张狂放肆。为什么妖这样肆无忌惮，因为人都是肉眼凡胎，傻傻乎乎地被他吃都不知道。妖怪吃人，不需要偷偷地吃，大摇大摆地吃。"小龙跟他打了七八个回合，小龙手软筋麻，老魔身强力壮。小龙抵敌不住，飞起刀去，砍那妖怪。妖怪有接刀之法，一只手接了宝刀，一只手抛下满堂红便打。小龙措手不及，被他把后腿上着了一下，急慌慌按落云头。多亏了御水河救了性命。"小龙受伤了打不过，小龙也是水中金，但是他跟孙悟空不能比，孙悟空是先天一炁天地能量。小龙讲的是人的神，龙就是神的意思，

所以他不行。这时，小龙又变回马了，开口跟八戒说话，猪八戒吓一跳，说："你怎么说话了？"小龙沉吟半晌，又滴泪道："师兄啊！莫说散伙的话，若要救得师父，你只去请个人来。"八戒道："叫我请谁么？"小龙道："你趁早儿驾云回上花果山，请大师兄孙行者来，他还有降妖的大法力，管教救了师父。"

小龙代表的是意马意定，前面有公主和沙僧的阴土、阳土合一，再有小龙的坚定。小龙就怕猪八戒不肯去，因为是猪八戒挑拨把悟空弄走了，怕孙悟空收拾他。小龙就特别坚定，说你去你去，他肯定来。小龙使劲坚持，表示的是意大定，金公就能回来。什么是意定心平？猪八戒在三打白骨精那一回挑拨离间，现在他老实了，就叫意定心平。现在他不是那种猖狂胡说八道的状况了，已经冷静下来，知道自己犯错了。所以说，这个过程实际上还是在讲心，心、意、性，讲心的状态，意的状态，本性的状态。等金公来了，他们五行又合一了，本性的状态就好了。

第四，金木相逢

猪八戒去找孙悟空，孙悟空是金，猪八戒是木，讲的是金木相逢。猪八戒不好意思见孙悟空，孙悟空还闹着气，这不行，他们俩非得和好。孙悟空见了猪八戒，假装不认识，孙悟空不理他，客人来了，晾在一边。

行者忍不住笑道："猪八戒。"他听见一声叫，就一骨碌跳将起来道："正是，正是！我是猪八戒！"他又思量道："认得就好说话了。"行者道："你不跟唐僧取经去，却来这里怎的？想是你冲撞了师父，师父也贬你回来了？有甚贬书，拿来我看。"两个人斗话，孙悟空就不干。

真个那呆子下了山，走不上三四里路，回头指着行者，口里骂道："这个猴子，不做和尚，倒做妖怪！这个猢狲，我好意来请他，他却不去！你不去便罢！"走几步，又骂几声。那两个小猴，急跑回来报道："大圣爷爷，那猪八戒不大老实，他走走儿，骂几声。"行者大怒，叫："拿将来！"那众猴满地飞来赶上，把个八戒，扛翻倒了，抓鬃扯耳，拉尾揪毛，捉将回去。不做和尚倒做妖精，和尚是和气，先天一炁，崇尚先天一炁的叫和尚。妖精是什么意思？有了能量，人心和七情六欲不退，就是做妖精。悟空在花果山当妖王，称王称霸。有了能量，却用的是人心和七情六欲，那就是妖。很多学金丹的人，不是努力地退人心，人心不退，就是妖。有能量了但是还阴性的阴神，还是识神，就是妖。

第三十一回　救公主，讲生杀一体

第三十一回　猪八戒义激猴王，孙行者智降妖怪

第一，金顺木驯

义结孔怀，法归本性。金顺木驯成正果，心猿木母合丹元。

共登极乐世界，同来不二法门。经乃修行之总径，佛配自己之元神。

兄和弟会成三契，妖与魔色应五行。剪除六门趣，即赴大雷音。

这首诗正好解释他们现在的行为，所以这首诗不能放过去。"金顺木驯成正果，心猿木母合丹元"。八戒是木，悟空是金，不能这么闹，他们俩必须是顺的，叫金顺木驯，孙悟空的金要很顺其自然，他刚才是很较劲的，不能较劲。木驯是说八戒得老实、得驯服，不能老狡猾撒谎，得老老实实地说真话，老实、驯服才行。他们两个状态不对的话，成不了正果。"心猿木母合丹元"，心猿是悟空，木母是八戒，这两个是丹头，是重要的角色，不能出问题。佛配自己之元神，佛是本性，元神和本性合一，这才是对的。妖怪是元神和人心合一，这就不对了。"兄和弟会成三契，妖与魔色应五行"，讲三家相见，五行合一，这个容易懂。"剪除六门趣，即赴大雷音"，人的六根，人的七情六欲，闹意气、争强好胜，这些都是垃圾，这些东西不剪除，西天取经是去不了的。

八戒道："我说妖精，你不要无礼，莫害我师父！我还有个大师兄，叫做孙行者。他神通广大，善能降妖。他来时叫你死无葬身之地！"那怪闻言，越加忿怒，骂道："是个什么孙行者，我可怕他？他若来，我剥了他皮，抽了他筋，啃了他骨，吃了他心！饶他猴子瘦，我也把他剁鲊着油烹！"行者闻言，就气得抓耳挠腮，暴躁乱跳。八戒激猴王，用激将法一激，悟空的诚恳心就给激出来了。他们俩就走了，走在半道上的时候，行者道："你哪里知道，我自从回来，这几日弄得身上有些妖精气了。师父是个爱干净的，恐怕嫌我。"八戒于此始识得行者是片真心，更无他意。孙悟空遇到了河水要洗澡，见师父之前先洗澡，讲他的诚恳心。他沾了些妖精气，说在花果山放纵享乐，把取经的事放下了，这就是妖气。你有了光了，还是人的那套东西，都是阴气，阴气把光变成了妖气，带阴气的光就是妖气。

第二，一救百救

二人来到妖洞，公主就给沙僧报信说："你有个大师兄孙悟空来了，叫我放你哩。"那沙僧一闻孙悟空三个字，好便似醍醐灌顶，甘露滋心。前边讲的猪八戒和孙悟空和好了，意思是金木交并，再加上真土，五行就合一了。悟空、八戒不合，沙僧被捆，就是电被捆上了，他俩和好了，真土就解放出来了，这真阴真阳合一电感就来了。"醍醐灌顶，甘露滋心"，沙和尚被捆在这儿，听说孙悟空来了很高兴，解开绳子就没事了，为什么说甘露滋心、醍醐灌顶呢？讲的是真阴真阳一合，甘露水就下来了。"醍醐灌顶，甘露滋心"其实讲的是真阳变真阴的过程。

行者即跳下石崖，到他塔门之下，那公主道："你这和尚，全无信义！你说放了你师弟，就与我孩儿；怎么你师弟放去，把我孩儿又留，反来我门首做甚？"行者陪笑道："公主休怪，你来的日子已久，带你令郎去认他外公去哩。"宝象国见外公，讲的是见先天一炁。行者道："说你有一封书，曾救了我师父一命，你书上也有思念父母之意，老孙来，管与你拿了妖精，带你回朝见驾，别寻个佳偶，侍奉双亲到老，你意如何？"孙悟空拿两个孩子去斗妖，把两个孩子给摔死了，妖怪是阴气邪气就该灭掉。灭妖是用纯阳的光转化邪气，不是讲杀人的意思，这点要搞清楚。"欲救其母，先卸其子，去其所害之病"，两个孩子是公主的累赘，救公主，先免除后患。孙悟空是先天一炁，一救百救。孙悟空是来救唐僧的，把公主一块儿救了，让公主改嫁，去邪归正。必须把阴气去掉，这是光的逻辑，不是人心的逻辑。

第三，杀里求生

却说八戒、沙僧，把两个孩子拿到宝象国中，往那白玉阶前摔下，可怜都

掼做个肉饼相似，鲜血迸流，骨骸粉碎。那两个孩子死了，是去除阴气的意思。然后，孙悟空扮装成公主，来收拾妖怪。假公主说："我不怎的，只是舍不得孩儿，哭得我有些心疼。"妖魔道："不打紧，你请起来，我这里有件宝贝，只在你那疼上摸一摸儿，就不疼了。却要仔细，休使大指儿弹着，若使大指儿弹着啊，就看出我本相来了。"那怪携着行者，一直行到洞里深远密闭之处。却从口中吐出一件宝贝，有鸡子大小，是一颗舍利子玲珑内丹。那猴子拿将过来，哪里有什么疼处，特故意摸了一摸，一指头弹将去。那妖慌了，劈手来抢。你思量，那猴子好不溜撒，把那宝贝一口吸在肚里。行者骂道："谁是你浑家？连你祖宗也还不认得哩。"两个人就打，孙悟空变成了三头六臂，说你来，打倒你才是功绩。把阴气转化了，才有功绩，即做功德。光修出来是干什么的？修出来就是转化阴气的，哪里有阴气就转化哪里，这就是功绩。如果说你修出来光，不能转化阴气，就不合格。

一弹给吃了，是说光上的阴气，孙悟空一弹，是先天一炁一下把他的阴气给化掉了，化掉丹光上的阴气。这个妖也不是等闲之辈，也是有金丹的人，但他有识神的贪心，所以，妖怪的光上是有阴气的。孙悟空变成了三头六臂，是讲的天地玄关，讲的就是先天一炁，用先天一炁转化妖的阴气。孙悟空斩妖除魔，实际上就是先天一炁转化阴气。所谓的妖，讲的是他的光上有阴气。

第四，归根复命

妖怪没有被打死。孙悟空降妖的时候，有些打死了的，一现原形是个什么动物精。没打死的很少，奎木狼就没打死。这妖怪怎么这么厉害？就到天宫去查，查那斗牛宫外，二十八宿，颠倒只有二十七位，内独少了奎星。天师回奏道："奎木狼下界了。"玉帝道："多少时不在天了？"天师道："四卯不到。三日点卯一次，今已十三日了。"玉帝道："天上十三日，下界已是十三年。"即命本部收他上界。那二十七宿星员，领了旨意，出了天门，各念咒语，惊动奎星。这个回答好像是玉帝知道，因为他问走多少天了。他知道就跟他有关，然后在下边就说缘由。

奎宿叩头奏道："万岁，赦臣死罪。那宝象国王公主，非凡人也。他本是披香殿侍香的玉女，因欲与臣私通。臣恐点污了天宫胜境，他思凡先下界去，托生于皇宫内院，是臣不负前期，变作妖魔，占了名山，摄他到洞府，与他配了一十三年夫妻。一饮一啄，莫非前定，今被孙大圣到此成功。"玉帝闻言，收了金牌，贬他去兜率宫与太上老君烧火，带俸差操，有功复职，无功重加其罪。

天上十三日，下界十三年，天上指的是头部，下界指的是腹部，奎木狼思凡下界，十三日就是贞下起元，讲的是真阳，奎木狼下凡，两个人下界私通，讲的是元精发动。他们两个在上面的下来了，这是什么等级的人呢？他们是人为练出来的，中乘神仙。如果是上乘法果，得的是自然之光，是老天的天光，性命合一以后就分不开了，性命已经融化了。上边的性再下来就命，下不来，永远不可能思凡下界。

有为地练出来的中乘神仙，因为不修心性，七情六欲没退，他的性命虽然也合一了，但里头有七情六欲，性命合一得不结实，性命还可以分开，还可以思凡下界。你要是得了上乘天仙法果，没法思凡下界了。因为阴阳混一是中性的，没法分开。而练出来的人，没有达到中性，还是一个偏的，所以他还可以思凡下界。像猪八戒调戏嫦娥，被贬下来入了猪胎。

得天仙、得自然之光的人，因果已经了了，识神被化掉了。识神是一个因果链，没有因果了，他的因果链已经断了。得天仙法果的人跳出了因果，跳出了轮回，跳出了六道，而中乘神仙道还在六道里头，它没有跳出来的话，就还有因果，真假差别是很大的。你就看清楚了，无上道，最高的道法自然，自然之光，和中乘在六道里的，练点小神通的，是天壤之别。

这个时候唐僧已经变成老虎了。别人看他是虎，独行者看他是人。原来那师父被妖术魔住，不能行走，心上明白，只是口眼难开。行者接水在手，念动真言，往那虎劈头一口喷上，退了妖术，解了虎气。一般人看不出来，只看表面。孙悟空就能看到本质，元神的法眼，火眼金睛才能看到光的本质。你看着表面都是人，那可不都是人，灵光上可不都是人，黄袍怪是唐僧心灵状态的写照。唐僧把孙悟空给赶走了，孙悟空是本性，是先天一炁的光，把悟空赶走了，

就出现了黄袍怪。黄袍怪是奎木狼，黄是土，又是个木，表面上是个木，它里面是土。黄袍怪是个木，又是个假土。唐僧圣神属木，离开了孙悟空，就是没了真土。树是长在真土里的，不要真土就是长在假土里，唐僧不就是奎木狼吗？唐僧是圣神属木，我们讲五眼六通的时候，讲圣神属木，应该有真土，但是他把孙悟空给赶跑了，五行合一的金丹是养圣神木的，唐僧是在假土上养的，肯定处处受磨难，没死就算是好事了。

第三十二回　金角、银角大王，讲人心阴亢阳亢

第三十二回　平顶山功曹传信，莲花洞木母逢灾

第一，自动炼丹

金角、银角的故事开始了。猪八戒被抓了，这个山本来有山的形态，却是平顶，莲花代表本性，但是它有个洞、有个窟窿，所以也是有问题的。平顶山功曹传信，功曹说那个地方特别恐怖。

"此山径过有六百里远近，名唤平顶山，山中有一洞，名唤莲花洞，洞里有两个魔头，他画影图形，要捉和尚，抄名访姓，要吃唐僧。"六是坎卦，坎是险的意思，平顶山很危险。莲花是本性之光，光上有洞，讲妖怪级别很高，是本性级别的妖怪，不是很低级的、小小的、偷点光的那种小妖。"画影图形"是什么呢？妖怪在神光的层面害你，没见你人，已经把你的光弄伤了。在你的神上下手，先把你弄迷糊了，然后把你拿下，比之前的妖怪都可怕。

樵夫就说："这个妖怪神通极大极广，就是擎天的玉柱，架海的金梁，若保得唐朝和尚去，也须要发发昏是。"行者道："发几个昏吗？"樵夫道："要发三四个昏是。"行者道："不打紧！不打紧！我们一年，常发七八百个昏，这三四个昏易得发，发发就过去了。"

金丹是五行合一的，妖怪也有五行，但是妖怪的五行不是合一的。妖怪的五件宝贝：紫金葫芦是火，羊脂玉净瓶是水，七星剑是金，芭蕉扇是木，晃金绳是土。妖怪的五个宝贝在五个地方，后天的五行各一其性。所以，悟空他们是先天五行，平顶山妖怪的五行是后天五行。

"要发发昏"，是蒙了，光出来了，感觉有晕感。发三四个昏，三四是七，妖怪的元神也修成了。孙悟空说："不打紧，我们一年要发七八百个昏。"七八是十五，十五的光是圆光。有三四个昏容易，我们这一年发的可多了。它讲的是什么？讲光一年太多次出来进去了。感觉有点晕就是出去了，对金丹来说是家常便饭。对俗人就不行了，俗人光一出去就是死了。一年常发七八百个昏，

他为什么提一年呢？其实讲的就是开玄关，一年三百六十五天，一天二十四个小时，它是永远自动炼丹的，他经常出来进去。所以发昏这件事对我们来说是正常的，妖怪与我们就不一样，因为他是有为地练的，他练的出来几回，这里讲的是有为法无为法的对比。

第二，火功不力

神火炼丹，神总在感觉着玄关。神是一个谨小慎微的状态，很谨慎，如履薄冰，就像《道德经》里写的，怕影响到街坊四邻，这个状态就是神的状态。如果这种谨慎的状态没有，胡思乱想，对炼丹来说，离开了感觉，就叫散火。就像生了孩子不喂奶，光怎么长呢？猪八戒是人心，不是专注的神，所以，炼丹的火功不力。孙悟空跑前面一看，樵夫原来是功曹变的，是来报信的。他回来了以后，就说照顾一下八戒，实际上就是要修理他。好像开玩笑，但其实很重要。走到莲花洞了，妖怪级别很高，如果你的火功不力的话，根本过不去，肯定会掉妖洞里。猪八戒的人心是过不去的。这回孙悟空先收拾他，让唐僧看清真相，免得猪八戒一挑唆，唐僧又念紧箍咒，平顶山就过不去了。

"且等我照顾八戒一照顾，先着他出头与那妖怪打一仗看"，如果他被妖怪抓了，我再去救他。探听了消息，孙悟空回来不说话，使劲地哭，在地下打滚，说前面实在过不去，肯定过不去。八戒道："分了罢！你往流沙河还做妖怪，老猪往高老庄上盼盼浑家，把白马卖了，买口棺木，与师父送老，大家散火，还往西天去哩？"猪八戒说散火，金丹最怕的是散火，金丹一刻离不开神火，居然他说散火。说咱们散火，给师父买口棺材。师父是本性之光，散火光就死了。唐僧就骂他，骂猪八戒胡说什么，不能散火。怎么办？孙悟空说两个办法，一个是看师父，一个是探路巡山。

行者道："看师父啊，师父去出恭，你伺候；师父要走路，你扶持；师父要吃斋，你化斋。若他饿了些儿，你该打；黄了些儿脸皮，你该打；瘦了些儿形骸，你该打。"行者道："就入此山，打听有多少妖怪，是什么山，是什么洞，我们好过去。"八戒道："这个小可，老猪去巡山罢。"后边展示猪八戒的丑态，之前因为他挑拨所以才出的事，遇到黄风怪，下面就展示他人心的左右摇摆。

第三，左右摇摆

"行有七八里路，把钉耙撒下，吊转头来，望着唐僧，指手画脚地骂，骂了唐僧骂沙僧，骂了沙僧又骂悟空。"展示人的攀比心，你们待着我去干活，意不定，所以火功不力。前面几集讲过的，心和意平禅性稳，如果意乱伤神光，就瞎了眼睛。悟空知道他会妄意乱动，就变个小虫跟着他。这虫不大不小的，上秤称，只有二三两重，红铜嘴，黑铁脚，刷拉一翅飞下来。那八戒丢倒头，正睡着了，被他照嘴唇上扢揸的一下。忽抬头往上看时，原来是个啄木虫，在半空中飞哩。呆子咬牙骂道："这个亡人！弼马温欺负我罢了，你也来欺负我！我晓得了，它一定不认我是个人，只把我嘴当一段黑朽枯烂的树，内中生了虫，寻虫儿吃的，将我啄了这一下也，等我把嘴揣在怀里睡罢。"

好大圣，摇身又一变，还变作个桑梧虫，钉在他耳朵后面，不离他身上。那呆子入深山，又行有四五里，只见山坳中有三块桌面大的四四方方青石头。呆子放下耙，对石头唱个大喏。行者暗笑道："这呆子！石头又不是人，又不会说话，又不会还礼，唱他喏怎的，可不是个瞎帐？"原来那呆子把石头当着唐僧、沙僧、行者三人，朝着它演习哩。

展示人心就是个瞎子，对着石头练习编瞎话。猪八戒有怨气，太在乎肉身了，累一点就抱怨，只知幻身不知法身。啄木虫二三两重指五行，红和黑是水火既济，啄木虫讲的是法身，血对应心，讲要把八戒的神唤醒。耳不聪目不明，嘴里还胡说八道，练习撒谎，不负责任，走一会儿就睡觉、骂人、撒谎，这描述的是心的散漫放肆。讲炼丹的火，虚华不实，火太弱了，叫火功不力。这样的人心状态，光肯定就糟了。悟空变的小虫，讲法身神明默运。谨小慎微，神火炼丹，燥火烧丹。

猪八戒回来了。孙悟空先报告唐僧八戒练习撒谎的事，唐僧知道八戒真撒谎了，就训了他一顿，让他再去巡山，这是第二回巡山，前面那是左摆，这次又右摆。那呆子只得爬起来又去。你看他奔上大路，疑心生暗鬼，步步只疑是

行者变化了跟住他，故见一物，即疑是行者。走有七八里，见一只老虎，从山坡上跑过，他也不怕，举着钉耙道："师兄来听说谎的？这遭不编了。"又走处，那山风来得甚猛，呼的一声，把棵枯木刮倒，滚至面前。他又道："哥哥！不羞！不羞！我说不编就不编了，只管又变着老鸦怎的？你来听么？"又变什么树来打人，又走向前，只见一个白颈老鸦，当头喳喳的连叫几声，原来这一番行者却不曾跟他去，他那里却自惊自怪，乱疑乱猜，故无往而不疑是行者随他身也。这是右边的摇摆。

刚才孙悟空跟着他，他不知道，孙悟空不跟着他，他以为跟着。这就是人心识神，是错过了当下真实的后知后觉。是刻舟求剑，船已经过去了，还说剑掉到这里，其实这地方早就过去了。人心脱离当下，脱离鲜活，脱离真相，是一个刻舟求剑的人心。疑惑，昏聩不觉，过分的疑心生暗鬼，讲人心的左右摇摆，左也是昏的，右也是昏的。讲的就是心的阳亢阴亢，阳的过了头，阴的也过了头。所以，心之散漫、疑惑不定，意乱伤神光。不仅散火，而且无火，金丹根本就没有火了，没有火就像把炼丹的炉火撤了。猪八戒两次巡山，展示人心的左右摇摆，左右都是过分的，就是不守中，不知道阴阳合一的中道，总是偏的。

然后就碰到了金角、银角，金角、银角这两个妖怪就是左右摇摆，就是阴亢阳亢。金角、银角都是角，角就是过的意思。就是阳的也过，阴的也过。所以你再看《西游记》就会看了，你看这妖怪是什么特点，然后再看前面描写的人心是个什么样的心，你看能不能对上。你有什么样的心，就有什么样的阴气，所以，妖怪就是人心的一面镜。作者根据什么编的这个妖怪？都是根据心的状态编的。

第四，阳亢阴亢

接着说金角大王和银角大王这两个妖怪了。金角道："你不晓得。我当年出天界，尝闻得人言：唐僧乃金蝉长老临凡，十世修行的好人，一点元阳未泄，有人吃他肉，延寿长生哩。"金角就是奎木狼，前面讲玉帝罚奎木狼做太上老君看炼丹炉的童子，这金角就是他，为什么奎木狼没被打死？其实他是玉帝派的，他是二十八星宿之一，现在去给太上老君烧炉子去了。是贬了吗？不是贬了，实际上在用他。这里先不谈官大官小，你看看天蓬元帅被贬，犯了淫戒就该按天规来处罚。怎么到奎木狼这儿就不处理他了，还带着俸禄去另外一个地方工作，你就知道是另有所用。

为什么我说金角就是奎木狼呢？金角总在说不能吃唐僧，要没有金角，唐僧就早被吃了。后来就明白了，金角、银角是给老君烧火的童子。你再反过头来看就知道，是师父的安排，金角的态度和银角是不一样的，因为他是知道内幕、知道底细的。

银角道："若是吃了他肉就可以延寿长生，我们打什么坐，立什么功，炼什么龙与虎，配什么雌与雄？只该吃他去了。等我去拿他来。"金角道："兄弟，你有些性急，且莫忙着。你若走出门，不管好歹，但是和尚就拿将来，假如不是唐僧，却也不当人子？我记得他的模样，曾将他师徒画了一个影，图了一个形，你可拿去。但遇着和尚，以此照验照验。"又将某人是某名字，一一说了。银角得了图像，知道姓名，即出洞，点起三十名小怪，便来山上巡逻。银角是阴亢，是很阴险的。

"大王！这个和尚，像这图中猪八戒模样"，叫挂起影神图来。八戒看见，大惊道："怪道这些时没精神哩，原来是他把我的影神传将来也。"妖精在抓唐僧师徒的时候，先画画，先用巫术在人的神上做手脚，像喝了迷魂汤，人很没精神。妖怪用阴神先把猪八戒的神给制住，把他整迷糊了，然后再抓他。"一身魔发难消灭，万种灾生不易除"，一身魔发，讲的是猪八戒有左右摇摆的人心，就要万种灾生，不知道会遇见多少麻烦。灾难都是自己的心招来的，不明心见性，心慌意乱的人心，就全是阴气，阴气就是灾难。

第三十三回　真中掺假，讲术与道的区别

第三十三回　外道迷真性，元神助本心

第一，一气感应

猪八戒被抓了，"把他且浸在后边净水池中，浸退了毛衣，使盐腌着，晒干了，等天阴下酒"。妖怪都嫌弃阴气，讲的是光上的阴气。光太污糟了，得干净点才能吃。

正走处，只见祥云缥缈，瑞气盘旋，二魔道："唐僧来了……好人头上祥云照顶，恶人头上黑气冲天，那唐僧原是金蝉长老临凡，十世修行的好人，所以有这样云缥缈。"金丹有了光，就运自然，老子八十一化里的第一化《起无始》就是光，第二化是《运自然》。风、雨、雷、电、雾、霭、虹、霓都是先天一炁所化的。它们是同一个部队的，是互相通的。有金丹的人走到哪儿，自然能量的感应就跟到哪儿，这就是一气感应，都是先天一炁所化，所以乌云底下是妖怪，祥云底下是佛。

众怪都看不见，二魔用手指道："那不是？"那三藏就在马上打了一个寒噤，又一指，又打个寒噤。一连指了三指，他就一连打了三个寒噤，心神不宁道："徒弟啊！我怎么打寒噤呢？"悟空说："莫怕莫怕！等老孙把棒打一路与你压压惊。"妖怪伤人的神，他用这个画，有了这个人的信息，他这么一指，那人就有反应，图影法术。图像是个虚的，但是那边那个人有实际的反应。法术确实有用，但是有因果，是要背恶果的，所以不能用。妖怪点了三下，唐僧就打了三个寒噤，这时孙悟空就还击了。

"好行者！理开棒，在马前丢几个解数，上三下四，左五右六，尽按那六韬三略，使起神通。"七是神光的数，"五六"是三十，三十是一个月，一个月就有三阴三阳，一阳是震卦，二阳是兑卦，三阳是乾卦；一阴是巽卦，二阴是艮卦，三阴是坤卦，这就是一个月。讲玄关、天地能量，先天一炁自然之光，孙悟空用的是天的能量，妖怪用的是他自己的能量，能量一对比就不一样。莲花洞是虚的，妖怪来虚的，用虚的伤你，孙悟空用的也是虚的还击，都是虚的，但级别不一样，他那个是妖光，孙悟空的是天地的自然之光，无限大，无限的强壮，是纯阳，这是一个对比。虽然都是用无形打斗，但能量级别不一样。整个四回讲的是真假五行，这就看出真假来了，真的是先天一炁大道能量。妖怪是个人的，是阴气，虽然也有神通，但用的是自己那点肾气，用完就死了。孙悟空的是无限的，这就是真假对比。

第二，人心如山

把猪八戒抓了以后，二魔银角大王又出来行骗了，他装成一个受伤的道士，说脚崴了，让悟空背着他。

二魔道："也不消几年。我看见那唐僧，只可善图，不可恶取。若要倚势拿他，闻也不得一闻，只可以善去感他，赚得他心与我心相合，却就善中取计，可以图之。"他本来是要吃唐僧肉，吃唐僧的光的，直接吃肯定就躲着他了。他就伪装和善来，先骗着你，然后再吃你，妖就是这样的。

"赚得他心与我心相合"，这是妖怪共用的手法。先跟你说好话，捧着你，然后骗你，叫善中取计。这时候妖怪就是让背，非让孙悟空来背他，孙悟空口中笑道："你这个泼魔，怎么敢来惹我？你也问问老孙是几年的人儿！你这般鬼话，只好瞒唐僧，又好来瞒我？我认得你是这山中的怪物，想是要吃我师父哩。我师父又非是等闲之辈，是你吃的！你要吃他，也须是分多一半与老孙是。"别看唐僧没有法力，但不是等闲之辈，妖怪根本吃不了唐僧，八十一难也没事，为什么？因为唐僧代表的是本性，本性是共性，共性是无限的宇宙本原能量，唐僧有这些能量护着他。妖怪是小妖小鬼，就那么一点小光，一股小黑烟。唐僧是无限的金光，无边无际的光。妖怪这么一小点黑光，能抗衡那么大的金光世界吗？你修无上道无为法，你长的光是本性的光，本性的自然之光，有无限大的自然的金光跟你的光在合一，你还有什么可怕的呢？还怕什么妖怪偷光，根本不怕，他根本伤不了你。

这时候这妖怪使坏了，给他弄三个山。"这大圣正算计要损，原来那怪就

知道了。且会遣山，就使一个'移山倒海'的法术，就在行者背上捻诀，念动真言，把一座须弥山遣在空中，劈头来压行者。这大圣慌的把头偏一偏，压在左肩背上。笑道：'我的儿，你使什么重身法来压老孙哩？这个倒也不怕，只是正担好挑，偏担儿难挨。'"那魔道："一座山压他不住！"却又念咒语，把一座峨眉山遣在空中来压。

须弥山是个虚的，根本就不存在，峨眉山是普贤菩萨的道场，是行道的。行者又把头偏一偏，压在右肩背上。看他挑着两座大山，飞星来赶师父！那魔头看见，就吓得浑身是汗，遍体生津道："他却会担山！"又整性情，把真言念动，将一座泰山遣在空中，劈头压住行者。那大圣力软筋麻，遭逢他这泰山下顶之法，只压得三尸神咋，七窍喷红。三座山就是心的三个点，是心的象。比喻如果是人心修道，就像有三座大山压着，能把你给压死。孙悟空是元神，自然心灵，自然之光，是无限大，背个山就是件小事。这节的题目叫人心如山，修道一定不能像猪八戒那样用人心，那就太累了，根本一步都走不了。用道心，无限的能量，背着三座大山，还很轻松。

第三，真中掺假

这个时候银角大王把他们全抓来了，二魔道："哥哥，且不要吃酒，叫小的们把猪八戒捞上水来吊起。"遂把八戒吊在东廊，沙僧吊在西边，唐僧吊在中间，白马送在槽上，行李收将进去。猪八戒是木在东，这是对的。沙僧是土，应该在中间，但是它把沙僧放在西边了，沙僧是电感，真土是电感。所以木是在东，金是在西，真土也相当于水中金，所以放到西边。唐僧是婴儿就放在中间。最后再抓孙悟空。二魔道："兄长请坐。若要拿孙行者，不消我们动身，只教两个小妖，拿两件宝贝，把他装将来罢。"老魔道："拿什么宝贝去？"二魔道："拿我的'紫金红葫芦'，你的'羊脂玉净瓶'。"

老魔将宝贝取出道："差那两个去？"二魔道："差精细鬼、伶俐虫二人去。"吩咐道："你两个拿着这宝贝，径至高山绝顶，将底儿朝天，口儿朝地，叫一声'孙行者！'他若应了，就已装在里面，随即贴上'太上老君急急如律令奉敕'的帖儿，他就一时三刻化为脓了。"二小妖叩头，将宝贝领出去拿行者不题。

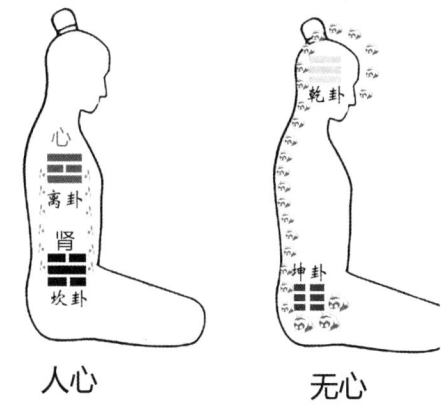

人心　　　无心

人心无心

葫芦是火比喻心，净瓶是水比喻肾，讲的是水火既济。但是，派精细鬼伶俐虫去，用人心，好东西也使不了。先天的宝贝，后天人心的阴气指挥不了。紫金葫芦，羊脂玉瓶，要是人喊一声就被吸进去了，真阴真阳是自动相吸。宇宙的元气是自然无心运作的，这就是真假的区别。

《人心无心》这张图左边的图讲离卦、坎卦心肾相交，你心一动肾气就动，这是人心。我画的是一个人体的侧面线条。右边的图底下写的是无心，你不用人心，你无心的话是乾坤两个卦，天地讲的就是玄关，不是水火既济，不是坎卦和离卦，是乾卦和坤卦，代表的是天地，玄关就是天地的能量在你身上循环。人心这张是小火苗在身上循环，无心这张是小孙悟空，就是孙悟空在你身上转。

《无心通宇宙元气》，这是我以前画过的一张图，宇宙虚空的能量，中间是孙悟空的脸，这一圈全是小孙悟空，中间这个球画着八卦和对应人体的八个部位。坎卦对着耳朵，艮卦对着胳膊，震卦对着脚，巽卦对着臀，离卦对着眼睛，坤卦对着腹，兑卦对着嘴，乾卦对着头。

无心通宇宙元气

当你无心的时候，天地的能量在你身上循环，这就是大道，这就是真。而有为

法练的是人心的这张图，它是自己肉身上的水火既济，是肉身的心肾相交。而无为法是什么？它是宇宙的能量，是从头到脚整体的循环，比心肾相交厉害多了。有为法是小能量，是人体的小空间，而无为法是一个敞开的宇宙的无限的能量，这就是真假的对比。为什么我要画这个对比，因为这一回讲的就是真五行、假五行，一对比就比出来了，有为法太小儿科了。葫芦和净瓶，实际上就是心肾的这点东西，没法跟大道比。

第四，假中藏真

却说那大圣被魔使法压住在山根之下，遇苦思三藏，逢灾念圣僧，厉声叫道："师父啊！想当时你到两界山，揭了压帖，老孙脱了大难，秉教沙门；感菩萨赐与法旨，我和你同住同修，同缘同相，同见同知，乍想到了此处，遭逢魔障，又被他遣山压了。可怜！可怜！你死该当，只难为沙僧、八戒与那小龙化马一场！这正是树大招风风撼树，人为名高名丧人！"叹罢，那珠泪如雨。早惊了山神、土地与五方揭谛神众。孙悟空是金公、先天一炁，逢到灾难的时候，只要想到师父就是想到本性，他和唐僧是什么？同住同修，同缘同相，同见同知。讲性命是一体的，唐僧是性，悟空是命，他和唐僧两个人就像一个人一样，就是性命合一。他就惊动了山神土地，惊动了这些天神。他修的是本性大道，这些自然能量就会管的，会惊天动地的。

这时孙悟空就听说妖怪使唤山神土地，行者听见当值二字，却也心惊，仰面朝天，高声大叫道："苍天！苍天！自那混沌初分，天开地辟，花果山生了我，我也曾遍访明师，传授长生秘诀。想我那随风变化，伏虎降龙，大闹天宫，名称大圣，更不曾把山神、土地欺心使唤。今日这个妖魔无状，怎敢把山神、土地唤为奴仆，替他轮流当值？天啊！既生老孙，怎么又生此辈？"大道能量是不能私用的，不是个人的东西，天地的能量只能是自然地为共性服务的，但是妖怪怀着私心，用天地能量来满足私心，这个事天理不容。老天的能量怎么也给妖使了，悟空就搞不明白。悟空的发问，主要是讲正邪的区别。一个是为众生、为人民服务的，一个是为满足贪欲服务的。妖也有神通，孙悟空也有神通，但是神通的性质不一样。

孙悟空就变了一个老道人骗那两个宝贝。这回的题目"外道迷真性"，贪心用老天的能量，就不知道真假。孙悟空变老道，以真变假。他是孙悟空，不是老道，好像是真的变了假的。但是，因为孙悟空是真的，它变出来也是真的，他实际上是个真道人，他是真正为人民服务的，取经是为了保护众生的。这一节的题目叫"假中藏真"，道人是孙悟空变的，孙悟空是一个真道人，假中藏真，真假不在于表面，在于你是不是得了大道。得大道的话，一块破石头、烂木头都能变成活的。妖的阴气的光，不会变。写孙悟空变这个、变那个，讲圣神的变，深入物质的内部改变物质，他是强大的纯阳能量，死的变活。你看妖怪会变吗？妖怪有为法练的阴神，顶多是一个旁观者，没有能量，什么也改变不了，这就是真假的对比。

第五，以真化假

行者道："怎么样装他？"小妖道："把这宝贝的底儿朝天，口儿朝地，叫他一声，他若应了，就装在里面；贴上一张'太上老君急急如律令奉敕'的帖子，他就一时三刻化为脓了。"妖精的宝贝是什么？是杀人，是把人化成脓血。

好行者，伸下手把尾上毫毛拔了一根，捻一捻，叫："变！"即变作一个一尺七寸长的大紫金红葫芦，自腰里拿将出来道："你看我的葫芦么？"那怪道："我这两件宝贝，每一个可装千人哩。"行者道："你这装人的，何足稀罕？我这葫芦，连天都装在里面哩！"

妖怪说我们这葫芦厉害，能装一千人。孙悟空说一千人算什么，我的能装天。一尺七寸，一是水，七是火，水火既济，先天一炁讲的是玄关。开玄关天人合一了，不就是装了天的能量了吗？比喻要装就装，要放就放，一会儿装了一会儿放了，一会儿天暗了，一会儿天又开了。讲的是正能量，与天合一。太子哪吒把天给遮住了，讲的是元神助本心。元神就是天地能量，元神助孙悟空。能装一千人化为脓，讲的是有为法的意守，守到哪里哪里就化脓化血。说化脓而死者，不计其数。

第三十四回　悟空骗宝贝，讲一气化五行

第三十四回　魔王巧算困心猿，大圣腾那骗宝贝

第一，法身无真假

妖怪的五个宝贝，孙悟空一个一个地到手了。讲的是一气化五行，五个都是孙悟空给化的，都被孙悟空给变了，讲的是五行都是先天一炁变的。

这怪也把葫芦望空丢起，口中念道："若有半声不肯，就上灵霄殿上，动起刀兵！"念不了，扑的又落将下来。两妖道："不装不装！一定是个假的！"正嚷处，孙大圣在半空里听得明白，看得真实，恐怕他弄得时辰多了，紧要处走了风讯，将身一抖，把那变葫芦的毫毛收上身来，弄得那两妖四手皆空。"行者在半空中见他回去，又摇身一变，变作苍蝇飞下去，跟着小妖"。

孙悟空跟到洞里，妖说要装不了天，就打到灵霄殿去。孙悟空用了就装，小妖用了就不装。精细鬼、伶俐虫比喻的是人心，人心想操控天，那是妄想。人心控制不了天，控制不了自然能量，叫天天不应，天根本不会理他。因为人心根本没有力量，孙悟空是元神，和能量是一体的。人心是一股黑烟，黑烟怎么能操控金光，是根本不可能的。

人的心和性，本性是光，光里是人的觉察和智慧，动人心了就失去了灵明，灵明是光，光是主宰。没有主宰拿到真的也会失灵。就是说光才是主宰，光需要你无心才能干事，如果你有心的话，就会把它伤了，把它阻碍了。孙悟空给一个假的，其实也是真的。真假不在外表，在于是人心还是元神。法身无真假，假的也能变成真的。真的也是真的。因为光不可能有假的，所有的物质都是化出来的。

孙悟空变成一只苍蝇跟着去了，讲的就是法身，孙悟空用的是光，"你道他既变了苍蝇，那宝贝却放在何处？如丢在路上，藏在草里，被人看见拿去，却不是劳而无功？他还带在身上。带在身上啊，苍蝇不过豆粒大小，如何容得？原来他那宝贝，与他金箍棒相同，叫做如意佛宝，随身变化，可以大，可以小，故身上亦可容得。"孙悟空变个小苍蝇，妖怪的宝贝那么大，怎么带在身上呢？同样一个宝贝，孙悟空拿就随便变化，可以变得很小，妖怪拿着根本就不变，这就是人心，人心阻碍了光，讲变化的根源。

第二，一气化五行

两个小妖怪就回洞里来了，报告说宝贝丢了，被孙悟空给骗走了。二魔道："既有手段，便走了也罢，怎么又骗宝贝？我若没本事拿他，永不在西方路上为怪！"妖怪的级别很高，西方路讲的是法界，光的世界，他是光的世界的妖，他是很厉害的。二魔道："还有'七星剑'与'芭蕉扇'在我身边；那一条'晃金绳'，在压龙山压龙洞老母亲那里收着哩。如今差两个小妖去请母亲来吃唐僧肉，就教他带晃金绳来拿孙行者。"二魔道："叫那常随的伴当巴山虎、倚海龙来。"倚海龙是靠着海的龙。

行者抬头见一带黑林不远，走上前，着脚后一刮。可怜怵不禁打，就把两个小妖刮做一团肉饼，却拖着脚，藏在路旁深草丛里。即便拔下一根毫毛，吹口仙气，叫"变！"变作个巴山虎，自身却变作个倚海龙。

行者在轿后，胸脯上拔下一根毫毛，变作一个大烧饼，抱着啃。轿夫道："长官，你吃的是什么？"那小妖不知好歹，围着行者，分其干粮，被行者掣出棒，着头一磨，一个汤着的，打得稀烂；一个擦着的，不死还哼。那老怪听得人哼，轿子里伸出头来看时，被行者跳到轿前，劈头一棍，打了个窟窿，脑浆迸流，鲜血直冒。拖出轿来看处，原是个九尾狐狸。行者笑道："造孽畜！叫什么老奶奶！你叫老奶奶，就该称老孙做上太祖公公是！"老母是假土，五个宝贝在五个地方，叫五行各一其性，是法界火坑，在光的世界，最怕五行分裂，五行必须合一。绳子是晃金绳，交错不一，晃是疑惑无准，狐狸就是狡猾，用晃金绳拴大圣，比喻人心想得先天一炁，他怎么得呢？派来巴山虎、倚海龙两个妖。龙是木，虎是金。应该是金木交并，只有金柔木顺才能够交感，才能够金木合一，但他是张狂的虎、凶恶的龙，为后天的金木，不是先天的，金木就不交。老狐狸九尾狐是假土，假土是把五行串在一起，不能攒簇五行。

第三，聚则成形

"好大圣！下了轿子，抖抖衣服，把那四根毫毛收在身上。"猪八戒说："我们只怕是奶奶来了，就要蒸吃，原来不是奶奶，是旧话来了。"

妖怪说："得了唐僧，不敢擅吃，请母亲来献献生，好蒸与母亲吃了延寿。"行者道："我儿！唐僧的肉我倒不吃，听见有个猪八戒的耳朵甚好，可割将下来整治整治我下酒。"意思是让八戒闭六根，别胡说八道，不要让他听，不要让他说。后面就露馅了，就开始打了。知道是"孙行者打杀奶奶，他装来耶"！魔头闻此言，哪容分说，掣七星宝剑，望行者劈脸砍来。好大圣！将身一晃，只见满洞红光，预先走了。似这般手段，着实好耍子。正是那聚则成形，散则成气，唬得个老魔头魂飞魄散，众群精嗟指摇头。悟空从老太太的身上脱出来，化成一道光，讲金丹的光可以化任何形象。当光聚的时候，是一个具体的形象，像一个活人一样，光散的时候，则化成气，好像不在了似的。讲先天一炁的光，聚则成形。

好大圣，一只手使棒，架住他的宝剑；一只手把那绳抛起，刷拉一下扣了魔头。原来那魔头有个紧绳咒，有个松绳咒。若扣住别人，就念紧绳咒，莫能得脱；若扣住自家人，就念松绳咒，不得伤身。他认得是自家的宝贝，即念松绳咒，把绳松动，便脱出来，反望行者抛将去，却早扣住了大圣。大圣正要使"瘦身法"，想要脱身，却被那魔念动紧绳咒，紧紧扣住，怎能得脱？孙悟空被抓了，变身出来又被抓了，讲的是反复化阴，化阴不是一蹴而就的，不是那么容易的。观音有紧箍咒，妖有紧绳咒，透露出可能跟观音有关。紧箍咒是让能量归于本性，不要魔障，要归于静。紧绳咒是让能量归于妖，归于人心贪欲，完全相反。同样一个工具，一个归正一个归邪，是完全相反的。师父考试的时候，拿工具是反着使，就看你能不能领悟。

"大王！你看那孙行者拴在柱上，左右爬蹉，磨坏那根金绳，得一根粗壮些的绳子换将下来才好。"老魔道："说得是。"即将腰间的狮蛮带解下，递与行者。行者接了带，把假装的行者拴住。换下那条绳子，一窝儿窝儿笼在袖内；

又拔一根毫毛，吹口仙气，变作一根假晃金绳，双手送与那怪。那怪只因贪酒，哪曾细看，就便收下。变来变去的，讲心光无所不变，可以显化任何事物。有金丹有了心光的人，可能不知道怎么回事，不知道这光是怎么做事的，看孙悟空就明白了。之前不知道光是怎么用的，因为看不见，所以不懂。看孙悟空在干什么，这光无所不变，可以化任何的事物。

这一回的题目是"魔王巧算困心猿，大圣腾那骗宝贝"，在外人看来是一个以假换真，用假绳子换了真绳。其实这些毫毛是孙悟空的光，是他的分身，他是先天一炁，他不是以假换真，而是以真换真，孙悟空什么都是真的。一个得道的人，说什么都是对的，他骂人也是对的，因为骂他就把他阴气消了，就把他的业消了，所以被骂的人要高兴。骂人也是对的，全是对的。

第四，无所不变

"急转身跳出门外，现了原身高叫"，孙悟空前边忙完了就出去了，他本来变成了一个小妖的形象，现在出去又变成了自己的形象，现了原身高叫道，快去禀告说"者行孙"来了。这时妖怪就拿着葫芦出来，妖怪就叫："者行孙。"孙悟空就想：真名字可以装得，鬼名字好道装不得。却就忍不住，应了他一声，嗖一下被吸进葫芦里，贴上帖儿。原来那宝贝，哪管什么名字真假，但绰个应的气儿，就装了去也。这就是讲他心一动，就是人心，人心一动，他的肾气就动。孙悟空就在葫芦里了，大圣作个法，意思只是哄他来摇，忽然叫道："天呀！孤拐都化了！"那魔也不摇。大圣又叫道："娘啊！连腰截骨都化了！"老魔道："化至腰时，都化尽矣，揭起帖儿看看。"那大圣闻言，就拔了一根毫毛，叫："变！"变作个半截的身子，在葫芦底上，真身却变作个桀桔虫，钉在那葫芦口边。只见那二魔揭起帖子看时，大圣早已飞出，打个滚，又变作个倚海龙。就又变了，讲的是"无所不变"，这个无所不变的神通和妖怪的阴神神通不一样，大圣是圣神，圣神是佛眼，佛眼是最强大的光，看见什么就把什么改变了，凡是不好的就给变好了。妖怪是阴神的眼睛，他不会变，这是圣神和阴神的比较。

第三十五回　宝贝得而复失，讲反复提纯

第三十五回　外道施威欺正性，心猿获宝伏邪魔

第一，金返回土

本性圆明道自通，翻身跳出网罗中。修成变化非容易，炼就长生岂俗同？

清浊几番随运转，辟开数劫任西东。逍遥万亿年无计，一点神光永注空。

自然心灵和老天的纯阳之光完全融合了，大智慧也出来了，道的这种用、这种变化通了。但是，达到道的这种化生万物的程度并不容易，人心难放下，本性露不出来，难就难在这儿。孙悟空变化这么厉害，多了不起。本性圆明了，就能达到孙悟空这样的水平了。"炼就长生岂俗同"，这个光是长生不灭之体，不灭之体和普通人的灵光和妖怪的灵光和各种各样的光是完全不同的，是上乘法果，那个光是最高级的，所以是不容易的。

"清浊几番随运转，辟开数劫任西东"，这就是一个化阴的过程，反复地化，反复化阴，反复提纯。化阴是一个慢慢的过程，不是一下能化得完的，要反复地化。人心七情六欲退位这件事，你就勇猛地去做，"辟开数劫任西东"，是说你就去勇猛地改，勇猛地放下。"逍遥万亿年无计，一点灵光永注空"，你不要看孙悟空神通广大变得特别溜飕，你不要看表面，重要的是借人的身体，借这个肉身，他把"一点灵光永注空"了，这才是关键。这些变都是因为他变的。但如果错了，在人身练了半天，白练，没用。

然后就开始跟妖怪比葫芦了。孙悟空也拿一个出来，大圣道："自清浊初开，天不满西北，地不满东南。"这是混沌的时候，还没有分方位的时候，讲这个"太上道祖解化女娲，补完天缺，行至昆仑山下，有根仙藤，藤结有两个葫芦。我得一个是雄的，你那个却是雌的"。"太上道祖"就是元始祖气，就是元气的老祖宗，在混沌未分的时候，女娲补天就是抽坎填离，把坎卦阳爻补了离卦，然后就成了乾坤两卦，就是开了玄关。昆仑山指的就是头。

那怪道："莫说雌雄，但只装得人的，就是好宝贝。"大圣道："你也说得是，我就让你先装。"行者笑道："你且收起，轮到老孙该叫你哩。"急纵筋斗，跳起去，将葫芦底儿朝天，口儿朝地，照定妖魔，叫声："银角大王。"那怪不敢闭口，只得应了一声，倏的装在里面。行者贴上"太上老君急急如律令奉敕"的帖子，心中暗喜道："我的儿，你今日也来试试新了！"把银角大王装里面了，太上老君代表的就是原始祖气、先天一炁，是最纯洁最干净的元气，用这个元气贴上了。是给他光了，这哪儿是杀他呢，这是生他。所以孙悟空说"你今日也来试试新"，不是把他杀了，是把他度了，把他的阴气拿走了，杀了妖是把阴气拿走了，给了他纯阳的光了。

葫芦是土，土生金，银角大王是个金，金又回归了土，讲先天五行反生反克，反着又把他生了，不是把他整死了，是把他新生了，就是这个意思。

第二，灵火煅烧

银角已经被装了，这回要收拾金角了。"大王啊，事不谐矣！难矣乎哉！满地盈山皆是孙行者了！"孙悟空弄了好多小的孙悟空。这身外法把群妖打退，只瞥得老魔被围困中间，赶得东奔西走，出路无门。那魔慌了，将左手擎着宝剑，右手伸于项后，取出芭蕉扇子，望东南丙丁火，正对离宫，呼啦一扇子，搧将下来，只见那地上，火光焰焰。

"丁"是阴，正南离宫，这又是阴，呼啦一扇子，扇得那地上，火光焰焰。剑是金，扇子是木，就是金木交并，金木交并讲的是魂魄合一，整出来的光是红光，带着人心的，所以它是红光。如果是无心的话，出来的是金光，"那火不是天上火，不是炉中火，也不是山头火，也不是灶底火，乃是五行中自然取出的一点灵光火"，一点灵光火比红孩儿的三昧真火还高级。"这扇也不是凡间常有之物，也不是人工造就之物，乃是自开辟混沌以来产成的珍宝之物。用此扇，扇此火，煌煌烨烨，就如电掣红绡；灼灼辉辉，却似霞飞绛绮。更无一缕青烟，尽是满山赤焰，只烧得岭上松翻成火树，崖前柏变作灯笼。那窝中走兽贪性命，西撞东奔；这林内飞禽惜羽毛，高飞远举。这场神火飘空燎，只烧得石烂溪干遍地红！"这

个火是什么火呢？是神火，火就是光。他跟孙悟空打的时候，他拿的是宝剑和扇子，讲的是金木交并，魂魄合一，光就出来了。结果他的光是红光，就是阴气。

"将身一抖，遂将毫毛收上身来，只将一根变作假身子，避火逃灾，他的真身，捻着避火诀，纵筋斗，跳将起去，脱离了大火之中，径奔他莲花洞里，想着要救师父。急到门前，把云头按落，又见那洞门外有百十个小妖，都破头折脚，肉绽皮开，原来都是他分身法打伤了的，都在这里声声唤唤，忍疼而立。大圣见了，按不住恶性凶顽，轮起铁棒，一路打将进去。可怜把那苦炼人身的功果息，依然是块旧皮毛！"讲的全是动物、全是皮毛，说有为法练出来这点光，肉身一死，光就没了，而无为法，这个光是永注虚空。

人身就是为了这点光，人身就是这点光养的，人身投胎这一辈子，就是为了能够修出来这一点光，一个永恒的光，这就是大道和那些小法术的区别。再有一个，讲分神无力，那些小妖还没有打死，他自己本人来了，喊哩喀喳地就都给打死了。讲分神不如本尊，本尊很实在，分神毕竟是个虚的。在实世界，分神可能比本尊弱，在虚世界，分神与本尊是一样的。

第三，生杀一体

这个时候就把沙僧他们也救了。"沙僧果举降妖杖出来，喝一声，撞将出去，打退群妖。阿七见事势不利，回头就走，被八戒赶上，照背后一耙，就筑得九点鲜红往外冒，可怜一灵真性赴前程"。可怜这个光他就出来了。猪八戒使的是九齿钉耙，给筑了九个窟窿，九是纯阳的意思，猪八戒打了他九个窟窿，是给他纯阳能量的意思，杀就是生，给了他正能量，所以这一节题目叫生杀一体。

"急拖来剥了衣服看处，原来也是个狐狸精。那老魔见伤了他老舅，丢了行者，提宝剑，就劈八戒，八戒使耙架住。正赌斗间，沙僧撞近前来，举杖便打，那妖抵敌不住，纵风云往南逃走，八戒沙僧紧紧赶来。大圣见了，急纵云跳在空中，解下净瓶，罩定老魔，叫声'金角大王！'那怪只道是自家败残的小妖呼叫，就回头应了一声，飕的装将进去，被行者贴上'太上老君急急如律令奉敕'的帖子。只见那七星剑坠落尘埃，也归了行者。"

五件宝贝都归了行者，经过了多次反复，得而复失，失而复得，讲化阴不是一蹴而就的，是一遍一遍地、一层一层地转化，葫芦是个阳，装了银角，净瓶是个阴，装了金角，又是阴阳合一，所以，是生杀一体。

老魔的救兵是狐阿七，代表七情。老狐狸九尾狐是妄意，他们是七情妄意。八戒是木，阿七是金，七情对着魄金，所以八戒把阿七打死是金木交并魂魄合一，先天一灵真性就恢复了，元神的光就成了，是这个意思。所以就是生杀一体。五件宝贝都归了行者，讲的是五行归一气，孙悟空收五个宝贝、变五个宝贝是一气化五行，现在五个宝贝都归了悟空，就是五行归一气，是讲这个道理。

第四，师父考试

本节揭谜底了，就是师父考试。这妖怪是谁派来的？是怎么回事？正行处，猛见路旁闪出一个瞽者，走上前扯住三藏马，道："和尚，哪里去？还我宝贝来！"八戒大惊道："罢了！这是老妖来讨宝贝了！"行者仔细观看，原来是太上李老君，慌得近前施礼。那老祖急升玉局宝座，九霄空里主力仵立，叫："孙行者，还我宝贝。"大圣不承认，老君道："葫芦是我盛丹的，净瓶是我盛水的，宝剑是我炼魔的，扇子是我扇火的，绳子是我一根勒袍的带。那两个怪：一个是我看金炉的童子，一个是我看银炉的童子。只因他偷了我的宝贝，走下界来，正无觅处，却是你今拿住，得了功绩。"拿了妖就有功绩。

孙悟空就埋怨他，太上老君说："此乃海上菩萨问我借了三次，送他在此托化妖魔，看你师徒可有真心往西去也。"就是菩萨安排的，"那老君收得五件宝贝，揭开葫芦与净瓶盖口，倒出两股仙气，用手一指，仍化为金、银二童子，相随左右。只见那霞光万道，咦！飘渺同归兜率院，逍遥直上大罗天"。

金角、银角实际上就是老君的真阴、真阳，老君是本性，老君的童子是金炉玉鼎，就是真阴、真阳。所以说，恢复本性，一点灵光的复原，没有真阴、真阳就恢复不了。这是菩萨设的局，菩萨代表的就是本性，本性是阴阳中和、阴阳一体。

因为猪八戒左右摇摆，所以派了金角、银角，就是阳亢阴亢两个妖来磨炼他。

真假五行其实讲的是元神，真阴真阳合一形成的金丹，这个光才是真的，讲的是元神的真假。妖怪讲的是假五行，孙悟空他们是真五行，讲的是元神的真假、五行的真假。因为元神含五行，讲五行的真假，也是讲元神的真假。

第三十六回　宝林寺，讲元神的验证，改变环境

第三十六回　心猿正处诸缘伏，劈破旁门见月明

第一，全性的验证

第三十六回后的四回，是讲乌鸡国的故事。第三十六回的题目是"心猿正处诸缘伏，劈破旁门见月明"。"心猿正处"，讲的是纯阳能量又无心就是正的，无心有德、无心有光，就是正心，外缘就都会臣服、归顺。"劈破旁门见月明"，抱了真的，摒弃了假道，性光才能长出来。

每一回的开始都是唐僧在担心，担心这个，担心那个，从来就是担心的，都是孙悟空劝他放下，孙悟空说："师父休要胡思乱想，只要定性存神，自然无事。"只要你是本性状态，本性状态是纯阳，纯阳能量怎么能出坏事呢？灾难都是因为阴气。

三藏道："徒弟呀，西天怎么这等难行？我记得离了长安城，在路上春尽夏来，秋残冬至，有四五个年头，怎么还不能得到？"行者闻言，呵呵笑道："早哩，早哩！还不曾出大门哩！"八戒道："哥哥不要扯谎，人间就有这般大门？"行者道："兄弟，若依老孙看时，把这青天为屋瓦，日月作窗棂，四山五岳为梁柱，天地犹如一敞厅！"天地只不过是家里的客厅，这讲的是玄关。开了玄关以后，移炉换鼎，天地是个炉鼎，讲的是这个无限大，其实讲的是玄关。

然后孙悟空说："师父不必挂念，少要心焦，且自放心前进，还你个功到自然成也。"所谓的天仙就是自然之光，日积月累，火候到了，比如说三年什么样，六年什么样，九年什么样，功到自然成，是按日子出验证的。只要你得的是这个，只要你开了玄关，得了先天一炁，你就等着，自然就成。

然后就有一首诗："十里长亭无客走，九重天上现星辰。八河船只皆收港，七千州县尽关门。六宫五府回官宰，四海三江罢钓纶。两座楼头钟鼓响，一轮明月满乾坤。"十九八七，一直说道一，讲的是全安静了，客人走了，收港了，衙门关了，当官的都回家了。这都是回归静了。回归了静以后呢，"两座楼头

钟鼓响，一轮明月满乾坤"，你一敲他就一响，它两个是响应，一响一应，就是真铅氤氲，响应就合一了，月亮就出来了，讲的是全性的验证。小月牙是性光初现，圆圆的月亮叫全性。那个叫见性，这个叫全性。修心性，人心退位，本性光露出来，一点点露出来，最后露出一个大圆月亮来，圆月是元神的法相，讲的是唐僧已经有了全性的验证。

第二，佛堂无佛

宝林寺修得挺好，"那长老却丢了锡杖，解下斗篷，整衣合掌，径入山门。只见两边红漆栏杆里面，高坐着一对金刚，三藏见了，点头长叹道：'我那东土，若有人也将泥胎塑这等大菩萨，烧香供养啊，我弟子也不往西天去矣！'"一对金刚，比喻真阴真阳，走到二层，看到四大天王，比喻四相。再看就是大雄宝殿，那长老合掌皈依，舒身下拜。拜罢起来，转过佛台，到于后门之下。又见有倒座观音普渡南海之相。那壁上都是良工巧匠装塑的虾、鱼、蟹、鳖，出头露尾，跳海水波潮耍子。长老又点头三五度，感叹万千声道："可怜啊！鳞甲众生都拜佛，为人何不肯修行！"

墙上画着观音，后边都是一些水里的动物，都在拜佛，唐僧就想，人怎么就不学不拜呢。太极比喻的是一，一含阴阳，比喻先天一炁。这个庙还不错，庙的装饰符合先天大道。但是，庙里的人可不怎么样，是一些特别差劲的、恶棍似的和尚。讲的是佛堂无佛，堂堂佛堂其实无佛。看着是个宝林寺，其中无宝。这些和尚根本就是些俗人，打人、骂人、不斋僧。说三十里以外有个地儿，我这不留人，你快走吧，说唐僧是油嘴滑舌的骗子，骗吃骗喝的，就把他骂出来了。

唐僧被骂出来，孙悟空就不干了，他说："赶早将干净房子打扫一千间，老孙睡觉。"其实根本没有那么多房子，他为什么要打扫一千间呢？意思是寸土不留，这里头太坏了，我都给你收拾了。孙悟空是光，都把阴气转化了。僧官战索索地道："前后是二百八十五房头，共有五百个有度牒的和尚。"意思是我这儿根本没那么多房子，有五百个和尚。行者道："你快去把那五百个和尚都点得齐齐整整，穿了长衣服出去，把我那唐朝的师父接进来，就不打你了。"那众和尚，真个齐齐整整，摆班出门迎接。有的披了袈裟，有的着了褊衫，无的穿着个一口钟直裰，十分穷的，没有长衣服，就把腰裙接起两条披在身上。行者看见道："和尚，你穿的是甚么衣服？"和尚见他丑恶，道："爷爷，不要打，等我说。这是我们城中化的布，此间没有裁缝，是自家做的个一裹穷。"一裹穷是说他们这些和尚，没有真东西，没有真能量。庙修得挺好，但徒有其表，都没得道，都是假和尚，身上无丹，是贪、嗔、痴的俗人。要一千间房间，"一"就是先天一炁的意思，用先天一炁扫除贪嗔痴。五百个和尚，"五"是五行，和尚是一气，讲的就是金丹。

第三，三徒演道

宝林寺虽然是一个庙，但是没有真东西，"三徒演道"，是把真东西放在这儿了。把一座假庙，变成真庙。讲的是元神改变环境的验证。借着月亮演道，孙悟空、沙僧、八戒他们三个轮着说，孙悟空说："师父啊！你只知月色光华，心怀故里，更不知月中之意，乃先天之法象之规绳也。"你不知道这月亮的变化，实际上它是元神的法相：

月至三十日，阳魂之金散尽，阴魄之水盈轮，故纯黑而无光，乃曰晦。此时与日相交，在晦朔两日之间，感阳光而有孕。至初三日一阳现，初八日二阳生，魄中魂半，其平如绳，故曰上弦。至今十五日，三阳备足，是以团圆，故曰望。至十六日一阴生，二十二日二阴生，此时魂中魄半，其平如绳，故曰下弦。至三十日三阴备足，亦当晦。此乃先天采炼之意。我等若能温养二八，九九成功，那时节，见佛容易，返故田亦易也。

把阳魂叫金，把阴魄叫水，一个金一个水，一个魂一个魄。返回故乡，返本还元，返本还元很容易。"温养二八"，二八十六，十六就是月亮纯圆，月亮养出来了，还有人心的杂质，将杂质一点点地清理，最后成为纯阳，就是"九九"，七情六欲去掉了，就纯阳了。纯阳的时候，见佛就容易，纯阳的光就是佛光。返本还元，元神是自然之光，自然之光回到光的海洋里，不是很容

易吗？然后，孙悟空又说了一首《悟真篇》里的诗："前弦之后后弦前，药味平平气象全，采得归来炉里炼，志心功果即西天。"

乾卦上边三个阳道，底下三个阳道，"前弦之后后弦前"，前三后三讲的就是乾卦，当你能量是纯阳的时候，这个纯阳的光就是药，"采得归来炉里炼"，讲的是光采药炼丹，"志心功果即西天"，有志气、有志向，西天取经、得真经，你如果有这个志向，光带着你就去了。

这就是孙悟空说的，然后猪八戒和沙僧都说了，其实他们各自在讲自己。孙悟空讲的是元神，沙和尚讲土，猪八戒讲木。沙和尚说："水火相搅各有缘，全凭土母配如然。"水火之间得有个媒介，有土才能水火既济，才能金木交并。"三家同会无争竞，水在长江月在天"，三家相会了，法身的月亮就出来了，他是从土的角度讲的。

猪八戒讲得太多了太长了，大概意思是讲性命的道理，它和别的知识不一样，它是先天的，性命是先天的理论，这个理论一懂了窍就开了，它跟后天知识是不同的，它是真的，是带能量的。只要你理通，理通法随，只要理通了，窍就开了，就会一通百通。

三徒演道，其实讲的是金丹的过程。在宝林寺演道，把假庙变成真庙，验证的就是元神改变环境。《乾卦对应图》，坤卦、初三、初八、十一、十五、十八、二十三、二十八，就是月亮阴晴圆缺的那个图。

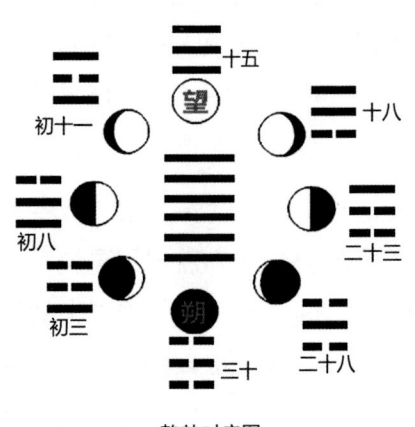

乾卦对应图

看着这张图，你就能清楚他所说的"月至三十日，阳魂之金散尽，阴魄之水盈轮"。这个时候，一点阳气都没有了，阴气全黑了，就是影像同一个圆轮一样了，"阴魄之水盈轮"，"故纯黑而无光"，所以叫晦。然后到了上边，到了十五日的时候，三阳备足是乾卦。这时叫望月，中间初八和二十三，初八日二阳生，魄中魂半，就是一半阴一半阳。但是魄中魂半，阴的还占一半，阴的开始了，到了对面二十二的时候，不是生了两个阴嘛，这是魂中魄半、纯阴往阳生的时候，这是一个阳生的过程，阳生的时候是魂半。这就是天机，在这一个点上是阴阳混一的，阳生的时候阴在前面，阴生的时候阳在前面，在同一个地点是阴阳混一的，就是这个意思。看了这张图就更容易懂悟空所说的话。

第三十七回　小和尚立帝货，讲玉神的验证

第三十七回　鬼王夜谒唐三藏，悟空神化引婴儿

第一，玉神的验证

立帝货是玉神的验证。老子《道德经》那一章，"其中有精"，下一回是"其中有信"，内容是不一样的。第一是真信真精，唐僧睡觉作梦，"忽抬头梦中观看，门外站着一条汉子，浑身上下，水淋淋的，眼中垂泪，口里不住叫：'师父，师父！'三藏欠身道：'你莫是魍魉妖魅，神怪邪魔，至夜深时来此戏我？我却不是那贪欲贪嗔之类。我本是个光明正大之僧，奉东土大唐旨意，上西天拜佛求经者。'那人倚定禅堂道：'师父，我不是妖魔鬼怪，亦不是魍魉邪神。'"

梦是人的神所见，人睡觉的时候，人的光是不睡觉的，你睡觉是因为你的肉身累了，但是这个光二十四个小时都不睡觉，所以说是光所见，梦里看见的，就是元神的光，就是人在一种似睡非睡的状态下，在一个醒和睡的中间状态，他刚躺下的时候还没睡着又快睡着了那种状态，这就是元神状态。元神状态就能看见多维空间的东西，不是我们这个物质世界的东西，很多的玄相都是在这个时候看到的，这是元神状态。

唐僧说"我却不是那贪欲、贪嗔之类"，讲的是贪心就会被鬼缠，贪心是饿鬼道的，人贪心的时候就有鬼缠。唐僧说我可不是贪心的人，你这恶鬼可别找我来，讲的是贪心的人就有恶鬼，十法界，什么样的心就对着什么样的空间。

那人道："我家住在正西。"正西的每一个方位都是很有用意的。"不瞒师父说，便是朕当时创立家邦，改号乌鸡国"，我们看十二属相的方位，这个东边是属兔的，西边是属鸡的，所以正西乌鸡国，就在西边，这就对了，等一会儿他就变了，所以你得知道这个，下边位置变了，不注意会出错。

"当即请他登坛祈祷，果然有应，只见令牌响处，顷刻间大雨滂沱。寡人只望三尺雨足矣，他说久旱不能润泽，又多下了二寸"，妖怪也能祈雨，他也有神通。国王是个乾卦，对应头，三尺雨是三个阴爻的坤卦。

天上下来的雨，坤在上，乾卦在下，是地天泰。泰卦是先天一炁，就是老天的元气，结果这个妖怪多下了二寸，阴气大了，魔就来了，这个是后天之假。妖怪跟他称兄道弟，皇帝就傻乎乎被他推到井里去了，妖怪便占了他的江山成了国王，"不知他抛下些什么物件，井中有万道金光。哄朕到井边看甚么宝贝，他陡起凶心，扑通一下把寡人推下井内，将石板盖住井口，拥上泥土，移一株芭蕉栽在上面。可怜我啊，已死去三年，是一个落井伤生的冤屈之鬼也！"国王已经死了三年了。水里放光，讲的就是水中金，我在找"精"的证据，为什么说是玉神的验证，我要有证据。

唐僧就说："你怎么不告他呢？"他说："我告不成，他的神通广大，官吏情熟，都城隍常与他会酒，海龙王尽与他有亲，东岳天齐是他的好朋友，十代阎罗是他的异兄弟。因此这般，我也无门投告。"三藏道："陛下，你阴司里既没本事告他，却来我阳世间作甚？"那人道："师父啊，我这一点冤魂，怎敢上你的门来？山门前有那护法诸天、六丁六甲、五方揭谛、四值功曹、一十八位护教伽蓝，紧随鞍马。"说这些光都护着你，我一个小鬼这点小光，怎么能靠近呢。"却才被夜游神一阵神风，把我送将进来，他说我三年水灾该满，着我来拜谒师父。他说你手下有一个大徒弟，是齐天大圣，极能斩怪降魔。今来志心拜恳，千乞到我国中，拿住妖魔，辨明邪正，朕当结草衔环，报酬师恩也！"他是被一阵风刮来的，强大的阳光，一个鬼灵的阴气他根本受不了，他根本靠不了前。风刮来的，意思是老天给他安排的，不是他自己来的。

然后他就放下了一个证据，那人把手中执的金厢白玉圭放下道："此物可以为记。"三藏道："此物何如？"那人道："全真自从变作我的模样，只是少变了这件宝贝。他到宫中，说那求雨的全真拐了此圭去了，自此三年，还没此物。我太子若看见，他睹物思人，此仇必报。还央求夜游神再使一阵神风，把我送进皇宫内院，托一梦与我那正宫皇后，教他母子们合意，你师徒们同心。"这里他讲的"白玉圭"，白玉是玉佛的光色，圭就是两个土，真土的意思。妖怪手里没有这个，他把这个信物留下。说我们家里人、太子、皇后知道这事，拿这个给太子看，他知道这是父王的东西。

母子合意，师徒同心。国王先给唐僧托梦，再给皇后托梦，让他们都知道当朝的是假国王这件事，用这个情节，讲共性一体，人心是可以通共性的。妖怪侵占了我的江山，比喻的是肉身假扮他的样子，比喻肉身的心肾相交。假的就是用人心，在心肾上作文章，真东西是天地的元气，是不用心的，是天地玄关的那个能量，而不是自己小空间的东西，是一个无限大空间的东西。所以侵占了他的江山，侵占了他的肉身，比喻的是妖，妖就是这个级别的，就是后天之假这个级别的。

圭是真土，真土是电感，电感对的就是精。玉神对应元精，所以，我说他是玉神的验证。

第二，玉神小和尚

行者跳将起来道："师父，梦从想中来。你未曾上山，先怕妖怪；又愁雷音路远，不能得到；思念长安，不知何日回程；所以心多梦多。似老孙一点真心，专要西方见佛，更无一个梦到我。"很多的梦，是你白天的一个念头，到晚上梦里就出现一个景色，跟你的那个念头有关，叫日有所思，夜有所梦，对于你的光来说，你白天说那句话，光上就刻了那个字，刻了那个信息，所以，到晚上熟睡时梦里就显这个信息，对你的光来说，没有白天晚上，白天、晚上是一样的。它没有东、南、西、北，没有白天、黑夜，没有左、右、东、西，它是那个"一"。《西游记》借这段情节，讲元神就是一，没有白天、晚上，在你的感觉上是不同的时间、不同的空间，但对你的光来说，白天、晚上是一体的，没有不同的空间，没有白天、黑天，这就是光的世界，就是一的世界。不是我们人头脑中的那个世界，不是我们理性思维的那个世界。

这时候"行者果然开门，一齐看处，只见星月光中，阶檐上真个放着一柄金厢白玉圭"，梦是个虚的，但是在现实里验证了，玉神这个玉光，他可以渗透到物质当中，他可以让一个信息成真，这是玉神的验证。

孙悟空变作一个红金漆匣儿，把白玉圭放在内盛着，道："师父，你将此物捧在手中，到天晓时，穿上锦蝠袈裟，去正殿坐着念经，等我去看看他那城池。端的是个妖怪，就打杀他，也在此间立个功绩。假若不是，且休撞祸。"他跟唐僧在商量对策，行者道："来到时，我先报知，你把那匣盖儿扯开些，等我变作二寸长的一个小和尚，钻在匣儿里，你连我捧在手中。"你看他就不是小人儿了，他说的是"小和尚"。小人儿是元神的验证，小和尚是玉神的验证。你看一个白玉圭，对的是精，这是一个坎卦，放在一个红盒里，就是水火既济，水火既济，抽坎填离就变成了乾坤两卦，就变成了阴阳混一的纯阳。

这个信物又是土，讲的是水火既济、乾坤交媾开玄关，开玄关养婴儿，就养出来婴儿，婴儿已经变成小和尚了，从小孩变成小佛了，孙悟空大闹天宫的时候，吃九千年一熟的桃子，变了一个二寸小金人，那个是二寸小金人，这个是二寸小佛，这是玉神的验证。四个小男孩弄一个二寸小金人的画，就是立帝货。

（见彩图十三《真一》）

悟空教唐僧："就说这匣内有一件宝贝，上知五百年，下知五百年，中知五百年，共一千五百年过去未来之事，俱尽晓得，却把老孙放出来。我将那梦中话告诉那太子，他若肯信，就去拿了那妖魔，一来与他父王报仇，二来我们立个名节。他若不信，再将白玉圭拿与他看。只恐他年幼，还不认得哩。"三藏闻言大喜道："徒弟啊，此计绝妙！但说这宝贝，一个叫做锦襕袈裟，一个叫做白玉圭，你变的宝贝却叫做甚名？"行者道："就叫做立帝货罢。"这三个五呢，就是三五一的金丹，"立帝货"就是"象帝之先"，他是那个原始元气，是宇宙间最贵的东西，是头一等的好货。先天一炁乃天下之大本，所以叫立帝货。

第三，一气含五行

刚才是计划，现在是行动。太子来了，孙悟空摇身一变，变作一只白兔。太子看见，正合欢心，拈起箭，拽满弓，一箭正中了那白兔，原来是那大圣故意教他中了，却眼快手疾，一把接住那箭头，把箭翎花落在前边，丢开脚步跑了。那太子见箭中了玉兔，兜开马，独自争先来赶，不知马行的快，行者如风，马行的迟，行者慢走，只在他面前不远，看他一程一程，将太子哄到宝林寺山门

之下。行者现了本身，不见兔儿，只见一支箭插在门槛上，径撞进去，见唐僧道："师父！来了！来了！"计划实施了，把人给引来了，"却又一变，变作二寸长短的小和尚，钻在红匣之内，却说那太子赶到山门前，不见了白兔"。

唐僧就故意不理，别人说太子来了，你怎么不下跪，你怎么不尊重太子，他是成心的，成心要找荐，让太子跟他搭话。然后，唐僧就说我这有个宝贝，太子闻说，教："拿来我看。"三藏扯开匣盖儿，那行者跳将出来，拨呀拨的，两边乱走。太子道："这星星小人儿，能知甚事？"行者闻言嫌小，却就使个神通，把腰伸一伸，就长了有三尺四五寸。众军士吃惊道："若是这般快长，不消几日，就撑破天也。"行者长到原身，就不长了。太子才问道："立帝货，这老和尚说你能知未来过去吉凶，你却有龟作卜？有著作筮？凭书句断人祸福？"行者道："我一毫不用，只是全凭三寸舌，万事尽皆知。"刚才说的是兔在东，鸡在西，乌鸡国刚才讲了在西边，坎卦离卦的先天卦位是东西，这个讲的就是金木魂魄

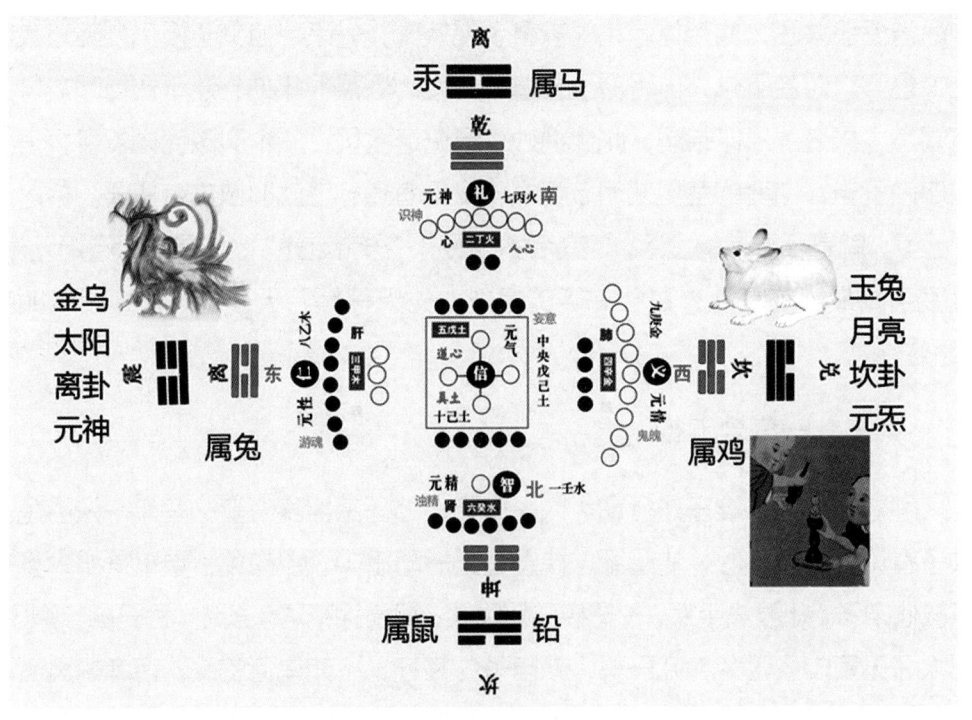

金乌玉兔图

合一。他本来变成一只白兔了，然后又变成个小和尚。白兔水中金，他是一只白兔，他的卦位在西，俗人属兔的是在东边，但是这个在西边，先天的坎卦是在西边。他又变成一个白玉的小和尚，讲的是小和尚就是水中金变的。肺藏精，元精发动这个精是从肺经里化出来的。

这个"星星小人儿"，小是二，"一伸"就是一，"三尺四五寸"，三四五呢就是三家相见，四象和合，五行攒簇。一二三四五，小和尚讲的就是五德具备，讲的是五行全的。五行全就是五德具备，这个光像人一样，好像有五脏，他是一个五行全的，他是个活的。孙悟空说"全凭三寸舌，万事尽皆知"，他根本不用那些起卦的工具，他用心，心就是智慧，他是圣，是本心的智慧，根本不用那些卜筮工具。（**见彩图十四《天枢一玉神》**）

第四，二土合一

太子道："果是有个全真，父王与他拜为兄弟，食则同食，寝则同寝，三年前在御花园里玩景，被他一阵神风，把父王手中金厢白玉圭，摄回钟南山去了，至今父王还思慕他，因不见他，遂无心赏玩，把花园紧闭了，已三年矣，做皇帝的非我父王而何？"

太子还以为那个妖是他父亲，还以为消失的是那个道士。孙悟空就出来劝他说："你父王今夜特来请我降魔，我恐不是妖邪，自空中看了，果然是个妖精，正要动手拿他，不期你出城打猎，你箭中的玉兔，就是老孙，老孙把你引到寺里，见师父，诉此衷肠，句句是实，你既然认得白玉圭，怎么不念鞠养恩情，替亲报仇？"说完悟空拿白玉圭给他看了，见他还不太信，就说："殿下不必心疑，请殿下驾回本国，问你国母娘娘一声，看他夫妻恩爱之情，比三年前如何？只此一问，便知真假矣。"

说一问母亲就知道了，先天的东西是一个情归性，真阴真阳合一，是有电感的，是活的。那个假的是死的，他是个冰冷的东西变的。他没有电，他是冰冷的死气。

第三十八回　阳间医，讲圣神的验证

第三十八回　婴儿问母知邪正，金木参玄见假真

第一，母子通信

前面有一首诗：

逢君只说受生因，便作如来会上人。一念静观尘世佛，十方同看降威神。

欲知今日真明主，须问当年嫡母身。别有世间曾未见，一行一步一花新。

"受生因"讲人如果知道"我从哪里来"，就能做如来会上人，如来比喻本性，知道了生命诞生的根源，就明心见性了。父母生身之前那口元气，还没有肉身的时候，那一点灵光，先天一炁，所有生命都因他而诞生。"一念静"就是佛。"十方同看降威神"，神是光的意思，一念静就是佛，十方都能看见你的光，就是这意思。"欲知今日真明主，须问当年嫡母身"，哪个是你父亲，问你母亲就知道了。先天一炁才是生命的真主人。"别有世间曾未见，一行一步一花新"，得了先天一炁，生命会有全新的体验，会一步一变化，就像生命的生长，像时间一样，永远是新的。

太子就问母亲："我问你三年前夫妻宫里之事与后三年恩爱同否？"他母亲就说："三载之前温又暖，三年之后冷如冰。"真父亲在时是温暖的，假的是冰冷的，"枕边切切将言问，他说老迈身衰事不兴！"假的说老了不行了。太子跪在面前道："母亲，不敢说！今日早期，蒙钦差架鹰逐犬，出城打猎，偶遇东土驾下来的个取经圣僧，有大徒弟乃孙行者，极善降妖。原来我父王死在御花园八角琉璃井内，这全真假变父王，侵了龙位。今夜三更，父王托梦，请他到城捉怪。孩儿不敢尽信，特来问母，母亲才说出这等言语，必然是个妖精。"太子是阳土，母亲是阴土，阴土阳土两个合一就是信。信是真土，真土是元气电感，父亲就有救了。元精是怎么发动的呢？先有信后有精，"其中有精""其中有信"，就是《道德经》里的一句话。

太子说父亲给唐僧托了梦，让他大徒弟降妖，母亲紧接着说："儿啊，我四更时分，也做了一梦，梦见你父王水淋淋的，站在我跟前，亲说他死了，鬼魂儿拜请了唐僧，降假皇帝，救他前身。记便记得是这等言语，只是一半儿不得分明，正在这里狐疑，怎知今日你又来说这话，又将宝贝拿出。我且收下，你且去请那圣僧急急为之。果然扫荡妖氛，辨明邪正，庶报你父王养育之恩也。"娘娘记住了一半，讲的是阴土，真阴的一半，真阳是另一半。一个是三更，一个是四更，三四就是七，做了同一个梦，七是元神的数，表示元神是同一个空间，没有什么三更四更。元神的这个光是一，"一"没有我们的概念，没有上下、左右，没有前后，就是一个混沌，一锅烩，全在里面。

第二，无形决定有形

太子急忙上马，含悲顿首复唐僧，马上就到宝林寺里来了，就说："师父！我来了。"行者上前搀住道："请起！你到城中，可曾问谁么？"太子道："问母亲来。"将前言尽说了一遍。行者微微笑道："若是那般冷啊，想是个什么冰冷的东西变的。"这个是假的。

这时候太子出来打猎，没顾上打猎物，回去怕假皇上说他，行者说："没关系，我帮你。"他就叫来日值功曹，那些值班的天神，行者道："老孙保护唐僧到此，欲拿邪魔，奈何那太子打猎无物，不敢回朝，问汝等讨个人情。"那各神即着本处阴兵，刮一阵聚兽阴风，捉了些野鸡山雉。山神就刮来一阵阴风，来了很多的鸡。这节的题目叫无形决定有形，乌鸡国的江山被妖怪占了，比喻能量已经很匮乏了，悟空用无形的力量弄来很多的山鸡，无形决定有形，是给乌鸡国增加能量的意思，神仙一比画就变真了。

行者道："拿是还要拿，只是理上不顺。"行者对八戒道："老孙只要图名，那里图甚宝贝，就与你罢便了。"那呆子听见说都与他，他就满心欢喜，一骨碌爬将起来，套上衣服，就和行者走路。孙悟空叫八戒帮着把皇帝捞上来，他不愿意去。孙悟空说自己本来是无形的，图个名就行了，实际的好处都给你，我也不需要，这讲的就是虚的意思。只是理上不顺，八戒是真阴，要救的皇帝

是水中金，皇帝是乾卦，掉在水里就是水中金，要救水中金，不能孙悟空去救，必须是真阴救真阳，真阴真阳自动合一，符合的是自然之理。

第三，真阴救真阳

猪八戒下去救了，八戒笑道："造化，造化！宝贝放光哩！"又近前细看时，呀！原来是星月之光，映得那井中水亮。宝贝放光，月亮放光，其实讲的就是水中金，在头上看到月亮的光，是底下的能量冲上来的，是精化光化上来的。八戒下去了，以为走错路了，他说："罢了，罢了！错走了路了！下海来也！"怎么下海来了呢？说井里怎么还有海呢。原来八戒不知此是井龙王的水晶宫。龙王道："元帅原来不知。他本是乌鸡国王的尸首，自到井中，我与他定颜珠定住，不曾得坏。你若肯驮他出去，见了齐天大圣，假有起死回生之意啊，莫说宝贝，凭你要什么都有。"猪八戒就不愿意弄，说孙悟空骗我，说有宝贝，我来拿宝贝了，这是什么宝贝啊？然后那井龙王就劝他："那肯定是宝贝啊，那国王要是活了，那宝贝大了是吧。"八戒道："既这等说，我与你驮出去，只说把多少烧埋钱与我？"龙王道："其实无钱。"八戒道："你好白使人？果然没钱，不驮！"龙王道："不驮，请行。"八戒就走，龙王差两个有力量的夜叉，把尸抬将出去，送到水晶宫门外，丢在那厢，摘了辟水珠，就有水响。八戒跟龙王要钱，贪心总是不改。八戒看到井里的龙宫，其实是看到一个玄象，人心一动，看到的玄象就消失了，就是先天象的世界消失了，一下子回到物质世界了。

第四，阳间医

猪八戒就说："这猴子捉弄我，我到寺里也捉弄他捉弄，撺唆师父，只说他医得活。医不活，教师父念紧箍咒，把这猴子的脑浆勒出来，方趁我心！"走着路，再寻思道："不好！不好！若教他医人，却是容易。他去阎王家讨将魂灵儿来，就医活了。只说不许赴阴司，阳世间就能医活，这法儿才好。"八戒要报复悟空，要悟空阳间医。孙悟空就说："人若死了，或三七五七，尽七七日，受满了阳间罪过，就转生去了。"七七四十九天，每七天走一个魄，走完就转生去了，"如今已死三年，如何救得！"他那魂早就转生去了，你让我怎么救呢。三藏闻其言道："也罢了。"八戒苦恨不息道："师父，你莫被他瞒了，他有些夹脑风。你只念念那话儿，管他还你一个活人。"真个唐僧就念紧箍咒，勒得那猴子眼涨头疼。没办法，就非得让他在阳间医。

元神的走和元神的成都是四十九天。所以你看元神的成，在太上老君的炼丹炉七七四十九天出炉，那就是元神成的数。阳间医，死了三年的皇帝在人间就又复活了。

第三十九回　青毛狮子下界，讲师考

第三十九回　一粒金丹天上得，三年故主世间生

第一，法身做功要真情

唐僧听了八戒的话，又念紧箍咒逼孙悟空，慌得行者满口招承道："阳世间医罢！阳世间医罢！"三藏道："阳世间怎么医？"行者道："我如今一筋斗云，撞入南天门里，不进斗牛宫，不入灵霄殿，径到那三十三天之上离恨天宫兜率院内，见太上老君，把他九转还魂丹求得一粒来，管取救活他也。"

老君是性王，本性之祖。表面是说找太上老君，实际上讲的是本性就是金丹。你只要明心见性，见本性了，本性就是金丹，不是见太上老君，是见本性，是见你自己的本心，见了你的本心就是金丹，就得一粒金丹，就可以使灵光重新复活。一点灵光入胎，已经分成二了，见了本性，二返一了，讲的是一点灵光的复活。

悟空修理猪八戒，行者道："怕你不哭！你若不哭，我也医不成！"八戒道："哥哥，你自去，我自哭罢了。"行者道："哭有几样。若干着口喊谓之号，扭搜出些眼泪来谓之啕。又要哭得有眼泪，又要哭得有心肠，才算着号啕痛哭哩。"八戒道："我且哭个样子你看看。"他不知哪里扯个纸条，拈作一个纸拈儿，往鼻孔里通了两通，打了几个涕喷，你看他眼泪汪汪，粘涎答答的，哭将起来。口里不住的絮絮叨叨，数黄道黑，真个像死了人一般。哭到那伤情之处，唐长老也泪滴心酸。行者笑道："正是那样哀痛，再不许住声。你这呆子哄得我去了，你就不哭，我还听哩！若是这等哭便罢，若略住住声儿，定打二十个孤拐！"我走得多远都能听见，你不哭我就揍你。八戒笑道："你去你去！我这一哭动头，有两日哭哩。"沙僧看了以后就找来香，然后行者说这个好，一家人都帮忙，唐僧也哭，八戒也哭，沙僧也点香，说老孙才好用功。

"阳间医"，太上老君的金丹叫人间绝学，他是在人间办的事，你自己活得好好的，你见着本性了，你的一点灵光就恢复了。普通的人是什么呢？人在死的时候，光才能够出来，阳间医的意思是不用经历生死，活得好好的，见本性了，他的灵光就重生了。

再讲这个哭，真禅是情归性，还丹是能量和本性合一，在生活里，你的真情、真心一动，法身就做功了，不是你在那儿打坐，什么事都没有，法身能做功。就是在生活里，在自然本身，真情一出来，归于本性。本性和真情是连在一起的。悟空让八戒真心地哭，皇帝是个死人，只有旁人哭代替真情。批判那些所谓入山修行的人，脱离现实生活的人，那都不是真的，真的就在生活里。"大隐隐于市"，真东西在生活里，不要脱离生活，讲的是这个道理。

第二，虚多实少

好大圣！才入门，只见那太上老君正坐在那丹房中，与众仙童执芭蕉扇扇火炼丹哩。他见行者来时，即吩咐看丹的童儿："各要仔细，偷丹的贼又来也。"因为他以前大闹天宫的时候偷过一次，行者作礼笑道："老官儿！这等没搭撒，防备我怎的？我如今不干那样事了。"老君道："你那猴子，五百年前大闹天宫，把我灵丹偷吃无数，着小圣二郎捉拿上界，送在我丹炉炼了四十九日，炭也不知费了多少，你如今幸得脱身，皈依佛果。"

悟空大闹天宫的时候偷丹，七七四十九日炼丹，又提那个事，说"你如今幸得脱身，皈依佛果"。"佛果"是说光的能量，"脱身"是脱胎，从肉身里脱出来，"皈依佛果"就是这个光归于了本性，不是归于了唐僧的意思。"你保唐僧往西天取经，前者在平顶山上降魔，弄刁难，不与我宝贝，今日又来做甚？"

这里讲平顶山的葫芦，那五个宝贝实际上是太上老君的，他提前边平顶山的妖，是跟现在的对比，比真假，到底哪个是真哪个是假。实际上他暗含的意思是，见太上老君就是见本性，这个是真的，你差一点儿，你不见本性，就是平顶山妖的那个心，那就假，那就不行。"那老祖取过葫芦来，倒吊过底子，倾出一粒金丹，递与行者"，太上老君炼丹，他葫芦里有好多丹，怎么就给一粒丹呢？实际上他讲的见本性就是一金丹，见太上老君，讲的是本性即是一金丹。

太上老君递与行者道："止有此了，拿去，拿去！送你这一粒，医活那皇帝，

只算你的功果罢。"行者接了道："且休忙，等我尝尝看，只怕是假的，莫被他哄了。"扑的往口里一丢，慌得那老祖上前扯住，一把揪着顶瓜皮，攥着拳头骂道："这泼猴若要咽下去，就直打杀了！"行者笑道："嘴脸！小家子样！哪个吃你的哩！能值几个钱？虚多实少的，在这里不是？"原来那猴子颏下有嗉袋，他把那金丹噙在嗉袋里，被老祖捻着道："去罢，去罢！再休来此缠绕！"这大圣才谢了老祖，出离了兜率天宫。悟空有个袋儿，金丹搁在那袋儿里，讲的是祖窍。本性就是光，光就在玄关里，玄关就是祖窍。

第三，玄关令人起死回生

玄关里元神这个光，阴阳混一这个光，令人起死回生。这时候就回来了，"口中吐出丹来，安在那皇帝唇里，两手扳开牙齿，用一口清水，把金丹冲灌下肚，有半个时辰，只听他肚里呼呼的乱响，只是身体不能转移，自金丹入腹，却就肠鸣了，肠鸣乃血脉和动，但气绝不能回神，惟行者从小修持，咬松嚼柏，吃桃果为生，是一口清气"。

悟空是先天一炁，国王已经有动静了，但是气还不通。这时，八戒就要上，唐僧说你别上，你太臭了，"这大圣上前，把个雷公嘴噙着那皇帝口唇，呼的一口气吹入咽喉，度下重楼，转明堂，径至丹田，从涌泉倒返泥垣宫。呼的一声响亮，那君王气聚神归，便翻身，轮拳曲足，叫了一声'师父！'双膝跪在尘埃道：'记得昨夜鬼魂拜谒，怎知道今朝天晓返阳神！'"

昨天晚上刚刚求他的，今天早上就活回来了，就从一个鬼又变成一个人了。说这一口气到了脚底，叫涌泉，然后又返回来，一直返到泥丸到头顶，这讲的就是玄关，大周天这个玄关。讲的就是孙悟空这一口先天一炁，帮他开了玄关，天地能量就进来了，讲的就是这个。

三藏慌忙搀起道："陛下，不干我事，你且谢我徒弟。"然后就和周围的人说，"这本是乌鸡国王，乃汝之真主也"，真主人是谁？一点灵光。真阴真阳又合一了，一粒金丹就是阴阳混一的本性能量，本性能量一来，他那一点灵光就恢复了。这个时候有一首诗：

西方有诀好寻真，金木和同却炼神。丹母空怀懵懂梦，婴儿长恨机榸身。

必须井底求明主，还要天堂拜老君。悟得色空还本性，诚为佛度有缘人。

孙悟空和猪八戒，猪八戒背上来的，孙悟空救的，这就是"金木和同却炼神"，他们合一以后就开始有光了。皇后做梦不清楚，就记住了一半，这太子又嫌那小人儿，这两句话是在说水中金。皇后梦到水中金，太子看到小人儿，水中金，讲的是一个双关语，"丹母""婴儿"是金丹的词，讲的是其中的内涵。

"必须井底求明主，还要天堂拜老君"，腹部是水中金，水中金就是水底明主，"天堂拜老君"，头部是本性。"悟得色空还本性，诚为佛度有缘人"，猪八戒哭，这是一个物质，是七情六欲，但是情归本性了。情是有缘人，性是佛，情归性就是佛度有缘人。

第四，孤性无情

这时候就带着真国王来到皇宫里头和假国王对证来了。

"假变君王是道人，道人转是真王代"，真皇帝是扮成一个道士来了，孙悟空说了一大段话揭穿假国王的底，假国王听着就慌了，"唬得他心头撞小鹿，面上起红云，急抽身就要走路，奈何手内无一兵器，转回头，只见一个镇殿将军，腰挎一口宝刀，被行者使了定身法，直挺挺如痴如痖，立在那里。他近前，夺了这宝刀，就驾云头望空而去"。

妖怪突然就不见了，这妖怪变成唐僧了，两个唐僧，就念紧箍咒，分别真假。真个那唐僧就念起来，那魔王怎么知得，口里胡哼乱哼。八戒道："这哼的却是妖怪了！"他放了手，举耙就筑。那魔王纵身跳起，踏着云头便走。好八戒，喝一声，也驾云头赶上，慌得那沙和尚丢了唐僧，也掣出宝杖来打，唐僧才停了咒语。孙大圣忍着头疼，攥着铁棒，赶在空中。这一场，三个狠和尚，围住一个泼妖魔。那魔王被八戒和沙僧使的钉耙，宝杖左右攻住了，行者笑道："我要再去，当面打他，他却有些怕我，只恐他又走了。等我老孙跳高些，与他个捣蒜打，结果了他罢。"真的国王一来，假的就跑了，讲的是真东西一露，假的就败了，假的就是阴气，先天一炁一来，就把阴气消灭了。

　　他这里用的是定身法，"定身法"的意思是什么呢？就是用本性的力量，就是讲"一定"，本性的力量就发挥了，本性一发挥力量呢，本性会有一种特殊的转化能力，一种特殊的力量，那种巨大的力量就发挥出来，讲的就是这个意思。

　　行者道："菩萨，这是你坐下的一座青毛狮子，却怎么走将来成精，你就不收服他？"文殊菩萨就在宫殿的当空出现了。菩萨道："悟空，他不曾走，他是佛旨差来的。"佛派来的是文殊菩萨的坐骑，文殊代表的是智慧，行者道："这畜类成精，侵夺帝位，还奉佛旨差来。似老孙保唐僧受苦，就该领几道敕书！""敕书"就是皇帝的特敕的意思。菩萨道："你不知道，当初这乌鸡国王，好善斋僧，佛差我来度他归西，早证金身罗汉。因是不可原身相见，变作一种凡僧，问他化些斋供。"文殊菩萨度他来了，他盖庙是有功德的，就来度他成罗汉，结果"被吾几句言语相难，他不识我是个好人，把我一条绳捆了，送在那御水河中，浸了我三日三夜"。

　　"多亏六甲金身救我归西，奏与如来，如来将此怪令到此处推他下井，浸他三年，以报吾三日水灾之恨。一饮一啄，莫非前定。今得汝等来此，成了功绩。""一饮一啄，莫非前定"这句话，经常出现，讲因果是铁律。菩萨道："也不曾害人，自他到后，这三年间，风调雨顺，国泰民安，何害人之有？"行者道："固然如此，但只三宫娘娘，与他同眠同起，点污了他的身体，坏了多少纲常伦理，还叫做不曾害人？"菩萨道："点污他不得，他是个骗了的狮子。"八戒闻言，走近前，就摸了一把，笑道："这妖精真个是糟鼻子不吃酒——枉担其名了！"行者道："既如此，收了去罢。若不是菩萨亲来，决不饶他性命。"那菩萨却念个咒，喝道："畜生，还不皈正，更待何时！"那魔王才现了原身。菩萨放莲花罩定妖魔，坐在背上，踏祥光辞了行者。咦！径转五台山上去。五台山是文殊菩萨的道场，说宝莲座下听讲经去了，就是让狮子明心见性去了。"骗了的狮子"讽刺空禅，没有能量，真禅是能量和本性合一。文殊菩萨是智慧信号，是归圣神管的，佛祖的安排，讲的是走在这条路上的时候，你有什么问题，师父就设置什么样的魔来考验你，来磨你。

这四回主要讲的是把死的皇帝给救活了。起死回生，讲的是金丹的智慧，心光金丹，有超常的智慧。前面四回是观音菩萨安排的，灵感观世音跟元神有关，元神是一气含五行的，所以它讲真假五行，那是观音的安排。文殊菩萨安排的这四回，讲元神的提升，智慧对应圣神。

第四十回　心妖红孩儿，讲心乱性迷

第四十回　婴儿戏化禅心乱，猿马刀归木母空

第一，气动火发

红孩儿几次戏弄唐僧，唐僧心就乱了，唐僧是本性，"猿马刀归木母空"，说的是在唐僧发火了以后，三个徒弟就全乱了。本性不能乱，本性一乱，五行就全乱了。有一个词叫心气，心气就是火气，心气火发。

三藏又说："恐一时又有邪物来侵我也。"老孙笑道："只管走路，莫再多心，老孙自有防护。"你不用担心，元神自动就知道，自动就会保护了。"师徒们正当悚惧，又只见那山凹里有一朵红云，直冒到九霄空内，结聚了一团火气。"刚一恐惧，天上就有一朵红云，右边这张图叫《一念恐惧红云直冒九霄》，图片的底下画了一个心，心一乱一动，火冒头上来。所谓九霄指的是头，就是说一团团的火就上来了。头上是光，最怕火上来，一念恐惧，一动心，"蹭"的火就上来了。光最怕火，火然后就是黑烟，把光给打散了。

行者大惊，走近前，把唐僧着脚，推下马来，叫："兄弟们！不要走了，妖怪来矣。"慌得个八戒急掣钉耙，沙僧忙抡宝杖，把唐僧围护在当中。若要倚势而擒，莫能得近，或者以善迷他，却到得手。但哄得他心迷惑，待我在善内生机，断然拿了，且下去戏他一戏。"善内生机"，这个机指的就是火气，火的气机。他是善的、是恶的，都是动的人心，只要动人心，就是这个气机，这个火气所爆发的机会。火一动，心就迷，心一迷，火更旺，人的心和光，心一动光就给盖上了。不管善恶，心动对光都是一种伤害，所以你应该干什么？无心忘

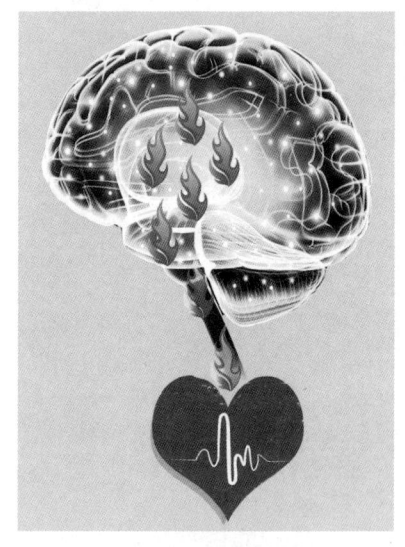

一念恐惧红云直冒九霄

机，什么都不想，什么都忘了，需要你是这样一种状态，这样的状态就保护了光，其实主要说的是这个意思。

第二，心乱性迷

好妖怪！即散红光，按云头落下，去那山坡里，摇身一变，变作七岁顽童，赤条条的，身上无衣，将麻绳捆了手足，高吊在那松树梢头。"七"指的是神，这孩子是个神，赤条条红色的，它就是个火，高吊在树上，树是木，木生火，表面上好像他在装可怜，实际上他是在一个能量爆发之前，他在那儿加火，木生火，给火气加能量，等着爆发出来，等着害人了。他在动的时候是害人的，在静的时候是潜伏的，很危险。

唐僧同情心又起来了，孙悟空就说他："你千万别理，你真不知道妖怪的厉害。""倚草附木之说，是物可以成精。诸般还可，只有一般蟒蛇，但修得年远日深，成了精魅，善能知人小名儿。他若在草科里，或山凹中，叫人一声，人不答应还可；若答应一声，他就把人元神绰去，当夜跟来，断然伤人性命。"对山精树怪，对妖怪千万不要随便应，你这么一答应，噌的就把你那神给捉走了，讲的是附体。他说什么你千万不要应，他是无形的，你跟无形的一应的话，你就惨了。你跟他一答一应，他就闯入了，千万要警惕，一般人都比较傻，一念之间，妖就得逞了。

孙悟空没办法了，他使了一个招，"却念个咒语，使个移山缩地之法，把金箍棒往后一指，他师徒过此峰头，往前走了，却把那怪物撇下，他再拽开步，赶上唐僧，一路奔山"。悟空就使了一个折叠空间的方法，把这一段给空过去了。孙悟空是先天一炁，他就是本性之光，光最怕火，火克金，金就是光，他最怕火烧。见着就跑，就躲得远远的，孙悟空就赶快躲过去，赶快逃，他能感受到这种无形。

却说那孙大圣抬头再看，又见那红云又散，复请师父上马前行，三藏道："你说妖精又来，如何又请走路？"行者道："这还是个过路的妖精，不敢惹我们。"长老又怀怒道："这个泼猴，十分弄我，正当有妖魔处，却说无事，似这般清平之所，却又恐吓我，不时的嚷道有甚妖精。"行者道："师父莫怪，

若是跌伤了你的手足，却还好医治，若是被妖精捞了去，却何处跟寻？"三藏大怒。妖怪几次想来害，但是下不了手。妖怪一会儿消失了，一会儿又出现了，他一出现孙悟空就能知道。妖怪忽起忽落，不消停，不是动就是静，他总是在两边摇摆，这是讲人心，人心就是左右摇摆，不能守中，不能静止、中和、和谐，不能把阴阳和谐为一，总是来回摇摆。讲的是人心的特点，这一摆把唐僧摆烦了。唐僧一怒，他的心就乱了，他的光就被遮盖，他的神就昏了。光是管人的觉知、觉察的，他一生气的话，觉察就被蒙蔽了，所以就昏头涨脑了。

第三，心妖的丑恶

这时候他神昏了，他没有觉察力了。所以妖怪的计谋就得逞了，就把他骗了。

妖怪越弄虚头，眼中嘀泪，叫道："师父呀！山西去有一条枯松涧，涧那边有一庄村，我是那里人家。"妖怪说西边的枯松涧。山涧应该有水，但没水了，是没水的一条河，那里的松树都枯了，讲的是心念已经把肾水耗干，这火太大了。东土、西天，这是西方第一妖，光在体内是东土，光出来的是西方，第一个遇到的是红孩儿，神光出来了，但是，心性还没修到位，首先遇到的问题，是执着、高傲的人心，就是西方第一妖。讲的是光刚出来，人心还没改好。因为金丹长得很快，十月怀胎，三年哺育，按时长能量。老天不等人，人都是习惯用识神，各种各样的脾气，都不符合金丹的要求。西方第一妖，就是火气，人的火性，人心还没有柔顺，还没有真正的见本性，但是光已经出来了，光长得很快，人心改造却很慢。

然后红孩儿就编谎话了，"我祖公公姓红，只因广积金银，家私巨万，混名唤做红百万。年老归世已久，家产遗与我父。近来人事奢侈，家私渐废，改名唤做红十万，专一结交四路豪杰，将金银借放，希图利息。怎知那无籍之人，设骗了去啊，本利无归。我父发了洪誓，分文不借。那借金银人，身贫无计，结成凶党，明火执杖，白日杀上我门，将我财帛尽情劫掳，把我父亲杀了，见我母亲有些颜色，拐将去做什么压寨夫人"。三藏闻言，认了真实，就教八戒解放绳索，救他下来。那呆子也不识人，便要上前动手。虽然是谎话，但是他从百万到十万到分文不借，讲的就是火气的特点。第一，它是消耗的。从百万到十万，然后到极其吝啬，这是消耗。第二，它是贪婪的。就剩下十万，它希望放高利贷再挣。这讲的是人的贪心，希望十万再能壮大，再能赚回百万，这是贪心。然后不借了，本利无归，又是吝啬。不借被杀，讲的是恶毒，穷凶极恶，讲火气的几个特点。

唐僧认假为真，唐僧和孙悟空他们两个是一体的，他们两个是性命合一体，唐僧乱了，孙悟空就遭殃了。下面这段情节是讲妖怪戏弄他们，沙僧背他不行，说沙僧长得丑，八戒背也不行，就非得让孙悟空背。孙悟空背了，说一岁长一斤也该七斤，你怎么不满四斤重呢？说妖怪不是人。七岁正常应该是七斤，火是外散的，所以，分量不足一半。离卦这个火，虽然是个红色的火，实际上它是离中虚，它是一个虚的能量，它不实在，它是一个外散的能量。离卦是三角形的一个象，是能量外散的象。火看着是一个红的、阳的能量，但它是一个虚的，是一个发散的，它不是聚敛的，所以说，都不满七斤，讲的是它能量发散。

第四，燥火烧光

刮得那三藏马上难存，八戒不敢仰视，沙僧低头掩面。孙大圣情知是怪物弄风，急纵步来赶时，那怪已骋风头，将唐僧摄去了。无踪无影，不知摄向何方，无处跟寻。风是火气的一种表现，火气就像风一样，描写它火性的凶猛，就像刮大风一样，根本就止不住。孙悟空一着急的时候就找土地，"大圣着实心焦，将身一纵，跳上那巅险峰头，喝一声叫'变！'变作三头六臂，似那大闹天宫的本象，将金箍棒，晃一晃变作三根金箍棒，噼里啪啦的，往东打一路，往西打一路，两边不住地乱打。那行者打了一会儿，打出一伙穷神来。"穷神就是他的光少，精化气、气化光，化到气的时候，火气给散了，元气刚到中间这一块，已经给消耗了，所以化光化不出来。这个光就是神光，化出一伙穷神，那些土地神披着个衣服条，连衣服都没有，特别穷。

"把我们头也摩光了，弄得我们少香没纸，血食全无，一个个衣不充身，食不充口，还吃得有多少妖精哩！"土地说，还说有多少个妖精，就这一个妖

精已经把我们整成这样了，那些土地神都已经没有香吃了，没有供养他们的东西了他讲的就是精化气、气化光的气，到中间这一块儿的时候就被散没了，所以是穷神，光根本就化不出来。然后土地就给他讲出处，这是哪里的妖，"涧边有一座洞，叫做火云洞。众神道：'说起他来，或者大圣也知道。他是牛魔王的儿子，罗刹女养的，他曾在火焰山修行了三百年，炼成三昧真火，却也神通广大，牛魔王使他来镇守号山，乳名叫做红孩儿，号叫做圣婴大王。'"土地介绍，红孩儿在执行牛魔王的任务，妄意的孩子肯定是妄意，他练的是三昧真火。三昧真火，是脱胎前先起三昧真火。三昧真火把光进一步锻烧纯洁，煅烧成一个整块，然后脱胎。三昧真火是干这个事儿的，但是红孩儿是邪火而且邪得至极，一般人的火是后天的火，他是先天的火，先天的火又和妄意结合在一起，所以是最难办的邪火，是邪至极的邪火。

红孩儿的阳亢主要是他的心气、心火太大了，心火的阳亢，使得底下的精水都成了枯松涧，那条山涧里头已经没有水了，他的阳亢把水都给烧干了。如果不明心见性的话，心火的阳亢和元精的阳亢，两个阳亢人怎么活？你必须得要明心见性，才能够对治阳亢，本性的清净可以中和阳亢。

"未炼婴儿邪火胜，心猿木母共扶持"。没有明心见性，他显的婴儿的光，是邪火。"心猿木母共扶持"，心猿指孙悟空，木母就是猪八戒，就是真阴真阳合一，才是真正的金丹。红孩儿的燥火不是真阴，没有真阴，是一个邪火胜的圣婴大王。只有明心见性，只有真阴，空性的本性的真阴，能够治真阳，能够治人心的火气、燥气。有很多人也想得真东西，但是放不下人心的燥火，修了十年二十年，只不过是个红孩儿，是个邪火胜，根本不是真正的孙悟空。老天的能量是不停的，开了玄关是不停的，但是放不下七情六欲，颠倒的二心，一会儿信了，一会儿又不信了，能量长了，人心又不退，成的顶多就是个红孩儿。在这个过程中也讲神的成长，长到哪一步了，有一些什么验证出来了，是夹杂在里头的，这属于金丹验证这个层面的。在每一步的时候，已经达到了一个什么样的妙用，这个验证虽然不是主线，但它是光的验证，所以也很重要，也是不能放过的。

第四十一回　亢阳为害，三昧邪火

第四十一回　心猿遭火败，木母被魔擒

第一，五行受挫

一看这标题就知道孙悟空被害了，猪八戒被抓了。金丹是真阴真阳合一，两个和谐为一才是真的，结果，真阴真阳都被害了。

这首诗讲的是心性：

善恶一时忘念，荣枯都不关心。晦明隐现任浮沉，随分饥餐渴饮。

神静湛然常寂，昏冥便有魔侵。五行蹭蹬破禅林，风动必然寒凛。

"善恶一时忘念，荣枯都不关心。晦明隐现任浮沉，随分饥餐渴饮"。红孩儿就是左右摇摆，不是这样就是那样。"善恶一时忘念"，你不要左右摇摆，不要有善不要有恶，把恶和善全忘了。"荣枯都不关心"，好也好，不好也好，兴旺衰败，你都不要去想。"晦明隐现任浮沉，随分饥餐渴饮"，别管它显现出来了，还是隐藏着，随便它。它静它动你都别管它，它动的时候就显示出来了，隐藏的时候它就安静着，你别管它显或没显，心里根本不用挂着它。"任沉浮"，你随便它，你根本不用管它，你就在一边客观地看着它。你渴了就喝水，饿了就吃饭，就要变成这么简单。"神静湛然常寂，昏冥便有魔侵。五行蹭蹬破禅林，风动必然寒凛"，你不理它，任它起落，实际上就是神观、觉察。"湛然常寂"，讲的就是本体那种清明，他能够把一切都看明白，看清楚。"湛然常寂"，讲的就是本体，你的神静的话就是本体，如果不静的话你就昏了，这一昏的话就有魔，只要你一动心，神就昏了，把本性的觉察就给丢失了。"昏冥便有魔侵，五行蹭蹬破禅林，风动必然寒凛"，"昏冥"是说人的神昏了，心乱了，心起火了，人的五行就遭殃了，"破禅林"是指本来的那种清静、安然、自在被破坏了。心统五行，心一定不能乱，心一乱五行都坏了。"风动必然寒凛"，风动幡动，你别动就行了。你不能动念头，动了就麻烦了。如果你不动心，这个火是生的，

五行都需要温暖，需要火的能量去运化它。如果你心一动一乱，这个火就变成了邪火，变成了一种破坏的力量，破坏了五行。"寒凛"本来需要热的能量生发，让它发光发热，让它容光，皮肤变得很有光泽，但是，火能量都散了，它就冷了，它就变成了一个破坏的作用。分析这个火的诗，我觉得很重要。"山朝涧绕真仙洞，昆仑地脉发来龙。号山枯松涧火云洞"。这是一个"真仙洞"，是昆仑山主脉沿下来的一个神山。本来是先天的好东西、真东西，但是被他的火气给整邪了。然后，写妖王放出来五辆车子，空中飞着五辆车。八戒望见道："哥哥，这妖精想是怕我们，推出车子，往那厢搬哩。"行者道："不是，且看他放在那里。"只见那小妖将车子按金、木、水、火、土安下，着五个看着，五个进去通报。着两个抬出一杆丈八长的火尖枪，递与妖王。

五辆车比喻五行，转的轮子比喻火气，火气一发，五行听命，为火所用。五脏神的心神这个火，与其他的不一样，虽然是五行之一，但也是五行之统，是管着五行的，五脏神里心神是老大，心神是管他们整个的。因为心神后边藏的光就是元神，心神其实还有另外一重意思，心后边有元神的光，是管五行的，所以心要出问题，五行就都会出问题，所以必须把它管好。五行顺行，法界的火坑，五行分裂，就全是麻烦。《黄庭经》说"六腑五脏神体精，皆在心内运天经，昼夜存之自长生"，五脏六腑藏的精气，皆在心内运天经，精气借着元神的光，

金铃

吸收老天的能量。五脏六腑是通过心光通天的，没有心光的通道，得不到老天元气的养育。这是一个通道，所以心比他们都高一等级。"昼夜存之自长生"，心藏神，藏的是元神，元神在玄关里，和天光相通。开玄关就是二十四小时不停地通过人的心光和人体链接，就是心内运天经，天光和心光一体相通，如果你的心不稳的话，就封闭了天光的养育。你心乱的话，就是一种心气的状态，不是一个心静的状态，一个火气的状态，就接不着天光，这就是火心统五行的道理。

《黄庭经》里头还有一句话写心神，"金铃朱

带坐婆娑"，"金铃"好像是黄金做的那种铃铛，金铃比喻心善动，来回摇摆，一个念头就摆。朱带就是红色的，调理血脉的。"调血理脉命不枯，外应口舌吐五华"，心光应该是红色的，为什么吐五华呢？上面那句话"皆在心内运天经"，不要看只是心神，但心神是和天光链接的，统五行的，所以是五色光，元神是五色光，孙悟空就是五色光。

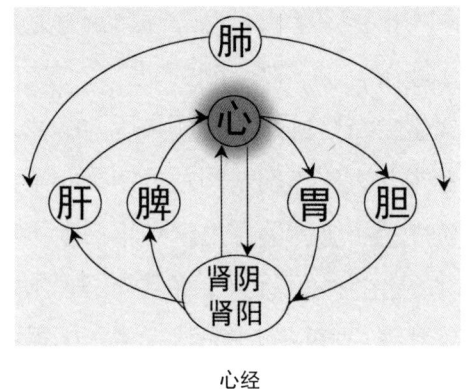

心经

第二，三昧之邪火

三昧真火是给本性光用的，红孩儿用在了人心上。他跟人打，先把鼻子打流血，从鼻子里喷烟。三昧真火没用对地方，应该用到无心上。无心本性是金光，应该用在金光上，用在煅烧金光的纯洁上，而红孩儿用在与人的打斗上，是一个很疯狂的状态。说人心这个火气已经猖狂到了极点，所以他的三昧真火是邪火。

二人赶到他洞门前，只见妖精一只手举着火尖枪，站在那中间一辆小车儿上，一只手捏着拳头，往自家鼻子上捶了两拳。八戒笑道："这厮放赖不着！你好道捶破鼻子，淌出些血来，搽红了脸，往那里告我们去耶？"那妖魔捶了两拳，念个咒语，口里喷出火来，鼻子里浓烟迸出，闸闸眼火焰齐生。那五辆车子上，火光涌出。连喷了几口，只见那红焰焰、大火烧空，把一座火云洞，被那烟火迷漫，真个是谶天炽地。火大到什么程度，连天地都给染红了，一种完全失控的状态。五辆车表示五行，邪火烧身烧五行，整个都被他邪火烧了，"炎炎烈烈盈空燎，赫赫威威遍地红。却似火轮飞上下，犹如炭屑舞西东"。这火不是燧人钻木，又不是老子炮丹。非天火，非野火，乃是妖魔修炼成真三昧火。"五辆车儿合五行，五行生化火煎成。肝木能生心火旺，心火致令脾土平。脾土生金金化水，水能生木彻通灵。生生化化皆因火，火遍长空万物荣。妖邪久悟呼三昧，永镇西方第一名。"

形容这个火，这三昧真火是好东西，整个五行运转全靠火的推动，火是一个能量。"肝木能生心火旺"，木生火，心火能量就很强。"心火致令脾土平"，火生土，让土很平稳，如果不对的话，土要出问题的话，土是元气电感，土出问题，金木水火整体都是问题。如果心平，阴阳就合一，先天一炁就来了。如果心气的能量不够的话，土就不平，土不平，阴阳就不平衡，他就接不着先天一炁。"脾土生金金化水"，金生水，"水能生木彻通灵"，人的灵就通了，人的神光，肝藏魂，魂就是人的灵。金生水如果生得好，人就灵、就灵通了，人的智慧就开了，可以穿越时间空间的那种大智慧，这就叫彻通灵。讲水的好作用，水本来是很好的。火本来也是很好的，有益的。"妖邪久悟呼三昧"，妖怪自己也悟出来叫三昧真火，"永镇西方第一名"。

火有三个作用：第一，让五行化生。第二，让万物荣，长得特别兴旺。真火从命门向后脑煅烧光，使周身都有光，每一个窍都有光，它不仅使皮肤发光，而且每个毛孔都有金点，讲火的作用。第三，把逐渐积累的松散的光，煅烧成一块。心不动了，光从一个散的状态，变成紧密的实体，火的煅烧起团聚的作用。

火的作用全看心，如果心正的话，无心就是心正。颠来倒去的，想东想西的，就是心邪。火可以发挥很好的作用，全看心正不正。本来是生命生机勃勃的动力，但如果心错了，它就变成邪害了，就这么理解。"西方第一名"讲的是什么呢？光在身体里是东土，光出来叫西方。光出来之前起三昧真火，煅烧好几个月，自动煅烧，从后背到头起火，把光提纯和凝聚，一是让它纯洁，一是让它凝聚。三昧真火之后就脱胎，这是一个节点。

第三，火上浇油

"妖怪见得不能取胜，虚晃一枪，怎抽身，捏着拳头，又将鼻子揣了两下，却就喷出火来，那门前车子上，烟火迸起，口眼中，赤焰飞腾。"

那雨淙淙大小，莫能止息那妖精的火势。原来龙王司雨，只好泼得凡火，妖精的三昧真火，如何泼得？好一似火上浇油，越泼越灼。大圣道："等我捻着诀，钻入火中！"抡铁棒，寻妖要打。那妖见他来到，将一口烟，劈脸喷来。

行者急回头，掬得眼花雀乱，忍不住泪落如雨。原来这大圣不怕火，只怕烟。"怎知被冷水一逼，弄得火气攻心，三魂出舍，可怜气塞胸堂喉舌冷，魂飞魄散丧残生"，这应该是妖怪第三次打破鼻子，鼻子喷烟，孙悟空无奈，只好把龙王请来了。原来，雨水只泼得凡火，对三昧真火不管用。孙悟空急了，自己就招着避火诀去跟妖怪打，结果差点死了。这一段在说真火，讲的是先天的真火是一个无形的东西，它是无形的火。有形不能灭无形，虽然是龙王的雨水，也是有形的，就像平常下雨的雨水，它是有形的，而先天的火是无形的，有形的怎么灭得来无形的呢？结果，孙悟空被冷水一逼，弄得火气攻心，三魂出舍，"可怜气塞胸膛喉舌冷，魂飞魄散丧残生"。一身是火的孙悟空，只好跳到水里头，结果头就给呛着了。

《七情图1》，比喻先天的真火用有形的水是浇不灭的。元精发动了，想用各种各样的办法把火灭下去，越急火越大。想用后天意识来操作先天的能量，是不可能的，反而会火上浇油，那个火会更阳亢。一物降一物，要用本性来降服先天能量，而不能用后天意识。下雨不行，悟空急了跑到火里跟妖精打。悟空怕烟，火以烟为使，气以怒为形。火是气，烟是怒。火气是怒气，是一个外发的能量，发出来就好了；烟是怒气积于内，是许久都不化的，烟比火还厉害。你看妖怪，他嘴里吐着火，鼻子冒着烟，鼻子对的是肺，对的是魄；嘴火对的是心，心藏着神光，其实是魂。连鼻子带嘴，实际上就等于魂魄被攻击，心统五脏，怒统七情，怒就是喜怒哀乐的怒，它是统帅七情的，常言说七窍生烟。一口恶气，伤害性命，七情六欲伤害性光。上边是七情，写着喜怒忧思悲恐惊，喜伤心、怒伤肝、肝藏魂，实际上就是伤魂。忧伤脾、恐伤肾，这是指一般的人。下边这个火对的就是心，伤

七情：喜 怒 忧 思 悲 恐 惊
喜 → 心 　　怒 → 肝
忧 → 脾 　　恐 → 肾
悲 → 肺

《七情图1》

七情：喜 怒 忧 思 悲 恐 惊
火 → 心 → 神光
烟 → 肺 → 魄
怒 → 肝 → 魂

《七情图2》

的是神光；烟对的是肺，伤的是魄；怒对的是肝，伤的是魂。

用图解释为什么孙悟空给呛死了，火气攻心，三魂出舍，《七情图2》解释的是为什么火能把孙悟空的魂都逼出来了。火伤了神光，烟和怒气一个伤肺一个伤肝，就是一个伤魂一个伤魄，心火其实含的是怒和烟，所以心火伤人的神光，实际上伤魂伤魄，所以孙悟空差点死了。为什么作者在讲《西游记》的过程中，那么详细地展示心火的害处，修道就是要把这心火修下去，人一定要彻底地明白：一生气冒了烟，原来就把肺给伤了，把魄给伤了，把魂也给伤了，那人的光就伤完了，那不就得死啊！但是一般的人不知道这些历害。所以《西游记》里就讲"火气攻心，三魂出舍"。这里的两张图就解释这个意思，所以这第三节讲火上浇油，就是凡水克不了邪火。

第四，假阴被擒

真阳是孙悟空，差点被呛死了，灵魂出窍差点死了，猪八戒这个真阴被抓了。原来那妖精有一个如意皮袋，什么叫皮袋呢？用人的心做成物之皮袋，意者乃心盛物之皮袋。心不是肉做的吗？肉团心是盛这些意识的，所以说"意者乃心之皮袋"，这妖怪有一个如意的皮袋，妖怪就是心妖。八戒是木火，是真阴，妖怪用如意的皮袋就把猪八戒给装里了。八戒是用人心，神是昏的，真阴被假阴蒙蔽，不但不能降妖，反而被妖怪操控。人心修道，就是被妖操控，真阴变假阴，才会被妖怪的皮袋装。心之皮袋是装意识的，如果猪八戒是真心、真阴的话，是肯定不会被装进去的。

妖怪从那近路上，一驾云头，赶过了八戒，端坐在壁岩之上，变作一个假"观世音"模样，等候着八戒。那呆子正纵云行处，忽然望见菩萨，他哪里识得真假？这才是见像作佛。猪八戒用的是后天意识，也就是假阴，根本就看不到灵魂本质。他哪知道这是红孩儿装的菩萨呢？所以就叫见像作佛，很多人都是见像作佛。当元神没成的时候，人心看什么都是错的，所以最好不要随便下结论，你是一个成就的人，后天意识怎么能评判是不是佛呢？哪有评判的资格呢？不要见像作佛。

妖怪将八戒捉倒，装于袋内，束紧了口绳，高吊在驮梁之上。妖怪现了本象，坐在当中道："猪八戒，你有什么手段，就敢保唐僧取经，就敢请菩萨降我？你大睁着两只眼，还不认得我是圣婴大王哩！"猪八戒是后天意识，怎么能够给本性做护法？怎么能保护本性？这就是在棒喝！死抱着人心不退，那怎么行呢？修本性必须要后天意识完全退了才行。却说孙大圣与沙僧正坐，只见一阵腥风，刮面而过，他就打了一个喷嚏道："不好，不好！这阵风，凶多吉少。想是猪八戒走错路也。"沙僧道："他错了路，不会问人？"行者道："想必撞见妖精了。"孙悟空刚活过来，浑身没劲，还走不了路，不仅要救师父还得救八戒。他没办法，也得去，他不去谁去呢？行者果然疲卷，不敢相迎，将身钻在路旁，念个咒语叫："变！"即变作一个销金包袱。

好行者，假中又假，虚里还虚，即拔一根毫毛，吹口仙气，变作个包袱一样。他的真身，却又变作一只苍蝇，钉在门枢上。孙悟空真身变个苍蝇在那侦查，然后，弄根毛变成一个包袱，这个包叫什么呢？叫销金包，火在化金就叫"销金"，火上炎是包。将妖怪的如意皮袋和孙悟空的销金包对比。孙悟空是金，他最怕火烤，红孩儿的妖火烤他，是要销金，他现在弄一个销金包，把它扔在地下，就是火下降、熄火的意思。地是指土，土生金，你的妖火烤不了我这个金，而且土还能生金。

悟空真身又变作一只苍蝇，苍指五色，苍蝇是婴儿，是孙悟空的法身，现在孙悟空变出法身来了。红孩儿的妖火，是无知燥性，行者这个婴儿，是本来真空，一正一邪，天地悬殊。如果不是无心的真空，就不是孙大圣，只能是一个妖孩儿。两个法身的较量，实质上就是两个人的光的比较，一个是大道本原的、真空出妙有化生万物的光，一个是有人心的燥火掺杂在里头的光。

修行的人谁都想得真，关键是自己燥性之火的心能不能降服。如果不能降服，达不到本原的空性，只能是一个妖孩儿，太多人如此。红孩儿就是个妖孩儿，虽叫圣婴大王而非圣婴。孙悟空的法身显出来的婴儿才是本原的东西，是本原的先天一炁。红孩儿有法身，人心没退，不仅人心没退，而且很张狂，带着人心的张狂的法身是妖孩儿，不是真正的法身婴儿。红孩儿的六个知己，分别叫作：

云里雾、雾里云、急如火、快如风、兴烘掀、掀烘兴。行者嘤的一声，飞下袋来，跟定那六怪，躲离洞中。燥火的六个知己就是六欲：见欲、听欲、香欲、味欲、触欲、意欲，六欲就是六贼。执着于后天意识，人心一动六欲并起，燥火一动，六贼就猖狂。邪火为害，五行受伤，火统五行，五行就乱。猪八戒是木火，孙悟空是金水，再加上唐僧，整个五行全都受伤了。

第四十二回　观音收服红孩儿，讲邪火归正

第四十二回　大圣殷勤拜南海，观音慈善缚红孩

第一，回归天性

　　好行者，躲离了六个小妖，展开翅，飞向前边，离小妖有十数里远近，摇身一变，变作个牛魔王，拔下几根毫毛，叫："变！"即变作几个小妖。在那山坳里，驾鹰牵犬，搭弩张弓，充作打围的样子，等候那六健将。那一伙斯拖斯扯，正行时，忽然看见牛魔王坐在中间，慌得兴烘掀、掀烘兴扑地跪下道："老大王爷爷在这里也。"那云里雾、雾里云、急如火、快如风都是肉眼凡胎，哪里认得真假，也就一同跪倒。小妖们抬着假牛魔王，红孩儿也都跪倒。六欲六根是后天的，是肉眼凡胎，红孩儿也认不出真假。前面讲到，孙悟空想修理他的念头一动，红孩儿就知道了，人心一动，他就知道了，妖怪有他心通，妖怪是人心层面的。现在，孙悟空变了牛魔王，他就不认识了，为什么？孙悟空是本性，达到了本性境界就会变了。而红孩儿是人心的层面，他没有达到本性，牛魔王是孙悟空变的，红孩儿根本不知道。妖怪是人心层面，阴神的层面，没有达到本性。本性的变化，他根本不知道，妖怪不是本性通。

　　悟空变牛魔王是什么意思？妖怪动心火，因为忘了天性，天性之大莫如父子。变作牛魔王，是提醒妖怪回归天性。你连爹都忘了，你都不认识你爹了，忘了天性了。但是，回归天性光提醒还不管用，直到后来观世音出面，才是真正回归了天性。

　　孙悟空变的牛魔王说："我贤郎啊，你只知有三昧火赢得他，不知他有七十二般变化哩！"妖王道："凭他怎么变化，我也认得，谅他决不敢进我门来。"行者道："我儿，你虽然认得他，他却不变大的，如狼犺大象，恐进不得你门；他若变作小的，你却难认。"妖王道："凭他变甚小的，我这里每一层门上，有四五个小妖把守，他怎生得入！"行者道："你是不知，他会变苍蝇、蚊子、虼蚤，或是蜜蜂、蝴蝶并蟭蟟虫等项，又会变我模样，你却哪里认得？"

孙悟空变的牛魔王跟红孩儿说，你不要以为三昧真火就了不起，三昧真火是脱胎前的能量，脱离不开人心，跟人的肉身太近了，是在肉身上起的火。而孙悟空是什么？孙悟空是老天的天光元气，孙悟空这个先天的程度比妖怪的三昧真火，级别高得多。但是，妖怪逞强，不知道悟空七十二变是脱胎后法身的变化，两者能量级别差得很远。悟空变蚊子、变苍蝇，讲的都是法身无所不变。真心用事隐显莫测，随机应变，不拘任何形式，这是孙悟空的道心；妖怪是个人心，他根本不知道道心，他的级别，顶多整点肉身上烟火，把鼻子打破了，冒点火喷点烟。

行者道："我近来年老，你母亲常劝我做些善事。我想无甚做善，且持些斋戒。"妖王道："不知父王是长斋，是月斋？"行者道："也不是长斋，也不是月斋，唤做雷斋，每月只该四日。"妖王问："是哪四日？"行者道："三辛逢初六。今朝是辛酉日，一则当斋，二来酉不会客。且等明日，我去亲自刷洗蒸他，与儿等同享罢。""我父王平日吃人为生，今活够有一千余岁，怎么如今又吃起斋来了？想当初作恶多端，这三四日斋戒，哪里就积得过来？此言有假，可疑！可疑！"孙悟空说不吃唐僧肉，因为他吃雷斋。雷是震卦，震卦是一阳生。辛酉日是三月四日，三四日是七日也是一阳生。一阳生就是先天的真阳，先天的真阳生起，指的是让妖怪回归天性。贞下起元一阳初生，这才是最根上的回归天性。牛魔王以吃人为生，阴神吃人的心光。"活够有一千余岁"，讲的是牛魔王的后天意识，一生一生地把心光给消耗了。因为人不修心性，一生用后天意识，死了以后又由意识牵引着轮回，循环不断。所谓吃人，就是后天意识把人的光都给吃完，一辈子用后天意识，把人的元气吃光，生生世世吃了上千年，把先天一炁都毁掉了。但是绝大多数人不懂这个道理，总在计较得失的意识里纠结，永远就没停过。

第二，空性和能量合一

这个时候，孙悟空就去请观音菩萨了，观音菩萨出手收拾红孩儿。菩萨怎么收拾？看观音菩萨出场的描写，就知道了。菩萨听说，心中大怒道："那泼妖敢变我的模样！"恨了一声，将手中宝珠净瓶往海心里扑的一掼，唬得那行者毛骨竦然，即起身侍立下面，道："这菩萨火性不退，好是怪老孙说的话不好，坏了他的德行，就把净瓶掼了。可惜，可惜！早知送了我老孙，却不是一件大人事？"

菩萨代表的是真性，红孩儿的燥性之火乱了真性，菩萨这么猛的一使劲，是真性的力量制服燥性之火。妖怪变菩萨是燥性乱真性，菩萨大怒是真性制燥性。使劲一掼的这个"一"就是本性，一掼是以心清性净为体。说不了，只见那海当中，翻波跳浪，钻出个瓶来，原来是一个怪物驮着出来。行者仔细看那驮瓶的怪物。这里描写乌龟，乌龟驮着这瓶出来了，瓶子里装了一海的水气。这里有首诗说：

> 根源出处号帮泥，水底增光独显威。世隐能知天地性，安藏偏晓鬼神机。
> 藏身一缩无头尾，展足能行快似飞。文王画卦曾元卜，常纳庭台伴伏羲。
> 云龙透出千般俏，号水推波把浪吹。条条金线穿成甲，点点装成彩玳瑁。
> 九宫八卦袍披定，散碎铺遮绿灿衣。生前好勇龙王幸，死后还驮佛祖碑。
> 要知此物名和姓，兴风作浪恶乌龟。

"根源出处号帮泥，水底增光独显威。世隐能知天地性，安藏偏晓鬼神机"，乌龟是在水底长光用的，元精是长光用的。

元精虽然是无形的，人们看不见它，但它能化出光来，元神的光是鬼神难测的大智慧。"藏身一缩无头尾，展足能行快似飞。文王画卦曾元卜，常纳庭台伴伏羲"，乌龟一缩头就看不见了，要飞起来也能飞，这里的飞并不是说一个乌龟在天上飞，而是说光在飞，嗖的一下，几万里外的事儿都知道了。文王在龟背上画卦，还能把龟背当成办公桌。"云龙透出千般俏，号水推波把浪吹。条条金线穿成甲，点点装成彩玳瑁"，天上有个云龙，龙好像在天上飞，但是实际上是龟在底下做功，天上飞的龙好像是真龙，真龙实际上是底下元精在做功，是元精提供能量，显化了一个龙的象。

所以说云龙透出千般俏，是元精在底下推波助浪呢。"条条金线穿成甲，点点装成彩玳瑁"，彩玳瑁就是一个花的乌龟，玳瑁也是乌龟的意思。"九宫

八卦袍披定，散碎铺遮绿灿衣。生前好勇龙王幸，死后还驮佛祖碑，要知此物名和姓，兴风作浪恶乌龟。"龟纹按九宫八卦，就像龟披了一个袍子一样。散碎铺着绿灿衣是什么意思呢？绿色代表的是生命，就是人的生机活力、青春气。

"生前好勇龙王幸，死后还驮佛祖碑"，龙指化龙，龟死驮着碑，碑代表的是元精，碑上的灵代表的是元神，龟驮着碑，实际上讲的就是亡灵也是有能量支持的，也是活的，也是性命合一的。龟驮着净瓶出来了，乌龟驮净瓶是真空出妙有，比喻一空静能量就来。观世音是本性真阴，真阴才能救这个火。一心清静，神明内照，性情平和，暴气自化，静下心来火气自然就化掉了。

帮泥是乌龟的号，先天的元精，在水底是增光的。元精虽然潜藏，是人的天性能量，无形的却通晓天机。它是潜藏的，化成光有飞快的速度。周文王画后天八卦，伏羲画先天八卦。龙飞起来好像很俏，其实是元精推动的，水中金就是龙，龙修出来是元精的功劳。龟壳像金线串成的彩色海龟，比喻先天一炁是五行全的。海龟的龟壳像是九宫八卦的排列，它生前很勇敢，变成了龙，元精发动就是真龙出水，它死了以后还给佛驮碑，佛是本性。龟驮碑，性命一体的金丹，灵是活的。那龟驮着净瓶爬上崖边，对菩萨点头二十四点，权为二十四拜。乌龟不说话，点头讲的是心领神会，比喻善养神气者如乌龟，就能心领神会。这里跟红孩儿比，红孩儿是猖狂，刚强狂妄者不能知。

菩萨道：常时是个空瓶，如今是净瓶抛下海去，这一时间，转了三江五湖，八海四渎，溪源潭洞之间，共借了一海水在里面，你那里有架海的斤两？此所以拿不动也。净瓶装了一海的水气，讲的是本性是大道，大道是无边无际的宇宙的先天一炁，这是很大的，它是一个虚无的，但是它非常大，所以拿不动。那菩萨走上前，将右手轻轻提起净瓶，托在左手掌上。只见那龟点点头，钻下水去了。一个小瓶子，却装了一海的水，孙悟空拿不动，菩萨轻轻地就能提起净瓶，很自在。菩萨是本性，本性可以无限地带动能量，后天的人心就带动不了能量。以清静治燥火的方法，贵于从容，不能急迫，贵于自然，不能勉强，得其真者，易如反掌。

第三，回归本性

悟空请菩萨帮忙去降妖，菩萨跟他要报酬。

菩萨道："你好自在啊！我也不要你的衣服、铁棒、金箍，只将你那脑后救命的毫毛拔一根与我作当罢。"行者道："这毫毛，也是你老人家与我的。但恐拔下一根，就拆破群了，又不能救我性命。"菩萨骂道："你这猴子！你便一毛也不拔，教我这善财也难舍。"

善财是本性的财，善财难舍讲的是人的本性是干干净净的，若有人心挡着，就见不到本性，要把人心放下，让你的本性干干净净，这事最难。本性是空，舍干净了才能空，空不了就不是本性，善财就是本性的财，是舍后得，小舍小得，大舍大得，本性之光的成长，是靠散尽了才新生的。

菩萨坐定道："悟空！我这净瓶中甘露水浆，比那龙王的私雨不同，能灭那妖精的三昧火。"菩萨教行者："你上那莲花瓣儿，我渡你过海。"行者见了道：

一叶莲舟

"菩萨！这花瓣儿，又轻又薄，如何载得我起？跌下水去，却不湿了虎皮裙，走了硝，天冷怎穿？"菩萨喝道："你且上去看。行者不敢推辞，舍命往上跳，果然先见轻小，到上面比海船还要大三分。"行者欢喜道："菩萨！载得我了。"菩萨道："既载得，如何不过去？"行者道："又没了篙桨篷桅，菩萨着实一口气，吹过南洋苦海，得登彼岸。"孙悟空就感叹，这菩萨卖弄神通，把老孙这等呼来喝去，全不费力也。

持三昧之真水，灭三昧之邪火。心妄动则逞雄，炎上为烈焰，心正定则守雌，润下为甘露。烈焰为焚心之妖孽，甘露为灌心之灵剂。在空静的本心上，只要是一小瓣的莲花，都可以是一只很大的法船，莲花瓣是空，空才能下水，本性能承载真火。菩萨一口气吹过河去了，讲的是只要回归本性，就已经载到对岸了，哪有什么渡河船，都不需要，你已经回归本性了，可以莲花为舟。

下边就是讲莲花为刀，这里都讲的是本心的作用。人的本心是莲花的象。《一叶莲舟》是从电视剧上截下来的画面，观音菩萨和孙悟空站在一叶莲舟上，莲花叶做的船，后边是惠岸捧着天罡刀。《心静如水莲花现》讲的是心里有一朵莲花，莲花上面躺着一个小男孩。这几回整个都在讲红孩儿的心火，七情六欲的心，就是一个妖，一个妖孩儿；如果是本心的话，就显莲花的象，小莲子才是真正的圣婴。

心静如水莲花现

第四，本性降妖

菩萨接在手中，抛将去，念个咒语，只见那刀化作一座千叶莲台。菩萨把三十六把天罡刀做成一个莲花座。天罡是先天一炁的意思，就是本原，老天的元气，用老天的元气做成刀，既是莲花座又是刀。

菩萨纵身上去，端坐在中间。行者在旁暗笑道："这菩萨省使俭用，那莲花池里有五色宝莲台，舍不得坐将来，却又问别人去借。"菩萨道："悟空休言语，跟我来也。"却才都驾着云头，离了海上。白鹦哥展翅前飞，孙大圣与惠岸随后。这时候菩萨就要放水了，一个小瓶是一海的水，这一放，好多生灵，要先保护起来。

菩萨道："汝等俱莫惊张，我今来擒此魔王。你与我把这团围打扫干净，要三百里远近地方，不许一个生灵在地。将那窝中小兽，窟内雏虫，都送在巅峰之上安生。"

遂把净瓶扳倒，呼喇喇倾出水来，就如雷响。真个是：漫过山头，冲开石壁。漫过山头如海势，冲开石壁似汪洋。孙大圣见了，暗中赞叹道："果然是一个大慈大悲的菩萨！若老孙有此法力，将瓶儿望山一倒，管什么禽兽蛇虫哩！"菩萨叫："悟空，伸手过来。"行者即忙敛袖，将左手伸出。菩萨拔杨柳枝，蘸甘露，把他手心里写一个迷字，教他："捏着拳头，快去与那妖精索战，许败不许胜。败将来我这跟前，我自有法力收他。"三十六把天罡刀，三十六是真性的数，比喻天性能量，天是自然，天罡是自然的一个工具，妖怪动人心失去了天性，用天性这个工具来恢复他的本元。灵魂不论大小也是一点灵光，慈悲心保护一切的灵性生命，菩萨把水一倒出来，整个山都是水了，漫天大水，指的是真阴。菩萨净瓶里头的水，一海的水气，比喻本性是虚无的，瓶子一倒水就这么流下来了，讲的是甘露从头顶下来。我曾经有的时候，感觉天上往头上浇水一样，要咕嘟咕嘟地使劲咽，稍微慢一点就呛着了，这里描述的就是这种感觉。菩萨用杨柳枝在孙悟空的手里写了一个"迷"字，杨柳枝是柔弱本性，用本性写了个"迷"字，以迷引迷，如果你用悟来诱导是不行的，因为妖怪此刻后天意识心猖狂，只能用以毒攻毒的办法。菩萨的迷字是一个能量，妖怪像吃了迷魂药一样，跟着孙悟空就来了。

他将杨柳枝往下指定，叫一声："退！"只见那莲台花彩俱无，祥光尽散，原来那妖王坐在刀尖之上。即命木叉："使降妖杵，把刀柄儿打打去来。"那木叉按下云头，将降魔杵如筑墙一般，筑了有千百余下。那妖精，穿通两腿刀尖出，血流成汪皮肉开。好怪物，你看他咬着牙，忍着痛，且丢了长枪，用手将刀乱拔。

好菩萨，将箍儿迎风一晃，叫声："变！"即变作五个箍儿，往童子身上抛了去，喝声："着！"一个套在他头顶上，两个套在他左右手上，两个套在他左右脚上。菩萨道："悟空，走开些，等我念念金箍咒。"行者慌了道："菩萨呀，请你来此降妖，如何却要咒我？"菩萨道："这篇咒，不是紧箍咒咒你的，是金箍咒咒那童子的。"行者却才放心，紧随左右，听得他念咒。

三个咒，悟空那是紧箍咒，红孩儿是金箍咒。孙悟空是光，光要回归本性，要紧紧地箍住。红孩儿的法器是五行车，金箍咒用的是五个箍，治的是他的五行车，五行要归于金光，而不要归于人心燥火，讲的是五行归于一性，野性归静定，顽心化善根。本来只是一个七岁的顽童，是一个太闹的、太调皮的小孩，现在变成了善财童子，讲的就是顽心化善根。圣婴大王是妄意之子，大圣悟空是无心之子。

菩萨也不答应。妖精望菩萨劈心刺一枪来，那菩萨化道金光，径走上九霄空内。"不答应"是以静制动，"化一道金光"，讲真阳之火起来时，你不要动心，也不要动身，就化出光来。菩萨说退，讲的是本性能量的用，莲花退了变成刀，法器变凶器，本性能量可以化为现实。妖怪认罪，回归了自身的本性，菩萨就是你自己的本性，不是一个外在的菩萨。

这三回讲的是火性，火性是自己内心的，看看能不能降服自己的心。能用本性就是站在这一叶莲花舟上，本心降服住了顽心。火性自起者已服，下一回就讲水性外驰者尚存，下面就是黑水河，在黑水河人家听不见声，怎么你就听得见声呢？讲的就是色心，唐僧有色心。

第四十三回　黑水河鼍龙，讲金水分形

第四十三回　黑河妖孽擒僧去，西洋龙子捉鼍回

第一，火性已伏

行者急闪身，立在菩萨后面，叫："念咒，念咒！"那菩萨将杨柳枝，蘸了一点甘露洒将去，叫声："合！"只见他丢了枪，一双手合掌当胸，再也不能开放，至今留了一个观音扭，即此意也。那童子开不得手，拿不得枪，方知是法力深微，没奈何，才纳头下拜。菩萨念动真言，把净瓶纂倒，将那一海水，依然收去，更无半点存留。对行者道："悟空，这妖精已是降了，却只是野心不定，等我教他一步一拜，只拜到落伽山，方才收法。"净瓶将一海的水都倒了，现在全都又收进去了，更无半点残留。一方面指精化气化干净了，另一方面，水讲的是无形的，用完了把水收回去，讲的就是无形的法船，用完了，叫过河就丢船，是讲电感，电感用完了就过去了。红孩儿被菩萨收服，是火性被真性化解，火归于静，归于人的觉察。本性之真，灵液真水，是本性能量流出来的，当火气消掉了以后，就能够化成水，妖怪变成了善财，是本性的道财。

三藏听得，即忙跪下，朝南礼拜。行者道："不消谢他，转是我们与他作福，收了一个童子。"如今说童子拜观音，五十三参，参参见佛，即此是也。唐僧比喻就是本性，火气一化，本性天真无伤无损，不仅能够逃过号山之厄，而且能够收火云之宝，火里种金莲，就是真阳之火，真火起来，心归于空静的本心，心光即是不灭之真金，永恒的金莲，叫火云之宝物。每一次唐僧都没有受伤，讲的是本性是不会受伤的。号山的这个火云讲的既是心火又是底下真阳起来的火，这个火是一个关，就是元精发动这个关，如果能过这个关，就能降服火气，就能火里种金莲。**彩图十五《坤腹生莲》**这幅画，讲的就是火云之宝，过了这个火后，本心的宝就是莲花之象，就能出来。看到这个象，说明真阳变真阴，这是一种先天的真能量。

红孩儿其实是讲的三昧真火。三昧真火是从肉身上起的，人的火性、心火、

心气是离肉身很近的，是西方第一妖。三昧真火之后才脱胎，三昧真火是还没有跳出五行的，还是在五行里的。因为离人的肉身和人心很近，所以阴气还很重。红孩儿是人心，人心的朋友是六欲，六欲里性欲是最难办的，黑水河这一回专门讲这个，跟上边那三回是连着的，所以这四回应该算一个单元，是接着讲六欲之中最难办的这个性欲。

第二，心静性定

行经一个多月，忽听得水声振耳，三藏大惊道："徒弟呀，又是哪里水声？"行者笑道："你这老师父，忒也多疑，做不得和尚。我们一同四众，偏你听见什么水声。你把那《多心经》又忘了？"唐僧道："多心经乃浮屠山乌巢禅师口授，共五十四句，二百七十个字。我当时耳传，至今常念，你知我忘了那句儿？"唐僧的意思是我已经都背熟了，怎么忘了呢？行者道："老师父，你忘了'无眼耳鼻舌身意'。我等出家人，眼不视色，耳不听声，鼻不嗅香，舌不尝味，身不知寒暑，意不存妄想——如此谓之祛褪六贼。你如今为求经，念念在意，怕妖魔不肯舍身，要斋吃动舌，喜香甜嗅鼻，闻声音惊耳，睹事物凝眸，招来这六贼纷纷，怎生得西天见佛？何时满足三三行，得取如来妙法文？"这一段是对上边的总结，是说六欲——色声香味触法的。唐僧有一个求经的急迫心，而且还在色声香味触法上留意，那就跟普通人一样，别看好像是出家修行了，但六根并没消停。光是通过看、听、说、想流失的，六根退位实际上是为了保光的，不听、不看、不说就不会引起念头的波动。静了才是本性，光才会纯阳。三三行就是乾卦纯阳，上边三个阳，底下三个阳，就是纯阳。在功行上留神留意，心一动本性之光就被牵扯。在功行上生心，生了学佛念念不忘的心，就不是佛。佛是无心，为了学佛生了一个心，还是后天意识，这是很多学佛之人的毛病。用意识在做，应该是无意识、无念、无眼耳鼻舌身，是心死神活，神活就是光长大了。

修心性功夫叫火功，人的木是魂、火是神。如果总在起念，就是火功不力，没有实在的火功。火功是一个实在的功夫，如果你老起念，你这功夫就是虚的，就是虚悬不实，脚跟不实，没有脚踏实地，火功不扎实。火功不力，是本性的淡定那种状态没有出来，这是靠无念养出来的，同时也把光养出来了。如果心老在动，纯阳的本性、真我就见不到。神火炼丹，无心的神，是这个光，是光！因为无心这个光才能和老天一体，才能长，你要有心的话就障碍住了。火候火功，讲的是人的心，人的心修成很干净很稳的状态，就是功夫。心思没了，达到忘境，不知道了，不起念了，就是"三三行"。

我现在就觉得讲《西游记》之前，我就傻乎乎的，脑子忘得可厉害了。从我讲《西游记》以后，忘事的毛病好多了，但实际上是坏多了，为啥？为了弄这些东西把我的忘定都损失了，因为你得把这脑筋给拽回来，所以又没办法，就是说看起来不忘了是好事，其实是坏事，实际上是一种损失，本来都忘定得挺好的了，这又老动脑筋了，把它又给揪回来了，这没办法，这就是得失吧！有得就有失。"三三行"就是这种忘的状态。这种什么都不想的状态就是纯阳之行，就是"三三行"。张三丰祖师有一首《了道歌》，"性定自然丹信至，心静然后药苗生"。心静了就是性定，性定就是光定。你的光能够凝定了，才能够感受到老天的元炁，这就是"性定后丹信至，心静后药苗生"，这两句话其实是一个意思，性定就是心静，定住就不起念了，药苗就生了。"未炼还丹先炼性，未修大药且修心"，这两句话也是一个意思，空静的本性是金丹，所以要先炼心，心静了，不起波澜了，就是本性。本性是光，金丹就是丹光。修好心，大药就来了。如果没有修心性的功夫，还是一个后天的人。后天的人就是脑子老停留在色、香、声、味、触、法上，都在那散、散、散，把光全给耗了。为什么好多学佛的人搞错了，他的后天意识六根根本就没有退，只要用识神就会通过六根把光给消耗了。刚在水上留心念，黑水河马上就呈现出来。心一动黑水河怪这个妖魔就来了。实际上黑水河讲的是元精，是说心一动就会通过六根散光，就会变成后天的东西了。元精发动是先天能量，如果你人心没退，动的是人心，想什么变年轻了，想怎么样享乐了，就变成浊精了，黑水河妖怪讲的就是浊精。这一回讲黑水河的时候是在讲人心，讲为什么元精变成了浊精。人心不退就是浊精，人心退了就是元精。

第三，金水分形

金水分形是浊精和元精分开。观音菩萨收拾鲤鱼精的时候，拿绳往上一扯，说死的去，活的住，就是活的留着死的走，讲的是元精留下，把浊精放走。金水分形，金就是先天的元精，是不灭真金，水就是浊精浊气。

这阵风，原来就是那棹船人弄的，他本是黑水河中怪物。眼看着那唐僧与猪八戒连船儿淬在水里，无影无形，不知摄了哪方去也。行者道："不是翻船。若翻船，八戒会水，他必然保师父负水而出。我才见那个棹船的有些不正气，想必就是这厮弄风，把师父拖下水去了。"这些话都是双关语，弄风是什么呢？弄风就是弄情欲，就是一种色诱，指的是弄风骚。拖下水是元精发动了的意思。元精发动了，妖怪弄风骚，元精就很危险了，很快就会化成浊精了，说着丑行着妙，不好意思直接写，就说弄风的拖下水去了。

猪八戒说这船小只能装两人，沙和尚就下去了，"好和尚，脱了褊衫，札抹了手脚，抡着降妖宝杖，扑的一声，分开水路，钻入波中"，分开水路讲的是金水分形，就是把元精和浊精分开的意思。"大踏步行将进去。正走处，只听得有人言语。沙僧闪在旁边，偷睛观看，那壁厢有一座亭台，台门外横封了八个大字，乃是'衡阳峪黑水河神府'。"妖怪是被斩了龙头的泾河老龙的儿子，那是泾阳，这是衡阳，泾、衡就是纵横的意思，放纵真阳。泾河老龙，他克扣了雨量，人为地干涉自然过程，叫泾阳。纵横就是祸害真阳的意思，所以叫"衡阳峪黑水河神府"。

"又听但得吃他一块肉，便做长生不老人。我为他也等够多时，今朝却不负我志"。妖怪等待多时，讲的是他为了得先天一炁，修行了很久，得了先天一炁，妖怪的灵才能脱出来，脱出来以后，他再投胎才能有人的精气神，才能够成佛，才能够真阴真阳合一成就。如果没有人的灵，没有人的真阴真阳，就成不了。

有一首诗来描述妖怪，说"生来本是波中物"，水里的东西讲的是龙，坎卦中那个阳爻，是阴中之阳，那就是龙。"脱去原流变化凶"，一点灵光，投进肉身来了。一点灵光是无心无意的初心，但是妖怪早就忘了初心，忘了他的根本，一味地弄浊精了。"要问妖邪真姓字，前身唤做小鼍龙"，小是阴气的意思，鼍龙是长得有点像扬子鳄的龙。黑水河河神，这里本来是河神的，被妖怪鼍龙给占了。

"大圣，黑水河河神叩头。"行者道："你莫是那棹船的妖邪，又来骗我吗？"那老人磕头滴泪道："大圣，我不是妖邪，我是这河内真神。原来西海龙王是他的母舅，不准我的状子，教我让与他住。我欲启奏上天，奈何神微职小，不能得见玉帝。今闻得大圣到此，特来参拜投生，万望大圣与我出力报冤！"妖怪在黑水河兴风作浪，实际上讲的是把真阳都给变成浊精了，自暴自弃，自毁前程，好像他在作恶，好像他在占别人的便宜，实际上他是在自毁，讽刺那些弄男女双修的，弄浊精浊气的，实际上是把自己毁了。

第四，浊精化元精

妖怪和悟空打了半截，妖怪就去送请柬：愚甥鼍洁，就是小鼍龙，叫鼍洁。本来是一个污浊的，反而叫洁，名副其实的愚蠢，把脏的说成干净的，非常愚痴，怀浊念而不知污。他的意思是自己不能独吃唐僧肉，要请龙王来赴宴。这个请柬半道就被孙悟空截了，孙悟空拿着请柬来找龙王，说你看你犯的罪，龙王就问我犯什么罪了？孙悟空就给他看请柬，说龙王敢吃唐僧肉，说这唐僧取经你也敢吃。

龙王见了，吓得魂飞魄散，慌忙跪下磕头，其实是龙王懂这个真东西，说："大圣恕罪！那厮是舍妹第九个儿子。因妹夫错行了风雨，刻减了雨数，被天曹降旨，着人曹官魏征丞相梦里斩了。舍妹无处安身，是小龙带他到此，恩养成人。前年不幸，舍妹疾故，唯他无方居住，我着他在黑水河养性修真，不期他作此恶孽，小龙即差人去擒他来也。"就是说他是泾河老龙的儿子，没人管他了。龙王给养大了，母亲也死了，龙王就让他住在黑水河。他本来应该跟着西海龙王住龙宫里头的，但是被放到黑水河修真养性，结果却作起孽来，把元精都给变成浊精了。这讲的就是黑水河怪是泾河老龙的儿子，泾河老龙是泾阳之浊水，他的儿子是衡阳之黑水，泾阳、衡阳就是纵横的意思，就是纵横真阳，

奔腾无止，管不住真阳。父子俩都管不住真阳，作孽百端，把元精都化成了浊精。这河水指的是精气，不要认为是实的河，认为真的什么掉水里了，不要往这去想。

　　然后就派了西海龙王的太子去捉拿这个黑水妖怪，这太子将"三棱铜"闪了一个破绽，那妖精不知是诈，钻将进来，被他使个解数，把妖精右臂，只一铜，打了个踵，赶上前，又一拍脚，跌倒在地。众海兵一拥上前，揪翻住，将绳子背绑了双手，将铁索穿了琵琶骨，拿上岸来，押至孙行者面前道："大圣，小龙子捉住妖鼍，请大圣定夺。"孙悟空就让他们自己处理，他们就把妖怪带到西海去了。径转西洋大海，浊精还原元精。如果达到了本性的境地，浊精也能够化成元精，本性就有转阳的能力，把一个阴的立即转阳，这是很高的水平，一般人没这本事，已经化成阴的就完了，就没戏了。这个时候，只见河神作起阻水的法术，将上流挡住。须臾下流撤干，开出一条大路。师徒们行过西边，谢了河神，登岸上路。河神上流挡住，须臾下流撤干。讲元精化完了，元精化得一点都不剩了，化干净了。在水里没沾水，手脚都是干的，形容的是元精化干净了。浊精指的是黑水，沾了水就是化浊精，干的就没有化浊精。开出一条大路来，这条路就是西行的路，元精化元气、元气化元神，是这么一个上升的路，水不要下流，要往上走，化成光，元精化成元神的光。开出一条大路来让他们西行，实际上是让元精升到头上来化成光的意思。

　　这四回是讲西行的路上，对本性之光的威胁就是一水一火。把红孩儿降服了，把黑水河的怪物降服了，才能够继续前行。**彩图十六《内经图》**，图中所画是个脊梁骨，水往山上流。前面讲了四回，后面几回讲玄关，这六回就讲真假玄关。

第四十四回　虎、鹿、羊三个大仙，讲假玄关

第四十四回　法身元运逢车力，心正妖邪度脊关

第一，敬道灭僧

这一回描写环境是："三阳转运，万物生辉。三阳转运，满天明媚开图画；万物生辉，遍地芳菲设绣茵。"意思就是到处都绿了，到处都生机勃勃的样子。这里头有几句诗词很重要，"正是那太昊乘震，勾芒御辰"，太昊是一颗星，指的就是先天一炁，震就是正东方。春天正东方就是震卦，勾芒御辰，也讲的是东方这个卦位，是属龙的方位，辰龙在东方，讲的是春天。"花香风气暖，云淡日光新。道旁杨柳舒青眼，膏雨滋生万象春"，这些描述的都是春天，讲的是元精发动的时节，万窍同春。表面上是景物描写，实际上说的元精，讲的是天时。但是，车迟国不是这样。元精这个药在身上运转不起来，叫车迟。大药的河车扯不动，跟自然能量是脱节的，比喻的就是这个。

他们几个人"缓马而行，忽听得一声吆喝，好便似千万人呐喊之声，好行者！将身一纵，踏云光起在空中，睁眼观看，远见一座城池，许多和尚，在那里扯车儿哩"。和尚扯车？金丹、神光是性命合一的，怎么能只是和尚扯呢？应该是和尚道士一块儿扯才对。"滩头上坡坂最高，又有一道夹脊小路，两座大关，关下之路都是直立壁陡之崖，那车儿怎么拽得上去？"好大圣，按落云头，去郡城脚下，摇身一变，变作个游方的云水全真。孙悟空就侦查去了，一看和尚都遭罪，悟空也是个和尚，所以变个道士打探消息。河车指的真铅大药，城池比喻的是肉身，在肉身上搬运，搬运的都是破石头烂木头。

过双关是指过夹脊关、玉枕关。人是扯不过去的，如果是神运立刻就运上去了，但他是人搬的，讽刺有为法的观想，观想能量上去是假的。

孙悟空向一个道士询问，道士说："此城名唤车迟国，宝殿上君王与我们有亲。"行者闻言呵呵笑道："想是道士做了皇帝？"他道："不是。只因这二十年前，民遭亢旱，天无点雨，地绝谷苗，不论君臣黎庶，大小人家，家家

沐浴焚香，户户拜天求雨。正都在倒悬捱命之处，忽然天降下三个仙长来，俯救生灵。"行者问道："是哪三个仙长？"道士说："便是我家师父。"行者道："尊师甚号？"道士云："我家大师父，号做虎力大仙；二师父，鹿力大仙；三师父，羊力大仙。"讽刺有为法的三个河车。

行者问曰："三位尊师，有多少法力？"道士云："我那师父，呼风唤雨，只在翻掌之间，指水为油，点石成金，却如转身之易。所以有这般法力，能夺天地之造化，换星斗之玄微。君臣相敬，与我们结为亲也。"这三个妖可不是红孩儿那级别的，也不是鼍龙那级别的，是先天一炁级别的。他能变，跟孙悟空一个级别，但他是邪心，就不是真性。在黑水河和通天河之间安排了车迟国，是说真铅能量是通天的，但如果你是人为地弄的，就是车迟国。天一之水，是老天的能量，是人和老天的能量合一，所以叫天一之水，先天一炁，真铅大药。是天河水，有水的感觉，但实际上是药变的、电变的。

三个大仙是有本事的，所以皇帝把道士捧成了国师，把庙拆了，让和尚去当苦力，没有庙了，毁了佛像，缴了度牒，还不放他们回乡，在这里当苦力。《西游记》好像写的是成佛之路，但在里头又好像是谤佛、灭和尚。有许多人不懂和尚、道士真意。和尚也反对《西游记》，道士也反对《西游记》。其实《西游记》根本不是骂道士、和尚的。这些人根本就不懂，什么佛教道教，根本不应该分别，佛道本来就是一体的，是关于生命真理的科学。

车迟国这个河车就是玄关，牛、羊、鹿对应的是玉枕关、夹脊关、尾闾关这三关。真的河车突破三关一闪而过，三关一下就过来，真药是自动起伏的，一得永得，只要河车自动扯上来了，真药运转了，就永远运转，根本不用人为去弄，是自动的。车迟国意在批判有为法。比如云端里坐禅就是臆想顶门脱胎，批判的是假河车、假药。**彩图十七《聚火载金》**，一个女的坐在那儿，元神放着光，有一辆牛车、一辆鹿车、一辆羊车，这三辆小车，在一块儿运火载金。这底下画的是金，金色的云光，上面是红色的火。运火载金的意思是说，大药这个能量是金，是不生不灭的金光，但是金光得靠火来承载，就像运输车一样，靠火来运输光，火从下到上运，就好像运东西一样。还有一点是提纯，把杂质去掉。

要用这个火把人身的阴气化掉，所以就不断地运药，实际上是一个融化、提纯的过程，一个是运输，一个是提纯。

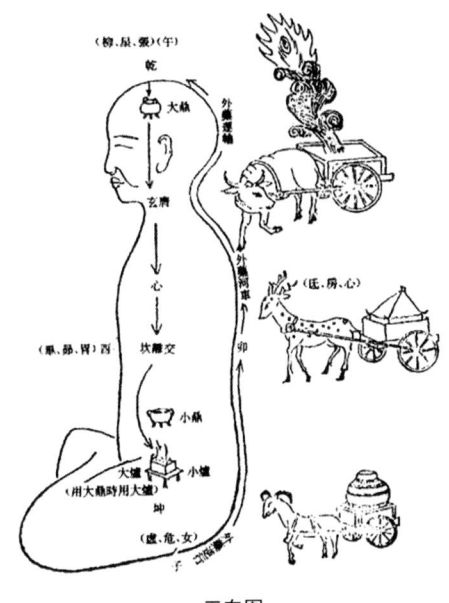

右边是《三车图》，一个人就这么坐着，后边一辆羊车、一辆鹿车、一辆牛车，三辆车，这个线条图里画的意思是说如果你得真了，就是运火载金的，就是先天一炁运行的。如果没得真的话，人为地观想，人为地弄，就是假的。所以说真东西就摆在这，但是没有真传，你就得不了真。很多人是猜的，是望文生义的，看着这幅图，自己在那儿炼，瞎整就把自己整坏了。

三车图

第二，一气护五行

这段故事讲的是孙悟空保护五百个和尚，讲的是一气护五行。"径往沙滩之上，过了双关，转向夹脊，那和尚一齐跪下磕头道：'爷爷！我等不曾躲懒，五百名半个不少，都在此扯车哩。'"你看为什么要强调五百，讲的就是五行，大药是一炁，一炁含五行，五行就是一炁，表示这个意思，所以，数字都不是随便写的。众僧道："他会抟砂炼汞，打坐存神，点水为油，点石成金。如今兴盖三清观宇，对天地昼夜看经忏悔，祈君王万年不老，所以就把君心惑动了。"蛊惑皇帝就是把皇帝骗了，让皇帝给他盖三清观。说拿得一个和尚，高升三级；无官职的，拿得一个和尚，就赏白银五十两，所以走不脱。众僧道："悬梁绳断，刀刎不疼，投河的飘起不沉，服药的身安不损。"行者道："想是累苦了，见鬼么？"众僧道："不是鬼，乃是六丁六甲、护教伽蓝，但至夜就来保护。但有要死的，就保着，不教他死。"和尚是本性，本性是自然之光。天兵天将、护教伽蓝讲的是自然能量，是自然之光，如果你修了本性大道的话，自然之光就会保证你，不让你死，讲的就是这个。众僧道："他在梦寐中劝解我们，教不要寻死，且

苦捱着，等那东土大唐圣僧往西天取经的罗汉。他手下有个徒弟，乃齐天大圣，神通广大，专秉忠良之心，与人间报不平之事，济困扶危，恤孤念寡。只等他来显神通，灭了道士，还敬你们沙门禅教哩。"等着孙悟空来救他们，孙悟空就救他们来了。

第三，神运自然

前面讲的是一气护五行，第一个是孙悟空护着和尚，第二个是天兵天将护着和尚不让死，一气护五行就是这么护的。第三就是神运自然，讲孙悟空救他们。

行者闻言，又嗔又喜，喜道替老孙传名！嗔道那老贼悫懒，把我的元身都说与这伙凡人！元身是孙悟空的神显的一个象，普通的人肉眼凡胎是看不见的，把他的元身给了普通人，其实对孙悟空并不好。因为这是有用的，如果那些人都用的话，对他会有影响的。"真人不露相"，讲的是他的神不能露相，神是很厉害的，很好使的。但不能随便使，元身不能随便给那些肉眼凡胎看，不能随便给他们用，都用还了得吗？不该人为地用的。人为用是有因果的，如果乱用了，最后会弄一堆麻烦，自己要背因果，自己要倒霉的。

孙悟空就把他们支开了，忽失声道："列位诚然认我不是孙行者，我是孙行者的门人，来此处学闯祸耍子的。那里不是孙行者来了？"用手向东一指，哄得众僧回头，他却现了本相，众僧方才认得，一个个倒身下拜道："爷爷！我等凡胎肉眼，不知是爷爷显化。望爷爷与我们雪恨消灾，早进城降邪从正也！"孙悟空显真象了，显象以后就开始施展法力。"使个神通，将车儿拽过两关，穿过夹脊，提起来，摔得粉碎，把那些砖瓦木植，尽抛下坡坂"，抛下坡坂都给摔碎了，使个神通，孙悟空是用神把河车拽过去的，河车过关用的是神，不是用的人。与和尚人为地推着那个东西比，真正的玄关是神做的，神运的。神是自然之光，自然运动，不是人为做的，这就是题目所说的"神运自然"。

孙悟空就保护他们，行者道："既如此，我与你个护身法儿。"好大圣，把毫毛拔了一把，嚼得粉碎，每一个和尚与他一截，都教他："捻在无名指甲里，捻着拳头，只请走路，无人敢拿你便罢。若有人拿你，攒紧了拳头，叫一声齐天大圣，我就来护你。"戴戒指的手指叫无名指，无名指的指甲藏一根小毛，说如果有人拦你就喊齐天大圣。

众僧有胆量大的，捻着拳头，悄悄地叫声："齐天大圣！"只见一个雷公站在面前，手执铁棒，就是千军万马，也不能近身。此时有百十众齐叫，足有百十个大圣护持，众僧叩头道："爷爷！果然灵显！"行者又吩咐："叫声寂字，还你收了。"真个是叫声："寂！"依然还是毫毛在那指甲缝里。众和尚这才欢喜逃生，一齐而散。这指甲缝里的毛变出来一个象，然后收的时候那毛又回来了，无名是无心的意思，你不要着心，无心就是本性，本性人人都有，每个人眼中的神光，就是本性之光，就是一点灵光，只不过是人的光的强度不一样而已，人人都有这个光。孙悟空是先天一炁，是光，孙悟空是可以一念感应的。身外身可以一念感应，随身护持，随时随刻都护持在身边，这讲的是法身的用。人人都有这么一念，都有先天一炁。孙悟空是先天一炁。你这一念，他就显象。如果是阴神的那一点小光，还带着火气，还不干净，所以他就不能变，就这意思。

"人人都有、个个圆成、无所不应"。不懂的人可能会说这是迷信，怎么一叫孙悟空，孙悟空就显象了，事就解决了呢？其实一点都不迷信，这讲的是先天一炁纯阳的能量。当你碰到一个问题或者碰到一个困难的时候，其实就是阴气。如果老天的元气一来的话，阴气就迅速地给平衡了，阴气没有了，那个事不就好解决了吗？所以你要明白这个道理，比如说你手出毛病了，疼或者肿什么的，要回归本性，要用本性的无心对待，不要用坏的念头去想它。你要这样锻炼自己，你要这样想。孙悟空保护和尚，和尚代表的是本性。孙悟空把他们五百个都给保护起来了，讲的是河车是本性和先天一炁结合，性命合一才是真河车。和尚是本性，悟空是先天一炁，两者合一才是真河车，才不是车迟国。

第四，三家是一家

孙悟空他们特别饿，没有地儿吃饭，悟空就撺掇猪八戒上庙里去找吃的。道士们在三清观二十四小时不停地做法事，不停地祈祷。行者道："等我弄个法儿，他就散了。"弄个法把他们打散了好吃东西。好大圣，捻着诀，念个咒

语，往巽地上吸一口气，呼的吹去，便是一阵狂风，径直卷进那三清观上，把那些花瓶烛台，四壁上悬挂的功德，一齐刮倒，遂而灯火无光。众道士心惊胆战，虎力大仙道："徒弟们且散，这阵神风所过，吹灭了灯烛香花，各人归寝，明朝早起，多念几卷经文补数。"众道士果各退回。

如果正吃的时候，道士们回来了怎么办？还得装吧！于是就把原来的三清像搬到厕所里去了，八戒变作太上老君，行者变作元始天尊，沙僧变作灵宝道君，把原像都推下去。八戒是木火，变成太上老君代表的是性命的性。老君就是性王，八戒变这个就对了。行者变的是元始天尊，元始就是先天一炁，孙悟空就是先天一炁。沙僧是土，真土就是电，电化出来的光，就是元神，沙僧变成灵宝道君就对了。八戒笑道："这个弼马温果然会弄嘴弄舌！把个毛坑也与他起个道号，叫做什么五谷轮回之所！"那呆子扛在肩上且不丢了去，口里咕咕哝哝地祷道："三清三清，我说你听，远方到此，惯灭妖精，欲享供养，无处安宁。借你坐位，略略少停。你等坐久，也且暂下毛坑。你平日家受用无穷，做个清净道士；今日里不免享些秽物，也做个受臭气的天尊！"

八戒把三清像搬走的时候说："对不起！"因为三清像不是能随便动的，搬动的时候要恭敬，讲的是要重视无形，重隐不弃显！重隐是重视无形，不弃显是说有形的你也要做到位。比如说你要搬这个像，你就要祷告，要说对不起，对于无形的一定要恭敬，叫重隐不弃显，人说话是显态的，说话的时候，要对隐态的和显态的都尊重，不要大大咧咧的。和尚变了三个道士，讲的是佛就是道，佛、道是一回事。三家是一家，你看他们变的是三清，三清就是先天一炁，一炁化三清，所以三家就是一家。老子的金丹，佛陀的教外别传，孔子的中庸，就是一家，中庸是讲的阴阳合一，是太极。

第四十五回　赌下雨，讲假阴无水

第四十五回　三清观大圣留名，车迟国猴王显法

第一，金丹无形

这时羊力大仙他们就怀疑，怎么吃的都没了。羊力大仙道：师兄勿疑，想是我们虔心敬意，在此昼夜诵经，前后申文，又是朝廷名号，断然惊动天尊，想是三清爷爷圣驾降临，受用了这些供养，我等可拜告天尊，恳求些圣水金丹，进与陛下，却不是长生永寿，见我们的功果也。

悟空说："晚辈小仙，且休拜祝，我等自蟠桃会上来的，不曾带得金丹圣水，待改日再来垂赐。"那些人一听三清说话了，那可是一定要求点什么，"爷爷呀！活天尊临凡，是必莫放，好歹求个长生的法儿"。听到三清说话了就一定得要东西，但他们不知道，师父的能量级别是比太阳能量还大的光，要在三维物质空间落地，人根本就承受不了。能量级别不一样是不能在同一个空间的，这些道士不懂真假。

那些道士，推开格子，磕头礼拜谢恩，抬出缸去，将那瓶盆总归一处，教："徒弟，取个钟子来尝尝。"小道士即便拿了一个茶盅，递与老道士。道士舀出一盅来，喝下口去，只管抹唇咂嘴。鹿力大仙道："师兄好吃么？"老道士努着嘴道："不甚好吃，有些酯殠之味。"羊力大仙道："等我尝尝。"也喝了一口，道："有些猪溺臊气。"行者坐在上面，听见说出这话儿来，已此识破了，道："我弄个手段，索性留个名罢。"大叫云：道号道号，你好胡思！那个三清，肯降凡基？吾将真姓，说与你知。三清师父级别的高光能量，怎么能上你这凡人的空间呢？那是不可能的，师父肯降凡基，不是不肯降，是根本就没法降，你想太阳突然上你屋里来了，你受得了吗？那是什么感觉，肯定是不行的。

悟空道："大唐僧众，奉旨来西。良宵无事，下降宫闱。吃了供养，闲做嬉嬉。蒙你叩拜，何以答之？"哪里是什么圣水，你们吃的都是我一溺之尿！金丹这个光，这个大药，是你感觉到有一股似电的水流在你身上运转，这个东西是无形的，但是妖就不懂了，只追求有形的。金丹是先天的真性，至无含至

有，至虚含至实。光是个虚的，但是虚的又能够渗透到物质里头，是至虚含至实，可以脱生死出尘缘，跳出六道。这个光超越生死，光能自由出入。出尘缘，物质世界的东西叫尘缘，金丹不是物质世界的东西，不是说这个人出家了，什么吃素了，什么禁欲了，就叫出尘，不是这个意思！出尘缘是说金丹达到的境界。有金丹的人，还是个俗人，还是个普通人，吃喝拉撒，什么东西跟普通人都是一样的，但是他的心已经凝定不动了，六根根本就不动，这叫出尘。

光出来，是一种高智慧、高能量，是一种很高级的东西，喝尿讽刺咽口水、在嘴里漱口水、漱了咕咚咕咚咽，甚至是吃什么污浊的东西，吃什么女孩月经什么的，很多的恶心的东西，骂的是这些现象。很多假的就是干这个的，污秽不堪。本来是一个虚无的很高级的，他们弄的却是一个很实的很污浊的东西。比喻上乘者深得自然自由之妙趣，这里所含的那种智慧，是一种自然的高智慧，得了这个的人就能够体验这种智慧，而有为法炼的是下乘，他们对上乘是什么根本不懂，就这意思。

第二，假阴无水

赌下雨，雨水讲的是真阴之水，有真阳才能化出真水来。假河车不是老天的真一之水，不是老天的元气，所以化不出真水来。讲的是真假河车对比，真河车里有真水，假河车里就没真水。

敢与我国师赌胜求雨么？若祈得一场甘雨，济度万民，朕即饶你罪名，倒换关文，放你西去。若赌不过，无雨，就将汝等推赴杀场典刑示众。行者笑道："小和尚也晓得些儿求祷。"小是阴的意思，和尚是本性的意思，本性里头有真阳真水，点化的就是这个。

雨讲的是用天地的阴阳。天地阴阳是什么呢？天地氤氲万物化醇，天地春天的时候复苏了，复苏了以后真阳就向上升，真阴就下降，天地自然交媾，就是泰卦，万物生机勃勃，借着天地来讲人身。人身的电感就像春天一样，人体的地和人体的自动合一，自动交媾，就是真河车，讲下雨指的是这个事。

大仙道："这一上坛，只看我的令牌为号：一声令牌响风来，二声响云起，三声响雷闪齐鸣，四声响雨至，五声响云散雨收。"行者笑道："妙啊！我僧是不曾见！请了，请了！"说一声来风，二声来布云，三声雷，四声雨，五声就收雨，其实讲的是一二三四五，讲的是先天一炁，一炁含五行。

大仙是一大套的东西：抬头观看，那里有一座高台，约有三丈多高。台左右插着二十八宿旗号，顶上放一张桌子，桌上有一个香炉，炉中香烟霭霭。两边有两只烛台，台上风烛煌煌。炉边靠着一个金牌，牌上镌的是雷神名号。底下有五个大缸，都注着满缸清水，水上浮着杨柳枝。杨柳枝上，托着一面铁牌，牌上书的是雷霆都司的符字。

大仙不是上乘的自然能量。得了上乘的人，内外是合一的，想什么就是什么，与自然合一的。下乘的和自然能量不合一，就得费大劲了，烧香，点蜡烛，摆着水，摆着杨柳枝。杨柳枝也讲的是甘露的意思，摆着水缸有形的水，是真阳之火，他摆的却是水缸。费老大的劲，弄了好多有形的，讲的是执于声色，而真的是无声无色的，是虚无的。好像甘露水也懂，但是人为弄的有形的。雨是无形的真阴之水，观世音的杨柳枝，净瓶里头的甘露，都是无形的，可大仙都弄成了有形的。

那大仙走进去，更不谦逊，直上高台立定。旁边有个小道士，捧了几张黄纸书就的符字，一口宝剑，递与大仙。大仙执着宝剑，念声咒语，将一道符在烛上烧了。那底下两三个道士，拿过一个执符的象生，一道文书，亦点火焚之。那上面乒的一声令牌响，只见那半空里，悠悠的风气飘来。猪八戒口里作念道："不好了，不好了！这道士果然有本事！令牌响了一下，果然就刮风！"道士摆的这一大套规矩，讲的是有声有色，执于后天的声色，而先天一炁是中和之正。他跟那个虚无的东西合不上，只能是在后天的形色上着心，着于有形的。

第三，元神指挥能量

我们看这段的时候，可能就会有一个误会，觉得要不是孙悟空的神出去了，上天去安排了，能是这样吗？可能会这样想。但是，不是这样的。悟空上天直接安排下雨，讲的是元神和能量是一体的，他说什么就是什么，元神可以指挥

自然能量，元神就是自然能量本身。而道士那一套，他跟那个能量完全是脱节的。他是用人心祈求的，用各种各样法术去求的，和自然能量是分裂的。元神可以指挥天兵天将，自然能量都是先天一炁所化。妖怪只不过掌握了一点法术，但他并没有先天一炁。

好大圣，拔下一根毫毛，吹口仙气，叫："变！"就变作一个"假行者"，立在唐僧手下。他的真身出了元神，赶到半空中，高叫："那司风的是哪个？"慌得那风婆婆捻住布袋，巽二郎扎住口绳，上前施礼。"我且饶你，把风收了。若有一些风儿，把那道士的胡子吹得动动，各打二十铁棒！"风婆婆道："不敢，不敢！"遂而没些风气。

那道士又执令牌，烧了符檄，扑的又打了一下，只见那空中云雾遮满。孙大圣又当头叫道："布云的是哪个？"慌得那推云童子、布雾郎君当面施礼。行者又将前事说了一遍，那云童、雾子也收了云雾，放出太阳星耀耀，一天万里更无云。

那道士心中焦躁，仗宝剑，解散了头发，念着咒，烧了符，再一令牌打将下去，只见那南天门里，邓天君领着雷公电母到当空，迎着行者施礼。行者又将前项事说了一遍，道："你们怎么来的志诚！是何法旨？"天君道："那道士五雷法是个真的。他发了文书，烧了文檄，惊动玉帝，玉帝掷下旨意，径至九天应元雷声普化天尊府下。我等奉旨前来，助雷电下雨。"行者道："既如此，且都住了，同候老孙行事。"果然雷也不鸣，电也不灼。这就是说他已经三下了，孙悟空都把他给破了。

第四，真水自然用

道士云："今日龙神都不在家。"行者厉声道："陛下，龙神俱在家，只是这国师法不灵，请他不来。等和尚请来你看。"龙是元神，元神是阴阳合一、和谐这个光就化出来了，龙是元神的法相。如果阴阳和谐，就化出龙来了，如果不和谐，就化不出龙来。龙神不在家，讲的是阴阳不和谐，因为他是假的，所以龙就不给他显象。孙悟空说："你看，我来，我来给你求雨，我来让它显象。"

就是这样比喻。

这个时候唐僧不会求雨,行者道:"你不会求雨,好在会念经,等我助你。"那长老才举步登坛,到上面端然坐下,定性归神,默念那《密多心经》。正坐处,忽见一员官,飞马来问:"那和尚,怎么不打令牌,不烧符檄?"行者高声答道:"不用,不用!我们是静功祈祷。"念《心经》就是回归本性。你一空静电就来了,然后真阳化真阴,静功祈雨,就是这个。假的有为法,是用有声有色的办法,无为法什么都不用,一归本性,本性能量自动就来了。所以静功祈雨讲的就是心归本性,讲的就是这道理。

孙悟空祈雨。行者听得老师父经文念尽,却去耳朵内取出铁棒,迎风晃了一晃,就有丈二长短,碗来粗细,将棍望空一指,那风婆婆见了,急忙扯开皮袋,巽二郎解放口绳。只听得呼呼风响,满城中揭瓦翻砖,扬砂走石。正是那狂风大作,孙行者又显神通,把金箍棒钻一钻,望空又一指,只见那推云童子显神威,骨都都触石遮天。此时昏雾朦胧,浓云叆叇。孙行者又把金箍棒钻一钻,望空又一指。慌得那雷公奋怒,电母生嗔。雷公奋怒,倒骑火兽下天关;电母生嗔,乱掣金蛇离斗府。行者却又把铁棒向上一指,只见那龙施号令,雨漫乾坤。势如银汉倾天堑,疾似云流过海门。一指、两指、三指、四指,四指就下雨了,这个一,指的是先天一炁,一指两指他一共指了五指,最后一指是收雨。

一到五是先天一炁五行全,五行全可以变万法。先天一炁含五行,可以以一变万,说什么就是什么。这讲的是真性统真法,风雨雷电这些神就是自然能量的一部分,是本性能量的自然运作。龙行雨施,讲的是先天一炁要变什么变什么,风雨雷电都是先天一炁,所以,元神跟他们是兄弟姐妹,大家都是先天一炁所化生,大家都是一体的,所以他想什么就变什么,如意金箍棒戳一下就如意,真水自然用。静功祈雨,一空下来真阳就起,真阴就化出来,他讲的就是真水。

然后说"这场雨,自辰时下起,只下到午时前后,下得那车迟城,里里外外,水漫了街衢"。为什么他要说辰时下起,然后到午时,正东这是辰时,午时是中午,也就是九点到十二点,对吧?下三个小时,讲的是真阳乾卦。真阳足了以后就

化成真阴之水。所以他只要一提到午时下雨，他一提这个，讲的就是真阳变真阴。下得那车迟城里里外外都是水。车迟国里没有真水，假河车变成了真河车。

　　然后说够了，就又一指，是第五指了，"只见霎时间，雷收风息，雨散云收"。那个道士也是五下，孙悟空也是五下，五下和五下的内涵可不一样。五雷法是真东西，他也知道真东西，但它不是真性，它是附体，假性用真法就用不成。"广大无边真妙法，至真了性劈旁门"。这是一个真法，但是你必须明心见性，达到了本性的地步才行。

　　虽然是真法，但有七情六欲的心，真法也用不成。反过来说，如果得了本性，到本性的地步，得了金丹了，随便他抓个什么东西都成真法，随便抓一块布，随便抓一把瓜子，都解决大问题。这时候道士云："我辈不能，你是叫来。"那大圣仰面朝空，厉声高叫："敖广何在？弟兄们都现原身来看！"那龙王听唤，急忙现了本身。四条龙，在半空中度雾穿云，飞舞向金銮殿上。孙悟空让龙王现身，龙王就现了，妖怪召唤，龙王就不现身。孙悟空是先天一炁、真阳，是老天的那个真阳，龙是老天的真阳化出来的，所以，他肯定听孙悟空的话。妖怪没有真阳，车迟国是后天意识在那扯，没有真阳化不出真水来，当然龙王不听他的话了。龙王是真阳化出来的，妖怪没有真阳，怎么化出龙来？

　　妖怪得了五雷法，这五雷法是怎么回事？五雷法是道教中的一种符咒，这种法术称为五雷法，在宋代开始普遍流行，雷部诸神将或称元帅，或称天君，均受太乙节制。受先天一炁节制，先天一炁是本原能量，先天雷法沾了先天一炁，所以是真法。然后就说"有心感神，神反不应，无心之感，其应如响，但无妄念，一片真心，不知不识，心与雷神混然如一"。在用法的时候要无心，得把自己放空了，和雷神合一，他讲的是这个。没有见性，真法就不灵，真法也不灵，假法更不灵，见了本性一切都成真法，一切都是灵的，一用就灵，这就是真假河车的比较，这河车里养的是元神的光。

第四十六回　赌砍头，讲玩空之伪

第四十六回　外道弄强欺正法，心猿显圣灭诸邪

第一，佛无坐相

云梯显圣，比赛坐禅。云梯显圣，一百张桌子，五十张作一个禅台，这么两个台子，一张一张摞起来，不许手攀而上，亦不用梯凳而登，各驾一朵云头，上台坐下，约定几个时辰不动。妖怪也懂先天一炁厉害，就架着云上去，约定几个时辰不能动，"行者拔一根毫毛，变作假象，陪着八戒、沙僧立于下面，他却作五色祥云，把唐僧撮起空中，径至东边台上坐下"。那虎力大仙下殿，立于阶心，将身一纵，踏一朵席云，径上西边台上坐下。云梯显圣讽刺的是意想顶门，想着头顶，然后脱胎。渐想渐高，然后出来了。不是那能量真出来了，是他想出来的。有为的腾空而上，有为的百会出神，讲的是这个。不知佛无坐相，坐佛即是杀佛。佛是空性，怎么是一个坐姿呢？孙悟空的法身变成了五色云，五色光，把唐僧托上去。讲的是无为法的脱胎，无为法脱胎的时候是五色光捧着一个月亮。有为法意想顶门，想着一点点往上升，然后出来，是他臆测的，其实并没有出来。两个脱胎法的比较，有为法和无为法脱胎的比较。

妖怪就作鬼，"拔了一根毛，搓着一团，弹将上去，径至唐僧头上，变作一个大臭虫，咬住长老，那长老先前觉痒，然后觉疼，原来坐禅的不许动手，动手算输，一时间疼痛难禁，他缩着头，就着衣襟擦痒"。这个时候孙悟空在下边就发现了，"只见有豆粒大小一个臭虫叮他师父，慌忙用手捻下，替师父挠挠摸摸，那长老不疼不痒，端坐上面"。悟空变成了一个小飞虫上去，把臭虫拿下来，然后替师父挠挠痒痒。"这行者飞将去，金殿兽头上落下，摇身一变，变作一条七寸长的蜈蚣，径来道士鼻凹里叮了一下。那道士坐不稳，一个筋斗翻将下去，几乎丧了性命，幸亏大小官员人多救起"。讽刺假玄关那个胎息，闭着鼻子不出气儿，就以为胎息修成了，那不是有为法都这么宣传的吗？臭虫、蜈蚣是在臭骨头上、毒心肠上做静功，不知道真性根本不在肉身上，真性是无

形的。这个坐禅，一个讽刺脱胎，真假脱胎的对比；一个讽刺假玄关、假胎息，就是闭着气，就这意思。

第二，性命一体

隔板猜物，就是隔着一个木板猜里边的东西。好大圣，轻轻飞到柜上，爬在那柜脚之下，见有一条板缝儿。他钻将进去，见一个红漆丹盘，内放一套宫衣，乃是山河社稷袄，乾坤地理裙。用手拿起来，抖乱了，咬破舌尖上，一口血哨喷将去，叫声："变！"即变作一件破烂流丢一口钟，临行又撒上一泡臊溺，却还从板缝里钻出来，飞在唐僧耳朵上道："师父，你只猜是破烂流丢一口钟。"小说写的是一口钟，隔板猜物讲的是望文生义，书上都写着呢，没有真人传，他就望文生义，自己瞎猜的，比喻这个。不得真传，望文生义，悔忘真言，就像隔板猜物一样盗取圣道，毁谤真言。破烂流丢一口钟，讲的是表面破里头藏着一口灵钟，比喻肉身表面不堪，但里面有灵钟，比喻心光，这个光可好使、可管用，比喻这个。说寂然不动，感而遂通，即人的真性，讽刺那些算命的、算乾坤吉凶的。真性根本不用算，自己就知道，自动就知道，梦里就知道，提前就知道。讲的是这个灵光，钟指的就是这个。

然后道士就说了："我主，是梓童亲手放的山河社稷袄，乾坤地理裙，却不知怎么变成此物。"国王道："御妻请退，寡人知之。宫中所用之物，无非是缎绢绫罗，哪有此什么流丢？"叫："抬上柜来，等朕亲藏一宝贝，再试如何。"

那皇帝即转后宫，把御花园里仙桃树上结的一个大桃子，有碗来大小，摘下放在柜内，又抬下叫猜。悟空又嘤的一声飞将去，还从板缝儿钻进去，见是一个桃子，正合他意，即现了原身，坐在柜里，将桃子啃得干干净净，连两边腮凹儿都啃净了，将核儿安在里面。仍变蟭蟟虫，飞将出去，叮在唐僧耳朵上道："师父，只猜是个桃核子。"然后就猜，又猜对了，桃子是肉身，核比喻的是灵光、心光、真性、法身，肉身虽然没有了，但桃这个真性、这个光是永远在的。

道士又比输了，就"将这道童藏在里面，管教他抵换不得"。虎力大仙就道："陛下！第三番是个道童。"孙悟空把道童变成小和尚，道童变小和尚，讲的是元神变玉神。玉神的法相是一个小和尚的象，元神的法相是一个小孩的象。因为玉神所对的是肉眼，慧眼、天眼、法眼、佛眼、肉眼，玉神对应肉眼，肉眼和天眼配合，可以把任何一个信息变成一个物质，只有玉神有这个本事，如果玉神没成的话就变不了，变不了物质。这一段说他变小和尚，实际上就是说他是可以改变物质的。道士、和尚就是一体的，仙、佛就是一回事，还讲这么一个道理。讲的道徒就是佛徒，圣神的神通，佛眼，玉神的肉眼可以改变，看什么就把他改了。阴神的眼睛改不了，他没有能量，没有先天一炁化生不出来。

第三，生死如一

这个时候比砍头、比下油锅、比开肠剖腹把肠子拿出来，他比的是这三个。孙悟空是生死如一，对他来说没有生死，但对道士来说死了就没了，就完了。先是虎力大仙，虎力大仙道："陛下！左右是棋逢对手，将遇良材，贫道将钟南山幼时学的武艺，索性与他赌一赌。"虎力道："弟兄三个，都有些神通。会砍下头来，又能安上；剖腹剜心，还再长完；滚油锅里，又能洗澡。"钟南山，南是离卦对应人心，钟南山讲的是钟情于人心的意思。

孙悟空就来先砍头，把头砍下来了，行者腔子中更不出血，只听得肚里叫声："头来！"慌得鹿力大仙见有这般手段，即念咒语，教本坊土地神祇："将人头扯住，待我赢了和尚，奏了国王，与你把小祠堂盖作大庙宇，泥塑像改作正金身。"原来那些土地神祇因他有五雷法，也服他使唤，暗中真个把行者头按住了。行者又叫声："头来！"那头一似生根，莫想得动。行者心焦，捻着拳，挣了一挣，将捆的绳子就皆挣断，喝声："长！"嗖的腔子内长出一个头来。唬得那刽子手个个心惊，羽林军人人胆战。那监斩官急走入朝奏道："万岁，那小和尚砍了头，又长出一颗来了。"道士用的是五雷法，实际上他是用这些鬼神，土地是鬼神，鬼仙，阴性的鬼灵，他是调动鬼灵的力量来帮他，讲有为法炼的，用的是后天意识，只能是鬼界的能量来帮他。

孙悟空多厉害，孙悟空是先天一炁，孙悟空一急了，你那几个小鬼哪按得住他呀。孙悟空的能量是老天的元气，小鬼的那点小光怎能跟他较劲呀，孙悟

空一吼，头就长回来了，孙悟空就是大道的本原的能量，小鬼的小黑烟，根本没法跟孙悟空比。

虎力也只得去，被几个刽子手，捆翻在地，晃一晃，把头砍下，一脚也踢将去，滚了有三十余步，他腔子里也不出血，也叫一声："头来！"行者急忙拔下一根毫毛，吹口仙气，叫："变！"变作一条黄犬跑入场中，把那道士头一口衔来，径跑到御水河边丢下不题。却说那道士连叫三声，人头不到，怎似行者的手段，长不出来，腔子中骨都红光进出，可怜空有唤雨呼风法，怎比长生果正仙？须臾倒在尘埃。众人观看，乃是一只无头的黄毛虎。妖怪被砍头也不出血，他是懂先天一炁的，可是他不出血冒的是红光，红光是命光，是跟肉身有关的光，是后天的。孙悟空是金光，妖怪是红光，红光的级别是很低的，红光是肉身里头真阳发动以后的一种光，和法身的金光级别差得太远了，就讲这个不同。

把头给叼走扔了，孙悟空是先天一炁无所不变，讲的是这个。在同样的一个时间、空间下，同样一件事，孙悟空是无所不变的，妖是无法变化的。比的是孙悟空这个光，砍了头好像是死了，但是他根本就不死，头又回来，他是生死一致的。他是光，刀兵水火都是奈何不了他的。他没有生死，你砍他管用吗？但是，妖就不行了，妖一砍那头没了，他就死了，孙悟空没有生死，妖怪是有生死的，这是第一个区别。然后再说这个光，孙悟空有肉身的时候和没有肉身的时候，这个光是一样的，永远是金光，是不生不灭的道体的光，是永存的。而妖怪的光是用人为的观想、人为的阴神练的这点阴气的光，他一死就没了。利用肉身练出来一点光，但是肉身没有了以后光就没有了。孙悟空没有肉身，光永恒的有，这就是肉身的价值。肉身的价值是他可以形成一个永恒的光，永恒的智慧体。但是妖怪利用了人身，没有得到永恒，这肉身死了光就没了，这是第二个区别。第三个区别是本质不一样，孙悟空是先天一炁、本原能量，就是人自己的先天一炁、一点灵光、本原的元气，孙悟空是大道本原能量长出来的。妖怪是一个动物灵的神通，是阴神的神通和动物附体的神通，不是一个级别的。

第四，体用兼备

跟第二个妖比开膛。孙悟空说："小和尚久不吃烟火食。"用火烧出来的食物是烟火食。吃到先天一炁的人，根本不饿，可能不吃烟火食会更舒服点。

"前日西来，忽遇斋公家劝饭，多吃了几个馍馍，这几日腹中作痛，想是生虫，正欲借陛下之刀，剖开肚皮，拿出脏腑，洗净脾胃，方好上西天见佛"，脏腑讲的是转阳，五脏转阳，转阳的话就不能有阴气。所谓上西方见佛是自己的本性，自己的本性是最干净的，如果你还吃烟火食，那些都是阴气，有那些阴气的话就不可能干净，就不是本性。所谓见佛就是见自己的本性，见自己的初心，初心是干净的，就这意思。

"这行者双手扒开肚腹，拿出肠脏来，一条条理彀多时，依然安在里面，照旧盘曲，捻着肚皮，吹口仙气，叫：'长！'依然长合。"条理讲的是先天一炁，是虚无的，但是分条理晰，是条理很分明的。它是一个超理性的东西，有条理有逻辑的东西，好像是一个哲学的分析似的，但结果是你神的提升。这个虚无的先天一炁，是一个很深很深的理性的东西，梳理清楚，实际上是打开本性的过程，使你本性的能量释放出来了。把肠子拿刀剜出来，然后排、捋，讲的就是这个。你别看它是个虚无的，但，它是条理分明的，它是体用兼备的，它是体，这个虚无的是体，但是通过条理分明它就有用了，它的用是很玄妙的用。

"你看他也像孙大圣，摇摇摆摆，径入杀场，被刽子手套上绳，将牛耳短刀，唿喇的一声，割开肚腹，他也拿出肝肠，用手理弄。行者即拔一根毫毛，吹口仙气，叫：'变！'即变作一只饿鹰，展开翅爪，嗖的把他五脏心肝，尽情抓去，不知飞向何方受用。这道士弄做一个空腔破肚淋漓鬼，少脏无肠浪荡魂。那刽子手蹬倒大桩，拖尸来看。呀，原来是一只白毛角鹿！"妖怪掏空肚腹就没了，比喻的是以为空了就得道了的顽空。最终少脏无肝，肉身的东西都没用了，最终就是一个尸体、一堆土而已，他白忙活了，死了，还是个妖怪，是个附体。他自己这个光没有留下来，讲的是顽空、假佛假道，最终他没修出光。所以他的人的肉身死了以后，没有真空妙有的本体，没养出来本体这个光，所以死了

就什么都没了。

第五，假性空亡

行者道："多承下顾，小和尚一向不曾洗澡，这两日皮肤燥痒，好歹荡荡去"，"文洗不脱衣服，似这般叉着手，下去打个滚，就起来，不许污坏了衣服，若有一点油腻算输。武洗要取一张衣架，一条手巾，脱了衣服，跳将下去，任意翻筋斗，竖蜻蜓，当耍子洗也。"这个比喻的又是元精，下去以后，打个滚根本就不湿衣服，这比的是元精。"荡荡"就是放荡的意思，就是阴阳的意思。不沾油讲的是身处电感，内外不染着，是身心不动的意思，内外没有染着，文洗是修性，修心性，能稳得住，顿悟圆通。武洗讲的就是修命，九转还丹多次的变化，在里头打滚讲的九转还丹的意思。

正洗浴，打个水花，淬在油锅底上，变作个枣核钉儿，再也不起来了。那监斩官近前又奏："万岁，小和尚被滚油烹死了。"国王大喜，叫捞上骨骸来看。刽子手将一把铁笊篱，在油锅里捞，原来那笊篱眼稀，行者变的钉小，往往来来，从眼孔漏下去了，哪里捞得着！又奏道："和尚身微骨嫩，俱札化了。"变成一个枣核比喻的是真性、金丹，肉身没有了，就剩这一个光了。这时候猪八戒就认真了，以为真死了，猪八戒就哭他，猪八戒哭的时候这么说，"闯祸的泼猴子，无知的弼马温，该死的泼猴子，油烹的弼马温，猴儿了账，马温断根"。气得孙悟空就变回来了，"孙行者在锅底上听得那呆子乱骂，忍不住现了本相"。惹祸的泼猴子，讲的是祸里生恩。讲元精发动，如果流失了不是一种祸害吗？但是他没流失，变成光了，这就是祸里生恩。流失了就短命，不流失就长寿。无知的弼马温，马是后天意识，人的后天意识变得无知无识了，那就对了，那就毕业了，比喻的是无心养丹。该死的泼猴子，比喻的是人心死道心活。油烹的弼马温，油烹就是真火炼丹的意思。了账就是了性了，也了命了，就是性命合一了，讲这个光恢复了。马温断根就是后天意识断了的意思。

这时候第三个妖怪使了一招，请来龙王在底下把它变成冷的，他炼的冷龙，下油锅的时候这锅不热。

"大圣原来不知，这个孽畜苦修行了一场，脱得本壳，却只是五雷法真受，其余都髹了旁门，难归仙道。这个是他在小茅山学来的大开剥。"大开剥就是大开膛，他是在茅山学来的，叫小茅山，是阴气的法术。他学了好多，五雷法是真的，因为五雷法牵扯到先天一炁，剩下的都没有到本性层面，所以都不是真的。

"那两个已是大圣破了他法，现了本相，这一个也是他自己炼的冷龙，只好哄瞒世俗之人耍子，怎瞒得大圣！小龙如今收了他冷龙，管教他骨碎皮焦，显什么手段。"妖怪用了一个法术想保自己，结果给撤了，他就被化了。有一首诗说妖怪："人身难得果然难，不遇真传莫炼丹。空有驱神咒水术，却无延寿保生丸。"妖怪忙活了半天，人身是很难得的，你得了这个人身，你要最大化地利用他修出光来，结果他没有得真，修不出来，虽然有点法术、有点小本事，但是根本不能长生，根本没得长生那个光，根本就没得，有什么用呢？你利用这个身体最大的用处是修这个光的长生体，结果他只是把这点光糟蹋在这点小法术上，长生体根本就没影。所以这就是有为法，非常可悲，他不知道这样可悲。"圆明混，怎涅槃，徒用心机命不安。早觉这般轻折挫，何如秘食稳居山！"你早点觉醒了，金丹才是真的、才是有用的，你整半天这个，你这人身也白得，没被你利用好。

这三回讲的是假河车，下边三回该讲真河车了。

第四十七回　通天河救小童，讲真玄关

第四十七回　圣僧夜阻通天水，金木垂慈救小童

第一，三家本一家

童男童女，灵感大王，就该讲这一回了。

皇帝就特别伤心，"倚着龙床泪如泉涌，只哭到天晚不住"，"行者上前高呼道："你怎么这等昏乱，见放着那道士的尸骸，一个是虎，一个是鹿，那羊力是一个羚羊，不信时，捞上骨头来看，哪里人有那样骷髅？他本是成精的山兽，同心到此害你，因见气数还旺，不敢下手。若再过二年，你气数衰败，他就害了你性命，把你江山一股儿尽属他了。'"占了你的身体，吃你的精气神，最后把你吃完了，你不就死了，就这意思。

然后孙悟空就说："这些和尚实是老孙放了，车辆是老孙运转双关穿夹脊，捽碎了，那两个妖道也是老孙打死了。今日灭了妖邪，方知是禅门有道，向后来再不可胡为乱信。望你把三教归一，也敬僧，也敬道，也养育人才，我保你江山永固。"

"这一去，只为殷勤经三藏，努力修持光一元。晓行夜住，渴饮饥餐，不觉的春尽夏残，又是秋光天气。"刚才讲的是春天，现在就已经到秋天了。"保你江山永固"讲的是心光，心光是个长生体，你如果三家合一的话，修出来的就是长生体。江山永固讲的就是长生体，不然的话你修出来不是长生体，你肉身就没利用好，就这意思。

智渊寺，讲的是觉悟，一觉悟了智慧就来了。五百个和尚把毛还回来，又还给孙悟空了，讲法身无限的分神，用后也不见其损。禅门有道，禅是佛，佛道是一体的，本性与能量是一体的。到了秋天，秋月是金丹的法相，前面写元精发动，讲真河车、真铅，之后就讲月亮，从春天到了秋天，不是我们俗人说的从春天到了秋天，说的是那个电，电出来了，月亮就有了，月亮是元神的法相。

第二，真元相会

我把这六十回都写在一张纸上，写的地名，是哪个妖怪、是谁安排的，我就拿着这张纸相面，就在这儿悟，就像一个整体的地图一样，我就写了好多东西在上面。

然后这就到了秋天，你看那"洋洋光浸月"，讲的是水里显的月亮的象，这就是金丹的象。"浩浩影浮天，灵派吞华岳，长流贯百川"。光已经长出来了，"灵派吞华岳"，金丹这光照耀山河，意思就是光已经很大了。三个大字乃"通天河"，十个小字乃"径过八百里，亘古少人行"。通天河，从古到今很少有人过去。其实它讲的是这水，是过玉枕关，光在上边养，养完了出来。"亘古少人行"，是说因为亘古无为法太少了，不是无为法根本上不来，有为法弄的都是假的。

"望见一簇人家住处，约摸有四五百家"。这个地方是四象五行合一的，通天河是玉枕关，通天河说小的是玉枕关，说大的是玄关，玄关是通天的。从能量上来说是元精，老天的真铅。那老者摇手道："和尚！出家人休打诳语，东土大唐到我这里，有五万四千里路，你这等单身，如何来得？"唐僧说我不是一个人，我还有徒弟呢。三藏道："虽然相貌不中，却倒会降龙伏虎，捉怪擒妖。"十万八千里，西天取经到这儿走了一半，西天取经，讲的是光出来，光在外边是西天，通过玉枕关就上来了，上来以后不就脱胎了吗？脱胎刚是走了一半，讲的是这个，脱胎是西天取经的一半，另一半还早着呢，点化的就是这个内容。

"有一座灵感大王庙，你不曾见？"通天河这个地方有灵感大王庙。"此处属车迟国元会县所管，唤做陈家庄"，"这大王一年一次祭赛，要一个童男，一个童女，猪羊牲醴供献他，他一顿吃了，保我们风调雨顺"。元会县，本原相会之处。唐僧姓陈，陈家庄是唐僧的本家。童男童女比喻的是真阴真阳，灵感大王吃童男童女，实际上是真阴真阳合一化成了光，灵感大王代表那个光。保我们风调雨顺，如果真阴真阳合一了，先天一炁接通了，先天一炁是纯阳能

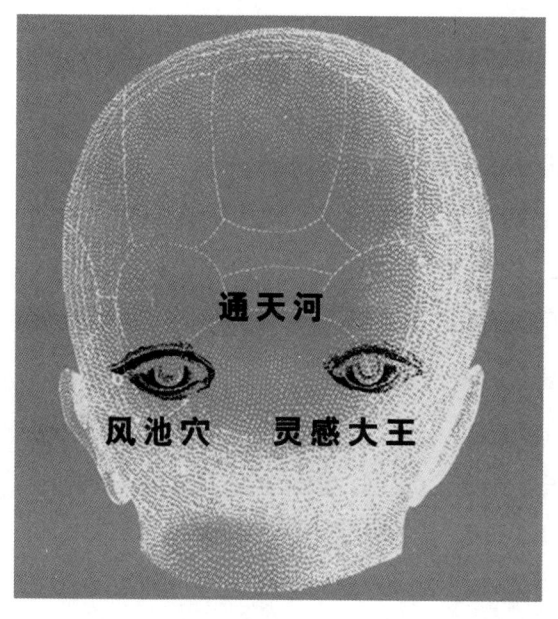

《风池穴》

量，纯阳能量一足，什么都好了，讲的就是这意思。

左边图《风池穴》，风池穴就是耳朵后边这个骨头，这个坑，当风池穴通了以后就耳后生风，忽地一阵风似的，那是光出入的状态。头背后，后脑勺画两只眼睛，比喻风池穴，灵感大王，意思是光从风池穴出来，灵感大王就是光。我在两只眼睛上边的中间写了一个通天河，我在上边写了一个大的天字，天指头，通头就是通天。画了这张图，帮助大家理解这个灵感大王。

第三，风池穴出入

那老者就说："生得一女，今年才交八岁，取名唤做一秤金。""有一本账目，那里使三两，那里使五两，到生女之年，却好用过有三十斤黄金，三十斤为一秤，所以唤做一秤金"。这个八岁，那个七岁，七八十五，讲的就是金丹，金丹是万两黄金不换一丝，最尊贵的，无价的。行者道："那个的儿子么？"老者道："舍弟有个儿子，也是偏出，今年七岁了，取名唤做陈关保。都是小老婆生的。陈关保、一秤金两个加起来十五岁。"比喻真阴真阳合一形成元神。

"有几多长短？"二老道："不见其形。"妖怪看不见，是一阵风，可不就是我们感觉的吗，你就感觉是一阵风，你看不见。"只闻得一阵香风，就知是大王爷爷来了。"一阵风，看不见。然后说，能不能换别人家啊，我们家就一根独苗，"也没处买这般一模一样同年同月的儿女"。哪儿买去，买不着。怎么送给灵感大王呢，"那老者说，是放在两个盘子上，就取出两个丹盘"。

放金丹的盘子，端过去。行者欢喜道："八戒，像这般子走走耍耍，我们也是上台盘的和尚了。"上台盘是放在盘子里去上供，意思是被供起来的，成就的意思，上了丹盘就是丹光成了，抬着搁在庙里去供，给他上香，是成就的意思。"先吃童男，后吃童女"，这讲的是什么呢，就是先结丹，后养丹。后吃童女呢，童女是阴的、柔的，讲的是无心养丹。开始的时候，结丹的时候很热闹，后来很静、很安静地无心养丹，讲的是这意思。

第四十八回　唐僧落水，讲急躁之害

第四十八回　魔弄寒风飘大雪，僧思拜佛履层冰

第一，火候不到

金丹火候，如果着急的话就结冰了，本来是温暖的，是自然天成的。着急起了燥火，就会结冰。

那个庙里头"放在上首，行者回头，看见那供桌上香花蜡烛，正面一个金字牌位，上写：灵感大王之神，更无别的神像"。一个牌位，代表他的神就在那儿。行者道："莫胡说，为人为彻，一定等那大王来吃了，才是个全始全终。"全始全终，真阴真阳合一，先是结丹、融合，然后光化出来，叫全始全终。灵感大王还没吃他们就露馅了，叫火候不到，金丹火候差一点都不行，差一丝阴气没化完也不能脱胎。

然后是描写灵感大王的一首诗：

金甲金盔灿烂新，腰缠宝带绕红云。眼如晚出明星皎，牙似重排锯齿分。
足下烟霞飘荡荡，身边雾霭暖熏熏。行时阵阵阴风冷，立处层层煞气温。
却似卷帘扶驾将，犹如镇寺大门神。

"金甲金盔灿烂新，腰缠宝带绕红云"，金甲金盔，灵感大王是金光。腰缠宝带绕红云呢，红云也是光。"眼如晚出明星皎，牙似重排锯齿分"，眼睛像星星那么亮，牙很整齐，很白，很亮。"足下烟霞飘荡荡，身边雾霭暖熏熏"，但是他脚是什么呢，飘着的，讲他是个虚的，就是一股气，真铅就是温暖的，真阳之火。"行时阵阵阴风冷，立处层层煞气温"，走路就像刮风，站在那就有温度，是煞气但有温度。"却似卷帘扶驾将，犹如镇寺大门神"，卷帘将军是干什么的呢？是玉帝的侍卫、警卫。灵感大王相当于沙僧的角色，是守护玉帝的，像个门神，玉帝是松果腺，松果腺这个光，他是挡着这个光的，或者说是做光的门神。金光代表松果腺的地方，松果腺就代表玉帝，边上那个门神，

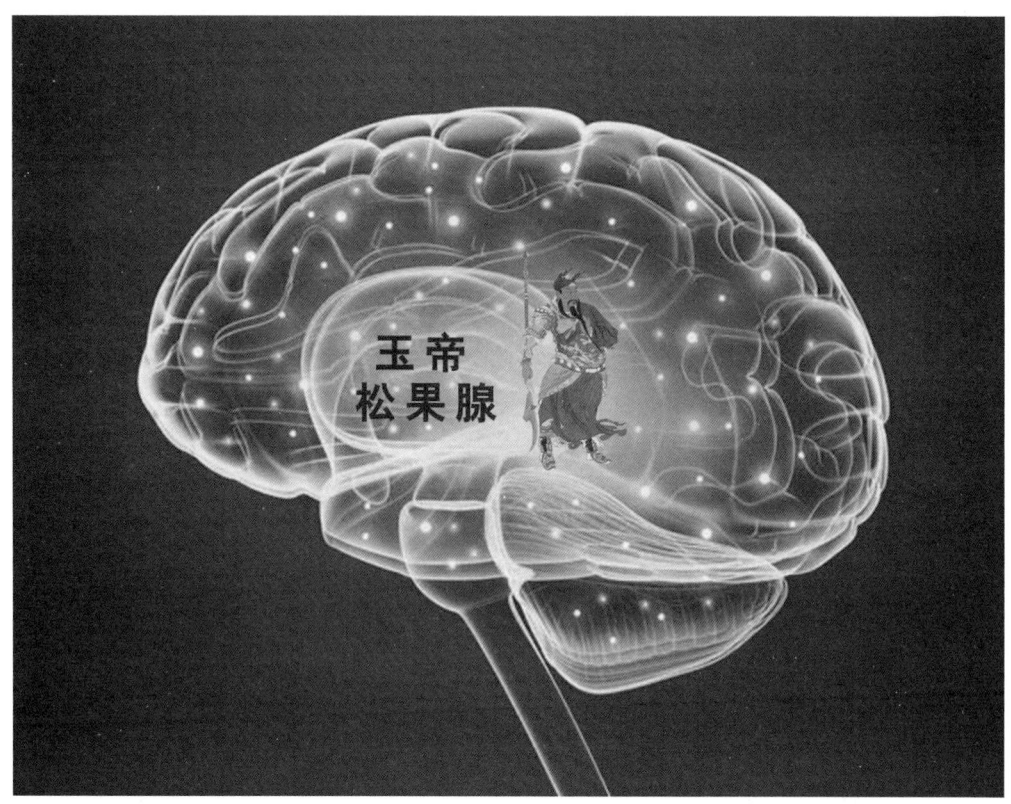

就是灵感大王。

"那怪不容分说，放开手，就捉八戒。呆子扑的跳下来，现了本相，掣钉耙，劈手一筑，那怪物缩了手，往前就走，只听得当的一声响。八戒道："筑破甲了！"行者也现本相看处，原来是冰盘大小两个鱼鳞。元精是暖的，现在是冰盘，讲阴阳不合。元精无火不化，冰盘，是说现在没有火。

第二，阴阳打散

"鳜婆"是一个女妖，给灵感大王出主意，说："今夜三更天气，大王不必迟疑，趁早作法，起一阵寒风，下一阵大雪，把通天河尽皆冻结。着我等善变化者，变作几个人形，在于路口，背包持伞，担担推车，不住的在冰上行走。那唐僧取经之心甚急，看见如此人行，断然踏冰而渡。大王稳坐河心，待他脚踪响处，

进裂寒冰，连他那徒弟们一齐坠落水中，一鼓可得也！"出主意的这个"鳜婆"很可疑，很可能是观音扮装的。

实指望求一船渡河，不期天降大雪，道路迷漫，不知几时才得功成回故土也？陈老道："老爷放心，正是多的日子过了，哪里在这几日，且待天晴，化了冰，老拙倾家费产，必处置送老爷过河。"唐僧着急了，结冰讲的是阴阳不合，一急，阴阳就被打散了，变得冰冷。人心一动就招一个能量，一着急就招来了一个阴阳失和的结冰之象。感觉和能量合一，是很自然的过程。"结冰"讲的是阴阳合不到一起，火候不到。感觉离开，动了人心了。人心一动，和能量融不到一块儿，就是结冰之象。神火炼丹，神的这种感觉是有能量的，有温度的。但是神跑了，神一离开，火就离开了，就冷了，一冷了丹就和合不成，就冷灶了。能量世界是一念感应的，如果管不住心的话，能量就乱了。一念管不住，就来了"结冰"的象。这叫自计自陷，自己管不住自己，自己给自己陷落，自陷自魔。结丹后，心一燥，阴阳交感生机活气就给打散了。

然后猪八戒就说我有经验，说弄点稻草来把马的脚给捆上，我们人也都捆上草，鞋上都捆上草，这不是防滑吗？他就是这个意思。行者道："要稻草何用？"八戒道："你哪里得知？要稻草包着马蹄方才不滑，免教跌下师父来也。"行者暗笑道："这呆子倒是个积年走冰的，果然都依了他。"积年走冰，形容猪八戒神不灵，总是一个后天意识，没有先天的真阳化真阴，老是后天人的意识，到了灵山还偷馒头呢。孙悟空看的明白，叫他是一个"积年走冰"的，他常年是个冷灶，常年不是那种神火，他没有火，他总是个冷的，所以，他那神是个死的，是个笨的。识神特别强大的那种人，就是"积年走冰"的，识神总是那么强大，总是匮乏能量的燥火在那儿闹。积年走冰，总是冰冷的，神没有光，没有能量，化不出光来，所以他就特别笨。草是蒙昧的意思，蒙昧之象表示的是神昏，用人心不用神，神很不灵，就叫"积年走冰"，光太少了，反映问题的时候像个活死人，像个僵尸一样，就是这样。猪八戒就说："这河冻得忒结实，地凌响了，或者这半中间连底通锢住了也。"其实是已经都开了，要掉下去了，冰没冻住反而说冻结实了。三藏闻言，又惊又喜，策马前进。唐僧和猪八戒一个水平，都是人心。人心就是瞎子，看的都是错的，明明是危险来了，反而认为是好事。这讲的是阴阳打散，感觉和能量合一的时候，假的人心一动的话，就给打散了，这个真阴真阳合一的过程，就给打散了。

第三，法身落水

掉到河里去了，好像落水，实际上讲的是真阴真阳没融合好。

"却说那妖邪自从回归水府，引众精在于冰下，等候多时，只听得马蹄响处，他在底下弄个神通，滑喇的迸开冰冻，慌得孙大圣跳上空中，早把那白马落于水内，三人尽皆脱下。"鳜婆道："大王！且休吃他，恐他徒弟们寻来吵闹，且宁耐两日，让那厮不来寻，然后剖开，请大王上坐，众眷族环列，吹弹歌舞，奉上大王，从容自在享用，却不好也？"你记得吧，凡是要吃唐僧肉的时候，都有一个人来说先别吃，所以阻止的这个人肯定是菩萨安排的。

行者道："老儿！莫替古人担忧，我师父管他不死长命。"师父是本性，本性不生不灭，哪有死呢？脱落讲的就是结丹以后，阴阳还没牢固就被打散了。讲的是人心动了，把阴阳结合的过程给破坏了。阴阳通和，温暖可以化冰，如果阴阳不合，就是水冻成冰的象。唐僧着急走，火候不到，鳜婆让妖怪慢点吃唐僧，也讲的是火候，天地的能量，功到自然成。火候不到，急不仅没用，还使大丹脱落。丹还没结好，还得从头来。唐僧比喻法身，唐僧落到妖怪手里，就是大丹脱落，法身受伤。"一毫阴气不尽不仙"，一毫阴气都没有了才能成，金丹火候差一点都不行。"群阴剥尽，丹自成熟"，阴气没尽呢，丹是熟不了的，着急是没用的。

第四十三回黑水河怪，讲的是肉身落水；第四十八回通天河，唐僧落水，讲的是法身落水。从四十三回到四十九回，一直在说元精，说的是水，水就是元精，就是玄关里的真铅。这个天河水，天一之水。

第四十九回　观音收拾鲤鱼精，讲邪水归正

第四十九回　三藏有灾沉水宅，观音救难现鱼篮

第一，土木习水性

讲的是观音来降服灵感大王。

行者道："不瞒贤弟说，若是山里妖精，全不用你们费力；水中之事，我去不得。就是下海行江，我须要捻着避水诀，或者变化什么鱼蟹之形才去得。若是那般捻诀，却抡不得铁棒，使不得神通，打不得妖怪。我久知你两个乃惯水之人，所以要你两个下去。"他说你两个乃惯水之人，所以要你两个下去，猪八戒和沙僧，猪八戒是真阴，是感应真阳的，对电感很熟，沙和尚的真土就是电感本身。他们两个跟电很近，孙悟空是先天一炁，还没进入肉身，他不知道阴阳之事，所以不习水性。

那呆子要捉弄行者，行者随即拔下一根毫毛，变作假身，伏在八戒背上，真身变作一个猪虱子，紧紧地贴在他耳朵里。八戒正行，忽然打个惚睡，得故把行者往前一掼，扑的跌了一跤。原来那个假身本是毫毛变的，却就飘起去，无影无形。沙僧道："二哥，你是怎么说？不好生走路，就跌在泥里，便也罢了，却把大哥不知跌在哪里去了！"八戒道："那猴子不禁跌，一跌就跌化了。"

沙僧听得，笑道："罢了！这呆子是死了！你怎么就敢捉弄他！如今弄得闻声不见面，却怎是好？"八戒慌得跪在泥里磕头道："哥哥，是我不是了，待救了师父上岸陪礼。你在哪里做声？就影杀我也！你请现原身出来，我驮着你，再不敢冲撞你了。"讲的是有形的跟无形的斗，八戒想整悟空，孙悟空就知道了，弄个假的给八戒背着，假的轻背着就飘了，是毛么，就见不着了。有形怎么能捉弄无形呢，你太开玩笑了，谁是老大呀？你怎么敢捉弄无形呢？讲这个道理。

第一个普通人对无形要很尊重，很恭敬，别以为自己是老大，无形地打个喷嚏，你可能就不知道有多大的灾难呢，不敢自以为大。第二个说影杀，影子杀就是无形杀，在无形中就把他杀了，他都不知道，这是猪八戒说的。影杀就是无形杀，你都看不见就完了。讲的是无形的厉害，可不敢跟无形开玩笑。

"好大圣！爬离了八戒耳朵里，却又摇身一变，变作个长脚虾婆，两三跳跳到门里。"见着唐僧了，唐僧在那儿哭呢。行者忍不住叫道："师父莫恨水灾，经云，土乃五行之母，水乃五行之源。无土不生，无水不长。老孙来了！"其实落水讲的是元精，唐僧抱怨怎么又遭了水灾呢，孙悟空就教他，这不是什么水灾，元精这个事你不能抱怨，元精可是好东西。他就教他，土乃五行之母，讲的就是这电，五行都得吃电，不吃电的话就没法运转了，是吧？水乃五行之源，所以，元气电感是源头根本，这是好事。你不能抱怨元精，为什么孙悟空跟他说这个呢？先天的能量是很灵气的，你要抱怨它，它就不来了，知道吧？不能瞎说的。

第二，木火锻炼

木火是猪八戒，猪八戒使劲地打，是木火炼丹。"你弄玄虚，假做什么灵感大王，专在陈家庄要吃童男童女，我本是陈清家一秤金，你不认得我么？"他不是扮那个女孩一秤金吗。

八戒道："你既让我，却怎么又弄冷风，下大雪，冻结坚冰，害我师父？快早送我师父出来，万事皆休！牙迸半个不字，你只看看手中耙，决不饶你！"

有一首诗描写道："有分有缘成大道，相生相克秉恒沙"，讲的是相生相克没完没了。"土克水，水干见底；水生木，木旺开花"，"土克水"，元精发动是水，真土是老天的元气。元精发动是你的肾气，先天一炁是先天肾气的老祖宗，老祖宗管着你呢，元精发动了，老祖宗管着你把它给化了，叫"土克水，水干见底"，先天一炁是老大，这是老天的能量，土克水，他管着你，就把元精给化干净了，就讲的是这个道理。"水生木，木旺开花"，（元精）发动起来，水生木，肝藏魂，木开花就是魂的光放出来。"禅法参修归一体，还丹炮炼伏三家"，佛道就是一，精气神三家合一，归为一体，就是元精、元气、元神都成为了那个光，成为一体，就是"还丹炮炼伏三家"。"土是母，发金芽，金生神水产婴娃"，土是母，老天的先天一炁，元气的老祖宗，他是祖宗、祖母，他是母。"发金芽"，是"黄芽遍地",讲的是小光粒,土是电,电是丹母,光点遍地,黄芽遍地就是光遍地,叫发金芽,就是遍地金光点的意思。"金生神水产婴娃",肺金生肾水,金生水,婴儿显象,先天的元精化元气,就显婴儿的象,婴儿是元神的法相之一。"水为本,润木华,木有辉煌烈火霞",肾水是先天之本,"润木华"是滋养魂光,水生木,把光化出来了。"木有辉煌烈火霞",那光很大,讲水的作用。"攒簇五行皆别异,故然变脸各争差",攒簇五行是"别异",五行顺生、顺克,先天一炁是反生、反克。反生反克是真五行。"故然变脸各争差",都变脸了,都不是那个了。比如说金克木,现在反过来木克金,全是反着来的。

猪八戒在水里打,孙悟空在岸上接应。八戒先跳上岸道:"来了!来了!"沙僧也到岸边道:"来了!来了!"实际上就把妖怪给引到水上边来了。

那妖邪随后叫:"哪里走?"才出头,被行者喝道:"看棍!"那妖邪闪身躲过,使铜锤急架相还,一个在河边涌浪,一个在岸上施威,搭上手未经三合,那妖遮架不住,打个花,又淬于水里,遂此风平浪息。行者道:"正是!正是!这叫做里迎外合,方可济事。"猪八戒是木火代表性,孙悟空代表命,性在内,命在外,里应外合大道成。

第三,火足退守

火候如果没到,动了人心,阴阳还没化合好,把它打散了;如果火候过了,也不行。这火候一过了,他就已经变成浊精了,也不行。

鳜婆上前问道:"大王赶那两个和尚到哪方来?"妖邪道:"那和尚原来还有一个帮手。他两个跳上岸去,那帮手抡一条铁棒打我。我闪过与他相持,也不知他那棍子有多少斤重?我的铁锤莫想架得他住,战未三合,我却败回来也。"鳜婆道:"大王!可记得那帮手是甚相貌?"妖邪道:"是一个毛脸雷公嘴、查耳朵、折鼻梁、火眼金睛和尚。"鳜婆闻说,打了一个寒噤道:"大王啊!亏你识俊,逃了性命,若再三合,决然不得全生。"妖邪道:"你认得他是谁?"鳜婆道:"我当年在东洋海内,曾闻得老龙王说他的名誉,乃是五百年前大闹天宫、混元一气上方太乙金仙美猴王齐天大圣,如今皈依佛教,保唐僧往西天取经,改名唤做孙悟空行者。他的神通广大，变化多端，大王，你怎么惹他！今后再莫与他战了。"能量到了，你就感受到了。你感觉跑了，不管能量了，就结冰了，你感觉一跑了，神火撤了，就结冰了。反过来说呢，你感觉过重了也不行。你怎么还敢招惹孙悟空，再招就该化浊精了。火候足了就要退守，冷灶了不行，过火了也不行。

火足退守，文火静养，等待脱胎。光化了以后，温温的感觉不离，又不是执着，一执着又是意守了。那个感觉还不能离开，离开就凉了。温温地温养，轻轻地、微微地感觉着，就像炖一锅肉，大火猛炖，给炖熟了，炖熟了以后要用小火、文火慢慢炖，把滋味深入进去，小火煨着。

第四，自动脱胎

众神道："菩萨今早出洞，不许人随，自入竹林里观玩。知大圣今日必来，吩咐我等在此候接大圣，不可就见。请在翠岩前聊坐片时，待菩萨出来，自有道理。"孙悟空又着急，"列位与我传报传报，但迟了，恐伤吾师之命"。诸天道："不敢报！菩萨吩咐，只等他自出来哩。"行者性急，哪里等得，急纵身往里便走。菩萨道："你且出去，待我出来。"菩萨早知道悟空会来，在这等着他，不让他见，不能来了马上就见。强调自动出来，讲的是自动脱胎，不能拔苗助长。

不多时，只见菩萨手提一个紫竹篮出林道："悟空，我与你救唐僧去来。"行者慌忙跪下道："弟子不敢催促，且请菩萨着衣登座。"菩萨道："不消着衣，就此去也。"那菩萨撇下诸天，纵祥云腾空而去，孙大圣只得相随。顷刻间，到了通天河界，八戒与沙僧看见道："师兄性急，不知在南海怎么乱嚷乱叫，把一个未梳妆的菩萨逼将来也。"菩萨出来，表示出胎，菩萨未梳妆，表示的是脱胎出来的本来面目。讲的是原始的、最朴素的、最本来的样子，就是本来面目。

菩萨即解下一根束袄的丝绦，将篮儿拴定，提着丝绦，半踏云彩，抛在河中，往上溜头扯着，口念颂子道："死的去，活的住，死的去，活的住！"念了七遍，七是元神的数，死的去，活的住，往上提，元精提上来浊精下去，浊精就没用了，元精就上来变光了。"但见那篮里亮灼灼一尾金鱼"，金鱼就是水中金，还眨眼动鳞。菩萨叫："悟空，快下水救你师父耶。"行者道："未曾拿住妖邪，如何救得师父？"师父是本性，阴气还没消灭呢，师父怎么救啊？讲的是这个意思。菩萨道："这篮儿里不是？"菩萨道："他本是我莲花池里养大的金鱼，每日浮头听经，修成手段。"菩萨是本性，莲花池里养的金鱼。莲花是本性的象，本性养的元精，讲菩萨是性命一体的金丹。金鱼表示的就是元精，菩萨是本性，他自己养的金鱼，讲的就是性命合一。前面那些妖怪呢，都是性命二分的。那就是告诉你什么是真玄关，什么是真的通天河。通天河就是玄关，真的是性命一体的，二分就是假的，强调的是这个意思。

"那一柄九瓣铜锤，乃是一枝未开的菡萏"，菡萏是荷花的别名，武器是荷花做的。荷花是本性，把本性已经用活了，已经变成一个武器了，讲的是水中金、元精，元精能够把本性变成一个武器，讲的是这个意思。

"被他运炼成兵。不知是那一日，海潮泛涨，走到此间。我今早扶栏看花，却不见这厮出拜，掐指巡纹，算着他在此成精，害你师父，故此未及梳妆，运神功，织个竹篮儿擒他。"元精是本性养的，是性命一体的，他把莲花变成了一个武器，讲的就是他把本性用活了。元精发动化成了光，本性之光是无中生妙有的，是化生万物的，莲花这么小，变成一个大铜锤，本性是虚的，但可以实用。（**见彩图十八《鱼篮观音》**）

第五，返本还元

老乌龟的府邸被鲤鱼精占了九年，它想载着他们过河，孙悟空以为又是妖怪，就想要揍它。

老鼋道："我感大圣之恩，情愿办好心送你师徒，你怎么反要打我？"行者道："与你有甚恩惠？"老鼋道："大圣，你不知这底下水鼋之第，乃是我的住宅，自历代以来，祖上传留到我。我因省悟本根，养成灵气，在此处修行，被我将祖居翻盖了一遍，立做一个水鼋之第。"他们家祖先留下的，他又给翻盖了，变成了一个府邸，就好像一个大宅子。

"那妖邪乃九年前海啸波翻，他赶潮头，来于此处，仗逞凶顽，与我争斗，被他伤了我许多儿女，夺了我许多眷族。我斗他不过，将巢穴白白的被他占了。"闹潮头的时候来的，得大药的时候就是大海潮，元精发动得很强烈，灵感大王跑出来了。"今蒙大圣至此搭救唐师父，请了观音菩萨扫净妖氛，收去怪物，将第宅还归于我。"我要报恩，因为把我的家还给我了，所以要报恩。

老鼋道："我若真情不送唐僧过此通天河，将身化为血水！"行者笑道："你上来，你上来。"老鼋却才靠近岸边，将身一纵，爬上河崖。众人近前观看，有四丈围圆的一个大白盖。行者道："师父，我们上他身，渡过去也。"三藏道："徒弟呀，那层冰厚冻，尚且哈屮，况此鼋背，恐不稳便。""尚且哈屮"就像草一样，刚长出来的草那么软，怕掉下去。老鼋道："师父放心，我比那层冰厚冻，稳得紧哩，但歪一歪，不成功果！"让他放心，然后就过去了。

却说那师父驾着白鼋，哪消一日，行过了八百里通天河界，干手干脚地登岸。"干手干脚"讲的是元精全化干净，没有一点化成浊精。

三藏上岸，合手称谢道："老鼋累你，无物可赠，待我取经回谢你罢。"老鼋道："不劳师父赐谢。我闻得西天佛祖无灭无生，能知过去未来之事。我在此间，整修行了一千三百余年，虽然延寿身轻，会说人语，只是难脱本壳。万望老师父到西天与我问佛祖一声，看我几时得脱本壳，可得一个人身。"三藏允道："我问，我问。"那老鼋才淬水中去了。

第四十九回刚到了一半，讲的是自动脱胎。脱胎刚是西天取经的一半。大王收入鱼篮，唐僧得命，老鼋仍旧归故宅还元，通天河已成救渡慈航。鲤鱼精灵感大王，是从哪儿化来的呢？是从《庄子》中"北溟有鱼，化而为鹏"化来的。鱼讲的是元精，然后化而为鹏，就是化光。"鲲鹏展翅九万里"，讲的就是神光是鱼化的。《西游记》这一回是从这里演绎而来的。

第五十回　独角兕大王，讲意土妄动

第五十回　情乱性从因爱欲，神昏心动遇魔头

第一，妄意乱性

上一回，观音收拾鲤鱼精，讲的是元精。第五十回紧接着说，你不要顺着欲去想，顺着是情乱性，情是元情，性是元性，七情六欲要归于本性，情归性。如果你有了能量，有了电，顺着电去想了，就会变成浊精。不要顺着感觉去想，要把感觉给忘掉，不然就扰乱本性。顺着后天的情，情乱性就会神昏，本心的觉察是很清明的状态，如果情乱性的话，就变昏了，就会出麻烦。神一昏，心一动，魔头就来了。后边会有一张图专门讲情、性、神、心四个的关系，你一下就明白了。开篇一首诗：

> 心地频频扫，尘情细细除，莫教坑堑陷毗卢。本体常清净，方可论元初。
> 性烛须挑剔，曹溪任吸呼，勿令猿马气声粗。昼夜绵绵息，方显是功夫。

第四十九回讲观音收拾鲤鱼精，是本性对峙元精。性命合一的时候，你不能因为有了能量，就跟着电感去动念，你要扫心。在这个时候扫心，有了元精，你干的一件事就是扫心，心地频频扫。没有能量的时候，你的心乱动还不太为害，有了能量，心一动元精就会变成浊精。

"莫教坑堑陷毗卢"，毗卢讲的是本性，能量来了，情归性，归于本性，如果胡思乱想，就是坑，把本性大事扔到坑里了。有了能量，也不要有情绪，也不要有情感，就讲的是这个。

"本体常清净，方可论元初"，人的初心本性是非常干净的，但人总是冒出来各种杂念，就不清净了。不清净的话，就没法论元初，元初是一种无知无识，一种非常干净，没有思想，没有意识，没有情绪，是一种很自然的平淡的状态，如果不清净，就没回到本原，本原是能量和空性一体的干干净净的状态。

"性烛须挑剔，曹溪任吸呼"，本性的蜡烛要不断地剔，就像点一支蜡烛，蜡烛的火苗小了，用一根火柴去把烛芯给挑一挑，然后火苗又大了。修本性这个事，需要你及时觉察，及时回来。人的念头是没办法的，是自然无休止地冒念头，但是，你要觉察，要及时回来，不要顺着念头跑，就是"性烛须挑剔"。曹溪讲的是胎息，胎息就是玄关。玄关是任呼吸，就是自然。玄关这个事完全是自然的，就像心脏跳动，不需要人为操作，胎息也是这样。你不要说我现在注意一下，我关注一下这胎息，这胎息从头到脚，或者这胎息怎么样，关注着它、控制着它，是完全不需要的，胎息是自然的。

"勿令猿马气声粗"，猿马指的是后天意识。怎么形容后天意识是气粗呢？意识特别多就是气粗，后天意识比较少了，偶尔冒出来的一点念头，出来就被你觉察，马上又消失了，就是气不粗。你的觉察力强的话，就是本性的光，本性的光可以使念头消下去，淡化下去，弱下去，这是慢慢练出来的。"勿令猿马气声粗。昼夜绵绵息，方显是功夫"。这个容易懂，开了玄关二十四小时不停，这就是功夫。如果没有开玄关，就没有功夫。什么叫功夫？什么叫功？就是光。老天的先天一炁这个光，就是功夫。如果没开玄关，没接通老天的元气，就没有功夫。任人再怎么练，也没用，功夫是光练的，所谓的功夫、功德讲的都是光。

第二，性定情忘

每到一个新的地方，唐僧都很焦虑，孙悟空就劝他："我等兄弟三人，性和意合，归正求真，使出荡怪降妖之法，怕什么虎狼妖兽。"性是本体，本体的用是心、意、气。心是本性之舍，意是本性之机，气是本性之发。人有念头，有意识，有心气，有气的能量。这三个都是本性的用。修道修本性就是不用心、意、气，不用就是修本，用就伤体。你知道什么是体，什么是用，整个修道的过程，修的就是不用，无为，不用修的就是本体。所谓的明心见性，知道那个本体，随时回归。凡是有的、用的都是伤它。把用给觉察出，给清掉，修道就是干这个。修道就是修心性，修的就是不用，不用心、意、气。它们都是本性的用，不要用，用就会伤体。"我等兄弟三人，性和意合，归正求真"，什么叫归正？意不用了，定住了，归本性，意大定了就是归正。比如说，修心性几年后，脑子里什么都

本性是体

心本性之舍　意本性之机　气本性之发　本性之用

用伤体

没有了，什么都忘了，这就叫意归性。时间长了，金丹的光将妄念定住了，叫归正求真。意定了归本性就是正，意不定，本性之光总是被遮盖，就是邪。

唐僧比喻本性，比喻道胎，他的心一动，本性能量就被牵扯。其实唐僧也没有太多的事，就是吃饭睡觉，已经很简单了。但是，每回都因为他吃喝惹事，关键是他意大定还没定住，他总是慌，总是担心，唐僧这个心总是跑到未来。什么叫真心？真心就是当下之真。唐僧总是跑到未来，未来还没来呢，他就说哎呀，后边会怎么样，后边会有妖怪吧，后边会挨饿吧，他总不是当下之心，就总惹事儿。是心的问题，心跑到未来去了，你马上觉察，这事还没到呢，不用想了，马上把这个心放下。

远望见山凹中有楼台高耸，房舍清幽。唐僧马上欣然道："徒弟啊，这一日又饥又寒，幸得那山凹里有楼台房舍，断乎是庄户人家，庵观寺院，且去化些斋饭，吃了再走。"一见到房子就想到睡觉、吃饭，唐僧还是一个攀缘心，外缘有什么，他的心就随着动。修道不能这样，外缘要看不破的话，就会摔跟头。悟空急睁晴看，只见那壁厢凶云隐隐，恶气纷纷，回首对唐僧道："师父，那厢不是好处。"唐僧和孙悟空看问题，唐僧看表面，孙悟空看本质。"西方路上多有妖怪邪魔，善能点化庄宅，不拘什么楼台房舍，馆阁亭宇，俱能指化了哄人。你知道龙生九种，内有一种名'蜃'，蜃气放出，就如楼阁浅池。若遇大江昏迷，蜃现此势，倘有鸟鹊飞腾，定来歇翅，哪怕你上万论千，尽被他一气吞之。此意害人最重，那壁厢气色凶恶，断不可入。"三藏道："既不可入，我却着实饥了。"行者道："师父果饥，且请下马，就在这平处坐下，待我别处化些斋来你吃。"海市蜃楼，好像是一个好事，其实这是蜃气化的虚象。在西行的过程中，你的神所见，元神所看见的景象，往往是一种幻化，有的是自己的元神幻化出来的，或者是魔幻化出来的，有的是师父幻化出来的，这是对心性的一种考试。你看到不能昏，不能当真，一定要保持觉察清醒，用清明对治。

如果像唐僧那样昏，一看就当真，看到房子就往里走，就必遭难。比如你听到一个声音，很可能就是一个妖在准备侵入，但是你糊里糊涂地跟他对话，他说什么你就答应了。完了，你这一答应，妖就侵入了，可能好长一段时间不对劲，或者身体不对劲，或者精神不对劲，你会出问题，那就是被阴气侵犯了的结果。所以一定要明心见性，修道修的就是清明，越来越清楚，越来越明白，修的是极度的清明。

又向三藏道："师父，这去处少吉多凶，切莫要动身别往，老孙化斋去也。"唐僧道："不必多言，但要你快去快来，我在这里等你。"行者转身欲行，却又回来道："师父，我知你没甚坐性，我与你个安身法儿。"即取金箍棒，晃了一晃，将那平地下周围画了一道圈子。孙悟空说什么都是真的，元神跟能量是一体的，元神说什么都是事实。唐僧说话从来就不算数，说了也是白说，什么你看"不必多言"，"我在这里等你"。他等吗？他一会儿就不等了，识神说话根本不算数，根本不可靠。

悟空画了这个圈，把行李也放在圈里。然后孙悟空就说："老孙画的这圈，强似那铜墙铁壁，凭它什么虎豹狼虫，妖魔鬼怪，俱莫敢近。但只不许你们走出圈外，只在中间稳坐，保你无虞；但若出了圈，定遭毒手。千万千万！至嘱至嘱！"孙悟空说，你要在圈里肯定没事，你要出了圈肯定遭毒手。这讲的是元神看得到未来，元神是有预知的，它知道会出事，所以说你千万别出来。

唐僧没有坐性，坐性是什么？两个人一个土，两个人归一个土，就是同心，一心就是本性。悟空画一个圈，让别出圈，是意识不要乱动的意思。那胡思乱想，离开本性，就是没坐性。意定了就是归本性，定不住就是无坐性，讲的是不离开本性的意思。心不随境转，外边有什么东西不能牵动你。视而不见，听而不闻，听见了好像没听见，叫有坐性，性定情忘。这个圈代表本性，不出这个圈代表的是心不随境转，讲的是意定，意定光凝。

第三，忘物忘形

孙悟空就去化斋了，碰上一个老头，老者闻言，点头顿杖道："长老，你

且休化斋，你走错路了。"
行者道："不错。"老者
道："往西天大路，在那
直北下，此间到那里有千
里之遥，还不去找大路而
行？"北对的是腹部，直
北下就是北的对面指头，
他说西天的大路就在头上。
行者笑道："正是直北下，
我师父现在大路上端坐，
等我化斋哩。"上端就是头，指脑光、性光。那老者道："这和尚胡说了。你
师父在大路上等你化斋，似这千里之遥，就是走路，也须得六七日，走回去又
要六七日，却不饿坏他也？"行者笑道："不瞒老施主说，我才然离了师父，
还不上一盏热茶之时，却就走到此处。如今化了斋，还要趁去作午斋哩。"老
者好像挺懂道的，但是他跟孙悟空一对话就比出来了，孙悟空说的是，一会儿
就走个来回，假道不知道真道的时间、空间，元神没有空间，没有时间，一转
眼就到了。假道他从后天的时间观念说，回来再十三天，共二十六天，是吧。
他是从一个后天的知识上说，对比两人的对话，就知道真假了。

再看他那态度，好像挺懂道的，对于修道的人来说，道是共性，修道的来了，
一个懂道的人就应该支持他们，该给饭吃，该给衣服穿，你就应该帮助他，是吧。
结果，却是一个非常恶毒的态度，假道没有起码的慈悲心，连起码的善心都没有。

那老者道："实不瞒你说，我家老小六七口，才淘了三升米下锅，还未曾
煮熟。你且到别处去转转再来。"行者道："古人云，走三家不如坐一家。我
贫僧在此等一等罢。"那老者见缠得紧，恼了，举藜杖就打。行者全然不惧，
被他照光头上打了七八下，只当与他拂痒。那老者道："这是个撞头的和尚！"
行者笑道："老官儿，凭你怎么打，只要记得杖数明白，一杖一升米，慢慢量来。"
提到一个一、一个十五，又说走三家不如坐一家，又说一杖一升，都是在暗示金丹。

好大圣，捻着诀，使个隐身遁法，径走入厨中看处，果然那锅里热气腾腾的煮了半锅干饭。就把钵盂往里一压，满满的压了一钵盂，即驾云回转不题。他去压了一瓢的饭，用的是隐身法。一个是驾云，一个是隐身法，表示的是忘物忘形，真道是无形的。这节标题是忘物忘形，对有形的东西你要放松，你不要执着于它。只有假道，只有识神，才会执着于有形有相的。忘形忘物，你要想本质，本质讲的是虚无，有了一碗饭，你要把它虚化掉，元精发动了，你要把它虚化掉，就是这意思。无心对待物质，无心吃这碗饭，要无心拿着这碗饭，讲的是当你有能量的时候，你要无心。真道和假道的区别是很明显的。

第四，情动性乱

再讲猪八戒，猪八戒又坐不住了。八戒道："此间又不藏风，又不避冷，若依老猪，只该顺着路，往西且行。师兄化了斋，驾了云，必然来快，让他赶来。如有斋，吃了再走。如今坐了这一会儿，老大脚冷！"三藏闻此言，就是晦气星进宫，遂依呆子，一起出了圈外。因为冷、热、吃、喝，这些后天的七情，他因为脚冷，唐僧因为饿，就情动了。把冷忘了，把饿忘了，才是本性状态。

猪八戒就去了一个房子，只见："那壁厢有一张彩漆的桌子，桌子上乱搭着几件锦绣绵衣。"呆子提起来看时，却是三件纳锦背心。他也不管好歹，拿下楼来，出厅房，径到门外道："师父，这里全没人烟，是一所亡灵之宅。老猪走进里面，直至高楼之上，黄绫帐内，有一堆骸骨。串楼旁有三件纳锦的背心，被我拿来了，也是我们一程儿造化，此时天气寒冷，正当用处。师父，且脱了褊衫，把他且穿在底下，受用受用，免得吃冷。"两个齐脱了上盖直裰，将背心套上。才紧带子，不知怎么立站不稳，扑的一跌。原来这背心赛过绑缚手，霎时间，把他两个背剪手贴心捆了。慌得三藏跌足抱怨，急忙上前来解，哪里便解得开？三个人在那里吆喝之声不绝，却早惊动了魔头也。有三个棉背心，他们觉得冷就穿上了，没想到这是妖怪下的套，也就是坑，是捆你的绳子。所以说你如果顺着想，就是猪八戒，猪八戒是识神，他就顺着想，一看现在冷，正好有棉袄给我穿，错了，那正好是妖怪逮你了，是吧。就是说，不要顺着想，要忘情忘物，不要顺着来，一顺着来就糟了，结果就被捆了，他们三个就被抓到妖洞里去了。

这说的就是喜、怒、哀、乐都属于情，应该情归性，八戒是攀缘心，脚冷，唐僧随缘而动，都是情役性，不能定性。情一动，性就被奴役。情不动，性是定的，性定光就凝。八戒不懂无形，也不信无形，以为是一个虚无的圈子抵不住老虎。不懂这个圈是一个金光罩，是高光的保护，阴气的东西根本进不了圈。

里头有个尸体，一个亡灵，讲的是食色心一动，尸魔就来。三打白骨精的时候，因为吃显示的就是尸魔。这次又是为了吃，尸魔又来了。三件衣服讲的是贪、嗔、痴，穿上就被捆了。为了这个幻身，不能动心，动了心思就是自己捆自己，不是妖来捆你，是自己捆自己。识神的阴气一动，就是自招其魔，就是自己捆自己。

第五，失去主宰

老翁道："这座山叫做金兜山，山前有个金兜洞，那洞中有个独角兕大王。那大王神通广大，威武高强。那三众此回断没命了，你若去寻，只怕连你也难保，不如不去之为愈也。"金兜山，放在兜里，把金藏起来叫金兜山。兕是牛，一个似牛非牛的神兽，牛对应土，土是元气电感。金兜山独角兕大王，独角是真一的能量，也就是先天一炁的电感。土本来生金，电感生出金光来，五行的金木水火要均衡。土太多了，金露不出来。土太厚了，土埋金了。妖怪是唐僧的照妖镜，土埋金的原因是意定不住，有电也生不出光来。

这时候孙悟空化斋回来，一看人都不见了，孙悟空就急了。行者忍不住焦躁，

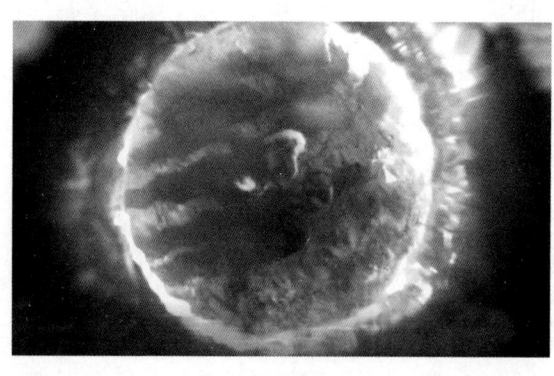

金光圈

把金箍棒丢将起去，喝声"变！"即变作千百条铁棒，好似飞蛇走蟒，盈空里乱落下来。那伙妖精见了，一个个魄散魂飞，抱头缩颈，尽往洞中逃命。老魔王哂哂冷笑道："那猴不要无礼！看手段！"即忙从袖中取出一个亮灼灼、白森森的圈子来，望空抛起，

叫声："着！"呼啦一下，把金箍棒收做一条，套将去了。弄得孙大圣赤手空拳，翻筋斗逃了性命。那妖魔得胜回归洞，行者朦胧失主张，这正是："道高一尺魔高一丈，性乱情昏错认家。可恨法身无坐位，当时行动念头差。"在修道过程中，有了光，带动能量的能力就大了。比如你原来带一两，现在带一斤，你的念头如果管不好的话，一念带的阴气就大，所以这就叫道高一尺魔高一丈。魔是怎么来的呢？魔是自己造的，是自己的心魔，自己的意识管不住，自己的神昏管不住，带的阴气就大，就叫魔高一丈。"性乱神昏错认家"，性是主体，是主人，但是动了情，神昏了，情找不着家了。"可恨法身无坐位"，刚才说的是无坐性，本性守不住，跑到后天意识上。现在又说法身无坐位，法身是心光，心光没地方待了。讲的是后天意识心的燥火，心一动光就跑出去了，火克金，光属金，最怕人的心火，心火一起，光就逃难去了，叫"可恨法身无坐位"。

妄意是土，独角兕代表的是土，这个妖怪是土，妖怪这个土在中心的地位，如果它一乱的话，整个五行就乱了，所以它不能乱。木克土，阴土大了，木克不住它了，妄意乱性，就伤害心光。性定情忘，本性是定的，七情六欲，所思、所想、所感，所有这一切东西，都要把它忘掉。所谓修道，修的就是忘，把这些有形的都忘了，然后才能保住本性的光，叫性定情忘。情动性乱，金克木，金克游魂，光不要乱走，好好在这待着，乱跑就是游神，把光给出游了。七情六欲太大了，就是鬼魄大了，阴气大了，阳的力量就被削弱了，叫情动性乱。失去主宰，孙悟空的金箍棒被收了，是失去主宰，性魂是主心骨，是定海神针，如果妄意乱性，情动乱性，就失去主权，本性就不做主了。

妄意乱性
性定情忘
情动性乱
失去主宰

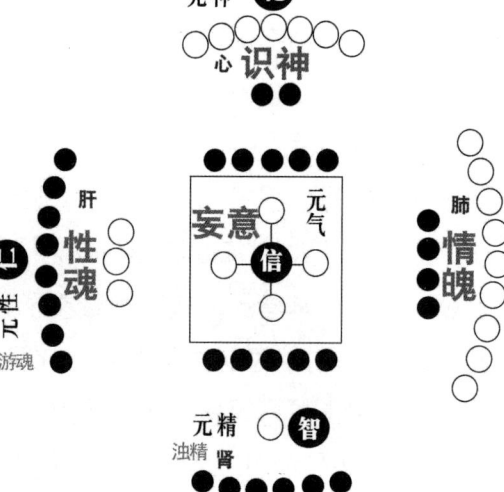

心意性

第五十一回　意土放荡，心失主杖

第五十一回　心猿空用千般计，水火无功难炼魔

第一，外求没用

第五十一回，接着讲心失主杖，意大定定不住，光跑出去了，本性之光是主宰，光不在家，神不守舍了。解决这个问题，只有回归本性，熄灭人心的燥火，光才会回来。"心猿空用千般计，水火无功难炼魔"，孙悟空想了很多办法，就是人心的计谋，不是熄火而是火上浇油，所以解决不了光离家出走的问题。有一首诗讲孙悟空和他师父。

> 佛恩有德有和融，同幼同生意莫穷。同住同修同解脱，同慈同念显灵功。
> 同缘同相心真契，同见同知道转通。岂料如今无主杖，空拳赤脚怎兴隆！

孙悟空是先天一炁，唐僧是本性，本性是智慧，先天一炁是能量，能量智慧是一体的，现在把能量和智慧给分开了。"佛恩有德有和融"，德是光，有德有融合，本性与光是融合的。"同幼同生"讲的是本性和先天一炁都是初心本原，都是最初的生机能量。同住、同修、同解脱，性命一体，所以是同住同修的。性命是两个合一才能解脱的。"同慈同念显灵功"，同样的慈悲心、同样的念头，光就外显做功德。"同缘同相心真契"，他们两个都是光，都是来自本原的光，与道真相契合。"同见同知"，他们是共同的价值观，共同的理念，所以就通道。但是，没有了金箍棒，赤手空拳了，没有了道用，道怎能兴隆呢？阴阳合一是活的，现在变成了死的，他怎么能赢呢？

悟空就谋划，找玉帝搬救兵。悟空自己没主意了，想让别人给做主，找一个主心骨，玉帝的态度是你要干什么随便挑吧，玉帝不给他做主。玉帝没到本性层面，玉帝做不了主。如果悟空去找佛祖，佛祖一给点拨，心灯一点，他明白了要自己回归本性，光就回来了，自己的主心骨就有了。本性是主杖，孙悟空找玉帝，想找主心骨，但是本性不在外面，玉帝替你做主，解决不了妄意乱动、

燥火逼心、光离家出走的问题。

真个那天师启奏了玉帝，玉帝即令李天王父子，率领众部天兵，与行者助力。那天王即奉旨来会行者。行者又对天师道："蒙玉帝遣差天王，谢谢不尽。还有一事，再烦转达：但得两个雷公使用，等天王战斗之时，教雷公在云端里下个雷撺，照顶门上锭死那妖魔，深为良计也。"天师笑道："好，好，好！"天师又奏玉帝，传旨教九天府下点邓化、张蕃二雷公，与天王合力缚妖救难。遂与天王、孙大圣径下南天门外。

悟空就挑了托塔李天王和哪吒，他挑了几个老熟人，谋划着出其不意，教雷公在云端里下个雷撺，雷撺这东西根本不存在，没有这样的东西，这是一个虚无的东西。这太子使斩妖剑，劈手相迎。他两个搭上手，却才赌斗，那大圣急转山坡，叫："雷公何在？快早去，着妖魔下个雷撺，助太子降伏来也！"邓张二公，即踏云光，正欲下手，只见那太子使出法来，将身一变，变作三头六臂，手持六般兵器，望妖魔砍来，那魔王也变作三头六臂，三柄长枪抵住。这太子又弄出降妖法力，将六般兵器抛将起去。

是哪六般兵器？却是砍妖剑、斩妖刀、缚妖索、降魔杵、绣球、火轮儿，大叫一声"变！"一变十，十变百，百变千，千变万，都是一般兵器，如骤雨冰雹，纷纷密密，望妖魔打将去。那魔王全然不惧，一只手取出那白森森的圈子来，望空抛起，叫声："着！"呼啦一下，把六般兵器套将下来，慌得那哪吒太子赤手逃生，魔王得胜而回。孙悟空准备用计，给妖下个雷撺，但是没弄成，两人刚要动手时，哪咤已经变出三头六臂来了，妖怪也变出三头六臂，悟空的计谋没用上，根本就不灵，连使都使不上。你如果用心计来治六神无主的毛病，就是枉费心机，根本就不可能。光是本性层面，用人心怎能解决？

哪吒也是以多制一，把他的兵器变了，变的成千上万，像下雨一样打妖怪，结果人家呼啦一下就把他的六般兵器全给收了。孙悟空找到了托塔李天王和哪吒，想让这两人帮着做主，但是，主人在你自己心里，不在外边，找别人给你做主就错了，你必须得自己有主见。魔是意不定，不回归本性，这个魔是除不掉的。意乱的时候，没有回归本性，你是打不赢的，只要一回归本性就赢了。

本性是高能量，纯阳能量一起来，阴气就被化解了。但是人一遇着事就懵了，顺着跑，变得六神无主。

第二，水火不利

悟空又请火德星君放火，妖怪那个圈子又把放火的工具给收了，然后又放水，"那水伯将盂儿望黄河舀了半盂"，半碗黄河水，结果淹不着人家洞，反而把农田给淹了。悟空就说你快收水吧，水德星君不会收，泼水难收，水泼出去收不回来。圈子又把放水的工具给套走了。

孙悟空想用雷来帮助哪吒，没帮成，想用火来助李天王，也没弄成。心、意、性这三个东西，在心和意这个层面上出了问题，用火是不行的。妄意是土，问题出在土上，用水火能行吗？水火是管不了土的，假土使四象不合，意土一乱五行全乱，现在阴土大了，水火早就乱套了，已经都失常了，还能战胜土吗？所以水火根本就不行，没有真意土，水火无济于事，水火是二，那个圈子是一，二战胜不了一，水火不利。

第三，身外身失灵

孙悟空又变出三五十个小猴子，扯着他，扯腰的扯腰，抓眼的抓眼，揸毛的揸毛，来捉这个妖。结果，妖怪一晃圈子，几十个小猴子现了本相，是毛变的小猴子。妖怪把小猴子变成毛，讲的是本性的力量，让你原形毕露。本来不是真的猴子，妖怪用的是本性的力量，力量是很强大的。

孙悟空变成一个苍蝇，苍蝇讲的是婴儿，蝇是婴的意思，婴儿讲的是法身。然后他"又变作一个獯头精，慢慢的演近台边，看觑多时，全不见宝贝放在何方。急抽身转至台后，又见那后厅上高吊着火龙吟啸，火马号嘶。忽抬头，见他的那金箍棒靠在东壁，喜得他心痒难挠，忘记了更容变象，走上前拿了铁棒，现原身丢开解数，一路棒打将出去。慌得那群妖胆战心惊，老魔王措手不及，却被他推倒三个，放倒两个，打开一条血路，径自出了洞门"。

悟空变了一个野猪的样，忘了变回来，走上前就拿金箍棒，然后就打，打

开一条血路，放倒两个，径出洞去。小孙悟空讲的是身外身，身外身是如意的，但是你现在乱意了，身外身就失灵了。意大定，光才如意。现在你自己意乱了，这个光你根本指挥不动。孙悟空变婴儿，讲的是用了无形，这个意在无形里叫觉照。在后天是后天意识，在先天，在无形世界里，意叫觉照，就是元神的观和照。观和照就是本性，就是意土归于本性。

第五十二回　老君收拾独角咒，讲恢复本性

第五十二回　悟空大闹金兜洞，如来暗示主人公

第一，偶然一悟

谁是真正的主人，找到主人问题就解决了。妖怪把圈子套在胳膊上睡觉，行者就变成一个黄皮跳蚤。黄是土，悟空变土。孙悟空是先天一炁，孙悟空变成一个土，那讲的是真土，妖怪是假土。黄皮跳蚤，讲的是真土制假土。

跳蚤咬，妖怪也不松手，没办法，又咬一口。映着火光看了一遍，又见背后一张石桌上有一个篾丝盘，放着一把毫毛，大圣满心欢喜将毫毛拿起来，吹了两口又变出三五十个小猴子，把那些天兵天将的武器都给搬回来了。妖怪刚才拿着圈子，让孙悟空的小猴子现了原形，这妖怪还不错，把那些毛都给收起来，放在一个盘子上，妖怪还是很暖心的，悟空就把那毛收起来。

然后悟空就放火，"骑了火龙，纵起火势，从里边往外烧来"。从里边开始找问题了，意乱是离开了本性，是你里面出了问题，从里头烧起火来，讲的是已经开始找对方向了。方向对了，问题就可以解决了。

第二，得而复失

看这妖怪，"妖怪就急欠身开了房门，双手拿着圈子，东推东火灭，西推西火消，满空中冒烟突火，执着宝贝跑了一遍，四下里烟火俱熄"。圈子是万能的，这圈子什么都能干，火也能救，讲本性是万能的。

妖怪说，火定是孙悟空放的，"怪道我临睡时不得安稳，想是那贼猴变化进来，在我这胳膊叮了两口，一定是要偷我的宝贝，见我抹勒得紧，不能下手，故此盗了兵器，纵着火龙，放此狠毒之心，意欲烧杀我也。贼猴啊！你枉使机关，不知我的本事，我但带了这件宝贝，就是入大海而不能溺，赴火池而不能焚哩"。逮着他一定得出气，妖怪拿着乾坤圈，圈子是本性之光，刀兵水火都奈何不了。

这个时候，天神的兵器已经被小猴子给拿回来了，天兵天将手里已经有兵

器了。孙悟空就又去叫阵，妖怪又拿出来圈子，众神依然赤手，大圣依然空拳，兵器就又收回去了。这讲的是暂时一悟不行，一悟是短暂的光，光还没回来，住在家里，所以得而复失，讲悟要持之以恒。

偶然一悟不行，你必须长期地悟，就像打井一样，一直往深了打，累积起来十多年，开悟的东西就很多，光就很稳定地待住了。

第三，回归本性

孙悟空道："我想起来，佛法无边，如今且上西天问我佛如来，教他着慧眼观看大地四部洲，看这怪是哪方生长，何处乡贯住居，圈子是件什么宝贝。不管怎的，一定要拿他，与列位出气，还汝等欢喜归天。"众神道："既有此意，不须久停，快去快去！"天神是自然能量，都没达到本性智慧层面，所以解决不了问题，找如来是找智慧。金丹是能量智慧合一体，能量不是问题，是智慧出了问题。

悟空找到如来，如来即令十八尊罗汉开宝库取十八粒"金丹砂"与悟空助力。十八是两个九，表示纯阳。把金丹砂撒过去，妖一踩上就会越陷越深，拨不起来，这样就能把妖治住。但是，金丹砂是涣散之物，还不能最终解决问题。十八罗汉，每人一粒金砂，十八是木，一个木，一个各，是格物致知的格，说金丹是一个实践的，不是一个空性。如来代表空性，如来的砂是一个散的，不能最终解决问题的。必须要格物致知，必须得有体验。罗汉跟他说，刚才我们出来的时候为什么晚出来一会儿，是如来嘱咐我们，如果解决不了，让你找太上老君去。性命合一是太上老君的金丹，代表空中出妙有，玄牝之门，虚无生妙有的道体。本性之光是人的本体，找到本体，就找到了根源。

第四，真空妙有

到了兜率宫，孙悟空说："取经取经，昼夜无停；有些阻碍，到此行行。"好像开玩笑，太上老君就说你西行路阻，跟我有什么关系呢？他说："西天西天，你且休言；寻着踪迹，与你缠缠。"太上老君就说："我这里乃是无上仙宫，有甚踪迹可寻？"我这都是个虚无的，哪有什么有形的踪迹可循呢？"取经取经，昼夜无停"，昼夜不停说的是玄关。"有些阻碍，到此行行"，西天取经，路上有困难，我就到本性这儿来"缠缠"，就是找本性，帮我一把，多来点本性的力量，我就能够接着走了。所以就是"有些阻碍，到此行行"，在本性这里找点帮助找点力量的意思。

孙悟空就查，说走了牛了，童子吃了一颗丹就睡着了，牛走了，他睡了七天，牛已经走了七年，七是元神的数，也是神火，睡了七天，睡觉其实是神出来一段时间，出去不回来。七日生死关，实际上是光七天都在外头。

太上老君说，妖只偷走了金刚琢，如果把芭蕉扇也拿走了，就连我也奈何不了他。金刚琢代表的是阳，芭蕉扇代表的是阴，对于太上老君来说，这是一对真阴真阳。妖怪是后天的阴土，阴土太大了，所以他是一个大魔障，像牛魔王一样难治。如果他把芭蕉扇也偷走了，就是阴阳合一了。那就是大道本体，谁也没办法，连太上老君也没办法。金刚琢和芭蕉扇，这是一对阴阳，代表的是真阴和真阳，但是这个圈代表的是无极圈。要是站在圈子本身来理解，自己就是一个阴阳合一体，代表的是无极大道，而从太上老君的工具这个角度来说，则是两个工具。扇子是炼丹炉扇火用的，是真阴，真阳起来了以后，得有真阴对治。扇火代表的是真阴，乾坤圈代表的是真阳，所以说你站在不同的立脚点，得出来的结论是不一样的。

独角兕大王是太上老君的坐骑，以前一般画的是老君骑牛，都是两个角，是一个牛的象，但独角兕大王不是一般的牛，是一个像牛的神兽，文献记载说它的角有三尺长，特别长。（**见彩图十九《老君的坐骑》**）

从画上来看太上老君的坐骑是牛。这个牛代表的是土，是先天一炁、电感，老君是本性。金丹是本性和先天一炁的电感合一，用老君骑牛来表示。也就是说，先天一炁是本性的坐骑，本性是老大，先天一炁是工具。本性没有先天一炁的能量是不能行道的。

太上老君将扇子扇了一下，那圈子就自己回到他手上了，讲本性是自然的、自动的，一扇自动就回来了，然后第二扇就现了本相，原来是头青牛。

老君扇扇子，讲的是亲理火候。过七日生死关的时候，圣婴出胎的时候能量超高，是师父亲理火候。师父一来能量就特别强，你就感觉到天旋地转。圣婴刚一出来就被太上老君给抱走了，好像是刚生的孩子被太上老君抱走了。很多人看到同样的玄象。

第五十三回　子母河水，讲幻婴邪胎

第五十三回　禅主吞餐怀鬼孕，黄婆运水解邪胎

第一，金公养命

喝了子母河的水，就会怀孕，这一回和后边的女儿国、蝎子精这两回是一组内容，讲的是修命，怎么修真阳。

> 德行要修八百，阴功须积三千。均平物我与亲冤，始合西天本愿。
>
> 魔咒刀兵不怯，空劳水火无愆。老君降伏却朝天，笑把青牛牵转。

什么叫德行？德行就是精化气、气化光，这叫德的运行，不是骂人的那个德性。这叫德行，不是一个字，德性是性命的性，这个是行路的行。精化气、气化光叫德行。德行八百，阴功三千，才能均衡了冤亲债主。你得化出来那么多光，把冤亲债主的阴气都给度走了，才能够回归初心。初心是干净的，但是投胎带来的历劫轮回惹的冤亲债主，都是阴气，是灵光的历史包袱。首先要精化气，气化光，先把它们度走，你的光才真正干净了。光去做好事，积功德，光在舍中得功德，小舍小得，大舍大得。光是大慈大悲的，是真我、大我。

魔咒指的是青牛，刀兵水火也拿它没办法，老君来了才解决问题。讲的是人化出来的本性之光，有了光就不怕魔了。老君把牛牵走，讲的是光把阴气转化。你有了光，精化气，气化光，光足了，把冤亲债主送走了，你才干净了，有魔也不怕。魔水火都不怕，但是怕光，你有了光就是老君，老君就把魔牵走了。

这时候土地因为离这里近，就把孙悟空要来的饭给热了送回来，打了好多日子了，土地才把饭热了送来。土地道："圣僧啊，这钵盂饭是孙大圣向好处化来的。因你等不听良言，误入妖魔之手，致令大圣劳苦万端，今日方救得出。且来吃了饭，再去走路，莫辜负孙大圣一片恭孝之心也。"三藏道："徒弟，万分亏你！言谢不尽！早知不出圈痕，哪有此杀身之害。"行者道："不瞒师父说，只因你不信我的圈子，却教你受别人的圈子。多少苦楚，可叹，可叹！""孙

大圣向好处化来的",饭就是先天一炁,是孙大圣化来的先天一炁,不是米饭的意思。先天一炁都是孙悟空化来的,别人是不行的,只有孙悟空能化。这个"好处"是先天一炁可以生法身,脱幻身,所以叫"好处"化来的。出了这个圈子,就受了那个圈子,讲的是邪正不两立,你出了正的就会进邪的。出此入彼,唯贵自知,你一定要清明,要神不昏,要很清醒,很明白,知道这个圈是什么,那个圈是什么,一定要很明白,唯贵自知。

第二,浊精之害

喝子母河的水,讲的是浊精之害,三藏见那水清,一时口渴,便着八戒:"取钵盂,舀些水来我吃。"那呆子道:"我也正要些儿吃哩。"即取钵盂,舀了一钵,递与师父。师父吃了有一少半,还剩了多半,呆子接来,一气饮干,却服侍三藏上马。说未毕,师父声唤道:"疼得紧!"八戒也道:"疼得紧!"他两个疼痛难禁,肚子渐渐大了。用手摸时,似有血团肉块,不住的骨冗骨冗乱动。似有血团肉块,比喻的是有为法弄浊精浊气的,意守、观想送能量,叫什么搓、嘎、提、吸、闭,就是闭着气把能量给嘎上来,给提上来,讽刺有为法,用意念,搞得到处是肿块。

"你师父吃的那水不好了,那条河唤做子母河,我那国王城外,还有一座迎阳馆驿,驿门外有一个照胎泉,我这里人,但得年登二十岁以上,方敢去吃那河里水,吃水之后,便觉腹痛有胎,至三日之后,到那迎阳馆照胎水边照去,若照得有了双影,便就降生孩儿,你师吃了子母河水,以此成了胎气,也不日要生孩子,热汤怎么治得?"他们说肚子疼,喝点热汤肚子就不疼了,这还是相信有形,大道讲的是无形的。在《钟吕传道集》中钟离权祖师说:涕唾精津气血液,七般灵物总皆阴。凡是人的身上有形的唾沫、液体呀,什么血呀,全都是阴气。《参同契》说"牝鸡抱卵,其雏不全。以女妻女,以阴炼阴。胡为乎而绲缊,胡为乎而化生"。说人的肉身有形的物质全是纯阴的,纯阴的怎么能做纯阳金丹呢?怎么能够化生万物呢?不可能化。魏伯阳在《周易参同契》里讲的以自家精血交结丹胎,作身里夫妻之妙,此无真师指示,误认玄旨,便是三藏、呆子渴饮子母河水，而结就鬼孕，致成身患也。有为法结的是阴的、假的，是幻婴，是身上的肿块，是身上出的毛病。

喝子母河的水男人怀胎，比喻的是有为的炼功，阴阳双修，弄浊精浊气，就会在身上结肿块。三天之后，到那水里去照，看到了双影就生孩子。猪八戒和唐僧刚喝了水，肚子就大了，讲的是圣婴长得很快，不是我们生孩子十月怀胎，慢慢长，不是！光够了孩子就大了，是这么回事，光长得很快，孩子就长得很快，这是金丹光长得很快的验证。

"子母河流，俱是纯阴"，子母河的水是纯阴的，先天一炁是纯阳的。用迎阳驿馆那口井里的水一照，有没有影子，就知道结没结胎。没有男人而结胎，迎阳驿馆是一个客栈，是一个旅馆的名字，名字叫迎阳，过了二十岁的女子，喝了子母河的水，到这里一照就有胎。没有男人就有胎，讲的就是纯阴的意思。女人没有男人而怀孕讲的是一个虚无的迎阳信息，一个虚的，并没有实的真阳，讲的就是纯阴。

三藏闻言，大惊失色道："徒弟啊！似此怎了？"八戒扭腰撒胯地哼道："爷爷呀！要生孩子，我们却是男身，哪里开得产门？如何脱得出来？"行者笑道："古人云，瓜熟自落，若到那个时节，一定从胁下裂个窟窿，钻出来也。"看《李子树下》那张腋下出生的画，讲的就是光，纯阳的光，就是心光。心光在肋骨这个地方往外放光，不是生孩子的意思，是心光出来的意思。你看小说虽然讲男人怀孕的事，随口说的一句话，都是在隐传金丹。心光从心场区这个区域往外放光，这就是隐传，每一句话都不能放过，到处是天机。

三藏哼着道："婆婆啊！你这里可有医家？教我徒弟去买一帖堕胎药吃了，打下胎来罢。"那婆子道："就有药也不济事，只是我们这正南街上有一座解阳山，山中有一个破儿洞，洞里有一眼落胎泉，须得那井里水吃一口，方才解了胎气。却如今取不得水了，向年来了一个道人，称名如意真仙，把那破儿洞改作聚仙庵，护住落胎泉水，不肯善赐与人。但欲求水者，须要花红表礼，羊酒果盘，志诚奉献，只拜求得他一碗儿水哩。你们这行脚僧，怎么得许多钱财买办？但只可挨命，待时而生产罢了。"有药也不济事，这不是肉胎。正南街上解阳山中有一个破

儿洞，洞里有一眼落胎泉，须得那井里水吃一口，方才解了胎气。这讲什么？正南是离卦，水是坎卦。落胎泉在正南，水在正南，讲的是一个坎离相交的地方，是离卦又是坎卦，是一个水火既济的地方，有了先天一炁，阴气的病就能去掉了。

解阳山解的就是真阳之理，破儿洞破的是无知之妄，根本不懂真假，假道认为是人炼的，破儿洞就是破除这个歪理邪说。一眼落胎泉，一眼就是正眼法藏，就是先天一炁。真正的胎是先天一炁，有了先天一炁才解决问题。如果是有形的东西，结出来的只能是肿块，无形的先天一炁是光，光就能够结圣胎，结真胎。水火既济，真阴真阳交媾了，接通先天一炁了，就是真的如意真仙，真的聚仙庵。得了先天一炁就是得了仙的光，所以叫如意真仙，叫聚仙庵。这个名字起的是对的，但是内涵不对，人心妄意，弄浊精性欲的，内涵不对。所以你不要看表面的，不要看表面，要看本质。

先天一炁真阴真阳合一，这是珍宝。要得珍宝，必须给花红表礼世间财，守落胎泉的是牛魔王的兄弟，红孩儿的叔叔。这个光是一个天宝，得宝贝必须要有礼物，讲的是：第一，要有人身上的元精，元精化光，这是世间财。"善财难舍、花红表礼"。第二，高光能量是不舍得。没有舍的心，真心没出来，给你什么你也接不住，只有真心出来了才能接住。第三，骗人骗不了神，神就是光，如果你只想说两句好话，光就不答应，光不给。光的世界有光的规矩。在小说中好多地方都提这个，不然的话就只能挨命，什么叫挨命？挨命就是等着死了再投胎，再有光，也没办法了，因为你的光毁了，假的光又是一个病，你这种状态怎么办？你就只能等着下辈子投胎，再有光再说。

第三，如意真仙

行者道："我是唐三藏法师的大徒弟，贱名孙悟空。"那道人问曰："你的花红酒礼，都在哪里？"行者道："我是个过路的挂搭僧，不曾办得来。"道人笑道："你好痴呀！我老师父护住山泉，并不曾白送与人。你回去办将礼来，我好通报，不然请回，莫想莫想！"行者道："人情大似圣旨，你去说我老孙的名字，他必然做个人情，或者连井都送我也。"孙悟空说这话，他根本不可能给井水。刚才是妖的徒弟，现在是妖出来了。妖出来怒目道："你师父可是唐三藏么？"行者道："正是，正是。"红孩儿是他家的人，他是牛魔王的兄弟，本来他们家族都通知了，见着孙悟空要找他算账，正没地儿报仇呢，你就来了，你还想要水！讲真阴真阳是好和，你现在还打，阴阳根本就不好，真阴就不出来。

这时，妖怪把门关上了，大圣就自己取水，被妖怪赶来拿钩子一跌，将桶给钩漏了，水就漏没了。后来孙悟空想了一个办法，干脆喝到嘴里，嘴里这一口水就能解胎了，喝了一大口，含在嘴里就跑。妖怪叫他，一答应，这水咕咚的就被他喝了。没弄成，就想找帮手。聚仙庵的如意真仙，是妄意弄浊精。

第四，土克水

沙和尚是土，土克水，也就是他的能量能管住妖。

老婆子笑道："爷爷呀，还是你们有造化，来到我家！若到第二家，你们也不得囫囵了！"八戒哼哼道："不得囫囵，是怎么的？"婆婆道："我一家四五口，都是有几岁年纪的，把那风月事尽皆休了，故此不肯伤你。若还到第二家，老小众大，那年小之人，哪个肯放过你去！就要与你交合。假如不从，就要害你性命，把你们身上肉，都割了去做香袋儿哩。"女儿国是纯阴的，从来没有过男人，男人要想从这里过，休想全身出去，肯定把身上的肉给你割掉。讲欲望达到了非常疯狂的地步，描写的是真阳，人的欲火中烧，人在欲火中烧得太过分了。

真铅若炼须真水，真水调和真汞干。真汞真铅无母气，灵砂灵药是仙丹。

婴儿枉结成胎象，土母施功不费难。推倒旁门宗正教，心君得意笑容还。

这时候水还没来，就去打水了。癸水是假水，壬水才是真水，也就是元精才是真阳，癸水就是浊精。真铅若炼须真水，要壬水炼，元精炼真铅。真水调和真汞干，壬水，坎卦的阳爻，与离卦中的阴爻交换，阳把离卦中间的阴爻给补了，叫"真汞干"。"真汞真铅无母气"，母气是土，真汞真铅调和到一起要有真土，真土就是先天一炁，老天的元气电感。"灵砂灵药是仙丹"，灵砂灵药指的是光，铅飞汞干讲的是真阳把真阴补了，坎离变成了乾坤。乾坤交媾了就是光，就是开玄关。"婴儿枉结成胎象，土母施功不费难"，如果是假的，

不是灵砂灵药的仙丹，人为弄的，结的胎也是幻胎，根本不是圣胎，是病胎，讲这意思。"土母施功不费难"，如果你有先天一炁，那也不是难事，是很容易结圣胎的。"推倒旁门宗正教，心君得意笑容还"，喝子母河的水比喻有为的炼功，弄浊精浊气，是邪门歪道。你明白了这个道理，你就知道什么是正的，你不要信邪门歪道，你要信正的。"心君得意笑容还"，你的元神本性，你的神就乐了，神能量高了，好玩了，他自由了，他是一个超级的宇宙飞船，他一会儿上这，一会儿上那，他乐呀！神本身就是这样的，恢复了他的本来面目，所以他就乐了，高兴了，就这意思。如果推倒旁门，得了金丹之正，就会步步有验证，一步一步都是对的，会一步一步地变、会无休止地变。但你要是得了假的，你就生了病。这一回就是骂假的。

第五，消化凡胎

这时候水来了，大圣纵着祥光，赶上沙僧。纵着光讲打水都是虚无的。

喜喜欢欢，回于本处，按下云头，径来村舍，只见猪八戒腆着肚子，倚在门枋上哼哩。行者悄悄上前道："呆子，几时占房的？"呆子慌了道："哥哥莫取笑，可曾有水来么？"行者还要耍他，沙僧随后到了，笑道："水来了，水来了！"三藏忍痛欠身道："徒弟啊，累了你们也！"那婆婆却也欢喜，几口人都出来礼拜道："菩萨呀，却是难得，难得！"急忙取个花瓷盏子，舀了半盏儿，递与三藏道："老师父，细细地吃，只消一口，就解了胎气。"八戒道："我不用盏子，连吊桶等我喝了罢。"那婆子道："老爷爷，唬杀人罢了！若吃了这吊桶水，好道连肠子肚子都化尽了！"讲阴气很重的意思。有一首诗：

洗净口孽身干净，销化凡胎体自然。

讲金丹入口就是先天一炁，纯阳之光一来，阴气就一下消除了。"洗净口孽身干净"，喝水的事很造孽，唐僧为了喝水，招惹了这么大的麻烦。又忘记法身，重视幻身了。"销化凡胎体自然"，本性是体，本性是光，自然之光又恢复了。喝了子母河水，身上长了血块，实际上是光遭了难。现在他喝了水，落了胎，光也恢复自然了。

第五十四回　女儿国，讲对境无心

第五十四回　法性西来逢女国，心猿定计脱烟花

第一，纯阴无阳

"法性西来逢女国"，西天取经就是证本性，证本性一定会遇到女儿国，一定会遇到真铅氤氲这件事，真阴真阳得交感，若不交感的话，光就长不出来。西天取经，躲不开元精发动这件事。

"话说三藏师徒别了村舍人家，依路西进，不上三四十里，早到西梁国界，那里人都是长裙短袄，粉面油头，不分老少，尽是妇女。"讲女儿国纯阴无阳，正在两街上做买做卖，忽见他四众来时，一齐都鼓掌呵呵，整容欢笑道："人种来了！人种来了！"对于人来说，女人得了男人，是得了人种。对于修金丹来说，阴阳交感，真铅氤氲化出来光，是道种。顺则成人，逆则成仙。

女王闻奏，满心欢喜，对众文武道："寡人夜来梦见金屏生彩艳，玉镜展光明，乃是今日之喜兆也。"金指的是精，金炉玉鼎，金炉指腹部，玉鼎指头部，金炉玉鼎都放光了。真阴真阳在梦里都放光了，讲的是感应，还没见到人，女王的神能够感应环境里真阳的气息。神感应了真阳，已经真铅氤氲了。讲的是真阴真阳是无形交感的。

"我国中自混沌开辟之时，累代帝王，更不曾见个男人至此。幸今唐太宗御弟下降，想是天赐来的。寡人以一国之富，愿招御弟为王，我愿为后，与他阴阳配合，生子生孙，永传帝业，却不是今日之喜兆也。"女儿国的人都很高兴，女招男，讲的是真阴的空静，一空静感觉到有电，电是阳，就是女招男。

"太师作媒，迎阳驿丞主婚，先去驿中与御弟求亲，待他许可，寡人却摆驾出城迎接。那太师领旨出朝。"太师是个女的，太师就先去说合去了。

第二，顺其所欲

行者道："不是相请，就是说亲。"三藏道："悟空，假如不放，强逼成亲，

却怎么是好？""师父只管允她，老孙自有处治。"行者道："太师说得有理。我等不必作难，情愿留下师父，与你主为夫。快换关文。打发我们西去。待取经回来，好到此拜爷娘，讨盘缠，回大唐也。"徒弟去取经，把师父留下，取经回来再把师父接走。唐僧又为难，又担心。孙悟空就说了，女儿国的人不是妖，不能打，只能答应了，再想办法，这讲的是顺其所欲，先要真铅氤氲，先要交感，得需要真阴跟你交感，不能回避这件事。

三藏听说道："悟空，此论最善。但恐女主招我进去，要行夫妇之礼，我怎肯丧元阳，败坏了佛家德行；走真精，坠落了本教人身。"唐僧说丧失了元阳就是丢了德行，德行是什么？德行不是德性，德行是元精化成光，光是德一能量。道通过德显，德是光，德行是讲光的产生，光的运行。《西游记》教我们的，什么叫德行。顺其所欲，哄出宝信，然后逆用其机。顺其所欲，阴阳交感，真铅氤氲。对境无心就是逆着，动心了就是顺着。

第三，对境无心

太师跟他们说了以后，他们假装同意了，太师就回来报信儿，直入朝门白玉阶前奏道："主公佳梦最准，鱼水之欢就矣。"鱼水之欢，直接点出来是阴阳这个事。女王的姿态描写：女王闻奏，卷珠帘，下龙床，启樱唇，露银齿，笑吟吟娇声问曰："贤卿见御弟，怎么说来？"描写的是元精发动。女王看到那心欢意美之处，不觉淫情汲汲，爱欲恣恣，展放樱桃小口，呼道："大唐御弟！还不来占凤乘鸾也。"三藏闻言，耳红面赤，羞答答不敢抬头。猪八戒在旁，掬着嘴，饧眼观看那女王，眉如翠羽，肌似羊脂，脸衬桃花瓣，鬓堆金凤丝，秋波湛湛妖娆态，春笋纤纤妖媚姿，那呆子看到好处，忍不住口嘴流涎，心头撞鹿，一时间骨软筋麻，好便似雪狮子向火，不觉的都化去也。猪八戒动了色心，都看化了，讲的是阴阳交感了。

"同携素手，共坐龙车，那女主喜孜孜欲配夫妻，这长老忧惶惶只思拜佛，一个要洞房花烛交鸳侣，一个要西宇灵山见世尊。女帝真情，圣僧假意，女帝真情，指望和谐同到老，圣僧假意，牢藏情意养元神。"你看小说就直接点出来了，不动心就是养光。真铅氤氲后，光就出来了，《西游记》点得非常明白。"一个喜见男身，恨不得白昼并头谐伉俪；一个怕逢女色，只思量即时脱网上雷音。"说脱出烟花网，色就是电网，要脱出来，是要上雷音的。虽然他们俩上一个车了，但两人的心思完全不同。讲的是对境无心，不管女王怎么样的姿态，猪八戒是化了，就像四圣试禅心时一样，唐僧对境无心，不管你怎么样，我守着本性不动。

第四，真阴认可

这时要吃宴会了，三藏道："陛下！多蒙盛设，酒已酨了，请登宝殿，倒换关文，赶天早，送他三人出城罢。"女王依言，携着长老，散了筵宴，上金銮宝殿，即让长老即位。三藏道："不可！不可！适太师言过，明日天开黄道，贫僧才敢即位称孤，今日即印关文，打发他去也。"那女王细看一番，上有大唐皇帝宝印九颗，下有宝象国印、乌鸡国印、车迟国印，女王看罢，娇滴滴笑语道："御弟哥哥又姓陈？"三藏道："俗家姓陈，法名玄奘。"

女王道："我与你添注法名，好吗？"三藏道："但凭陛下尊意。"女王就把法名也给添上了，又问怎么上边没有三个徒弟的名字，通关文牒是大唐皇帝给的，那时候还没有三个徒弟呢。女王就写上孙悟空、猪悟能、沙悟净三人名讳。却才取出御印，端端正正印了，又画押传将下去。

通关文牒是虚中实的验证，有了验证，神的任务已经完成，人事就免了。通关文牒盖个章就完了，可是女王说东说西，讲的是一国女王之色、之美、之富贵，千娇百媚，两个人并着肩，腮靠着唐僧，形容真铅氤氲势不可当，电感炽烈难忍。刚说的陈姓，东土大唐来的，唐僧是东、女王是西，从东土来到西方去，讲的是阴阳交媾的意思。三个徒弟是悟空、悟能、悟净，女儿国是真铅氤氲这一关，如果过了女儿国这一关，那才有悟空、悟能、悟净。首先你要悟空，然后你要悟能，悟能量是怎么回事，然后你要归净、悟净，你不要想着人的那些杂念。如果过不了女儿国这个关，通关文牒上就没有三徒的名字，讲的是真阳这关你能不能过。女王画押是真阴真阳合一时，如果真阴不认可你，不买你的账不行，必须真阳真阴同心，跟你好合，真阴认可了，真阴真阳才能合一，才能够真铅氤氲起来。

所以女王画押就是真阴认可，真阴是空净的心。这个空净心才能感觉到能量。元神空净才能感觉到电，没感觉到电，是真阴不认可，感觉到了就是真阴认可了，认可了就有能量。

第五，了账解脱

这时候女王见不收礼物，就招待吃饭，取御米三升，在路权为一饭。"三"是精气神三合一，女王比喻的是真阴的认可，三家合一了，元精化元气，元气化元神，是元精元气元神三合一。"三升一饭"是已经化出光来了。八戒听说个"饭"字，便就接了，捎在包袱之间。行者道："兄弟，行李见今沉重，且倒有气力挑米？"八戒笑道："你哪里知道，米好的是个日消货。只消一顿饭，就了账也。"遂此合掌谢恩。一顿饭了账，就是性命合一，一顿饭的工夫就够了，元神的光就化出来了。长生之光是不生不死的。性命俱了，叫了账。"了账"的意思就是人的光，普通的人去世了以后，他的光就没有了，但是修行人这个光是不灭的，叫了账。一声就了账，是一声喝破，国色也不过是骷髅，将计就计，不过为了宝信真铅。脱离了烟花网，但是内心的色魔，只起这一念，就已经被女妖给摄走了，讲一念就化成了浊精。

脱离了烟花网又遇风月窟，又遇到色毒了，唐僧为什么遇到这个呢？是说唐僧跟女儿国国王接触的时候，有好多交流，电视剧里演的给他一个石子，说唐僧对国王留心留意。留心留意就遭了，留一念就完了。女儿国表示的人身，是外色，是肉身上的东西，但是蝎子精就不是外色了，是内色，是人灵魂里头的毒，蝎子精是个妖，是光层面的毒气。只要留一个色念，在光的层面落下了一个内毒。女儿国是肉身上的色，蝎子精是灵光上的色。为什么设置一个女儿国，又设置一个蝎子精，这两个一个是肉身上的，一个是灵光上的，是两个毒。所以说，一念就化成了浊精，在能量面前完全不动心，没有杂念，你才达标，如果动了色心，不仅化成浊精，还化成一种灵魂里头的毒素，后来，他们都中了蝎子精的毒。

第五十五回 蝎子精，讲内色是毒

第五十五回 色邪淫戏唐三藏，性正修持不坏身

第一，白日飞升

蝎子精讲的就是灵光中的色毒。孙悟空吃了九千年一熟的桃子，偷桃、喝酒、吃丹讲的是得大药。得大药以后元精发动特别强烈，然后七仙女来了，孙悟空使了定身法，讲的是真阳起来的时候，你要定住。这回孙悟空又使定身法，把女儿国所有人都给定住，讲的是真阳起来之后，你得入定，定就化。包括后边借芭蕉扇，灵吉菩萨给了一个定风丹，罗刹女的扇子就扇不动孙悟空了，也讲这个意思。真阳起来之后入定，什么都不要想，凝定住就化了。

忽然一阵风，把师父就给弄走了，几次妖怪弄风，把唐僧弄到水里，都是弄风，风就是风骚的意思。三徒都飞起来去找师父，女儿国的人看到，说原来都是白日飞升的罗汉。我主不必惊疑，唐御弟也是个有道的禅僧，我们都有眼无珠，错认了中华男子，枉费了这场神思，请主公上辇回朝也。女王自觉惭愧，多官都一起回国不提。白日飞升，是说神在白天的时候，可以自由出入，就叫白日飞升，不是死了的意思。面对真铅氤氲，对境无心，就是有道的禅僧。

第二，命由性保

刚才在女儿国的时候是性由命全。本性需要能量，本性是由命来保全的。蝎子精是一个猖狂的色魔，在色魔面前，就是命由性保，你的光由你的本性来保。孙悟空变成一只小蜜蜂飞进去了，就听见妖怪说："奶奶，给唐僧吃什么呢？一盘是人肉馅的荤馍馍，一盘是豆沙馅的素馍馍。"然后，把唐僧搀出来了，唐僧面黄唇白，眼红泪滴。孙悟空暗想，这就是中毒了。就是说，这个妖怪是有毒的，脸色也变了，嘴唇也白了，就是中毒的相。

女妖说："御弟，你怎么不劈破与我？"三藏合掌道："我出家人，不敢破荤。"你怎么不吃我的饭呢？你怎么不随了我的心愿呢？所以这个劈破呢，是这么两

个含义。行者在格子眼听着两个言语相攀，恐怕师父乱了真性，忍不住，现了本相。孙悟空看他们一来二去的，怕唐僧忘了本性顺了妖怪。女妖跟孙悟空打的时候，口喷一道烟光，把花亭子罩住。在打的过程中妖怪是冒毒烟的，讲的就是色毒，色心是有毒的，毒烟害人的光。元神是白色的光，圣神是金色的光，妖怪吐的是黑烟，妖怪是阴神黑烟，在光的层面妖怪是阴的。

第三，毒不可挡

妖怪说："你是不认得我，你那雷音寺里佛如来，也还怕我哩。"这个妖毒连如来都蜇过。悟空脑袋上受了毒，猪八戒说："我的胎前产后病倒不曾有，你倒弄了个脑门痈了。"脑门痈就是脑袋上肿一大包，是妖给弄的。猪八戒是嘴上被扎了，扎了以后嘴肿了，孙悟空是脑门肿了。那女怪弄出十分娇媚之态，携定唐僧道："常言'黄金未为贵，安乐值钱多'。且和你做会夫妻儿，耍子去也。"妖怪直奔主题，唐僧目不视恶色，耳不听淫声。视锦绣娇容如粪土，金珠美貌若灰尘。一生只爱参禅，半步不离佛地。唐僧面对色诱的时候，坚守着本性。那个要贴胸交股和鸾凤，这个要面壁归山访达摩。女怪道："我美若西施还袅娜。"唐僧道："我越王因此久埋尸。"女怪道："御弟，你记得'宁教花下死，做鬼也风流'？"唐僧道："我的真阳为至宝，怎肯轻与你这粉骷髅……"他两个散言碎语的，直斗到更深，唐长老全不动念。这一段描写的是，唐僧守住本性了，色魔自己闹自己的。

孙悟空的头上被蜇了一个包，这个色魔很狂。孙悟空抱着头疼，比喻的就是如果不得真传，只在色身上用功，既不能了性也不能了命，只是痛苦的一个肿包。跟上一回讲的是连续的，喝子母河水在肉身上做功的，就是阴气的集结，就是个肿块疙瘩。这个时候唐僧面对色魔死心不动，暗示唐僧无漏通已经成了。说什么，根本不动，一种中性人的状态。唐僧通过女儿国和蝎子精这两回，一个是性由命全，一个是命由性保，再一个就是验证唐僧的无漏通。

第四，本性指路

三人正然难处，只见一个老妈妈，左手提着一个青竹篮，自南山路上挑菜而来。那菩萨见他们认得元光，即踏祥云，起在半空，现了真象，原来是鱼篮之象。他们正难的时候看见了一个老太太，孙悟空认出她是观音扮的。凡是修大道，有困难的时候师父就会来，师父随时护持。菩萨见他们认得元光，观音菩萨的光进了老太太的身，显的是菩萨的光，灵光托在这个人身上来点化唐僧。讲的是师父就在常人中，一个普通的卖冰棍的老太太，可能就是大道师父的光，借着人身，通过她的嘴点化你。众生即师，普通人可能都是师父，因为师父的光随时可以跟着你，可以显在任何一个跟你有关的人身上点化你，这就是玄中师父。你不要看不起普通人，普通人可能会给你传达很重要的话。

"菩萨，恕弟子失迎之罪！我等努力救师，不知菩萨下降。今遇魔难难收，万望菩萨搭救搭救！"菩萨道："这妖精十分厉害。它那三股叉是生成的两只钳脚。扎人痛者，是尾上一个钩子，唤做'倒马毒'。本身是个蝎子精。它前者在雷音寺听佛谈经，如来见了，不合用手推它一把，它就转过钩子，把如来左手中拇指上扎了一下。"色毒是深入到灵魂里头的一种毒，连如来都被扎。如来是光，毒扎的是光，它是灵魂里的毒，光层面的毒。所以你要灵魂深处爆发革命，对色魔要彻底清除，不要姑息。这个色魔色心，一旦认可它，就会危害你的光。你要在骨子里把它清除掉，绝对地踢出去，不要认可它。菩萨道："你去东天门里光明宫告求昴日星官，方能降伏。"言罢，遂化作一道金光，径回南海。

"只见那星官立于山坡上，现出本相，原来是一只双冠子大公鸡，昂起头来，约有六七尺高，对着妖精叫一声，那怪即时就现了本相，是只琵琶大小的蝎子精。星官再叫一声，那怪浑身酥软，死在坡前。"公鸡是太阳，太阳出来公鸡打鸣，讲的是灵明之光，这个光能够破色魔。人的真阳发动是元精，和性能量有关，有电感。昴日星官一叫妖怪就死了，讲的是灵明之光一出来，色魔就化完了。这里有一句诗：

割断尘缘离色相，推干金海悟禅心。

真阳能量起的时候，不要有色心的念头。"割断尘缘离色相"，你要离开尘缘色相，光是虚无的，你要在色相里，光就化不出来了。当你有能量的时候，一定要务虚，务虚元精就变元神了。"推干金海悟禅心"，禅心是本性和能量一体的。光出来了，精就化完了，叫推干金海。女儿国绕道没路走，讲的是这个能量你是绕不过去的，你要定住，不能胡思乱想，定住以后就化干净了，化干净以后就是真正的禅心。为什么非得是推干金海？就是说当你精还没有化完的时候，水中金这个海洋还没有干呢，还是人的燥电。

初心一点灵光投胎的时候，光是很干净、很柔的。如果你的金海还没有化干净，人的欲望还很强，出来的电是燥电。一点灵光是个柔和的、像水一样的电，它不是强烈的、狂躁的电，是微微的、轻轻的、暖洋洋的那股电，一旦是这种柔和的电，就和最初的一点灵光差不多了。如果精还没有化干净，这个电是非常狂的，元精发动最初的时候非常猛、非常野，柔和的电才是自然之光呢。

第五十六回　六耳猕猴，讲有心之害

第五十六回　神狂诛草寇，道昧放心猿

第一，意马躁进

前边讲的是元精，又讲修心性。性命轮着来，一轮一轮地见本性，然后能量一轮一轮地提升、转化。"神狂诛草寇，道昧放心猿"，就是又忘本性了，又放纵了，心狂躁了。

> 灵台无物谓之清，寂寂全无一念生。猿马牢收休放荡，精神谨慎莫峥嵘。
>
> 除六贼，悟三乘，万缘都罢自分明。色邪永灭超真界，坐享西方极乐城。

什么叫清？"灵台无物"，灵光上没有东西，有一念就是灵光上有东西，一念都没有，干干净净的，叫清。"寂寂全无一念生"，要是心上搁一个东西，光就不干净了。这回里五个人心上全搁了东西，抱怨心、贪心，心上全有东西，然后就出问题了，又把孙悟空赶走了。这回讲有心之害，修大道，修本性的，灵台就要无物，灵光上不能有东西，有一念就会生害。

"猿马牢收休放荡，精神谨慎莫峥嵘"，心猿意马要收住，不要放荡，要谨慎，不要让它猖狂。"除六贼，悟三乘，万缘都罢自分明"，除六根六识，六耳猕猴就是六识，你心不对了，六耳猕猴这个六识就作怪了。三乘指上、中、下三乘。

"色邪永灭超真界，坐享西方极乐城"。蝎子精是色邪，你如果能够回到本性上，后天六识归于本性，就不怕。"坐享西方极乐城"，在色面前能够守住本性不动，保证你能够坐享西方极乐城。元精是光，没有真铅氤氲化不出光来，但是你一动心，就变成浊精了。往往开篇的第一首诗，是承上启下的，把上边概括了，把下边给带动起来。

唐僧又说了，前面有山，恐又生妖怪，务必谨防。行者等道："师父放心，我等皈命投诚，怕甚妖怪！"意思就是我们都归于本性了，还害怕什么妖怪呢？

结果呢唐僧就甚喜，你高兴就高兴吧，干吗甚喜呀？然后就催马，马一下就飞起来了。放辔趱蛟龙，马就像龙一样，玩命地抽马让马都飞起来了。你这是什么师父呀，这状态对吗？这是范进中举，笑过头了吗？八戒弄精神，八戒本来是挑担子的，结果这回担子也不挑了，他也赶马，马也不怕他，凭那呆子嗒答嗒地赶，只是缓行不紧。然后，孙悟空就说："你赶他干什么？让他慢慢走。"

八戒道："天色将晚，自上山行了这一日，肚里饿了。"又是饿了，"大家走动些，寻个人家化些斋吃"。行者闻言道："既如此，等我教他快走。"把金箍棒晃一晃，喝了一声，那马溜了缰，如飞似箭，顺平路往前去了。金箍棒多厉害呀，怎么在这儿打马呢？不得把马给吓死了，是吧？你看，唐僧、八戒、孙悟空三个人全是意马躁进，三个人打马，其实并不是指真的打马，是说他们意马躁进，全都起了后天意识，狂躁的这种状况。跟前面中了蝎子精的毒有关，光受伤中毒了，人的意就定不住了。猪八戒和孙悟空两个人都被蝎子蛰了，唐僧也中毒了，他们三个都是灵光受伤，意全乱了，意马脱缰。

第二，走回头路

唐僧跑到前面就遇到贼了，人心一乱，就遇到贼。贼跟唐僧要东西，唐僧说我徒弟有，贼把他捆起来高高地吊在树上。吊在树上，比喻的是人心修道，脚跟不实。意马躁进就是人心修道，人心修道是脚跟不力。为什么用龙马来驮行李呢？为什么不用一个凡马呢？后天的东西不行，比喻的是脚跟不力。

这一会儿孙悟空就来了，说不要嚷。盘缠有些在此包袱，不多，只有马蹄金二十来锭，粉面银二三十锭，散碎的未曾见数。要时就连包儿拿去，切莫打我师父。古书云：德者，本也；财者，末也。此是末事。我等出家人，自有化处。那伙贼闻言，都甚欢喜道：这老和尚悭吝，这小和尚倒还慷慨。那长老得了性命，跳上马，顾不得行者，操着鞭，一直跑回旧路。唐僧人心修道，脚跟不实，走回头路。人心怎么修道呢？西天取经，人心是走不过去的，人心只能回来，只能在东边走，只有光才能西行，元神才能够西游，人心只能走东土，走不了西方。所以唐僧就走回头路。孙悟空骗他们，夸自己有钱，贼就放松了。

过后知道没钱，贼又打上来了。又打了五六十下。行者笑道："你也打得手困了，且让老孙打一棒儿，却休当真。"你看他展开棍子，晃一晃，有井栏粗细，七八丈长短；荡的一棍，把一个打倒在地，嘴啃土，再不做声。那一个开言骂道："这秃厮老大无礼！盘缠没有，转伤我一个人！"行者笑道："且消停，且消停！待我一个个打来，一发教你断了根罢！"荡的又一棍，把第二个又打死了。

孙悟空杀二贼，讲的是杀二心，他以前是不会随便打死人的，只打妖怪。这会儿他怎么连人都打呢？吓唬一下就行了，怎么非得拿着棍子打死了？这说明他现在是失控的，意马躁进，控制不了自己了。

第三，五行错乱

这个时候唐僧就问："打得怎么样了？"猪八戒说打死人了。解开包，取几文衬钱，快去那里讨两个膏药与他两个贴贴。八戒笑道："师父好没正经，膏药只好贴得活人的疮肿，哪里好贴得死人的窟窿？"三藏道："真打死了？"就恼起来，口里不住地絮絮叨叨，猢狲长，猴子短，兜转马，与沙僧、八戒至死人前，见那血淋淋的，倒卧山坡之下，这长老甚不忍见，即着八戒："快使钉耙，筑个坑子埋了，我与他念卷倒头经。"倒头经是头掉了，念倒头经。八戒道："师父左使了人也，行者打杀人，还该教他去烧埋，怎么教老猪做土工？"行者被师父骂恼了，喝着八戒道："泼懒夯货！趁早去埋，迟了些儿，就是一棍。"呆子慌了，往山坡下筑有三尺深，下面都是石脚石根，扛住耙齿。呆子丢了耙，便把嘴拱，拱到软处，一嘴有二尺五，两嘴有五尺深，把两个贼尸埋了，盘作一个坟堆。钉耙都耙不动，用嘴拱，更拱不动了。讲的是挖坑也错乱，讲五行全乱了。我们看那张图，意在中间，妄意一起，五行就全乱。

三藏叫："取香烛来，待我祷祝，好念经。"行者努着嘴道："好不知趣，这半山之中，前不巴村，后不着店，要讨香烛，就有钱也无处去买。"三藏恨恨地道："猴头过去，等我撮土焚香祷告。"这是三藏离鞍悲野冢，圣僧善念祝荒坟。唐僧让孙悟空去买香，他要点香，哪儿买去呀？唐僧要给死人贴窟窿，到去大山沟里找香，说明他也全乱了，几个人脑筋都出了问题。这时候唐僧念祷告文念了一大通，他说："他姓孙、我姓陈，各居异姓，冤有头、债有主，切莫告我取经僧人。"猪八戒和沙和尚说："我们也没参与。"唐僧马上就加上一句："这些事都是孙悟空一个人干的，你就告他一个人。"行者道："师父，这不是好耍子的勾当。且和你赶早寻宿去。"那长老只得怀嗔上马。这是小说的原文，说孙大圣有不睦之心，八戒、沙僧亦有嫉妒之意，师徒都面是背非，他们全是错的。

依大路向西正走，忽见路北下有一座庄院。三藏用鞭指定道："我们到那里借宿去。"唐僧这个时候狂乱到什么程度，本来是往西走的，结果往北去了，而且拿鞭子指着，非听他的。心意狂躁，不分真假，东南西北都不知道了。本来是要去度亡灵，结果怀着的都是私心，看起来像是在讨好这个死掉的草寇，姑息草寇，是有心为善之为害。讨好死人看起来是善，但其实是为害。

孙悟空说了一大段，说自己厉害谁都不怕。对孙悟空来说，对元神来说，无形就是真的。你不能瞎说，你瞎说了这个事就会变成真的，事就会发生。元神说话是带能量的，都会演变为现实。所以你要及时觉察，把不良的信息去掉。你看这几个人，都是意马躁进。第一呢，修本性是灵台无物、是空，现在他们却都有一个意识在，都是意乱了，这讲的就是有心之害。如果你现在装着一个人心，光上装着一个急躁的心，就会昏聩。第二呢，是非不分了，黑白不知道了。他们怀着这样的心，下一步就走到贼家里去了。这讲的是用人心修道，投宿的就是贼窝。

第四，人心贼窝

他们到了贼的家里，贼父说："我儿子不是好东西，杀人放火，五日之前出去至今未回。"这时候三藏心里就打鼓了，心中暗想，或者悟空打杀的就是他。长老神思不安，刚才是意乱，现在是神不安，情况更严重了。孙悟空说："老官儿！似这等不良不肖，奸盗邪淫之子，连累父母，要他何用？等我替你寻他来打杀了罢。"然后这老头说我就这么一个儿子，要是杀了他，连给我送终的人都没有了。老汉说的就是人情，父子是天性，是自然，这是正常的。可是孙悟空说替爹杀儿子，不是太反常了吗？这两个人的话对比看，一个是自然天性，一个是完全不自然，神昏得不是一星半点了。

这一会儿，贼回来了，老头赶快就上后边给他们报信，说："那厮领众来了。知得汝等在此，意欲图害。我老拙念你远来，不忍伤害。快早收拾行李，我送你往后门出去罢！"三藏听说，战战兢兢地叩头谢了老者。他们就从后门跑了，老头自己又睡下了。他们投宿的正好是贼窝，唐僧心里在打鼓，孙悟空说除恶，老汉说留恶，是非没法论的。从道理上来说，贼就该杀，但是从人伦来说呢，贼是老汉的儿子，爹不能杀儿子。眼下是，老汉保护你们了，怎么还说要杀他儿子呢？唐僧觉得，你看人家是恩人救了你了，你不能杀恩人的儿子。人的逻辑和道的逻辑是不一样的，不能混淆，唐僧师徒现在是完全混淆了，讲他们此刻神是昏的。

第五，赶走金公

几个贼追上来了，唐僧告诉孙悟空，把他们吓跑就行了。行者哪肯听信，急掣棒回首相迎，然后这些贼呢，挽着的就死，挨着的就亡，磕着的骨折，擦着的皮伤，乖些的跑脱几个。金箍棒是很厉害的东西，根本不能把金箍棒掏出来，只要掏出来可能就会死人。现在孙悟空是狂了，哪肯听信，他根本不管不顾，不管轻重了，这就是孙悟空的状态。再过一会儿，唐僧在马上，见打倒许多人，慌的放马奔西，猪八戒与沙僧，紧随鞭镫而去。行者问那不死带伤的贼人道："哪个是那杨老儿的儿子？"那贼哼哼地告道："爷爷！那穿黄的是。"行者上前，夺过刀来，把个穿黄的割下头来，血淋淋提在手中，收了铁棒，拽开云步，赶到唐僧面前，提着头道："师父！这是杨老儿的逆子，被老孙取将首级来也。"孙悟空杀了人，还把人头割下来提到唐僧的面前。平时唐僧是什么样的？绝对不允许孙悟空杀人，为了杀人这事跟他闹多少次了，孙悟空现在不仅大摇大摆地杀人，还把头割下来，送到唐僧面前，你说他是不是疯了？他把唐僧也逼疯了，肯定要将他赶走了。这就是行者神狂，妄意主事。金箍棒威力无比，他是完全没有分寸了。

其实这讲的是先天一炁的能量和光。贼代表的是阴气，先天一炁的光往这儿一戳，阴气就被化掉了。但是唐僧执着于有相的打死人这件事。其实讲的不是打死人，整部《西游记》都是神的寓意，但唐僧这时候完全是人心的状态，都不管了，非得把孙悟空弄走不可。

黄比喻的是土，孙悟空是一个意乱的状态，土是意，讲的就是用意来定。用意来定意，就是有心定意，用一个意识管一个意识，是头上安头。依然是放纵，神狂放纵的状态没有解决。

唐僧说："打死那两个贼头，我已怪你不仁，及晚到了老者之家，蒙他赐斋借宿，又蒙他开后门放我等逃了性命，虽然他的儿子不肖，与我无干，也不该就枭他首，况又杀死多人，坏了多少生命，伤了天地多少和气。"每一个人都是一点灵光，这个一点灵光就是天地的和气，你杀了这么多人，伤了老天的多少和气。和气是老天用的，一点灵光投到一个人身上，是老天的用，老天怎么收这个和气是老天的事，不能破坏了老天的和气。唐僧非得让孙悟空走，他就走了。

"心有凶狂丹不熟，神无定位道难成"，这是在总结他们心狂的状态，光是长不好的。你必须得无，性子特别柔和，没有着急，没有狂躁，没有燥火，这样才行。神无定位道难成，你这么一燥，光就跑了，没地方待了。赶走了孙悟空，其实是把光赶走了。燥火烧丹，讲的就是这个。

第五十七回　假悟空占了水帘洞，讲无心之害

第五十七回　真行者落伽山诉苦，假猴王水帘洞誊文

第一，投奔菩萨

孙悟空走了，假孙悟空就来了。你自己有了燥火，把自己的光赶跑了，这时候是什么心呢？就是六耳猕猴这个假心，这个六识。本性的光不在你身上了，你现在就只剩后天的心。先天的心那个光不在了，只剩下后天的心了。这一回写六耳猕猴，讲的就是无心之害。

孙悟空这时候犹豫了，我怎么办呢？还是找师父才成正果。为什么找师父才成正果？孙悟空是先天一炁，唐僧是本性，先天一炁和本性结合才能成正果。但是他回去以后，唐僧骂他："你这猢狲杀生害命，连累了我多少，如今实不要你了！我去得去不得，不干你事。快走，快走！迟了些，我又念真言。这番决不住口，把你脑浆都勒出来哩！"大圣疼痛难忍，见师父更不回心，无可奈何，只得又驾筋斗云走了。这时，孙悟空说："这和尚负了我心，我且向普陀崖告诉观音菩萨去来。"师父不回心，本性和先天一炁一体，这是最大的一件事，这就是金丹，就是大道，你怎么不回心想这件事呢？为什么非把这个光给赶走呢？孙悟空代表的就是这光，代表先天一炁，你非得把光赶走了，那大道怎么修呢？你怎么不醒悟呢？师父不回心，讲的就是这个。孙悟空忽然醒悟。唐僧最恨他杀人，杀了人还把头拿过来向唐僧展示，这不是很昏吗？现在他忽然一悟，悟到了观音，讲的是他已经从那个昏的状态出来了，已经想到本性了，意乱的状态定住了。

孙悟空找到了观音，观音说："唐三藏奉旨投西，一心要秉善为僧，决不轻伤性命，似你有无量神通，何苦打死许多草寇？草寇虽是不良，到底是个人身，不该打死，比那妖禽怪兽鬼魅精魔不同，那个打死，是你的功绩。但祛退散，自然救了你师父。据我公论，还是你的不善。"

就是说，不能打死人身，因为人出生是光投胎，光是为了实现他自己的本

性恢复。你要是把这个人打死了，他还没开悟呢，灵光却被灭掉了，他这个灵光投胎来，使命还没完成呢。所以，人是不能打死的，打死妖魔鬼怪才是功绩。

"但祛退散，自然救了你师父。"你如果把阴气去掉了，就是救师父。唐僧是本性，本性是很干净的光。妖是阴气，你把阴气给除掉了，就剩本性这个光了，就是救师父。所以你看观音说的话每一句都是有用的。书中的每一段故事都是一开始唐僧说快救我吧，孙悟空说不能先救你，我得先收了妖才能救你。其实讲的就是，妖就是阴气，把阴气收拾了，本性就已经得救了。

观音说那些妖魔鬼怪不同，打死了是你的功绩。妖魔鬼怪，都是一些动物灵、植物灵之类的精怪附体。孙悟空打死了妖怪，讲的是去掉附体身上的阴气。把阴气去掉了，没有了阴气，不就变成纯阳的佛光了吗？所以等于把它度了，不是就有功绩了吗？

这讲的是光的阴阳，不是打不打死妖怪的问题。被附体的太多了，抑郁症都是附体。有先天一炁这个光的能量，妖怪被度了，他就解脱了，这是观音说的意思。孙悟空说干脆我不干这活了，菩萨你给我派这差事，我本来一心一意的护着他，但是他又把我赶走了，我现在不想干。要松箍咒，菩萨就说："紧箍咒，本是如来传我的，却无甚么松箍咒。"然后说："你辞我往哪里去？"行者道："我上西天，拜告如来，求念松箍咒去也。"孙悟空一心就想着撂挑子不干了，然后菩萨就说："你且住，我与你看看祥晦如何。"行者道："不消看，只这样不祥也够了。"菩萨说，"不是看你的，是看看唐僧怎么样"，然后"好菩萨，端坐莲台，运心三界，慧眼遥观，遍周宇宙"，霎时间开口道："悟空，你那师父顷刻之际，就有伤身之难，不久便来寻你。你只在此处，待我与唐僧说，教他还同你去取经，了成正果。"孙大圣只得皈依，不敢造次，侍立于宝莲台下不题。

这个讲的就是观，慧眼遥观，遍周宇宙，运心三界，讲的是真心，无心生妙有，真心通三界，无心神光自动运作，会到高维空间，看到那个空间所发生的事，这就是无心之妙。

所以读《西游记》，要认真地读，读出来心声。孙悟空的心、观世音的心，把这两个心读出来，才读到了位。元神法眼读的时候，是看里头。孙悟空撂挑子不干要松箍咒，是有法身无道心。唐僧有道心无法身，念念虚空，讲的就是性不离命命不离性，性命是一体的。它们两个谁离开谁就都是假的，都不是妙明真心、无中生妙有的那个心，观世音展示的是那个心。

第二，形衰精败

三藏勒马道："徒弟，自五更时出了村舍，又被那弼马温着了气恼，这半日饥又饥，渴又渴，哪个去化些斋来我吃？"八戒道："师父且请下马，等我看可有邻近的庄村，化斋去也。"呆子纵起云头，半空中仔细观看，一望尽是山岭，莫想有个人家。八戒按下云来，对三藏道："却是没处化斋。一望之间，全无庄舍。"三藏道："既无化斋之处，且得些水来解渴也可。"孙悟空是先天一炁，道光的那个能量，所谓化斋实际上就是化这个光。现在孙悟空走了化不来斋，是没有光的意思。《西游记》里讲的吃饭，不是吃饭是吃光的意思。所谓每一次的化斋，实际上就是要光的意思，都是孙悟空把光送来的。换了人就吃不上饭，讲的就是离开孙悟空这个光不行。悟空要来的饭就等于光，你的脑子里就要有这样一个认识。

> 保神养气谓之精，情性原来一禀形。
> 心乱神昏诸病作，形衰精败道元倾。
> 三花不就空劳碌，四大萧条枉费争。
> 土木无功金水绝，法身疏懒几时成！

人的精气神，神讲的就是这个先天一炁，把神和气保住了才有精，才不会蔫头耷脑的，才很精神。"情性原来一禀形"，情是魄，性是魂，人的魂魄，其实都是肉身来承载的。心乱各种各样毛病就出来了，唐僧现在这个状态，又渴又饿动弹不了，这就是"形衰精败道元倾"。三花讲的是精气神，精气神合一人就精神，唐僧现在是精气神不往一块儿凑，精气神分裂，就是"三花不就空劳碌"。四大指肉身，金木水火土全是衰败的，缺水、缺火也缺土，什么都缺的状态。"土木无功金水绝"，沙僧是土，猪八戒是木，他们两个都没有金。

金是先天一炁，只有土木，没有先天一炁，叫金水绝。"法身疏懒几时成"，如果是这种状态，你这个光就完了，你几时才能成就呢？那师父独炼自熬，困苦太甚，唐僧神不守舍，有舍不见舍。他现在黑白不分，想的全是错的。他离了行者，就是性离开命，形衰精败，吃不上喝不上，讲的就是离开了能量，肉身、法身都不灵了。这就是假道，和老天的德光是脱节的，所以唐僧处处艰难。孙悟空在的时候他是性命合一的，是真道，和老天的能量老天的光是一体的，所以任何时候要什么有什么。而且孙悟空从来不害怕，他是代表老天能量的，他什么都不怕。

第三，一假全假

唐僧意乱，明明取经要往西走，他却走了另外一个方向，而且根本就没有村舍，他非说有村舍，结果就找不到村舍。他善恶不分，好歹不知，招的就是假。和孙悟空在一块儿的时候，他一念都是真的，现在只剩一个妄意，只剩后天的，只剩猪八戒和沙和尚这两个木土了，他就是假心妄意，所以招来假孙悟空。唐僧现在的这个心不是真心，真心是刚才观音菩萨那个无心，无心生妙有，那是真心。唐僧现在和孙悟空是一样的假心。无心之害就招来了假的，就是假心把假心招来了，那就是六耳猕猴。

然后此时六耳猕猴就来了，原来是孙行者跪在路旁，双手捧着一个瓷杯道："师父，没有老孙，你连水也不能够哩。这一杯好凉水，你且吃口水解渴，待我再去化斋。"长老道："我不吃你的水！立地渴死，我当认命！不要你了，你去罢！"行者道："无我你去不得西天也。"三藏道："去得去不得，不干你事！泼猢狲！只管来缠我做甚！"那行者变了脸，发怒生嗔，喝骂长老道："你这个狠心的泼秃，十分贱我！"抡铁棒，丢了瓷杯，望长老脊背上砑了一下。那长老昏晕在地，不能言语，被他把两个青毡包袱，提在手中，驾筋斗云，不知去向。唐僧说渴死我也不喝，其实渴了就喝呗，喝个水又怎么样了？唐僧执着于他那个心，假行者就露出凶相来了。真行者，你怎么骂他，他都受着忍着，那是真心，真心不会动摇。假的就不是了，假心不高兴了，就把你杀了，就害师父。唐僧这种执着的心就是假心，所以他招来的就是假心，不会像真正的孙悟空那样对待他，一棒子差点把他打死。

这时候猪八戒捻着诀，念个咒，把身摇了七八摇，变作一个食痨病黄胖和尚，口里哼哼的，挨近门前，叫道："施主，厨中有剩饭，路上有饥人。贫僧是东土来，往西天取经的。我师父在路饥渴了，家中有锅巴冷饭，千万化些儿救口。"原来那家子男人不在，都去插秧种谷了，只有两个女人在家，正才煮了午饭，盛起两盆，却收拾送下田，锅里还有些饭与锅巴，未曾盛了。那女人见他这等病容，却又说东土往西天去的话，只恐他是病昏了胡说，又怕跌倒，死在门首。猪八戒去化斋，要了一点剩饭锅巴就回去了。离了先天一炁就不行，正经的饭都要不来，讲的是没有孙悟空先天一炁这个光，你要来的都是些破烂，都是些不合格的光。孙悟空是根本，他走了就是根本已伤，猪八戒和沙僧只不过是次要的枝叶，不是树根。根本已伤枝叶就没用了，要不来光。

他们两个回来了，发现唐僧满脸是血被打倒在地。沙僧实不忍舍，将唐僧扳转身体，以脸温脸，哭一声："苦命的师父！"只见那长老口鼻中吐出热气，胸前温暖，连叫："八戒，你来，师父未伤命哩！"那呆子才近前扶起。长老苏醒，呻吟一会，骂道："好泼猢狲，打杀我也！"然后他们俩就问，是哪个猢狲？长老不言，只是叹息。却讨水吃了几口，才说："徒弟，你们刚去，那悟空更来缠我。是我坚执不收，他遂将我打了一棒，青毡包袱都抢去了。"

这个时候有一句诗，形容唐僧当下的状态。

身在神飞不守舍，有炉无火怎烧丹。黄婆别主求金老，木母延师奈病颜。

此去不知何日返，这回难量几时还。五行生克情无顺，只待心猿复进关。

唐僧在这儿，但是他的光跑了，孙悟空代表他的光。"有炉无火怎烧丹"，他是个炉子，但光是神火，没火了怎么炼丹？黄婆是沙僧，沙僧去找孙悟空，猪八戒在这儿守着这个病的师父。唐僧现在是一塌糊涂、五行散乱的状态。想五行合一必须等先天一炁回来才行，否则他们是金木水火，都不是老天那个元气。悟空靠着唐僧了性，唐僧靠着悟空了命，他们两个是离不开的，取经必须

性命一体，这是最大的事，怎么你唐僧就不知道？他不知道心之真，不辨真假，就是无心着空。能量走吧，我自己可以取经，这就是着空，无心着空，是非混淆，必然真假不分，以假当真，招来其假。

沙僧上花果山找孙悟空去了，发现孙悟空在念通关牒文，假行者说："贤弟，此论甚不合我意。我打唐僧，抢行李，不因我不上西方，亦不因我爱居此地；我今熟读了牒文，我自己上西方拜佛求经，送上东土，我独成功，教那南赡部洲人立我为祖，万代传名也。"然后沙僧就说："自来没个'孙行者取经'之说，只有唐僧取经，也就是说只有本性取经。"转生东土，教他果正西方，复修大道。兄若不得唐僧去，哪个佛祖肯传经与你！却不是空劳一场神思也？金丹是什么？性命合一，智慧和能量一体才是金丹。转生东土，教他果正西方，复修大道。东是魂，西是魄，魂魄合一形成了元神，就是修复大道。所以他说，转生东土，教他果正西方，提了东，提了西，就是由西向东，让魂魄合一，光成了就是修复大道。

假孙行者说："你但知其一，不知其二。谅你说你有唐僧，同我保护，我就没有唐僧？我这里另选个有道的真僧在此，老孙独力扶持，有何不可！已选明日起身去矣。你不信，待我请来你看。"叫"小的们，快请老师父出来！"果跑进去，牵出一匹白马，请出一个唐三藏，跟着一个八戒挑着行李，一个沙僧拿着锡杖。一大队假的就都来了。假孙悟空说，你只知其一不知其二，这就是二，二心。另一个取经的队伍也长得一样，就是二心在讲话。你只知道一心，不知道二心，然后假行者就把这展示出来了。这就是说，有了二心就有假五行，这就是假五行。唐僧师徒五人是真五行，有了二心就是假五行。真沙僧把假沙僧打死了，因为不认得唐僧、八戒是不是真的，但他知道沙僧肯定是假的，先把他打死。沙僧是土，土是贯穿五行的，要不把假土先打死的话，假五行就串起来了。先把假土打死以后，这假五行就串不起来。沙和尚去找观音菩萨，走了一夜才到南海。之前孙悟空走的时候一下就到，这两个根本不是一个级别的。

第五十八回　二心搅乱乾坤，讲二心之妄

第五十八回　二心搅乱大乾坤，一体难修真寂灭

第一，同伴不辨

假孙悟空代表"二心"，"一体难修"讲的是孙悟空和唐僧，两个必须合一才行，单独修性、单独修命都不行，叫"一体难修真寂灭"。假悟空讲的是二心之妄。谁是真的谁是假的呢？这时行者和沙僧就到了菩萨那儿，沙僧就说孙悟空想篡权，他想自己去取经。菩萨的助手惠岸说没有，孙悟空一直在这儿呢，根本就没离开过。你们俩去看看，不就知道真假了吗。

这时孙悟空和沙僧就离开菩萨回花果山，沙僧扯住道："大哥不必这等藏头露尾，先去安根。待小弟与你一同走。"他的意思是你别先去啊，去了又在那儿做手脚。他是怀疑的心，孙悟空是很正直的，绝对不会有这样的贼心。"大圣本是良心，沙僧却有疑意。真个二人同驾云而去。不多时，果见花果山。按下云头，二人洞外细看，果见一个行者"。真悟空看到了假孙悟空。

这里头就有一句话形容说"一个是混元一气齐天圣，一个是久炼千灵缩地精"。孙悟空就说："这也辨不清楚啊，你既助不得力，且回复师父，说我等这般这般，等老孙与此妖打上南海落伽山，菩萨前辨个真假。"沙僧辨不出来，是同伴不辨，然后是师父不辨、观音不辨，谁都分辨不出来。"混元一气齐天圣"讲的是一点灵光是先天一炁永远在，叫齐天大圣。那妖怪是什么呢？妖怪是死了以后这个光就没了，随着肉身死了光就没了，两个都是光，但材料不同：一个是老天的元气，一个是人的那点阴气。虽然都有光，但是人为练的呢，还是自然有的呢，在神通的角度，也是很难区分的。

第二，神不辨，天不辨，人不辨

"菩萨暗念真言，两个一齐喊疼"，所以就分辨不出来。观音就说，你当年官拜弼马温大闹天宫时，神将皆认得你，你且上界去分辨回话。大圣谢恩，

那行者也谢恩，观音也辨不出来。

天神呢，玉帝即传旨宣托塔李天王，教把照妖镜来照这厮谁真谁假，教他假灭真存。天王即取镜照住，请玉帝同众神观看。镜中乃是两个孙悟空的影子，金箍、衣服，毫发不差。玉帝亦辨不出，赶出殿外。这大圣呵呵冷笑，那行者也哈哈欢喜，接着去见师父，去见唐僧。

菩萨用的是慧眼，慧眼相当于五眼的阴神。李天王是天眼，是基础阳神，孙悟空是元神。元神比他们两个都高，所以都看不出来。不是说悟空比观音法力高，因为当时菩萨用的是慧眼，说的是元神的法眼，比阴神的慧眼法力高，此处不要误会。两个人住了手就去找唐僧，唐僧就念咒，一念两个人都疼，所以也没办法也认不清楚。师父也不认，因为师父是凡人的眼睛，他更不可能认，他比最低的慧眼还低呢，他更认不清楚。

《外五行》这张图里，有天眼，有慧眼，也有玉神的肉眼，不是普通人的肉眼，这个是元神的法眼，圣神的佛眼。孙悟空是元神，是在这儿呢。李天王的天眼和观音的慧眼，他们俩这个呢，这是一，这是二，这是三，这是四，这是五，就是五眼六通。这五个眼睛五个光，五神就是五个光，这五个光的产生也有一个过程，一层层的一二三四五，是有顺序出来的。元神是很高的，比这两个都高，所以，他们看不出来。最后是谁看出来了？最后是佛看出来了，佛就是圣神佛眼，就在这儿，才看出来这个。

六耳猕猴和孙悟空，观音认不出来，同伴认不出来，师父认不出来，李天王认不出来。这是什么意思呢？其实它讲的是外五行，五眼六通这个光。

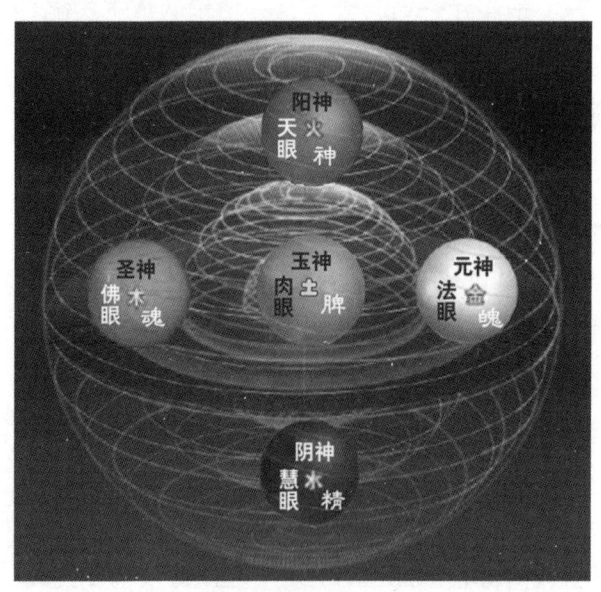

外五行

这个光的成长有一个过程，能量有一个级别区分，孙悟空属于高级别的，俗人的肉眼，凡人后天的肉眼，凡人先天的天眼、慧眼都看不出来。讲五眼六通，是金丹的验证。

第三，地不辨

打到了阴山，结果说销了生死簿，"幽冥处既无名号可查，你还到阳间去折辨"。他们打到了地府，因为销了生死簿，所以查不着，但是地藏王有察觉，正说处，只听得地藏王菩萨道："且住！且住！等我着谛听与你听个真假。"原来那谛听是地藏王菩萨经案下伏的一个兽名，它若伏在地下，一霎时，将四大部洲山川社稷、洞天福地之间，赢虫、麟虫、毛虫、羽虫、昆虫，天仙、地仙、神仙、人仙、鬼仙，可以照鉴善恶，察听贤愚。

四大部洲的洞天福地，讲的不是凡人，而是修行界的，各种各样有光的人，各种级别带光的生命，就叫洞天福，不是四大部洲的俗人。

谛听就说了，怪名虽有，但不可当面说破，又不能助力擒它。地藏王问："当面说出便怎么？"谛听说："当面说出，恐妖精恶发，搔扰宝殿，致令阴森不安。"又问："何为不能助力擒拿？"谛听说："妖精神通，与孙大圣无二，幽冥之神，能有多少法力？故此不能擒拿。"地藏王道："似这般怎生祛除？"谛听言："佛法无边。"地藏王早已省悟，即对行者道："你两个形容如一，神通无二，若要辨明，须到雷音寺释迦如来那里，方得明白。"谛听不用知识，不用眼、耳、鼻、舌、身、意，用本性在听，叫谛听，用本性去观去感，去感应，讲的是这个。谛听通万物，你看他知道洞天福地的一切生命，通万物是本性层面的。地藏王讲的是元精，如果不悟本心的话，元精不能发动，还是后天意识心，不会有元精发动。地藏王菩萨代表的既是元精，又是菩萨，他说地狱的鬼不度完我不成佛，他代表的是元精那个真阳，但他又是菩萨，他是本性和真阳合一体，就像观世音菩萨养的鲤鱼精，是本性和水中金的合一体。

第四，如来能辨

有一首诗说：

人有二心生祸灾，天涯海角致疑猜。欲思宝马三公位，又忆金銮一品台。

南征北讨无休歇，东挡西除未定哉。禅门须学无心诀，静养婴儿结圣胎。

天堂地狱，有很多层次的空间，如果是二心的话，所有的空间你都是疑惑的，天堂地狱你在所有的地方都不会显真，就是"天涯海角致疑猜"。三公位是精气神，精气神合一，"又忆金銮一品台"，合一就是"一品台"，就是得一。二心颠来倒去，你东扯西扯都是没用的，只有这个"禅门须学无心诀，静养婴儿结圣胎"，只有得了一心，你才能够长这个光，"无心养圣胎"才行，二心一点不管用，白忙活，整首诗就是这个意思。

这时，如来说了一大套非色非空的理论，"空即是空，色即是色。知空不空，知色不色。名为照了，始达妙音"。色即是空，空即是色，空即是空，色即是色。你不要被绕进去，一空静你就感受到能量，空了以后，就有妙有。你说是空的吧，是空的，你说是物质吧，它又涉及物质世界里真实的事。你说是空的，还是实的？是不空不实，但又空又实，你不要被概念绕晕了，要理解它的内涵。

如来在给这些菩萨讲经，说"汝等俱是一心，且看二心竞斗而来也"，这些菩萨都是一心，你们看吧，马上给你们看看什么叫二心竞斗，六耳猕猴就来了。菩萨又请示周天种类。如来才道："周天之内有五仙，乃天、地、神、人、鬼。有五虫，乃蠃、鳞、毛、羽、昆。这厮非天、非地、非神、非人、非鬼；亦非蠃、非鳞、非毛、非羽、非昆。"来者不是五仙，也不是五虫。又有四猴混世，不入十类之种。有四类猴，其中一个叫六耳猕猴。此四猴者，不入十类之种，不达两间之名。"我观假悟空乃六耳猕猴也"，此猴若立一处，能知千里外之事；凡人说话，亦能知之；故此善聆音，能察理，知前后，万物皆明。与真悟空同象同音者，六耳猕猴也。假悟空是六耳猕猴，被如来识破了，如来是佛眼，佛眼就能够看到这个光是什么材料做的，有了佛眼才能够看到，佛眼是开玄关的自然神通，你是人为练的，还是附体的神通，到了佛的级别、智慧的最高级别才能够分辨。如来能够认识六耳猕猴，六耳猕猴就害怕了，摇身一变，变作个蜜蜂，往上便飞。被如来扣住，大众一发上前，把钵盂揭起，果然见了本相，是一只六耳猕猴。孙大圣忍不住，抡起铁棒，劈头一下打死，至今绝此一种。这有一首诗：

中道分离乱五行，降妖聚会合元明。神归心舍禅定，六识祛降丹自成。

性命这一对阴阳，两个合一就是道、就是中，性命分离了，五行就乱了。性命合一这个中道，把妖怪给降了，他们就合了，性命就又重新合一了，就是"合元明"，他们两个一合，本元的那个光就又有了，合元明讲的就是这个。六耳猕猴是六根六识，把六耳猕猴给降了，就是降了二心，恢复了性命合一的中道，丹才能成。

说周天之种类，即三界内的种类，六耳猕猴是六根的六识，喜、怒、哀、乐、欲，总归起来是识神统帅着六欲，四猴讲的就是贪、嗔、痴、慢，人的四种心智，六耳猕猴是四猴之一，又是六识，所以它就叫四六不是。

再看看菩萨和佛的区别，说菩萨是"遍阅周天之事"，讲的是三界菩萨是普遍地能看的，但是不能遍识周天之物，亦不能广会周天之种类，能看但是有局限，有些是他看不到的，有些是看得不全的。但如来是本性，本性是一物不备、一物不着，他是个空的，但他可以涵盖所有的，没有一物可以执着的，他是个空的，但他具备全体，没有东西不是他所化生的。如来的佛眼，到了佛的级别，讲的就是智慧的最高级别，一切都可以化生，一切都可以渗透。慧眼是阴神，只是看还看不全，阴神只能看。在慧眼这个层面是不行的，不能够全覆盖、全渗透，这是讲两者的区别。在讲识别六耳猕猴的时候，最后还涉及了这个，就顺带说一下。

第五十九回　借芭蕉扇，讲了命之旨

第五十九回　唐三藏路阻火焰山，孙行者一调芭蕉扇

第一，木火用事

"唐三藏路阻火焰山，孙行者一调芭蕉扇"，火焰山借扇子，借扇子下雨，火焰山是真阳的意思，形容的是真阳之火把他烧得不得了，不是热得不得了，所以他要借真扇，真扇是真阴，让真阴来中和真阳。

若干种性本来同，海纳无穷。千思万虑终成妄，般般色色和融。有日功完行满，圆明法性高隆。休教差别走西东，紧锁牢笼。收来安放丹炉内，炼得金乌一样红。朗朗辉辉娇艳，任教出入乘龙。

这首诗接着二心说，你不需要有那么多想法，你不需要有那么多心思，这么多的生命，一个人、一棵树，所有的生命，共性都是相同的。光出来归于一个共性的大道的海洋，都是归于共性的。你想那么多干什么呀？所有的东西都没用，跟这个人掰扯，跟那个人吵，你再怎么吵，你们俩的光，会融合到一起的。为什么都剃一个秃瓢呢？讲的是本性这个光全是一样的，你掰扯什么呀掰扯，你干嘛非得跟他不同，跟他想法不同？你们都是一个，本体都是一样的，你别掰扯了，没有用，你把所有想法都放下吧。这跟上一回修心性是连着的，是一个连续性的。你不要看张三李四，不要看中国人还是外国人，你都不用管，到时候，光一出来都一样，人类命运共同体。你掰扯什么掰扯，你想明白了这个大事，那些细小的就不用争了。

"若干种性本来同，海纳无穷。千思万虑终成妄，般般色色和融"，就是说你千想万想全是妄想。"般般色色和融"，别管你想什么，当光出来的时候大家都融为一体了，还吵什么吵，还争什么争，还闹什么闹，还发动什么战争。

"有日功完行满，圆明法性高隆"，等到时辰到了以后，这光就变圆了。"圆明法性高隆"，这个光是有大智慧的，"法性"指的就是这个大智慧，"高隆"

就是有很高的智慧。

这些乱七八糟的想法，全是浪费，全是没用的，到时候都融合在一起了，你就要"休教差别走西东"，别管什么差别，什么争论，都不需要。"收来安放丹炉内，炼得金乌一样红"，你不要那些杂念，你就静了吧，你静了不就是本性的光，这本性的光不就是炼丹了嘛，炼出来这个光。这个光是很亮很亮的，就像神龙一样见首不见尾，讲的是这个光像神龙一样，自由地出入，这多好呢！你干这件事好不好？没事瞎掰扯什么呀，你把后天意识全去掉吧。这是对着前面六耳猕猴讲的，又是承前启后的。

八戒就说："快到天尽头了，就快到灵山了。"大圣听说，忍不住笑道："呆子莫乱谈！若论斯哈哩国，正好早哩。似师父朝三暮二的，这等耽搁，就从小至老，老了又小，老小三生，也还不到。"你要是抱着人心你就永远走不到，他说"朝三暮二"，三是木，二是火，讲的就是"木火用事"，讲的是燥气不息，就是火焰山挡道。火焰山是真阳，又是人的妄意，这两个火，一个是心上的火，一个是肾上的火，上下都是火，就是火焰山挡道。

老者道："敝地唤做火焰山。无春无秋，四季皆热。"没有春秋，一年四季都是热的，讲的是真阳之火，一年四季都起，不是说夏天就热冬天就冷。老者道："西方却去不得。那山离此有六十里远，正是西方必由之路，却有八百里火焰，四周围寸草不生。若过得山，就是铜脑盖，铁身躯，也要化成汁哩。"铜和铁做的人也会被烧化，唐僧听后吓坏了。

讲火焰山，俗人根本就过不去。孙悟空就问："你如果一年四季都是火，那你这个米糕哪儿来的呢？"那人道："若知糕粉米，敬求铁扇仙。"行者道："铁扇仙怎的？"那人道："铁扇仙有柄芭蕉扇，求得来、一扇火息、二扇生风、三扇下雨。"一扇火息是乾卦底下一个阴爻，是巽卦；二扇生风是乾卦中间一个爻，是离卦；三扇下雨，是上爻一个阴爻，是兑卦，是讲真阴形成的过程。

老者道："我这里人家，十年拜求一度，四猪四羊、花红表礼、异香时果、鸡鹅美酒、沐浴虔诚，拜到那仙山，请他出洞，至此施为。"花红表礼讲的是真阴难得，礼是火，火生土，如果没有离火就生不出来真土。

第二，善财难舍

行者闻言，大惊失色，心中暗想道：又是冤家了，当年伏了红孩儿，就是这厮养的，前在那解阳山破儿洞遇他叔子，尚且不肯与水，要作报仇之意，今又遇他父母，怎生借得这扇子耶？一提到这几个人，红孩儿、牛魔王，一提这里讲的善财难舍，真阴难得，先天的真能量是很难得的。孙悟空就找罗刹女去借扇子去了。罗刹女就骂他："你如何坑陷我儿子？我的宝贝原不轻借。"行者道："既不肯借，吃你老叔一棒。"他就跟罗刹女说："你儿子在观音菩萨面前得了长生，这不是好事吗。"那罗刹女也不吃他这一套就跟他打，结果一扇就把行者扇得无影无踪。扇子是个神扇，是很厉害的，一扇整个山的火都能给扇灭了。这一下就把他扇到了小须弥山。

第三，真阴难得

一下就把他扇到了五万四千里外，到了灵吉菩萨这儿，飘飘荡荡地就到了小须弥山。孙悟空还算厉害的，都被扇成这样，如果不厉害的那就被扇没了。灵吉菩萨就笑说："那妇人唤名罗刹女，又叫做铁扇公主，她的那芭蕉扇本是昆仑山后，自混沌开辟以来，天地产成的一个灵宝，乃太阴之精叶，故能灭火气。"太阴之水，真阳之火，真阴之水，是灭火的。罗刹女有一把扇子，太上老君也有一把扇子。

然后灵吉菩萨说："我当年受如来教旨，赐我一粒定风丹，一柄飞龙杖，飞龙杖已降了风魔，这定风丹尚未曾见用，如今送了大圣，管教那厮扇你不动，你却要了扇子，扇熄火，却不就立此功也。"定风丹，是如来安排的，牛魔王、罗刹女、火焰山也是如来安排的。然后，给了悟空一个法宝定风丹，讲元精发动的时候，一定要定住，定住真阴就化出来了，阴阳一中和丹就成了，人也不难受了。所以定风丹讲的就是这个定力，定力就在这儿使，一定要定住。

孙悟空就又回来了，他怎么回来得这么快呢？"泼猢狲！好没道理，没分晓！夺子之仇，尚未报得；借扇之意，岂得如心！"讲真阴，要阴阳好合，才能够阴阳交感，你不能有仇根，你不能打，还没好合怎会产先天一炁呢，所以不能打。

行者收了铁棒，笑吟吟地道："这番不比那番！任你怎么来，老孙若动一动，就不算汉子！"那罗刹女又扇，果然不动。罗刹女慌了，急收宝贝，转回走入洞里，将门紧紧关上。有了定风丹，扇子就失灵了，就扇不动了。讲的是定力，要把他定住，降伏真阳之火。相当于扇子扇火，你要是定不住，你就火上浇油，你要是定住了，有了定风丹，扇子扇火就扇下雨来，真阴就下来了。

太上老君的扇子是扇炼丹炉的，扇子上是日月，下边是水。太上老君扇炼丹炉的扇子，实际上就相当于真阴之水。日月合一，化成真阴之水，真阴之水和真阳融合，炼丹炉旁的扇子讲的就是这个含义。罗刹女的芭蕉扇也是这个含义，是扇火的，扇火后变出雨来，讲的是真阳化出真阴之水。要害是定风丹，你如果定得住，雨就下来了，真阳之火就化成真阴之水下来了。

孙悟空变成一只小虫，在她喝茶水的时候溅起了一个水花儿，他就进到她肚子里去了，罗刹女腹痛难禁，坐于地下叫苦。行者道："嫂嫂休得推辞，我再送你个点心充饥！"就在她肚子里跳，翻跟斗，这些就是送她点心。又把头往上一顶，那罗刹心痛难禁，只在地上打滚，疼得她面黄唇白，只叫饶命。罗刹女没办法就给了他一把假扇子，孙悟空拿去一扇不管用，然后，土地就出现了，土地就说，你要想借真扇子，就得找牛魔王。

牛魔王是罗刹女的丈夫，讲的是真阴的主人是牛魔王，你要找到他的主人才能借到。真阳发动的时候，空静到本性的程度，本性就是真阴；找到本性的空静，你的真阴就出来了。

第六十回　二借芭蕉扇，讲妙取真阴

第六十回　牛魔王罢战赴华筵，孙行者二调芭蕉扇

第一，落入后天

土地说，这火焰山的火是大圣放的。讲的是元精发动这个真阳之火，是老天的先天一炁，老天的元气，孙悟空是先天一炁，孙悟空代表的是老天的元气，所以是孙悟空放的火，一点灵光入胎来，分成真阴真阳，真阳之火不是先天一炁带来的吗？这个火是孙悟空放的。

土地说，之前没有这座山，是大圣五百年前大闹天宫时，被显圣擒了，压赴老君，将大圣安于八卦炉内，煅炼之后开鼎，被你蹬倒丹炉，落了几个砖来，内有余火，到此处化为火焰山。我本是兜率宫守炉的道人，被老君怪我失守，降下此间，就做了火焰山土地也。守炉的道人是证人，讲的是先天一炁落入人身成为真阳之火，所以是大圣放的火，是这意思。

行者问：“为什么教寻大力王？”土地道：“大力王乃罗刹女丈夫，他这向撇了罗刹，现在积雷山摩云洞。有个万岁狐王，那狐王死了，遗下一个女儿，叫做玉面公主。那公主有百万家私，无人掌管，两年前，访着牛魔王神通广大，情愿倒陪家私，招赘为夫。那牛王弃了罗刹，久不回顾。若大圣寻着牛王，拜求来此，方借得真扇。一则扇熄火焰，可保师父前进；二来永除火患，可保此地生灵；三者赦我归天，回缴老君法旨。”

牛魔王，是罗刹女的丈夫，罗刹女是真阴，但是他现在撇了真阴，不要这个真阴，去了积雷山摩云洞，是云雨之情，是色情，他不要真阴，长年行色去了，许久不回家。玉面狐狸是个离卦，离卦对的是人心，是贪欲，他行贪欲去了，牛魔王是这样的。牛是土，他很久不回家，去纵欲，真土已经丧失了先天之真。

罗刹女吐出来扇子是真阴，但是真阴的主人不是真意土，是妄意，是后天的贪欲的心，意乱真阴就出不来。要真意土，真阴才能吐露，讲的是这个逻辑关系。

第二，弃真就假

大圣道："我是翠云山芭蕉洞铁扇公主央来请牛魔王的。"那女子一听铁扇公主请牛魔王之言，心中大怒，彻耳根子通红，泼口骂道："这贱婢，着实无知！牛魔王自到我家，未及二载，也不知送了他多少珠翠金银，绫罗缎匹。年供柴，月供米，自自在在受用，还不识羞，又来请他怎的！"大圣闻言，情知是玉面公主，故意掣出铁棒大喝一声道："你这泼贱，将家私买住牛魔王，诚然是陪钱嫁汉！你倒不羞，却敢骂谁！"

孙悟空明知道小老婆嫉妒大老婆，提铁扇公主，成心激她的火。这是孙悟空对假阴的态度，他对真阴罗刹女的态度是恭敬的，对假阴则嗤之以鼻，就想着辱她，就想惹她，是这个态度。牛魔王离妻守妾，讲的是弃真就假，先天的真意静土变成了后天的动土，变成了人心妄意。牛魔王说："你把我儿子怎么了，让他离开母亲。"孙悟空就说："你儿子已经成就了，已经得了长生了，这不是好事吗？"牛魔王就不理会了，但"你才欺我爱妾，打上我门何也？"善财可舍，美色必争，善财可以舍，美色不能放，和悟空就打起来了。打着一半，牛魔王喝酒去了，说酒色不离，好色紧接着是好酒。正常来说，是打完了再去喝酒，打到一半去喝酒了，讲嗜酒如命。

孙悟空就跟着他，到了一座山中，那牛魔王寂然不见。大圣聚了原身，入山寻看，那山中有一清水深潭，潭边有一座石碣，碣上有六个大字，乃"乱石山碧波潭"。水里的是元精，乱石山碧波潭，乱石是乱意，碧波是元精，水中金。牛魔王好色，把精气都给散了，已经没有能量了。他现在进到水里，水中金是元精，先得元精再找罗刹女。《周易参同契》里有一句话"太阳流珠常欲去人，淬得金华转而相因"，讲这个光很容易跑，很容易散，但是有真铅一下就把它定住了。真汞像水银一样到处流，真铅一下就给定住了，即"淬得金华转而相因"，讲的是，如果有水中金的话，就能够转化，他去见罗刹女是借水中金去会真阴。这个情节，出处是《周易参同契》这句话，《西游记》里有好多的东西跟丹经有关。

第三，真阴吐露

这时孙悟空"即现本相，将金睛兽解了缰绳，扑一把跨上雕鞍，径直骑出水底"，牛魔王的坐骑叫辟水金睛，孙悟空是火眼金睛，一个水一个火，讲的是水火既济，阴阳和合。悟空假装牛魔王，罗刹女以为他是丈夫，两个人就该腻歪了。

罗刹女说："大王！燕尔新婚，千万莫忘结发，且吃一杯乡中之水。"故乡水指原配夫妻，讲的是自身的阴阳。找玉面狐狸去了，把原配妻子给忘了、给扔了，也就是忘了故乡水，故乡水是你自身的、原本的，是你自身的真阴真阳，讲的是这个意思。

酒至数巡，罗刹觉有半酣，色情微动，就和孙大圣挨挨擦擦，搭搭拈拈，携着手，俏语温存。罗刹笑嘻嘻的，口中吐出只有一个杏叶儿大小的扇子，递与大圣道："这个不是宝贝？"大圣就问："这般小小之物，如何扇得八百里火焰？"罗刹女酒陶真性，无所忌惮："大王，与你别了二载，你想是昼夜贪欢，被那玉面公主弄伤了神思，怎么自家宝贝的事情，也都忘了？"意思是你怎么神都昏了，自己家的东西都不认识了，"只将左手大指头捻着那柄儿上第七缕红丝，念一声咽嘘呵吸嘻吹呼，即长一丈二尺长短。这宝贝变化无穷！哪怕他八万里火焰，可一扇而消也。"大拇指按住第七缕红丝，红是离卦，七是七情六欲，讲的是在元精发动的时候，你要管住七情六欲，扇子的神威就显示出来了。这时候孙悟空就露出本相，拿了宝贝就跑。罗刹女羞愧难当，有一句话说"正是无心贪美色，得意笑颜回"，孙悟空对美色根本没兴趣，他只不过是哄得真阴吐出来真宝。讲的是顺其所欲，哄她的真铅氤氲，有了真铅逆用。讲金丹是法船，得了，过河就丢船，不用了就跑。

第四，静土变妄意

这时，牛魔王回来了。却说那牛魔王在碧波潭底与众精散了筵席，出得门来，不见了辟水金睛兽。牛魔王就说那肯定是孙悟空把那东西偷走了。牛魔王回到翠云山，罗刹女还以为他是假的变的呢，就跟他打。罗刹女说："那泼猴赚了我的宝贝，现出原身走了！气杀我也！"牛王道："夫人保重，勿得心焦，等我赶上猢狲，夺了宝贝，剥了他皮，锉碎他骨，摆出他的心肝，与你出气！"叫："拿兵器来！"女童道："爷爷的兵器，不在这里。"牛王道："拿你奶奶的兵器来罢！"牛魔王因为沉沦酒色，没了坐骑，丢了脚力，连武器都没有了。讲牛魔王已经完全丧失先天状态。

武器和坐骑代表着他的先天，代表光的级别，他现在神性都没有了，完全变成了后天的妄土，是静土变妄意。他本来是先天的真意土，但是现在变成妄意假土了。

第六十一回　三调芭蕉扇，讲意土归真

第六十一回　猪八戒助力败魔王，孙行者三调芭蕉扇

第一，金木同功

这回把牛魔王给降服了，讲的是意土归真。

孙悟空把扇子给骗走了，悟空只会变大的咒语，不会变小的口诀，他扛着扇子特别累，这时候牛魔王来找他夺扇。"猢狲原来把运用的方法儿也叨饬得来了。我若当面问他索取，他定然不与。倘若扇我一扇，要去十万八千里远，却不又遂了他意？我闻得唐僧在那大路上等候。他的二徒弟猪精，三徒弟沙流精，我当年做妖怪时，也曾会他。且变作猪精的模样，反骗他一场。"他就变成猪精，扇孙悟空。但是，孙悟空吃了定风丹了。

"将定风丹噙在口里，不觉的咽下肚里，所以五脏皆牢，皮骨皆固，凭他怎么扇，再也扇他不动。牛魔王慌了，把宝贝丢入口中，双手抡剑就砍，那两个在那半空中，这一场好杀，那牛魔王，一则是与行者斗了一日，力倦神疲，二则是见八戒的钉耙凶猛，遮架不住，败阵就走。"这是金木同功，孙悟空和猪八戒一块儿来打牛魔王，牛魔王扛不住了，这时候土地就出来当面挡住道："大力王，且住手。唐三藏西天取经，无神不保，无天不佑，三界通知，十方拥护。快将芭蕉扇来扇熄火焰，教他无灾无障，早过山去；不然，上天责你罪愆，定遭诛也。"土地也出来帮，金木交并，又有土来相助，讲的是木盛土旺、金木同功，让真阴现相，金木同功战假土，转化识神，逼着真阴显相。

有一首诗：

成精豕，作怪牛，兼上偷天得道猴。禅性自来能战炼，必当用土合元由。钉耙九齿尖还利，宝剑双锋快更柔。铁棒卷舒为主仗，土神助力结丹头。三家刑克相争竞，各展雄才要运筹。捉牛耕地金钱长，唤豕归炉木气收。心不在焉何作道，神常守舍要拴猴。胡乱嚷，苦相求，三般兵刃响搜搜。耙筑剑伤无好意，金箍棒起有因由。只杀得星不光兮月不皎，一天寒雾黑悠悠！

"成精豕，作怪牛，兼上偷天得道猴"，讲猪八戒、牛魔王和孙悟空，"禅性自来能战炼，必当用土合元由"，凡是打仗，都是炼丹的意思，是炼心性或者炼光，是磨炼的意思，不是打仗。你看他就说了吧，"禅性自来能战炼"，本性真禅是炼出来的。"宝剑"是罗刹女的宝剑，故而"快更柔"。孙悟空的金箍棒、老天的元气是主要的，但还要有其他的配合，因为孙悟空和猪八戒两个一个是真阴、一个是真阳，真阴真阳合一需要土来帮忙，所以说"土神助力结丹头"。

"三家刑克相争竞，各展雄才要运筹"，金、木、土相生相克。"捉牛耕地金钱长，唤豕归炉木气收"，是说炼金丹的过程，老牛耕地的地方有好多金钱，是黄芽遍地，点点金光，此时的金光还是分散的，没有汇聚成一团，这一点点的光是老牛的成果。战牛魔王、老牛耕地其实讲的是电感，电感出来光就有了，所以，老牛耕地金钱长。"唤豕归炉木气收"，管住后天意识，土生金，金克木把木气收住。这个光不是单一地长出来的，是这样金克木，木克土，一个循环的生克长出来的，各管各的整个都管好了，光才出来。把木气给收了，是把魂光给收了。说管住牛、管住后天意识实际上是把光保住了。

"心不在焉何作道，神常守舍要拴猴"，在这个过程中，要管住妄意，你要小心，有什么念头，都把他管住了，就把光收敛了。如果你放纵心猿，胡思乱想，管不住妄意，那光就都散出去了。"胡乱嚷，苦相求，三般兵刃响搜搜。耙筑剑伤无好意，金箍棒起有因由。只杀得星不光兮月不皎，一天寒雾黑悠悠！"这讲的是五行之间的磨炼，磨炼那个光才能出来。因为这里头牵扯到人的心，牵扯到能量，还有老天的先天一炁，这是整体汇合的过程，所以说就要这么炼，打就是炼。

第二，意为心发

意识都是心念发出来的。这只牛太难打了，打了半天还是打不过，孙悟空说算了吧，不干了。土地又出来鼓励他说："大圣休焦恼，天蓬莫懈怠。但说转路，就是入了旁门，不成个修行之类。古语云：'行不由径'，岂可转走？你那师

父，在正路上坐着，眼巴巴只望你们成功哩！"行者发狠道："正是，正是，呆子莫要胡谈！土地说得有理。"躲开火焰山，就入了旁门，真阳是躲不开的。金木交并之后是光，师父是光，你们俩不打不磨炼，师父就没光了，师父在等着他们那个光出来呢，他们得好好地在这儿打，在这儿磨炼。

"赌输赢，弄手段，等我施为地煞变。自到西方无对头，牛王本是心猿变。今番正好会源流，断要相持借宝扇。趁清凉，熄火焰，打破顽空参佛面。行满超升极乐天，大家同赴龙华宴！"打不过就开始变化赌斗。"自到西方无对头，牛王本是心猿变"，后天意识这个意土，本来也是元神变的，落入后天就成这样了。"会源流"是让他归本，妄意归于元神。打牛魔王是"会源流"。

猪八戒说："是，是，是！去，去，去！管甚牛王会不会，木生在亥配为猪，牵转牛儿归土类。申下生金本是猴，无刑无克多和气。用芭蕉，为水意，焰火消除成既济。"实际上芭蕉扇是真阴之水，火焰山是真阳，很明确是真阴真阳合一的意思。不是我们把《西游记》往金丹上猜，人家写的就是金丹，是有根有据的，一点儿不差的。"木生在亥配为猪，牵转牛儿归土类"，讲木火是猪八戒，说他"配为猪"，这老猪是木，木克土，所以老猪得出力，老猪得把牛给他牵回来，让他归于土，他能管这个土。"申下生金本是猴"，猪八戒是木母，孙悟空是金公，"无刑无克多和气"，讲的是孙悟空这个金公，他是给好处的，这好处是先天一炁，是纯阳老天的光，孙悟空干的活就是多给和气，多给老天的光。

猪八戒干的活是木克土，把老牛给牵住，因为牛魔王是假土，要让他归真土。怎么归真土呢，贪恋酒色财气，坐骑也没了，武器也没了，这种后天的状态，逼着他回到先天状态，他能变了就是返回先天了。最后变成大白牛，是归先天，归到真土了。"用芭蕉，为水意，焰火消除成既济"，真阴真阳合一了，成了水火既济。"昼夜休离苦尽功，功完赶赴盂兰会"，真阴真阳合一这件事是昼夜不停的，功夫完成了就赴"盂兰会"讲的是见本性。

第三，真阴显象

从后天的酒色财气的状态到先天的能变化的状态，是已经归真了，归于他的先天状态了。"那老牛，摇身一变，变作一只天鹅，望空飞走"，这大圣就变成一只海东青，老牛又变成一只黄鹰，行者变成一只乌凤，老牛又变成一只白鹤，行者变成一只丹凤，说这几个颜色：黄的、黑的、白的、红的，比喻的是五行。五行讲的是五色光，后天状态没有光，牛魔王变一个什么，孙悟空就变一个什么管着他，变来变去变的是五色光。牛魔王变五色光，是五脏转阳，变的五行表示的是气变。

在天上变，接着变到地下来了。牛魔王变成一棵香樟，行者变成一只饿虎，牛魔王变成一只人熊，行者又变成一只赖象，然后这个时候牛魔王就变一只大白牛，而且很大很大，"头如峻岭，眼若闪光，两只角似两座铁塔，牙排利刃。连头至尾，有千余丈长短，自蹄至背，有八百丈高下，对行者高叫道：'泼猢狲！你如今将奈我何？'行者也就现了原身，抽出金箍棒来，把腰一躬，喝声叫：'长！'长得身高万丈，头如泰山，眼如日月"。五色光讲的是他从一个俗人的没有光的身体变回先天，是五色光，五色光是气变。到地下来赌斗，讲的是质变。大白牛就相当于元神的光，也是说五色光先出来，然后元神的光出来，先是五脏转阳，后是元神成就，是这么一个过程。跟牛魔王赌变化，赌的是气变、质变。大白牛是质变，变成一个山一样大的牛。牛魔王说你看这是我的真身，你看我多大，我的真身有八百丈高下。牛魔王的意思是你看我显真身了，我这么厉害你有什么办法呢？这时，孙悟空也显真身了，变到赖象，讲的是无相，变到光明罔象，是只有光没有象了，变到这儿以后，整个的气质都变了。

气质已经变了，老牛显出白牛的原身，老牛是土，土化为白，他已经是白色的光了，土化为白，则木平、水和、火熄、金明，金丹将就。他化出来老牛的真身时，便是金丹快成了。金丹快成了，显白色的光。我们很多人到三年左右，都出现白色的东西，不管是什么白色的袍子，白皮袄，白的什么，反正梦里老出现白色，那白色是真身。白牛讲的是真身，讲的是玉神的验证，讲的是这个光，肉身的细胞都已经变出光来了，那是玉神的验证，所以这个是

白牛。

我觉得很带劲，老牛八百丈高下，你看孙悟空有多少丈呢，那就比泰山还高，这是说真身。这几个字其实是大道隐传的那一部分，金丹验证的是现真身，玉神成了以后，会显大身，那个身特别大，就像佛家说的报身，是智慧身，因为你的智慧达到了，能量级别够了，呈现出一个百米高的人，就讲这是大身，是真身成了现大身。（**见彩图二十《行者现真身》**）

第四，意土归真

"那牛王拼命捐躯，斗经五十余合，抵敌不住，败了阵，往北就走。早有五台山秘魔岩神通广大泼法金刚阻住道：'牛魔，你往哪里去！我等乃释迦牟尼佛祖差来，布列天罗地网，至此擒汝也！'正说间，随后有大圣、八戒、众神赶来。那魔王慌转身向南走，又撞着峨眉山清凉洞法力无量胜至金刚挡住，喝道：'吾奉佛旨在此，正要拿住你也！'牛王心慌脚软，急抽身往东便走，却逢着须弥山摩耳崖毗卢沙门大力金刚迎住道：'你老牛何往！我蒙如来密令，教来捕获你也！'牛王又悚然而退，向西就走，又遇着昆仑山金霞岭不坏尊王永住金刚敌住，喝道：'这厮又将安走！我领西天大雷音寺佛老亲言，在此把截，谁放你也！'那老牛心惊胆战，悔之不及。见那四面八方都是佛兵天将，真个似罗网高张，不能脱命。"讲意土归真，归本性，佛祖派来的四大金刚讲的是佛兵，佛兵天将，是让他一定要意归本性，妄意归本性，这些都是来助力的。有这么多的神跟他打，最后哪吒把他的头给砍下来了，是哪吒把他收服了，"变得三头六臂，飞身跳在牛王背上，使斩妖剑望颈项上一挥，不觉得把个牛头斩下。天王收刀，却才与行者相见。那牛王腔子里又钻出一个头来，口吐黑气，眼放金光。被哪吒又砍一剑，头落处，又钻出一个头来。一连砍了十数剑，随即长出十数个头"。

"哪吒取出火轮挂在那老牛的角上，便吹真火，焰焰烘烘，把牛王烧得张狂哮吼，摇头摆尾"，这时候李天王"照住本象，腾挪不动，无计逃生"，然后说"莫伤我命！情愿归顺佛家也"，牛魔王非常难办，最后把他降服了。砍了一个脑袋又长出一个脑袋，砍了十个变十个，讲他已经归于先天，先天是什么呢？随便生，不生不死，没有死，你砍了一个又出来一个，永远地活着，永远地生，这讲的是妄意阴土已经归于了本性。哪吒吹火，是火来助阴，他是真土，哪吒吹火，用真阳来济真土，讲的是这个。皈依佛家，是皈依净土，这讲的是降牛魔王。

第五，真阴的形成

牛魔王答应把扇子拿出来，老牛叫道："夫人，将扇子出来，救我性命！"罗刹女听叫，急卸了钗环，脱了色服，挽青丝如道姑，穿缟素似比丘，双手捧那柄丈二长短的芭蕉扇子，走出门，又见有金刚众圣与天王父子，慌忙跪在地下，磕头礼拜道："望菩萨饶我夫妻之命，愿将此扇奉承孙叔叔成功去也！"

"孙大圣执着扇子，行近山边，尽气力挥了一扇，那火焰山平平熄焰，寂寂除光。行者喜喜欢欢，又扇一扇，只闻得习习潇潇，清风微动。第三扇，满天云漠漠，细雨落霏霏。"三扇就下雨了，然后旁边的人就说："你看火焰山老在这儿也麻烦，老百姓没法生活，说干脆断根算了。"怎么断根呢？罗刹女道："要使断绝火根，只消连扇四十九扇，永远再不发了。"行者闻言，执扇子，使尽筋力，望山头连扇四十九扇，那山上大雨淙淙。果然是宝贝：有火处下雨，无火处天晴。他师徒们立在这无火处，不遭雨湿。把扇子交出来了，扇了雨也下来了，又四十九扇就断绝火根。

罗刹女穿着素衣服，像个尼姑或者道姑一样就出来了，讲的是炼丹已经完成，老牛的真身都出来了，老牛真身出来了，要扇子干什么？讲的是丹成弃灶。罗刹女素颜，牛魔王把扇子交出来，讲的是炼丹炼完了这些东西都不用了。七七四十九，七返运火之功，讲的是这个火，真阳之火起来了，真阴来对治真火，把火给中和了。"有火处下雨，无火处天晴"，是说有真阳之火的时候，需要真阴来中和他。平时还可以胡思乱想，元精发动的时候一定要什么都不想，完全是真阴无念本性，完全是这样，真阳就能中和了。无火处天晴，没有真阳之火，你就自由的，你随便吧，你各种各样的东西都是自

然的。"有火处下雨，无火处天晴。他师徒们立在这无火处，不遭雨湿"，你没有火就不需要真阴来中和，没事下什么雨，你没事也不会有雨。讲的是真阴真阳这个事。

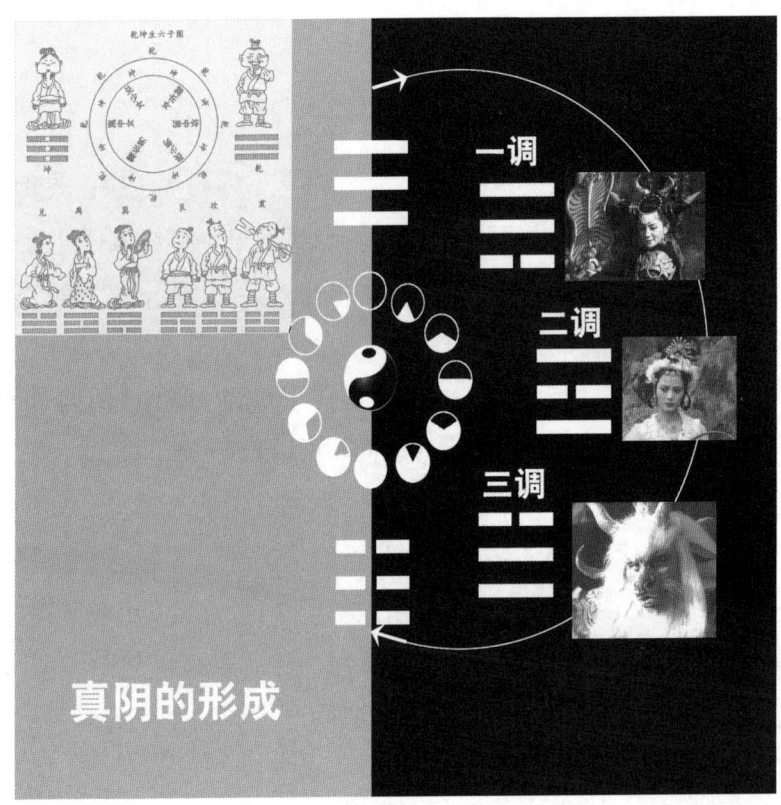

《三调芭蕉扇》

第六十二回　偷塔舍利，讲采战的荆棘

第六十二回　涤垢洗心惟扫塔，缚魔归正乃修身

第一，开玄关

"涤垢洗心惟扫塔"，扫塔是扫光，塔代表的是本性之光，是心光，是佛光。洗心涤垢，实际上是清理人的错误的概念和思想，清理这些假的东西，擦掉错的阴气，让光更亮。"缚魔归正乃修身"，元精化元气化出来光，是无中生妙有的妙用，这是正。结果你抱着错误的浊精的概念，弄浊精浊气，既不能变化也不能飞腾。说修心是修光，光修干净了是修身，修光和修心性是一体的。

这里有一首开篇诗：

十二时中忘不得，行功百刻全收。五年十万八千周，休教神水涸，莫纵火光愁。水火调停无损处，五行联络如钩。阴阳和合上云楼，乘鸾登紫府，跨鹤赴瀛洲。

开篇这首诗，是承上启下的，这里是对着前边修理牛魔王的那一回说的。

"十二时中忘不得"，是讲开玄关，十二个时辰是二十四小时，能量一刻不停。"五年十万八千周"，是说要用五年的时间，前面三年是把光养出来了，光养出来了，但还不能完全的纯阳，还有阴气，还得到第五年五行，玉神才能成。从阴神、阳神、元神、玉神到圣神，到第五年的时候，光才比较合格了。"休教神水涸"，指在这五年的时间里，一直在水火既济，天地的阴阳交媾，乾坤交媾。神水是元精，神水涸等于是没电了，养金丹的时候没电了怎么养呢？所以不能没电。"莫纵火光愁"，是说人心一放肆，就燥火烧丹，如果无心则是神火炼丹。

"水火调停无损处"，水火合一是电，电和人的心光调停不出错，五行就合一了。"五行联络如钩"，前面说过内五行，是最初元神成之前，五色光是五脏转阳，五脏转阳的内五行，五行合一是元神这个金丹，现在是到第五年了，这个时候已经是外五行了，是慧眼、天眼、法眼、佛眼、肉眼这五眼的合一，所以，级别不一样了。前面是内五行合一，形成了元神，现在是外五行合一，形成了

圣神、大圣。要看清楚，五行联络如钩，时间点不一样，它所指是不一样的。"阴阳和合上云楼，乘鸾登紫府，跨鹤赴瀛洲"，讲的是阴阳和谐，通过五年的时间，电和神火炼丹这两件事融合得特别好，这个神就成了，也是光已经成了。这时的要点是洗心涤垢，让神火和水光完全合一，那个电和元神的观照完全合一，这两者合一了以后，光就上到高维空间了。

这是第五年的时候，我现在多少年了？我是 2007 年开的山根祖窍，2009 年开的玄关，到现在十二年了。我现在什么感受呢？你看我现在没呼吸，我鼻子嘴都没出气，但是一静下来，我的整个身上所有的细胞都是一股子柔和的电在起伏。第十二年是这个状态，一静下来是又温暖又有电，这是水火的合一更彻底更紧密了，人就特别舒服，每出一口气，每一个呼吸都是电。但是我整天地忙，我顾不上感受。**彩图二十一《心之象》**，一把白伞底下一朵莲花，是说你的肺和心完全一体了，整个的呼吸，只要你一动一呼吸出一点气，全是电，而且这个电还不燥，特别柔，这是更深一层了的水火既济，所以这个东西太好了太妙了。

这一篇词牌名《临江仙》。词的名字叫临江仙，现在已经成仙了，就像一个月亮，水里有月亮的倒影，讲的是法身的光，这个时候已经是临江仙了。在唐太宗游历地府之前，有几首诗歌的名字，讲山怎么好，水怎么好，也是讲金丹验证的过程，到了临江仙，是光修成了的意思。

单道唐三藏师徒四众，水火既济，本性清凉，借得纯阴宝扇，扇熄燥火过山，不一日行过了八百之程，师徒们散诞逍遥，向西而去。又到了秋天。小说里有好几个八百里，八是阴气的意思，八百里是指阴气特别大。火焰山有八百里，荆棘岭有八百里，凡是提这个的时候，是说阴气特别重。坤卦是阴，虽是纯阴，但也是神的成长过程。乾卦的纯阳指光的阳的一面，是纯阳的能量。而坤卦纯阴则是人的灵、灵光，人的感觉的灵敏度、精密度，是光里智慧，所以提到纯阴的时候，讲的是灵的成长。因此每一次提到八百里的时候，其实在是讲灵光的一个重要的成长点。

借得纯阴宝扇，扇熄燥火过山。得不到扇子，你就过不了火焰山，也是说没有真阴的中和，真阳化不掉，真阳化不掉，这八百里火焰山就过不去，你这个灵就成长不了。真阴出来了，真阴把真阳中和了，火焰山过去了，灵就成长了。

这一关过了，接下来是修心性，所以这回是扫塔。秋末冬初时节，作者每指出一个时间点，都是有用意的。这一回讲碧波潭的老龙和他那九头怪女婿，把佛塔舍利给偷了。最后收拾九头怪的时候，是路过的二郎神和梅山六兄帮助孙悟空，二、六都是阴，时机是秋末冬初，所以这七个人代表的是老天的煞气，有生有杀，秋天是杀。老天在冬天刚过春天的时候，是生气，到秋天的时候是杀气，在这个时间点，讲的是金丹的杀气的作用。因为金丹是天地能量做成的，所以在讲春天、秋天的时候，都是讲的天地能量的用，也是说利用天的煞气在灭，利用天的生气在长，讲的是这个概念，没有一句废话，不要以为这是像一般人那样说一个时间，作者可一句废话没有，这是祖师爷级别的传道，传大道不是小事，一句都不能错。

综上所述，战胜牛魔王得了真阴，水火既济之后乾坤交媾，开了玄关，天地的灵阳之气养育心灵之光，养圣胎，在这个时候，唯有保持内心的纯净。"扫塔"是洗心，内心的缠绕归空是正，是真正的修身。开了玄关，一天二十四小时不间断，天地的能量自动在做功，五年的时间，天地的能量不间断。得丹以后，整固的功夫是洗心。水火既济顺利，五行就合一。阴阳和合把阴气转化，光就上升到头，心光自由出入。老天的秋气是煞气，借天力杀阴气。

第二，物以群分

他们到了祭赛国，看见好多的和尚被镣铐，被枷锁给锁着，唐僧看了很伤心，说这些和尚怎么这么受难呢？唐僧也是和尚，和尚受难是唐僧受难，唐僧哭了，验证的是共性一体，共性同体。

众僧俱来叩头问道："列位老爷相貌不一，可是东土大唐来的吗？"行者笑道："这和尚有甚末卜先知之法？我们正是。你怎么认得？"众僧道："爷爷，我等有甚末卜先知之法，只是痛负了屈苦，无处分明，日逐家只是叫天叫地。想是惊动天神，昨日夜间，各人都得一梦，说有个东土大唐来的圣僧，救得我等性命，庶此冤苦可伸。今日果见老爷这般异象，故认得也。"

这些和尚做同一个梦，都梦见唐僧、梦见孙悟空，这是金丹的验证：通共性，不仅仅是自己看到，而且是大家共同看到的。比如说 2014 年 5 月 6 日，我第一次看到我自己，一个比我年轻，梳着两条长辫子的我。后来，很多人共同看到同一个形象,样子跟我本人一样,但是比我年轻,梳着两条大辫子。你一个人还不算数,还得得有旁证,别人也看到,而且别人看到的是共同的,都是这么一个年轻的梳长辫子的形象,这是共性。

因为人人都有本性,都有光,光是共性,共性一体。所以到了祭赛国,是讲光的验证。悟空等的法身,不仅自己看到,大家都能看到,才是旁证,默然感通,同气连枝,一气贯穿,所以说共性一体。这是同一个梦所表达的意思。

佛塔放光,不是个人的幻觉,因为四面八方的国家都来朝贡,这就不是幻觉。共性的验证,虽然光是无形的,但是可以有真实的验证。众僧跪告:"爷爷,此城名唤祭赛国,乃西邦大去处,当年有四夷朝贡。"西邦大去处,讲的是西牛贺洲,西方是一个圣地,西方的宝塔已经放光了,讲的是这个人已经放光了,所谓西游,是光已经到了这个地方,别人都能看见。所以宝塔放光是别人看到你自己的光的意思,不是指外在的光。

金丹放光,就会万神朝宗,四面八方的比如说腿神、脸神、牙神、耳朵神等各种各样的神,都会朝向金丹的光。宝塔放光,是人放光,人放光的时候,所有局部的光都朝着金丹的光,因为金丹的光是一级光,人体的局部的光,玉神修成了的时候,每一个细胞里都有光了,这是二级光,二级光都朝向一级光,二级光都要吃一级的本源光,讲的是这个关系。

只是三年之前,孟秋朔日,夜半子时,下了一场血元精。三年之前,讲真道三年胎就养成了。夜半子时是元精生的时候,却下了一场血雨。意思是说这并不是元精而是浊精。老龙和他的女婿在夜半子时来下血雨,讲的是他们弄浊精,弄浊精而妄想有光,偷舍利光是说他们妄想弄浊精整出光来。

众臣谏道:"我寺里僧人偷了塔上宝贝,所以无祥云瑞霭,外国不朝。"昏君更不察理,那些赃官,将我僧众拿了去,千般拷打,万样追求。当时我这里有三辈和尚,前两辈已被拷打不过,死了,如今又捉我辈问罪枷锁。老爷在上,我等怎敢欺心盗取塔中之宝!万望爷爷怜念,物以类聚,人以群分,舍大慈大悲,广施法力,拯救我等性命!

没有了光,四面八方便不来朝贡了。没有金丹的光,四面八方局部的光,还怎么往中间汇聚呢。昏君和那些脏官不分是非,也是他们不懂真道假道,忘了初心本性,等于被盗走佛宝,招来了贼偷佛光。国王是糊涂的,假道不仅胎没养成,反而丧命。

物以类聚，人以群分，是对唐僧说的，咱们可都是和尚，你可得帮我们，但这只是表面的意思，实际上和尚指的是本性之光、舍利光，也就是说，唐僧是本性之光，我们和尚也是本性之光，我们都是一类的，所以说你得救我们。救和尚是救光，假道弄浊精而想有光，那不是妄想吗？受冤的和尚与唐僧一行是一类，救和尚是破邪归正。老龙和昏君不明白元精浊精的区别，招来的只能是血雨，不可能得到本性之光，他们也是一类的。这就叫物以类聚，人以群分。这是其中的寓意，普通人是看不懂这一点的。

第三，天地阴阳

"塔上既被血雨所污，又况日久无光，恐生恶物，一则夜静风寒，又没个伴侣，自去恐有差池，老孙与你同上如何？"

唐僧说塔既然被脏东西给污了，那就要扫，他想自己上去扫，孙悟空要跟他一起去。扫塔实际上是洗心，洗心是把元精浊精这件事搞清楚。洗心是扫塔，塔上的光就亮了。唐僧是本性，孙悟空是先天一炁，共同扫塔，讲的是性命双修，本性和先天一炁合一，才是金丹，才是光。唐僧自己上去，是个孤阴，两个人上去是阴阳一体的金丹，阴阳一体的金丹才是光。金丹的光被污了，要把光给它恢复，必须阴阳合一，金丹的光才能恢复。

长老耽着劳倦道："是必扫了，方趁本愿。"又扫了三层，腰酸腿痛，就于十层上坐倒道："悟空，你替我把那三层扫净下来罢。"行者抖擞精神，登上第十一层，霎时又上到第十二层。正扫处，只听得塔顶上有人言语，行者道："怪哉，怪哉！这早晚有三更时分，怎么得有人在这顶上言语？断乎是邪物也！且看看去。"

唐僧扫了七层就累得动弹不了，七是元神。他又扫了三层，到了第十层，还没有到第十三层。十三是一阳生，贞下起元。他想了愿，但没到十三层，他还了不了愿，指的是唐僧的能量现在还不够。孙悟空一个人扫最后三层，到了第十二层的时候，听见第十三层有人说话。十三是贞下起元，讲的是大道，讲的是天地能量。

在第十三层上坐了两个妖怪，三更时分在说话。三更是天地交媾时分，讲的是一阳生，真道是天地阴阳交媾。唐僧代表的是本性，孙悟空是能量，能量是辅佐本性的，唐僧咬牙要上十三层，悟空不让他上，这是天意，是不让他接

塔放光

触妖怪，接触妖怪本性会受伤。而孙悟空是原始的先天一炁，所以孙悟空上，实际上是老天在保护唐僧。表面上看是唐僧累得动不了了，实际上这都是天意。天地能量都是天意，都是老天安排好了的。人一定要明白，大道天成是老天安排的，要明白天意，顺应天意，顺应自然，不要较劲，不要人心用事。

塔比喻本性，在塔尖上还有两个贼，即修大道还有二心，不务本，不守一，一会儿信了，一会儿又不信了。只见第十三层塔心里坐着两个妖精，面前放一盘下饭，一只碗，一把壶，在那里猜拳吃酒哩。十三层是贞下起元，先天大道的纯阳能量，纯阳能量升起的时候，人就放光。佛塔是放光的，是放舍利的，这个地方应该是纯阳的，但是在纯阳的地方有两个贼，二是阴气，这是批判那些弄浊精浊气的人，实际上是在用人心和肉身的有形的能量，都是阴气，都是假。

妖怪面前一只碗，一把壶，在那儿猜拳吃酒。碗是空的，壶是拿着的，指的是着空、执着、弄浊精浊气的人，没得到真能量，批判那些神昏的人，对真道认识不清，就像妖精躲在塔上吃酒猜拳，对真道只是胡猜。行者使个神通，丢了笤帚，掣出金箍棒，拦住塔门喝道："好怪物！偷塔上宝贝的原来是你！"

孙悟空代表的是原始祖气，他使个神通，指他使的是无形的原始祖气的能量。看电视剧的时候，好像是人在打妖怪，其实使神通是在讲无形的能量。偷塔上宝贝的原来是你！作者每一个字都是有用意的，偷塔上宝贝的，原来是妄图用浊精浊气偷盗天宝，老天的天光，也是佛光，用浊精浊气怎么能得到呢？不仅得不到，还把自己的命光都给糟蹋了，给毁了，那是自取灭亡。

那国王将关文看了一遍，心中喜悦道："似你大唐太宗有疾，能选高僧，不避路途遥远，拜我佛取经；寡人这里和尚，专心只是做贼，败国倾君！"国王糊涂，说和尚做贼，完全是错误的。本性之光是纯阳，不是光的问题，是人的问题，人为的弄浊精浊气是自己的错，整出来了也是假的；老天的天光整出来的才是真的，光本身并没有错。

原来是行者坐在轿上。呆子当面笑道："哥哥，你得了本身也！"行者下了轿，搀着八戒道："我怎么得了本身？"八戒道："你打着黄伞，抬着八人轿，却不是猴王之职分？故说你得了本身。"国王请唐僧师徒降妖，但是国王不懂元精浊精之别，代表的是假道，假道三年就丢了性命，真道三年成了本身了。什么叫本身？即法身成了，**彩图二十二《大圣》**这幅画，几个小男孩抬轿子，上边有黄伞，下边有八乘大轿，法身成了就该八乘大轿抬着了。**彩图二十三《庆玉像》**，讲的是这时玉神已经成了，这就叫本身，本是真身，是光已经成了。什么叫光成了？是有妙用了，有妙显妙用了，被供起来了。但如果是假的，就没命了，这是真假之别。所以祖师爷在这里批判得挺狠的，一般的人就以为问题没那么严重，始终放不下有为，还在那弄假的。祖师就告诉你，假的死去吧，真的就供起来了，这是天地之差。

"三载之外，七月初一，有个万圣龙王，帅领许多亲戚，住居在本国东南，离此处路有百十里，潭号碧波，山名乱石。"东南是巽卦。巽卦这个地方对着的是灵，乾卦对着的是人的头，活人的头，巽卦对着的是死人的头，是一个人的灵。所以说万圣老龙是从东南方向来的，意思是说他就不是人，是个阴鬼。万圣老龙的万指多，自称圣是自吹自擂，其实他根本不是圣，圣就只能是一，怎么还能多呢？那就是假的。潭号碧波，山名乱石，碧波是元精，但是这个地方叫乱石山，石是土，乱土是阴土，阴土是妄议。

"生女多娇，妖娆美色，招赘一个九头驸马，神通无敌。他知你塔上珍奇，与龙王合盘做贼，先下血雨一场，后把舍利偷讫。见如今照耀龙宫，纵黑夜明如白日。公主施能，寂寂密密，又偷了王母灵芝，在潭中温养宝物。我两个不是贼头，乃龙王差来小卒。今夜被擒，所供是实。"龙女多娇讲的是美色，招了一个九头驸马，九头驸马和龙女多娇两者联系起来，讲的是阴阳双修的九浅一深的采战术，比喻的是弄浊精浊气男女双修这类东西。与老龙合谋做贼，龙王是水中金，是元精，自己是元精，却为何做贼？驸马是附意，马是意识，驸马是牵强附会，附意是附会老龙的弄浊精浊气。老龙自己是水中金，为什么不洁身自好呢？为什么跟妄意结合呢？元精不能跟妄议结合，应该跟无心结合，跟妄意结合是有形的浊精浊气，是血雨。九头怪，是多知多识的后天之假。

"舍利照耀龙宫，纵黑夜明如白日"。佛塔上放光，讲的是大脑的松果腺，这个光本来是在上边的。现在把舍利偷到龙宫，把龙宫照亮了。光本来是精化气、气化光从底下上来的，怎么搁水里了呢？怎么在龙宫里呢？光是在头上的，怎么在腹部呢？连光搁哪儿都不知道。公主又偷了王母灵芝，在潭中温养宝物。讲的是金光，也是金丹的光，是老天的能量养的，是自然养的，五年十万八千刻，这是一个日积月累、慢慢养的过程，她居然把灵芝偷来了，比喻的是偷老天的功劳，贪窃天功，还妄想成佛。天功是人能贪的吗？你能代替老天岁月一天一天这么养吗？弄浊精浊气的过程是做贼，贼是黑烟，你已经把光全变成黑烟了，怎么能有那金光出来呢？讲的是贼心、贼行把光全毁了，还怎么成佛？男女双修、弄浊精浊气的人，已经把光毁了，却打的是修佛的名义，说什么"我们这是为了修光，我们都舍去了脸面，舍去了廉耻"。祖师就在骂这些人别胡扯了，光都没了，怎么可能做佛！

孙悟空把两个小妖带到皇宫来了，国王道："既取了供，如何不供自家名字？"那怪道："我唤做奔波儿灞，他唤做灞波儿奔，奔波儿灞是个鲇鱼怪，灞波儿奔是个黑鱼精。"国王教锦衣卫好生收监，传旨："赦了金光寺众僧的枷锁，快教光禄寺排宴，就于麒麟殿上谢圣僧获贼之功，议请圣僧捕擒贼首。"两个小妖分别叫奔波儿灞、灞波儿奔，讽刺的是干浊精浊气这个事儿的还挺累、还挺忙乎，结果全是假的，都是白忙活。水族乌甲，水里的怪物，比喻的是浊精。元精化元气化光，而浊精不过是些水里的妖怪，不过是在后天之假中奔波的昏庸之辈，也是元精里的阴气。

孙大圣道："酒不吃了，只教锦衣卫把两个小妖拿来，我们带了他去做凿眼。"国王传旨，即时提出。二人挟着两个小妖，驾风头，使个摄法，径上东南去了。噫！他那君臣一见腾风雾，才识师徒是圣僧。孙悟空要带两个小妖去，好像是给带路的意思，其实是做证人的。国王开始挺不恭敬的，现在才知道，唐僧师徒不一般。从万圣老龙到九头怪女婿、女儿，一堆的垃圾，讽刺那些阴阳双修的人，是窃本性能量的贼，不过是愚蠢之极的群盲，还想成仙的鲇鱼怪、黑鱼精。

第六十三回　救回舍利，讲温养灵丹

第六十三回　二僧荡怪闹龙宫，群圣除邪获宝贝

第一，勿听勿传

讲孙悟空和猪八戒去闹龙宫，二郎神他们路过这儿，就帮了个忙，天狗把九头怪的头给咬了下来。

却说孙大圣与八戒驾着狂风，把两个小妖摄到乱石山碧波潭，住定云头，将金箍棒吹了一口仙气，变作一把戒刀，将黑鱼怪的耳朵割了下来，将鲇鱼精的下唇割了，撇在水里，喝道："快早去对那万圣龙王报知，说我齐天大圣孙爷爷在此，着他即送祭赛国金光寺塔上的宝贝出来，免他一家性命！若进半个不字，我将这潭水搅净，教他一门儿老幼遭诛！"

孙悟空的金箍棒变成戒刀，将两怪一个割了耳朵，一个割了嘴，讲的是对弄浊精浊气的勿听勿传播，撇在水里，是不看，不听、不说、不看。齐天大圣孙爷爷讲的是先天一炁、原始祖气，比喻真的来了，真的是照妖镜，真的来了，假的就灭了。外来的先天一炁，对人的先天肾气是一个克制和转化，元精生发起来化成光，把潭水搅净是把元精化完化干净，所以这不是坏事。

"太岳放心！愚婿自幼学了些武艺，四海之内，也曾会过几个豪杰，怕他做甚？"驸马自称愚婿，愚是愚蠢，为什么呢？驸马只不过是个江湖草寇，他只知道有形的浊精，根本不知道不灭的老天的元气，一个草寇怎能和大圣比？大圣比神仙界的那些神仙都高，何况一凡间小寇，很多人对大圣这样的不生不灭的老天元气，根本就不懂，几千年来都是在传有为法，无为法根本没听过。

他两个往往来来，斗经三十余合，不分胜负。猪八戒立在山前，见他们战到酣美之处，举着钉耙，从妖精背后一筑。原来那怪九个头，转转都是眼睛，看得明白，见八戒在背后来时，即使铲额架着钉耙，铲头抵着铁棒。现了本象，乃是一个九头虫，观其形象十分恶，见此身模怕杀人！八戒和孙悟空一起上阵，八戒的钉耙和悟空的金箍棒是真阴真阳，九头怪拿月牙铲抵住了钉耙和金箍棒，

月牙是性光，性光最初像个月牙，后来像一个圆的月亮，月牙铲指什么东西呢？性光刚刚升起的时候像个小月牙，弄浊精浊气的人却理解为女子的首经，是女人的第一次月经，用女人的第一次月经来炼丹；月牙代表的是光，结果他弄个月牙铲，把光都给铲掉了。讽刺弄浊精浊气，是把光给铲掉了。所以祖师在这里用词其实用得特狠。

九头怪有为地用浊精浊气弄光，弄出来的是九头虫的怪物。当光养大了，可以从眼神显现，真常在目。妖怪知道光跟眼睛有关，弄九个头，十八只眼睛。多见而作贼，多头是多思，这是后天意识，意附外诱而四顾奔驰。把光尽快地放出去了，光是要蕴含，不能外放的，放多了以后人就受不了了。人的精气神，神光和人的肉身是一个和谐的关系，老天为什么就给你两只眼睛，就是让你少放光，你多放光，神光放多了，肉身活不了了。再者，感受无形，不是拿眼睛看的，是感觉的，所以贼弄的都是假的。

"掠到山前，半腰里又伸出一个头来，张开口如血盆相似，把八戒一口咬着鬃，半拖半扯，捉下碧波潭水内而去。"这九头虫又伸出一个头来，把猪八戒给抓了，因为猪八戒代表的是愚蠢的识神和贪色的心，所以把猪八戒拖下水了。这情节安排得很妙，为什么不是把孙悟空拖下水呢？

第二，木母奋力

这时候孙悟空变成一个海里的东西下去救猪八戒。

行者复身爬上宫殿，观看左首下有光彩森森，乃是八戒的钉耙放光，使个隐身法，将耙偷出，到牌楼下，叫声："八戒！接兵器！"呆子得了耙，便道："哥哥，你先走，等老猪打进宫殿。若得胜，就捉住他一家子；若不胜，败出来，你在这潭岸上救应。"行者大喜，只教仔细，八戒道："不怕他！水里本事，我略有些儿。"

悟空救了猪八戒，猪八戒就说我在底下打，你在上面接应。猪八戒是真阴，真阴下降真阳上升，是感觉电的，这个能量是往下走的，所以他说有水里本事。打水族的时候，往往都是猪八戒出力，因为水生木，八戒习水性。而孙悟空是先天一炁，是还没有人身时的能量，所以他根本不懂水性，不通水性。这里讲的是能量的用。

猪八戒佯装打不过，边打边撤退，老龙和妖怪们就追，一下就给引出来了。

"那老龙才定了神思，领龙子龙孙，各执枪刀，齐来攻取。八戒见事体不谐，虚晃一耙，撤身便走。那老龙帅众追来，须臾，窜出水中，都到潭面上翻腾。却说孙行者立于潭岸等候，忽见他们追赶八戒，出离水中，就半踏云雾，擎铁棒，喝声：'休走！'只一下，把个老龙头打得稀烂，可怜血溅潭中红水泛，尸飘浪上败鳞浮！唬得那龙子龙孙各各逃命，九头驸马收龙尸，转宫而去。"

孙悟空的金箍棒变得特别大，倒下来将老龙打死了。先天一炁，对人的先天肾气有控制和转换的能力，先天一炁一来，哗一下就把浊精化成光了。老龙代表的是元精，孙悟空把元精打死了，是先天一炁把元精转化了，不是真的打死龙的意思，是转化的意思，元精化成光了。

悟空是先天一炁，不习水性。悟空变化，讲的是能量的用。悟空的金箍棒是一，悟空的一棒打死万圣老龙，是以一灭多。金箍棒是道心，老龙是贼心，道心杀贼心，老龙刚一出来就被杀，讲的是手疾眼快，元神的果断。对阴气要坚决、稳准狠，以一御万。

第三，天地煞气

这时候二郎神他们就来了。二郎神就说："大圣！你去脱大难，受戒沙门，刻日功完，高登莲座，可贺！可贺！"听说有人偷宝贝，二郎神都很吃惊。二是阴，六兄弟是阴，七圣比喻天地的煞气，无形的煞气杀阴气是大手段。"刻日功完"，十万八千刻，三年时间圣光已经养大了。所以学了无为法，只要你一直跟着走，随着时间的推移，肯定都会变，只不过是快慢的问题，就怕你一会儿信了，一会儿又不信了。高登莲座讲的是心光脱胎了。莲是本性，莲花的象变出来了，是心光已经脱胎了，叫高登莲座。

二郎神为什么惊讶？老天的天光，神仙都偷不了，俗人怎么能偷呢？怎么能偷得到呢？这不是太胆大妄为了吗？二郎神的天狗就把九头怪的头给咬下来

了。天狗是天意，头没有了讲的是光没有了，光是生命的原动力，生命的创造力、活力都没有了，天狗咬了头，指元神出窍的时候被天狗吃了。讲的是违背天道，必遭天谴。穷寇勿追讲的是杀一儆百，让搞邪门歪道的人看看他的下场，生不如死。让人们看看，头都没有了，这么个丑八怪，光都没了，是一个行尸走肉，没有灵魂了，还不如一个普通人。

然后孙悟空就变成九头怪的模样，去骗宝贝。那宫主急忙间难识真假，即于后殿里取出一个浑金匣子来，递与行者道："这是佛宝。"行者将两个匣儿收在身边，把脸一抹，现了本象道："公主，你看我可是驸马吗？"公主慌了，便要抢夺匣子，被八戒跑上去，着背一耙，筑倒在地。还有一个老龙婆撤身就走，被八戒扯住，举耙才筑，行者道："且住！莫打死他，留个活的，好去国内见功。"遂将龙婆提出水面。

猪八戒把公主打死了，公主和驸马是一对阴阳，九头怪是假阳，公主是假阴，八戒是把假的打死了。悟空变成驸马的样子，悟空是真阳，变成了妖怪的样子，讲的是借假赚真，要得这个天宝，就要阴阳好合。真阴真阳要合一，要哄着她，真阴就把宝贝交出来了。在讲牛魔王的时候讲过，悟空变牛魔王哄着铁扇公主把宝贝拿出来了，道理是一样的。万圣老龙、万圣公主和九头怪，都是自称圣的贼，要把贼心灭掉。把妖怪都杀了，就留了一个龙婆。龙婆比喻的是婆心，要死贼心，活婆心，苦口婆心地告诉你要得一灭万。是说一是体，修道是修体、修一，不是求那个多。苦口婆心地劝这些，千万不要弄浊精浊气，否则下场就生不如死。

第四，返本还原

然后龙婆就交待，龙婆道："偷佛宝，我全不知，都是我那夫君龙鬼与那驸马九头虫，知你塔上之光乃是佛家舍利子，三年前下了血雨，乘机盗去。"又问："灵芝草是怎么偷的？"龙婆道："只是我小女万圣公主私入大罗天上，灵霄殿前，偷的王母娘娘九叶灵芝草。那舍利子得这草的仙气温养着，千年不坏，万载生光，去地下，或田中，扫一扫即有万道霞光，千条瑞气。如今被你夺来，弄得我夫死子绝，婿丧女亡，千万饶了我的命罢！"八戒道："正不饶你哩！"这里作者借龙婆讲光以前是什么样子。

行者道："家无全犯，我便饶你，只便要你长远替我看塔。"行者叫取铁索来。当驾官即取铁索一条，把龙婆琵琶骨穿了，教沙僧："请国王来看我们安塔去。"孙悟空把舍利重新放回去的时候，宝塔又放光了。悟空自己在那儿叨念，讲的是一念成真，神明默运。舍利在龙宫沾染了阴气，重新放回塔里的时候要清理。行者却将芝草把十三层塔层层扫过，安在瓶内，温养舍利子。行者将芝草把十三层塔层层扫过，讲的是步步脚踏实地，都会得宝贝，丝毫不染，纤尘必去。这实际上讲的是温养灵丹，作者连字都直接写出来了。人能无为清净，光就每一天长。

这才是整旧如新，霞光万道，瑞气千条，依然八方共睹，四国同瞻。下了塔门，国王就谢道："不是老佛与三位菩萨到此，怎生得明此事也！"行者道："陛下，'金光'二字不好，不是久住之物。金乃流动之物，光乃闪灼之气。贫僧为你劳碌这场，将此寺改作伏龙寺，教你永远常存。"那国王即命换了字号，悬上新匾，乃是"敕建护国伏龙寺"。孙悟空提出将寺名改为伏龙寺。龙就水中金，伏龙是要潜藏和涵养，光需要涵养。平时走路不需要看人，要回光返照，就像胡子垂帘就这么垂着，也不会走道碰撞，但是把光都要含在里头，所以就叫伏龙。光不能放，九头怪是四面八方的放光，还不只是两个眼睛放光，光都放没了，那是错的，光要内敛。"金光寺"是光向外现，"伏龙寺"则是光朝内敛，温养舍利子是温养灵丹。

第六十四回　荆棘岭，讲伪仙之妖

第六十四回　荆棘岭悟能努力，木仙庵三藏谈诗

第一，附体荆棘

猪八戒是木火一家，代表的是人的心性，所以猪八戒要努力。五行合一，五行合一的金丹，这是真丹。木仙庵只是一个木，只是五行之一，所以它是假的。五行之一不行，五行合一才行。

木仙庵外边的这些荆棘，以及跟三藏谈诗的这些山精树怪或者动物灵，都是附体。八戒笑道："要得度，还依我。"好呆子，捻个诀，念个咒语，把腰躬一躬，把钉耙晃一晃，变成三十丈长短的耙柄，拽开步，双手使耙，将荆棘左右搂开，三藏见了甚喜，即策马紧随。

荆棘蓬攀八百里，古来有路少人行。

自今八戒能开破，直透西方路尽平。

"徒弟啊！累你了，我们今天住一晚上，明天再走吧。"八戒道："师父莫住，趁此天色晴明，我等有兴，连夜搂开路走！"那长老只得相从。

荆棘在心，只能自己剪除，别人没法帮你，要懂得这道理。但如果不认可，不完全把假的舍弃，就是抱荆棘。八戒变成了二十丈长的，讲的是八戒的真身开路。三、二是五，五行指的是肉身，指肉身上的荆棘，也是人的后天的思想意识。人人心中有荆棘，外在就呈现荆棘漫山遍地。八戒能铲除，讲的是人的木火，元性和元神，去掉后天的垃圾，去西方的路就平坦了。

"荆棘蓬攀八百里，古来有路少人行"，讲的是人的后天意识装了好多错误的知识和好多错误的认可。听说了某一个知识，没有实践，也不知道对不对，但是，糊里糊涂就认可了。所以，一般的人到临终的时候，他心里是装满荆棘走了，从来没有清理过，所以叫"古来少人行"。自古以来，谁是明明白白地明心见性走的呢？都是装了一堆乱七八糟的、错的假的荆棘走的。学了金丹大道的人，自己就要知道，一定要利用活着的时候把自己清理得干干净净的，这才是最重要的事。

比如说，家里有老人的，要有意识地引导他，帮他清理这些荆棘，这对他是很有利的。他心理上有什么毛病、身体上有什么毛病，如果能早点清理那些乱七八糟的胡思乱想，赶快修心性，有的病就能减轻，有些毛病就能调整。否则，临终再临时抱佛脚还管用吗？清理垃圾需要长期的、持之以恒的坚持。现在所谓的临终关怀，关怀的是什么呢？真正的临终关怀，应该是让他把识神清理干净，这才是最有用的，可惜现在的人不知道这个，所以叫"古来少人行"。

土地来了，"说不了，忽见一阵阴风，庙门后，转出一个老者，头戴角巾，身穿淡服，手持拐杖，足踏芒鞋。后跟着一个青脸獠牙，红须赤身鬼使，头顶着一盘面饼，跪下道：小神乃荆棘岭土地，知大圣到此，无以接待，特备蒸饼一盘，奉上老师父，各请一餐。此地八百里，更无人家，聊吃些儿充饥"。一般来说，土地要么是报信或者是送饭，就这两件事，但这里的土地是冒充的。

悟空说："这厮不是好人，休得无礼，你是什么土地？来诳老孙，看棍！"那老者见他打来，将身一转，化作一阵阴风，呼的一声，把个长老摄将起去，飘飘荡荡，不知摄去何所？慌得那大圣没跟寻处，八戒沙僧俱相顾失色，白马亦只自惊吟，三兄弟连马四口，恍恍惚惚，远望高张，并无一毫下落，前后找寻不题。悟空、八戒几个丢了师父，哪儿找也找不着，糊里糊涂地铲了一夜的荆棘。角巾：角逐；淡服：隐居；红须赤身：人心妄意。清理路上的荆棘是有形的世之荆棘，各种境界是无形的荆棘，也就是说，既有肉身上的荆棘，也有法身上的荆棘。赤身的鬼使是地狱的鬼，阎王的面食，无形的阴气化出来的面食。一股子阴风，巽卦，对应灵，乾卦对应头。讲的是一个境界，唐僧在一种迷迷糊糊的状态，进入了一个境界。唐僧内心的荆棘，就自入妖怪的境界，这是一种无形的荆棘。

《西游记》里，老有一个说辞"忽然一阵风把唐僧摄走了"，弄风是什么意思？看下面这张图就懂了，妖怪弄风摄走唐僧是什么意思呢？图上内圈是先天八卦，外圈是后天八卦，巽卦有风，对着的是人的灵，是个阴木；乾卦对着的是头，

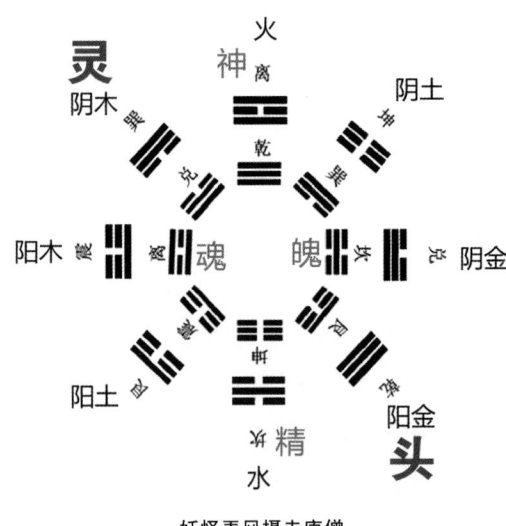

妖怪弄风摄走唐僧

是个阳金，那是人，阳的是人，阴的是鬼，阴木就讲的是鬼。后天巽卦对应先天的卦位是兑卦，而后天的兑卦对应的是鬼魄，所以它是鬼。这个风是外在的，先天卦是内在的，表面上是一阵风，内涵却是一个鬼。所以先天卦是更重要的卦，你要看得懂先天卦，先天卦在哪个方位所对应的是不同的，先天卦对应的是鬼魄，它外表是风，里头是鬼。每一次都是妖怪弄风摄走唐僧，妖怪是鬼，弄风是巽卦。妖怪弄风摄走了唐僧，实际上是妖怪摄走了唐僧的本性之光，妖怪弄风实际上是鬼偷光，偷走了唐僧的光，也是说鬼弄阴气来侵害唐僧。

第二，空谈非道

"却说那老者同鬼使，把长老抬到一座烟霞石屋之前，轻轻放下，与他携手相搀道：圣僧休怕！我等不是歹人，乃荆棘岭十八公是也，因风清月霁之宵，特请你来会友谈诗，消遣情怀故耳。那长老却才定性，睁眼仔细观看。"唐僧这时候才睁眼看。之前昏得不知道上哪儿了，不知道被谁给抓走了，什么都不知道，早就晕头转向了。这个时候刚刚缓过来，才睁眼仔细观看。

三藏正自点看，渐觉月明星朗，只听得人语相谈，都道："十八公请得圣僧来也。"长老抬头观看，乃是三个老者：前一个霜姿丰采，第二个绿鬓婆娑，第三个虚心黛色。各各面貌、衣服俱不相同，都来与三藏作礼。长老还了礼道："弟子有何德行，敢劳列位仙翁下爱？"十八公笑道："一向闻知圣僧有道，等待多时，今幸一遇。如果不吝珠玉，宽坐叙怀，足见禅机真派。"就这个时候，月亮升起来了，唐僧看出这三个人的样子，讲的是刚才他是昏的，神是昏的，现在清醒了，清醒了光就亮了，他醒过来了，他的光就亮了，是他的光看见了这三个人，不是人看见这三个人，光像镜子一样，是镜子照出来的三个妖怪的样子。

三藏躬身道："敢问仙翁尊号？"十八公道："霜姿者号孤直公，绿鬓者号凌空子，虚心者号拂云叟，老拙号曰劲节。"几个妖怪的名字暗示他们都是空谈。木仙庵是木，十八公是松，都是木，木是五行之一，怎么能成仙呢？五行合一才是仙；孤直公，孤是一个，孤阴成不了仙；凌空子、拂云叟都是空的，空谈；劲节指的是竹子，一节一节的空了，都是空谈。所以这些妖怪的名字，直接点出这件事情的性质：没有实修，空谈，指那些隐居在山林里空谈、没有实修的嘴皮子道。

这里讲的是进入一个境界，一念一魔考，一切都是自己的心念幻化出来的。比如晚上做梦，进入到一个境界，白天动了一个念，梦里就出现这么一个奇怪的场景，其实是你心里的念头，心底的潜意识的一个幻化。要知道反观内照，要明心见性，而不能当真，更不能陷在里面不能自拔。要站在一个中的角度、一个客观的角度，把有形的无形的贯通起来，明白是怎么回事，就知道自己应该要修心性，是自己那个念头不对，那个念头没有及时觉察，你要有这样客观的态度。一念一魔考，要经受住魔考。

这些人都是千年的树精成妖，他们说诗论道，自以为道高德隆，其实是荆棘中的老鬼，外务高谈而内无实际的嘴皮子道。只有虚灵，没有能量，是假的。唐僧给他们讲了一大通，唐僧的话特别长，我只把重要的话给摘出来。这一回讲荆棘，涉及荆棘的内容比他论道的内容还重要。他说：

禅者静也，法者度也。静中之度，非悟不成。悟者，洗心涤虑，脱俗离尘是也。夫人身难得，中土难生，正法难遇：全此三者，幸莫大焉。至德妙道，渺漠希夷，六根六识，遂可扫除。菩提者，不死不生，无余无欠，空色包罗，圣凡俱遣。访真了元始钳锤，悟实了牟尼手段。发挥象罔，踏碎涅槃。必须觉中觉了悟中悟，一点灵光全保护。放开烈焰照婆婆，法界纵横独显露。至幽微，更守固，玄关口说谁人度？我本元修大觉禅，有缘有志方记悟。

"洗心涤虑，脱俗离尘"，有些人自己还是糊里糊涂的，他们说的一些东西，

不要随便认可。人能够有人身，能生在中国，还能遇到正法，是非常不容易的，是非常幸福的。学道要学真道，真道是大智慧。从古至今，不知道多少人描述金丹，那些丹诗简直是浩如烟海，但都是故作晦涩，一般人根本不可能看得懂，因为作诗的人自己就没有丹，肯定是假的。很多人著书立说，没有实修，都是道听途说，鹦鹉学舌，都是荆棘。儒释道，分门别派，互相诋毁，是荆棘中的荆棘。

《黄帝内经》道始于元始，开辟混沌，以定三才，化生万物。至周老子传《道德经》。《周书》儒始于仓颉造字，周景旺二十年孔子诞生。《佛统》周庄王九年四月初八，佛陀诞生于东印度，自汉明帝永平八年始入中国大行。老子令其内外剪除，不伤形体，叫"浮屠"。儒家是产生于仓颉造字的时候，宣传儒家理论的孔子，在周景旺二十年才诞生；周庄王九年四月初八，佛陀诞生于东印度，到了汉明帝的时候，佛学才在中国流行；有记载老子化胡，是老子出关到古代的东印度，度化那些蛮族。

佛是中国对神的称呼，指的是心光，儒释道都是讲的心光脑光，讲的是人的生命本身，根本不关宗教什么事。所以这都是过去的历史，已经形成几千年了。但是现在人们已经明白了，大道是生命本身，是生命的精气神。所以儒释道三家的理论其实都是一个本质，但是人接受了很多错误的理论，这些都是荆棘，所以要把假的忘掉。

第三，幻化环境

三藏闻言叩头拜谢，十八公用手搀扶，孤直公将身扯起，凌空子打个哈哈道："拂云之言，分明漏泄，圣僧请起，不可尽信。我等趁此月明，原不为谈论修持，且自吟哦逍遥，放荡襟怀也。"拂云叟笑指石屋道："若要吟哦，且入小庵一茶，何如？"长老真个欠身，向石屋前观看，门上有三个大字，乃"木仙庵"。遂此同入，又叙了座次，忽见那赤身鬼使，捧一盘茯苓膏，将五盏香汤奉上，四老请唐僧先吃。三藏惊疑，不敢便吃，那四老一齐享用，三藏却才吃了两块，各饮香汤收去。

"木仙"讲的是树成精现了人形叫"木仙"。在境界里，唐僧还没有糊涂，怕吃了带毒的东西，等着四老吃了，他才敢吃。比如当你睡着了，做梦的时候是在那个境界里，这个时候你能不能不昏？白天的时候人能够明白道理，可以不昏，但是你的神是不是能够不昏呢？你在梦里头也不昏，这也是个验证，验证你在境界里头也是清醒的，是明心见性的。

拂云之言，分明漏泄，刚才他们是在论道谈诗，现在好像泄露天机了。这个意思是什么呢？讲的是在一个境界里，当有人跟你说话的时候，可能某一句话是天机，是在点化你，可能只有那一句话是有意义的，其他的东西都不重要。长则假短则真，真话就一句话，不会长篇大论，所以就要留神在这个境界里点化你的是什么，你去悟就行了。如果你在境界里也能够不乱，也能够清醒，这是一个比较好的验证，说明你明心见性的功夫比较到位，是一个这样的验证。

三藏说，众仙老之诗，真个是吐凤喷珠，游夏莫赞，厚爱高情，感之极矣！"水自石边流出，香从花里飘来，满座清虚雅致，全无半点尘埃。"形容这个环境，就好像是真的一样，能听见水声，能闻到花香，能够感觉到真真切切的意思，好像本人真的是到那个地方去了似的，这里说的是你的灵光已经通到那个境界，有阴有阳，看的是阴的，听的是阳的，阴阳共同验证，说明这个境界是一个比较真的。如果比较模糊的就看不清楚，或者只能看见一个什么影，或者听不到什么声音，眼看为虚，耳听为实，阴阳和谐，共同验证才比较真。眼睛能看代表性，耳朵能听代表命，看和听同步，是性命合一的验证，唐僧能听到水声能闻到花香，能够感受到气氛，是讲这个验证虚和实。

"但夜已深沉，三个小徒，不知在何处等我，意者弟子不能久留，敢此告回寻访，尤无穷之至爱也，望老仙指示归路。"唐僧刚刚有点警觉，看到美景又糊涂了。我的徒弟是不是还在找我呢？他的灵明觉知已经起来了，他进一步地觉醒了，东西没毒才能吃，是第一步觉醒，第二步觉醒就是想回来。所谓高雅清淡的饮食，其实是俗人色鬼。妖怪逼他成婚，逼他破戒。

唐僧不敢答应。那女子渐有见爱之情，挨挨轧轧，渐近坐边，低声悄语呼道："佳客莫者，趁此良宵，不耍子待要怎的？人生光景，能有几何？果是杏仙有意，可教拂云叟与十八公做媒，我与凌空子保亲，成此姻眷，何不美哉！"唐僧不干，鬼就急了。那赤身鬼使暴躁如雷道："这和尚好不识抬举！我这姐姐，哪些不好？他人材俊雅，玉质娇姿，不必说那女工针指，只这一段诗才，也配得过你。你怎么这等推辞！休错过了！如果不可苟合，待我再与你主婚。"三藏大惊失色，凭他们怎么胡谈乱讲，只是不从。刚才还在那儿谈诗，转眼就变成大色魔了。木仙庵是一个孤阴，金丹是五行合一的，五行合一是先天一炁化的，元精化了根本没有性欲，她现在还有性欲，说明她是假的。元神幻化环境，能量是很高的，一不留神就掉进去了。人心是很低的能量，所以你只能是旁观者，不然，用人心来想问题，就被元神耍弄了。有的人看到一个什么境界，不用旁观的理性的清醒的头脑去看，完全顺着人心想，就是愚蠢。

开始还高谈阔论，后来就用女色来逼唐僧破戒。这四个人叫四操，说了半天道理，没得先天一炁，精没有化掉，对色还有兴趣，还是见色动心的俗人，是有知而无实践的四操，给杏仙保亲，借道德之言骗人，天良俱无，因果不晓。

妖怪知道唐僧是本性之光，他们让唐僧破戒，去搞阴阳这个事，连天理良心都不要了。人的一点灵光，是天良本性，把天良本性都不要了，连起码的良心都没有了。西天取经三界护持，是利益三界、惊天动地的事儿，是老天安排的，妖怪居然敢破坏取经这件大事，一定得遭大的恶果。

第四，定性脱境

定了神才是定了性，定了性才能从那个境界里脱出来。否则，就像连续剧一样无限地往里陷，因为你的潜意识是无限的，杂七杂八的念头是无限的，而这一切都是阴气，是阴气给你呈现的境界而已。境界有好的一面，也有极大的不好的一面，好的一面是一个高维空间的东西能够让你预知，不好的一面是它是阴气的外显。

那长老挣出门来，叫声："悟空，我在这里哩，快来救我，快来救我！"那四老与鬼使，那女子与女童，晃一晃都不见了。须臾间，八戒、沙僧俱到边前道："师父，你怎么得到此也？"三藏扯住行者道："徒弟啊，多累了你们了！昨日晚间见的那个老者，言说土地送斋一事，是你喝声要打，他就把我抬到此方。

俱道我做圣僧，一个个言谈清雅，极善吟诗。我与他赓和相攀，觉有夜半时候，又见一个美貌女子执灯火，也来这里会我，吟了一首诗，称我做佳客。因见我相貌，欲求配偶，我方省悟，正不从时，又被他做媒的做媒，保亲的保亲，主婚的主婚，我立誓不肯，正欲挣着要走，与他嚷闹，不期你们到了。一则天明，二来还是怕你，只才还扯扯拽拽，忽然就不见了。"唐僧神一定，灵明觉知一起，就从幻境里出来了。神一回过来，一从那个境界里走出来，那些人就都消失了，现实里的孙悟空猪八戒就显化出来了，这是空间穿越的验证。这里讲的是神穿越了另外一个空间，虽然神进去了，虽然看见了，但是如果能够保持清醒觉醒，就能够出来。你在一个幻化的境界、虚无的境界，和在一个现实的境界，虽然自由穿越好像挺好的，但是你要清醒，要明心见性，不然的话可能就被元神幻化的场景俘虏了，你就当真了。

他三人同师父看处，只见一座石崖，崖上有"木仙庵"三字。三藏道："此间正是。"之前猪八戒把路弄开的时候，看到一块碑上写着"荆棘岭八百里自古无人过"，这个时候他们都清醒过来以后才看到木仙庵。唐僧在境界里看到了木仙庵，他们清醒了以后，回到现实里又看到了这几个字。这是说虚无的境界和现实是有验证的。就像前面讲皇帝掉在井里，他给唐僧托梦时，在梦里头说白玉圭，在现实里真发现一个白玉圭，讲的是玉神的验证，有现实的证据，现实的证据和那虚无的境界是一样的。当你能量不足的时候，有虚无的境界里的验证，但现实的验证是没有的。当能量足的时候，这两个

荆棘岭

才同时有。

　　行者仔细观之，却原来是一株大桧树，一株老柏，一株老松，一株老竹，竹后有一株丹枫。再看崖那边，还有一株老杏，两株蜡梅，两株丹桂。行者笑道："你可曾看见妖怪？"八戒道："不曾。"行者道："你不知，是这几株树木在此成精也。"八戒道："哥哥怎得知成精者是树？"行者道："十八公乃松树，孤直公乃柏树，凌空子乃桧树，拂云叟乃竹竿，赤身鬼乃枫树，杏仙即杏树，女童即丹桂、蜡梅也。"八戒闻言，不论好歹，一顿钉耙，三五长嘴，连拱带筑，把两株蜡梅、丹桂、老杏、枫树俱挥倒在地，果然那根下俱鲜血淋漓。五行合一才是金丹，孤木一个魂，怎么能是仙，只能是妖怪树木精。果然那根下俱鲜血淋漓，讲的是树久炼成精，可以显化成人的象，鲜血淋漓是一种比喻，已经有人的精气了。妖怪不管是动物精还是树精，都在消灭之列。荆棘岭的嘴皮子道，是没有实修的。金丹大道，是一个实在的修行的过程，实实在在的一个成长验证的过程。

第六十五回　黄眉老佛，讲假佛之妖

第六十五回　妖邪假设小雷音，四众皆遭大厄难

第一，时时明见

这回因果，劝人为善，切休作恶。一念生，神明照鉴，任他为作。拙蠢乖能君怎学，两般还是无心药。趁生前有道正该修，莫浪泊。认根源，脱本壳。访长生，须把捉。要时时明见，醍醐斟酌。贯彻三关填黑海，管教善者乘鸾鹤。那其间愍故更慈悲，登极乐。

这回接着上一回，说的是一念生，光就知道了。一念生的时候，那个荆棘岭的土地，四怪就知道了。所谓通了法性，说这个光是通法界的，要是不修好心性的话，一念一起就招妖，讲的是这个。一念生一念魔，跟以前就不一样了。以前的话，比如说你胡思乱想什么都没关系。这个时候，光已经长大了，还有念头起，一念就招一个妖，就讲这个道理。

一起念，妖就知道，简直等于是纵容他，管不住心境，相当于纵容这个妖胡作非为。是说你到五年的时候，必须得定住了。"两般还是无心药"，是无心才行。养胎的时候，温养舍利子，必须要无心，无心才能够养。你要是有心，一动念，就招一个妖。

"趁生前有道正该修，莫浪泊。认根源，脱本壳。访长生，须把捉。要时时明见，醍醐斟酌。"你要趁着生前，清理千年的业因，趁着你有光的时候，赶快把那些荆棘都给它铲掉。"趁生前有道"，是趁着你活着的时候，还有光的时候，能把荆棘铲掉。要死了呢，荆棘就带走了。荆棘是靠能量的，那些阴气，那些附体，那些树精是附体。对这些附体，你就趁着有光的时候，有肉身有光的时候，赶快把它铲掉，要不然的话你就带走了。"莫浪泊"，是你不要再掉以轻心了，不要再以为没事了。"认根源，脱本壳"，是你认识了先天一炁这个大道本源才能脱本壳，如果你不认真假，整人为的假道那一套东西，根本就脱不了壳。

上一回和这一回都在讲附体，"脱本壳"，是说有附体有外来的侵略者，你要趁着有光的时候，趁着活的时候把附体给它清掉，把你本壳脱出来。附体不是你本来的，它是外来侵略的。荆棘岭和小西天，都在讲附体。

"要时时明见，醒醐斟酌"。你要时时明白，是你的真我呢，还是附体的神通呢，你要斟酌。附体也有神通，你的本性修出来光也有神通，到底是谁的呢？你要明白，这是不一样的。如果是本性的神通，它是自然自动就妙用。如果是附体的神通，它是人为用的，随时能用的。到底是自然的神通，还是随时人为用的神通，你得斟酌。即使光比较有功力了，你也千万不要用。你要"认根源，脱本壳"，你要"时时明见，醒醐斟酌"，你要用智慧来分辨。

"贯彻三关填黑海，管教善者乘鸾鹤"。贯彻黑海讲的是真阳能量，它把阴气都转化了。"管教善者"，善者是真的，真的是自然的，自然的妙用，这是善者，这是本性，这是本性的光。那神是出来了，是用了，就叫乘鸾鹤。自然无为的，他就会更慈悲。那时人的大慈大悲的心就出来了。然后"登极乐"，进入是一种没有烦恼的极乐状态。

真武大帝派了龟蛇二将，国师王菩萨派了四将和小张太子，派了这么多的兵在填黑海。"贯彻三关填黑海"，是转化阴气的意思。上回所说的假道，它是嘴皮子空说，没有正能量，这回的假佛也是一样，都需要能量转化它。

第二，不分真假

行者看罢回复道："师父，那去处便是座寺院，却不知禅光瑞霭之中，又有些凶气何也。观此景象，也似雷音，却又路道差池。我们到那厢，决不可擅入，恐遭毒手。"决不能擅入，孙悟空看出来了。这个是小雷音，小西天，小是阴气的意思。大雷音是真正的佛地，这是小雷音，是假佛，是带阴气的。但是唐僧执着，他就说："既有雷音之景，莫不是灵山？你休误了我诚心，耽搁了我来意。"唐僧说他的诚心，他的来意，是急于求成的贪心。孙悟空说佛祖那地儿我去过，他不信，他非说是。他是急躁、急于求成。

"是小雷音寺，必定也有个佛祖在内。经上言三千诸佛，想是不在一方。

似观音在南海，普贤在峨眉，文殊在五台。这不知是哪一位佛祖的道场。"唐僧急躁，不辨真假。说什么有佛像、有佛经的地方就有佛。像是假的，根本没有真的佛光在上面。他不认真假，还看表面，表面是个庙，其实里头是妖，他不认。

"不可进去，此处少吉多凶，若有祸患，你莫怪我。"我告诉你这里不能去，要是倒霉了，别怨我。唐僧在这个时候法眼还没成，是妖是佛看不出来。他是执着心，上回讲道，说人心要放下，最后连佛法也要放下。他还没放下佛法，还执着这个理论。他的概念是有佛像就有佛，这是什么道理？就抱着那佛的道理，还没有放下佛。所以反过来作者就点化你，放下人心，扫除荆棘，连佛理也得放下，不放下就是小雷音寺。

孙悟空公然不拜，到后来，孙悟空被扣进去了，扣到金铙里头去了。妖怪说你给我下跪，唐僧下跪了，然后猪八戒和沙和尚就拦着说，你怎么能给妖怪下跪呢？嘲笑唐僧不认真假，给假的下跪。

孙悟空就骂这个妖怪，说："你这伙孽畜，十分胆大！怎么假倚佛名，败坏如来清德！不要走！"就骂他畜生，就打起来了，哐当一下就被扣到铙里头。然后妖怪把他们几个也给捆了，一起就绑住了。败坏如来清德，德是光，假借佛的名义去败坏他的清德。你是一个贼，你是个阴气，你怎么能冒充光？光是德。不说怎么败坏他的名誉，只说败坏他的清德。德是光，那光是很干净的。把人扣在铙里，等到三天化血，讲的是把人的性命化成脓血。妖怪害人是陷命灭性，害人慧命，必遭恶果。扣在铙里，实际上讲的是附体。附体把人的光给扣住了，扣得死死的，连个缝都见不着。人自己的光能量太弱，妖怪那个光强，就整个扣起来了，一丝缝没有。妖怪害人，害的是光，为什么一定要杀妖呢？因为妖怪害人。

第三，清除附体

这个铙，孙悟空变多大它就变多大，它还是软的，全无一丝光明。外边是天兵天将："我等是玉帝差来二十八宿，到此救你。"是老天的能量，老天给

的光能够清除附体，比如说要附体出去，你没有那么大力量，天光是纯阳的，人没有那么强的力量。

"好大圣，即将金箍棒变作一把钢钻，将他那角尖上钻了一个孔窍，把身子变得似个芥菜子儿，拱在那钻眼里蹲着叫：'扯出角去，扯出角去！'"兕金龙把一只角从一个地儿给伸进去，然后把这只角扯出来，孙悟空也出来了，现了原形，拿起棒子就把那个铙给打碎了。"可惜把个佛门之器，打做个千百块散碎之金"，本来是一个佛门的工具，讲的是本性的工具。以前的妖在后天的层面，现在这个妖在先天的层面，现在是佛门之器，是本性层面的，就很难办。金铙把人的神扣住，是一种控制，控制这个人的心灵。真佛是教人解脱的，妖怪以佛的工具杀人。这个金铙也是先天一炁，如意之物。

"四下里更无一丝拔缝，钻了一个孔窍"，讲的是"识得窍中窍，踏破天外天"。孙悟空用金箍棒钻这个窍，在金龙的犄角上钻了个眼，他蹲在那眼里就撒出去了。兕金龙是天地能量，你利用天地能量，识得窍中窍，然后就解脱出来。利用老天的力量，可以清除附体。老天的力量是什么呢？是在脱胎的时候辟谷，辟谷就清附体，清三尸清附体。先是辟谷，然后清客体。你在脱胎的同时，你自己的光，除你自己的本性的光，你就在这个光脱出来的同时，也把附体给清除了。

所以"识得窍中窍，踏破天外天"，讲的是附体，要里应外合。你绝对不能够姑息养奸，不能说这东西还挺好，有神通，还给你带来什么好处。你自己的后天意识要非常坚决地不认可，这是里边的力量，明心见性的力量。然后外边的力量呢，讲的是利用脱胎的时候，把不是自己的本性的闯入者都给清出来。内力外力合一才能把它清掉，孙悟空从金铙里头解脱出来，讲的是把附体清除这件事。《西游记》中讲的很清楚，你要利用天机，利用老天这个能量，兕金龙代表的是老天这个能量。天机发生的时候，机不可失，失不再来。

第四，装入人种袋

人种袋是什么呢？连肉身一块儿扣起来。刚才是把你的神扣住，现在是把你整个扣起来。

孙悟空就问他："你是个什么怪物，擅敢假装佛祖，侵占山头，虚设小雷音寺！"那妖王道："这猴儿是也不知我的姓名，故来冒犯仙山。此处唤做小西天。"刚才说小雷音，小雷音是这个庙的名字，小西山是这个地方的名字，"此处唤做小西天，因我修行，得了正果，天赐与我的宝阁珍楼。我名乃是黄眉老佛，这里人不知，但称我为黄眉大王、黄眉爷爷"。黄眉老怪，黄眉大王，他是一个得了正果的，也是金丹修成了的。他不像一般的妖怪，一般的妖怪得不了正果，黄眉老怪是得了正果的，他级别高了。"天赐与我的宝阁真楼"，黄眉怪的庙，不是电视剧演的那样。得了正果的，老天就给你个地盘，比如普陀山、峨眉山等，讲的是老天会给你的，老天给你个地儿，就这意思。

太有意思了，眉毛是黄的，你看黄风怪，还有什么黄袍怪，两个带黄的妖。现在是个黄眉怪，很不一样了。他已经不是黄风怪和黄袍怪那个阴土，黄色的眉毛，已经不是阴土，他已经是金丹了，已经是金仙金丹了。所以你看这几个带黄字的妖怪，级别不一样，黄眉老怪已经是得正果的级别了。

"一向久知你往西去，有些手段，故此设象显能，诱你师父进来，要和你打个赌赛。如若斗得过我，饶你师徒，让汝等成个正果；如若不能，将汝等打死，等我去见如来取经，果正中华也。"这个妖怪对吃唐僧肉不感兴趣。他自己就是唐僧肉，已经得了正果，所以他对唐僧肉没兴趣。他是给你考试来的，让你过关来的。你要想成正果，得从我这儿过，这是一个更高级别的考试。只有经历过这样的磨难的考试，才能成正果。

我把你们打败了，我自己去取经，果正中华。是说这话的第二个了，六耳猕猴是第一个，在本性光的层面，如果没有经历这个磨炼的话，这一关就过不去。我第一次讲一百回《西游记金丹揭秘》，是从 2013 年的下半年就开始了。那是说，如果没有那个磨炼，我根本看不清真假，看不清佛和妖的区别。这个磨炼是一次重要的成长。

"果正中华"，是说他得了正果，但他是一个害人的心。他是燥火，有这个燥火他就不能成佛，他是妄自尊大的剽窃小人。真佛是慈悲心，黄眉老怪是假佛。

二十八星宿，很多的天兵天将帮忙，"老妖魔公然不惧，一只手使狼牙棒，架着众兵，一只手去腰间解下一条旧白布搭包儿，往上一抛，哗的一声响亮，把孙大圣、二十八宿与五方揭谛，一搭包儿通装将去，挎在肩上，拽步回身，众小妖个个欢然得胜而回"。佛家有一句话，无我相，无人相，无众生相，无寿者相。妖怪把它用到了，我管你是谁，我全给你兜上。天神是天地的能量，是本性之光，能量是造佛光用的，妖怪把这个都给收拾了。这真是够平等的，把他们都一锅烩了，但平等用错地了。老天这个能量是兼爱的，可是黄眉老怪变成了兼恶，他是全杀，所以这是最大的厄难。他先用金铙，后用人种袋，讲的是先扣住神，然后扣住肉身，这是一个大厄难。在你的灵光上，在你的根本上，彻底给你灭掉，这太厉害了。

黄眉老怪把他们抓了以后，取了三五十条麻绳，解开大包一个一个地捆，"一个个都骨软筋麻，皮肤绉皱。捆了抬去后边，不分好歹"就都给扔地下了，然后他们就庆功了。孙悟空呢就变小，"将身一小，脱下绳来"，他就从包袱缝里钻出来了。这时候就听唐僧在这儿忏悔，是我的错。悟空跟妖怪打的时候，唐僧一念紧箍咒，才被他扣里头的。第一，唐僧不听他话，告诉你这有危险，你不听。第二，悟空跟妖怪打的时候，还给念咒，等于帮了妖怪。唐僧这时候就后悔，要不是我这么蠢，哪至于把我这徒弟给整死了。孙悟空听着就高兴了，本来他变成小人在旁边待着呢，他就不吭声，听唐僧在那忏悔，高兴了他才出来。

叫了声师父，长老认得声音，叫道："你为何到此？"行者悄悄地把前项事告诉了一遍，长老甚喜道："徒弟，快救我一救！向后事但凭你处，再不强了！"唐僧说快救我，我保证以后不再逞强了，但是他以后还逞强，这就是识神。悟空把他们救出去后，又翻回来，"人固要紧，衣钵尤要紧。包袱中有通关文牒、锦襕袈裟、紫金钵盂，俱是佛门至宝，如何不要"！那些人讲的是活命要紧，孙悟空是轻幻身重法身，重五行。孙悟空先自解脱，再解师父、师兄弟，再解二十八宿、五方揭谛，然后牵马找行李，颠沛当中，还能分亲疏、尊卑、贵贱、缓急，这才是佛门的衣钵，而那个人种袋，不分青红皂白，不分尊卑，都给兜了。但是你看孙悟空呢，在救人的过程中，井井有条，尊卑有序，轻重缓急。讲元神在这么紧急的状况下，还知道好歹，知道条理，跟妖怪的不分好歹对比，妖怪是一概不知，无法无天。

第六十六回　弥勒收妖，讲执空之害

第六十六回　诸神遭毒手，弥勒缚妖魔

第一，真武大帝

二十八星宿等天神都被妖怪捆了，孙悟空就去搬救兵了。先找的是真武大帝。真武大帝是什么呢？他叫上帝祖师：

上帝祖师，乃净乐国王与善胜皇后梦吞日光，觉而有孕，怀胎一十四个月，于开皇元年甲辰之岁三月初一日午时降诞于王宫。那爷爷幼而勇猛，长而神灵。不统王位，惟务修行。父母难禁，弃舍皇宫。参玄入定，在此山中。功完行满，白日飞升。玉皇敕号，真武之名。玄虚上应，龟蛇合形。周天六合，皆称万灵。无幽不察，无显不成。劫终劫始，剪伐魔精。

真武大帝是梦吞日光而生，讲的是太阳光，真武大帝这个元精实际上是太阳光。"净乐国王"，元精是净乐，不动人的念头，无心的本性状态，叫净乐。"善胜"，胜是发髻上的装饰，观音的发髻上面有一个小佛，这就叫胜。真武大帝的父母都不是凡人，都是成就者。元年讲的是本原，三月初一，三是春天的意思，初一讲的是阳生。午时是阳气最足的时候，是真阳能量。真武大帝代表真阳。

"那爷爷幼而勇猛，长而神灵"。他幼而勇猛，元精在腹部的时候很猛，叫幼而勇猛，冲到头上来，长而神灵，神光就灵了，神光就长出来了。"不统王位，惟务修行，父母难禁，弃舍皇宫"，就去"参玄入定，在此山中。功完行满，白日飞升"，没人教他，无师自通，他成功了，就白日飞升了，讲的是光可以自由出入的意思。玉皇大帝就给了他一个名号，就叫真武，"玄虚上应，龟蛇合形"，真武大帝是虚玄上应的，能量是往上来的，上应到头，龟蛇是他的一个形象。

"周天六合，皆称万灵。无幽不察，无显不成。劫终劫始，剪伐魔精"。"周天六合"，上下左右虚空一切的灵都是精气化的，叫"皆称万灵"。"无幽不察"，所有的无形，光都能看到了。"无显不成"，是什么都能给它显出来。"劫终劫始"，说从来都能征服妖魔。"剪伐魔精"，就像太阳一样，把所有的阴气转阳。

真武大帝踩着龟蛇，龟蛇是北方七宿的象，代表的是星光能量，星光能量对应着人的肚脐、命门，讲的是精气那个精。"我当年威镇北方，统摄真武之位，剪伐天下妖邪，乃奉玉帝敕旨。后又披发跣足，踏腾蛇神龟，领五雷神将、巨虬狮子、猛兽毒龙，收降东北方黑气妖氛，乃奉元始天尊符召。今日静享武当山，安逸太和殿，一向海岳平宁，乾坤清泰。"武当山太和殿，是真武大帝的道场。元始天尊让他镇守武当山，"一向海岳平宁，乾坤清泰"，元精是真阳能量，人的底火强壮了，整体就都好了，讲的是这道理。

真武大帝不出面，因为他地位太高了，就派兵援助。"我今着龟、蛇二将并五大神龙与你助力"，龟蛇二将是真武大帝的法身。

"管教擒妖精，救你师之难"，孙悟空就带着他们走了，五龙二将，七个是吧？派了七个就来了。与妖魔战经半个时辰，那妖精即解下搭包在手。行者见了心惊，叫道："列位仔细！"他们还没醒过味来，还不知道什么意思呢。孙悟空也顾不得他们，驾筋斗云，腾在九霄。孙悟空跑出来了，他们还没醒过味来就给兜进去了。五龙和龟蛇二将讲的是玉液还丹，是能量。后边国师王菩萨派的兵是金液还丹。假佛是玉液还丹、金液还丹一概否定。证北斗是说元神和天星沟通了，是玉神的验证。"这五条龙，翻云使雨，那两员将，播土扬沙"，云雨讲的是元精，沙讲的是电感。真正的佛光是这么变出来的，但是假佛却不吃这一套，都给你镇压了。讲的是假佛执空，不认可这个能量，他是偏阴的，是这个意思。

第二，国师王菩萨

真武大帝的兵又被人种袋给兜走了。孙悟空就累了，睡着了。"不觉的合着眼，似睡一般"，他觉得疲倦得很，打不过，猛听得有人叫道："大圣，休推睡，快早上紧求救。你师父性命，只在须臾间矣！"说你赶快，要不然你师父命就没了。这时候孙悟空睁开眼看到是日值功曹，"大圣，你是人间之喜仙，何闷之有"！说你已经是一个极乐世界的人，你没有二心，什么好的坏的在你

这儿没有分别，所以你没有烦恼，你是没有烦恼的人，在这儿发什么愁呢？

大圣就又去找国师王菩萨了。"你今日之事，诚我佛教之兴隆，理当亲去，奈时值初夏，正淮水泛涨之时，新收了水猿大圣，那厮遇水即兴，恐我去后，他乘空生顽，无神可治。"那个水猿没人治得了它，说："今着小徒领四将和你去助力，炼魔收伏罢。"真武大帝不肯出面，国师王菩萨也不肯出面。一般来说，只要是妖的主人出现了，这个妖就降了。但这个妖不同，悟空找的不是他主人。真武大帝代表命，国师王菩萨代表性，找性的主人和命的主人都不行，得找那性命合一的佛祖才行。他们是菩萨级别的，要找佛级别的才行。

小张太子是"祖居西土流沙国，我父原为沙国王"。流沙河，真土，讲小张太子是真土。那四将也是从流沙国里来的。真武大帝是元精，国师王菩萨是真土、电感。一个是元精，一个是电感，元精主要指先天肾气，电感是指的元神。

小张太子正打着，孙悟空就叫"列位仔细"，妖怪一搭包又把四大将与太子装进去了，只有行者预先知觉走了，那妖王得胜回寺。悟空搬来的救兵，不管是佛家的，还是道家的，都是含真土的，元精也是含电感的。但都被妖怪收在人种袋里，比喻的是偏执的空学。天仙佛祖著书是为了度恶救世，妖怪借其学说，祸世荼灵。圣人垂训，道智化愚，善身心，福万物。假佛掠其说以行奸，洪水可治，此流不可治。虽有荡魔天尊，荡不尽这样的邪魔，虽有抑水的大圣，抑制不了这样的洪水猛兽，假佛害人至深。

第三，东来佛祖

东来佛祖是黄眉怪的真主人。孙悟空又败了，碰到东来佛祖。你修本性大道，遇到困难的时候，本性的师父就出现，讲的是本性随时点化，师父随时亲临火候。

东来佛祖就揭谜底了，说："他是我面前司磬的一个黄眉童儿。"讲他不是妖，他是人，童子是个人。"三月三日，我因赴元始会去，留他在宫看守，他把我这几件宝贝拐来，假佛成精。"并不是得了正果还那么坏，其实他是被派来考验他们的。"那搭包儿是我的后天袋子，俗名唤做'人种袋'。那条狼牙棒是个敲磬的槌儿。"铙是装光扣人神的，人种袋是扣人肉身的。后天的袋子装人，人身是后天的。

弥勒就说："一则是我不谨，走失人口；二则是你师徒们魔障未完，故此百灵下界，应该受难。我今来与你收他去也。"魔障未完，故此百灵下界，讲的是光还没有纯阳，还要磨炼，顺着想是一个魔障，逆着想是一个成果，是一个提升的机会。没有好、没有坏，虽然受委屈、受磨难，但是神光提升了。光变得明亮又纯洁，是用血泪换的。

"弥勒将右手食指蘸着口中神水，在行者掌上写了一个禁字，教他捏着拳头，见妖精当面放手，他就跟来。"这时，弥勒变作一个种瓜叟，出草庵答道："大王，瓜是小人种的。"妖王道："可有熟瓜么？"弥勒道："有熟的。"妖王叫："摘个熟的来，我解渴。"弥勒即把行者变的那瓜双手递与妖王，妖王更不察情，到此接过手，张口便啃。那行者趁此机会，一骨碌钻入咽喉之下，等不得好歹，就弄手脚抓肠蒯腹，翻跟头，竖蜻蜓，任他在里面摆布。妖怪见了主人，一下就怂了。主人来了，应该一下就降了，干嘛还这么费劲呢？你再想想红孩儿那一回，观音收拾红孩儿，拿天罡刀，刀扎到肉里，红孩儿才降服。弥勒佛的黄眉童儿，也是个童子，要悟空进到他肚子里让他受苦。讲的是人的识神难办，只有弄疼了才能降服。

种瓜得瓜，种豆得豆，这是一个实在的生长过程。他刚才把救兵都装进了人种袋子，对玉液还丹、金液还丹这种实实在在的成长变化过程一概否定，不过是个顽空之徒。种瓜得瓜，教训妖怪不能执空。

佛祖"吹口仙气，念声咒语，即时返本还原，复得金铙一副，别了行者，驾祥云径转极乐世界"。金铙是本性的工具，见了主人，吹口气就复原了。讲的是见本性了，能量就又恢复了。

第六十七回　七绝山，讲清理业因

第六十七回　拯救驼罗禅性稳，脱离秽污道心清

第一，腐烂识业

这回讲清理千年的业因。假佛假道是前行的荆棘，千年轮回识神的业力，也是荆棘。第六十七回的题目叫"拯救驼罗禅性稳，脱离秽污道心清"。驼罗讲的是本性，本性的旁边住着一条巨蟒，住着一个千年的业因，识神积累了千年的污垢，毒如蟒蛇。禅性要稳的话，必须把这个邻居清理掉。

悟空问路，老者道："我这庄村西去三十余里，有一条稀柿衕，山名'七绝'。"驼罗庄在小西天。刚才假佛也在小西天，讲小西天这个地方，还有大蟒蛇。七绝山，"这山径过有八百里，满山尽是柿果"。八百里柿子，"一益寿，二多阴，三无鸟巢，四无虫，五霜叶可玩，六嘉实，七枝叶肥大，故名七绝山"。阴气特别重的果子，没有鸟巢，没有虫子，鸟虫都活不了，毫无生机，说明这个地方阴气特别重。

"那深山亘古无人走到。每年家熟烂柿子落在路上，将一条夹石胡同，尽皆填满；又被雨露雪霜，经霉过夏，作成一路污秽。这方人家，俗呼为稀屎衕。但刮西风，有一股秽气，是淘东圊也不似这般恶臭。如今正值春深，东南风大作，所以还不闻见也。"柿子沤烂了一条路，这条路堵了千年，亘古无人走过。讲的是识神这个业力，一辈子用识神，下辈子还是识神，识神没有被清理过。识神牵引，让人一辈子一辈子地轮回。腐烂的识业是灾难阴气的大本营，给人带来多生的苦难。它是一条死胡同，从来无人走过，没有人在活着的时候，把识神给清理干净，讲的是这意思。

你看这个七魄图。七绝山实际上讲魂魄之魄，魄有鬼字边，讲它是阴神、阴性的光。七魄里头除秽和吞贼这两个有人样，其他都不是人，都是鬼。鬼魄为体，识神为用，修道修的就是魄转阳。七绝山讲七情六欲的识神鬼魄，修道就是把它们转阳。转阳了以后，这条千年走不过去的路，千年的死胡同、臭胡同就走过去了。魂魄是阴阳，魄转阳了，阴阳就变成纯阳了，阴阳是人，纯阳是佛，七绝山讲的是转化七魄的阴气。

七魄图

然后这老者就说："这里唤做陀罗庄，共有五百多人家居住。"陀罗的梵语是陀罗净土的意思，五百多人，乃罗汉所居。"阿罗汉"的意思是杀烦恼，不受三界所生，远离诸恶，清净受用，是禅性稳。陀罗庄讲的是禅地，本性之地。本性之地有五百人，讲的是五行，是一气，一气含五行，讲的是本性之地。

老者道："实不瞒你说，我这里久矣康宁。只这三年六月间，忽然一阵风起，那时人家甚忙，打麦的在场上，插秧的在田里，俱着了慌，只说是天变了。谁知风过处，有个妖精将人家牧放的牛马吃了，猪羊吃了，见鸡鹅囫囵咽，遇男女夹活吞。自从那次，这二年常来伤害。"连人带动物全吃了，比喻的是性光邻居巨蟒，识神的巨蟒，千年业力的毒气，变成一种剧毒，所有活的生命，都中了它的毒。陀罗庄是本性，禅心稳不住，千年剧毒就在旁边威胁。

他们请了法师，曾访着一个和尚，这和尚"未曾得胜。我等近前看，光头打的似个烂西瓜"，和尚被妖怪打死了，脑袋成了一个烂西瓜。又请道士，道士在水里被淹死了，捞上来一看是个落汤鸡。烂西瓜、落汤鸡，讲识神这个毒气，这个巨蟒已经成精了。是凡僧凡道，和尚、道士都是假佛假道的俗人。本性的邻居，本性旁边的祸害，道士和和尚怎么能管得了。这是先天灵光里的事，凡僧凡道解决不了识神千年腐烂的问题。

第二，积习如巨蟒

这个时候，悟空他们在驿站，看到天空出现两盏灯，沙僧说："不是，那

不是一对灯笼，是妖精的两只眼亮。"这呆子就唬矮了三寸，把八戒吓得够呛，说这么大的眼睛，嘴得有多大呀。行者笑道："好是耳聋口哑！"是个不会说话的妖怪，还没有通人性。你看那些妖怪都现人身，说人话，这个妖怪不行呢。

"目悬两炬，暗中牟利极明。装出一片道学气象，暗中取事，自谓人不觉知"。两只眼睛就像两道光，讽刺的是假道，打着道的名义，其实"暗中取事"，根本不是真的，是以道的名义骗人。"暗中取事"，以为人不知。打着冠冕堂皇的旗号，实际上干别的事，揭露这种妖行。

孙悟空和猪八戒就跟妖怪打，妖怪张开大口把孙悟空吞进去了。其实孙悟空自己就想进去，去里边收拾他。孙悟空在里头说："我给你搭个桥看。"那怪物躬起腰来，就似一道路东虹，又给它撑成一条船，猪八戒说你这个船还没有船帆呢，孙悟空就又给他变，那怪物肚皮贴地，翘起头来，就似一只赣保船。猪八戒说："虽是像船，只是没有桅篷，不好使风。"孙悟空就拿棍子一撑，在妖怪的肚子里折腾，妖怪受不了，现了本象，乃是一条红鳞大蟒。是一条红色大蟒蛇。讲的是人心、离卦、红蟒。人的心就像一条红色的大蟒蛇，妖怪的象是形容人心，人心几千年历史堆积的垃圾，先天的象是这红色的蟒蛇，人心积习如巨蟒。

三藏真经，法一藏，论一藏，经一藏度鬼，不说度人，说度鬼，后天意识是一个恶鬼，是毒如巨蟒。刚才看七魄的那张图，七魄这个阴神是鬼，叫鬼魄。西天取经，取到纯阳能量是为了度鬼，就是改造识神，识神就像一条红色的巨蟒，已经积攒了几千年的毒，这个形象描述的是识神的嘴脸。可是多数的人不认识这个问题，不知道这是一条红色的剧毒大蟒蛇，没有这样一个很深刻的认知。所以，不觉得那东西怎么不好，不觉得那东西怎么臭。

你看这个图，七情：喜、怒、忧、思、悲、恐、惊。从精神上它代表的是这些东西，这个喜耗的是心气，忧耗的是脾气，怒耗

七情：喜怒忧思悲恐惊

火 → 心 → 神光

烟 → 肺 → 魄

怒 → 肝 → 魂

的是肝气，恐耗的是肾气，悲耗的是肺气。七魄是管五脏六腑运转的，是有作用的，但在精神层面，它是阴气特别重的。肉身是阴气，它又是管阴气的，所以它的阴气特别重，通过七情六欲来吞噬元气，所以就必须转化，不转化，金丹那个光就无法成为纯阳。三魂的胎光是道光，但邻居是七魄，七绝山、稀屎衕。这个邻居太危险了，必须把它清理掉。

第三，清理业识

唐僧闻得那般恶秽，又见路道填塞，道："悟空，似此怎生度得？"他不说怎么走过去，却说怎生度得。讲的是这个阴气，度人度己，度就是转化阴气。

八戒就很高兴，人家夸了他一顿，他就很高兴，"脱了皂直裰，丢了九齿耙，对众道：'休笑话，看老猪干这场臭功。'好呆子，捻着诀，摇身一变，果然变作一个大猪"。

"那呆子拱了两日，正在饥饿之际，那许多人何止有七八石饭食，他也不论米饭、面饭，收积来一涝用之，饱餐一顿，却又上前拱路。"在荆棘岭的时候，八戒现了大身，三十多米高的现了一个原身，现了一个猪身。猪是他的原身，猪身在清这条路，是他的法身在清这条道。大身、原身都是指法身，法身是光，用光去清理阴气。不是笤帚能清理的，得用光，光化解这些阴气需要消耗很大的能量。猪八戒吃这么多，讲的是消耗很大的光。清理业因，要明心见性，第一要花光，第二要明心见性。把脏的、臭的清理了，讲的是香从臭来，甜从苦来，欲其清心，先去污秽。你本性这个光，想保持它的纯洁，就要先知道污秽在哪儿。元神的光，要保持它的纯洁，要知道污秽在识神上，你要把污秽的胡思乱想、爱恨情仇，把那种纠结、那个牵扯，把那些东西全放掉。阴气在哪儿，你要明白这个，心就清了，元神就干净了。假佛假道的荆棘，浊精浊气的荆棘，千年业因的荆棘，横亘于胸，你要把这些东西都清理干净了，西行的路才能走。

（见彩图二十四《魂魄归真》）

第六十八回　朱紫国，讲在尘出尘

第六十八回　朱紫国唐僧论前世，孙行者施为三折肱

第一，不约而同

这回直接点出来论前世。上一回讲的是千年的业因，讲的是前世你的灵光一次一次投胎所带来的阴气。这回其实是接着说，接着清理。

到了朱紫国，看到了朱紫国三个字，行者道："师父原来不识字，亏你怎么领唐太宗旨意离朝也！"孙悟空说唐僧不认识朱紫国这三个字。悟空话里有话，是说你看不破荣华富贵。好多人有道了、有本事了、有神通了，就享受去了。

能不能把求真悟道看作是最重要的，把那荣华富贵看破放下。讲的是求真悟道这件千年的大事和追求荣华富贵的比较。你看人学道，也觉得修道这事挺好的，挺高兴的。但是，功名利禄、荣华富贵那一套就放不下，孙悟空说的是这种情况。真正能够看清的话，富贵就一定能放下。你根本不在乎什么名，名跟我没关系，不在乎什么利，利也跟我没关系，早看透了。

又看见墙上有"会同馆"三个字，唐僧道："会同馆乃天下通会通同之所，我们也打搅得，且到里面歇下。待我见驾，倒换了关文，再赶出城走路。"会同讲的是不约而同，不期而会，讲的是共性。会同馆是个旅店，不提供食宿的食，给材料让你自己做饭，没有调料，也没有盐，只有干净锅灶，悟空他们也不知道怎么使。会同是共性，共性是金丹，都是跟金丹有关的。

小说的地名、情节都是为写金丹服务的。为什么自己做饭？金丹至宝，人人俱足，个个圆成。解决先天性命的大事，只有靠自己动手才行。孙悟空和猪八戒拉着手去买调料，凭什么像一对情侣似的拉着手走？意思是真阴真阳调和，也是在说金丹，所以每个细节都在讲金丹。

朱紫国是世间的富贵，对于本性来说只是梦幻泡影。朱紫之贵，不如紫阳真人棕衣。张紫阳真人给皇后衣服，把她保护起来，讲的是那个衣服穿了以后就放五色的光，穿了三年一脱，是一日脱胎的意思，就都好了。夜里制药，是讲的天地能量，讲的真道，这是真宗。张紫阳是《悟真篇》的作者，他给了皇后一件棕做的衣服。"棕衣"的意思是正宗的、真正的衣钵、真道，所以这一回讲的是真道。讲真道的时候，先说能不能看破富贵，富贵之极，也不如自然真道正宗。《道德经》说"虽有拱璧以先驷马，不如坐进此道"。你虽然有荣华富贵，但是不如得大道，学最好的东西，这些情节是为后边的故事作铺垫，整个讲的是金丹大道。小说中很大一段是朱紫国国王和唐僧的谈话，朱紫国国王就问唐僧，西天取经是为什么？怎么回事呢？实际上是唐僧在劝朱紫国国王要看破物质上的荣华富贵。

"尘情小处能以剪绝，尘情大处，不能剪绝，终是禅性不稳，道心不清。"上回的清稀屎衕讲的是小处道心清。但是如果从大处几千年的历史来看，从大局的眼光来看，你能不能看清楚？你看不清楚是道心还不清，所以要大处剪绝，这是小处除掉、大处也要除掉的意思。

"前古后今无异世，国君衣朱紫而享光禄"，是说穿金戴银，有很好的物质享受。"国人图衣食而走名利，同一嗜欲，均病性命之膏肓"，你看人间这几千年历史，争权夺利。夺了权的人享受荣华富贵，百姓为了名利奔波一生，所有人都是同一个爱好，为物质的东西花掉一生的心血，而对性命不懂也不顾，所以世人都是病入膏肓，都是病！

"帝都梦影，取经才是打破梦境。几千年争雄角力的历史，终归于唐太宗之一梦。一灵真性就在梦中流转轮回，直到唐僧取经，一梦才觉醒。不管是哪一个朝代的国王，也不过是唐太宗一梦。作为臣子，知天文，辨阴阳，用元神斩龙头，本事再高也不过是一梦，对于一灵真性来说，也是个伪证。"

你看千年的历史，是一个追逐物质享受的历史，这人是什么？人是有神性的，人的灵光是有很高智慧的，所以整个追求物质的历史，一定要看破。你要知道你现在站的是一个追求人的智慧、人的灵光的角度，你站在这个角度上，就把物质世界看破了，那只不过都是在做梦瞎忙活罢了，要知道真假。这一个灵投胎在肉身上，不知道最重要的是什么，根本都是昏的，都是做梦，就比喻这个。

唐僧说"兹因长安城北，有个怪水龙神，刻减甘雨，应该损身"，是说因为老龙犯错误了，就该以死承担后果。说"夜间托梦，告王救迍。王言准赦，是皇帝答应他早召贤臣。款留殿内，慢把棋轮。时当日午，那贤臣梦斩龙身"，是说皇帝为了救老龙，让魏征别去斩龙头，就把他叫来，在这下棋，结果下着棋魏征突然困了，神突然出去了，就梦斩了老龙。唐太宗梦游地府，看到亡灵的惨景，"今要做水陆大会，故遣贫僧远涉道途，询求诸国，拜佛祖取《大乘经》三藏，超度孽苦升天也"。唐僧交代西天取经的来龙去脉，是因为国王有这样的经历，李世民的梦醒了，要追求真理了。他知道了生命不光是一个物质，还有更重要的精神、性命这个事。李世民觉醒了，就派唐僧去取经。

朱紫国国王就说"诚乃是天朝大国，君正臣贤！似我寡人久病多时，并无一臣拯救"，是说唐太宗没有真经就度不了亡灵，朱紫国国王没有良医，就治不了病。表面上看它们不是一个事，但它们是一个同理，是"会同"。相同点是都得考虑性命大事，不能像过去似的只注重物质。

如果认识了生命的真主人，得了性命金丹，唐太宗就可以让亡灵离苦得乐，实现他的愿望，朱紫国国王不仅能治好三年的病，就连千年的病也好了。他们都需要的是性命合一的金丹，这是会同，也是人的精神追求。人不是只有一个物质的追求，争权夺利，一辈子就为了吃喝，这一生就过去了。不光是这样，人还有精神的追求，而且是更重要的。

不在假的里头梦生梦醒，你是很清醒的，好像你不是特别追求物质，但是实际上你一个人修成了对整个物质世界，对所有的生命都是有益的，对他们都是有帮助的。虽然你没有像普通人一样去竞争，去追求去掠夺，但实际上你修出来的光，对整个灵性都有提升，你反而帮了他们。你虽没有去跟他们争夺，但是你给了他们更大的奉献。

你一定要对这个物质世界有比较清醒的看法，既不是糊里糊涂的，像普通人似的陷进对物质的追求，一辈子白投胎了；也不是一个什么油盐不进，好像很清高，脱离世俗的人。你是一个俗人，是一个老百姓，但不是一个凡人的老百姓，你要有一个清醒的看法，不要跟普通人同流合污，也不要搞假佛假道的远离生活、远离现实的那一套。

第二，恭敬光来

孙悟空在街上看到张贴榜文，是皇帝要找人看病。悟空本来是出来买调和的，"不必买甚调和，且把取经事宁耐一日，等俺老孙做个医生耍耍"。悟空就把这个榜文给揭了下来，"好大圣，弯倒腰丢了碗盏，拈一撮土，往上洒去，念声咒语，使个隐身法，轻轻的上前揭了榜，又朝着巽地上吸口仙气吹来，那阵旋风起处，他却回身，径到八戒站处，只见那呆子嘴拄着墙根，却是睡着了一般。行者更不惊他，将榜文折了，轻轻揣在他怀里，拽转步先往会同馆去了不题"。

这时候官吏看见猪八戒揭了榜文，就来找他，猪八戒说根本不是我揭的，就跟人家闹。官吏道："你没本事怎么可能揭榜文，不是你是谁？"后来猪八戒想明白了，肯定是孙悟空让他揭榜文了，于是就来找悟空，然后孙悟空就承认了。行者道："这招医榜，委是我揭的，故遣我师弟引见。"其实悟空是为了让八戒把这些官吏引来，"既然你主有病，常言道：'药不跟卖，病不讨医。'你去教那国王亲来请我，我有手到病除之功"。太监闻言，无不惊骇。校尉道："口出大言，必有度量。我等着一半在此哑请，着一半入朝启奏。"国王亲来请，讲的是必须恭敬，恭敬光就来了，不恭敬光不来，普通人不懂，就这意思。

"汝等可替寡人，俱到朝外，敦请孙长老看朕之病。汝等见他，切不可轻慢，称他做神僧孙长老，皆以君臣之礼相见。"对待孙悟空一定要很客气，是说诚恳心出来了，孙悟空才去。孙悟空是元神，孙悟空不是在拿架子，他是认真的。如果不恭敬的话神就不管了，一恭敬的话，神立即就去了，问题就解决了，就这么回事。

"意诚则性定，诚恳心一出来，病就开始好了"，是说如果一个人本质很狂傲，他的本性就被掩盖了。如果一个人很诚恳，说明他的本性已经露出来了，本性一露出来，这边的本性光，立即就过去了，就管用了。如果他自己的本性光不露出来，这边的光进都进不去，给都给不了。讲的是心定意诚，心诚是性定，心意诚恳本性就定了，诚恳心一出来，光就好做功了。

第三，悬丝诊脉

行者闻言笑道："你国王之病，是一千年也不得好。"众臣道："人生能有几多阳寿？就一千年也还不好？"一个人一百年都活不了，你怎么是千年这病都治不好呢？行者道："他如今是个病君，死了是个病鬼，再转世也还是个病人，却不是一千年也还不好？"借着这个病讲轮回，讲的是元神几千年的大空间，一个大的时间段，不是小的时间段。这时唐僧就着急了，说你哪学过医，你怎么能给人看病呢？长老又道："你哪曾见《素问》《难经》《本草》《脉诀》，是甚般章句，怎生注解？就这等胡说散道，会什么悬丝诊脉。"行者笑道："我有金线在身，你不曾见哩。"即伸手下去，尾上拔了三根毫毛，捻一把，叫声："变！"即变作三条丝线，每条各长二丈四尺，按二十四气，托于手内，对唐僧道："这不是我的金线？"二十四节气讲的是老天的能量，是用老天的能量先天一炁来治病。

"《素问》延一时之命，医术之庸。若分三毫为三关，攒簇五行为精气神，按三毫为二十四气，天关在手，合三条为七十二候乃治千年之病，为医术之大经纶。"唐僧害怕，问悟空："你学过医吗？你读过医书吗？你怎么会给人看病？"孙悟空说："金线是这三条丝，是二十四节气养的，我这是老天的能量，是本性能量，是金丹，金丹几千年的病都能治，别说一个小病。"讲的是这个。

第六十九回　悬丝诊脉，讲一治百治

第六十九回　心主夜间修药物，君王筵上论妖邪

第一，阴阳隔绝

悟空手拿的三条线，讲的是二十四节气、七十二候是老天的能量，晚上一阳生的时候做药，讲的是用天地能量。

普通人没有先天一炁，没有这个光，这样做是假的。你说我也用这个理论，大半夜里我去做药，去用什么巴豆，什么热的冷的，搁在一块儿表示真阴真阳，然后再拿水一和，弄一碗，是不管用的，普通人没有光就不会有妙用，这个光可以附着在任何的物质上，随便拿个什么，拿一把土能治病，拿一把草也能治病，因为上面有光，光是大药，是金丹，什么病都能治。没光拿什么东西也治不了病，拿最贵的人参鹿茸也治不了病，讲的是这个道理。

上一回皇帝已经同意孙悟空给他看病了，但是皇帝说不能见生人，身体太虚了，只能隔着看。孙悟空说有手到病除之能，隔着就隔着，于是他就拿三条线给皇帝悬丝诊脉。

"行者接了线头以自己右手大指先托着食指，看了寸脉；次将中指按大指，看了关脉；又将大指托定无名指，看了尺脉。结论是：寸脉强而紧，关脉涩而缓，尺脉芤且沉；右手寸脉浮而滑，关脉迟而结，尺脉数而牢。"孙悟空本来不懂中医，不懂脉，叫什么名字怎么弄的，他可以拿来就说，这就是元神。元神想知道什么就知道什么，不用学，一定神就知道了，这种智慧是通一切的智慧。三条线讲的是精气神，精气神合一是金丹，有体有用。隔空诊脉，讲的是神运。本性是一体的，一空静，就相通。有金丹就会有用，发挥效力，左右逢缘，内外相通，讲的是金丹的用。孙悟空说病因是惊恐忧思，号为双鸟失群之证。第一是惊恐导致的，第二是双鸟失群，是两个鸟走散了。御医们不懂，国王自己知道。

"指下明白，指下明白！"当下就承认，果是此疾！请出外面用药来也。

当下就承认金圣宫娘娘被掠走了，他的惊恐导致病入膏肓。国王的毛病是阴阳隔绝。国王和金圣宫娘娘在一起比喻的是真阴真阳在一起，真阴真阳在一起，是性命合一，是金丹，与天是通的。现在呢，金圣宫娘娘离开了，真阴离开了，和天就隔绝了，就会出毛病了。讲的是这个道理，是阴阳隔绝的毛病。

然后就做药了，行者道："不必执方，见药就要。"不用管方子，看见是药。为什么？一看见光就上去了，可不是见着是药吗！是说一个有金丹的人眼睛看什么，光就上去了，所以见药就要，神光已经上去了才是药，所以国王吃了这个药就管用，见药就要是这意思。

医官道："经云药有八百八味，人有四百四病。病不在一人之身，药岂有全用之理！如何见药就要？"行者道："古人云，药不执方，合宜而用，故此全征药品，而随便加减也。"那医官不复再言，即出朝门之外，差本衙当值之人，遍晓满城生熟药铺，即将药品，每味各办三斤，送与行者。医官把药和制药工具就都送入了会同馆。"全征药品全用"其实是孙悟空的神用，全用的不是草药，用的是神。神用你就得全心全意才能行。全用讲的是整个神完全投入，很认真很投入，把神光全投入进去的意思，不是用草药的意思。

第二，金丹大药

行者道："你将大黄取一两来，碾为细末。""贤弟不知，此药利痰顺气，荡肚中凝滞之寒热。你莫管我，你去取一两巴豆，去壳去膜，捶去油毒，碾为细末来。""只此二八，足以起死回生，夺天地之造化。"

孙悟空要的药，一个寒一个热，代表的是阴阳。虽然跟治腹泻有点关系，但是要害不在于此。半夜做药是用老天的能量，用老天的天光在做。他做的这种东西，一个热一个寒，用的是真阴真阳，足以夺天地造化。真阴真阳合一，天地造化就来了，就能够把天地中高级的天光、纯阳的能量得了，所以他讲的都是虚无的金丹，而不是讲草药，只不过是借草药一个名义而已，就这个意思。

行者道："将锅脐灰刮半盏过来。""锅灰名为百草霜，能调百病，你不知道。"那呆子真个刮了半盏，又碾细了。行者又将盏子递与他道："你再去把我们的马尿等半盏来。"马尿是龙的能量，是神的能量。马尿是神龙的水，神龙的水是水中金，相当于元精。

小龙说："我若过水撒尿，水中游鱼食了成龙，过山撒尿，山中草头得味，变作灵芝，仙僮采去长寿。我怎肯在此尘俗之处轻抛却也？"小龙不敢尿实际上讲的是水中金，龙的水，是水中金。"水中金"，鱼得了、草得了、人得了那都是不得了的。小龙给一点就够用，"水中金"不是一般的东西，是好东西，一点就够用。锅脐灰是土，是土把真阴真阳调和到一起的意思。实际上锅脐灰叫百草霜，有消炎作用的，灰也是一种药材，这是他的药。这个药做完了就送到皇宫去了。

皇帝就问："这个药的名字叫什么？"答："叫乌金丹。"八戒二人暗中作笑，"锅灰拌的，怎么不是乌金！"是说锅外面的脏东西拌的。多官又问道："用何引子？"行者道："药引儿两般都下得。有一般易取者，乃六物煎汤送下。"多官问："是何六物？""半空飞的老鸦屁"，是老乌鸦放的屁，那怎么取呀？还有"紧水负的鲤鱼尿，王母娘娘搽脸粉，老君炉里炼丹灰，玉皇戴破的头巾要三块，还要五根困龙须，六物煎汤送此药，你王忧病等时除"。找到这样的药引子，把药给喝下去，就能药到病除。多官闻言道："此物乃世间所无者，请问那一般引子是何？"行者道："用无根水送下。"他说那好办，从井上打了那水不往地上放，直接端到家里，这叫无根水。行者说："不行，这不叫无根水。天上的雨水，没有落地，才叫无根水。"孙悟空就替他们去找龙王，龙王打了个喷嚏，下了比较少的雨，水就够了。等到药引子无根水来了就吃药，三次三丸俱吞了。三盏甘雨俱送下。不多时，腹中作响，国王就开始肚子疼，三五次地排泄，排泄出一个糯米团。

妃子就跟国王说："连这个病根都下来了。"那病根是他之前受惊吓，吃的年糕粘在肠子里下不来，三年了，现在把病根都打下来了。用巴豆是大泄，不大泄泄不下来，存了好久了。

"老鸦屁"是火，"鲤鱼尿"是水，王母娘娘搽的粉是阴土，老君炉里的土是阳土，阴土阳土是刀圭，是二者合一，玉皇戴的巾谐音是兑金，龙须是木，

龙在东为木。这讲的是金木水火土合一，药引子指的是金丹。然后三丸三盏送下，讲的是乾卦。乾卦是金丹，乾卦是纯阳，金丹一下去，老病根都除了，比喻的是这个。

第三，一治百治

朱紫国国王不仅肉身上病得很厉害，已经卧床不起，而且精神上还有问题。孙悟空不仅要治他肉身上的病，还要治他精神上的病。国王问药是什么成分，猪八戒傻乎乎地就往外说，孙悟空堵着嘴不让说，讲的是金丹不能外泄，是一个很秘密的东西。金丹不可轻易外泄，因为外泄了以后就会招灾。

国王道："寡人是这等称呼，将正宫称为金圣宫，东宫称为玉圣宫，西宫称为银圣宫。现今只有银、玉二后在宫。"行者道："金圣宫因何不在宫中？"国王滴泪道："不在已三年矣。三年前，正值端阳之节，忽然一阵风至，半空中现出一个妖精，自称赛太岁，说他在麒麟山獬豸洞居住，洞中少个夫人，访得我金圣宫生得貌美姿娇，要做个夫人，教朕快早送出。如若三声不献出来，就要先吃寡人，后吃众臣。被那妖响一声摄将去了。"

"麒麟山獬豸洞"，是妖怪住的地方。獬豸是和麒麟差不多的一种神兽。妖怪把金圣宫给掠走了，皇帝受了惊吓，当时又因为端午节吃粽子，就积了食，端午节是月圆的时候，是讲乾卦，乾卦是月圆。

被妖怪给摄走了，是说乾卦，遇到一个阴，乾卦底下就变成一个阴爻，就成了姤卦。阳到了十五月亮最圆的时候就开始遇阴。金圣宫娘娘是姤卦，是说从阳开始变阴了，到赛太岁这个地方，叫剥皮亭，剥是剥卦，也是说从乾卦遇了妖怪以后，就变成了姤卦，姤卦以后是遁卦、否卦、观卦，就这样下来，最后到纯阴，纯阴是三个阴爻的坤卦。讲的是皇后在纯阳的时候就被掠走了，遇到一个妖怪就变成了姤卦，本来是阳的，结果开始变阴了，然后就把阳的能量逐渐蚕食完，最后坤卦是一点阳都没有了。

如果是复卦，是从纯粹的坤卦又开始长阳，金丹讲的是从复卦到乾卦，是阳逐渐地升，光逐渐地大，讲的是这个意思，也就是说在这儿提时间，主要是提姤卦，纯阳遇到阴了。猪八戒要把这个说出来，说什么马，然后孙悟空就提了一个叫马兜铃，这什么意思？马是意识的意思，你把这个意识兜住了就灵了。金丹不能瞎说，是一个秘密，你要说破就不灵了。你要说破了是锅灰，就不灵了。国王一看你给我吃锅灰，你给我喝马尿，肯定就不灵了，对不对？这个马兜铃，讲的是不能说破。皇帝治好了身病还不行，还得接着治心病，把金圣宫救回来，是说金丹一治百治，接着给他治心病。

第七十回　悟空盗紫金铃，讲真信真铅

第七十回　妖魔宝放烟沙火，悟空计盗紫金铃

第一，以水制火

紫金铃是金丹的意思。赛太岁是观世音的金毛犼。这个犼有很高级的法力，级别很高。

"你是哪里来的邪魔，待往何方猖獗！"那怪物厉声高叫道："吾党不是别人，乃麒麟山獬豸洞赛太岁大王爷爷部下先锋，今奉大王令，到此取宫女二名，伏侍金圣娘娘。你是何人敢来问我！"金圣宫不是有保护吗？所以赛太岁过一段时间就来取两个宫女，弄完就给杀了，就讲这个。

悟空把妖怪打跑了，皇帝就宴请。正喝着酒，忽然听得朝外有官来报："西门上火起了。"行者闻说，将金杯连酒往空一撇，当的一声响亮，那个金杯落地。君王着了忙，躬身施礼道："神僧！恕罪！恕罪！"孙悟空拿的酒代表水，杯子往下一扔，讲的是泻火的意思。妖怪是火，孙悟空往下扔水，是水灭火的意思，是无形的，所以俗人就看不懂，说你生气了，你怎么把酒杯摔了。

少顷间，又有官来报："好雨呀！才西门上起火，被一场大雨，把火灭了，满街上流水，尽都是酒气。"那边着火了，这边孙悟空感应到了。那边妖怪放火，孙悟空这么一摔，就把外边起的大火给灭了。讲赛太岁本是坤土，得金圣宫之金，即复卦，然而沉于色情，即是姤卦，姤则真阳内陷，火上炎而水下流，水火未济。行者的酒往地下一洒，讲的是以水来治上炎之火。妖怪是人心的燥火，是邪火，要用无形的水才能够灭邪火，用无形的真水来消灭假土。后天的火是上炎的，用先天的真水浇这个火，水火既济。甘露真水和真阳之火合一形成金丹，是真性，这个真性才能够治贪婪的人心假性。感应之妙，非一切旁门所知。

赛太岁是个土。坤卦是土，遇到了金圣宫，就应该是土生金，土是静极该生动，开始一阳升，就开始是复卦了，本来应该是一个阳升的过程，可是赛太岁动的是人心，没有成为复卦，反而变成姤卦了。皇后是姤卦的意思。金圣宫这个女后是姤卦的意思，本来该阳升的时候，因为人心不退，就变成了阳降，比喻的是该阳升反而变成阳降了。

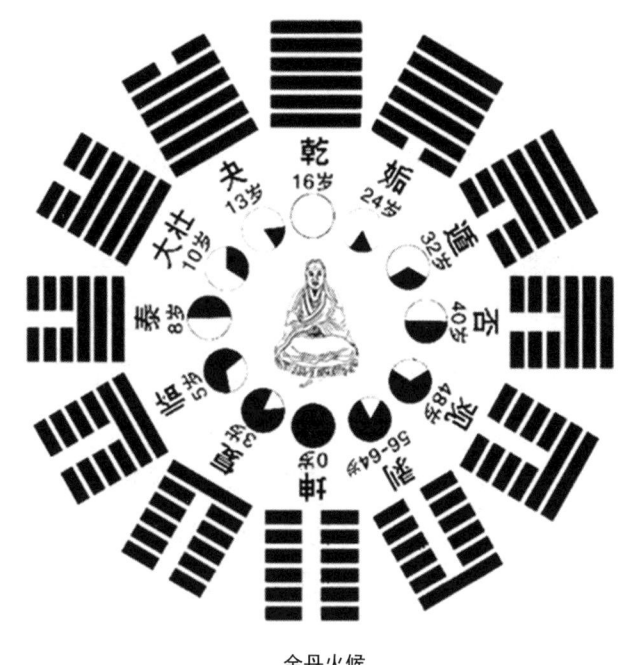

金丹火候

孙悟空把酒杯摔在地上，摔碎了，这国王却不理解，这怎么生气了，把酒杯给摔了呢？讲的是感应之妙，非一切旁门所知。孙悟空感应到妖精在放火，这儿一摔，灭了那儿的火，不是说我知道那要着火了，我把水调到那儿去把火灭了，不是！就在摔酒杯这边，把大火给灭了。这就讲的是感应之妙，是元神。是说金丹、光做功，在调动自然能量，他人在这儿，但是他感应到那个地方了，就会把那个地方的水调动过来，把那边的火给灭了。元神是自然能量，能够感召自然能量，然后那边就形成了水，把火灭了，一般的人肯定不理解。

上面这张图就很清楚，这张图是说赛太岁是坤土。坤土遇到金以后就应该阳升，结果因为他是人心，就变成了姤卦，然后从姤卦到遁卦、否卦、观卦、剥卦，到赛太岁的地方，那个名字就叫剥皮亭，讲的是从姤卦到剥卦，本来应该是阳生，结果变成了阴生。人心是燥火，你用了人心，用了燥火，该阳升的时候反而阳降了，该加阳、该壮大的时候反而把阳逐渐消灭了，就讲这么个道理。

孙悟空讲自己，其实讲的是金丹：

行者道：我身虽是猿猴数，自幼打开生死路。遍访明师把道传，山前修炼无朝暮。倚天为顶地为炉，两般药物团乌兔。采取阴阳水火交，时间顿把玄关悟。全仗天罡搬运功，也凭斗柄迁移步。退炉进火最依时，抽铅添汞相交顾。攒簇五行造化生，合和四象分时度。二气归于黄道间，三家会在金丹路。悟通法律

归四肢，本来筋斗如神助。一纵纵过太行山，一打打过凌云渡。何愁峻岭几千重，不怕长江百十数。只因变化没遮拦，一打十万八千路！

"我身虽是猿猴数，自幼打开生死路。遍访明师把道传，山前修炼无朝暮，倚天为顶地为炉"，讲开玄关天地是炼丹炉。"两般药物团乌兔。采取阴阳水火交，时间顿把玄关悟"，讲的是水火既济，乌兔是金木交并，是开玄关的意思。"全仗天罡搬运功，也凭斗柄迁移步。退炉进火最依时，抽铅添汞相交顾"。开玄关了，天罡星对应的是先天一炁，是最核心的宇宙本原。玄关开了是真五行，感到能量在左旋、右旋，好像人身里面总在转 S 一样的。"攒簇五行造化生，合和四象分时度。二气归于黄道间，三家会在金丹路"，讲的是金丹，悟空夸自己，是夸金丹。"本来筋斗如神助。一纵纵过太行山，一打打过凌云渡"，别管多远，别管多高，凌云是很高的意思。"何愁峻岭几千重，不怕长江百十数"，一个长江就够大，一百个长江也不在话下。"只因变化没遮拦，一打十万八千路"！整个这四回都在讲金丹，皇帝不懂也不相信，就通过悟空跟皇帝对话把整个金丹的重点给点出来了。

这四回讲的是给皇帝治病，金丹大药治一切病，治肉身的病，治心灵的病，治轮回的病，治千年的病。整个四回讲的是这个，其实妖怪拿的这个东西也是金丹，这四回你可以当一回来看，是讲金丹。

第二，打探消息

孙悟空来探听消息，发现妖怪这个铃放的烟，是青红白黑黄，熏着南天门外柱，孙悟空没见过，就不懂。"大圣正自恐惧，又见那山中进出一道沙来，真个遮天蔽日。这行者只顾看玩，不觉沙灰飞入鼻内，痒斯斯的，打了两个喷嚏。即回头伸手，在岩下摸了两个鹅卵石，塞住鼻子。"孙悟空就怕烟呛，因为猴鼻子鼻梁特别短，烟容易直接呛到大脑。他就摇身一变，变作一个攒火的鹞子。鹞子是一种鸟，飞入烟火中间，蓦了几蓦，却就没了沙灰，烟火也熄了。是说孙悟空变的鸟扇了几下，就把这个火给扑灭了。

这好像讲的是飞蛾扑火，其实比喻的是火里生莲，你看他投入到火里，然后把火给熄灭了，讲的是真阳之火。真阳之火，如果用真阴来对治的话，就能火里生莲。虽然是火，但是把本性莲花给诞生了，叫火里生莲。不是飞蛾扑火，是火里生莲，是他往火里一闪一动翅膀，漫天的火、沙、烟就被击灭了。

"好大圣，摇身一变，变作个猛虫儿，轻轻的飞在他书包之上。"他就探听消息，听小妖说："我家大王忒也心毒，三年前到朱紫国强夺了金圣皇后，一向无缘，未得沾身，只苦了要来的宫女顶缸，两个来弄杀了，四个来也弄杀了。"悟空来探听消息，知道了金圣宫现在的状态，被保护着，还没有被妖怪沾身。说宫女来了就给杀了，讲赛太岁这个土，已经是贪色的假土。本来土生金，然后长阳，但他是纵欲的，所以变成阴了。

"嘤的一声，飞离了妖精，有十数里地，摇身一变，又变作一个道童。"后边悟空又把有来有去收拾了。孙悟空变天上飞的，变地下的虫，变人，讲的是孙悟空是元神，上天入地，元神通三界，是天地人三才无所不通。悟空变成一个道童，跟有来有去套瓷，把有来有去一棍子打蒙了。随后悟空就又回到宫里给唐僧和国王报信。"那妖王实有神通，我见他放烟、放火、放沙，果是难收。纵收了，又恐娘娘见我面生，不肯跟我回国。须是得他平日心爱之物一件，他方信我，我好带他回来，为此故要带去。国王道：'昭阳宫里梳妆阁上，有一双黄金宝串，原是金圣宫手上带的。'"真阴真阳要交感，中间得有真信真土，有了真信才能够真铅氤氲，如果没有真信的话，真阴真阳都不动，就产生不了交感。

第三，传递真信

他却至那打死小妖之处，寻出黄旗铜锣，迎风捏诀，想象腾挪，即摇身一变，变成那有来有去的模样，乒乓敲着锣，大踏步，一直前来，径撞至獬豸洞。然后就有人招呼他说："大王爷爷正在剥皮亭上等你回话哩。"在这里就点出剥卦来了。这表面是说妖怪狠毒，专门有一个剥动物皮和人皮的地方，是很残酷的意思，但讲的是姤卦已经到了剥卦。朱紫国国王是真阳，金圣宫皇后是真阴，现在已经一点一点地接触到真阴了，已经到剥卦了，剥卦下一卦是坤卦，所以

这个地点的描述，讲的是快接触到坤卦真阴的意思。

孙悟空就诚心在这儿表演，妖怪喊他他也不理，好像很狂很厉害的意思。妖怪说你怎么了，怎么喊你都不听，你在家里敲什么锣，你怎么回事？其实孙悟空是想说，我差点被杀了，这有命才回来了。一个是邀功，一个是取得妖怪的信任。你看为了你我差点连命都丢了，怎么怎么样的就说了一大套，然后妖怪就很欣赏他。悟空说："我告诉你，皇帝不要金圣宫了，已经娶了别人，金圣宫以后就会长期在你这儿，就踏踏实实地待着了，你就平安无事。"赛太岁很高兴，悟空就有机会接触金圣宫娘娘去了。

行者掩上宫门，把脸一抹，现了本相，对娘娘道："你休怕我！那战败先锋是我，打死小妖也是我，我见他门外凶狂，是我变作有来有去模样，舍身到此，与你通信。"那娘娘听说，沉吟不语，行者取出宝串，双手奉上道："你若不信，看此物何来？"娘娘一见垂泪，下座拜谢道："长老！你果是救得我回朝，没齿不忘大恩。"这是说悟空已经见到娘娘了，而且把信物拿出来，娘娘就信了，知道是来救她的。

娘娘道："哪里是甚宝贝？乃是三个金铃。他将头一个晃一晃，有三百丈火光烧人。第二个晃一晃，有三百丈烟光熏人。第三个晃一晃，有三百丈黄沙迷人。烟火还不打紧，只是黄沙最毒，若钻入人鼻孔，就伤了性命。"说烟伤性光，从鼻孔钻进去，大脑的光就受不了。有了真信就开始真铅氤氲了。这个时候孙悟空就劝娘娘："你使出个风流喜悦之容，与他叙个夫妻之情，教他把铃儿与你收贮。待我取便偷了，降了这妖怪，那时节，好带你回去重谐鸾凤，共享安宁也。"那娘娘依言。

这时候娘娘就跟妖怪讨好，平时娘娘对他是横眉冷对，从来没给过笑脸，这回对他特别温柔，大王就很高兴。娘娘对妖怪说："你对我就没真心，怎么宝贝东西不给我收着呢？"妖怪说："行行，我把这宝贝送给你，你给我收着。"将些绵花塞了口儿，把一块豹皮作一个包袱儿包了，递与娘娘道："物虽微贱，却要用心收藏，切不可摇晃着它。"那娘娘做出妖娆之态，哄着妖精。

孙悟空变成了娘娘的丫鬟春娇在旁边，这时孙行者在旁取事，但挨挨摸摸，行近妆台，把三个金铃轻轻拿过，慢慢移步，溜出宫门，径离洞府。到了剥皮亭前无人处，展开豹皮幅子看时，中间一个，有茶钟大，两头两个，有拳头大。他不知利害，就把绵花扯了，只闻得当的一声响，骨都都的迸出烟火黄沙，急收不住，满亭中烘烘火起。悟空慌了手脚，丢了金铃，现了本相，变成一只苍蝇，就钉在那个门缝里。这讲的是难得易失，金铃比喻的是金丹，你要不知道深浅，你要人为去操纵的话，金丹就会得而复失，就不能真正地得。

这时，悟空变成了苍蝇，讲的是法身婴儿，刚才他是大意了，变成了苍蝇变成了法身，讲的是现在他谨慎了，知道这事不能掉以轻心。变成法身了，讲的是谨慎了。法身具五行，无知无识的无心真性，才能够得到真宝，用人心就失去真宝。无知无识无为，这样才能得珍宝。

第七十一回　观音降服金毛犼，讲金铃金丹

第七十一回　行者假名降怪犼，观音现象伏妖王

第一，真铅无形

色即空兮自古，空言是色如然。人能悟彻色空禅，何用丹砂炮炼。

德行全修休懈，工夫苦用熬煎。有时行满始朝天，永驻仙颜不变。

你感觉到了一个能量，你把它归于空性，是情归性，这是色空不二，你说它是实的，但是它是本性，它是空的，你说它是空的，但它又有实的能量。人能悟彻色空禅，你知道本性的那种空静，你真的能够定在那种空性的状态，你不用炼丹，那就是丹。明心见性，本性就是金丹。色是物质，色空禅，色即是空，空即是色，它们两个已经合为一体，讲的是性命合一。

"德行全修休懈"，德是讲的光，德行讲的是精化气、气化光。全修不松懈，不松懈讲的是玄关、阴阳合一。时间到了以后就朝天，讲的是这个光上来，头是天，这个光在头上就叫朝天。

"永驻仙颜不变"，讲的是这个光是仙，仙是光，人不是仙。光的面貌永远不变，讲的是光。光进到人身，一生消耗，光就变了，从亮到不亮，后来人老珠黄。小孩眼睛漆黑漆黑的，老了眼珠变黄了，已经黯淡无光了。这是光的变化，但是，如果金丹修成了，这个光就不变了，叫永驻仙颜不变。

"前生烧了断头香，今世遭逢泼怪王。拆凤三年何日会？分鸳两处致悲伤。差来长老才通信，惊散佳姻一命亡。只为金铃难解识，相思又比旧时狂。"

这个时候已经通了真信，已经是真铅氤氲，真阴真阳交感了，所以这个时候相思之情已经升起，讲的是真信通了，是真铅氤氲了。

第二，真铅氤氲

你看那娘娘一片云情雨意，哄得那妖王骨软筋麻，只是没福，不得沾身。讲这个时候已经真铅氤氲了。

假春娇闻得此言，即拔下毫毛一把，嚼得粉碎，轻轻挨近妖王，将那毫毛放在他身上，吹了三口仙气，暗暗地叫"变！"那些毫毛即变作三样恶物，乃虱子、蚤蚤、臭虫，攻入妖王身内，挨着皮肤乱咬。那妖王燥痒难禁，伸手入怀揣摸揉痒，用指头捏出几个虱子来，拿近灯前观看。娘娘见了，含忖道："大王，想是衬衣襆了，久不曾浆洗，故生此物耳。"妖王惭愧道："我从来不生此物，可可的今宵出丑。"那妖王一则羞，二则慌，却也不认得真假，将三个铃儿递与假春娇。假春娇接在手中，卖弄多时，见那妖王低着头抖这衣服，他即将金铃藏了，拔下一根毫毛，变作三个铃儿，一般无二，拿向灯前翻检。却又把身子扭扭捏捏的，抖了一抖，将那虱子、臭虫、蚤蚤收了归在身上，把假金铃儿递与那怪。那怪接在手中，一发朦胧无措，哪里认得什么真假，双手托着那铃儿，递与娘娘道："今番你却收好了，却要仔细仔细，不要像前一番。"

妖怪抓虱子，其实讲的是他也真铅氤氲了，简直受不了了。趁这个机会，孙悟空就把这铃给骗过来了，这讲的是真铅氤氲的时候是一个阴阳合一的机会，盗取金丹的机会。孙悟空偷了金铃，讲的是真阴真阳合一了，金丹就有了。电感是真铅氤氲，电感是金丹。你要知道这个天机，电感强的时候是得金丹的时候，天机不可失，失不再来，千万不能胡想，把得金丹的机会给打散了、给破坏了。

然后你看我这幅画，是**彩图二十五《盗天地生机》**，什么时候盗天地生机？其实是讲真铅氤氲、真阴真阳合一了。这合一的时候盗天机，天是什么？天是一，真阴真阳是二，老天是一，所以盗天地生机是一个得金丹的时机，盗天光的一个时机。

第三，金铃金丹

这时候孙悟空拿了真的金铃，就叫板了，"赛太岁！还我金圣娘娘来。连叫两三遍，如此地又三四遍"。"我是朱紫国拜请来的外公。"七是七日来复、贞下起元，讲的是复卦，一阳生。然后他们两个就比铃，孙悟空就拿出来说："这不是我的紫金铃儿？"妖王见了，心惊道："蹊跷，蹊跷！他的铃儿怎么与我的铃儿就一般无二！"妖王老实，便就说道："我这铃儿是：太清仙君道源深，

金铃

八卦炉中久炼金。结就铃儿称至宝，老君留下到如今。"老君的金丹，虽然是观音菩萨的坐骑，观音菩萨的铃，后来菩萨说还我的铃来，他虽然是这个，但他是太上老君炼出来的，所以他是太上老君炼出来的金丹。

孙悟空说："我这铃儿是道祖烧丹兜率宫，金铃拴炼在炉中。二三如六循环宝，我的雌来你的雄。"你看我也有铃，我的是雌的，你的是雄的。先天一炁是用柔守雌，知其白守其黑，知其雄守其雌，方可保守而不失。金丹，是守柔，是柔和的。妖王道："铃儿乃金丹之宝，又不是飞禽走兽，如何辨得雌雄？但只是摇出宝来，是好的！"行者道："口说无凭，做出便见，且让你先摇。"那妖王真个将头一个铃晃了三晃，不见火出；将第二个晃了三晃，不见烟出；将第三个晃了三晃，也不见沙出。这都不出。

好猴子，一把攥了三个铃，一齐摇起。他不是一个一个地摇，他一块摇。你看那红火、青烟、黄沙，一齐滚出，骨都都燎树烧山！大圣口里又念个咒语，望巽地上叫："风来！"真个是风催火势，火挟风威，红焰焰，黑沉沉，漫天烟火，遍地黄沙！把那赛太岁唬得魄散魂飞，走投无路，在那火当中，怎逃性命！你看这个铃，这个铃上是心的三个点，这是一个象，金铃是心的象。其实是心光，铃是光的意思。

第四，不立有无

这时候菩萨就降妖来了。菩萨是本性，你说雌的雄的，是说你站在两边说，菩萨出现了以后，这个铃就归自在。有无不立，雌雄俱泯，是说你站在阳的一面不行，你站在阴的一面也不行，你就在中间包括阴阳，这才是真的。所以这个铃又归了菩萨。

菩萨道："他是我跨的个金毛犼。因牧童眈睡，失于防守，这孽畜咬断铁索走来，却与朱紫国王消灾也。"行者闻言急欠身道："菩萨反说了，他在这里欺君骗后，败俗伤风，与那国王生灾，却说是消灾，何也？"菩萨道："你不知之，当时朱紫国先王在位之时，这

金毛犼

个王还做东宫太子。他率领人马，纵放鹰犬，正来到落凤坡前，有西方佛母孔雀大明王菩萨所生二子，乃雌雄两个雀雏，停翅在山坡之下，被此王弓开处，射伤了雄孔雀，那雌孔雀也带箭归西。佛母忏悔以后，吩咐教他拆凤三年，身眈瞅疾。那时节，我跨着这犼，同听此言，不期这孽畜留心，故来骗了皇后，与王消灾。至今三年，冤愆满足，幸你来救治王患，我特来收妖邪也。"菩萨解说因果，文殊菩萨的坐骑，他扮成一个和尚来度乌鸡国国王，将国王弄到水里。文殊菩萨的坐骑下来，收拾国王，将他落井三年，占领他的江山。在本性层面，是有因果的。观音的坐骑，又是本性层面的。讲有因果，无好坏。金毛犼本来是生灾的，却是来消灾的。

菩萨道："悟空，还我铃来。"你看他四足莲花生焰焰，满身金缕迸森森，大慈悲回南海不题。金毛犼四足生光，讲的是金色的毛，犼是有很高级的法力的。多少百年修成了红色的毛，然后再多少百年修成了金色的毛，讲的是修成德光，红色的光，蓝色的光，紫色的光，金色的光，讲的是修这个光，这个光的级别也就代表法力的不同。

金毛犼返本还元，紫金铃仍归自在。心归自在，没有分别，是包容心，一体的看问题，一切都是自然的因果，是阴阳一体的，这样的心就自在了。

第五，紫阳真宗

然后是张紫阳来了，张紫阳来给王后解衣服来了。行者上前迎住道："张紫阳何往？"紫阳真人直至殿前，躬身施礼道："大圣，小仙张伯端起手。"行者答礼道："你从何来？"真人道："小仙三年前曾赴佛会，因打这里经过，见朱紫国王有拆凤之忧，我恐那妖将皇后玷辱，有坏人伦，后日难与国王复合。是我将一件旧棕衣变作一领新霞裳，光生五彩，进与妖王，教皇后穿了妆新。那皇后穿上身，即生一身毒刺，毒刺者，乃棕毛也。今知大圣成功，特来解魔。"行者道："既如此，累你远来，且快解脱。"真人走向前，对娘娘用手一指，即脱下那件棕衣，那娘娘遍体如旧。真人将衣抖一抖，披在身上，对行者道："大圣勿罪，小仙告辞。"

有缘洗尽忧疑病，绝念无思心自宁。

你不要想东想西，什么好了坏了的你都不用想，各种毛病都是心造的。棕衣是真宗，光生五彩，才是真宗。讲的是五色光，五脏转阳，五色光出来，五色光就捧着白色的圆光，这是真宗。真人五色的棕衣为娘娘护体，金木交媾。棕衣的棕是个木，金圣宫是个金，是金木，是金木交媾。水火既济，金木交媾开玄关。服之三年，脱之一日。遍体如旧，恢复本元。金丹三年脱胎。脱之一日，是说养丹三年，然后一日就脱出来了。遍体如旧，讲的是恢复初心，返本还元。

金丹救治了国王的病，治了心理的病，又得了金丹，金圣宫还朝，张伯端祖师的护持，讲的是金丹大道，隐显共存。有句诗说"须与神仙仔细论"，是说在无形的本性世界，成就了的人，随时会来帮助你。

"金毛犼妙法广无边，身心合汞铅。今领四象阵，道术岂多言。二指降龙虎，双眸运大玄。谁人来会我，方是大罗仙。"金毛犼是金仙，金仙的全称是大罗金仙，金毛犼这个坐骑，讲的是金仙的法力和能量水平。赛太岁是金毛犼，讲的是大罗金仙的验证，谁见了他，谁是大罗金仙，讲的是能量的验证。金毛犼是金仙级别的，金丹级别的，金铃是金丹。

金毛犼表面上是过来拦路的，其实是观音派来给孔雀佛母消气的。因为朱紫国王伤了佛母之子，然后紫阳真人前来搭救，让娘娘免于受辱。你看《西游记》，故事里牵扯到这些角色，都是法界的。给孔雀佛母消气，讲的是在本因上化阴，是在本性层面的因果，你要化解因果，在光的层面，你要化解你欠的债，来讨债的，你就给了，讨债是应该的，就这意思。再就是大罗金仙的验证，他是这样的，是金丹级别的。紫阳真宗讲的是悟真篇，这个悟真篇讲的是大道，讲的是真道，是真宗，就是这几个含义。

第七十二回　蜘蛛精，讲采战的荆棘

第七十二回　盘丝洞七情迷本，濯垢泉八戒忘形

第一，孤阴无阳

这一回主要是批判有为法的，许多修炼有为法的，不知道真假、不悟本性，但恰恰是这些假的蒙了百分之九十五以上的人。所以小说作者在说真的同时也把假的无情地揭露出来。真的没有几个人懂，大多数人都跟着假的跑。

这时候唐僧师徒走到一个地方看到一个山庄，唐僧认为就这么两步，我去能有什么危险呢？他就认为是这样，但是前面我们讲了，凡是化斋，实际上都在强调的是天地能量，是老天给能量的意思，唐僧根本化不了斋，那是孙悟空干的事。

行者笑道："你看师父说的是哪里话。你要吃斋，我自去化，俗语云：一日为师，终身为父。岂有为弟子者高坐，教师父去化斋之理？"但是唐僧反复坚持，非要自己去化斋，他反复地坚持就叫执己独求。本来师徒在一块儿是五行合一，或者孙悟空自己去化斋也可以，因为孙悟空是先天一炁；但唐僧是空性，是本性虚无的代表，他单独去是不行的。金丹是性命混一的或者五行合一的，你一个人就不行。

一个人独修不行，那就两个人双修。这一段是一个过渡，一个人独修不行那就阴阳双修。这里是批判那些不懂的人，独行、双修都是胡猜。于是唐僧就来到这个地方：清清雅雅若仙庵，又有那一座蓬窗，白白明明欺道院。这里不说修道院而说欺道院，是说一体独修好像是修行，其实是欺道，所以这叫欺道院。窗前忽见四佳人，都在那里刺凤描鸾做针线。长老见那人家没个男儿，只有四个女子，不敢进去。唐僧这个时候已经发现问题了，但他在人身上纠结、牵扯，自家思虑道："我若没本事化顿斋饭，也惹那徒弟笑我，敢道为师的化不出斋来，为徒的怎能去拜佛。"一旦发现问题了，就应该马上跳出来，马上解脱出来，但是他没有，他这个时候是人心作怪，在那儿颠来倒去、胡思乱想，跳不出来。

所以，如果在人心肉身上作为，就像公鸡抱卵，欲抱成子，万不可能。其所抱者，亦是螟蛉异种，蜜蜂蚂蚁之阴毒，非本性之嫡子。在人心肉身上作为，好像是仙庵，本质上是欺道院。唐僧执己孤修，是纯阴无阳，不是阴阳一体。纯阴就只能是一些毒虫。

有一女子上前，把石头门推开两扇，请唐僧里面坐。那长老只得进去，忽抬头看时，铺设的都是石桌、石凳，冷气阴阴。长老心惊，暗自思忖道："这去处少吉多凶，断然不善。"唐僧已经知道不好了，感觉到凶险了，不想进去了却又一直纠结，跳不出来，这就是人心。这时候饭上来了，原来是人油炒炼，人肉煎熬，熬得黑糊充作面筋样子，剜的人脑煎作豆腐块片。人们看了就会往吃人肉、熬人油、喝人脑豆腐这些词上去想，其实作者不是这个意思，他是说那些修炼有为法的人，弄的是人身上这些物质，这些有形的物质只是垃圾，怎么能炼出法身之光呢？长老道："阿弥陀佛！若像这等素的啊，我和尚吃了，莫想见得世尊，取得经卷。"这里是说如果把人的精气神用在肉身上，用在肉身有形的物质上，就都给糟蹋了，哪还有光呢？所谓见世尊不是见外面，是见自己本性之光。所谓见真经，什么叫真经？金丹之光是真经，光都糟蹋在肉身上了，还怎么能见到真经呢？

俱道："上门的买卖，倒不好做！放了屁，却使手掩，你往哪里去？"他一个个都会些武艺，手脚又活，把长老扯住，顺手牵羊，扑的掼倒在地。众人按住，将绳子捆了，悬梁高吊，这吊有个名色，叫做"仙人指路"。原来是一只手向前，牵丝吊起；一只手拦腰捆住，将绳吊起，两只脚向后一条绳吊起。三条绳把长老吊在梁上，却是脊背朝上，肚皮朝下。这妖怪说上门的买卖倒不好做，前面好几回唐僧都说过"上门的买卖"，指的是他自己带有阴气人心，只要阴气人心在，便是自己进入魔口，人心不退是自己把自己送给魔吃。魔不是外边的魔，是自己内在的魔，自己的阴气，只要一动人心，就把自己的光毁了。

唐僧被悬梁高吊，叫仙人指路，肚皮朝下，背朝天。这讲的是如果用人心来修行，就没有真实的脚力，就把自己给吊死了。只有去掉了人心，用本性来修行，那才叫脚踏实地在实践、在往前走。人心不退，本性根本就没露出来，这样的修行，

就相当于根本就没走路，是把自己吊起来。误认识神门户又辗转纠缠，不能解脱。作者在这里骂人心不退的修道，没有脚力，没有脚踏实地一步一步进步。

那长老虽然苦恼，却还留心看着那些女子。那些女子把他吊得停当，便去脱剥衣服。长老心惊，暗自忖道："这一脱了衣服，是要打我的情了，或者夹生儿吃我的情也有哩。"原来那女子们只解了上身罗衫，露出肚腹，各显神通。一个个腰眼中冒出丝绳，有鸭蛋粗细，鼓嘟嘟的，迸玉飞银，时下把庄门瞒了不题。妖怪的丝绳把房子都给遮盖起来了，是说铺天盖地的。唐僧虽然苦恼，却还留心看着这些女人，说明唐僧在女色上留心着意。如果妖怪真想干什么勾当，怎么能把你吊到房梁上呢？人都被吊到房梁上了，却说人家是"打你的情，吃你的情"，这是留心女色。脱衣服指采补，打情是讲男女双修，指从孤修之非变计采战，后天识神，人心随境转。

说孤修不对，就以为双修对；说双修也是不对的，又想到外边弄化学的丹，根本就不知真假到底是什么，都只是人心识神的妄猜。本性的光，它是无形的，偶尔不经意的时候，你能够看到它，但是百分之九十九的时候你是看不到的。有的时候我觉得脑袋顶上一疼，然后这么一打眼就看见一圈光，都是极其偶然的。可妖怪吐丝是有形的丝，好像是光，其实不是。

"行者在摘叶寻果，忽回头，只见一片光亮，慌得跳下树来。吆喝道：'不好！不好！师父造化低了。'行者用手指道：'你看那庄院如何？'八戒沙僧共目视之，那一片如雪又亮如雪，似银又光似银。"孙悟空在远处看到了妖怪吐的丝，丝也有光，但它是一个有形的东西上的光，是有形的物质、是阴气。但一般人看不出来。

"一盘谜局无头绪，七扇灵扉总障缘"，蜘蛛丝漫天的网指的是人的胡猜胡思、毫无头绪的杂念，都是乱的。"七扇灵扉总障缘"，讲的是蜘蛛精吐的丝虽然也有光，但它是阴气，是人的七魄的光，它是障道的。修行是要涤阴转阳，但所有的有为法都是在用这些阴气，所以就像妖怪肚脐眼吐的丝是假的！

第二，转化七魄

"看见那丝绳缠了有千百层厚，穿穿道道，却似经纬之势，用手按了一按，有些黏软沾人。"黏软沾人，是说这种假的东西，人摸上就放不开、甩不掉。放不开、甩不掉都是在讲光，比如说夫妻长期共同生活，彼此的光黏合在一起了，离婚意味着两个人光的分离，所以特别痛苦、特别难受，分不开。很多人明知道有为法是错的，也知道也学了真东西，但是他对假的东西就是放不下，因为"黏人"的光已经深入骨髓，清理干净是非常难的。再比如养孩子，在一起生活，光化为一体了，你就特别有感情，特别不能割舍。这就是所谓的黏人。

土地道："那岭叫做盘丝岭，岭下有洞叫做盘丝洞，洞里有七个妖精。"然后问："是男怪女怪？""是女怪。""有多大神通？"土地说："只知那正南上，离此有三里之遥，有一座濯垢泉，乃天生的热水，原是上方七仙姑的浴池，自妖精到此居住，占了他的濯垢泉，仙姑更不曾与他争竞，平白地就让与他了。这怪占了浴池，一日三遭，出来洗澡，如今巳时已过，午时将来哑。"仙姑的濯垢泉是成仙的，讲的是真阳，真阳是成仙的天生的热水。但是妖怪在濯垢泉一日三遭洗澡，其实是一天弄三回元精发动。这里批判对能量的贪心，把本来是成仙的高能量用来满足肉欲。很多的人其实是这样，是冲着电感来的，追求的是人能年轻，而不是为了明心见性。

自开辟以来，太阳星原贞有十，后被羿善开弓，射落九乌坠地，止存金乌一星，乃太阳之真火也。一气无冬夏，三秋永注春。炎波如鼎沸，热浪似汤新。分溜滋禾稼，停流荡俗尘。涓涓珠泪泛，滚滚玉团津。润滑原非酿，清平还自温。瑞祥本地秀，造化乃天真。佳人洗处冰肌滑，涤荡尘烦玉体新。

金乌讲的是"太阳之真火也。一气无冬夏，三秋永驻春"，讲的是这真火是一年四季的，一年四季都有电感，如沐春光。"炎波如鼎沸，热浪似汤新"，讲的是元精发动的时候，就像两肾汤煎，很烫很热。"分溜滋禾稼，停流荡俗尘"，讲的是阳光的每一个小光点分散开来，它就能够长庄稼，庄稼实际上是先天一炁养大的。"停流荡俗尘"，比如元精发动了、真阳之火起，可以把后天的这

些阴气去掉。"涓涓珠泪泛",你看到眼角有光冒出,就像流出来的珠子一样,"滚滚玉团津"指玉液还丹,口中生津。"润滑原非酿,清平还自温",讲的是自身的真阳化成真阴后能自我中和,透体温润柔和。"瑞祥本地秀,造化乃天真",讲的是这一切瑞相都是自身的灵秀灵光,所谓的造化不过是投胎时的那一点灵光,也是初心,是天真;这一点灵光是阴阳混一的电。这一段讲的是你在真阳发动、阴阳交火的时候,有这个电了,人会感到浑身发热。"佳人洗处冰肌滑,涤荡尘烦玉体新",是说阴阳电能够让皮肤光滑,没有烦恼。玉体新指的是金丹光,玉是白色的光的意思。妖怪占了仙姑的濯垢泉,这是一个先天的高能量,不仅让肉身皮肤光滑,变得年轻,还能长出来金丹,金丹放着白光,是你的本性光,本体是个虚的,光就代表本体,它叫玉体。

这时候孙悟空过来了。"这大圣就摇身一变,变作个麻苍蝇",孙悟空就摇身一变,变成一只饿老鹰,呼的一翅,飞向前,抡开利爪,把他那衣架上搭的七套衣服,尽情叼去,然后落到猪八戒和沙僧他们呆的地方。孙悟空一看是女的,说女的我怎么打? 打了师父又得说他。他就变成一只苍蝇,苍蝇讲的是无形的法身,他用法身来对比,妖怪泡在水里,是在肉身上作为,求皮肤光滑,悟空变苍蝇,是法身。元精是成就法身的,妖怪不懂真假,把肉身泡在里头。孙悟空又变成了一只老鹰,把衣服都叼走了。修金丹不允许在皮囊上着力,不要执着于有形的物质,把他衣服弄走了,是这个意思。一个是有形,一个是无形的对比。

第三,七毒之害

不知八戒水势极熟,到水里摇身一变,变作一个鲇鱼精。那怪就要摸鱼,赶上拿他不住,东边摸,忽的又渍了西去,西边摸,忽的又渍了东去。"只在那腿裆里乱钻"。水势极熟,说的是八戒学过阴阳双修,对弄浊精这种事极熟。所以他就变成个鲇鱼精,鲇鱼精讲的是浊精,水是元精,他变了个鲇鱼精,讲的是弄浊精;妖怪就要摸鱼,东摸摸西摸摸,只是在裤裆里乱钻,讲的是弄浊精。在裤裆里钻,直接形容阴阳双修。

"那呆子忽抬头，不见天日，即抽身往外便走，哪里举得脚步，原来放了绊脚索，满地都是丝绳，左边去，一个面磕地，右边去，一个倒栽葱，急转身，又跌了个嘴觥地，忙爬起，又跌了个竖蜻蜓，也不知跌了多少跟头，把个呆子跌得身麻脚软，头晕眼花，爬也爬不动，只睡在地下呻吟。那怪物却将他困住，也不打他，也不伤他，一个个跳出门来，将丝篷遮住天光，各回本洞。"蜘蛛精不吃唐僧肉，其他的妖怪只要逮着了，那就一定是要吃唐僧肉的，为什么蜘蛛精不吃唐僧肉呢？因为他们是鬼魄，鬼魄也是一种光，但只不过是黑不溜秋的光。因为是人心，所以他们不吃唐僧肉，这是比较例外的。

八戒在水里的丑态，描述男女双修，把精气都给耗散了，就弄得头昏眼花站不住，虚弱得不得了，比喻的是这种状态。浊精实际上是阴气，阴气太大了，人都站不住了，阴气是鬼，弄阴气是鬼扯。妖怪从肚脐眼往外吐丝，把猪八戒罩在当中，讲修道不放下人心，就是被鬼扯。八戒在妖怪织的网子里摔得头晕眼花，无力自拨，讲的是阴气缠人的状态，磕得东倒西歪的。阴气的光，扯都扯不断、缠人甩不掉。如果人的后天识神阴气不拿掉的话，总是从一个功利目的出发，比如能使人变得年轻，比如还有点神通，还能看到点什么，这是人心的逻辑，肯定是鬼扯，被阴气缠着，根本就摆脱不了，缠上了很难解脱，特别难解脱。

八戒下水跟他们打，被妖怪用蜘蛛丝给捆住了，他们就回到盘丝洞里去了。这盘丝洞里养的什么呢？养的是蜘蛛精的儿子，七魄的儿子。"孩儿们何在？"原来一个妖精有一个儿子，却不是他养的，都是他结拜的干儿子。有名唤做蜜、蚂、蛄、班、蜢、蜡、蜻。蜜是蜜蜂，蚂是蚂蜂，蛄是蛄蜂，班是班毛，蜢是牛蜢，蜡是抹蜡，蜻是蜻蜓。原来那妖精漫天结网，掳住这七般虫蛭，却要吃他。蜜蜂、蚂蚱、蜻蜓是七个妖怪养的孩子，养这样的儿子不仅不能得丹，而且是剧毒。

蜘蛛精结了网以后，用这些毒虫来咬八戒，把八戒的脸都咬烂了，这里讲的是先粘住你，然后放毒。盘丝洞这一回讲的蜘蛛精吐的丝，纵横交错，像一道丝网墙一样，把整个村庄都可以罩起来。讲人的思绪就像这样的丝网墙，执于识神，在人的肉身上练个什么，叫鬼窟生涯。如果不明白这一点，阴神养出

来的，不过是蜘蛛精的儿子。蟑螂、蚂蚱、蜈蚣这些是七魄之毒小的时候，如果再养大了，是狮子、大象，人的猖狂、高傲，是修道的最大障碍。

　　第七十三回就该讲他们被打了，被孙悟空、猪八戒两个合着打了，打得他们都跑了，跑到哪儿去了？跑到黄花观去了，跑到他师兄弟的地方去了。

七魄图

第七十三回　多目怪，讲炉火的荆棘

第七十三回　情因旧恨生灾毒，心主遭魔幸破光

第一，旧恨毒灾

喜怒哀乐是七情，七情的体是鬼魄，鬼魄弄出来的是阴气，阴气又和人的七情六欲捆在一起了。七妖来找他师兄，一顿挑拨，师兄就怒了，这一怒毒就发起来了，拿毒药出来了。

行者笑道："这个是烧茅炼药，弄炉火，提罐子的道士。"提罐子的道士，讲的是弄化学丹的。原来那盘丝洞七个女怪与这道士同堂学艺，自从穿了旧衣，唤出儿子，径来此处。七怪的衣服被悟空叼走扔了，回去以后穿了旧的衣服，跑到这儿来了。唤出儿子，径来此处。师兄就说："你们早间来时，要与我说什么话，可可的今日丸药，这枝药忌见阴人，所以不曾答你。如今又有客在外面，有话且慢慢说罢。"药忌见阴人，这些歪理邪说，执着于有形，弄男女双修，弄白虎首精，吃女人的第一次月经，都是歪理邪说。根本不懂真道，弄的都是假的、有形的东西，讽刺的是这个。

七怪挑唆，妖怪就气了，发火了就拿毒药了。他入房内，取了梯子，转过床后，爬上屋梁，拿下一个小皮箱。那皮箱有八寸高下，一尺长短，四寸宽窄，上有一把小铜锁锁住。即于袖中拿出一方鹅黄绫汗巾来，汗巾须上系着一把小钥匙。开了锁，取出一包药来。妖怪非常精心，第一他藏着，连钥匙都是怎么包着，搞得很神秘。第二，杀人蓄谋已久，精心筹划着杀人，世上多少人死于化学丹。

唐僧一个人去化斋，比喻是一己独修。见人脱衣服，就想到了阴阳双修，又因采战之非，移情于烧炼，这些不过是识神对真道的胡猜而已。不懂真道是真阴真阳，至简至易，日常生活，天然自在。本来是生活里的，每个人投胎时候带来的，见了本性，能量就自动合一。假道无法理解，真道至简至易。

山中百鸟粪，扫积上千斤。是用铜锅煮，煎熬火候匀。千斤熬一杓，一杓炼三分。三分还要炒，再锻再重熏。制成此毒药，贵似宝和珍。如若尝他味，

入口见阎君!

妖怪从小盒子里就把那药拿出来了。什么药? "山中百鸟粪,扫积上千斤。是用铜锅煮,煎熬火候匀。"鸟粪做的毒药,能像鸟一样飞到天上的,比喻的是光,可是它是鸟粪做的,是有形的垃圾做的,和无形的光,像鸟一样能够飞,怎么能比呢?千斤熬一勺,作者的形容特别狠,上千斤的鸟粪的精华。上千斤的鸟粪才能弄一小勺,那不是鸟粪的精华吗?作者特别损,其实就该损。

"一勺炼三分,三分还要炒,再锻再重熏。制成此毒药,贵似宝和珍。"那本来是毒药,毒药好像珍宝一样,千斤熬一勺,一勺还得熬,熬了以后才弄三分,三分很少。"如若尝他味,入口见阎君!"是入口就死。道士对七个女子道:"妹妹,我这宝贝,若与凡人吃,只消一厘,入腹就死;若与神仙吃,也只消三厘就绝。这些和尚,只怕也有些道行,须得三厘。但吃了个个身亡,就与你报了此仇,解了烦恼也。"七女感激不尽。吃三厘就死,讲的是药轻毒性大,是说这个药就几渣渣,但是毒性特别大,吃了就死。

这比喻人的光是一个有数的,攒多长时间放多少光,是有数的。吃那种药是催的,强迫放光,把精气一泻千里。人没有神光就死了,药小毒性大。现在外边流行的所谓让人年轻的药,其实都是剧毒。比如说你刚五十多岁,还有一些光,但是,光提前释放了,根本就没有光了,讲的是这个意思。所谓被妖怪夹活的吃了,讲的就是这个。

行者眼乖,接了茶钟,早已见盘子里那茶钟是两个黑枣儿,他道:"先生,我与你穿换一杯。"三藏闻言道:"悟空,这仙长实乃爱客之意,你吃了罢,换怎的?"行者无奈,将左手接了,右手盖住,看着他们。行者眼乖,孙悟空是大圣,明鉴万里,智查秋毫,足使奸人胆战。谁能蒙了孙悟空?他一看就知道这妖怪在放毒。他就不吃,他要跟妖怪换。唐僧又出来多事,说你看人家好意,你干嘛非得驳人家好意,你就吃了吧。你看这是人心,人心就不行,懂吗?

却说那八戒,一则饥,二则渴,原来是食肠大大的,见那锺子里有三个红枣儿,拿起来都咽在肚里。师父也吃了,沙僧也吃了。一霎时,只见八戒脸上变色,沙僧满眼流泪，唐僧口中吐沫，他们都坐不住，晕倒在地。这大圣情知是毒，将茶锤手举起来，往道士劈脸一掼。道士将袍袖隔起，当的一声，把个锤子跌得粉碎。是说往他脸上砸，他拿袍子袖子挡住，那个碗就摔碎了。化学丹是毒，很多人还糊里糊涂地仰慕，必遭其毒而死。所以说采战丧德，炉火丧命，采战挡不住死，炉火救不得生，不过伤生害命。有形的、有为的炼丹不过是害命。

第二，千眼鼠目

这个时候已经发现是妖怪害人，就打起来了。孙悟空就变了七十个小孙悟空，十个围一个打蜘蛛精，然后蜘蛛精就喊救命。但这个妖怪说："我要吃唐僧呢，救不得你了。"

行者闻言，大怒道："你既不还我师父，且看你妹妹的样子。"好大圣！把叉儿棒晃一晃，复了一根铁棒，双手举起，"把七个蜘蛛精，尽情打烂，却似七个暖肉布袋儿，脓血淋淋，却又将尾巴摇了两摇，收了毫毛，单身抡棒，赶入里边来打道士"。七十个小孙悟空，十个打一个蜘蛛精，讲孙悟空的法身是一个活的，跟孙悟空本尊一样，讲的是身外身，跟他是一样的。浊精浊气弄出来的是一块死肉，孙悟空弄出来的是一个活人，这就讲的真假的结果，真的弄出来的是跟本人一样的一个孙悟空。假的呢？弄那浊精浊气的只不过弄了一堆烂肉，根本没有用。如果是用人心练的肉身，是有形的，不过是脓血，哪里可以腾飞？孙悟空变出来的，是变化腾飞，无中生妙有，他跟孙悟空是一样的。悟空把毛又收上来，讲的是来去自如，身外身，光的妙用，是来去自由的，随便用。

那道士与大圣战经五六十合，渐觉手软，一时间松了筋节，便解开衣带，呼啦一声，脱了皂袍。行者笑道："我儿子！打不过人，就脱剥了也是不能觳的！"打不过你脱衣服干什么？脱衣服你就能打过我了吗？孙悟空就这意思。原来这道士剥了衣裳，把手一齐抬起，只见那两胁下有一千只眼，眼中迸放金光，十分厉害。阴神也有光，但是阴神的光是肺泡变的，是鬼魄成精。妖怪是从肺泡弄出来的光，妖怪是鬼魄、妖光、妖气、阴气的光。妖怪有千只眼睛，是后

天识神修出来的，尽管有千只眼，也是鼠目寸光，也是不知真假的盲修瞎练。

这两回讲七魄，讲的是毒和鬼魄成精的光，在修光的过程中，如果你光练功，不懂练心，不懂明心见性，长出来的是鬼魄的光。狮驼岭接着讲这个概念，如果你不修心性的话，你的能量再高，也不过是个妖。所以说修心性才是大道，不修心性你再怎么练也是个妖，你能量小的时候是个小妖，能量大的时候是个大妖，你看他们是不是全死了？是不是全被历史淘汰了，妖能不被淘汰吗，就是这么回事。

孙悟空被伤了，"艳艳金光，千只眼中如放火。左右却如金桶，东西犹似铜钟。此乃妖仙施法力，道士显神通。晃眼迷天遮日月，罩人爆燥气朦胧；把个齐天孙大圣，困在金光黄雾中"。孙悟空受伤了，扑的跌了一个倒栽葱，觉道撞的头疼，急伸头摸摸，把顶梁皮都撞软了，自家心焦道：晦气，晦气！这颗头今日也不济了！常时刀砍斧剁，莫能伤损，却怎么被这金光撞软了皮肉？被这个光罩住了解脱不出来，没办法，只能钻地了，从地下跑了，就变成一个穿山甲，就打一个地洞，地遁跑了。光是度人的，度人度己的，妖怪的光变成了杀人的工具，讲的是识神。元神是大慈悲的，凶狠残忍的是识神。

第三，了性得命

好大圣，念个咒语，摇身一变，变作个穿山甲，又名鲮鲤鳞。

你看他硬着头，往地下一钻，就钻了有二十余里，方才出头。原来那金光只罩得十余里。出来现了本相，力软筋麻，浑身疼痛，止不住眼中流泪，就哭了。孙悟空是光，光当然不怕刀，不怕铁，可是他怕光，妖怪的光就把他伤了，伤了他就哭了，他一想师父和那两人都被毒死了，自己受伤又打不过。孙悟空这么一哭，就出来了一个老妇人，是骊山老母变的，来告诉他实情。悟空内心的状态，就外显为一个骊山老母在哭，出来点化他。他这么一伤心，就招了一个仙佛也来一块哭，假装哭她丈夫，这讲的外环境是人的内显，你遇到一个什么环境，实际上是你自己内在有什么的一个外显，就讲的这意思。

骊山老母说，他是个百眼魔君，又唤做多目怪。我教你去请一位圣贤，他能破得金光，降得道士。你去请他，恐不能救你师父。那厮毒药最狠，药倒人，三日之间，骨髓俱烂。你此往回恐迟了，故不能救。此处到那里有千里之遥。那厢有一座山，名唤紫云山，山中有个千花洞。洞里有位圣贤，唤做毗蓝婆。他能降得此怪。骊山老母就显象了，说你不要说是我告诉你去请毗蓝婆的。

　　紫云山，紫气代表先天一炁，是正阳之气。千花洞，焕耀之光笼成。花是华的意思，千花是放光的意思，有很多光放出来，这地方光很强，强调的是光。骊山老母忽然不见了，讲的是元神看见的。元神看是不经意看见的，肉眼想再看就消失了。一个信息，信息呈现一个场景，信息并不是一个实在的，讲的是高维空间的虚无的玄象，玄中师父讲的都是不经意时元神看的，不是肉眼看的。

　　为什么不要泄露她的身份？骊山老母和毗蓝婆她们两个有什么问题？毗蓝婆在《法华经》里有记载：尔时有罗刹女等。一名蓝婆，二名毗蓝婆。她是罗刹女，吃人的女鬼叫罗刹女，后来被佛感化修炼成了菩萨。女鬼是她的前身，可能是怕别人知道她的来历。胁下放光的这个道士，是七魄，降服鬼魄，需要鬼系的菩萨，妖怪都是主人出来降服的。寿星老是鹿的主人，文殊菩萨是青狮的主人，毗蓝婆菩萨是鬼系里的菩萨，所以安排她来收拾鬼魄。

　　骊山老母从佛祖的龙华会回来经过此地，就遇到孙悟空在这儿哭。龙华是龙，龙是元神，华是元精，是真阴真阳合一。所以龙华会讲的是真阴真阳合一的金丹，她是刚从那儿回来的。毗蓝婆三百年没去参加这个会，她也是龙华会上邀请的一个角色，就像蟠桃会，他邀请的是上八洞的，不够级别的去不了蟠桃会。佛祖的龙华会像佛祖自己的生日一样，龙华是阴阳合一，阴阳合一是佛光，金丹是佛光，等于佛祖的生日，级别不够的人是去不成的。骊山老母刚从那儿回来，这又透露了什么信息？透露的信息是这是佛祖安排的，对吧？佛祖为什么要安排呢，因为骊山老母刚从那儿回来，她上这干嘛来了？是佛祖安排的这件事，但是不用她做，要她点出另外一个人来做，点跟他一个系统的管鬼魄的菩萨去，对吧？不能乱去，不能乱来收拾，不是随便收拾的。每个妖怪都是部门主管收去的，不是随便去的。

　　骊山老母和毗蓝婆之间到底有什么过节？骊山老母说："你不能说我，后

来这毗蓝婆死乞白赖地要问出来，你是听谁说的来找我，是谁让你找我来的？"死乞白赖地问，孙悟空就死也不说，死都不说，是吧？他为什么安排这些情节呢？他安排这些情节有什么用呢？肯定是有用的。

然后带着菩萨来了。菩萨道："我有根绣花针，能破那厮。"行者忍不住道："老母误了我，早知是绣花针，不须劳你，就问老孙要一担也是有的。"毗蓝婆道："你那绣花针，无非是钢铁金针，用不得。我这宝贝，非钢，非铁，非金，乃我小儿日眼里炼成的。"行者道："令郎是谁？"毗蓝婆道："小儿乃昴日星官。"这讲的是光，人的心光是通过眼睛外显的，人的眼睛冒的光，比如说眼睛贼亮贼亮的，眼睛冒的光实际上是心光的外现，为什么他说是昴日星官呢，心光是太阳，就是日光，日光是人的心光。所以讲在眼睛里练大的，眼睛就像两个光柱子一样光特别强，比喻的是眼睛冒这个光，但眼睛冒这个光实际上是心光，心光是通过眼睛外现的，其实讲的是这个验证。

毗蓝婆于衣领里取出一根绣花针，似眉毛粗细，有五六分长短，拈在手，望空抛去。少时间，响一声，破了金光。行者喜道："菩萨，妙哉，妙哉！寻针，寻针！"毗蓝婆托在手掌内道："这不是？"菩萨的针也是这样的，用完了自动就回来了。讲她的法器，像孙悟空的棒子一样，扔出去能自动回来。讲法器和人是一体的。

行者却同按下云头，走入观里，只见那道士合了眼，不能举步。行者骂道："你这泼怪装瞎子哩！"悟空说他装瞎子，其实他不是装瞎子，他是瞎子。眼睛这个光往外冒，实际上是心光往外冒。他拿光出来打仗，用光织了一个大网子，他冒出这么多光来，不是瞎了，是跟瞎了一样，散光太多了，眼睛就特别疼，这个光和人的肉身有一个平衡，冒多了，就不平衡了，不平衡了他就眼睛疼，这是验证。

毗蓝婆道："大圣休悲，也是我今日出门一场，索性积个阴德，我这里有解毒丹，送你三丸。"行者转身拜求。那菩萨袖中取出一个破纸包儿，内将三粒红丸子递与行者，教放入口里。行者扳开他们牙关，每人塞了一丸。须臾，药味入腹，便就一齐呕哕，遂吐出毒味，得了性命。

毗蓝婆菩萨还带着解毒丹，这是有备，对吧？她知道怎么对治这个毒，她已经事先备了这个药，讲的是什么呢？降服蜘蛛精、蜈蚣精，那她不是老母鸡吗？昂日星官的妈是鸡，是蜈蚣的克星，所以早就有准备，讲的是一物降一物，讲的是大自然的生克。

第七十四回　狮驼岭，讲狂傲的荆棘

第七十四回　长庚传报魔头狠，行者施为变化能

第一，金星报信

李长庚是金星，金星很少报信。平顶山功曹传信，这回是狮驼山金星报信，报信的级别高了，考验更大了。

这前头有一首诗，承上启下：

> 情欲原因总一般，有情有欲自如然。沙门修炼纷纷士，断欲忘情即是禅。
>
> 须着意，要心坚，一尘不染月当天。行功进步休教错，行满功完大觉仙。

情欲是自然，没什么不对的。如果是修道的人，就要断欲忘情，面对电感你能忘了，才是禅。要很注意你的念头，任何念头都要坚决清理掉。一个念头没有，化出来的光圆如月。无心出干净的光，你不能错，火候足了就是拥有最高智慧的金光。

三藏师徒们打开欲网，跳出情牢，放马西行。欲网情牢是人的电感和七情六欲的纠缠，跨过元精这一关，就可以放马西行。三藏行处，忽见一座高山，峰插碧空，真个是摩星碍日。简直是把太阳都挡起来了，山太高了。长老心中害怕，叫悟空道："你看前面这山，十分高耸，但不知有路通行否。"这时候报信的就出来了，"西进的长老，且暂住骅骝，紧兜玉勒，这山上有一伙妖魔，吃尽了阎浮世上人，不可前进。三藏闻言，大惊失色"。不说勒住马，说玉勒，玉是光的意思。西行是光在行，光先停在这儿，你别往前走。所以《西游记》讲的是光在西游。

一伙妖魔，吃尽了阎浮世上人。浮屠是虚无世界，虚无世界是光的世界。吃尽了浮屠世上人，讲的是他把虚无世界的人都给吃了，这是什么意思呢？其实他讲的是，如果你已经有光了，这个光进入了浮屠世界，就进入了虚无世界。但是人心没退，是阴气，就伤人的光。每次受伤都像把心脏掏出来一样难受。

如果人心不退，又有光了，有了高能量，就是大妖。

这实际上是阿修罗，狂妄的心，又有能量了。三恶道三善道，这个阿修罗道比人高一级，它带能量了，它比人有能量了，但是人心没退，

十法界	三恶道			三善道			四圣法界			
各道	地狱道	饿鬼道	畜牲道	人道	修罗道	天道	小乘罗汉	中乘缘觉	大乘菩萨	佛道
维层	一维	二维以下	二至三维	三维	二至六维	四至六维	七维	七维	八维以上	九维以上

就是阿修罗道。狂妄的心，就是大魔头。你看武侠小说打打杀杀的，是阿修罗道的假佛假道。真道是慈悲心，平等心，不会争斗。小乘罗汉还是为了自己的，人心退得不干净，中乘的缘觉，已经觉悟了，但是还没跳出小我。大乘的菩萨讲的是慈悲心，大慈悲心出来了，佛道是平等心。心在哪儿光就在哪个空间。人心不退，修出来的光也跳不出六道，六道是人心的世界，贪心、痴心。人心不退，修出来的光也跳不出六道。

太白金星来报信，接下来四回写狮驼岭，其中第一回讲报信。《道德经》中有信，圣神主管智慧信息。孙悟空是专门为除妖而生的，完全不惧："闻得公公报道有妖怪，烦公公细说与我知之，我好把他贬解起身。"那老儿笑道："你这小和尚年幼，不知好歹，言不帮衬，那妖魔神通广大得紧，怎敢就说贬解他起身？"金星认为悟空说大话。贬解起身，是摆平的意思。说那么大的魔头，你这么一小和尚怎么摆平，吹牛吧？妖怪是有头脸的，"那妖精一封书到灵山，五百阿罗都来迎接，一纸简上天宫，十一大曜个个相钦，四海龙曾与他为友，八洞仙常与他作会，十地阎君以兄弟相称，社令城隍以宾朋相爱。"凡是虚无世界，东南西北上下左右，不管是天上的、海里的、地狱的，别管是哪儿的，妖怪在虚无世界是有地位的。

变小和尚讲的是变化气质，变化气质是变得好看一点，不吓人。公公道："你年几岁了？"行者道："你猜猜看。"老者道："有七八岁罢了。"也是说法

身的样子是个男孩，这个男孩是七八岁的样子。行者笑道："有一万个七八岁。我把旧嘴脸拿出来给你看看。'"变出来孙悟空自己的样子，"我有七十二副嘴脸哩。那公公不识窍，只管问他，他就把脸抹一抹，即现出本相，就像个活雷公"。

妖怪是先天一炁级别的，悟空露出本相，说出有七十二副嘴脸，也是先天一炁级别的。行者为水中金，先天一炁，属命，主刚主动，为生物之祖气，统七十二候之要津，无物不包，无物不成，全体大用，一以贯之，所以变化万有，神妙不测。七十二地煞变化，统三十六天罡变化，讲的是金丹的全始全终。八戒是三十六天罡变化，但是有些东西他不能变，小的不能变，他变不全。悟空的七十二变是无所不变。虽然是一个级别，悟空是无知无识，是无心真道，妖怪是逞强、逞能、争斗的那个人心，级别一样，内涵不同，一个含着人心，一个是没有人心的，讲在高境界也别忘了修心性。

太白金星不愿意搭理孙悟空，觉得他太不老实了，就不告诉他实情。然后猪八戒来了，老者道："可老实么？"八戒道："我生平不敢有一毫虚的。"老者道："你莫像才来的那个和尚走花弄水的胡缠。"是说他简直是说大话。八戒道："我不像他。"太白金星告诉了实情："此山叫做八百里狮驼岭，中间有座狮驼洞，洞里有三个魔头。那三个魔头，神通广大得紧哩！他手下小妖，南岭上有五千，北岭上有五千，东路口有一万，西路口有一万；巡哨的有四五千，把门的也有一万；烧火的无数，打柴的也无数，共计算有四万七八千，这都是有名字带牌儿的，专在此吃人。"四万七千代表命，不带牌的就数不清了。悟空以其人之道还击："我把这棍子两头一扯叫长，就有四十丈长短，晃一晃叫粗，就有八丈围圆粗细，往山南一滚，滚杀五千，山北一滚，滚杀五千，从东往西一滚，只怕四五万矻做肉泥烂酱。"对圣神来说，信息可以变为现实，这讲的是信德，虚心方得真信，言语老实，不夸大其词。但是，圣神的智慧是整体的控制，悟空变大金箍棒，讲的是妖有多少，先天一炁就可以有多少来降妖。

孙悟空马上就回击，说我这棒子多粗多大，这边一滚就死五千，那边一滚又是五千，从东往西四五万，孙悟空好像用大话对治大话。这讲的是光，不是说的人。悟空的金箍棒是如意的，他这么一念，光就去灭妖的阴气了。好比一个金丹，有亿万的光芒，你说有多少妖吧，有多少就放多少光去转化阴气。

师心自用，傲僻之气，放荡难驯，夸海口狂荡失中，实为入道之魔。一念成真，这一念实在才能成真，如果夸大不实，怎么成真？《道德经》说，不自是，故彰。要把骄傲放下来，光才能够彰显。信息做功，你有多大的心，他就能够化出多少点光。一般人会觉得吹牛，其实，一般人不懂如意，能量随心。

第二，阿修罗界

大圣别了金星，按落云头，见了三藏道："适才那个老儿，原是太白金星来与我们报信的。"他就把太白金星报信这件事跟唐僧说了，长老合掌道："徒弟，快赶上他，问他哪里另有个路，我们转了去罢。"行者道："转不得，此山径过有八百里，四周围不知更有多少路哩，怎么转得？"

孙悟空在那喊李长庚，李是木，庚是金，悟空喊李长庚，实际上是金木交并，李长庚是太白金星，报的是金木交并的真信。金木交并是玄关一窍，玄关一窍是成道的唯一的正路，所以转不得，三个魔是光层面的魔。

大修行人知外魔皆出于内魔，不问外，只问内，不畏魔，只畏我也。只是怕自己，不会怕外边的魔，因为魔是自己内心的，魔没有外边的，魔都是自己的魔。

八百里讲的是什么？八是坤阴，讲的是心性那个性，是灵光、性光，灵光上的问题，你看八百里荆棘岭、八百里火焰山，这又是八百里狮驼岭，讲的是什么呢？是心性范畴的磨难。明心见性，坤灵的成，一次磨炼就提高一步，本性是磨出来的。

然后太白金星就说了，"这魔头果是神通广大，势要峥嵘，只看你挪移变化，乖巧机谋，可便过去，如若怠慢些儿，其实难去"。乖巧机谋，有机谋者为妖，没有机谋者为圣。人心对人心，你斗不过他，拿无心才能战胜他。这时候就见妖过来了，"腰间悬着铃子，手里敲着梆子，从北向南而走"。行者暗笑道："他必是个铺兵，想是送公文下报帖的，且等我去听他一听，看他说些甚话。好大圣，捻着诀，念个咒，变作个苍蝇儿，轻轻飞在他帽子上，侧耳听之。"讲的是法身，

是说你在对峙大魔头的时候，如果用人心你肯定斗不过，你要无心就斗过了。变了个苍蝇，讲的是法身，用无心的、无知无识的法身，法身与自然能量一体，用自然的力量战胜对手。

这时候他就跟着小妖，"我等寻山的，各人是谨慎提防孙行者，他会变苍蝇。行者闻言，暗自惊疑道：这厮看见我了？若未看见，怎么就知我的名字？又知我会变苍蝇？原来那小妖也不曾见他，只是那魔头不知怎么就吩咐他这话，却是个谣言，着他这等胡念"。听说了一个谣言就在那传，并没有见到孙悟空，并不是真的。然后孙悟空就跟他搭话了，这个是小钻风。行者道："你既是真的，如何胡说！大王身子能有多大，一口都吞了十万天兵？"小钻风道："长官原来不知，我大王会变化：要大能撑天堂，要小就如菜子。"大小一体是先天一炁，是本性。大王是本性级别的，他可以无限大，可以无限小。

"因那年王母娘娘设蟠桃大会，邀请诸仙，他不曾具柬来请，我大王意欲争天，被玉皇差十万天兵来降我大王，是我大王变化法身，张开大口，似城门一般，用力吞将去，唬得众天兵不敢交锋，关了南天门，故此是一口曾吞十万兵。"行者闻言暗笑道："若是讲手头之话，老孙也曾干过。"讲的是信息处理，妖有什么，先天一炁就准备什么，无形的就把阴气处理掉了。

狮驼王嘴特别大，嘴对应心，大魔比喻心光。小钻风又说二魔："二大王身高三丈，卧蚕眉，丹凤眼，美人声，匾担牙，鼻似蛟龙。若与人争斗，只消一鼻子卷去，是铁背铜身，也就魂亡魄丧！"行者道："鼻子卷人的妖精也好拿。"又应声道："三大王也有几多手段？"小钻风道："我三大王不是凡间之怪物，名号云程万里鹏，行动时，抟风运海，振北图南。随身有一件儿宝贝，唤做阴阳二气瓶。假若是把人装在瓶中，一时三刻，化为浆水。"二怪是一个象怪，鼻子这个地方比喻的是性光。三大王是鸟怪，比喻的是神光，神光是会飞的，是会变化的。阴阳二气瓶，比喻的是假玄关。玄关是无形的，可是他有一个瓶子装着阴阳二气，是一个有形的装的，所以是假玄关，不是真玄关。

第三，信息做功

这个时候，悟空把棍子往小妖头上压了一压，可怜，就压得像一个肉陀！自家见了，又不忍道："咦！他倒是个好意，把些家常话都与我说了，我怎么却这一下子就结果了他？"悟空是很明白的，没发火，有节制的。也罢也罢，左右是左右！反正没办法，好大圣，只为师父阻路，没奈何干出这件事来。不是出自他内心的，棍子一碰他就成肉饼了。悟空扮成了小妖，把他牌儿解下，变的就像小钻风模样，找寻洞府，去打探那三个老妖魔的虚实。

悟空变成小钻风，再去探听三个妖怪的信息，是进到玄关里去探听。钻风是钻透阴阳之理，是把玄关的道理钻研清楚。变作小钻风，混真假一家。真心原是真钻风，在魔则为假，真钻风原是假心，在魔则为真。虽然是小钻风这个样子，但他不是小钻风，是孙悟空，所以在魔来说他是假。原来的真钻风，对于魔来说是真，但实际上他不懂玄关，他还是个假的。

然后孙悟空就进去了，又被小妖扯住道："小钻风来了？"行者道："来了。"众妖道："你今早巡风去，可曾撞见什么孙行者吗？"行者道："撞见的，正在那里磨杠子哩。"众妖害怕道："他怎么个模样？磨什么杠子？"行者道："他蹲在那涧边，还似个开路神；若站起来，好道有十数丈长！手里拿着一根铁棒，就似碗来粗细的一根大杠子，在那石崖上抄一把水，磨一磨，口里又念着：'杠子啊！这一向不曾拿你出来显显神通，这一去就有十万妖精，也都替我打死！等我杀了那三个魔头祭你！'他要磨得明了，先打死你门前一万精哩！"一顿大话，把小妖都给吓跑了，悟空说大话，吓唬小妖，用无形的力量不战而胜，这是信息做功，虚无变成现实，这是一个阴阳一体的验证。门前一万，这么一说，小妖就都没了。先清理门口的，是讲肉身的、有形的，然后再到玄关里，进到虚无里，收拾三个妖的光。三光就是心光、性光、神光，三个妖怪都是因为人心的狂傲，使三个光都沾染了阴气。所以，先把小妖干掉，然后再到里头去干大妖。下一回讲进到瓶里，阴阳二气瓶就是玄关的意思。小钻风，钻研的就是玄关的真假。

第七十五回　阴阳二气瓶，讲初乘炼精

第七十五回　心猿钻透阴阳窍，魔王还归大道真

第一，假胎息

从本回开始的三回，讲狂傲之魔，大魔是青毛狮子怪，二魔是黄牙老象，三魔是大鹏雕。大魔是心光之妖，二魔是性光之妖，三魔是神光之妖。

行者用激将法，他以小钻风的口吻说："他说拿大大王剥皮，二大王剐骨，三大王抽筋。你们若关了门不出去啊，他会变化，一时变了只苍蝇，自门缝里飞进，把我们都拿出去，却怎生是好？"成心激怒妖怪，说孙悟空会变苍蝇，三个妖都慌了，说盯着只要苍蝇进来就是孙悟空。行者暗笑道："就变只苍蝇唬他一唬，好开门。"大圣闪在旁边，伸手去脑后拔了一根毫毛，吹一口仙气，叫："变！"即变作一只金苍蝇，飞去往老魔劈脸撞了一头。那老怪慌了道："兄弟！不停当！那话儿进门来了！"惊得那大小群妖，一个个丫耙扫帚，都上前乱扑苍蝇。这大圣忍不住，欷欷地笑出声来。

悟空干脆用毛变了只金苍蝇，苍蝇是无形的法身，讲的是无形，但是妖以为是有形。去扑打苍蝇，讲的是着于声色，执相不知真假，着于声色地乱扑，还是人心。李长庚说你要没有计谋的话，这关就过得去。孙悟空变成苍蝇，是说不用计谋，用无形的光，苍蝇指无形法身，用法身之真，无形有实证，一定能战胜妖怪。这时，孙悟空忍不住笑露出了相，三怪道："哥哥，你不曾看见他，他才闪着身，笑了一声，我见他就露出个雷公嘴来，见我扯住时，他又变作个这等模样。"本相讲的是人的神的形象，妙相是人的神证出来的。真人不露相，露相非真人，讲的是人有一个外表，但他的光是什么样子，瞬间露一下，不会长时间露出来的，露相就遭魔。孙悟空露出来了，就被妖怪装瓶里了。

"即点三十六个小妖，入里面开了库房门，抬出瓶来。你说那瓶有多大？只得二尺四寸高。怎么用得三十六个人抬？那瓶乃阴阳二气之宝，内有七宝八卦、二十四气，要三十六人，按天罡之数，才抬得动。不一时，将宝瓶抬出，放在三层门外，展得干净，揭开盖，把行者解了绳索，剥了衣服，就着那瓶中仙气，飕的一声，吸入里面，将盖子盖上，贴了封皮，却去吃酒道：'猴儿今番入我宝瓶之中，再莫想那西方之路！若还能彀拜佛求经，除是转背摇车，再去投胎夺舍是。'"三十六个的六是阴气，二尺四寸，代表的是二十四节气，三十六是天罡数，是天地能量，三十六是性的变化，七十二是命的变化。悟空被装进瓶子，装的是老天的能量，瓶子讲的是玄关胎息，如果是人的内腹式呼吸，一起一伏的，这是后天的，不是真正的胎息，一个有形的瓶子比喻的是腹式呼吸，是人身有形的假胎息，假胎息根本化不出光来。再莫想那西方路，没有光就没法西行，这里是在用无形的胎息跟有形的内腹式呼吸做对比。弄了假的这辈子就完了，西天取经就不可能了，下辈子再说吧。《西游记》是在说，凡是学过有为法的，别管你是练胎息也好，是意守也好，或者你练什么，那都是下辈子见了，说得是很严厉的。把光给糟蹋了，下辈子才有光，可不就下辈子见嘛。

第二，法身做事

悟空在瓶中，半晌，倒还荫凉，忽失声笑道："这妖精外有虚名，内无实事。怎么告诉人说这瓶装了人，一时三刻，化为脓血？若似这般凉快，就住上七八年也无事！"悟空还以为是妖怪吓唬人，原来那瓶装了人，一年不语，一年荫凉，但闻得人言，就有火来烧了。大圣未曾说完，只见满瓶都是火焰。幸得他有本事，坐在中间，捻着避火诀，全然不惧。耐到半个时辰，四周围钻出四十条蛇来咬。行者抡开手，抓将过来，尽力气一摺摺做八十段。少时间，又有三条火龙出来，把行者上下盘绕，着实难禁，自觉慌张无措道："别事好处，这三条火龙难为。再过一会儿不出，弄得火气攻心，怎了？"悟空一说话，火就烧起来，人讲话是人的心火动，火就烧起来了。孙悟空是金光，最怕的是火，燥火一动，火克金，光就被烧了。三条火龙比喻君火、相火、民火，燥心一动，肾火、脾胃的火、心火，几个火就搅在一起。讲的是用意守，搬运能量，都是火坑中作事业，毒心肠上用功夫，弄得火气攻心，千思万想，忽上忽下，三火互运。悟空本来想身子长起来把瓶子撑破，但那瓶子也是如意的，他长那瓶子也跟着变大了，所以他跳

不出来。行者变大，瓶跟着变大，讲意守，能量随身动静，不能得真窍而解脱。瓶子展示的是玄关的内景，是说大魔的心光里头有人心、人身的燥火。

正此凄怆，忽想起菩萨赐的三根救命毫毛，即伸手浑身摸了一把，只见脑后有三根毫毛，十分挺硬，忽喜道："身上毛都如彼软熟，只此三根如此硬枪，必然是救我命的。"即便咬着牙，忍着疼，拔下毛，吹口仙气，叫："变！"一根即变作金钢钻，一根变作竹片，一根变作绵绳。扳张簸片弓儿，牵着那钻，照瓶底下飕飕的一顿钻，钻成一个眼孔，透进光亮，喜道："造化，造化！却好出去也！"才变化出身，那瓶复荫凉了。怎么就凉？原来被他钻了，把阴阳之气泄了，故此遂凉。好大圣，收了毫毛，将身一小，就变作个蟭蟟虫儿，十分轻巧，细如须发，长似眉毛，自孔中钻出，且还不走，径飞在老魔头上叮着。

想到菩萨，是归于真性。见真性就元精发动，元气化元神。归于本性悟空就出来了，是光就化出来了。讲的是变化钻研，透彻天机，脱离火坑，悟了真空才是真道。妖虽然有光，但人心没退，没有达到真空，长出来的光，也不是干净的光，更不会真空出妙有。

老魔揭盖看时，只见里面透亮，忍不住失声叫道："这瓶里空者，控也！"大圣在他头上，也忍不住道一声："我的儿啊，搜者，走也！"众怪听见道："走了，走了！"即传令："关门，关门！"胎息是天机，天机是自然。如果你用的是人心，就钻不破这个道理，就被装在假的里头。比喻有为法练功，别看也有光，但是没开真玄关，没钻透阴阳窍，光也不是自然天光。把瓶子钻破了，气就漏了，瓶子破了就不能装人，比喻的是真阳泄了就不能还丹，光就形成不了。瓶子空了，是讲空劳水火煮空当，没有老天的天光大药，炼丹就是煮干锅。装人的最终毕竟空亡，有真道的当下就解脱。比喻意想、捉唇肌，气从底下顺着后脊梁骨、夹脊关、玉枕关再到头顶，意念引导等，都是煮干锅。

第三，转化浊气

老魔举刀又砍，大圣把头迎一迎，乒乓地劈做两半个。大圣就地打个滚，变作两个身子。老魔道："为什么先砍你一刀不动，如今砍你一刀，是两个人？"

大圣笑道："妖怪，你切莫害怕。砍上一万刀，还你二万个人！"老魔道："你这猴儿，你只会分身，不会收身。你若有本事收做一个，打我一棍去罢。"好大圣，就把身搂上来，打个滚，依然一个身子。砍一刀变两个人，是嘲笑老魔人心不退，还是二心。魔刀下处既成我，我者，魔之分身。劈做两半，还做两身，虽千万身，无非是我。我头迎处即成真，真者，魔之原体，搂上身来依然一个，虽千万魔无非真也。一而二，二而一者也。对于魔来说，魔来助道，没有魔真我成不了。魔其实也是真我显化的，只不过他显化成一个阴气的相，阴阳都是"一"化出来的，不要怕魔，也不要恨魔。真者魔之原体，魔和真我都是本原，不要有分别心。

老魔见他赶的相近，在坡前立定，迎着风头，晃一晃现了原身，张开大口，就要来吞八戒。八戒害怕，急抽身往草里一钻，也管不得荆针棘刺，也顾不得刮破头疼，战战兢兢地在草里听着梆声。随后行者赶到，那怪也张口来吞，却中了他的机关。大魔已经显了狮子的真身，前面大魔是人身，现在是真身。被狮子一口吞之，吞我者是真魔。我入魔腹伏魔头，我是魔的魔，真我与魔两个角色转换，真我在跟魔打的时候，把魔也成就了。真我不是坐在那儿出来的，都是血泪换的。要一体两面看，没好没坏，也都是好都是坏。

孙悟空在魔肚子里道："我儿子，你不知事！老孙保唐僧取经，从广里过，带了个折迭锅儿，进来煮杂碎吃。将你这里边的肝肠肚肺细细儿受用，还彀盘缠到清明哩！"那二魔大惊道："哥啊，这猴子他干得出来！"三魔道："哥啊，吃了杂碎也罢，不知在哪里支锅。"行者道："三叉骨上好支锅。"三魔道："不好了！假若支起锅，烧动火烟，熰到鼻孔里，打嚏喷么？"行者笑道："没事！等老孙把金箍棒往顶门里一搠，搠个窟窿，一则当天窗，二来当烟洞。"大魔就说，既然我能吃了你，就能收拾你。于是就喝酒，原来这大圣吃不多酒，接了他七八锺吃了，在肚里撒起酒疯来，不住的支架子，跌四平，踢飞脚，抓住肝花打秋千，竖蜻蜓，翻跟头乱舞。那怪物疼痛难禁，倒在地下。"清明"讲的是阴阳往来之机，讲的是用天地能量，清理肉身的阴气，勾消肠肚里的盘绕牵扯。"三叉骨"讲的是精气神三家相会，在这里支锅，讲的是炼丹熔化药物，天窗指天门。悟空在妖怪肚子里，是先天一炁在人体里的运作，从把阴气转化，

到通中脉，开天门、脱胎，讲的是金丹全过程。悟空在老妖的肚子里，比喻在玄关里，悟空在老妖肚子里头演化了一个金丹的过程。

第七十六回 唐僧被捆，讲中乘炼气

第七十六回 心神居舍魔归性，木母同降怪体真

第一，内外一体

"心神居舍魔归性"，讲的是老妖倒地了，是他服气了。

魔头回过气来，叫一声："大慈大悲齐天大圣菩萨。"行者听见道："儿子，莫废工夫，省几个字儿，只叫孙外公罢。"外公是先天一炁，喊外公，是告诉他什么是真道，唯此一乘是真，强调除了开玄关得先天一炁，其他全是假的。大魔服了，"我兄弟三个，抬一乘香藤轿儿，把你师父送过此山"。先天一炁是一乘，唯一的一乘真道。

孙悟空变了一条绳儿，"好妖怪！我倒饶你性命出来，你反咬我，要害我命，我不出来，活活的只弄杀你，不出来，不出来！变！即变一条绳儿，只有头发粗细，倒有四十丈长短，那绳儿理出去，见风就长粗了，把一头拴着妖怪的心肝系上，打做个活扣儿，那扣儿不扯不紧，扯紧就痛"。这讲的是心光，一根绳子拴着心脏，比喻的是拴住这个光，把心光给控制、锁住，不要让他随便跑，心神归舍，魔就归本性。他如果一动人心，一念心光就往外跑，只有去掉人心燥火，才能保住心光。

好大圣，理着绳儿，从他那上腭子往前爬，爬到他鼻孔里。那老魔鼻子发痒，"阿嚏"一声，打了个喷嚏，却迸出行者。慌得那二怪、三怪一齐按下云头，上前拿住绳儿，跪在坡下哀告。迸出行者，是炼气化神。之前悟空在瓶子里，讲的是精化气，现在从鼻子里迸出悟空，是气化神，讲精化气、气化神这个过程。二怪、三怪跪拜，三个妖怪共同服气，是魔归真性。所谓魔归真性，是指因为人心不退，心光总在乱动、乱跑，现在他们都老实了，都服气了，是光不往外散、不作无谓的消耗了，而是养在里头、含在里面，是心神居舍魔归本性了。但是阴气还在，后面还会有磨难。

第二，有戒有行

接下来，猪八戒就被二魔拿鼻子给卷走了，给抓到洞里去了。二怪即出营，见了八戒，更不打话，挺枪劈面刺来。这呆子举耙上前迎住。他两个在山坡前搭上手，斗不上七八回合，呆子手软，架不得妖魔，急回头叫："师兄，不好了！扯扯救命索，扯扯救命索！"这壁厢大圣闻言，转把绳子放松了抛将去。那呆子败了阵，住后就跑。原来那绳子拖着走还不觉，转回来，因松了，倒有些绊脚，自家绊倒了一跌，爬起来又一跌。始初还跌个龙踵，后面就跌了个嘴抢地。被妖精赶上，捽开鼻子，就如蛟龙一般，把八戒一鼻子卷住，得胜回洞。先是孙悟空被装入阴阳二气瓶，又被弄到大魔肚子里，讲的是精化气、气化神。现在猪八戒被抓了，猪八戒是木火，木火是炼丹的那个能量，木火降二魔，二魔是性光，却有假意。妄意归正，只用一戒，是不行的。所以孙悟空和八戒一起战二魔。

行者道："师父不得抱怨，等我去救他一救。"行者暗中恨道："这呆子咒我死，且莫与他个快活！且跟去看那妖精怎么摆布他，等他受些罪，再去救他。"即捻诀念起真言，摇身一变，即变作个蟭蟟虫，飞将去，叮在八戒耳朵根上，假捏声音叫声："猪悟能，猪悟能！"八戒慌了道："晦气呀！我这悟能是观世音菩萨起的，自跟了唐僧，又呼做八戒，此间怎么有人知道我叫做悟能？"八戒贪心，藏了大家的伙食费，一块银子藏在耳朵里头。八戒是木火，八戒有私心，是火功不力。此时安排了八戒藏奸，悟空戏弄八戒，是清除私心，性光才能纯洁。

呆子慌了道："长官不要索，我晓得你这绳儿叫做追命绳，索上就要断气。有，有，有！有便有些儿，只是不多。我拿了攒在这里，零零碎碎有五钱银子，央了个银匠煎在一处，他又没天理，偷了我几分，只得四钱六分一块儿，你拿了去罢。"行者拿在手里，忍不住哈哈大笑。孙悟空修理猪八戒，好像是孙悟空跟他过不去，他扮成一个鬼，说黑白无常要把你勾走，让猪八戒把藏的银子掏出来，实际上是把他那个私心给清理干净，炼丹的火功才有力量。猪八戒怕死，他一直不敢往前冲，孙悟空孤军奋战。就因为他有私心，孙悟空挖出他的私心，木火的作用就该正常发挥了。悟空开始扮黑白无常，然后露出本相，是让八戒挖去私心露出真性，这样他和孙悟空有戒有行了，就能战胜凶魔。这是讲光的有戒有行，光该用的时候用，是行，不该用的时候不用，是戒。

有戒有行，局面就不同了。行者原无此意，倒是八戒教了他。他就把棒晃一晃，小如鸡子，长有丈余，真个往他鼻孔里一搠。那妖精害怕，沙的一声，把鼻子捽放，被行者转手过来，一把扯住，用气力往前一拉，那妖精护疼，随着手举步跟来。八戒方才敢近，拿钉耙望妖精胯子上乱筑。行者道："不好，不好！那耙齿尖，恐筑破皮，淌出血来，师父看见又说我们伤生，只调柄子来打罢。"真个呆子举耙柄，走一步，打一下，行者牵着鼻子，就似两个象奴，牵至坡下。八戒把私心挖掉了以后，就打赢了大象，他们俩就把大象给牵回来了。讲的是有戒有行，孙悟空和猪八戒各自起用，问题就解决了。八戒藏私，讲嘴上说道德，实际上是个贼心，表面上老实，实际上是一个诈心。木火藏私，火功不力，很难降魔。八戒和悟空一起，金木交并，兄弟同心协力，杀死了很多的小妖。一个戒是不行的，要有戒有行，有戒能够空定，能量就能来行，有戒有行，最后才能成功。

这回的题目，"心神居舍魔归性"，大魔二魔都被降服了，讲魔归性，其实是讲能量和空性结合，能量不能归人心。光是本性之光，归于人心是归于魔，归于空静是归于本性，无心是本性。

第三，落入鬼手

虽然收服了大魔、二魔，能量和空性结合了，但是还得一段时间磨合，磨合好了才行。性和命还没磨合结实，所以落入了鬼手。唐僧又被抓了，是本性又落难了。本性为什么落难呢？因为阴气还没有消干净。抓唐僧是把光给害了，修金丹是一个长期的过程，要长期保持着空静、无心的状态。如果性命合一，只是一年半载，又退回去了，又到了一个杀、盗、淫、妄、酒的状态，又不管修心性了，那阴气就又把光给毁了，就是落入鬼手。

三怪道："要三十个会烹煮的，与他些精米、细面、竹笋、茶芽、香蕈、蘑菇、豆腐、面筋，着他二十里，或三十里，搭下窝铺，安排茶饭，管待唐僧。"老怪道："又要十六个何用？"三怪道："着八个抬，八个喝路。我弟兄相随左右，

送他一程。此去向西四百余里，是我的城池，我那里自有接应的人马，若至城边，着他师徒首尾不能相顾。要捉唐僧，全在此十六个鬼成功。"这里讲款待唐僧是阴气盘桓，十六个抬轿，讲的是阴气环绕，周围全是鬼，阴气还围绕着呢。

那三藏肉眼凡胎，不知是计；孙大圣又是太乙金仙，忠正之性，只以为擒纵之功，降了妖怪，亦岂期他又有异谋？却也不曾详察，尽着师父之意，即命八戒将行囊捎在马上，与沙僧紧随，他使铁棒向前开路。孙悟空是很正直的，没有鬼心眼，妖怪却在用计谋。电视剧演的，是让他们三个显示神通，沙僧也显示，八戒也显示，然后这一对儿小妖就哄着说："哎呦，太了不起了，太了不起了！"他们稍一放松，就把唐僧给忘在一边儿了，没守着师父，唐僧就被小妖给抢走了。

那大圣正当悚惧，只听得耳后风响，急回头观看，原来是三魔双手举一柄画杆方天戟，往大圣头上打来。大圣急翻身爬起，使金箍棒劈面相迎。三个魔头与三个和尚，一个敌一个，在那山头舍死忘生苦战。众妖把唐僧一轿子抬上金銮殿，请他坐在当中，一壁厢献茶献饭，左右旋绕。那长老昏昏沉沉，举眼无亲。十六本来是纯阳，乾卦是纯阳。本来应该是往纯阳走的，这里却是十六个鬼。真的是纯阳，假的是鬼，这是在作真假对比。比喻假的虽然有金丹，可他是鬼，不是无心的大圣。

唐僧昏昏沉沉，举目无亲，就又被抓了，这讲的是法身落水，法身落在鬼手里。十六纯阳就该脱胎了，结果呢，他没到纯阳的世界，落在鬼的手里了。这一回主要讲三僧战三怪，阳神阴气混合相持。把唐僧抬到狮驼国的王宫金銮殿，阴气之众盛，真阳复陷。讲的是阴气没除干净，法身就落入鬼手里。

下一回讲唐僧师徒被捉住，该蒸了。整个《西游记》，总说吃唐僧肉，都没吃着，这一回，唐僧真躺在锅里了，真的被蒸了。

第七十七回　四人被蒸，讲上乘炼神

第七十七回　群魔欺本性，一体拜真如

第一，魔欺本性

前面大魔和二魔已经服了，但是阴气还没有消掉呢，所以卷土重来，大魔和二魔又猖狂起来了。

原来八戒耳大，盖着眼皮，越发昏蒙，手脚慢，又遮架不住。拖着耙，败阵就走。被老魔举刀砍去，几乎伤命。沙和尚见事不谐，虚晃着宝杖，顾本身回头便走，被二怪捽开鼻子，响一声，连手卷住，拿到城里，也叫小妖捆在殿下，却又腾空去叫拿行者。

这妖精扇一翅就有九万里，两扇就赶过了，所以被他一把挝住，拿在手中，左右挣挫不得。欲思要走，莫能逃脱，即使变化遁法，又往来难行：变大些儿，他就放松了挝住；变小些儿，他又蓝紧了挝住。复拿了径回城内，放了手，捽下尘埃，吩咐群妖，也照八戒、沙僧捆在一处。那大魔、二魔俱下来迎接。三个魔头，同上宝殿。"小的们，着五个打水，七个刷锅，十个烧火，二十个抬出铁笼来，把那四个和尚蒸熟，我兄弟们受用，各散一块儿与小的们吃，也教他个个长生。"大魔和二魔又猖獗起来，师徒四个都被抓了。八戒被老妖擒是木火遭了木火之魔，沙僧被二妖大象鼻子怪给拿下了是土金遭土金之魔，三怪把大圣给抓了，是水金遭了水金之魔。伏狮魔之心得初乘，伏象魔之性得中乘，伏鹏魔之命得上乘。虽然心神居舍魔归性，而神气未曾合一浑忘，还之太虚。性命合一还没有融合好，所以魔障又起，前面伏的魔又回到魔的状态，师徒四个被放到锅里了。

第二，脱根救

众妖一齐上手，将八戒抬在底下一格，沙僧抬在二格。行者估着来抬他，他就脱身道："此灯光前好做手脚！"拔下一根毫毛，吹口仙气，叫声："变！"

上蒸笼

即变作一个行者，捆了麻绳，将真身出神，跳在半空里，低头看着。那群妖哪知真假，见人就抬，把个"假行者"抬上三格。才将唐僧揪翻倒捆住，抬上第四格。干柴架起，烈火气焰腾腾。孙悟空应该是放在三格，唐僧放在四格，但是孙悟空已经跑出来了，放进三格的是假的，他的真身已经跑出来了。

笼屉蒸，是个比喻，上层讲的是上智之人，中下层，讲的是中下智之人。中下智很难逃过妖怪的蒸笼，碰到假道，不可能脱胎。即使是上智之人，也未必就那么幸运，能够遇到一个真师，真正脱出人体的五行牢笼，少之又少。悟空真身已经跳出来了，讲的是一个人如果要想得命的话，真神是有办法出来的。人生在五行中，如入铁笼受蒸，火候到的时候，没有不肉烂骨糜的，所以，人之死，无一获免。但是，如果你想逃出来，想跳出五行肉身的牢笼，先要伏龙节欲制情，作釜底抽薪之法，而使火性不腾。

悟空请龙王帮忙，悟空对龙王说："今与唐师父到此，被毒魔拿住，上铁笼蒸哩。你去与我护持护持，莫教蒸坏了。"龙王随即将身变作一阵冷风，吹入锅下，盘旋围护，更没火气烧锅，他三人方不损命。大圣请龙王在这里护持，是伏龙抽薪，龙是真阳，节制情欲，不使人的燥火上炎，而使火下降，使龙上升，叫伏龙抽薪。这样的话，就可以跳出五行的牢笼，心灵之光就可以从肉身里跳出来。也是说，真阳之火降服以后就化成光了，从肉身里脱胎出来了，就不被蒸了。所以蒸讲的是轮回，一点灵光不断地进入肉胎，不断地轮回，这一生是上笼蒸，一辈子一辈子的轮回是在被蒸。伏了龙以后，一点灵光就跳出来了，不再投身到肉胎里。所以釜底抽薪是伏龙抽薪，是跳出五行的牢笼。这个灵光本来是一个佛，本来是一个高级的智慧之光，一旦进了人身，就像搁蒸笼里蒸，蒸完了还不明白，然后一回、二回，不知道蒸了几千几万次了。

好大圣，踏着云，摇身一变，变作一只黑苍蝇，钉在铁笼格外听时，只闻得八戒在里面道："晦气，晦气！不知是闷气蒸，又不知是出气蒸哩。"沙僧道："二哥，怎么叫做闷气、出气？"八戒道："闷气蒸是盖了笼头，出气蒸不盖。"三藏在浮上一层应声道："徒弟，不曾盖。"八戒道："造化！今夜还不得死！这是出气蒸了！"行者听得他三人都说话，未曾伤命，便就飞了去，把个铁笼盖，轻轻儿盖上。三藏慌了道："徒弟！盖上了！"八戒道："罢了！这个是闷气蒸，今夜必是死了！"

妖怪"着十个小妖轮流烧火，到天亮，必然就烂了，可安排下蒜泥盐醋，请我们起来，空心受用"。猪八戒说："哥啊，救便要脱根救，莫又要复蒸笼。""行者却揭开笼头，解了师父，将假变的毫毛，抖了一抖，收上身来。又一层层放了沙僧，放了八戒，那呆子才解了，巴不得就要跑。""轮流"讲的是轮回，人的一灵真性，无数的生生世世的轮回，五行的锅一直在蒸，人就在这个蒸锅里轮回，地风水火四大，到时候就散了，人就很难解脱。能逃五行蒸气之外，叫脱根救，心光从肉身里出来，就叫脱根救，如果不能够逃出来，是复笼，下辈子还得要进五行的笼子蒸，免不了轮回，终是凡体生根，难免入笼复蒸之患。脱根救，是不再被蒸，讲的是脱胎。悟空有条不紊，一步一步地做得非常仔细，点滴不漏，在这么短的时间，在放人的过程中，没有忘了收毫毛，没有忘了解龙神，没有忘了去给师父找行李，说明元神做事有条不紊，点滴不漏。

第三，复笼蒸

他们跑了，又被抓回来。"若不为唐僧是个凡体，我三人不管怎的，也驾云弄风走了。"只为唐僧未超三界外，见在五行中，一身都是父母浊骨，所以不得升驾难逃。那八戒口里咕咕哝哝地抱怨行者道："天杀的，我说要救便脱根救，如今却又复笼蒸了！"因为唐僧是个凡体，他的光还没有脱出来，还是

一个肉眼凡胎，还是个俗人，所以，跑不了就又被蒸，是复笼蒸，讲的是没脱胎。唐僧还是一身的阴气，一个凡胎，神跳不出去。复笼蒸了，再一次蒸他们。

众魔把唐僧擒至殿上，却不蒸了。二怪吩咐把八戒绑在殿前檐柱上，三怪吩咐把沙僧绑在殿后檐柱上，惟老魔把唐僧抱住不放。三怪道："大哥，你抱住他怎的？终不然就活吃？却也没些趣味。此物比不得那愚夫俗子，拿了可以当饭。此是上邦稀奇之物，必须待天阴闲暇之时，拿他出来，整制精洁，猜枚行令，细吹细打的吃方可。"这回为什么没蒸？三魔把唐僧救了。好像三魔最厉害、最坏，但是，这个时候他不让吃唐僧。你就能看出来，三魔肯定是被派来的。三魔说要待天阴时吃方可，唐僧是纯阳，纯阳的能量在阴天吃，是阴阳合一，阴阳合一才是先天一炁。说明三魔也懂老天的能量，但是他讲的阴阳合一，是有形的唐僧肉，而不是无形的先天一炁，所以他是错的。

老魔笑道："贤弟之言虽当，但孙行者又要来偷哩。"三魔道："我这皇宫里面有一座锦香亭子，亭子内有一个铁柜。依着我，把唐僧藏在柜里，关了亭子，却传出谣言，说唐僧已被我们夹生吃了。今小妖满城讲说，那行者必然来探听消息，若听见这话，他必死心塌地而去。待三五日不来搅扰，却拿出来，慢慢受用，如何？"老魔怕行者又来偷。三魔出主意把唐僧关在柜子里，然后造谣说唐僧已经被活着吃了。等着孙悟空放弃了、消停了，慢慢地再吃。说明三魔其实根本不想吃唐僧肉，因为他自己本身是先天一炁，自己就是唐僧，他不像一般的妖。传出谣言唐僧已被夹生吃了，讲的是五行之气还没有用完，还不该死，但已经被妖怪给活吃了，被妖怪假的东西害了。现实中很多修道的人都是被妖怪活活给吃了，自己还不知道。

第四，归于本性

这谣言传出去了以后，孙悟空扮成小妖，听别的小妖说吃的是唐僧肉，就劈里啪啦打死了一大堆的妖。然后伤心得不得了，觉得已没经可取了，就去找如来了。

如来道："我慧眼观之，故此认得。那老怪与二怪有主。"叫："阿傩、迦叶，来，你两个分头驾云，去五台山、峨眉山宣文殊、普贤来见。"如来道："这是老魔、二怪之主。但那三怪，说将起来，也是与我有些亲处。"

如来道：万物有走兽飞禽，走兽以麒麟为之长，飞禽以凤凰为之长。那凤凰又得交合之气，育生孔雀、大鹏。孔雀出世之时最恶，能吃人，四十五里路把人一口吸之。我在雪山顶上，修成丈六金身，早被他也把我吸下肚去。我欲从他便门而出，恐污真身；是我剖开他脊背，跨上灵山。欲伤他命，当被诸佛劝解，伤孔雀如伤我母，故此留他在灵山会上，封他做佛母孔雀大明王菩萨。大鹏与他是一母所生，故此有些亲处。行者闻言笑道："如来，若这般比论，你还是妖精的外甥哩。"如来道："那怪须是我去，方可收得。"行者叩头，启上如来："千万望玉趾一降！"如来吩咐阿傩、迦叶去五台山和峨眉山宣文殊和普贤二菩萨，这两个菩萨一个骑象一个骑狮，其实他们是大魔和二魔的主人。然后又说了三魔的来历，与如来也有些亲处。

孔雀是佛母，大鹏和孔雀是一母所生，大鹏也是先天一炁，化生万物的佛母。说孔雀把如来给吸到肚子里去了，说他也是一个大妖魔。但是如来有丈六金身，所以能够从这个肋下放光，妖怪把如来吸进肚子里，是讲妖在吃这个光。前面讲降大魔二魔是一个初乘一个中乘，现在伏三魔，讲的是上乘。所以大魔是大慈。凡魔之捆我、蒸我、吞我、柜我，皆魔之所爱惜我、生育我、陶铸我、造化我，不是大仇，而是大恩。法身的成就，每一步都是磨难换来的，都是大舍之后的大得。如来有丈六金身，能够从魔口里脱出来，唐僧没有丈六金身，所以他就超脱不出来。反过来说，如果你降伏了三怪大鹏鸟，之后就可以得丈六金身上灵山。这也是一个验证。

这时候如来来到了狮驼岭。老魔慌了手脚，叫道："兄弟，不好了！那猴子真是个地里鬼！哪里请得个主人公来也！"三魔道："大哥休得悚惧，我们一齐上前，使枪刀搋倒如来，夺他那雷音宝刹！"凡是妖怪他都是有主的，都有个主人公。比如说文殊菩萨的坐骑是只狮子，文殊菩萨是他的主人。主人一现身，妖就老实了，讲的是本性。本性一现魔就老实了，所以你得修本性，你修本性就不会魔障，直接上四圣道这个本性的高度，就能跨过狮驼岭。如果不

修本性，还带着人心，不明心见性，还是人的贪嗔痴的心，比如有为法练的那个什么功啊，到狮驼岭就过不去了。

这魔头不识起倒，真个举刀上前乱砍，却被文殊、普贤，念动真言喝道："这孽畜还不皈正，更待怎生！"唬得大怪、二怪，不敢撑持，丢了兵器，打个滚，现了本相。二菩萨将莲花台抛在那怪的脊背上，飞身跨坐，二怪遂泯耳皈依。接着讲本性的好处。三魔还不服气，还要打呢，二菩萨将莲花台抛在那怪的脊背上，飞身跨坐，讲的是本性降魔。底下那坐骑是魔，在莲花座上边的是菩萨，讲本性是降魔的。

二菩萨既收了青狮、白象，只有那第三个妖魔不服，腾开翅，丢了方天戟，扶摇直上，抡利爪要叼捉猴王。原来大圣藏在光中，他怎敢近？如来情知此意，即闪金光，把那鹊巢贯顶之头，迎风一晃，变作鲜红的一块血肉。妖精抡利爪叼他一下，被佛爷把手往上一指，那妖翅膊上就了筋，飞不去，只在佛顶上，不能远遁，现了本相，乃是一个大鹏金翅雕。大鹏咬着牙根道："泼猴头！寻这等狠人困我！你那老和尚几曾吃他？如今在那锦香亭铁柜里不是？"狮喻心，属火，青色的狮子，比喻火未发而烟起，火兼木，为修道之起脚，也是精化气，这是修行第一步。象喻性，属土，生金，故色白。土寄体而位乎西，土兼金，为载道之大力，体道之灵明，是说气化光，是性光。能伏二魔，则臻二乘修性之妙用。鹏怪赤色而金翅，混合狮象二色，是五行全的先天一炁。心魔和性魔，被菩萨收了，归于真性。如来把头一晃，手一指就把它定在这儿，指佛头上的戴髻里的球是金丹。三魔说，寻这等狠人困我，狠处正是慈处，心光、性光、神光合成一体，是真正的道心。真正的道心不是那么容易得的，真金是火炼出来的。跟这个魔打，讲的是魔来助道。

狮驼岭讲的是玄关里的心光、性光、神光这三光，这三光里还有阴气，所以一开头就讲阴阳二气平，讲的是假玄关。然后小妖怪叫小钻风，钻是钻研什么是真正的玄关，什么是真正的阴阳二窍。

这一段讲狮驼岭，从金丹验证的线索来说，是讲的心光、性光、神光，人体三光最终落实到三合一，三合一是心光，心光显的是小孩的象。所以接下来后面这两回，比丘国一千个小男孩，要用笼子里的小男孩的心做药引这个故事，跟狮驼岭四回是连续的，讲心、性、神三光合一是金丹，金丹是什么？金丹是心光，心光显婴儿的法相。

你别看打妖怪这条线索，你看金丹验证这条线索，那假的是蜘蛛精，是识神弄肉身，弄的是假光，假光是不行的，紧接着狮驼岭这四回，又讲心光、性光、神光，紧接着七十八回和七十九回，又讲心光，所以你看从假到真，虽然是八回，但这是一个单元，揭示了从假光到真光的这个过程。

第七十八回　救护婴儿，讲阳神出窍

七十八回　比丘怜子遣阴神，金殿识魔谈道德

第一，保护法身

承上启下的一首诗：

一念才生动百魔，修持最苦奈他何！

但凭洗涤无尘垢，也用收拴有琢磨。

扫退万缘归寂灭，荡除千怪莫蹉跎。

管教跳出樊笼套，行满飞升上大罗。

前面的狮怪，虽然有能量了，但人心没有退。一念才生动百魔，讲有了光，一动念头即是魔。最初学的时候，不带光能量，胡思乱想也不碍事，但是当带了能量了，随便动念就出灾难。已经带能量了，一动即魔，讲的是光和现实事件的关系，光是无形的，生活里的事是光化出来的，无心光化好事，动念光化坏事。七情六欲、贪嗔痴杀盗淫妄酒，这些阴气的念头一动，就变成坏事。

没明心见性，心没修干净，就不要修金丹，因为金丹的光三年就长成了，老天的光太快了，人心改造太慢了，一念才生动百魔，讲的是带了能量，人心不退，就会遭魔。

悟空打听到这个地方叫比丘国，今改作小子城。行者道："我变化个儿去来。"好大圣，捻着诀，念声咒语，摇身一变，变作一只蜜蜂，展开翅，飞近边前，钻进幔里观看，原来里面坐的是个小孩儿！再去第二家笼里看，也是个小孩儿！连看八九家，都是个小孩儿，却是男身，更无女子。有的坐在笼中玩耍，有的坐在里边啼哭，有的吃果子，有的或睡坐。行者看罢，现原身回报唐僧道："那笼里是些小孩子，大者不满七岁，小者只有五岁，不知何故。"

笼子里小男孩，不满五七岁，五岁、七岁讲的是阳神，讲的是心光阳神，心光成了显的象是一个五岁到七岁的小孩。

长老道:"贫僧有一件不明之事请教,烦为指示。贵处养孩儿,不知怎生看待。"驿丞道:"天无二日,人无二理。养育孩童,父精母血,怀胎十月,待时而生,生下乳哺三年,渐成体相,岂有不知之理!"唐僧跟旅馆的老板谈论小孩时,他说"乳哺三年,渐成体相",这不是一般的小孩,他为什么提乳哺三年?小孩哪里是就养三年呢?一直得给他养大了,养到十六岁也不算养大。他为什么说养三年?说"渐成体相"?体相即是心光,心光代表的是道体,是道体的能量,从一个小孩到一个小佛,讲的是光修成了显的道体之象,讲的是法身,是婴儿法身,不是讲的人,讲的是无形的光。

驿丞道:"此国原是比丘国,近有民谣,改作小子城。三年前,有一老人打扮做道人模样,携一小女子,年方一十六岁,其女形容娇俊,貌若观音,进贡与当今。陛下爱其色美,宠幸在宫,号为美后。近来把三宫娘娘,六院妃子,全无正眼相觑,不分昼夜,贪欢不已。如今弄得精神瘦倦,身体羸弱,饮食少进,命在须臾。太医院检尽良方,不能疗治。那进女子的道人,受我主诰封,称为国丈。国丈有海外秘方,甚能延寿,前者去十洲、三岛,采将药来,俱已完备。但只是药引子利害:单用着一千一百一十一个小儿的心肝,煎汤服药,服后有千年不老之功。这些鹅笼里的小儿,俱是选就的,养在里面。人家父母,惧怕王法,俱不敢啼哭,遂传播谣言,叫做小儿城。此非无道而何?长老明早到朝,只去倒换关文,不得言及此事。"就劝说唐僧快走,明天赶快倒换关文,别惹麻烦。

要一千一百一十一个小儿的心肝,讲妖怪也知道婴儿的象,也知道光的厉害和妙用。但他要的是小孩的心肝,是有形的。这个小孩是一个虚象,是无形的,但是妖怪要有形的。妖怪要一千多个小孩的光,是要先天一炁这个光,三年把妖怪的灵光养成了,三年的时间,他就可以拥有人的精气神,他就能长期变成国王,国王就成药渣死了,他就成了国王了。

妖怪说用一千多个小孩的心肝给皇帝治病,其实不是给皇帝治病,是要光给他自己,妖怪的灵光快养成了,遇到孙悟空给他破了。一千一百一十一个小儿是有形的,妖怪根本不懂。这时,孙悟空说:"得先把小孩们保护起来。"

三藏甚喜,又道:"如今怎得小儿离城?若果能脱得,真贤徒天大之德!

可速为之，略迟缓些，恐无及也。"行者抖擞神威，即起身吩咐八戒沙僧："同师父坐着，等我施为，你看但有阴风刮动，是小儿出城了。"他三人一齐念："南无救生药师佛！南无救生药师佛！"天大之德，是天德。小孩是老天的元气养的光显的象，是天德、天光之子，所以是老天的德能量，是天德。天大之德，不是夸人的虚词，本来就是天德。"但有阴风刮动，是小儿出城了"，这是脱胎。因为脱胎的时候，从风池穴走出来一阵风，是出窍。小儿出城比喻的是阳神出窍。

三个人念药师佛，念的是德—能量，讲的是能量，能量是性命一体，本性光动了，就消耗能量，法身做功是需要元精元气能量支持的。他们念药师佛，其实念的是这个药，是金丹大药，先天一炁，给光供养了能量，光才能动，才能变。

第二，金殿论道

唐僧说的一段话，讲真道和真光，后边妖怪也讲，是真假对比。

为僧者，万缘都罢；了性者，诸法皆空。大智闲闲，澹泊在不生之内；真机默默，逍遥于寂灭之中。三界空而百端治，六根净而千种穷。若乃坚诚知觉，须当识心：心净则孤明独照，心存则万境皆清。真容无欠亦无余，生前可见；幻相有形终有坏，分外何求？行功打坐，乃为入定之原；布惠施恩，诚是修行之本。大巧若拙，还知事事无为；善计非筹，必须头头放下。但使一心不行，万行自全；若云采阴补阳，诚为谬语，服饵长寿，实乃虚词。只要尘尘缘总弃，物物色皆空。素素纯纯寡爱欲，自然享寿永无穷。

真正了性了命的人，是一个什么都没有、什么都不想、什么都不做的人。"三界空而百端治"，他好像是一个没事的闲人，但是他有大用，无为无不为，有什么问题，在无形中都给解决了。他带本性的光，什么阴气都给消了。"六根净而千种穷"，六根的功能早都退了，什么东西都不会影响他，在他这儿没有生灭、没有起伏了，是不生不灭的那种状态，如如不动在本心上。

要懂不生不灭的真心，静的时候什么都能看到，是千手千眼观音，一切逃不出他的法眼，捕捉信息不会有遗漏叫"心净则孤明独照，心存则万境皆清"。真心像太阳一样，照到哪里哪里亮，分洒阳光，没有分别。

"但使一心不行，万行自全"，修好了真心的人，一念不动，但是万行自全，无为无不为。心真正不动了，会自动万行，随便哪里有问题，哪里有阴气，它自动就给平衡好了。要明白真心，做到了一心不动，才会有真心的妙用。

"若云采阴补阳，诚为谬语，服饵长寿，实乃虚词。只要尘尘缘总弃，物物色皆空。素素纯纯寡爱欲，自然享寿永无穷。"吃什么大补，纯粹是虚词，皇帝不知真假，以为男女采战就能长生，结果把自己弄得快死了。想求长生，想得真道，真道即长生。但是他不认真假，遇到的是妖，弄的是假的，差点被弄死。唐僧就被他说什么才是真正的长寿长生。

这一段验证了真心的境界，唐僧已经知道了真心，也知道真心的妙用。为什么要把心修干净？干净了以后心光才可以自动地万行，一心不动就万行。讲真心的妙用。

妖也说了一通，他说的也特别好听：

修仙者，骨之坚秀；达道者，神之最灵。携箪瓢而入山访友，采百药而临世济人。摘仙花以砌笠，折香蕙以铺裀。歌之鼓掌，舞罢眠云。阐道法，扬太上之正教；施符水，除人世之妖氛。夺天地之秀气，采日月之华精。运阴阳而丹结，按水火而胎凝。二八阴消兮，若恍若惚；三九阳长兮，如杳如冥。应四时而采取药物，养九转而修炼丹成。跨青鸾，升紫府；骑白鹤，上瑶京。参满天之华采，表妙道之殷勤。比你那静禅释教，寂灭阴神，涅槃遗臭壳，又不脱凡尘！三教之中无上品，古来惟道独称尊！

妖怪似是而非的这么一大套，好像他挺懂的，也讲无为法是最高的，也讲九转金丹，也讲什么纯阳等，但是他口是心非。他道理上虽懂，但他干的是什么？他干的是给皇帝塞个狐狸精，跟狐狸精阴阳双修，然后，夺皇帝的江山。说的和做的完全不是一回事，口是心非，全是假的。真道是唐僧所说的真心。讲的是真假对比。

第三，逆生逆用

这个时候，小孩都被放走了，"我主，今夜一阵冷风，将各坊各家鹅笼里小儿，连笼都刮去了，更无踪迹"。国丈道："我才入朝来，见了一个绝妙的药引，强似那一千一百一十一个小儿之心。那小儿之心，只延得陛下千年之寿；此引子，吃了我的仙药，就可延万万年也。""那东土差去取经的和尚，我观他器宇清净，容颜齐整，乃是个十世修行的真体。自幼为僧，元阳未泄，比那小儿更强万倍，若得他的心肝煎汤，服我的仙药，足保万年之寿。"吃唐僧的心就万万年，吃小孩的心是千千年。虽然小孩们被刮走了，但妖看到唐僧，就准备吃唐僧的心。孙悟空就出主意了。行者道："若要好，大做小。"沙僧道："怎么叫大做小？"行者道："若要全命，师作徒，徒作师，方可保全。"行者没奈何，将泥扑作一片，往自家脸上一安，做下个猴象的脸子，叫唐僧站起休动，再莫言语，贴在唐僧脸上，念动真言，吹口仙气，叫："变！"那长老即变作个行者模样，脱了他的衣服，以行者的衣服穿上。行者却将师父的衣服穿了，捻着诀，念个咒语，摇身变作唐僧的嘴脸。

什么叫大变小呢？若要全命，师作徒，徒作师，方可保全。把唐僧变成孙悟空，把孙悟空变成唐僧，讲的是变脸，得金丹第四年的时候，金丹的光会显化各种各样的象，最终显的是老子的象。神光最终呈现的是元气的老祖宗，一个白胡子老爷爷的象。小说快到八十回了，光已经能变脸了。

猪八戒说官兵要来抓人了，悟空着急，让八戒去接点水和泥，结果八戒用自己的尿和的泥，然后糊在唐僧的脸上，给糊成一个孙悟空出来。这是调侃，其实，变脸是神器在变，不是有形的，是无形的。

金丹是阴阳颠倒的，师父为大，徒弟为小，师父为阳，徒弟为阴，现在他是颠倒阴阳。悟空这么一念，就能够显化象，这讲的是内外打成一片，一念之真和外在的能量化一，他一念已经能够化能量，他说什么就是什么，象就呈现出来了。变脸是非色非空，是先天的光的妙用，不是有形的。

第七十九回　赤子之心，讲心光阳神

第七十九回　寻洞擒妖逢老寿，当朝正主救婴儿

第一，假心灭真心现

孙悟空扮成了唐僧，代替唐僧去挖心了。君王笑道："朕得一疾，缠绵日久不愈。幸国丈赐得一方，药饵俱已完备，只少一味引子，特请长老求些药引。若得病愈，与长老修建祠堂，四时奉祭，永为传国之香火。"假唐僧道："我乃出家人，只身至此，不知陛下问国丈要甚东西作引。"昏君道："特求长老的心肝。"假唐僧道："不瞒陛下说，心便有几个，不知要的什么色样。"那国丈在旁指定道："那和尚，要你的黑心。"假唐僧道："既如此，快取刀来。剖开胸腹，若有黑心，谨当奉命。"

国丈说要唐僧的黑心，他不知道什么是道心，在人心上做活计，人心成千上万的念头，每个念头都是黑烟，国丈有点神通，能够看到后天意识是一股黑气，念头一动百魔生，魔是阴气。这些心是人的后天意识，把这些心收了，道心才能现。"黑心"，比喻昏暗无比，黑洞洞的，睁眼一抹黑，比喻神昏。这个取心，其实讲的是虚无的，讲的是光，所谓要他一个心，是要他的光，光是一个无形的。

孙悟空就扮成唐僧，他掏出来那么多颗心。血淋淋的，一个个捡开与众观看，却都是些红心、白心、黄心、悭贪心、利名心、嫉妒心、计较心、好胜心、望高心、侮慢心、杀害心、狠毒心、恐怖心、谨慎心、邪妄心、无名隐暗之心、种种不善之心，更无一个黑心。那昏君唬得呆呆挣挣，口不能言，战战兢兢地道："收了去，收了去！"那假唐僧忍耐不住，收了法，现出本相，对昏君道："陛下全无眼力！我和尚家都是一片好心，唯你这国丈是个黑心，好做药引。你不信，等我替你取他的出来看看。"那妖精与行者苦战二十余合，蟠龙拐抵不住金箍棒，虚晃了一拐，将身化作一道寒光，落入皇宫内院，把进贡的妖后带出宫门，并化寒光，不知去向。孙悟空把心一掏出来，哗，就放光，讲心光是无形的。但是，心光可以立刻变为现实。比如说吝啬心，这边马上就发生吝啬的事；

说昏庸的心、贪婪的心，马上国丈就变成了皇帝，就非得要夺王位。说什么心光立刻变为一个事实，讲心光是能量，现实里的事儿，你这一念，光就给你变成事实。生活里头遇到的这些事，其实是能量变的，而这能量为什么变这事呢？实际上是跟着你的心走，你这样一念，他就变成这样的事。其实展示的是这个，并不是像表面上说的把心脏掏出来，讲的是心光和心光能量的用。在生活里你要想好，你就管住心，你不要有坏的念头，有坏的念头马上把它放掉给它转化，一转化就没事了。你有一个不好的念头，你抱着、你当真了，完了，变成一个真事。你要知道，生活里的事是光变的。要管住了这个念头，就可避免麻烦。

第二，辨明真假

"长老，你早间来的模样，那般俊伟，这时如何就改了形容？"行者笑道："不瞒陛下说，早间来者，是我师父，乃唐朝御弟三藏。我是他徒弟孙悟空，还有两个师弟，猪悟能、沙悟净，见在金亭馆驿。因知你信了妖言，要取我师父心肝做药引，是老孙变作师父模样，特来此降妖也。"那国王闻说，即传旨着阁下太宰快去驿中请师众来朝。

行者看见，即转身下殿，迎着面把师父的泥脸子抓下，吹口仙气，叫："正！"那唐僧即时复了原身，精神愈觉爽利。国王下殿亲迎，口称："法师老佛。"孙悟空就把唐僧的脸又变回来了。泥脸是调侃，光是无形的。

国王含着告道："三年前他到时，朕曾问他。他说离城不远，只在向南去七十里路，有一座柳林坡清华庄上。国丈年老无儿，止后妻生一女，年方十六，不曾配人，愿进与朕。朕因那女貌娉婷，遂纳了，宠幸在宫。不期得疾，太医屡药无功。他说：'我有仙方，止用小儿心煎汤为引。'是朕不才，轻信其言，遂选民间小儿，选定今日午时开刀取心。不料神僧下降，恰恰又遇笼儿都不见了。他就说神僧十世修真，元阳未泄，得其心，比小儿心更加万倍。一时误犯，不知神僧识透妖魔。敢望广施大法，剪其后患，朕以倾国之资酬谢！"

国王已经知道真假了，已经悔过了，心一昏，神就受伤害了，现在国王醒悟了，讲的是识神的理解很重要，理解对了事儿就好了。国王忏悔了，知道自己不认真假上当了，把自己都给弄垮了。"柳林坡"，讲的是花柳之姿，阴阳双修，有形的浊精浊气的修炼。妖怪说是他养的闺女，其实那是跟他双修的人，根本不是他闺女。妖怪已经炼了三年了，他快成功了。国王已经辨清真假了，知道是假的了。

辨清真假，对神光有直接的作用。假如你不辨真假，你的光就被糟蹋了，你要辨了真假，光就朝一个正确的方向去发展。所以，识神的理解是有很大作用的。比如你在一种不良的状态中，你可能理解错了，那种不良的状态就过不去。等你理解对了，哗就好了，讲识神的理解对光的影响。理解对了是很重要的，为什么要反复听课，反复理解呢？理解对了很有用处。

第三，消灭附体

他们就降妖去了。大圣今来，只去那南岸九叉头一棵杨树根下，左转三转，右转三转，用两手齐扑树上，连叫三声开门，即现清华洞府。九和一在一块儿，指男女双修的九浅一深。左转三转，是双修动作。讲他用一个有形的，还用数，纯粹是胡扯。

大圣闻言，即令土地回去，与八戒跳过溪来，寻那棵杨树。果然有九条叉枝，总在一棵根上。行者吩咐八戒："你且远远的站定，待我叫开门，寻着那怪，赶将出来，你却接应。"八戒闻命，即离树有半里远近立下。这大圣依土地之言，绕树根，左转三转，右转三转，双手齐扑其树，叫："开门，开门！"霎时间，一声响亮，呼啦啦的门开两扇，更不见树的踪迹。那妖的地方写了清华仙府几个字，明明弄的是浊清浊气，弄的是有形的，他还叫清，华是光的意思。元精光很干净，叫清华，他本来是浊清，却叫清华，那是不知真假，根本就不是这回事。

行者急拽步，行近前边细看，见石屏上有四个大字"清华仙府"。他忍不住，跳过石屏看处，只见那老怪怀中搂着个美女，气喘吁吁的，正讲比丘国事，齐声叫道："好机会来！三年事，今日得完，被那猴头破了！"行者跑近身，擎棒高叫道："我把你这伙毛团，什么好机会！吃吾一棒！"那老怪丢放美人，

抡起蟠龙拐，急架相迎。妖怪搂着美女，你就看出来了，他说他把自己的闺女献给皇帝，其实根本不是他闺女，是两个妖。妖怪有两个共识，第一个共识，吃唐僧肉能长生不老，所有妖怪都认可。第二个共识，三年就能成。妖怪把他自己的灵光塞到开了玄关者的大脑里，塞到别人的玄关里，三年就养成。这纯粹是胡扯，你自己的玄关养出自己的本性之光，别人的玄关怎么能养你的光，简直胡扯！但是妖怪是这样想的，妖怪的美梦是这样做的，想三年就成了，结果让孙悟空给破了。大道天成，老天能让贼成了吗？

正当喊杀之际，又闻得鸾鹤声鸣，祥光缥缈。举目视之，乃南极老人星也。那老人把寒光罩住，叫道："大圣慢来，天蓬休赶。老道在此施礼哩。"行者即答礼道："寿星兄弟，哪里来？"八戒笑道："肉头老儿，罩住寒光，必定捉住妖怪了。"寿星陪笑道："在这里，在这里。望二公饶他命罢。"行者道："老怪不与老弟相干，为何来说人情？"寿星笑道："他是我的一副脚力，不意走将来，成此妖怪。"行者道："既是老弟之物，只教他现出本相来看看。"寿星闻言，即把寒光放出，喝道："孽畜！快现本相，饶你死罪！"那怪打个转身，原来是只白鹿。寿星拿起拐杖道："这孽畜！连我的拐棒也偷来也！"

那怪立不住脚，倒在尘埃，现了本相，原来是一个白面狐狸。呆子忍不住手，举耙照头一筑，可怜把那个倾城倾国千般笑，化作毛团狐狸形！行者叫道："莫打烂他，且留他此身去见昏君。"鹿的元精最足，所以它生殖力特别强。寿星老的坐骑是鹿，说元精确实能有长寿的功能。但是寿星老在法界里级别不高，在观世音甘泉活树那一回就说过，他是三老之一，没有到本性那个地步。他这一层的小仙，对应的是人道，是人心，可以长寿一点，可以年轻一点。和修大道修本性心光相比，它的级别并不高。但是元精也很重要。

第四，阳神成就

这里才喝退土地，同寿星牵着鹿，拖着狐狸，一齐回到殿前，对国王道："这是你的美后，与他耍子儿么？"那国王胆战心惊。又见孙大圣引着寿星，牵着白鹿，都到殿前，唬得那国里君臣妃后，一齐下拜。行者近前，搀住国王，笑道："且休拜我。这鹿儿却是国丈，你只拜他便是。"那国王羞愧难当："感谢神僧救我一国小儿，真天恩也！"这时候那些小孩就都回来了，刮一阵风就都给刮回来了。天神把他们都送回来了。

前边写孙悟空掏心放心光，现在又写小孩儿。之前是先把小孩儿救走了，然后又把小孩救回来了。这中间穿插的是孙悟空掏心的情节，所以从总体上来理解这段情节，小孩儿代表的是阳神。小孩儿刮走了是出胎了，小孩儿又回来了，是光的归来。大圣回到花果山，离开肉身又回到肉身上来，比喻光又回到肉身，心光出去或者采集能量或者是提升，采了能量又回到肉身，转化肉身的阴气。

这八回其实主要讲的是光，假的光，真的光。最后这两回讲的是心光，三光合一，是心光，心光显小孩的象，这是阳神。狮驼岭说的是心光、性光、神光三个光，现在说的是一个光，三光合一，元神玉神圣神合一了，讲的是发展过程。所以虽然只是八回，但是所讲的内容是很重要的。

《西游记》真的是一本最好的教科书，把理弄通了光就长。所以我说《西游记》是心灵学。关于心光的学问，没有第二本书写这些内容。所以我要把它讲完，然后反复听。

第八十回　耗子精，讲内色为害

第八十回　姹女育阳求配偶，心猿护主识妖邪

第一，内色之声

唐僧又担心起来，走了这么远，什么时候到灵山啊？离开故乡多少年了，什么时候才能够回到故乡去交差呢，他又想这个了。

孙悟空说："师父，你常以思乡为念，全不似个出家人。放心且走，莫要多忧。"出家人讲的是心出离，什么东西都不想，都不挂着，时时刻刻守在本性上。有一个念头就马上消掉，马上回归本性，这叫出家人。你怎么老是东想西想的。孙悟空教育他，你应该随时回归。修道就是修心，回归本性，保护本性，这就是出家人。

这时，"又见一派黑松大林"，松树黑黑的，颜色特别暗。唐僧害怕，叫道："悟空，我们才过了那崎岖山路，怎么又遇这个深黑松林？""东西密摆彻云霄，南北成行侵碧汉"，树特别高、特别密，东西密摆，南北成行。"密查荆棘周围结，蓼却缠枝上下盘，藤来缠葛，葛去缠藤。藤来缠葛，东西客旅难行。就是托塔天王来到此，纵会降妖也失魂！"外表这个"缠"，讲的就是内心乱七八糟的杂念。唐僧又说："此间清雅，一路太平。这林中奇花异卉，其实可人情意！我要在此坐坐，一则歇马，二则腹中饥了，你去哪里化些斋来我吃。"他看着黑松林害怕，看见奇花异草可人心意，又动心，他心里就没闲着，缠着这个，缠着那个，他就这么缠着。"扯葛藤"，扯一会儿这个，扯一会儿那个，就没消停。总是一个往外攀缘的状态，没有守住内在的静，叫扯葛藤。

"黑松林"的黑对应肾水，比喻元精，他遇到黑松林，就是又遇到元精了。元精需要本性对峙，唐僧妄意乱动，会化成浊精。动念化浊精即是妖，无念化成金光是佛，关键时刻，一念之差，谬之千里。"李天王"代表天性，你如果管不住心，东拉西扯，李天王也帮不了你。遇到能量，要归于本性。

孙悟空就去看了，"祥云缥缈，瑞霭氤氲"，他看到祥云就特别高兴，唐僧"是金蝉长老转世，十世修行的好人，所以有此祥瑞罩头"，再想我孙悟空，"手下有四万七千群怪，都称我做大圣爷爷，着实为人"，自己已经很不错了，但是我怎么头顶没有祥云呢？悟空是元神，还没有完全归于本性，所以他头上见不着祥云。"如今脱却天灾，做小伏低"，你看我这么大本事，伏在你的门下，我给你做小，"与你做了徒弟，想师父头顶上有祥云瑞霭罩定，径回东土，必定有些好处，老孙也必定得个正果"。四万七千讲的是真命的数，他是真命，真命这个数归于本性才能够成正果。如果他自己在花果山的话成不了正果，所以他心里还是挺高兴的，觉得自己选择对了，虽然吃点苦跟着唐僧，但是最后能成正果。

忽然就看见林南下有一股子黑气，骨碌碌地冒将上来。行者大惊道："那黑气里必定有邪了，我那八戒、沙僧却不会放甚黑气。"唐僧是本性，佛光应该是祥云，但是有黑气罩住了。讲的是元精发动化成的是祥云，一种白色的云烟，但是唐僧胡思乱想，就元精化浊精了。

却说三藏坐在林中，明心见性，讽念那《多心经》，却听到有人喊救命。三藏大惊，就看到了妖怪。《心经》是降心魔的，心乱时念了可以驱魔。念《心经》说明唐僧已经乱了，一乱了黑雾就起来。只见那大树上绑着一个女子，上半截使葛藤绑在树上，下半截埋在土里。长老立定脚，问他一句道："女菩萨，你有甚事，绑在此间？"咦！分明这厮是个妖怪，长老肉眼凡胎，却不能认得。那怪见他来问，泪如泉涌。你看他桃腮垂泪，有沉鱼落雁之容；星眼含悲，有闭月羞花之貌。长老实不敢近前，又开口问道："女菩萨，你端的有何罪过？说与贫僧，却好救你。"那妖精巧语花言，虚情假意，说罢泪下如雨。

妖怪编了一大套假话。上半截儿在树上，树是木，下半截儿在土里，耗子是子时，从子时开始元精发动，元精发动就到了丑时，丑是土，所以他下半截在土里头。上半截儿在木，就是亥，八戒是木火，元精虽然发生在子时，对应肾是坎卦，但实际上亥时就已经有了，无形的已经有了。子时到丑时，元精发动跨这三个时辰。从一点影儿都没有到发生得比较强烈，讲的是这个过程。耗子精比喻的是元精，元精发动有一个过程，所以，他上半截是木，在树上捆着，

下半截在土里。你要是不懂《易经》，就不懂什么叫上半截是木，下半截是土。

第二，顺而为妖

唐僧说："八戒，解下那女菩萨来，救他一命。"呆子不分好歹，就去动手。却说那大圣在半空中，又见那黑气浓厚，把祥光尽情盖了。唐僧面对元精发动的时候，动的是人心，孙悟空看到黑烟把祥云遮盖了，讲的是已经化浊精了。行者笑道："兄弟，莫解他。他是个妖怪，弄喧儿，骗我们哩……师父原来不知。这都是老孙干过的买卖，想人肉吃的法儿，你哪里认得！"妖精都这么干，先弄一通谎话骗你，然后吃你。猪八戒又诬蔑，悟空说："我老孙一向西来，哪里有甚恁懒处？似你这个重色轻生、见利忘义的馕糟，不识好歹，替人家哄了招女婿，绑在树上哩！"悟空就讽刺他撞天婚。"重色轻生"，他为什么不说重色轻友，说重色轻生？动了色心就是轻生，因为这是生机的光，对生机的光轻视，叫"重色轻生"。

好不容易唐僧听一回话，行者大喜道："好了！师父是有命的了！请上马。出松林外，有人家化斋你吃。"四人果一路前进，把那怪撇了。"有命的"是什么意思呢？元精发动后，这个光把老天的光吸进来，是很有用处的，光就是性命的命。唐僧是"有命的"了，讲的是光保住了。

妖怪就生气了，"那唐僧乃童身修行，一点元阳未泄，正欲拿他去配合，成太乙金仙，不知被此猴识破吾法，将他救去了，若是解了绳，放我下来，随手捉将去，却不是我的人儿也，今被他一篇散言碎语带去，却又不是劳而无功，等我再叫他两声，看是如何？"这一回的题目叫姹女求阳，姹女应该是真阴，真阴求真阳。妖怪使了一个神通，"把几声善言善语，用一阵顺风，嘤嘤的吹在唐僧耳内"，他们三个人都没听到，只有唐僧听到了，这是一个验证，验证唐僧天耳通了。人的反应，一定是人的内心有，正中下怀，你心里有这个，才能跟他应这个，你心里如果没有，根本不会相应，会无动于衷，唐僧的内心没有真正干净。唐僧一看到漂亮女子，他不敢靠近，心里没鬼，怕什么美女呀。美女怎么着，再美也是个骷髅，说明唐僧心就没放下。

第三，招险止险

到底还是把妖怪救了，他们到庙里借宿。他们走着，"行者拿铁棒，辖着那女子"，与妖为邻，知道真阳但不会被其所伤，拿着棒子盯着这件事了。讲的是招险止险，一念之差，能量就化成浊精了，很危险的。知道危险，元神能够看住，元神是管感觉的，看住不能动念，不允许化成浊精。

"金身没色，罗汉倒卧"，这个庙晚上尽是狐狸妖怪来闹，所以早早地就关门了。人不敢出来，出来的时候，先敲一下钟，或者扔块砖头把妖怪吓跑，人才敢出来。唐僧他们就进去了。"道人，你这前边十分狼狈，后边这等齐整，何也？"道人说这里的妖邪强寇，天色清明，沿山打劫，天阴就来寺里藏身，被他把佛像推倒垫坐，木植搬来烧火。本寺僧人软弱，不敢与他讲论，因此把这前边破房都舍与那些强人安歇，从新另化了些施主，盖得一所寺院。清混各一，这是西方的事情。山门上有五个大字，乃"镇海禅林寺"。前边外表是破烂的，里头是好的。比喻元精发动，外表有点丑，里头可是佛光。"清混各一，这是西方的事情"，外边给贼和妖，里头是和尚，里头是干净的是好的，里头是清的，外边是混的，讲的就是元精和浊精。元精里头是清的、先天的壬水，浊精是后天的癸水，就是阴的精，壬水是阳的精。"清混各一，这是西方的事情"，光修出来不就是西方的事情吗？人体是东，人体外是西。不是东南西北方位的西，是一个相对的、没有固定地点的西，讲的是人体之外。

"镇海"这个"镇"字，一个金一个真，是真金的意思。镇的是海，海水比喻的是水中金。你面对元精发动的时候，能够镇得住，就化成真金。这个光就是真金，真金是不生不灭的。能够战胜真阳，能够化成光，就是真禅。"禅林寺"，讲的就是真禅，不是坐在那儿打坐就是真禅，得有能量，本性和能量合一是真禅，所以就叫"镇海禅林寺"。

他们就进来了，怎么就一个人呐，唐僧说我还有三个徒弟，在外边等着呢。那和尚慌了道："师父你不知我这里有虎狼、妖贼、鬼怪伤人。白日里不敢远出，未经天晚，就关了门户。这早晚把人放在外边！徒弟，快去请将进来。"这地方晚上闹妖闹鬼，你怎么把人放在外边，有两个小喇嘛，跑出外去，看见行者，

唬了一跌；见了八戒，又是一跌；爬起来往后飞跑道："爷爷！造化低了！你的徒弟不见，只有三四个妖怪站在那门首也。一个雷公嘴，一个碓挺嘴，一个青面獠牙。旁边有一个女子，倒是个油头粉面。"这儿的和尚不知道真假，把三个徒弟叫成妖怪，把妖怪说成是妓女，粉头就是妓女的意思，这说的是人心修道不知真假。一会儿就把几个小和尚给吃了，三天吃了六个，他们不认真假，认妖怪为妓女了，然后，都围着妓女，结果都被吃了。这讲的就是人心修道，不知真假，自招危险。

第八十一回　动念招妖，讲唐僧前世的缘分

第八十一回　镇海寺心猿知怪，黑松林三众寻师

第一，姑息养奸

上回讲黑松林遇见妖怪，这一回妖怪把唐僧抓走了，说的是动了人心，元精转浊精了。转了浊精就是把唐僧丢了，唐僧不就是性光吗，师父丢了，就是光丢了。要这样看，从金丹的角度去看问题。

"一则是问唐僧取经来历，二则是贪看那女子，都攒攒簇簇，排列灯下。"他们认为是妓女，于是贪看，一会儿命就没了。就在天王爷爷身后，安排个草铺，教他睡罢，三藏道："甚好，甚好。"小和尚领着那个女的到后边睡去了，这段就没往后写，你想想他们这些动色心的和尚，肯定早就被迷倒了，然后就被妖怪整死了。

妖怪去后边睡觉了，唐僧夜里上厕所，他说不曾戴帽子，想是被风吹了，就病了，讲的是妖怪对唐僧无形的影响。这是遇见前世的冤家了，要清理前世的垃圾，就像埋了几千年的种子，一遇到，隐藏的毒素就爆发了，生病也是消业的一种方式。他灵光上的病发起来了，遇到这个妖怪，灵光受伤，昏迷了三天。

唐僧是姑息养奸，如果看得分明，知他为怪，断然不染，才为慧剑，才是真金镇海。反过来，看不明白，你心里在那儿扯，踩一粒之米，就落于姑息，一念就化成浊精。一念就是大错，姑息养奸，本性和人心，不能搅和，不能打马虎眼，假的跟真的扯在一块儿，就叫姑息养奸。"姑息"就是你心里不定，不坚定。唐僧踩了一粒米，十世修行的功果都没了，就给贬下来了。唐僧带妖入寺，就是沾滞为累，殿后去睡，即是窝藏祸根。

唐僧恹恹缠缠，如病人不能前进模样，受了风吹，走不得路，身体沉重，比喻的是道力不足。病重还不忘妖怪，一味地留恋，就是姑息之病，困难中途，步步牵挂。他又寄书回去，就是走回头路。他病得不行了，写遗嘱给大唐皇帝，说我要死了，你再派另外一个人吧，我这个任务完不成了。讲的是如果对本性

和人心这件事扯不清楚，就是病的状态，恹恹缠缠就像病人走不了道。心里扯不清楚，实际上就把光毁了，唐僧病了，讲的是光快没了。

猪八戒又说："师父要死了，咱们回去，分行李散伙吧。"行者道："呆子又胡说了！你不知道，师父是我佛如来第二个徒弟，原叫做金蝉长老，只因他轻慢佛法，该有这场大难。"八戒道："哥啊，师父既是轻慢佛法，贬回东土，在是非海内，口舌场中，托化做人身，发愿往西天拜佛求经，遇妖精就捆，逢魔头就吊。受诸苦恼，也勾了，怎么又叫他害病？"行者道："你哪里晓得，老师父不曾听佛讲法，打了一个盹，往下一失，左脚下了一粒米，下界来，该有这三日病。"一粒米就下界来，讲一念之差，元精化浊精。下凡就是下到人的腹部，本来是到人的头部，到人头以后出去解脱了，本来是这样。"一粒米"讲一念之差，就是天大的错。

病了三天，好了想喝水，"渴时一滴如甘露，药到真方病即除"。行者见长老精神渐爽，眉目舒开，就问道："师父！可吃些汤饭吗？"三藏道："这凉水就是灵丹一般，这病减了一半，有汤饭也吃得些。"能吃了。他已经昏睡三天，其实，讲的是神出来了，光出来三天，人就昏睡。光出来了，与自然之光融合，自然之光的高能量，就像给自己的光洗了澡一样，清理后光回来了，唐僧就感觉到饮甘露一样的清爽。灵光已经被洗干净了，肯定病就好了。病是灵光上的污垢，洗干净就好了，能吃饭了。唐僧通过这一场病来清理他的前世的缘分，或者说是纠正他前世所犯的错，这样他的光就干净了。

第二，不为色动

这个时候，庙里的和尚就说了，你们住了三天，我寺里不见了六个和尚，你师父病了，没跟你们说这件事。妖怪吃了六个小和尚，唐僧还病了，讲的是妖怪的色心太重，吃不到唐僧，一天吃两个男人。太猖狂了，躺着一个，死了六个，太邪恶了！孙悟空说："必定是妖魔在此伤人也。等我与你剿除他。"然后到晚上了，"月还未上，那殿里黑暗暗的，他就吹出真火，点起琉璃"，讲的是神明内照。妖怪是无形的，你是用神光去灭妖的，不是人打人的意思，

用孙悟空先天一炁的光去转化阴气。神明内照，讲的是用神用光，

孙悟空知道妖怪怕钟声，就故意地"东边打鼓，西边撞钟"，使劲地敲把她激怒，悟空变成一个小和尚把她给引出来。"二更时分，残月才升，只听见呼呼的一阵风响"，风是巽卦，巽卦是一个阴木、阴灵。一阵风来了，然后就闻见香味。兰麝香熏，妖怪偷了佛的香，妖身上是有香味的。他就"只情念经，那女子走近前，一把搂住道：'小长老，念的什么经？'行者道：'许下的。'"许下的就是规定的意思，规定每天得念多少，拿这个搪塞她。那"女子搂住，与他亲个嘴道：'我与你到后面耍耍去。'"孙悟空就明白了，"那几个愚僧，都被色欲引诱，所以伤了性命"，从妖怪这个动作就知道六个小和尚是怎么死的，讲色易动人，最难遏制，愚人赏之而殒命，智人遇之而悟真。妖怪就动起手来了，悟空现出了原相，劈头就打，那妖怪吃了一惊，心想这小和尚怎么这么厉害呢，原来是孙悟空。

妖怪是个什么样子，"金作鼻，雪铺毛"，金色属金，白色是兑金。"地道为门屋，安身处处牢。养成三百年前气，曾向灵山走几遭。一饱香花和蜡烛，如来吩咐下天曹。托塔天王恩爱女，哪吒太子认同胞。也不是个填海鸟，也不是个戴山鳌。也不怕的雷焕剑，也不怕吕虔刀。往往来来，一任他水流江汉阔；上上下下，那论他山耸泰恒高？你看她月貌花容娇滴滴，谁识得是个鼠老成精逞黠豪！"这是个老鼠精。

有一首诗写这个老鼠精："夙世前缘系赤绳，鱼水相和两意浓。不料鸳鸯今拆散，何期鸾凤又西东！蓝桥水涨难成事，佛庙烟沉嘉会空。着意一场今又别，何年与你再相逢。"讲老鼠精的来历，讲老鼠精和唐僧的前世缘分。把灵光清理干净，就没了牵挂。不干净妙用就妙不起来，心里真的干净了，谁也扒不上来，讲的是宿世的缘分今拆散。"蓝桥水涨难成事"，元精发动，水涨起来了，但是这事成不了。"佛庙烟沉嘉会空"，在庙里妖怪放毒烟毒气也没成。唐僧病倒，是妖怪放毒烟给他放倒了。不知道这是等了几百年，好不容易遇到也成不了。前世的缘分是从灵光的角度来说，这是一条线索。讲清理灵光上的历史垃圾。

第三，色诱陷空

悟空、八戒追打妖精，结果他"将左脚上绣花鞋脱下来，吹口仙气，念个咒语，叫一声：'变！'就变作本身模样，使两口剑舞将来，真身一晃，化阵清风而去"，就把唐僧给抓走了。到了陷空山进了无底洞，要和唐僧成亲。唐僧左脚踩了一粒米，招来了妖怪左脚脱下绣花鞋，讲的是花拳绣脚，不脚踏实地。《西游记》一百回，梳理下来其实挺难的，但是克服困难，就是脚踏实地，就是回归本性。开悟了，还要实实在在、一步一步走在本性上，这就是脚踏实地，花拳绣脚就是没有脚踏实地的修行。老天的能量是一天一分钟不停的，你脚踏实地，一天一天都守在本性上，随时回归本性，就是真正的修道，就叫脚跟扎实。妖怪左脚的绣花鞋，唐僧一念之差的一粒米，元精发动时的一念管不住，就是花拳绣脚，在关键的时候没有守住本性，比喻的是这个。

孙悟空"心焦性躁，闪一个空，一棍把那妖精打落下来，乃是一只绣花鞋。行者晓得中了他计，连忙转身来看师父，哪有个师父？"就找不到了。讲妖精善用花脚，脱空飞诱，没有人不上当。花拳绣脚特别能够吸引人，一被吸引以后，就陷进去了。唐僧左脚下一米粒之差，而妖精亦将左脚上花鞋脱下。以左就左，一脚之差，全身陷落。绣花鞋就是色诱，色诱叫陷空。

妖怪诱的是元精，普通人就掉坑里了。普通人是顺着思维走的，悟真的人是逆着思维走的，他不会陷落。陷就是把本性这个光给毁了，掉进无底洞了，妖的坑就是阴气浊精。

第八十二回　吃红色的桃子，讲色中取事

第八十二回　姹女求阳，元神护道

第一，用柔不用刚

猪八戒看见两个女妖在打水，说了特别难听的话，被妖精劈头盖脸地打，"见他头上戴一顶一尺二三寸高的篾丝狄髻，甚不时兴。呆子走近前叫声：'妖怪！'那怪闻言大怒"，就打起来了，把他打跑了。这个"一尺二三寸"，讲的是五，二三就是五，一和五讲的是金丹。孙悟空说"温柔天下去得，刚强寸步难移"，就是你怎么能够骂人家呢，那人家肯定不会理你了。又说了木头，杨木比较软做了圣像，檀木特别硬就成了铁锤的工具，还老被敲打，讲的是用柔不用刚。

姹女求阳，姹女是真阴，归性为真精，离性为妖精。归性以后，成为人的真金，长潜其行，真金是一个寿齐天地的光，是无形的、寿命无限的，讲的就是齐天大圣。离性则成妖精，吾遭其陷。面对能量动了人心就是妖精，就遭其陷害，进到无底洞，进到陷空山，能量就损失了，掉坑里了。

两个女妖在打水，是一个坎卦的象，上下两个阴爻。好合，说好话就是一个好字，如果是打，女和子就是分着的，不会成为一个好字，如果是一个对立的态度，就不能融合，你和谐阴阳就融合。

孙悟空说好话："奶奶！你们打水怎地？"就是哄人家。然后妖说实话了，说："我洞中水不干净，差我两个来此打这阴阳交媾的好水。"好就是阴阳合一的意思，"安排素果素菜的筵席，与唐僧吃了，晚间要成亲哩"。他们就跟着来了。这个洞，猪八戒说我要掉进去不得两三年才掉到底儿呢，说这个耗子洞，特别小特别深，比喻的是妖精把元精骗了化成浊精，简直像无底洞一样，一个无休止的深坑。

孙悟空进去，猪八戒他们在外边，里应外合。孙悟空进去了，题目说的"姹女求阳，元神护道"。要成亲了，讲的是真铅氤氲，元神进去看着不能让它转化成浊精，要化成光。

第二，火候不到

孙悟空进去了，说："好去处啊！想老孙出世，天赐与水帘洞，这里也是个洞天福地！"你看"洞天福地"，他去龙宫取金箍棒的时候说洞天福地，现在把耗子精的耗子洞也说成是洞天福地，所以耗子精讲的就是元精，只对元精有赞美。讲耗子洞是洞天福地，化光的地方当然是福地了。孙悟空变成了一个小东西，听着他们说话。"不知他的心性如何。假若被他摩弄动了啊，留他在这里也罢"，真铅氤氲的时候，看你心性如何，看唐僧会不会动人心。元精化光，如果被妖化成浊精了，他就别走了。西天取经不是到另外一个地方去，是光化出来，光化出来了，就是西天取着经了，光没了就是取不了经了。

然后就喊师父，唐僧说："救我。"行者道："师父不济呀！那妖精安排筵宴，与你吃了成亲哩。或生下一男半女，也是你和尚之后代，你愁怎的？"悟空进来，讲的是要把捉得牢，不可自丧真阳，身堕轮回不得翻身。一动念就化成浊精了，光就没了，这多危险啊。修道修的就是这个光，危险就在这儿呢。这里说的不是妖的危险，是人心把持不住的危险。

三藏道："进来的路儿，我通忘了。"行者道："莫说你忘了。他这洞，不比走进来走出去的，是打上头往下钻。如今救了你，要打底下往上钻。若是造化高，钻着洞口儿，就出去了；若是造化低，钻不着，还有个闷杀的日子了。"讲一点灵光进来的时候是从头到腹部，出去时从底下往上出来的。造化低了光出不来，还有闷杀的日子，光就闷在里头了，还得轮回。那怪又叫一声"长老"，唐僧没奈何，应他一声道："娘子。"唐僧遇到了这么多女人，这是唯一一次叫娘子，这个妖是他前世的对象，所以叫娘子。但是唐僧很难受，"那长老应出这一句言来，真是肉落千斤，人都说唐僧是个真心的和尚，往西天拜佛求经，怎么与这女妖精答话？不知此时正是危急存亡之秋，万分出于无奈，虽是外有所答，其实内无所欲"。这就是顺其所欲，逆而行之。"危急存亡之秋"，讲的就是真铅氤氲的时候，是危急时刻，一动念就完了。唐僧面对着妖怪是一腔子的烦恼，叫一声娘子就像落了千斤肉这么难受。其实这也是动心了，应该很平静才对。动的不是色心，是烦恼的心，也是动心。什么心都不能有才对，根本就是空空如也才对。怕唐僧动心，悟空就赶快下手，让他们喝酒，斟起一个水花儿，孙悟空就可趁机进到妖的肚子里，弄死贪欲的阴气，元精才能化光。真铅氤氲，说的是已经有电了，孙悟空进去了，先天一炁就是电，阴阳合一的电，有电了就"实其腹"，汇聚能量了。

妖精挽着三藏，行近草亭道："我办了一杯酒，和你酌酌。长老哥哥妙人，请一杯交欢酒儿。"三藏故意使劲地斟酒，就蹦出来一个水花，孙悟空变成一个小虫儿飞到水泡底下。但是妖精接在手里，且不吃，把杯儿放住，与唐僧拜了两拜，口里娇娇怯怯，叙了几句情话，却才举杯，那花儿已散，就露出虫来，妖精也认不得是行者变的，只以为虫儿，用小指挑起，往下一弹。用手指甲直接把那虫子给弹出来，给弹掉了。这讲的就是火候不到。真阳发动起来，只要火候到了，像吸铁石一样真阴真阳就吸在一块儿了。悟空急于行动，就是火候不到。

第三，色中取事

酒花破灭，妖精与唐僧走到院子里摘桃子，妖精摘了一个青桃，唐僧就把红桃给她，说娘子你爱色请吃红桃，唐僧吃青的。妖怪很感动地说："一日夫妻未做，却就有这般恩爱也。"她以为这是恩爱了。唐僧咬青桃，是为了她能顺着也吃。"原来孙行者十分性急，骨碌一个跟头，翻入他咽喉之下，径到肚腹之中。妖精害怕对三藏道：'长老啊，这个果子利害。怎么不容咬破，就滚下去了？'"桃子自己就滚下去了。红桃讲的是色中取事，真铅氤氲了以后，阴阳自动交感，就会实腹。孙悟空到了肚子里，讲能量聚汇了。

妖精慌了道："罢了，罢了！

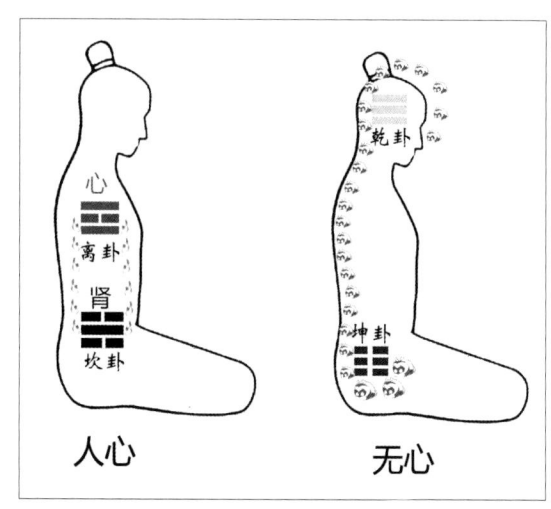

人心　　　　无心

这猴头钻在我肚里，我是死也！孙行者！你千方百计的钻在我肚里怎的？"行者在里边恨道："也不怎的！只是吃了你的六叶连肝肺，三毛七孔心；五脏都淘净，弄做个梆子精！"妖精听说，唬得魂飞魄散，战战兢兢的。然后她就和其他妖怪说，"不是，不是！你莫要问，我肚里已有了人也！快把这和尚送出去，留我性命！"那些小妖，真个都来扛抬。行者在肚里叫道："哪个敢抬！要便是你自家献我师父出去，出到外边，我饶你命！那怪精没计奈何，只是惜命之心，急挣起来，把唐僧背在身上，拽开步，往外就走。"把唐僧给背出来，讲的是把光给整出来。光能整出来吗？光是自动出来的。妖怪背唐僧，实际上就是泰卦。元精发动真铅氤氲，讲的是坎卦，坎卦这个阳爻飞上来，把离卦中间的阴爻替换掉，就变成了乾卦。人心的状态是坎离两个卦，无心的状态是乾坤两个卦，所以说元精发动的时候一定要无心，无心就能够坎离变乾坤。

耗子精要跟唐僧结婚，前前后后，实际上讲的是一阳生二阳生三阳生，讲的是天地能量生的过程。

第八十三回　要李天王，讲金归性初

第八十三回　心猿识得丹头，姹女还归本性

第一，金不归性

妖怪把唐僧背出来，反悔了，又给抓进去了。孙悟空还在肚子里的时候，怕妖怪咬他，就变作个枣核钉儿，撑住妖怪的上腭，把身一纵跳出口外，就把铁棒顺手带出，把腰一躬，还是原身法象，举起棒来就打。那妖怪也随手取出两口宝剑架住。八戒和沙僧也赶过来就打，结果呢，妖怪将右脚上绣花鞋脱下来，吹口仙气，念个咒语，叫："变！"即变作本身模样，使两口剑舞将来，将身一晃，化一阵清风，径直回去。妖怪不老实，把人送出来，就又跑了。脱下的绣花鞋凭空而起，是飞飏奔越，金不归性。这回把右边的鞋带解下来，前面是左，后边是右，她就不守中。中是本性，她就不归中，不是偏左就是偏右，讲的就是人心。人心的贪欲，不是偏左就是偏右，所以没有真实的脚力，没有脚踏实地。

且说八戒闪个空，一耙把妖怪打落在地，乃是一只绣花鞋。又是一只绣花鞋，这都钻到肚子里打了，几次三番的，就是打不过她。这个时候就发现妖怪供的是李天王牌位。正自吆喝暴燥之间，忽闻得一阵香烟扑鼻，他回了性道："这香烟是从后面飘出，想是在后头哩。"拽开步，提着铁棒，走将进去看时，也不见动静。只见有三间倒座儿，近后壁却铺一张龙吞口雕漆供桌，桌上有一个大流金香炉，炉内有香烟馥郁。那上面供养着一个大金字牌，牌上写着"尊父李天王之位"，略次些写着"尊兄哪吒三太子位"。孙悟空就从后边看到她供的牌子，闻到香味。讲的是妖怪这个灵光，她偷了佛的花，所以有花的香气。李天王讲的是元性、天性。妖怪的灵在这儿，她供的是李天王的牌子，所以有妖怪的香味。她是在借李天王的名做妖，借着先天的灵明，实现后天的贪欲。元精化光，本来是化本性之光，但是妖怪借着这个光来享乐。普通的人都是借着电感享乐的，不知道先天的光有多尊贵。所以，这就是妖，叫借灵生妄，借这个光生她一个妄想。孙悟空"问牌子要人"，讲的是借天命之性来收拾后天

之性，就是元神收拾识神。

第二，有水无月

孙悟空就找李天王去了，天王道："我只有三个儿子，一个女儿。大小儿名金吒，侍奉如来，做前部护法。二小儿名木叉，在南海随观世音做徒弟。三小儿得名哪吒，在我身边，早晚随朝护驾。一女年方七岁，名贞英，人事尚未省得，如何会做妖精！"他不承认有妖精女儿，这时小说插了一大段，描写哪吒跟他爹的矛盾。

哪吒奋怒，将刀在手，割肉还母，剔骨还父，还了父精母血，一点灵魂，径到西方极乐世界告佛。佛正与众菩萨讲经，只闻得幢幡宝盖有人叫道："救命！"佛慧眼一看，知是哪吒之魂，即将碧藕为骨，荷叶为衣，念动起死回生真言，哪吒遂得了性命。运用神力，法降九十六洞妖魔，神通广大，后来要杀天王，报那剔骨之仇。天王无奈，告求我佛如来。如来以和为尚，赐他一座玲珑剔透舍利子如意黄金宝塔，那塔上层层有佛，艳艳光明。唤哪吒以佛为父，解释了冤仇。所以称为托塔李天王者，此也。以碧藕为骨，荷叶为衣，讲的是本性。哪咤是本性成就的，所以他有很大的神通，以佛为父，能够降妖。他爹以为哪咤又来寻仇了。"如来以和为尚"，和尚就是和气，老天的元气，崇尚老天的元气叫和尚。

水是元精，月是本性，元精归于本性，就是水月。妖怪有元精，没有月，元精不归于本性，归于了人的享乐、人的贪心，所以叫半截的观音，有水无月。观音是水月合一，就是真阴真阳合一。你看鲤鱼精那个水中金，是观音的池子里养的，鱼精的工具是莲花叶做的，讲元精和本性是一体的。**（见彩图二十六《水月观音》）**

哪吒道："父王忘了，那女儿原是个妖精，三百年前成怪，在灵山偷食了如来的香花宝烛，如来差我父子天兵，将他拿住。拿住时，只该打死，如来吩咐道，积水养鱼终不钓，深山喂鹿望长生，当时饶了他性命。积此恩念，拜父王为父，拜孩儿为兄，在下方供设牌位，侍奉香火。不期他又成精，陷害唐僧。"

在下方供设牌位、侍奉香火是什么呢？下方指人体的地，人的天是头，地是腹部，下方、下界讲的就是腹部，讲的是元精就在腹部。

然后太子道："她有三个名字：她的本身出处，唤做金鼻白毛老鼠精；因偷香花宝烛，改名唤做半截观音；如今饶她下界，又改了，唤做地涌夫人是也。"地涌夫人，讲的是人体的大地。地涌就是子时的子，子在地，午在天。元精在腹部，这就是地，所以就叫地涌夫人。半截观音，观音是有水有月，她有水无月，就是一半，所以叫半截观音。

玉帝指的就是松果腺，玉帝赦免她，讲元精每天都在发生，是一个自然的东西，不需要人为的干涉，顺其自然就行了。她拜李天王为父，她是一个金鼻白毛是金；李天王这个元性是木，金克木，金又生水，水又生木，是先仇后恩，

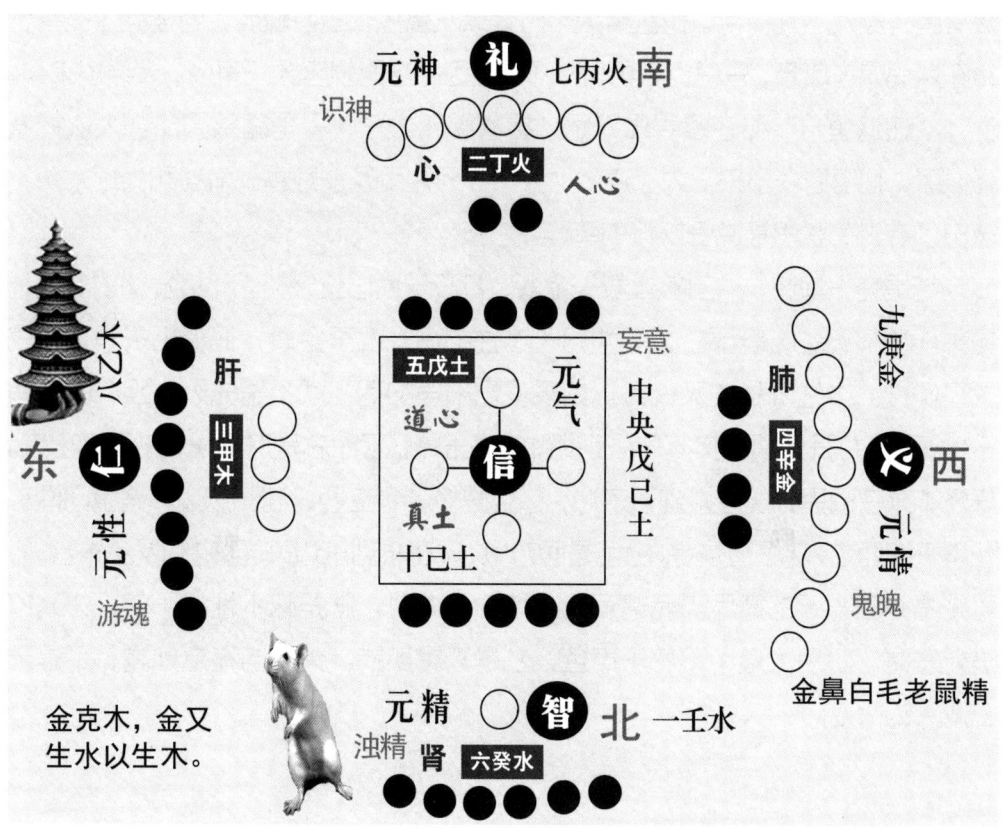

故结拜为恩女。耗子精比喻的是元精，魄藏精，实际上她的先天在西。这个金是克木的，魄精是克魂的，但是金又生了水，水又生了木。李天王讲的是元性，天性这个元性，托塔天王就在这儿，所以她又是生水的，水又是生木的，水生木，她又是生他的，你不要看她克他，但是她先仇后恩，所以拜为义父。耗子精、地涌夫人和李天王，实际上就是这个关系。

第三，昧本陷空

元精本来是归于本，但是这妖怪只想着色情，不归于本，就是昧本陷空。

哪晓得在那东南黑角落上，望下去，另有个小洞。东南是巽卦，巽卦是阴气、阴木、阴灵。正东方、左青龙是阳木，阳木是阳的灵，阳的灵可以提升成为佛光，阴的灵就是妖，人心巽卦讲的就是阴灵。另有个小洞，洞里一重小小门，一间矮矮屋，盆栽了几种花，檐傍着数竿竹，黑气氲氲，暗香馥馥，老怪摄了三藏，搬在这里逼住成亲，只说行者再也找不着。因为这时候李天王来了，天兵也来了，说："在这里！"那老怪寻思无路，看着哪吒太子，只是磕头求命。大伙把妖怪抓了，把唐僧救出来。太子道："我父子只为受了一炷香，险些和尚拖木头，做出了寺！"意思是说受妖怪的牵连了。

结尾有一句诗，"割断丝萝干金海，打开玉锁出樊笼"。元精发动的时候，如果能够情归性，能够空，能够归于本性的话，就干金海，把精化干净了，就成了中性。中性就是先天一炁。如果没化干净的话，就不是先天一炁，就没有干金海。"打开玉锁出樊笼"，玉锁讲的是玉鼎，玉鼎就是这个光，从天门出来。妖怪本来在洞里，现在搬到了东边，妖怪是金，金在西，到了东边，是金归性。他本来在西边，耗子精是金，白色是西方金，现在搬到东边来了，讲的是金木合一，已经是返回先天的意思。元精沉沦在欲海不悔过，就是昧本性陷于空，让光掉进无底洞。金丹大道，不着于声色，才是真履实践。天然自在之妙觉，不是玩空寂灭的假道。

第八十四回　灭法国，讲和光同尘

第八十四回　难天伽持圆大觉，法王成正体天然

第一，神观妙用

这四回讲的是把灵光上前世的业力清理掉了，光干净了妙用就出来了，叫"法王成正体天然"，就是体自然。自然之心是心体，心光干净了，在生活里做事会天衣无缝。

凡胎已经变为圣胎，自在天然，圆觉妙体，人我不分。去西天取经，还执着一个取经的心，再往前走就寸步难行，必须万法皆空，才会真空妙有。灭法国杀一万个和尚，还执着一个东西，妙有就不会出来。皇帝杀了很多无名的和尚，现在要凑四个有名的和尚，他就有、无都圆满了，讲的是执于声色，执空，还不能生妙有。

"话说唐三藏固住元阳，脱离了烟花苦海，随行者投西前进，不觉夏时"。到了夏天就比较热了。这个夏天对的是离卦，离卦此时指元神，该讲元神的妙用了。"师徒四众，耽炎受热，正行处，忽见那路旁有两行高柳，柳阴中走出一个老母，右手下搀着一个小孩儿，对唐僧高叫道：'和尚！不要走了，快早儿拨马东回，进西去都是死路。'"那老母用手朝西指道："那里去，有五六里远近，乃是灭法国。那国王前生那世里结下冤仇，今世里无端造罪，二年前许下一个罗天大愿，要杀一万个和尚。"三藏闻言，心中害怕，战战兢兢地道："老菩萨！深感盛情，感谢不尽。但请问可有不进城的方便路儿？我贫僧转过去罢。"那老母笑道："转不过去，转不过去，只除是会飞的，就过去了也。""行者火眼金睛，其实认得好歹，那老母搀着孩儿，原是观音菩萨与善财童子，慌得倒身下拜。"

灭法国要灭一万个和尚，凑一个数，这就是执着，执一个空。转不过去，只有会飞的才能过去，讲的是元神才能过去，讲的是元神的妙用，光已经成功，已经有妙用了，才能过去。讲的是神明默运，不假色求。非和光混俗，随方逐圆，

一步也行不通。和光混俗，讲的是在生活中妙显。和生活里的事件融为一体，随圆就方，不用算卦，可以随圆就方。神明默运，讲的是无形中自然地做。

行者道："呆子休怕，我们曾遭着那毒魔狠怪，虎穴龙潭，更不曾伤损，此间乃是一国凡人，有何惧哉？只奈这里不是住处，天色将晚，且有乡村人家，上城买卖回来的，看见我们是和尚，嚷出名去，不当稳便。且引师父找下大路，寻个僻静之处，却好商议。"这时他们就找旅店，找到一个僻静的地方，进去以后，孙悟空就偷了人家衣服，因为他们穿的都是和尚的衣服，偷了衣服穿上，被老板娘发现了，那婆子慌慌张张地道："老头子，不好了！夜耗子成精也！"行者闻言，又弄手段，拦着门厉声高叫道："王小二，莫听你婆子胡说，我不是夜耗子成精。明人不做暗事，吾乃齐天大圣临凡，保唐僧往西天取经。你这国王无道，特来借此衣冠，装扮我师父。一时过了城去，就便送还。"

真个长老无奈，脱了褊衫，去了僧帽，穿了俗人的衣服，戴了头巾。沙僧也换了，八戒的头大，戴不得巾儿，被行者取了些针线，把头巾扯开，两顶缝做一顶，与他搭在头上，拣件宽大的衣服，与他穿了，然后自家也换上一套道："列位，这一去，把师父徒弟四个字儿且收起。"八戒道："除了此四字，怎的称呼？"行者道："都要做弟兄称呼，师父叫做唐大官儿，你叫做朱三官儿，沙僧叫做沙四官儿，我叫做孙二官儿。"这说的就是和光混俗，穿着普通人的衣服，不叫什么师父徒弟，只是普通的商人。道就在生活细节里头，真心妙用。

第二，和光混俗

旅馆的这个人拿着灯，行者拦门，一口吹熄道："这般月亮不用灯。"行者道："正是异姓同居，我们共有十个弟兄，我四个先来赁店房打火，还有六个在城外借歇，领着一群马，因天晚不好进城。待我们赁了房子，明早都进来，只等卖了马才回。"那妇人道："一群有多少马？"行者道："大小有百十匹，都像我这个马的身子，却只是毛片不一。"孙悟空就吹牛很有钱，有很多人，很有钱，有很多马。

赵寡妇道："我这里是上、中、下三样。上样者，五果五菜的筵席，狮仙斗糖桌面二位一张，请小娘儿来陪唱陪歇，每位该银五钱，连房钱在内。"行者笑道："相应啊！我那里五钱银子还不彀请小娘儿哩。"寡妇又道："中样者，合盘桌儿，只是水果、热酒，筛来凭自家猜枚行令，不用小娘儿，每位只该二钱银子。"行者道："一发相应！下样儿怎么？"妇人道："不敢在尊客面前说。"行者道："也说说无妨，我们好拣相应的干。"妇人道："下样者，没人伏侍，锅里有方便的饭，凭他怎么吃。吃饱了，拿个草儿，打个地铺，方便处睡觉；天光时，凭赐几文饭钱，决不争竞。"孙悟空说："我们付最上等的钱，要最下等的招待，睡地上就行了。"老板于是特别高兴。

异姓同居，我们好多人，讲的是共性。杀一万个和尚，实际上就是杀共性，共性怎么能杀呢？把灯吹灭，讲的是被褐而怀玉，就是不露出来，不要让人发现，光要藏，不藏就出事。后边玉华县的三个王子非要拜师，这就是他们露相了惹的事。神光是无形的，是无声无息的，共性讲的就是没有彼此。

老板娘的老头先死了，就是寡妇开店。先天真阳走失，身为男子也是一身的阴气，执一己之修就像寡妇开店。执声执色地修行，都是执于一身的阴气。国王杀一万个和尚，讲他执声执色就是寡妇开店，讲的是灭法国国王的错处。

因为杀一个和尚就有很高的悬赏，所以他们不敢在街上露面，藏在柜子里被贼给偷走，就可以顺利入朝，倒换关文了。悟空就吹牛，你看我们有钱。不吹牛，贼不偷呀。老板就说那行，你们交了上等的钱，给你们弄吃好的，给你们杀鸡宰羊。孙悟空说不行。行者道："今日且莫杀生，我们今日斋戒。"寡妇惊讶道："官人们是长斋，是月斋？"行者道："俱不是，我们唤做庚申斋。今朝乃是庚申日当斋，只过三更后，就是辛酉，便开斋了，你明日杀生罢。如今且去安排些素的来，定照上样价钱奉上。"那妇人越发欢喜。

庚申斋，申是这个地方，申时是坤卦，是静极生动，这是生，是阳生的时候。这个是兑卦，兑卦是杀，是杀气，杀气就是这个兑金，它是一把刀，是一把刀的一个相。孙悟空是天人合一的，他不能在老天生的时候杀，天在生，你怎么能杀呢？等天杀的时候再杀。庚申斋，再过几个时辰就到辛酉了，就到兑卦了，兑金卦。生杀讲的是这个。

然后就说，睡在哪儿呢？女儿道："父亲在日曾做了一张大柜。那柜有四尺宽，七尺长，三尺高下，里面可睡六七个人。教他们往柜里睡去罢。"他们说行，就进到柜里了。妇人道："不透风，又不透亮，往柜里睡去如何？"行者道："好，好，好！"他们正想找这么一个地儿藏呢，就怕出意外，然后睡到柜子里了。

第三，法无定法

却说他四个到了柜里，可怜啊！一则戴个头巾，二来天气炎热，又闷住了气，略不透风，他们都摘了头巾，脱了衣服，又没把扇子，只将僧帽扑扑扇扇。你挨着我，我挤着你，直到二更时分，却都睡着，唯行者有心闯祸，偏睡不着，伸过手将八戒腿上一捻。那呆子缩了脚，口里哼哼地道："睡了罢！辛辛苦苦的，有什么心肠还捻手捻脚的耍子？"行者捣鬼道："我们原来的本身是五千两，前者马卖了三千两，如今两搭联里现有四千两，这一群马还卖他三千两，也有一本一利，彀了，彀了！"孙悟空跟猪八戒说话，猪八戒早就迷糊得睡了，就瞎答应，好像这个事儿是真的似的，其实是说给外面的贼听的。

岂知他这店里走堂的，挑水的，烧火的，素与强盗一伙，听见行者说有许多银子，他们就着几个溜出去，伙了二十多个贼，明火执杖地来打劫马贩子。行者道："莫嚷，莫嚷！等他抬！抬到西天，也省得走路。"孙悟空是成心的，说了以后贼就来了。一件事还没发生，就已经能看到结果了。元神是整体看问题。阴阳在乎手，就是整个造化，讲的是老天要发生这个事，会怎么发生，他心里都清楚，所以他就顺风行船，绝不费力。就抬到皇帝那去了，去倒换公文了。

悟空吹牛，好家伙，上万两银子，就把贼招来了。这是真心妙用，与现实天衣无缝。完全是神在做事，顺其自然。这是鲜活的、当下的一个过程，跟着过程走，跟着感觉走，不要人心，顺其自然，顺天而行了，你就会天衣无缝的，这个就是妙用。

贼把箱子偷了，半路遇皇宫里的官员，把箱子从贼的手里头给截获了。悟空吹牛是为了让贼动心偷，但是他怎么会知道被官兵给截走呢？所以这就厉害了。你就知道这个神的妙用，肯定是想不到，没法安排的，所以厉害。那讲的就是妙，真心妙用，不可思议。他们被官兵给截了，截到皇宫去的这个箱子已经到皇宫外了。

挨到三更时分，行者弄个手段，顺出棒来，吹口仙气，叫："变！"即变作三尖头的钻儿，挨柜脚两三钻，钻了一个眼儿。收了钻，摇身一变，变作个蝼蚁儿，瞅将出去，现原身，踏起云头，径入皇宫门外。那国王正在睡浓之际，他使个大分身普会神法，将左臂上毫毛都拔下来，吹口仙气，叫："变！"都变作小行者。右臂上毛，也都拔下来，吹口仙气，叫："变！"都变作瞌睡虫；念一声"唵"字真言，教当坊土地，领众布散皇宫内院，五府六部，各衙门大小官员宅内，但有品职者，都与他一个瞌睡虫，人人稳睡，不许翻身。又将金箍棒取在手中，掂一掂，晃一晃，叫声："宝贝，变！"即变作千百口剃头刀儿，他拿一把，吩咐小行者各拿一把，都去皇宫内院、五府六部、各衙门里剃头。毫毛变的小孙悟空都去剃头。然后把国王的头也给剃了。

"主公，我们做了和尚耶！"国王见了，眼中流泪道："想是寡人杀害和尚"，即传旨吩咐："汝等不得说出落发之事，恐文武群臣，褒贬国家不正。且都上殿设朝。"头发被剃这件事不能说出去。却说那五府六部，合衙门大小官员，天不明都要去朝王拜阙。原来这半夜一个个都没了头发。结果一看，上朝的时候全秃了。

孙悟空的毛变的，讲的是心光可以变万法，宫中人头都秃了，讲的是万法归一。本性就是共性，所以他杀和尚，杀共性，这共性怎么能杀呢？共性就是所有生命的共性，共性是个虚无的怎么杀，讲的就是万法归一。

国王以为是杀害和尚遭报应了。灭法想灭道，道是所有生命的共性，是没法灭的。把所有人的头发都剃了，大家都是一样的，讲共性是生命之根，是灭不了的。灭法就是执法，什么都不要执着，执着一个有的话，心体的妙用就显不出来。

第八十五回　隐雾山，讲假心招魔

第八十五回　心猿妒木母，魔主计吞禅

第一，转识成智

上一回的题目叫体天然，就是人的心体即自然，这个自然的心有自然的妙用。这回讲孙悟空嫉妒猪八戒，他们两个互相使诈，"魔主计吞禅"，真的禅心、妙用，就用不了了。刚才讲的是妙用。现在他们两个一生嫉妒的心，妙用就没有了，唐僧被抓了，是把光给丢了。

国王下龙床对群臣道："果然不知何故。朕宫中大小人等，一夜也尽没了头发。"君臣们都各汪汪滴泪道："从此后，再不敢杀戮和尚也。"国王道："老师远来，为何在这柜里安歇？"三藏道："贫僧知陛下有愿心杀和尚，不敢明投上国，扮俗人，夜至宝方饭店里借宿。因怕人识破原身，故此在柜中安歇。不幸被贼偷出，被总兵捉获抬来。今得见陛下龙颜，所谓拨云见日。望陛下赦放贫僧，海深恩便也！"国王道："老师是天朝上国高僧，朕失迎逆。朕常年有愿杀僧者，曾因僧谤了朕，朕许天愿，要杀一万和尚做圆满。不期今夜皈依，教朕等为僧。如今君臣后妃，发都剃落了，望老师勿吝高贤，愿为门下。"本来是见了和尚就杀的，现在是见了和尚就拜，讲的是真道、本性有转化的能力，本性是高级的纯阳能量，只要是阴气，就一定给转化了。反过来说，能够转化的才是本性的光，也是一个验证。在现实当中，明明是一个坏事，结果给它翻牌，大粪变鲜花，转化的能力需要自己去验证。比如一种挺不好的状态，你能不能真正清净，真正守住本性，不慌不乱？能够定得住它就转，可以把一个挺不好的状态，转化得特别好。

长老在马上欣然道："悟空，此一法甚善，大有功也。"讲的是他给剃头这个事儿，讲执法为住心，住心即魔心。悟空破皇帝的执着，呈现头头是道的气象。真的干净的光，每个细节都做得对，不用你算不用你想，头头是道，生机勃勃，把一切坏的变成好的，这就是道。共性是虚无，但是这个虚无非常厉害，你能守住虚无，心体的妙用就显。从头到尾其实讲的是心，这个心从没有能量到有能量，有了能量以后有妙用妙显。所以《西游记》整个讲的就是修心，快结尾了，还是讲修心。从箱子里出来，本来是见着就要被杀的，这回见着就被拜，灭法国改成钦法国，唐僧师徒就接着往前走了。

第二，心体窒塞

这段说人的心窍好像被一层雾给迷住了，人就看不清了。前面灭法国讲的是真心妙用，用的特别出神入化，这一回讲人的心不真以后，就不能出神入化了。妙是心体的妙用，不老实，妙用就没了。

唐僧在每一回开始的时候都是担心，每一回都担心，然后孙悟空就劝他，行者道："不消说了。心净孤明独照，心存万境皆清。差错些儿成惰懈，千年万载不成功。但要一片志诚，雷音只在跟下。似你这般恐惧惊惶，神思不安，大道远矣，雷音亦远矣。且莫胡疑，随我去。"那长老闻言，心神顿爽，万虑皆休。四众一同前进。三藏道："休言无事。我看那山峰挺立，远远的有些凶气，暴云飞出，渐觉惊惶，满身麻木，神思不安。"如果你是真心，心体干干净净的，就什么都能照见。心存万境皆清，如果是真心的话，一切妖魔鬼怪都没有。因为真心是纯阳，自动就清理干净了。如果心怀杂念，心体就朦昧窒塞，而在外作用，遂涉欺妄，便是雾迷灵窍，禅心被吞。上一回讲真心妙用，这一回讲真心为什么不能妙用。懈怠了，千年万年也走不到。但要一片至诚，诚恳的心总是在本性上，是没有杂质的，有至诚雷音就在脚下。

之前唐僧担心，孙悟空就劝他，唐僧放下了，心神顿爽。爽是什么意思呢？就是放下了，回到了一种特别清净的状态，清爽了。一清爽就回到本性上来了，唐僧就有感觉了。他上山的时候满身麻木，神志不安。现在他已经能够以身观身了，自己感觉到麻木了，实际上是旁边有东西，是无形的。无形的能量是个什么，他能感觉了，能够验证了。心干净了就是本性，本性可以以身观身，以家观家。这就是《道德经》里所说的，通过你的身体观察别人的身体，就是以身观身。

又见那左右手下有三四十个小妖摆列，他在那里逼法的喷风嗳雾。行者暗笑道："我师父也有些儿先兆。他说不是天风，果然不是，却是个妖精在这里弄喧儿哩。若老孙使铁棒往下就打，这叫做捣蒜打，打便打死了，只是坏了老孙的名头。"那行者一生豪杰，再不晓得暗算计人。他道："我且回去，照顾猪八戒照顾，教他来先与这妖精见一仗。若是八戒有本事，打倒这妖，算他一功；若无手段，被这妖拿去，等我再去救他，才好出名。"孙悟空这就是杂念，想的是名气，想报复一下八戒，报复心、妒忌心出来了，这就是懈怠不志诚，就会出差错，以致风雾忽生。悟空的念头一出来，妖怪就像龙卷风一样在那儿吐黑烟，自己没守住本性，外边的妖就现。

三藏问道："悟空，风雾处吉凶何如？"行者道："这会子明净了，没甚风雾。"孙悟空就骗他，说没什么风雾了。三藏道："正是，觉到退下些去了。"行者笑道："师父，我常时间还看得好，这番却看错了。我只说风雾之中恐有妖怪，原来不是。"三藏道："是什么？"行者道："前面不远，乃是一庄村。村上人家好善，蒸的白米干饭，白面馍馍斋僧哩。这些雾，想是那些人家蒸笼之气。也是积善之应。"八戒听说，认了真实，扯过行者，悄悄的道："哥哥，你先吃了他的斋来的？"行者道："吃不多儿，因那菜蔬太咸了些，不喜多吃。"你看他开始编谎话，骗唐僧了，猪八戒一听，这吃货就去了，给蒙去了。这是诈心，八戒也是诈心，好像去化斋，其实他是馋的，并不老实的。

猪八戒走了，孙悟空陪着唐僧，又出了个真身，好大圣，他也不使长老知道，悄悄的脑后拔了一根毫毛，吹口仙气，叫："变！"即变作本身模样，陪着沙僧，随着长老。他的真身出个神，跳在空中观看，但见那呆子被怪围绕，钉耙势乱，渐渐的难敌。行者忍不住，按落云头，厉声高叫道："八戒不要忙，老孙来了！"那呆子听得是行者声音，仗着势，愈长威风，一顿耙，向前乱筑。那妖精抵敌不住，道："这和尚先前不济，这会子怎么又发起狠来？"八戒道："我的儿，不可欺负我！我家里人来也！"人这个心如果一念至诚，则群魔退舍；如果一念妄意，则群魔现形。魔非外来，魔即吾心自召之影。前面孙悟空说是蒸馒头的蒸汽，猪八戒去化斋的时候魔就要蒸僧。他一说没雾了，妖怪把雾就给收了。

对于光来说没有空间，一说没风了，妖怪就把风给收了；一说蒸馒头那边就蒸僧了。人的这一念，如果有诈心的话，光的妙用就是反的，就是负能量。

第三，如影随形

心如果不真的话，就如影随形，你这么一说，就会复制成那样一个状态。这就是如影随形，讲的是不真心。

这呆子晦气，不多时，撞到当中，被群妖围住，这个扯住衣服，那个扯着丝绦，推推拥拥，一齐下手。八戒道："不要扯，等我一家家吃将来。"他以为人家是斋僧的，是抢他去家里吃饭的，他说我一家一家来吃。

群妖道："和尚，你要吃甚的？"八戒道："你们这里斋僧，我来吃斋的。"群妖道："你想这里斋僧，不知我这里专要吃僧。我们都是山中得道的妖仙，专要把你们和尚拿到家里，上蒸笼蒸熟吃哩。你倒还想来吃斋！"八戒闻言，心中害怕，然后跟这个妖打起来了，也就是如影随形。

八戒去了以后，悟空帮他打了群妖，因为是分神去的，八戒也不知道。八戒回来后把事一说，又把他派去了。行者道："你做个开路将军，在前剖路，那妖精不来便罢，若来时，你与他赌斗，打倒妖精，算你的功果。"孙悟空用的是分身，妖精就出了分瓣梅花计，他用分身，妖怪也用分身；悟空给八戒封一个开路将军，老妖就封个前路先锋。正邪两方是同步的，你这儿想什么，那儿就出现什么，同步就同声，如影随形。讲的是光没有距离，在本性世界是同一个空间，不在另外一个地方，所以马上就有对策。如果你还端着人心，魔就如影随形地跟着你。

唐僧被抓了，里面有一个被抓的樵夫，唐僧和樵夫对话，樵夫道："长老！你是个出家人，上无父母，下无妻子，死便死了，有什么不干净？"长老道："我本是东土往西天取经去的，奉唐朝太宗皇帝御旨拜活佛，取真经，要超度那幽冥无主的孤魂，今若丧了性命，可不盼杀那君王，孤负那臣子，那枉死城中，无限的冤魂，却不大失所望，永世不得超生，一场功果，尽化作风尘，这却怎么得干净也？"樵夫有一个八十三岁的老娘，一直是他养的，要是被妖怪吃了，

老娘就没人给送终了。唐僧说："吃了我倒没关系，但是你看皇帝盼着，大臣盼着，那些冤魂盼着，这不就全失望了吗？"全落空，怎么能干净呢？这两个人的心，一个是事君，一个是事亲，一个皇帝负责，一个对母亲负责，他讲的这是一样的，都是真心。君亲为天地大经，忠孝乃人身根本，皆从心地根本上发露，着不得一毫虚假装点。能鞠躬尽忠，而安生恤死，不负君恩，方为取得真经；能竭力尽孝，而养生送死，报答亲恩，方为拜得活佛。不从根本真性施为，在外矫饰，便是隐雾山艾叶花皮豹，倒持降魔杵而吞禅。

　　孙悟空不老实，撒谎是狡诈的心，就像隐雾山艾叶花皮豹。艾叶是一个叶子没有根，艾叶花皮豹讲的是忘了根本，只有一些树叶的装饰。悟空撒谎是忘记真心，失去了根本，你忘了根本了就只是外表装饰的一个妖。花皮豹倒持降魔杵，降魔杵是降魔的，他反拿着一个降魔杵。如果有诈、有假，就像花皮豹倒持降魔杵，是害禅心，是吞噬禅心。

第八十六回　花皮豹，讲失去根本

第八十六回　木母助威征怪物，金公施法灭妖邪

第一，有无都真

这回讲的是孙悟空他们都有诈心、不真诚，就出事了，唐僧又被妖怪抓走了。

话说孙大圣牵着马，挑着担，满山头寻叫师父，忽见猪八戒气呼呼地跑将来道："哥哥，你喊怎的？"行者道："师父不见了，你可曾看见？"八戒道："我原来只跟唐僧做和尚的，你又捉弄我，教做什么将军！我舍着命，与那妖精战了一会儿，得命回来。师父是你与沙僧看着的，反来问我？"行者道："兄弟，我不怪你。你不知怎么眼花了，把妖精放回来拿师父。我去打那妖精，教沙和尚看着师父的，如今连沙和尚也不见了。"等一会儿沙僧回来了，沙僧道："你两个眼都昏了，把妖精放将来拿师父，老沙去打那妖精的，师父自家在马上坐来。"行者气得暴跳道："中他计了，中他计了！"沙僧道："中他什么计？"行者道："这是分瓣梅花计，把我弟兄们调开，他劈心里捞了师父去了。天，天，天！却怎么好！"孙悟空把土地叫来，才知道这地方叫"隐雾山折岳连环洞"，他们几个都昏了，都被妖怪骗了，全看花了眼上了妖怪的当。人随着外缘动念，一看到什么就动念，没守着本心，被妖的迷雾给迷了。讲的是人守不住本性，攀缘、随缘，外边有什么就当真，结果上当了，三个人都被调虎离山调走了，然后师父就丢了。人不能随缘而动，攀缘心要不得。"隐雾山"比喻人糊涂了，看不清真相。山被折起来，根本都不存在。隐雾山折岳连环洞，是一个连环套，一套接一套，全是假的。

《西游记》里的地名是非常重要的，每一个地名，其实讲的都是心，地名点的就是这回的主题，要把地名真正弄懂了，你就知道是心的问题。"隐雾山折岳连环洞"，就是失去了本性这个根本，后天人心的乱动。人心是随缘的，是顺着外边的东西往下想的。如如不动的本来禅心，才是根本。如果人心随缘就失去了根本，离开了根本，心窍就被盖住了，就六神无主，就干什么都是错的，

就灾难不断。

妖怪讲的就是附体，他让人处于没有主心骨，总是在一个后天的迷雾里颠来倒去的，身体坏了，神经出障碍了。人的心窍是管灵感、判断的，但是被雾给遮住了，这个心一点都不灵了，判断什么都判断不对，左右摇摆，所以让人失去了根本，是很害人的。

妖怪也知道孙悟空本事大就哄着他。先锋道："大王放心，且休埋怨。我记得孙行者是个宽洪海量的猴头，虽则他神通广大，却好奉承。我们拿个假人头出去哄他一哄，奉承他几句，只说他师父是我们吃了。惹还哄得他去了，唐僧还是我们受用，哄不过再作理会。"

悟空他们在妖洞门口，小妖就奉承道："大圣爷爷，息怒容禀。"本来悟空他们两个是准备打进去的，这一奉承就不打了，这就是孙悟空的毛病。你有什么样的短处，这个短处就会起作用。好奉承，妖怪就奉承，就又上当了，又被骗了。

孙行者果好奉承，听见叫声大圣爷爷，便就止住八戒："且莫动手，看他有甚话说。"拿盘的小怪道："你师父被我大王拿进洞来，洞里小妖村顽，不识好歹，这个来吞，那个来啃，抓的抓，咬的咬，把你师父吃了，只剩了一个头在这里也。"行者道："既吃了便罢，只拿出人头来，我看是真是假。"妖怪就拿了一个人头来骗悟空。行者道："真人头抛出来，扑搭不响，假人头抛得像梆子声。你不信，等我抛了你听。"拿起来往石头上一掼，当的一声响亮。沙和尚道："哥哥，响哩！"行者道："响便是个假的。我教他现出本相来你看。"急掣金箍棒，扑的一下，打破了。八戒看时，乃是个柳树根。

妖怪拿一个木头做的人头没骗成，悟空就又要打了，这时小妖又说"大圣爷爷，先前委是个假头。这个真正是唐老爷的头，我大王留了镇宅子的，今献出来也"。扑通的把个人头又从门窟里抛出，血滴滴的乱滚。

那呆子不嫌秽污，把个头抱在怀里，跑上山崖。向阳处，寻了个藏风聚气的所在，取钉耙筑了一个坑，把头埋了，又筑起一个坟冢。才叫沙僧："你与哥哥哭着，等我去寻些什么供养供养。"他就走向涧边，攀几根大柳枝，拾几块鹅卵石，回至坟前，把柳枝儿插在左右，鹅卵石堆在面前。行者问道："这是怎么说？"八戒道："这柳枝权为松柏，与师父遮遮坟顶；这石子权当点心，与师父供养供养。"刚才是一个木头的头好识别，现在是一个真人的头，就不好识别了。讲的是真心难辨。你是出于一个真心，动真感情，很真诚，好像是真心吧，但是和真正的真心不是一回事儿，你那还是人心的人情，就是假的，还是一个假心，不是真心。这个时候他们三个哭师父是真心流露，三个人都在大哭，邪不压正，真心起来了，就能战胜魔。与师父供养，用柳枝遮阴凉，以石头为点心，都表示的是真心，讲无形的也要真。

第二，全体大用

这时候就来打了。老怪持铁杵，应声高呼道："那泼和尚，你认不得我？我乃南山大王，数百年放荡于此。唐僧是我拿吃了，你敢如何？"行者骂道："这个大胆的毛团！你能有多少的年纪，敢称南山二字？李老君乃开天辟地之祖，尚坐于太清之右；佛如来是治世之尊，还坐于大鹏之下；孔圣人是儒教之尊，亦仅呼为夫子。你这个孽畜，敢称什么南山大王，数百年之放荡！不要走！吃你外公老爷一棒！"三家圣人说的是真心，儒释道三家的祖师，都讲的是真心、道心、禅心。这个心是什么呢？这个心是一个变化万端，可以无中生妙有，可以无限变化，即人的自然的心体，妙明真心。

南山大王这个妖怪，讲的是离卦人心。这个贪心是非常愚蠢的，非常可怜可笑的这么一个小的心。真心是天地之心，是一个无穷变化的心，一个伟大的心。你这个心还敢称大王，圣人真心修出来还谦虚呢，你就称大王了。这是真心和假心的一个对比。

这时，孙悟空"把毫毛拔下一把，嚼在口中，喷出去，叫声：'变！'都变作本身模样，一个使一条金箍棒，从前边往里打进，那一二百个小妖，顾前不能顾后，遮左不能遮右，一个个各自逃生，败走归洞。这行者与八戒，从阵里往外杀来"。一个往里，一个往外，法身往里，肉身往外，是说法身、肉身同时做功，讲的是全体大用，讲的是真心。如果你的心老实了，实在了，真实

的心就出来了，心体的妙用就出来了，就会里应外合。孙悟空打妖，可能有好多妖，也有很多问题，真心的全体大用，不用你想，也不用你管，哪儿有问题分神就出去了，哪儿有阴气，哪有毛病，都不用你管，分神全给做了，就叫全体大用。以一化万，真心有万用，这件事可能有一百多个环节，哪个环节有问题，阳气就会去哪儿，把这一百多个环节的阴气都消掉了。

小妖都死了，"可怜那些不识俊的妖精，搪着耙，九孔血出，挽着棒，骨肉如泥，唬得那南山大王滚风生雾，得命逃回，那先锋不能变化，早被行者一棒打倒，现出本相，乃是个铁背苍狼怪"。先锋是个铁背苍狼怪，南山大王是花皮豹子。

孙悟空为救师父，他的状态已经完全变了。且回头看处，原来是涧中水响，上溜头冲泄下来。又见涧那边有扇门，门左边有一个出水的暗沟，沟中流出红水来。他道："不消讲！那就是后门了。若要是原嘴脸，恐有小妖开门看见认得，等我变作条水蛇过去。且住！变水蛇恐师父的阴灵儿知道，怪我出家人变蛇缠长。变作个小螃蟹过去罢？也不好，恐师父怪我出家人脚多。"即做一个水老鼠，飕的一声撺过去，从那出水的沟中，钻至里面天井中。探着头儿观看，只见那向阳处有个小妖，拿些人肉巴子，一块块地理着晒哩。行者道："我的儿啊！那想是师父的肉，吃不了，晒干巴子防天阴的。我要现本相，赶上前，一棍子打杀，显得我有勇无谋；且再变化进去，寻那老怪，看是何如。"跳出沟，摇身一变，变作个有翅的蚂蚁。悟空开始的时候，被分瓣梅花计给骗了，妖精调虎离山，把唐僧给捞走了，骗了悟空他们，现在悟空就非常的谨慎。

"静气存心，细察其门户，洞晓其源流，潜身直入其洞中，而真假毕露。知其为魔，炼成真窍，诸怪自倒，顿皆寝息，即现出本相，而打破旁门矣。"这是讲他开始的时候，人心随缘顺着跑就上当了，现在他是用元神非常谨慎小心，都弄得很稳当了，才出手。之前是人心，特别粗鲁莽撞，所以就上当了，把师父给丢了，现在就特别小心。

"人肉巴子"讲的就是晒人肉的妖怪。在肉身心肾上做活计的，只不过就是一些晒人肉的妖怪。在有形有相的心肾上做文章的，就是妖怪。悟空的变化是讲先天之炁自虚无中来，凝聚而成形，能化有形入于无形，无相而生实相。

妖怪晒人肉吃唐僧，讲的是在有形有相的上面着意。孙悟空变来变去，讲的是无形的用，而且无形是很厉害的，能化有形入于无形，无形能够进入有形，是一个虚无的能够进入任何一个有形的物质当中。假的就是一个有形，不能变化的。孙悟空的变和妖怪晒人肉这两个的对比，一个真一个假，假的是浊精浊气，又不能变，真的是虚无的，无处不变，无处不到。

第三，人心死

这时，孙悟空就听到小妖说，蒸着吃怎么好吃，用点蒜泥拌着吃怎么好吃，然后煸炒着吃怎么好吃，悟空就气坏了，说："我师父怎么惹着你们了，你们这么恶毒，要害我师父。"即将毫毛拔了一把，口中嚼碎，轻轻吹出，暗念咒语，都教变作瞌睡虫儿，往那众妖脸上抛去。一个个钻入鼻中，小妖渐渐打盹。不一时，都睡倒了。只有那个老妖睡不稳，他两只手揉头搓脸，不住地打喷嚏，捏鼻子。行者道："莫是他晓得了？与他个双拣灯！"又拨一根毫毛，依母儿做了，抛在他脸上，钻于鼻孔内。两只虫儿，一个从左进，一个从右入。那老妖趴起来，伸伸腰，打两个呵欠，呼呼的也睡倒了。两个瞌睡虫让老妖睡实了，这表示悟空特别谨慎，先把小妖都弄睡了，再救师父。

行者暗喜，才跳下来，现出本相，耳朵里取出棒来，晃一晃，有鸭蛋粗细，当的一声，把旁门打破，跑至后园，高叫："师父！"然后长老说："赶快给我解绳儿吧。"行者道："师父不要忙，等我打杀妖精，再来解你。"急抽身跑至中堂，正举棍要打，又滞住手道："不好！等解了师父来打。"复至园中，又思量道："等打了来救。"如此者两三番，却才跳跳舞舞的到园里，长老见了，悲中作喜道："猴儿！想是看见我不曾伤命，所以欢喜得没是处，故这等作跳舞也。"反复三次才定下来救师父，上次上当了，这次就特别谨慎，把这个事情反反复复地有把握了，他才救人。讲神是很精密的，很仔细很认真。内心仔细认真，外边的能量就会成真，稍微一懈怠，稍微一大意，外边的事就出问题。特别的认真，特别的仔细，一点都不要留余地，一点都不凑合事，很认真、很严格，一丝不苟地办事，结果一定是好的。

那老妖还睡着，悟空即将他四马攒蹄捆倒，使金箍棒掬起来，握在肩上，径出后门。猪八戒远远地望见道："哥哥好干这握头事！再寻一个趁头挑着不好？"那些小妖及醒来，烟火齐着，可怜！莫想有半个得命。连洞府烧得精空，却回见师父。师父听见老妖方醒声唤，便叫："徒弟，妖精醒了。"八戒上前一耙，把老怪筑死，现出本相，原来是个艾叶花皮豹子精。行者道："花皮会吃老虎，如今又会变人。这顿打死，才绝了后患也！"艾叶花皮比喻不是根本，心失去了根本，就会麻烦不断，人失去主心骨，就会有迷失，豹子会吃老虎，是会吃人心，把豹子打了，人心也彻底灭绝了。

为什么说修道者多如牛毛，成道者凤毛麟角，关键就是这个心，心管不住，真心出不来，到一定的验证，走到一半，走到一定程度的时候，就被淘汰了。

第八十七回　奉天郡祈雨，讲普济众生

第八十七回　凤仙郡冒天止雨，孙大圣劝善施霖

第一，灾害是德亏

郡守冒犯了天，所以不下雨。孙悟空就劝善，劝他敬天来下雨，凤是离卦，龙是坎卦。凤仙郡讲的是火凤凰，不下雨是真阴不下降。说这个地方冒犯了老天，所以不下雨。本来应该真阳变真水，但是一团火，真阴变不出来。

郡侯不敬天，所以天不降雨。不敬天指元精不敬天，元精不上来就叫不敬天。讲的是金丹这个事，元精不化元气，冲不上来，就是不敬天，就是真阴之水下不来。雨就比喻真阴之水，不敬天就是元精发动不往上化光。

大道幽深，如何消息，说破鬼神惊骇。挟藏宇宙，剖判玄光，真乐世间无赛。灵鹫峰前，宝珠拈出，明映五般光彩。照乾坤上下群生，知者寿同山海。

世间最乐的就是金丹验证，太玄妙了。金丹藏着宇宙根本的奥秘，说破了连鬼神都钦佩，俗人根本就不能想象。

"宝珠拈出"，金丹像宝珠，放着五色光。"照乾坤上下群生"，讲的是金丹光简直太玄妙了，用处太多了。就这么一个光，上下群生，天地、人、动物、植物，包括地球，也算一个生命，所有生命这个光都照耀他，这讲的是无所不在的用，讲金丹妙用。

普济甘霖，普度众生，讲的是普遍的救助。真心妙用，金丹是一个普度的光。金丹照乾坤上下群生，像太阳一样的，众生都因为它的存在而受益，需要很大的德行，才能够与之匹配。不是忠臣孝子，不是仁人义士，不是非常诚恳的人，德行不够是承担不起的。阴德、玄德、天德是玄妙而无形的。金丹有那么大的用途，那么广泛的用处，也不是一般人能有的，一般人的德不够。德不够的话，修出来的光，就不能无为地普度众生，去做好事，达不到这种地步。德就是阴德、玄德、天德，讲的就是无形的德，一点灵光就是金丹，是阴阳混一的德一之光，

就是这个东西。（**见彩图二十七《金丹》**）

这时候到了天竺外郡，地名凤仙郡，再往前就快到灵山了，这是到近郊区的意思。凤仙郡连年干旱，郡侯差出榜，招求法师祈雨救民。

行者闻言道："你的榜文何在？"众官道："榜文在此，适间才打扫廊檐，还未张挂。"行者道："拿来我看看。"行者道："祈雨有甚难事！我老孙翻江搅海，换斗移星，踢天弄井，吐雾喷云，担山赶月，唤雨呼风，哪一件不是幼年耍子的勾当！何为稀罕！"说金丹在刚刚形成的时候，已经是这样了，讲的是日月山河，所有这些东西都是金丹变的，都是先天一炁，所以金丹从小的时候，就和这些自然融为一体了。悟空说下雨太小意思了，我帮你。

听说有重谢，行者笑道："莫说，莫说！若说千金为谢，半点甘雨全无。但论积功累德，老孙送你一场大雨。"真心妙用，普度众生是一个妙用，下一场雨是普度的意思。对于金丹来说，是金丹的光芒，转化阴气，是分神运化，积功累德。功德够了以后，功力就长了。所以首先是要舍，要做好事，做完好事以后，功力就长出来了。讲的是分神运化做好事，对于法身来说，就是积功累德。

行者念动真言，诵动咒语，即时见正东上，一朵乌云，渐渐落至堂前，乃是东海老龙王敖广。那敖广收了云脚，化作人形，走向前，对行者躬身施礼道："大圣唤小龙来，哪方使用？"行者道："请起。累你远来，别无甚事。此间乃凤仙郡，连年干旱，问你如何不来下雨？"老龙道："启上大圣得知，我虽能行雨，乃上天遣用之辈。上天不差，岂敢擅自来此行雨？"这是执行老天的命令，老天没有命令我怎么能私自下雨，私自下雨，龙头不就被斩了吗？肯定不能私自下雨。积功累德这件事，别人不能代替，为什么不下雨？缺德了，干坏事了，不敬天了，所以不下雨。

德这个事别人不能代替，是自己积的，自己把这德积够了才行。孙悟空想让龙王给他面子，这不是面子的事。以德入道，才顺利，很顺利就说明德在那儿撑着，不顺利说明德不够。德不够就得自己慢慢积，以后就顺利了，讲的是无形的德，下雨讲的也是德。

第二，伤了和气

孙悟空上天问为什么，玉帝说："那厮三年前十二月二十五日，朕出行监观万天，浮游三界，驾至他方。见那上官正不仁，将斋天素供，推倒喂狗，口出秽言，造有冒犯之罪。朕即立以三事，在于披香殿内。汝等引孙悟空去看，若三事倒断，即降旨与他。如不倒断，且休管闲事。"就是说你犯错误了，天就要惩罚，惩罚过去了，这个雨才能给你下。

小说讲的是元精发动，能量不上头变成真阴之水。编这样一个故事，其实是讲人体的天地，你别被这故事给迷惑了，以前我们不懂的时候就跟着故事跑了，你看老天真是存在的，人在做天在看，你这犯一个错误，就给你记着，我们只会从俗人的思路上去想，其实这是在讲金丹的寓意。

"四天师即引行者至披香殿里看时，见有一座米山，约有十丈高下，一座面山，约有二十丈高下。米山边有一只拳大之鸡，在那里紧一嘴，慢一嘴，啄那米吃。面山边有一只金毛哈巴狗儿，在那里长一舌，短一舌，餂那面吃。左边悬一座铁架子，架上挂一把金锁，约有一尺三四寸长短，锁梃有指头粗细，下面有一盏明灯，灯焰儿燎着那锁梃。行者不知其意，回头问天师曰：'此何意也？'天师道：'那厮触犯了上天，玉帝立此三事，直等鸡嗛了米尽，狗餂得面尽，灯焰燎断锁梃，那方才该下雨哩。'"

四大天师笑道："大圣不必烦恼，这事只宜作善可解。"蜡烛的火是很小的，大铁锁是很大的，这么一个小火要把大锁给烧断了，意思就是这事太难了。因为郡侯犯错了，天理不容，这三个事就是惩戒。负阴抱阳，你在有形的物质世界所说的、所做的，在无形的世界是同时的。千万次的轮回已经犯了很多错误，现在把错误都清理干净，不能再犯错误，你不能再给自己堆垃圾。你犯的错误，是要自己背着的。

孙悟空回来教育郡侯，行者道："你若回心向善，趁早儿念佛看经，我还替你作为；汝若仍前不改，我亦不能解释，不久天即诛之，性命不能保矣。"就是说，你要不改的话，你要不回心向善的话，马上天灾就下来，不是下雨的问题，马上你就死。总是没有雨，总是没有能量上来，脑光没了，人就死了，

讲的是这个意思，性命不保也。

郡侯磕头礼拜，誓愿皈依。当时召请本处僧道，启建道场，各各写发文书，申奏三天。郡侯领众拈香瞻拜，答天谢地，引罪自责。就是说郡侯忏悔认错，回心转意了，回心就能回天。向善，恶的能量场就消了，向善就可以解罪。比如说这是一个恶的，但是只要一回心一向善，因为天德就是善，所以你一回心的话，一向善的话，就感天动地，天地就是善，人的这一点灵光就是善，就是天德能量。所以你这样一向善的话，一起善念的话，就回天。

其实讲的善就是本性。郡侯你在这儿闹，你这是人心，贪天之功，在那儿胡说八道，这就是人心状态。现在他向善了，向本性了。本性就是静，一静就元精发动，元精发动了就变成真阴之水，不就下雨了吗？就是这个意思，讲的就是人的真阴真阳，讲的是金丹的过程，一向善就是向本性，一向本性，一空下来，去掉了后天的燥火人心，先天的能量就起来，起来以后就化成真阴之水，讲的是一善就有回天之力。

什么叫天？人的本性就是天，你回归本性了，先天能量就出来了。不是说外在的有一个天宫，有一个外在形象。不是小神小仙和附体的那些级别看到的那个世界，本性世界比他们看到的高得多，所以不要被蒙了。原来真是有这么一个世界，你看电影也拍出来了，就认为是真的，其实本性比他们看到的都高。就是说一善念，米山没了，面山也没了，锁也开了。讲的是一回归本性，能量就解决了。

第三，德重鬼神钦

孙悟空上天跑了三五趟，都做不通工作，这回又跑上来了。天王道："你今又来做甚？"行者道："那郡侯已归善矣。"天王亦喜。正说处，早见直符使者，捧定了道家文书、僧家关牒，到天门外传递。那符使见了行者，施礼道："此意乃大圣劝善之功。"行者道："你将此文牒送去何处？"符使道："直送至通明殿上，与天师传递到玉皇大天尊前。"行者道："如此，你先行，我当随后面去。"那符使入天门去了。护国天王道："大圣，不消见玉帝了。你只往九天应元府下，借点雷神，径自声雷掣电，还他就有雨下也。"这有一句话，"人心生一念，天地悉皆知。善恶若无报，乾坤必有私"。"应元"，善就是本元，你的善心一动，你的本元就加持，你要雨，就给你下雨。说一个恶念造了一个恶山，一个善念，就可以消你的恶业。积善成德，积善就会惊动九天应元府，本元和你就会相应，善就是本元，一点灵光，仁德，你的本元，就是共性。这是一个广大的世界，一个纯阳的世界，一念成真讲的就是要什么就能变成什么。

这时候就下雨了，一日雨下足了三尺零四十二点。讲的是五行合一的先天一炁，雨指德一之水，天德能量，这个能量就是人的本善，善念起来的时候，就和德一之水链接了。

众神祇渐渐收回。孙大圣厉声高叫道："那四部众神，且暂停云从，待老孙去叫郡侯拜谢列位。列位可拨开云雾，各现真身，与这凡夫亲眼看看，他才信心供奉也。"众神听说，只得都停在空中。这行者按落云头，径至郡里。早见三藏、八戒、沙僧，都来迎接。那郡侯一步一拜来谢。行者道："且慢谢我。我已留住四部神祇，你可传召多人同此拜谢，教他向后好来降雨。"郡侯随传飞报，召众同酬，都一个个拈香朝拜。"只见那四部神祇，开明云雾，各现真身。四部者，乃雨部、雷部、云部、风部。只见那——龙王显象，雷将舒身；云童出现，风伯垂真。龙王显象，银须苍貌世无双；雷将舒身，钩嘴威颜诚莫比；云童出现，谁如玉面金冠；风伯垂真，曾似燥眉环眼。齐齐显露青霄上，各各挨排现圣仪。凤仙郡界人才信，顶礼拈香恶性回。今日仰朝天上将，洗心向善尽皈依。"这些神都是管下雨的。德重鬼神钦，鬼神都要帮你，就是说你向善的真心出来了，鬼神都要为你出力。

风、雨、雷、电这些神都是感应，一念灵通，感应神速，你的一个善念，马上就感天动地，感动这些天神，无不如意，你想下雨就下雨，你想什么就是什么。修道的人，内积阴德，外施普济，方是道高德隆。圣贤体用真心，圣人有体有用，德积累够了，外用都是施舍的，把德送出去，舍出去。讲的是心的妙用，这妙用的就是施舍，舍的是光，就是普度众生。

普度众生关乎传续道脉之事，禅性未稳、诚恳未遇都不能传。人自己修行

还不到位，对禅心自己还不是那么稳得住，可能一会儿又跑到人心上去了，一会儿又跑到人情上去了。禅性未稳、诚恳未遇的时候不能传，一传就传错了，传错了就糟了。接下来讲传授的真假，降甘霖就是普度。传道也是一种普度，但是不是随便度，度有缘。

凤仙郡求雨成功了以后，老百姓在大街小巷上磕头，头都磕破了。然后这些天神就在云层上看见了，玉皇大帝就不高兴了。玉皇大帝意思是说，你这简直是贪天之功，我下的雨怎么都跪拜你呢？金星就出主意了，说没关系，再给他们整点麻烦，然后就来麻烦了。贪天之功的麻烦，老天下的雨，你不能认为是你自己下的雨，你不能这样想，你这样想，那老天就收拾你。

你不是贪天之功吗！你不是好为人师吗！我整一堆狮子来找你麻烦。下边几回讲狮子精就是因为这儿犯了错，就是说什么时候都要保持清醒，不能够糊涂，你一糊涂以为求雨成功了，自己好像很有功劳。你这么一想，麻烦又来了。什么时候都要保持清醒，不能糊涂，就是不能贪天之功。

第八十八回　三徒收徒，讲被褐怀玉

第八十八回　禅到玉华施法会，心猿木母授门人

第一，法身传道

已经到了玉华县。玉华就是玉光，玉液还丹。

那老者闻言，口称："有道禅师，我这敝处，乃天竺国下郡，地名玉华县。"县中城主，就是天竺皇帝之宗室，封为玉华王。"此王甚贤，专敬僧道，重爱黎民。老禅师若去相见，必有重敬。"三藏谢了，那老者径穿树林而去。

两边人都来争看，齐声叫道："我这里只有降龙伏虎的高僧，不曾见降猪伏猴的和尚。"有道的禅师，是有光的禅师。天竺国的下郡玉华县，"天"是二人合一，性命已经合一，性光已经修出来了。"玉"是柔净之光华，性光。修禅指玉液还丹这个真禅真光。到此地位，性体成就。修性已经成功了，玉液还丹是了性，金液还丹是了命。现在已经了性了，如果吝而不传，使后无来者，便是遏绝之私。但如果所传非人，轻泄秘妙，亦必身遭魔难。其实，猪和猴讲得就是降龙伏虎。八戒是木母在东，是青龙，是性；悟空是金公在西，是白虎，是命。降龙伏虎，就是性命双修，现在已经尽性了命，金丹已经修成了。可是，普通的人不懂猴子和八戒的内涵，就是说一般人不了解内涵，就不懂内涵。整个人的先天自然系统知道的人很少，就讲这个意思。

第二，诚心可授

皇帝就问："你们走了多久了？"唐僧说："已经走了十四年。""哪个是大唐取经僧的高徒？我主有旨，请吃斋也。"八戒正坐打盹，听见一个斋字，忍不住跳起身来答道："我们是，我们是！"当殿官一见了，魂飞魄丧，都战战的道："是个猪魈，猪魈！"行者听见，一把扯住八戒道："兄弟，放斯文些，莫撒村野。"那众官见了行者，又道："是个猴精，猴精！"沙僧拱手道："列位休得惊恐。我三人都是唐僧的徒弟。"众官见了，又道："灶君，灶君！"

孙行者即教八戒牵马，沙僧挑担，同众入玉华王府，当殿官先入启知。

王子奈着惊恐，教典膳官请众僧官去暴纱亭吃斋，三藏谢了恩，辞王下殿。"暴纱亭"吃斋，"暴"宣布，"纱"轻薄，"亭"暂处。内心并不恭敬，虽然表面给饭吃，但是心里不恭敬，是傲慢的。普通人不懂，又不尊重，所以你就不用理他。他要是真懂的，要是真有缘分的，到时间就遇到金丹了。几千年的轮回，几千年的历史决定的。时候不到就遇不着，或者错过。王子根本就感觉不到，根本不尊重，这样的话就不能传道。

这个时候孙悟空就显神通，为了让不信的人信而显神通，他信了神通，也不是真心的信。好大圣，嗯哨一声，将筋斗一纵，两只脚踏着五色祥云，起在半空，离地约有三百步高下，把金箍棒丢开个撒花盖顶，黄龙转身，一上一下，左旋右转。"等老猪也去耍耍来！""师父，也等老沙去操演操演。"弟兄三个即展神通，都在那半空中一齐扬威耀武。把神显通出来以后，俗人就相信了，众人一看有这么高的神通，肯定是真人，他就信了，这就特别不好。你露出来神通，你就有麻烦了。

你看这就来了，老王闻言，信心从愿。当时父子四人，不摆驾，不张盖，步行到暴纱亭。他们正要走，结果被截住了，不让走。行者等闪过旁边，微微冷笑。其实孙悟空就明白，俗人看到神通，他就要这个，这时孙悟空也知道自己犯错误了。

老王道："孤先见列位时，只以为唐朝远来行脚僧，其实肉眼凡胎，多致轻亵。"他们根本就没有尊重唐僧四人。"适见孙师、猪师、沙师起舞在空，方知是仙是佛。孤三个犬子，一生好弄武艺，今谨发虔心，欲拜为门徒，学些武艺。万望老师开天地之心，普运慈舟，传度小儿，必以倾城之资奉谢。"就是说看到了，就得是他的了，你知道吗？就这种心理，所以神通是不能露的。不要跟普通的人去扯这些事，根本就不跟他扯，扯了就是麻烦。因为你不给，他就害你，就是这样的。

第三，三徒收徒

明早，那老王父子，又来相见这长老。昨日相见，还是王礼，今日就行师礼。那三个小王子对行者、八戒、沙僧当面叩头，拜问道："尊师之兵器，还借出与弟子们看看。"八戒闻言，欣然取出钉耙，抛在地下。沙僧将宝杖抛出，倚在墙边。二王子与三王子跳起去便拿，就如蜻蜓撼石柱，一个个争得红头赤脸，莫想拿动半分毫。大王子见了，叫道："兄弟，莫费力了。师父的兵器，俱是神兵，不知有多少重哩！"八戒笑道："我的耙也没多重，只有一藏之数，连柄五千零四十八斤。"三王子问沙僧道："师父宝杖多重？"沙僧笑道："也是五千零四十八斤。"大王子求行者的金箍棒看。行者去耳朵里取出一个针儿来，迎风晃一晃，就有碗来粗细，直直的竖立面前。然后形容这个金箍棒，金箍棒重该一万三千五百斤。

"鸿蒙初判陶镕铁，大禹神人亲所设。湖海江河浅共深，曾将此棒知之切。开山治水太平时，流落东洋镇海阙。日久年深放彩霞，能消能长能光洁。老孙有分取将来，变化无方随口诀。要大弥于宇宙间，要小却似针儿节。棒名如意号金箍，天上人间称一绝。"孙悟空的金箍棒，重一万三千五百斤。一、三、五，讲的是三家相见五行合一，先天一炁的金丹，讲的是这个数，一藏是五千零四十八。

行者笑道："教便也容易，只是你等无力量，使不得我们的兵器，恐学之不精，如画虎不成反类狗也。"是说你的神没有力量，拿不动这个兵器。三个小王子亲抬香案，沐手焚香，朝天礼拜，拜毕请师传法。行者对唐僧行礼道："告尊师，恕弟子之罪。自当年在两界山蒙师父大德救脱弟子，秉教沙门，一向西来，虽不曾重报师恩，却也曾渡水登山，竭尽心力。今来佛国之乡，幸遇贤王三子，投拜我等，欲学武艺。彼既为我等之徒弟，即为我师之徒孙也。谨禀过我师，庶好传授。"三藏十分大喜。八戒、沙僧见行者行礼，也来磕头。三藏俱欣然允之。拜了师父以后还得拜唐僧，因为唐僧是他们的师父，唐僧同意了他们才能收徒弟。学道培养的是神的力量。学了金丹大道，各种各样的验证，就是神的能量长了。教武艺要先教神力，不然的话，工具都拿不起来。学法容易，神

兵难拿。武艺是次要的，元神不通，元神无力，就载不动道，没有光就承载不了道。所以，首先你就要把光培养起来，有光才能载道。

拜师为什么还要唐僧同意？因为唐僧是他们的师父，唐僧的法身背后是无穷无尽的祖师的力量，拜唐僧实际上就是拜祖师，是一个无形的、祖祖相传的、神秘的、玄妙的东西。唐僧背景深厚，是那个无限大的道体的力量。欺师就等于灭祖之罪，如果你不尊重师父的话，就有相当于灭祖的恶果等着你。就是说你拜了师父，其实是师父背后广大的力量在帮助你成就。

这兵器原是他们随身之宝，一刻不可离者，各藏在身，自有许多光彩护体。兵器比喻的是他们的光，不是外在有形的一个兵器，身上的慧光离开人体必遭难。人为什么不能用神通，一用神通光就离体。神光离体就遭难，虚空中能量强的就给收拾了，所以不能离体，一刻也不能离。

各藏在身，自有许多光彩护体，它就是光。光怎么能离体呢？今放在厂院中几日，那霞光有万道冲天，瑞气有千般罩地。其夜有一妖精，离城只有七十里远近，山唤豹头山，洞唤虎口洞，夜坐之间，忽见霞光瑞气，即驾云头而看。原是州城之光彩，他按下云来近前观看，乃是这三般兵器放光。妖精又喜又爱道：“好宝贝，好宝贝！这是甚人用的，今放在此？也是我的缘法，拿了去呀！拿了去呀！”他爱心一动，弄起威风，将三般兵器，一股收之，径转本洞。这讲的就是光不能离身，神通不能外现，神通一外现，光就会受伤，光一受伤人的肉身就完了。人为什么死了？就是光没了，光弱了，所以就出问题了。他们在教徒弟，妖怪却把武器偷走了。真师传道，三个人传三个王子，先教给他神力，他们就拿得动这个兵器了，这讲的就是真。假的是黄狮精设钉耙会，黄狮精是个妖怪，是个假土，黄是土的意思，是个假土，假土设的一个钉耙会就是虚的。讲的是真师传道和假师盗道的对比。假师帽子上是一个豹子头，在虎口洞。假师就是一个凶猛的动物，虎视眈眈地吃人的光。假装的好像在教人什么，假师偷道，根本没有道，都是假的。

第八十九回　钉耙会，讲假师虎口

第八十九回　黄狮精虚设钉耙宴，金木土计闹豹头山

第一，寻找宝贝

真师传道，假师盗道。行者无语暗恨道："还是我们的不是，既然看了式样，就该收在身边，怎么却丢放在此！那宝贝霞彩光生，想是惊动什么歹人，今夜窃去也。"悟空问王子，州城四面有什么妖怪。王子道："神师此问，甚是有理。孤这州城之北，有一座豹头山，山中有一座虎口洞。往往人言洞内有仙，又言有虎狼，又言有妖怪。孤未曾访得端的，不知果是何物。"行者笑道："不消讲了，定是那方歹人，知道俱是宝贝，一夜偷将去了。"兵器丢了。黄狮精是假土，上回讲玉华施会，是祖祖相传，真知实力，是施法会。此回讲钉耙设会，乃盗道假师，师心自用，是虚设会。宝贝离身，讲的是慧光离身外显，必遭磨难。豹头山，虎口洞，明明是贪婪地注视，准备吞噬之徒，俨然托迹神仙，不自知其为恶物。其头所戴者道冠，实为豹头；其口所吐者道言，实为虎口，偷道之妖。一语已湛奸人肺腑，可见假托诳世者，可詟俗而不可罔智也。妖怪骗不了悟空。很多出来讲道的人，自己根本就没有开玄关，就是假道，好多是附体。附体虎视眈眈地要吃人的光，还美其名曰传道。其实是虎口，是来吃人光的。

悟空变化了，飞在妖精头上，听他说话："二哥，我大王连日侥幸。前月里得了一个美人儿，在洞内盘桓，十分快乐。昨夜里又得了三般兵器，果然是无价之宝。明朝开宴庆'钉耙会'哩，我们都有受用。"这个道："我们也有些侥幸。拿这二十两银子买猪羊去，如今到了乾方集上，先吃几壶酒儿，把东西开个花账，落他二三两银子，买件绵衣过寒，却不是好？"两个怪说说笑笑的，上大路急走如飞。

行者听得要庆钉耙会，心中暗喜；欲要打杀他，怎奈不关他事，况手中又无兵器。他即飞向前边，现了本相，即使个定身法，把两个狼头精定住。又将他扳翻倒，揭衣搜捡，果是有二十两银子，着一条搭包儿打在腰间裙带上，又

各挂着一个粉漆牌儿，一个上写着"刁钻古怪"，一个上写着"古怪刁钻"。偷了三个宝贝，一是搞一个美人，是搞浊精浊气，妄想化光的。二是偷人家的光，就是妖。定慧不相离，佛空虚相，自心印证，非假外来，岂可袭取而得？黄狮暗窃三宝，私心庆幸，且只庆钉耙，不庆金棒、宝杖，不识三宝之妙，也不识钉耙为何物！见耙齿与爪牙相似，足以助其锋利，为可庆耶！曰"钉耙会"不过会其牙爪，以虚张声势而已。得美人而快乐，不知为伐性之斧，得钉耙而开宴，已酿成掘命之根。使个定身法，把邪行妄意止住、定住，再铲除。刁钻古怪"钻"是阳，"古"是阴，钻中有古是阳中藏阴，古中有钻是阴中藏阳。

第二，得胜而回

"八戒你变作刁钻古怪，我变作古怪刁钻，沙僧装做个贩猪羊的客人，走进那虎口洞里，得便处，各人拿了兵器，打绝那妖邪，回来却收拾走路。"沙僧笑道："妙，妙，妙！不宜迟！快走！"老王果依此计，即教管事的买办了七八口猪，四五腔羊。他三人辞了师父，在城外大显神通。

那怪左胁下挟着一个彩漆的请书匣儿，迎着行者三人叫道："古怪刁钻，你两个来了？买了几口猪羊？"行者道："这赶的不是？"那怪朝沙僧道："此位是谁？"行者道："就是贩猪羊的客人，还少他几两银子，带他来家取的。你往哪里去？"那怪道："我往竹节山去请老大王明早赴会。"行者绰他的口气儿，就问："共请多少人？"那怪道："请老大王坐首席，连本山大王共头目等众，约有四十多位。"行者为金水，阴中有阳，一变而为古怪刁钻，古怪中有刁钻也；八戒为木火，阳中有阴，一变而为刁钻古怪，刁钻中有古怪也；沙僧为中央土，寄四而分旺，故为诸阳之客，三人是《河图》理数。比喻五行合一的金丹，数虽然是虚的，但是有实的天地能量。"竹节山，节节通透，也只是暗里空穿；九曲洞，曲曲玲珑，只不过纡回摩揣。"老大王是一点灵光，本来是通天通地的，可是被六个狮子围住，即被后天六欲给限制了，所以他就不通了，变成后天的曲里拐弯了。

行者看毕，仍递与那怪。那怪放在匣内，径往东南上去了。沙僧问道："哥哥，帖儿上是什么话头？"行者道："乃庆钉耙会的请帖，名字写着'门下孙黄狮顿首百拜'，请的是祖翁九灵元圣老大人。"沙僧笑道："黄狮想必是个金毛狮子成精，但不知九灵元圣是个何物。"八戒听言，笑道："是老猪的货了！"行者道："怎见得是你的货？"八戒道："古人云，'癞母猪专赶金毛狮子'，故知是老猪之货物也。"这是开玩笑的，从性命两个部分来说，应该说它属于性，灵光是真性，本性。所以猪八戒的话也有点道理，但是根本不是猪八戒降服的。

早惊动里面妖王，领十数个小妖，出来问道："你两个来了？买了多少猪羊？"行者道："买了八口猪，七腔羊，共十五个牲口。猪银该一十六两，羊银该九两，前者领银二十两，仍欠五两。这个就是客人，跟来找银子的。"妖王听说，即唤："小的们，取五两银子，打发他去。"行者道："这客人，一则来找银子，二来要看看嘉会。"那妖大怒骂道："你这个刁钻儿惫懒！你买东西罢了，又与人说什么会不会！"共十五个牲口，十五的月亮，比喻法身这个象，圆坨坨光灼灼的光已经修出来了，他们是有金丹的，是真师，真师一出来假师就毙命。他们三个来了，兵器是他们的，即光是他们的，真师是有光的。妖怪是假的，根本没有光，偷别人光。悟空他们是真师，真师来了，妖精根本就看不出来，但是妖精的心思、举止，真师是了如指掌的。

九灵能通众狮，可谓之狮祖，而不可谓之祖师。思虽多，不过是师心妄作，冥慧自戕，可悯可叹！假师，思心，多思虑，师心妄作就是胡思乱想，就把光给毁了，就是假师。真师有光，传光给你，传神力给你。假师就是胡思乱想，他不仅没有把光传给别人，在无形中连自己的慧光都给杀害了，叫做冥慧自戕。有光和无光是真师和假师的区别，是培养人长光还是毁光的区别。

有一小妖，取了五两银子，递与行者。行者将银子递与沙僧道："客人，收了银子，我与你进后面去吃些饭来。"沙僧仗着胆，同八戒、行者进于洞内，到二层厂厅之上，只见正中间桌上，高高地供养着一柄九齿钉耙，真个是光彩映目，东山头靠着一条金箍棒，西山头靠着一条降妖杖。那怪王随后跟着道："客人，那中间放光亮的就是钉耙。你看便看，只是出去，千万莫与人说。"沙僧点头称谢了。噫！这正是物见主，必定取，那八戒一生是个鲁夯的人，他见了

钉耙，哪里与他叙什么情节，跑上去拿下来，抡在手中，现了本相，丢了解数，望妖精劈脸就筑。这行者、沙僧也奔至两山头各拿器械，现了原身。三兄弟一齐乱打，慌得那怪王急抽身闪过。

"三人径至洞口，把那百十个若大若小的妖精，尽皆打死，原来都是些虎狼彪豹，马鹿山羊。被大圣使个手法，将他那洞里细软物件并打死的杂项兽身与赶来的猪羊，通皆带出。沙僧就取出干柴放起火来，八戒使两个耳朵扇风，把一个巢穴霎时烧得干净，却将带出的诸物，即转州城。"他们见了兵器绷不住就跑过去了。兵器是慧器，心光的用，心光体用兼备。"物见主，必定取"，好像一见到兵器，马上就冲过去拿兵器，讲的是光和人是一体的。

黄狮精就跑了，跑到九头狮子那告状去了。赶走了黄狮精，烧了虎口洞，要扫除邪思，扫除那些为了利益来骗人的邪师，假师盗道必将破灭。

第三，魔来报仇

他们回来就跟王子们、唐僧在一起，给他们讲刚才的经历。行者笑道："那虎狼彪豹，马鹿山羊，都是成精的妖怪。被我们取了兵器，打出门来。那老妖是个金毛狮子，他使一柄四明铲，与我等战到天晚，败阵逃生，往东南上走了。我等不曾赶他，却扫除他归路，打杀这些群妖，搜寻他这些物件，带将来的。"

却说那妖精果然向东南方奔到竹节山。那山中有一座洞天之处，唤名九曲盘桓洞，洞中的九灵元圣是他的祖翁。当夜足不停风，行至五更时分，到于洞口，敲门而进。小妖见了道："大王，昨晚有青脸儿下请书，老爷留他住到今早，欲同他去赴你钉耙会，你怎么又绝早亲来邀请？"黄狮把经过说了，老妖道："贤孙，事已至此，徒恼无益。且养全锐气，到州城里拿那和尚去。"那妖精犹不肯住哭，道："老爷！我那个山场，非一日治的，今被这秃厮尽毁，我却要此命做甚的！"挣起来，往石崖上撞头磕脑，被雪狮、猱狮等苦劝方止。当时离了此处，都奔州城。

老王大惊道："怎么好？"行者笑道："都放心，都放心！这是虎口洞妖精，昨日败阵，往东南方去伙了那九灵元圣儿来也。等我同兄弟们出去，吩咐关了四门，汝等点人夫看守城池。"那王子果传令把四门闭了，他父子并唐僧在城楼上点札，旌旗蔽日，炮火连天。行者三人，却半云半雾，出城迎敌。这正是：失却慧兵缘不谨，顿教魔起众邪凶。不知道藏，慧光不能漏，这慧光一漏，就有麻烦，就像金星说的，好为人师就惹来了一群狮子。

第九十回　九头狮子，讲一点灵光

第九十回　师狮授受同归一，盗道缠禅静九灵

第一，落入七情

"狮"，思；"师狮"，师心，就是胡思乱想。"授"，传；"授受"，传受。师心而悟道，与传授而得道，是完全不同的。师心是自己的胡思乱想，是识神瞎编的，没有光，也无法传给别人光，而真正的授受传道是传光。一真一假是完全不同的。九灵是一点灵光的真身，一经思虑，六欲摇动，全军被陷。

却说孙大圣同八戒、沙僧出城头，觌面相迎，见那伙妖精都是些杂毛狮子：黄狮精在前引领，狻猊狮、抟象狮在左，白泽狮、伏狸狮在右，猱狮、雪狮在后，中间却是一个九头狮子。那青脸儿怪执一面锦绣团花宝幢，紧挨着九头狮子，刁钻古怪儿、古怪刁钻儿打两面红旗，齐齐的布在坎宫之地。金毛报知老妖，老怪见失了二狮，吩咐："把猪八戒捆了，不可伤他性命。待他还我二狮，却将八戒与他。他若无知，坏了我二狮，即将八戒杀了对命！"

这些狮子精都来了，中间紧挨着九头狮子。九头狮子在中间，六只狮子把它围起来，这就是"盗道缠禅静九灵"。描述的这个场面，一点灵光是本性，但是被七情六欲所困。本来它是一个干净的，是个竹节山通透的，但是被六欲给困了，所以就落入后天。九曲盘桓洞就是曲里拐弯，讲真被假陷进去了。他的一点灵光都被这些乱七八糟的思维、六欲给困。坎卦是一个大凶之地，被凶险所陷。标题的后半句缠禅，真禅能摆脱思想的缠绕，无心就是真禅。九头怪元灵圣本来是个圣，狮子比喻思维，被这些思维缠着，灵光就不灵了，就落入后天了。

孙悟空跟狮精打，小王子对行者叩头道："师父先前赌斗，只见一身，及后佯输而回，却怎么就有百十位师身？及至拿住妖精，进城来还是一身，此是什么法力？"行者笑道："我身上有八万四千毫毛，以一化十，以十化百，百千万亿之变化，皆身外身之法也。"那王子一个个顶礼。

借着跟狮子精打，讲百千万亿化身是怎么回事，孙悟空说，以一化十，以十化百，百千万亿，讲真心妙用，全体大用，它可以化无数出来再用。所以你需要做什么呢？就需要静，你安静，什么都不想，空静，没有杂念，只要这样就行了。你这样的话真心就有妙用，无限地变，无限地化生。讲全体大用，真心的妙用。

张开口把三藏与老王父子一顿嚼出，复至坎宫地下，将八戒也着口嚼之。原来他九个头就有九张口，一口嚼着唐僧，一口嚼着八戒，一口嚼着老王，一口嚼着大王子，一口嚼着二王子，一口嚼着三王子，六口嚼着六人，还空了三张口，发声喊叫道："我先去也！"这五只小狮精见它祖得胜，一个个愈展雄才。"行者闻得城上人喊嚷，情知中了他计，他却把臂膊上毫毛，尽皆拔下，入口嚼烂喷出，变作千百个小行者，一拥攻上，当时拖倒了狻狮，活捉了雪狮，拿住了抟象狮，扛翻了伏狸狮，将黄狮打死，烘烘的嚷到州城之下，倒转走脱了青脸儿与刁钻古怪儿、古怪刁钻儿二怪。待明日绝早，我兄弟二人去那山中，管情捉住老妖，还你四个王子。"孙悟空是真师，身外有身，变化无穷，以一变万。老妖的九头狮六个口擒了六个人，就是假师，他用的是六，被六欲陷落，孙悟空则是以一变万。这讲的是真师和假师的对比，真师是无限的变，假师就被后天的六欲给困住。

先打死黄狮，黄狮是假土，这一群狮子也有五行，所以把土先给打死，土起团聚的作用，土一被打死其他就散了，所以先要干掉他。这是个假土，假土就是妄意，妄意被打死了，其他就好办，其他的金木水火四个假就必死。

第二，师心自用

你看他身无披挂，手不拿兵，大踏步走到前边，只闻得孙行者吆喝哩。他就大开了洞门，不答话，径奔行者。行者使铁棒当头支住，沙僧抢宝杖就打。那老妖把头摇一摇，左右八个头，一齐张开口，把行者、沙僧轻轻的又衔于洞内，教："取绳索来！"那刁钻古怪、古怪刁钻与青脸儿是昨夜逃生而回者，即拿两条绳，把他二人着实捆了。老妖问道："你这泼猴，把我那七个儿孙捉

了，我今拿住你和尚四个、王子四个，也足以抵得我儿孙之命！小的们，选荆条柳棍来，且打这猴头一顿，与我黄狮孙报报冤仇！"夜将深了，却都盹睡。那边七个这边八个，七八十五，代表纯阳。睡觉是不想事儿，就是脱掉群思。本来是一群狮子，现在变成九头狮一个人上阵，他一个人把唐僧师徒全给收拾了，全给抓到洞里来了。这讲的就是师心自用，就一个人，睡觉就是去掉群思，一灵解脱，他在白天清醒的时候，是被六欲给围困的。他睡了，他的灵解脱自由一会儿。先讲了一个十五的数，然后又讲了老妖去睡觉，讲的是老妖一点灵光纯阳了，十五就是纯阳，他睡了不胡思乱想，然后他就快解脱了。

《太乙救苦天尊》

土地道："那老妖前年下降竹节山。那九曲盘桓洞原是六狮之窝，那六只狮子，自得老妖至此，就都拜为祖翁。祖翁乃是个九头狮子，号为九灵元圣。若得他灭，须去到东极妙岩宫，请他主人公来，方可收伏。他人莫想擒也。"天王道："那厢因你欲为人师，所以惹出这一窝狮子来也。"土地说这老妖来历，说老妖原来不在这儿，就是说一点灵光它是干干净净的，他后来来到这六狮之窝，被狮子给围困了。东极妙岩宫，指的是东方极乐世界。有西方极乐世界，还有一个东方极乐世界。东方极乐世界就是这东极妙岩宫。

本性讲的是真性之地，无欲观其妙。"太乙救苦天尊"，为天之所师，老天都是以他为师的，因为他代表的是先天一炁、元始祖气，所以他就是先天一炁的本尊，他的坐骑就是这九头狮子。就是说，真阴真阳合一，光出来，一点灵光就恢复了。本来投胎的时候是这样，现在已经复原了，恢复他投胎之前的本来样子了，脱胎是西游去了，可是去了东方的极乐世界，讲的是在先天，金木都是反着的，应该去西边，现在却去东边了，讲的是反生反克的真五行，东方妙岩宫是太乙救苦天尊的道场，九头狮子是天尊的坐骑。

第三，元灵归本

天尊闻言，即令唤出狮奴来问，那狮奴熟睡，被众将推摇方醒，揪至中厅来见。天尊道："孙大圣在此，且不打你。你快说为何不谨，走了九头狮子。"狮奴道："爷爷，我前日在大千甘露殿中见一瓶酒，不知偷去吃了，不觉沉醉睡着，失于拴锁，是以走了。"天尊道："那酒是太上老君送的，唤做轮回琼液，你吃了该醉三日不醒。那狮兽今走几日了？"大圣道："据土地说，他前年下降，到今二三年矣。"天尊笑道："是了，是了！天宫里一日，在凡世就是一年。"叫狮奴道："你且起来，饶你死罪，跟我与大圣下方去收他来。汝众仙都回去，不用跟随。"太上老君送的酒，讲的就是金丹，得了金丹就免轮回。太上老君就是桥梁，金丹的作用，是把人给提升了。睡了三天，实际上是神光出来三天。跟牛没看好，睡了七天，让牛下界为妖是一个意思。本来是本性无极道的一元，本来是无世界如如不动的一个光，被派遣去做事，化身一个形象进入了有的世界，就叫下界为妖。下界有也不是三维物质世界，不是人的世界，是光的世界。从修金丹的角度看，是一个过关，神光出去采集高能量，人是一个睡觉的状态，神光回来这人又醒了。

三是一阳初生，就是天心复见，先天的一点灵光重新恢复。明心见性，就是见到这个本性之光。九头狮子讲的就是一点灵光，归本，归于他的主人，主人就是本性，就是天性。人的一点灵光就是自然天性，回归他的主人就好了。他之前被六个狮子困着，比喻一点灵光入胎来，被人的七情六欲捆着，围困着。回到了东方妙岩宫他的主人的身边，是一点灵光摆脱了六欲的捆绑，恢复了自

由自在、自然而然的本来面目。

那妖精赶到崖前，早被天尊念声咒语，喝道："元圣儿，我来了！"那妖认得是主人，不敢展挣，四只脚伏之于地，只是磕头。旁边跑过狮奴儿，一把挝住项毛，用拳着项上打敲百十，口里骂道："你这畜生，如何偷走，教我受罪！"那狮兽合口无言，不敢摇动。狮奴儿打得手困，方才住了，即将锦鞯安在他身上，天尊骑了，喝声教走。他就纵声驾起彩云，径转妙岩宫去。妙岩宫，就是观其妙。有欲观其窍，无欲观其妙。观妙讲的就是一点灵光，真禅、真心的妙用。讲的是光修出来了以后，就会有妙用。这一点灵光脱胎出来了，光会有妙用。悟空的降妖，就是一点灵光的妙用。一点，也不要理解成一个小光点，它是变化无穷的，可以变成一万个光束、光点，也可以是一个大金球，可以变化为各种各样的形象。最厉害的是，这个光完全无形，见不到踪迹，却出乎意料、异常聪明地做事，有现实的验证，聪明得令人大跌眼镜，就像如意金箍棒的震慑力，威武无比。东极妙岩宫，叫东方极乐世界，就是光的妙用妙显。人得金丹，到了妙显的时候，那就太好玩了，整天无忧无虑，就是乐，就是开悟，就像欢天喜地。一点灵光从后天的七情六欲解脱了，先天的大智慧主宰人的生活，就是一种极乐的状态。

他三人就各抢兵器，在王府院中一一传授。不数日，那三个王子尽皆操演精熟，其余攻退之方，紧慢之法，各有七十二道解数，无不知之。一则那诸王子心坚，二则亏孙大圣先授了神力，此所以那千斤之棒，八百斤之耙杖，俱能举能运，较之初时自家弄的武艺，真天渊也！三个师父传这三个徒弟，很短的时间就把他们教会了。最初，三王子拿的是凡兵器，现在也能用神兵器了。

虽然写的是九头狮子，实际上讲的是一点灵光的恢复，唐僧的真禅道心已经修成功了。

第九十一回　犀牛精，讲金平了命

第九十一回　金平府元夜观灯，玄英洞唐僧供状

第一，贪闲性枯

正月十五的晚上看灯，唐僧被抓了，他表现得非常的软弱，把孙悟空供出来了，败在妖精手里，还拍妖精的马屁，表现出一种特别弱的状态。

"金平府元夜观灯"。"金平"，指的是上弦月下弦月、阴阳各占一半，初八这个时候就是金水平均、金和水各占一半，是个泰卦的象。然后就开始上升，到了二十三的时候，是阴占一半阳占一半颠倒过来了，是否卦的象。泰卦是先天一炁，与天相通，否卦是与天不通。无心通天，有心阻隔。否泰是随人心变化的，阴阳在护手，老天的二十三是否卦，你无心，你就依然是泰卦。如果你有心了，管不住自己，老天在初八是泰卦，你也是与天阻隔的否卦。得金丹，造化在手，我命在我不在天。

金平府元宵节观灯，讲的是元精发动的阳生，从初八泰卦的时候，就已经开始阳生，到十五的时候能量最强，然后到二十三就是否卦了。天地的阴阳与人是有关系的。如果你是无心的，老天是泰卦你就是泰卦，如果你是后天意识，老天的泰卦在你身上也是否卦。这就是讲否泰的相对性。所以小说里后来说三阳开泰，说日值功曹赶着三只羊，就讲这个关系。否就是堵塞了，堵塞了那就要通开，回到泰卦上去。

金平府这个事儿，金水相平指的是初八这个时间，阴阳各占一半，这个时候天在阴阳交媾，人就阳生。到了十五，阳已经到了极点，阳极就该生阴了，到这个时候真正的是元精了，可是马上又面临的是姤卦，要阳极生阴了。在阳足的时候能不能定得住，定得住元精就化掉了，定不住，阳极生阴，阴马上就侵入了，就面临着这样一个状态。十五比喻的是性，是见到一个月亮的时候，比喻的是玉液还丹了性，了性已经了完了。

一个月初一到十五，初八到二十三，了完性以后，紧接着就是了命。了性

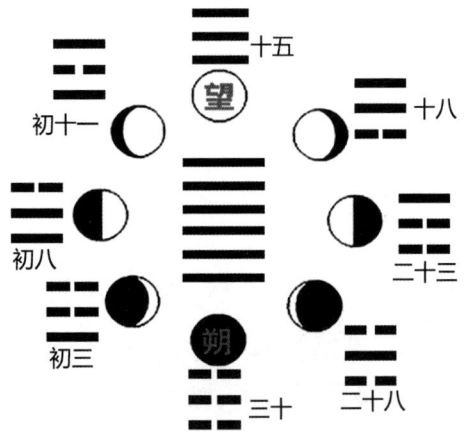

是说一点灵光出来了，上回的九头狮子是一点灵光已经出来了，是了的性还没了命。

什么叫了命？仙贵有身，如果大罗金仙身还没出来，只是刚有本原的光，有了本原的光，还得塑造你的形象，一个肉身的你，还要用光塑造出和你肉身一样的你，叫身外身，有了身外身叫了命。不然了性还只是一个通达而已，上中下都通了，但是玄妙的变还能量不够，只是个鬼仙。只是修心性的成果，只是了性了。到金平府该了命了，结果他放松了，懈怠了，把天时给错过了。老天的阳极阴生的过程还没完，一个圆刚走了一半，就以为成功了，不往前走了，就错过天时了。

因为金丹是自然之光，是合天时的，人天合一是老天的能量在培养人，但是你这一放松的话，又离开本性，放荡人心的贪图享受了。

> 修禅何处用工夫？马劣猿颠速剪除。
> 牢捉牢拴生五彩，暂停暂住堕三途。
> 若教自在神丹漏，才放从容玉性枯。
> 喜怒忧思须扫净，得玄得妙恰如无。

"修禅何处用工夫"，就是修心性，就是有了什么念头赶快把它剪掉，修道就是这样修的，就这么简单。如果这个功夫你做了一年做了十年，那你就完全变了一个人。"牢捉牢拴生五彩"，念头管好了，五脏转阳就生五色光。"暂停暂住堕三途"，在十多年的过程中，只要有短暂的停歇，就堕入三途，你就坠入到贪、嗔、痴的俗人的世界。暂时的停歇都会坠到那儿，更别说长期的没上来过。虽然学了金丹，但根本不修心性，所以，一直就没上来过，一直就在贪、嗔、痴三途上，怎么能上灵山呢？

"若教自在神丹漏，才放从容玉性枯"，修道是一个谨小慎微、兢兢业业、踏踏实实管住心的过程，在这个过程中，如果想自在了，想不管着自己，放纵了、放任了，就神丹漏玉性枯，玉性枯就是光没了。放纵心猿意马，性光就会枯竭。光是无念保住的，是没有贪、嗔、痴那些念头保住的。修道就是修心，心对了，光就有了，心不对光就没了，没有商量的余地。

"喜怒忧思须扫净，得玄得妙恰如无"。七情六欲都没有了，不仅这样，得玄得妙也当没有。得了玄，得了妙就高兴、就抱着，甚至骄傲或者显摆，都错了，这还是七情六欲范畴的。要很淡定，得玄了就当没得。

唐僧到了玉华县，是已经玉液还丹，明心见性完成了，就可以为人师，可以传道了，可以普降甘霖，普度众生了。但是，如果因为能度众生了，你就停滞不前，为这个停止了上灵山的西行，自身的验证就停止了，这也是不允许的。你要边传道边验证，如果因为传道你的验证没了，那就错了。

街衢中有几个无事闲游的浪子，见猪八戒嘴长，沙和尚脸黑，孙行者眼红，都拥拥簇簇地争看，只是不敢近前而问。唐僧捏着一把汗，唯恐他们惹祸。又走过几条巷口，还不到城，忽见有一座山门，门上有"慈云寺"三字，唐僧道："此处略进去歇歇马，打一个斋如何？"

这些人不知道真假，不知道孙悟空、猪八戒、沙和尚代表的是先天真五行，只以为是一个个长相奇怪的人。不敢向前来问，未识有三家配合、五行攒簇、金液大还丹之道。慈云寺是慈悲普度的意思，慈悲像云一样，天底下的芸芸众生都受益。在慈云寺歇脚，是在普度这件事上歇脚，在普度众生的时候，你要歇脚了，就错了。现在还没有了命，你普度众生去了、传道去了，不行，还没到歇脚的时候，不能拿普度众生当借口来歇脚。不知金液大还丹，自满自足，图其快乐，虽道途平顺，终是鬼窟内生涯，造化中事业，平处即有不平，顺处即有不顺。"慈云"，慈悲普度，若以了性为安身立命之大休歇处，而普度群生，便是闲游浪子。

茶罢，唐僧问道："贵处是何地名？"众僧道："我这里乃天竺国外郡，金平府是也。"唐僧道："贵府至灵山还有许多远近？"众僧道："此间到都

下有二千里，这是我等走过的。西去到灵山，我们未走，不知还有多少路，不敢妄对。"唐僧谢了。少时，摆上斋来。斋罢，唐僧要行，却被众僧并斋主款留道："老师宽住一二日，过了元宵，要耍去不妨。"

天竺国是如来所在之处，西天取经就是到天竺国大雷音寺取经。天竺讲的就是两人相会，就是阴阳相会的地方，但这个地方是外郡。等到下一回讲兔子精是天竺国的公主，那就是讲阴阳相遇了。现在还是外郡，还没有到阴阳相见的地方，灵山离这里还有两千里。二是阴的意思，是上灵山的路，走到这里还有阴气。

唐僧就要走，却被人劝住了，说现在快过节了，你就休息一下，过了节再走吧。这是人心，你去西天取经是求道的，这个时候道心不坚定，又服从了人心，人心还没有退干净，肯定会出麻烦。讲的就是每一步都要听元神的，不能听识神的，只要听识神的，就该遭灾了。讲元神还不坚定，已经是深度的天人合一了，人已经被光转化得完全先天化了，人的思维跟不上，慈悲心又大了，容易顺从别人，顺从就遭难。

唐僧惊问道："弟子在路，只知有山，有水，怕的是逢怪，逢魔，把光阴都错过了，不知几时是元宵佳节。"众僧笑道："老师拜佛与悟禅心重，故不以此为念。今日乃正月十三，到晚就试灯，后日十五上元，直至十八九，方才谢灯。我这里人家好事，本府太守老爷爱民，各地方俱高张灯火，彻夜笙箫。还有个金灯桥，乃上古传留，至今丰盛。老爷们宽住数日，我荒山颇管待得起。"唐僧无奈，遂俱住下。当晚只听得佛殿上钟鼓喧天，乃是街坊众信人等，送灯来献佛，唐僧等都出方丈来看了灯，各自归寝。在十三的晚上，他们出来看灯了。十三是贞下起元，先天的一阳生。

《乾卦对应图》左边是初八，金平指的是初八，初八金水相平，但是现在已经是十五了。望月讲的是十五，对这个图，你不能那样理解：金平府不是初八吗？怎么又是十五了？从初八到十五到二十三是一个活动的过程，十五的时候在金平府这个地方，但实际上金水相平指的是初八，所以不能只看一个概念，这是一个活的过程，是从两个层面说一个问题，要不然就搞不懂了。

十五讲的是望月。《悟真篇》里有一首诗，"铅遇癸生须急采，精逢望远不勘察"，"癸"讲的是浊精，不是说变浊精了以后才采药，而是要在变成浊情之前急采药。过了十五，那药就老了。正月十五在金平府，是讲望月的时候，元精到了最强阶段，阳到了极点就该生阴了，就快过了。所以唐僧说把光阴都错过了。十五的时候，能量已经最足，如

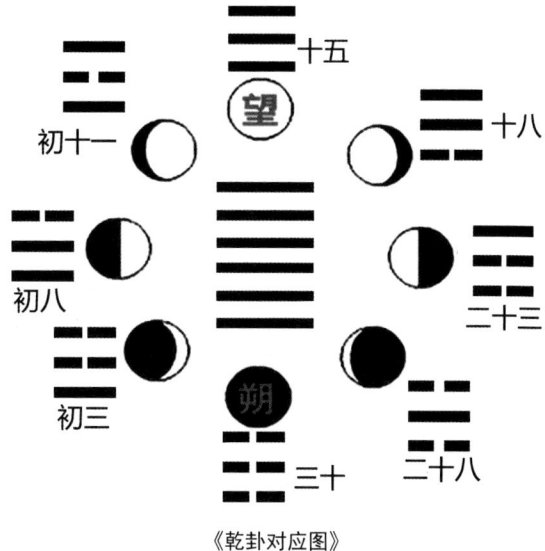

《乾卦对应图》

果你把这个时机错过了，阳极该生阴了，太极白的这一面已经走完，该走太极黑的这一面了。太极黑的这一面讲的是无形的、法身的光，也就是身外身，能够呈现为和你一样的身，结果你却撂挑子不干了，就错过了天时，也就是金水相平以后，就开始从初八到十五再到二十三，该这样走了。但是，天是这样运行，唐僧十三却不走了，所以背天了。

金平府是了命的地方，但是贪图安逸错过了天机，错过了了命的时机。讲开玄关是二十四小时不停的，老天的能量都是不停的，自己长到了哪一步，心里要有数。如果心里没数，刚长一半就歇了，就放下了。能到这一步的，玉液还丹了性了，还算不错，但是并没有成就。有的人刚元精发动就不来听课了，就认为自己成就了。有的人第一天上课看到玄象，就认为自己成佛了，不知道还差着十万八千里呢。

第二，放纵丹漏

春色和的时候，春色和就是泰卦，阴阳各占一半，就是泰卦。《阴阳消息图》中，复卦对着子，临卦对着丑，泰卦对着寅。所以《西游记》说寅时生人，寅时就是泰卦的时候，天地的阴阳各占一半，就是先天一炁。

阴阳消息图

却才到金灯桥上，唐僧与众僧近前看处，原来是三盏金灯。那灯有缸大，上照着玲珑剔透的两层楼阁，都是细金丝儿编成。内托着琉璃薄片，其光晃月，其油喷香。这灯是什么呢？金灯桥是个否卦，上面是乾卦，下边是坤卦。坤卦三阴而虚如桥，乾卦三阳而光，是金色的，就如三盏金灯，所以金桥是金在上桥在下，那就是阳在上，阴在下，那就是否卦。这说明是假的，背天的，老天是泰卦，你怎么弄否卦的事儿，这就说妖怪是假的。

众僧道："这油每一两值价银二两，每一斤值三十二两银子。三盏灯，每缸有五百斤，三缸共一千五百斤，共该银四万八千两。还有杂项缴缠使用，将有五万余两，只点得三夜。"行者道："这许多油，三夜何以就点得尽？"众僧道："这缸内每缸有四十九个大灯马，都是灯草扎的把，裹了丝绵，有鸡子粗细，只点过今夜，见佛爷现了身，明夜油也没了，灯就昏了。"八戒在旁笑道："想是佛爷连油都收去了。"四万八比喻命，妖怪也懂性命。从性命来说，妖怪比较偏重命这个数，也就是妖怪比较重修命。但是每缸内有四十九个大灯，七七四十九讲的是神，四十九个大马灯讲的是神放光，现在刚玉液还丹，刚有这么点光，不能放、不能用，但是妖怪每回都在放光显佛象，假扮成佛放光。

这一段主要讲泰卦和否卦是互相转化的，根据你的心转化。否卦外君子而内小人，明于外而暗于内。恃小慧而耗光，不知收敛于内，到老无成，一旦油涸灯灭，髓竭人亡，空过一世。如果人心不退，天是泰卦，你也是否卦，很多人心不退的人，不能跟老天真正的合一，就是背天而行。所以有人问，我为什么没什么变化呢？那你想想，你认真修心了吗？你是一个人心，人心是阴气，跟老天根本就合不上，怎么能够一直有变化呢？

正说处，只听得半空中呼呼风响，唬得些看灯的人尽皆四散。少时，风中果现出三位佛身，近灯来了。慌得那唐僧跑上桥顶，倒身下拜。行者急忙扯起道："师父，不是好人，必定是妖邪也。"说不了，见灯光昏暗，呼的一声，把唐僧抱起，驾风而去。这时候假佛来了，弄一阵风把唐僧抱走了，讲的是把光给抢了的意思。妖精把光抱走了，讲的是只要你用人心，你的光就没了，就被妖给抱走了。唐僧被抱走，是一种比喻，比喻的就是人心的阴气，把唐僧的光给整没了。

"噫！不知是那山那洞真妖怪，积年假佛看金灯。唬得那八戒两边寻找，沙僧左右招呼。行者叫道：'兄弟！不须在此叫唤，师父乐极生悲，已被妖精摄去了！'那几个和尚害怕道：'爷爷，怎见得是妖精摄去？'行者笑道：'原来你这伙凡人，累年不识，故被妖邪惑了，只说是真佛降祥，受此灯供。刚才风到处现佛身者，就是三个妖精。我师父亦不能识，上桥顶就拜，却被他晦暗灯光，将器皿盛了油，连我师父都摄去。我略走迟了些儿，所以他三个化风而遁。"这是乐极生悲，你看上图（阴阳消息图），所谓的乐极生悲就是泰卦变成了否卦。乐跑到对面就是悲，泰的对面就是否。

这一段主要说的是贪图享受，回到后天阴气的状态，是外君子内小人。天地虽然是泰卦，但是唐僧内心却是否卦，先天一炁堵塞不通。比喻唐僧外表是一个取经人，内心却贪图安逸，是一个偷油的佛。油是游的谐音，此时没到大休歇处，了性还没了命。紫阳真人"铅遇癸生须急采，金逢望远不堪尝"。偷油，采取过时之义。望月而过时采窃，乃以阴盗阴。不明火候之至理，而违时误用，则为偷油。偷油讲的就是浊精，根本不是元精，所以不可能是佛。佛不可能是油做出来的，佛是白云做出来的。这就是乐极生悲，泰卦变成了否卦，生杀颠倒了。

第三，破否通泰

大圣在山崖上，正自找寻路径，只见四个人，赶着三只羊，从西坡下，齐

吆喝"开泰"。大圣闪火眼金睛,仔细观看,认得是年、月、日、时四值功曹使者,隐像化形而来。《阴阳消息图》中否卦在西边,文中说往回赶羊,从否卦往泰卦这儿赶,年月日时四值功曹,讲的是老天的能量。也就是说天上这些师父,知道你错了,乐极生悲,从泰卦跑否卦去了,所以赶三只羊,从否卦往泰卦这边赶,给你破否通泰,破你这个局。讲的就是天地能量,让你回归正常的泰卦能量,你现在跑错地了,给你赶回来。你不要以为你也有这个幸运,唐僧是什么人物?是佛安排的,所以人家走错了,天神直接就帮他给整回来,我们走错了谁管呐,没人管了,错了就到否那儿待着去吧。没有唐僧的造化,哪能有人管,所以自己一定不能走错了。

四值功曹见他说出风息,慌得喝散三羊,现了本相,闪下路旁施礼道:"大圣,恕罪,恕罪!"功曹道:"你师父宽了禅性,在于金平府慈云寺贪欢,所以泰极生否,乐盛成悲,今被妖邪捕获。他身边有护法伽蓝保着哩,吾等知大圣连夜追寻,恐大圣不识山林,特来传报。"行者道:"你既传报,怎么隐姓埋名,赶着三只羊儿,吆吆喝喝作甚?"功曹道:"设此三羊,以应开泰之言,唤做三阳开泰,破解你师之否塞也。"作者直接点出来泰极生否,乐极生悲。

功曹道:"正是,正是。此山名青龙山,内有洞名玄英洞,洞中有三个妖精:大的个名辟寒大王,第二个号辟暑大王,第三个号辟尘大王,这妖精在此有千年了。他自幼爱食酥合香油。当年成精,到此假装佛像,哄了金平府官员人等,设立金灯,灯油用酥合香油。他年年到正月半,变佛像收油;今年见你师父,他认得是圣僧之身,连你师父都摄在洞内,不日要割剐你师之肉,使酥合香油煎吃哩。你快用工夫,救援去也。"青龙山,跟龙有关。玄英洞,玄是黑的意思,这是个一天二十四小时的黑洞。这三个大王分别名叫避寒大王、避暑大王、避尘大王,就是避冷、避热、避尘,冷热都是自然能量,自然能量讲的是外五行,外五行是干什么的呢?外五行是太极黑的这一边,不就是了命吗?内五行玉液还丹修出来金丹的光,这是了性,继续修成大罗金仙,有身外身,得靠外五行。三个大王比喻的是偷懒的意思,歇了的意思,也怕冷,也怕热,也怕尘劳,要远离红尘,进山去孤修。唐僧到了金平府以后,他歇了,旅游去了。他放弃了,不好好修了，就是宽了禅性。

青龙就是元性，玄英又指炫光。光是不能炫耀的，元性还要与先天一炁结合才行。所以，三个妖怪在青龙山，讲的就是元性，没有先天一炁，只是一己孤修和炫耀，这就不是道。炫耀性光就是妖，不与先天一炁结合，执持自己的一己之性，以为就成道了，这是哄人的妖精，而不是真正的佛。虽能修得一己之性，而遂偷闲自在，辟寒、辟暑、辟尘，自称佛，终是精灵哄众。这三个妖怪都是一个角的犀牛，犀牛是水里的牛，但它是独角，独角就很厉害。独角代表的是一，所以犀牛精是能量很高的妖怪。

第四，犀牛成精

有三面大旗，旗上明明书着"辟寒大王""辟暑大王""辟尘大王"。孙行者看了一会儿，忍耐不得，上前高叫道："泼贼怪！认得老孙么？"那妖喝道："你是那闹天宫的孙悟空？真个是闻名不曾见面，见面着杀天神！你原来是这等个猢狲儿，敢说大话！"行者大怒，骂道："我把你这个偷灯油的贼，油嘴妖怪，不要胡谈！快还我师父来！"赶近前，抡铁棒就打。那三个老妖，举三般兵器，急架相迎。

认得老孙吗？悟空为什么说这句话？老孙代表的是先天一炁，妖怪只不过是元性，能量还是很低的。那三怪齐出，都像牛头鬼形。大的个使钺斧，第二个使大刀，第三个使藤棍，后引一窝子牛头鬼怪，摇旗擂鼓，与老孙斗了一日，杀个平手。"那妖王摇动旗，小妖都来，我见天晚，恐不能取胜，所以驾筋斗回来也。"那三怪齐出动，都像牛头鬼形，说仙贵有形，大罗金仙是有身的，是不灭的金身，这个身可以显本人的样子，鬼影鬼形是什么？他没有身，也就是说他只了性还没有了命。只是像鬼一样，只是个影子。金丹是内五行外五行合一，假佛假道，或者是阴神的神通，或者是附体的神通，这些都是鬼影，根本就没有不灭的真身。真身出来了以后，无论有没有肉身，它都永远在，这就是真假。所以很多人不知道真假，就算你告诉他真的了，假的他也不能放，因为假的已经深入骨髓了，放不下，没办法，那就是造化不够，德行不够，真的

得不了，只能自甘堕落，只能下辈子再说，但下辈子未必能遇上无为法。

八戒道："那里想是酆都城鬼王弄喧。"沙僧道："你怎么就猜道是酆都城鬼王弄喧？"八戒笑道："哥哥说是牛头鬼怪，故知之耳。"行者道："不是，不是！若论老孙看那怪，是三只犀牛成的精。"八戒道："若是犀牛，且拿住他，锯下角来，倒值好几两银子哩！"犀牛成精，牛是土，土是电，土生金，犀牛又在水里，就是水中金，犀牛又住在青龙山，青龙山在正东属木，是元性。电感和元性结合，还要有先天一炁，生长出来元神。牛头鬼形，了性末了命，仙贵有形，没有形便是鬼仙。

第九十二回　大战青龙山，讲以克为生

第九十二回　三僧大战青龙山，四星挟捉犀牛怪

第一，假强真弱

这一回表面上看着是打，实际上是以克为生，是帮助的意思。所以打犀牛实际上是提升元性，元性提升成元神，实际上是帮助给能量的意思。

却说孙大圣携同二弟滚着风，驾着云，向东北艮地上，顷刻至青龙山玄英洞口。好大圣，收了棒，捻着诀，念声咒语，叫："变！"即变作个火焰虫。

坎卦是子，对着老鼠，坎卦完了就到了东北方位的艮卦。属牛、属虎的就在艮卦，所以是向东北艮地上。这时候孙悟空变了一个火焰虫，萤火虫似的东西。

才转过厅房，向后又照，只闻得啼泣之声，乃是唐僧被锁在后房檐柱上哭哩。行者暗暗听他哭甚，只见他哭道："一别长安十数年，登山涉水苦熬煎。幸来西域逢佳节，喜到金平遇上元。不识灯中假佛像，概因命里有灾愆。贤徒追袭施威武，但愿英雄展大权。"

唐僧说自己命里有灾，该遇到这事儿。但是他早就不该有灾了，玉液还丹以后，阴气已经被转化，不该有灾了。但是他识神转化太慢，老是滑落到人心的层面上。不要跟着人心走，不要讲面子，不要讲客气，这都是人心，否则一定遭难。

行者闻言，满心欢喜，展开翅，飞近师前。唐僧揩泪道："呀！西方景象不同，此时正月，蛰虫始振，为何就有萤飞？"行者忍不住，叫声："师父，我来了！"唐僧喜道："悟空，我心说正月怎得萤火，原来是你。"行者即现了本相道："师父啊，为你不识真假，误了多少路程，费了多少心力。"玄英洞里整个是黑的，悟空变萤火虫，就是说虽然萤火虫亮光比较小，但是已经能够把内在的黑暗照亮了。如果能够从人心上退回来，退到本性上来，能够醒悟，能够回光返照，光逐渐就会大。青龙山玄英洞就是个否卦，否卦外边亮里头是黑的，洞里是暗的。悟空变成萤火虫进入玄英洞，讲的是星星之火可以燎原，用一点点的亮慢慢地

把黑暗照亮，否卦反过来就变成泰卦了。

唐僧说正月的时候怎么会有萤火虫呢？讲的是唐僧只看外表，执着于有形有象，他不懂萤火虫比喻的是要把这个否卦翻过来，给他照亮，翻过来就是泰卦了。他不懂这个无形，还在有形的东西上着心着意，他悟不到无形的天机奥秘，这就是在批判唐僧的人心不知道无形的天地的能量。孙悟空用的是无形的能量，在扭转这个局面。在有形有象之假处起见，而不于无形无象之真处留神，便是不知真假。真心暗昧，元神不通。所以孙悟空说："师父啊，为你不识真假，误了多少路程，费了多少心力。"

正是因为唐僧不认真假不识好歹，惊动了妖怪，本来被救出来了，结果又被妖怪抓住了。那妖王把唐僧捉住，依然使铁索锁了，执着刀，抡着斧，灯火齐明，问道："你这厮怎样开锁，那猴子如何得进，快早供来，饶你之命！不然，就一刀两段！"慌得那唐僧，战战兢兢地跪道："大王爷爷！我徒弟孙悟空，他会七十二般变化。才变个火焰虫，飞进来救我。不期大王知觉，被小大王等撞见，是我徒弟不知好歹，打伤两个，众皆喊叫，举兵着火，他遂顾不得我，走出去了。"三个妖王，呵呵大笑道："早是惊觉，未曾走了！"叫小的们把前后门紧紧关闭，亦不喧哗。

这是在讽刺唐僧，因为他不知道好歹才遭的罪，孙悟空用先天的天地能量来扭转局面，他看不出来，还说孙悟空不知好歹，说他不懂真假。为什么唐僧没救出来呢？因为他贪图安逸的心还没能转过来，虽有法身，也非常弱，不是一下能够解决的。这一段描写唐僧又给妖怪下跪、讨好，又出卖自己人，讲的是刚了性，还没了命，能量还差得远着呢，所以根本就硬气不起来。唐僧卑躬屈膝的状态，讲的是他真心的动摇，意土不坚定，软弱无力。修悟成真，到得了性之地，不肯一往直前，宽其禅性，偷游浪荡，或怕寒而思避寒，或怕暑而思避暑，或厌尘而思避尘，希图自在，悬虚不实，弃真入假，亦如三犀修悟成真，飞云走雾，浪荡江湖，作妖者相同。

这一回可以说概括了百分之五十以上的人，都是刚到了青龙山，有点神通，能飞云布雾就开始闹腾了，到青龙山还是闹鬼，还早着呢，可不是佛。

第二，天文之象

孙悟空就去天上搬救兵了，查妖怪的根源，查出妖的底细才能够把它收拾了。这里又是金星报信，金就是水中金，就是光的能量。

金星道："那是三个犀牛之精。他因有天文之象，累年修悟成真，亦能飞云步雾。其怪极爱干净，常嫌自己影身，每欲下水洗浴，都是一孔三毛二角，行于江海之中，能开水道。似那辟寒、辟暑、辟尘都是角有贵气，故以此为名而称大王也。若要拿他，只是四木禽星见面就伏。""此星在斗牛宫外，罗布乾坤。你去奏闻玉帝，便见分晓。"行者拱拱手称谢，径入天门里去。什么叫天文之象呢？一点灵光是先天的元性，就是天性，不是天上星星的意思，先天讲的就是自然，是先天自然本性，所以天文之象讲的就是这个。

亦能飞云步雾，讲的是龙，青龙就是神，能够飞云布雾。妖怪极爱干净，经常洗澡，经常沐浴，什么意思？初八和二十三，方位在正东正西，时辰对应卯酉，这不就是沐浴吗？妖怪的特征，行于江海之中能开水。犀牛是浪荡江湖的，什么叫浪荡江湖？它是在水里浪荡，就是水中金。能开水道就是金水分行，它的角可厉害了，啪就把道给打开了，而且打开的是一条放着光的道。这就是说，金水分行把元精和浊精分开了，而且元精又化成了光。犀牛的角，讲的就是先天的一，就能够分出水道来，分出来阴阳、分出来清浊。

四木禽星在斗牛宫外，罗布乾坤。天是圆的，斗牛宫指的是核心，玉皇大帝待的地方就是核心斗牛宫。斗牛宫指本原，四木禽星是从斗牛宫派出来的，是中央派来的，所以它代表的是先天一炁。

行者道："在金平府东北艮地青龙山玄英洞，犀牛成精。"斗木獬、奎木狼、角木蛟道："若果是犀牛成精，不须我们，只消井宿去罢。他能上山吃虎，下海擒犀。"行者道："那犀不比望月之犀，乃是修行得道，都有千年之寿者。须得四位同去才好，切勿推调，倘一时一位拿他不住，却不又费事了？"天师道："你们说得是甚话！旨意着你四人，岂可不去？趁早飞行，我回旨去也。"那天师遂别行者而去。

那犀不比望月之犀，望月就是十五，十五表示的是圆满、是纯阳。"犀牛

望月"是个成语，比喻见识不全，不要误解为纯阳的犀牛。说这里的犀牛精不是那"望月犀牛"，是在讽刺犀牛精。因为这里的犀牛，角长在鼻子这地方，会挡眼睛，看东西看不清楚看不全。讲的是它的能量还很初级，它只能看一个月牙，看不到全月，是讽刺的意思。"乃是修行得道，都有千年之寿者"，说的是这三只犀牛不是最初的看不全的犀牛，它可是玉液还丹、已经了性了的犀牛，能量已经比较强了。"四木星"，牛是土，土又在水里，讲的是水中金，木克土，以克为生。四木是角木蛟、斗木獬、奎木狼、井木犴，二十八星宿中的四木星。

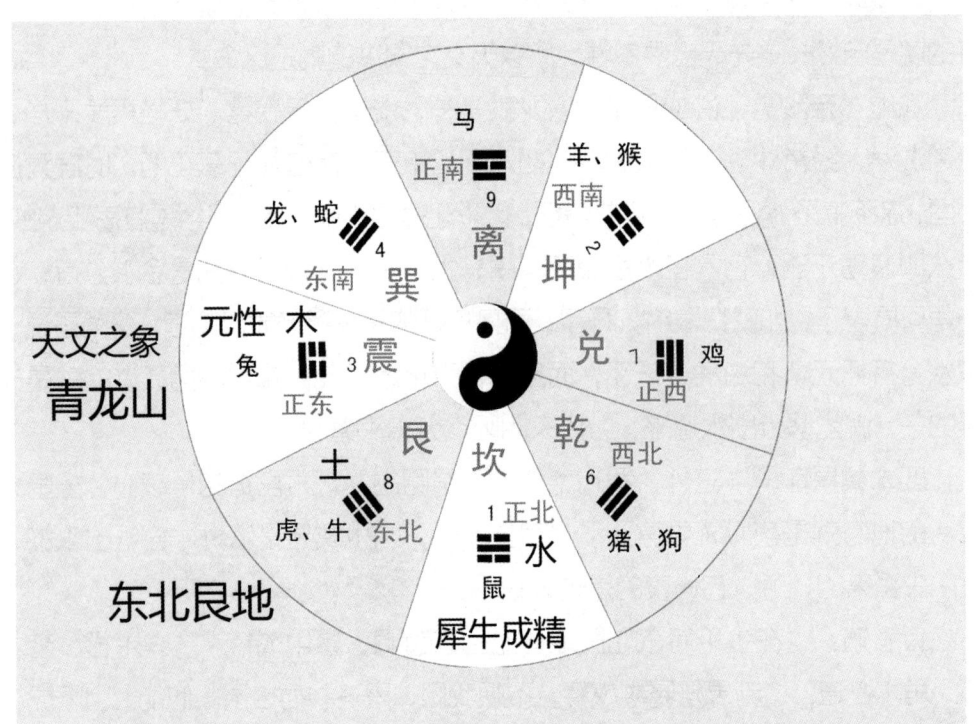

东方称青龙：角木蛟、亢金龙、氐土貉、房日兔、心月狐、尾火虎、箕水豹；
北方称玄武：斗木獬、牛金牛、女土蝠、虚日鼠、危月燕、室火猪、壁水貐；
西方称白虎：奎木狼、娄金狗、胃土雉、昴日鸡、毕月乌、觜火猴、参水猿；
南方称朱雀：井木犴、鬼金羊、柳土獐、星日马、张月鹿、翼火蛇、轸水蚓。

那三个妖王看到四星，自然害怕，俱道："不好了！不好了！他寻将降手儿来了！小的们，各顾性命走耶！"这大圣率井木犴、角木蛟紧追急赶，略不放松。唯有斗木獬、奎木狼在东山凹里、山头上、山涧中、山谷内，把些牛精打死的、活捉的，尽皆收净。却向玄英洞里解了唐僧、八戒、沙僧。

这里讲兵分两路，一路解救人，一路去打妖怪。

《犀牛成精》，二十八星宿是分五行的，现在派来的四木是东南西北四个方向的木，并不仅仅是东边的木，它代表的是天圆，也就是先天一炁。整体的木来收拾青龙妖怪，青龙山不是木吗？就是整体的木来给它加能量的意思，整个先天一炁在给它加能量，所以说它有天文之象，有先天的能量就叫天文之象。青龙山在东南，但属土的牛在东北的艮地，犀牛又是在水里，所以它是个水，又是个土，又是个木，犀牛就是水中金，它也是电感，电感就是水中金。犀牛虽然在东北的艮卦，但实际上是坎卦的水中金，主要的性质是水中金。所以水生木，现在是整个天上四个方位的木来收拾它，实际上就是把先天一炁的能量直接给它。

第三，以克为生

好大圣，抢着棒，捻着诀，辟开水径，直入波涛深处，只见那三个妖魔在水底下与井木犴、角木蛟舍死忘生苦斗哩。他跳近前喊道："老孙来也！"那妖精抵住二星官，措手不及，正在危难之处，忽听得行者叫喊，"顾残生，拨转头往海心里飞跑"。原来这怪头上角，极能分水，只闻得哗哗哗，冲开明路。这后边二星官并力追之。妖怪往海心飞跑，讲的就是它进入到核心，核心就是先天一炁，它往核心跑，而且它那个角极能分水，叫冲开明路，明就是光的意思。这条路是放光的路，讲的就是元精化光的意思。

这个时候龙王听说了就来报信。"大王！有三只犀牛，被齐天大圣和二位天星赶来也！"老龙王敖顺听言，即唤太子摩昂："快点水兵，想是犀牛精辟寒、辟暑、辟尘儿三个惹了孙行者。今既至海，快快拨刀相助。"龙王就是水中金，龙王拨刀相助就是给它能量的意思。

犀牛精不能前进，急退后，又有井、角二星并大圣拦阻，慌得他失了群，各各逃生，四散奔走，早把个辟尘儿被老龙王领兵围住。孙大圣见了心欢，叫道："消停消停！捉活的，不要死的。"摩昂听令，一拥上前，将辟尘儿扳翻在地，用铁钩子穿了鼻，攒蹄捆倒。老龙王又传号令，教分兵赶那两个，协助二星官擒拿。即时小龙王率众前来，只见井木犴现原身，按住辟寒儿，大口小口地啃着吃哩。摩昂高叫道："井宿，井宿！莫咬死他，孙大圣要活的，不要死的哩。"连喊数声，已是被他把颈项咬断了。只见角木蛟把那辟暑儿倒赶回来，只撞着井宿。行者道："既是如此，也罢，取锯子来，锯下他的这两只角，剥了皮带去。犀牛肉还留与龙王贤父子享之。"又把辟尘儿穿了鼻，教角木蛟牵着；辟暑儿也穿了鼻，教井木犴牵着："带他上金平府见那刺史官，明究其由，问他个积年假佛害民，然后的决。"这里有孙悟空、有四木禽星、有龙王，这三拨人代表的都是先天一炁，三个部队的先天一炁，同时来把犀牛收拾了。这里讲的就是三魂消失，一点灵光成了，也就是三魂消失提升元神。这就是了命的过程。

独角象征先天一，极能分水，是极能分解水中金。冲开明路，带光的路，了性后的了命。龙王是水中金，龙王降妖是以克为生。悟空金水、八戒木火、沙僧土，代表着先天的五行。先天的五行战青龙元性，是元性被先天的五行所提升。"四星挟捉犀牛怪"，"牛"是土，木克土，但实际上是以克为生，木星的能量和元性合一，三魂化为元神。

这两回讲青龙山的妖怪犀牛精，主要讲了性还要了命，而且了命的时间更长，所以就不能歇。如果这时候歇了，以为自己有点神通了，有点光了，就去散光，那就是偷油的妖，是假的，你别看他在天上显了一个佛象，但它不是真正的佛，修到了性级别的，也能显象，那还是骗人的假佛。

犀牛精就讲完了，下面该讲兔子精了。兔子精在正东这个地方。犀牛精是艮卦，兔子精在正东，卯兔。小说里地名指的是一个方位，下一回的妖怪又在另外一个方位上，所以不能糊涂，这是一个多重的线索。青龙在东，但是这妖怪是在东北方位艮卦属牛的地方，现在卯兔在正东，但是这兔子精在天竺国，天竺是正南乾卦，所以你要知道，易经是一个立体的思维，不是后天的知识死在一个点上，它是活的、全方位的，这就元神的思维。要是用后天的思维来追究的话，你就理解不了。

第九十三回　玉兔精，讲阴阳相遇

第九十三回　给孤园问古谈因，天竺国朝王遇偶

第一，布金禅寺

唐僧去面见国王的时候偶遇了丢绣球，就是阴阳遇偶。给孤园是佛讲经的地方，在这个地方谈因，就是谈来路，谈的什么来路呢？在给孤园这个佛地，他问了孙悟空、猪八戒和沙和尚三个徒弟的来历，他们三个分别讲了自己的身世和来历。

在布金寺给孤园这个佛地讲真五行的来历，他们三个合一就是三五合一的金丹。在佛讲经的地方讲他们的来因，讲真经就是三五合一的金丹，真五行。讲的就是这一回题目的含义。天竺国是什么意思，"天"就是二人的意思，二人合一就是天，指的就是先天一炁。天竺国大雷音寺佛如来的这个地方，就是真阴真阳合一的地方，在布金寺这儿，阴阳相遇。布金禅寺整个地面铺满了黄金，然后佛才来讲法，所以叫布金寺。

首先有一首诗：

起念断然有爱，留情必定生灾。灵明何事辨三台？行满自归元海。

不论成仙成佛，须从个里安排。清清净净绝尘埃，果正飞升上界。

作者说，所有的佛都是从这里成的，指的是玄关。最重要的是绝尘埃，没有杂念，没有七情六欲，没有那些后天的东西，讲的就是果正飞升上界，你这个心修好了就有结果了。

"起念断然有爱，留情必定生灾"，讲的是唐僧，人家一留他，说这么多年都没过元宵节了，他就认可同意了，动的是人心人情。那一动就不行，留情必定生灾。就是说他现在玉液还丹以后，虽然已经有光了有能量了，但是又动了人心人情，肯定就生灾。

"灵明何事辨三台"，金丹修出来了，它上应天星，"三台"讲的就是六颗星，讲的就是先天一炁，太一大帝踩着三台上下。先天一炁这个能量是和三台星有关的，它是要跟三台星去对应的。但是，胡思乱想就永远上不去，永远见不着三台星，因为你的后天意识在坠着它，你得把这些都清理干净了。光有它的道路，有它的成长过程，杂念如果退不下去，它的路就走不上去了，因为你把它给坠下来了。

"行满自归元海"，整个过程先把光长出来，塑造出身外身后，光就又回到了玄关里。是一个成长和做功的过程，事都办完了，办完以后它又回到玄关，"行满自归元海"，元海就是玄关。

所以说"不论成仙成佛，须从个里安排"。光的成长是这么一个路线，但要是动了人心人情，它就走不了自己的路线，它该走的路还有十几步没走完呢，人心不退它就根本走不了。这个时候你就得没有杂念，什么都不想，人变得异常的单纯。然后慢慢到日子了，它就"果正飞升上界"，就像唐僧师徒最后上灵山。所谓"飞"的意思就是它已经在高维空间，不在三维物质空间了。

所以你看这一首诗，从一开始就说，你要是留心留情，七情六欲不退，你的光就成不了。光都长好了，回来了，它成正果的时候还要靠你的清静。你很喜欢清静，你能清静得住，最后它才能够飞升上界，成为大罗金仙。就这一首诗，已经把全过程都讲了，你从头到尾就一件事，就是修心性。你真要把这心性修好了，能够觉察，我这是人心，这是错的假的。我把这假的给招灭，给去掉。你能不能觉察？能不能觉察了以后把它真正清理掉？从头到尾就这一件事，别的事都是老天干的，不需要你干。这首诗就讲得很明白了。

孙悟空对唐僧说你不懂《心经》。三藏说："猴头！怎又说我不曾解得！你解得么？"行者道："我解得，我解得。"自此，三藏、行者再不作声。旁边笑倒一个八戒，喜坏一个沙僧，说道："嘴脸！替我一般的做妖精出身，又不是那里禅和子，听过讲经，那里应佛僧，也曾见过说法？弄虚头，找架子，说什么晓得，解得！怎么就不作声？听讲！请解！"沙僧说："二哥，你也信他。大哥扯长话，哄师父走路。他晓得弄棒罢了，他哪里晓得讲经！"三藏道："悟能悟净，休要乱说，悟空解得是无言语文字，乃是真解。"这个时候孙悟

空就不说话了。不说话了讲的就是无形，感受无形。大道无形无色，不有不无，所以要用文字说肯定说不准，你说出来就不是了。所以不能说，心领神会地领悟多少就是多少。所以唐僧就说孙悟空懂，这个不说话是真的懂。

但是电视剧给演错了，剧里演的是犀牛精全都死了，书里写的是被咬死了一个，电视剧中演的是剩下的两只犀牛自己撞死了。孙悟空觉得追究了半天真假，结果怎么把人都给逼死了呢？孙悟空就一直不吭声。百姓过来感谢唐僧师徒，猪八戒说你别感谢我，感谢我大师兄，这是我大师兄干的。于是孙悟空在城头上自己拿着棒子支着，不吭声看着天，挺伤心还流泪，后来躺在马上不吭声。猪八戒就说你看掉了魂了，怎么像傻了一样。电视剧演成了这三只犀牛精的死，对孙悟空有刺激，孙悟空好像被触动了，不说话了。

书的本意讲的是大道无声无嗅，它是无形的，你得能够通无形，才是真正通了道。说大套的理论都不是道，道不能说。这一段讲的是到了布金寺佛地，还不通无形，还在那儿用嘴说，那都是假的，只有通了无形的才是真道。说唐僧已经通无形了，后来，他就看到了布金寺佛祖当时讲经的场面。他曾经在书上看过，这时那景象突然在他心中就出现了，他就看见光、看见佛了，看见讲经的场面了。

通无形了，唐僧大变，猪八戒说先吃饭吧，唐僧就狠狠地骂了他。唐僧以前护着八戒，为什么这次骂这么狠？因为唐僧现在已经进入真的世界了，猪八戒还在人心的世界，还在那儿往人心的世界上拽他，唐僧就跟他急了，说赶快给我袈裟，我赶快去拜佛。当人通了无形通了能量场，他当下是什么状态你未必知道。所以身边的人不要干扰，不要去没事提建议。他可能正在听佛讲经的境界，正在听佛讲经。你吃什么饭，这不是就把他给拽出来了。所以你明白了唐僧的状况，就明白在日常的时候为什么要单独一个人。每个人进入哪个境界的时候，别人是不能够干预的，不能当人家正好在进入一个很高级的境界的时候，给人拽出来，所以不要跟人扎堆。每一个人要知道，你揣度不清楚别人的境界，所以不要建议别人顺从你干什么。你自己做自己的事情，不要管别人，因为你可能一下把他给拉出来了。

三藏在马上沉思道："布金,布金,这莫不是舍卫国界了么?"八戒道:"师父,奇啊!我跟师父几年,再不曾见识得路,今日也识得路了。"三藏说道:"不是,我常看经诵典,说是佛在舍卫城祇树给孤园。这园说是给孤独长者问太子买了,请佛讲经。太子说:'我这园不卖。他若要买我的时,除非黄金满布园地。'给孤独长者听说,随以黄金为砖,布满园地,才买得太子祇园,才请得世尊说法。我想这布金寺莫非就是这个故事?"

唐僧能看到玄象,能看到整个地面都是黄金,他能看见那个境界了。

寺僧问起东土来因,三藏说到古迹,才问布金寺名之由。这一回的题目就是讲来因,来龙去脉的意思,讲布金寺的来龙去脉。那僧答曰:"这寺原是舍卫国给孤独园寺,又名祇园。因是给孤独长者请佛讲经,金砖布地,又易今名。我这寺一望之前,乃是舍卫国,那时给孤独长者正在舍卫国居住。我荒山原是长者之祇园,因此遂名给孤布金寺,寺后边还有祇园基址。近年间,若遇时雨滂沱,还淋出金银珠儿,有造化的,每每拾着。"三藏道:"话不虚传果是真!"

这讲的是布金寺的来龙去脉,没有什么难懂的。然后紧接着这个僧人说:"我这山唤做百脚山。先年且是太平,近因天气循环,不知怎的,生几个蜈蚣精,常在路下伤人。虽不至于伤命,其实人不敢走。山下有一座关,唤做鸡鸣关,但到鸡鸣之时,才敢过去。那些客人因到晚了,唯恐不便,权借荒山一宿,等鸡鸣后便行。"三藏道:"我们也等鸡鸣后去罢。"讲到佛寺这儿,又提这个地方这个名字。布金寺给孤独园,这是佛讲经的地方,金光是纯阳能量,但是怎么布金寺所在的山叫百脚山?蜈蚣精害人,人得等早上鸡叫了才走。鸡叫比喻一阳来复,当先天真阳生起的时候,才能过这个关。百脚山,脚指肉身,不要在有形上着意。百脚讲的是阴气很重。有蜈蚣精,人们不敢走。佛是很多年前在此讲经,但是很多年以后人们就搞错了,"百脚山"比喻弄到有相的东西上去了,佛是无形无相的,是不有不无的。

很多人识神学佛,都不是真佛,很多打着佛的旗号的,其实都是百脚山陷落布金寺,都是假佛不是真佛。

第二，切切在心

此时上弦月皎，三藏与行者步月闲行，又见个道人来报道："我们老师爷要见见中华人物。"上弦月是初八，讲唐僧到了天竺国先到了布金寺，这个时候是初八，这跟上面那一回讲的十三到金平府，十五看灯，十八十九才走不一样。别弄混了，中就是阴阳合一的先天一炁。

忽闻得有啼哭之声，三藏静心诚听，哭的是爷娘不知苦痛之言。他就感触心酸，不觉泪堕，回问众僧道："是甚人在何处悲切？"老僧道："旧年今日，弟子正明性月之时……"之前那一年的初八，初八是泰卦，叫金水平分，天地的阴阳交媾，阴阳不偏不倚在中点，泰卦就是先天一炁。唐僧在初八的时候遇到公主，讲的就是金水平分，水中之金，在水和金各占一半的时候相遇。老僧正在研究金水相逢，金和水各占一半，阴阳相遇了以后就往上升，升到十五，然后再升到二十三，讲的是阳生的过程。"弟子正明性月之时"，不是说他正看着一个圆的月亮，而且正在研究从初八到二十三升降的这个过程，他正在研究这个事。如果你把他这理解成十五的话就错了，说的是初八遇到他，他不可能说十五，他是在研究月亮阴阳的这个状态。

"忽闻一阵风响，就有悲怨之声。弟子下榻，到祇园基上看处，乃是一个美貌端正之女。我问他：'你是谁家女子？为甚到于此地？'那女子道：'我是天竺国的公主。因为月下观花，被风刮来的。'我将她锁在一间敝空房里，将那房砌作个监房模样，门上止留一小孔，仅递得碗过。今幸老师来国，万望到了国中，广施法力，辨明辨明，一则救拔良善，二则昭显神通也。"三藏与行者听罢，切切在心。天竺国的公主，比喻真阴。唐僧比喻真阳，但这只是一个外表。公主又是玉兔，又是水中金。就是说你不要光看表面，这个问题是有表有里的。"悲"是一个非，一个心，"切"是一个土，一个刀，讲的是非心而实切，实切，圭就是真意土。道是无形的，是非有非无，是不空不色。你说是空的，它又有能量，你说这个能量是有吧，它又是个虚无的。真意土就是能量，你说它是能量，它又看不见，又是虚无的，你说它是虚无的，它又能化成现实。"切切在心"，形容的就是真道，是一个非有非无的，不是一个有形的物质。

为什么在这个时候嘱咐你这个？因为又要阴阳交媾了，就怕你耽误时候。无心才能够感受到妙有，只能够心领神会，神明默察。见到女子，讲的是阴阳交媾。切切在心讲的是那个无心，心领神会，然后有实在的验证。无心而有实切，真意土带来的能量就有真实的验证。

第三，以和为尚

正走处，有一个会同馆驿，三藏等径入驿内。在朱紫国的时候，也是会同馆驿，讲的是荣华富贵要是放不下看不穿的话，就过不了朱紫国。现在是天竺国，天竺国说的是如果没有法身的话，你就过不了天竺国。

三藏道："在南赡部洲中华之地。"又问："几时离家？"三藏道："贞观十三年，今已历过十四载，苦经了些万水千山，方到此处。"驿丞道："神僧，神僧！"三藏问道："上国天年几何？"驿丞道："我敝处乃大天竺国，自太祖太宗传到今，已五百余年。现在位的爷爷，爱山水花卉，号做怡宗皇帝，改元靖宴，今已二十八年了。"三藏道："今日贫僧要去见驾倒换关文，不知可得遇朝？"驿丞道："好，好，正好！近因国王的公主娘娘，年登二十青春，正在十字街头，高结彩楼，抛打绣球，撞天婚招驸马。今日正当热闹之际，想我国王爷爷还未退期，若欲倒换关文，趁此时好去。"天竺国，五百年就是五行。"高结彩楼，抛打绣球"，彩是五色光，球是太极，太极就是金丹，抛绣球比喻抛金丹，砸的谁身上谁就阴阳相遇了，讲的是这个。真阴真阳相遇就开玄关。

三藏立于道旁对行者道："他这里人物衣冠，宫室器用，言语谈吐，也与我大唐一般。我想着我俗家先母也是抛打绣球遇旧姻缘，结了夫妇。此处亦有此等风俗。"就想到了父母相遇。父母未生我之前，我就是先天一炁。这里强调的是，如果不是先天一炁，不是这个虚无的能量，道行就不能开始。强调这个起始，起始就是根本，如果不是这个根本，不是先天一炁，父母未生我先天一炁这个根本，就没有大道的验证，讲的就是这个道理。

话表那个天竺国国王，因爱山水花卉，前年带后妃、公主在御花园月夜赏玩，惹动一个妖邪，把真公主摄去，他却变作一个假公主。知得唐僧今年今月今日

阴阳消息图

今时到此，他假借国家之富，搭起彩楼，欲招唐僧为偶，采取元阳真气，以成太乙上仙。正当午时三刻，三藏与行者杂入人丛，行近楼下，那公主才拈香焚起，祝告天地。左右有五七十胭娇绣女，近侍的捧着绣球。那楼八窗玲珑，公主转睛观看，见唐僧来得至近，将绣球取过来，亲手抛在唐僧头上。唐僧着了一惊，把个毗卢帽子打歪，双手忙扶着那球，那球滚入了他衣袖之内。那楼上齐声发喊道："打着个和尚了，打着个和尚了！"这事根本就不是偶遇，唐僧父母是偶然遇上，这里却是提前计划好的，那就是妖，凡是提前计划的、人为的一定是妖。妖已经知道了，他要成太乙上仙，讲的就是真阴真阳相遇。

午时三刻是姤卦。乾卦这个时候是巳时，是纯阳，但是乾卦往后就是午时三刻，就是姤卦，一阴就生。也就是说在纯阳之后，就遇到了姤卦，唐僧就跟她见面了。

打着个和尚了，"和尚"是以和为尚，和气，讲的是阴阳二气交媾产生先天一炁，和气熏蒸，内藏一颗宝珠金丹。打着和尚的头了，实际上讲的是中脉、天门，这都是一些要害的地方。其实比喻的是能量从底下上来，然后出来，这就是逆则成仙。所以打绣球其实讲的是元精从中脉天门走这条路线。

第四，召为驸马

"贫僧乃南赡部洲大唐皇帝差往西天大雷音寺拜佛求经的。因有长路关文，特来朝王倒换。路过十字街彩楼之下，不期公主娘娘抛绣球，打在贫僧头上。贫僧是出家异教之人，怎敢与玉叶金枝为偶？万望赦贫僧死罪，倒换关文，打发早赴灵山，见佛求经，回我国土，永注陛下之天恩也。"

国王道："你乃东土圣僧，正是千里姻缘使线牵。寡人公主，今登二十岁未婚，因择今日年月日时俱利，所以结彩楼抛绣球，以求佳偶。可可的你来抛着，朕虽不喜，却不知公主之意如何。"那公主叩头道："父王，常言嫁鸡逐鸡，嫁犬逐犬。女有誓愿在先，结了这球，告奏天地神明，撞天婚抛打。今日打着圣僧，即是前世之缘，遂得今生之遇，岂敢更移！愿招他为驸马。"

今年今月今日今时，年月日时讲的就是天机。元精是天机，它不是人为能够操控得了的。这里有一首诗讲这个事：

大丹不漏要三全，苦行难成恨恶缘。道在圣传修在己，善由人积福由天。
休逞六根多贪欲，顿开一性本来原。无爱无思自清净，管教解脱得超然。

"大丹不漏"，就是要全精、全气、全神。三就是精气神，要先天的精气神要三全。但是你看怎么又碰上这么一个喜欢唐僧的，又碰上这么一个恶缘。"道在圣传修在己，善由人积福由天"，圣是说能够和本原的能量融合，能够带动共性本体大能量，有这样的光的人叫大圣，圣光。"道在圣传"，传道的时候，你不要看有一个人跟你在说话，真正传道的是他所带的无形的大部队的能量。所谓的一佛出山万佛开道，一个人在说，实际上他带着后边的大部队的能量在做，所以说道在圣传，不是一般人理解的那个意思。

"善由人积福由天"，善是你自己积的，积善就有福，福是老天给的。那就看老天给不给，老天给你了你就有了，你积了半天，但是老天不给你，肯定你别的地方有问题。大道天成，天机运作。天机给你发生了，就是老天送福，老天若是不给福，那就是积累得不够。金丹是天决定的，不光是自己想不想成的问题。

"休逞六根多贪欲，顿开一性本来原"，你管住七情六欲管住识神，实际上就是修本性。本原世界敞开的关键是休逞六根的贪欲，把人的贪心贪欲管好了，"顿开一性本来原"，本性的世界就打开了。所以修心性就是管好人心，修心性就是真正的修道，其他的都不是修道。

"无爱无思自清净，管教解脱得超然"，这个时候招驸马，讲的是他又在面对元精发动，是在这种情况下嘱咐唐僧，在面对元精的时候，你要无爱无私，要内在的不动，这才行。真阴真阳合一，开了玄关以后，就一定能够解脱。说的是关键时刻，要把本性露出来，不要让七情六欲逞凶狂。

第九十四回　御花园宴乐，讲真金自处

第九十四回　四僧宴乐御花园，一怪空怀情欲喜

第一，讲述来因

这妖怪就一定要结婚，至午门外，他三个齐齐站定，国王问道："那三位是圣僧驸马之高徒？姓甚名谁？何方居住？因甚事出家？取何经卷？"行者笑道："我们出家人，得一步就进一步。"长老恐他村鲁惊驾，便起身叫道："徒弟啊！陛下问你来因，你即奏上。"行者道："陛下轻人重己，既招我师为驸马，如何教他侍立？世间称女夫谓之贵人，岂有贵人不坐之理？"国王听说，大惊失色，欲退殿，恐失了观瞻，只得硬着胆，教近侍的取绣墩来，请唐僧坐了。孙悟空说我们和尚是得一步就进一步，讲的就是先天一炁，一天有一天的进步，它是一个活的过程。唐僧说人家没问你这个，人家问的是你为什么取经，你为什么叫那个名字，你的来路。问你这个，你为什么所问非所答呢？然后孙悟空就说了，哪能让贵人站着，你得让贵人坐着。站着是什么意思呢？"侍"字，一个人一个寸一个土，讲的是一己孤修，"坐"是什么？是两个人坐在一个土上，讲的就是人我共修，就是有先天一炁，我的本性和外边的先天一炁合一，就是共修就是"坐"。站着是孤修，孤修只有自己的本性，没有外边的先天一炁，那就是孤修。所以孙悟空说怎么能站着呢？站是孤修，坐是共修的意思。

行者才奏道："老孙祖居东胜神洲傲来国花果山水帘洞。父天母地，石裂吾生。曾拜至人，学成大道。复转仙乡，啸聚在洞天福地。下海降龙，登山擒兽。销死名，上生籍，官拜齐天大圣。玩赏琼楼，喜游宝阁。会天仙，日日歌欢；居圣境，朝朝快乐。只因乱却蟠桃宴，大反天宫，被佛擒伏。困压在五行山下，饥餐铁弹，渴饮铜汁，五百年未尝茶饭。幸我师出东土，拜西方，观音教今脱天灾，离大难，皈正在瑜伽门下。旧讳悟空，称名行者。"孙悟空说了一大套他的来路。"老孙祖居东胜神洲傲来国花果山水帘洞"，傲来国是一个无所从来的虚无；花果山水帘洞，有山有洞，就是真阴真阳，从虚无中来的。真阴真阳合一，讲的就

是花果山水帘洞。销死名，就是销了地狱生死簿，上生籍，就是上界已经有他的名号了，他已经是齐天大圣了。悟空就是悟道，行者就是行道，他就是悟道、行道合一体，讲的就是只是悟了不行，还要把理论变为实践才行。悟空讲的是先天一炁的来龙去脉。后边又是猪八戒和沙和尚分别讲来因。国王问三徒的来历，实际上讲的是金丹的来历，真五行的来历，就是大道的来历。

国王见说，多惊多喜，喜的是女儿招了活佛，惊的是三个实乃妖神。正在惊喜之间，忽有正台阴阳官奏道："婚期已定本年本月十二日。壬子辰良，周堂通利，宜配婚姻。"国王道："今日是何日辰？"阴阳官奏："今日初八，乃戊申之日，猿猴献果，正宜进贤纳事。"国王大喜，即着当驾官打扫御花园馆阁楼亭，且请驸马同三位高徒安歇，待后安排合卺佳筵，着公主匹配。

婚期定在十二日，并不是定在十五日。壬子辰良，"壬"讲的是先天肾气，癸水壬水，先天为壬，后天为癸，讲的是元精、真铅的生起。选壬这个时辰指的就是元精。初八是唐僧和公主相遇的时候，阴阳各占一半，金水平分，讲的是水中金。戊是阳土，申为阳金，就是水中金。先天至阳之物，父母未生我之前那口先天一炁，是真五行的来因。申猴是坤卦是土，静极生动土生金。所以在这个时候，元精快开始发动了，已经开始产电了，讲的就是这个意思。猿猴献果，"猿猴"讲的是先天一炁，已经开始献果了，就是快开始了的意思。"正宜进贤纳士"，元精已经开始了，然后你就准备好吧，你准备好结婚吧。这个时间讲的就是这个意思。

第二，外喜内忧

唐僧表面顺从，里头很是发愁，"我说只去倒换关文，莫向彩楼前去，你怎么直要引我去看看。如今看得好吗？却惹出这般事来，怎生是好？行者陪笑道：'师父说，先母也是抛打绣球，遇旧缘，成其夫妇，似有慕古之意，老孙才引你去。'又想着那个给孤布金寺长老之言，就此检视真假，适见那国王之面，略有些晦暗之色，但只未见公主何如耳"。

孙悟空为什么去看抛绣球呢？他就想看看公主，真公主在这儿呢，假公主是不是妖呢？他就为了看这个，结果唐僧被绣球打中了。

长老道："你见公主便怎的？"行者道："老孙的火眼金睛，但见面，就认得真假善恶，富贵贫穷，却好施为，辨明邪正。""且到十二日会喜之时，必定那公主出来参拜父母，等老孙在旁观看。若还是个真女人，你就做了驸马，享用国内之荣华也罢。"三藏闻言，越生嗔怒。行者听说念咒，慌得跪在面前道："莫念，莫念！若是真女人，待拜堂时，我们一齐大闹皇宫，领你去也。"

此时长老见那国王敬重，无计可奈，只得勉强随喜，诚是外喜而内忧也。现在讲的是，面对元精发动的时候，你要守住，千万别动念，叫真精自顾。这件事是老天安排的，是一个自然的事，而不是人安排的。老天安排了阴阳交媾，人就感受到老天的能量，然后就元精发动了，这件事是自然的，人也没办法，只能顺其自然，你只能够真金自处，固守原本。你要静得住，你要真正能空得住等着它化完。寅时就是泰卦，老天每天都这样，人是干涉不了老天的，但你可以管住心，定住了让它化掉。讲的就是这意思。

第三，内藏是真

唐僧结婚虽是假的，但他得了真铅氤氲是却真的。真真假假，表面是假的，但里头有真东西。所以你不要从表面看问题，事情有它内在的原因。

"合卺宴亦已完备，荤素共五百余席"。那公主走近前倒身下拜，奏道："父王，乞赦小女万千之罪。有一言启奏：这几日闻得宫官传说，唐圣僧有三个徒弟，他生得十分丑恶，小女不敢见他，恐见时必生恐惧。万望父王将他发放出城方好，不然惊伤弱体，反为祸害也。"国王道："孩儿不说，朕几乎忘了，果然生得有些丑恶，连日教他在御花园里留春亭管待。趁今日就上殿，打发他关文，教他出城，却好会宴。"

打发走了，再开结婚宴。就怕他们有法力识，这婚就结不成了。这时候唐僧就已经纠结了。原来那唐僧捏着指头算日子，熬至十二日，天未明，就与他三人计较道："今日却是十二了，这事如何区处？"行者道："那国王我已识得他有些晦气，还未沾身，不为大害。但只不得公主见面，若得出来，老孙一觑，

就知真假，方才动作，你只管放心。他如今一定来请，打发我等出城，你自应承莫怕。我闪闪身儿就来，紧紧随护你也。"孙悟空跟唐僧商量，因为公主是妖怪，她怕悟空。把三个徒弟先打发走，讲的是拆散五行合一的金丹。悟空劝唐僧不要怕，无形会保护他的。妖精虽然把我们三个人赶走了，把金丹给拆散了，但是，金丹还有无形的一面，用无形的跟妖斗，妖怪得不了逞。

国王看了，即用了印，押了花字，又取黄金十锭，白金二十锭，聊达亲礼。八戒原来财色心重，即去接了。行者朝上唱个喏道："聒噪，聒噪！"便转身要走，慌着个三藏一骨碌爬起，扯住行者，咬响牙根道："你们都不顾我就去了！"行者把手捏着三藏手掌，丢个眼色道："你在这里宽怀欢会，我等取了经，回来看你。"那长老似信不信的，不肯放手。多官都看见，以为实是相别而去。早见国王又请驸马上殿，着多官送三位出城，长老只得放了手上殿。

过了一会儿，孙悟空就变成了一只小蜜蜂，又回来了。你看他轻轻飞入朝中，远见那唐僧在国王左边绣墩上坐着，愁眉不展，心存焦燥。径飞至他毗卢帽上，悄悄地爬及耳边，叫道："师父，我来了，切莫忧虑。"这句话，只有唐僧听得见，那伙凡人莫想知觉。唐僧听见，始觉心宽。这时候唐僧就不那么害怕了，他们几个走了，孙悟空回来陪着。这讲的是在真空中施为，在无形上用功。人是有形的，但是还有无形的妖不知道，所以就变成了无形的回来。金丹是拆不散的，也是赶不走的，金丹是无形的。

第九十五回　擒玉兔，讲假去真来

第九十五回　假合真形擒玉兔，真阴归正会灵元

第一，妖形毕露

行者见师父全不动念，暗自里咂嘴夸称道："好和尚！好和尚！身居锦绣心无爱，足步琼瑶意不迷。"唐僧面对结婚，元精发动，真铅氤氲的时候不动，不动丹就有了，一动丹就没了。见那公主头顶上微露出一点妖氛，却也不十分凶恶，即忙爬近耳朵叫道："师父！公主是个假的。"长老道："是假的，却如何教她现相。"行者道："使出法身，就此拿她也。"长老道："不可，不可！恐惊了主驾，且待君后退散，再使法力。"

那行者一生性急，哪里容得，大咤一声，现了本相，赶上前揪住公主骂道："好孽畜！你在这里弄假成真，只在此这等受用也尽彀了，心尚不足，还要骗我师父，破他的真阳，遂你的淫性哩！"唬得那国王呆呆挣挣，后妃跌跌爬爬，宫娥彩女无一个不东躲西藏，各顾性命。三藏一发慌了手脚，战战兢兢抱住国王，只叫："陛下，莫怕，莫怕！此是我顽徒使法力，辨真假也。"金乌玉兔，其实讲的是太阳月亮，是日月之精华。太阳的能量通过月亮显现出来，阳的能量是通过阴显现的，讲的是先天阴阳关系。金乌玉兔，日月之精灵；晦朔望弦，阴阳之交合。天人本无二理，神运自有同规。月借日之光以为光，阴承阳之用以为用。阴阳是怎么用的呢？阴阳是互用的，是被对方用，互相藏着的，它不是直接用的。阴阳是一体的，这讲的就是先天一炁，讲的就是太极，一点灵光。

却说那妖精与大圣斗经半日，不分胜败。行者把棒丢起，叫一声："变！"就以一变十，以十变百，以百变千，半天里，好似蛇游蟒搅，乱打妖邪。妖邪慌了手脚，将身一闪，化道清风，即奔碧空之上逃走。孙悟空怎么打？以一变十，以十变百，以百变千，这讲的就是身外身。你不要想着它只是一个光，这一个光有多少光点啊？他讲的就是那些小光点，亿万的光点就有亿万的化身。这就是为什么一个人的灵可以出来救灾，这个灾难广泛的是吧？但是这一个光可以

有无数的光点，所以他就可以去救灾，去平衡阴气。

行者念声咒语，将铁棒收做一根，纵祥光一直赶来。将近西天门，望见那旌旗闪灼，行者厉声高叫道："把天门的，挡住妖精，不要放他走了！"那天门上有护国天王率领着庞刘苟毕四大元帅，各展兵器拦阻。妖邪不能前进，急回头，舍死忘生，使短棍又与行者相持。这大圣用心力抢铁棒，仔细迎着看时，见那短棍儿一头壮，一头细，却似春碓臼的杵头模样，叱咤一声喝道："孽畜！你拿的是什么器械，敢与老孙抵敌！快早降伏，免得这一棒打碎你的天灵！"这妖怪去哪了呢？往天上跑，到西天门。妖精是个白兔，属兔的卯兔在东边，现在卯兔到了西边，这个讲的就是金木交并，讲的就是开玄关，金乌玉兔已经交换位置了。

妖怪的武器是一个捣药杵，"仙根是段羊脂玉，磨琢成形不计年，混沌开时吾已得，鸿蒙判处我当先。源流非比凡间物，本性生来在上天，一体金光和四相，五行瑞气合三元"。玉兔是一个得了道的妖怪，你看它的一体金光和四相，五行瑞气合三元就是三五合一的金丹。仙根是羊脂玉，就是白色的光。玉神是一个白玉色的小佛，玉讲的是人的肉身，肉身的细胞变出来的光，就叫玉光，讲的就是玉神的验证。精气神的精是兑卦，兑金，白色，叫羊脂玉，白色的光比喻的就是那最根本的已经修出来了，反本还原，本原的白色修出来了。

那妖精与行者又斗了十数回，见行者的棒势紧密，料难取胜，虚丢一杵，将身晃一晃，金光万道，径奔正南上败走，大圣随后追袭，忽至一座大山，妖精按金光，钻入山洞，寂然不见。又恐他遁身回国，暗害唐僧，他认了这山的规模，返云头径转国内。妖精放金光，肯定他就是得道了。他往正南上败走，正南离卦是火，金跑火上去了。本来是火克金，金最怕火，但是现在金跑火里去了。这讲的是在放金光，金光怎么放出来的？是火里炼出来的。先天的真五行是反生反克，虽然怕火，但也要亲近火，不然那光放不出来，讲的就是这个道理。妖怪在西，又上了南，西是金，南是火，讲的是金火同宫。金因为有火炼才成形，火困金明才能够返本还原。

金火同宫是一个金丹的名词，就像玉液还丹，金液还丹，它是一个名词。

这个名词的意思是，金火同宫虽是金怕火，但还要用火来炼。就像三昧真火，呼呼地起，一起热得一身汗，金火同宫，火中炼金。后边命门起火，往头上起的火，那就是南，离卦起的这个火。起火是把光进一步提纯，干净的金光通过煅烧变出来，讲的是这个过程。所以说，看《西游记》，如果没体验过，你根本不知道说的是什么。看过下面这两张图你就明白了，有很多的意思要讲。你看金乌玉兔，一个比喻太阳，一个比喻月亮。太阳在东边，月亮跑西边去了，你看属兔的在哪儿？属兔的是在东边，现在属兔的跑到西边来，这是为什么呢？这就是金木交并，讲开了玄关以后就是真五行，就是反生反克。原本是火克金，现在火反而把金光给生出来了，开了玄关以后全是真五行，全是反着来的。

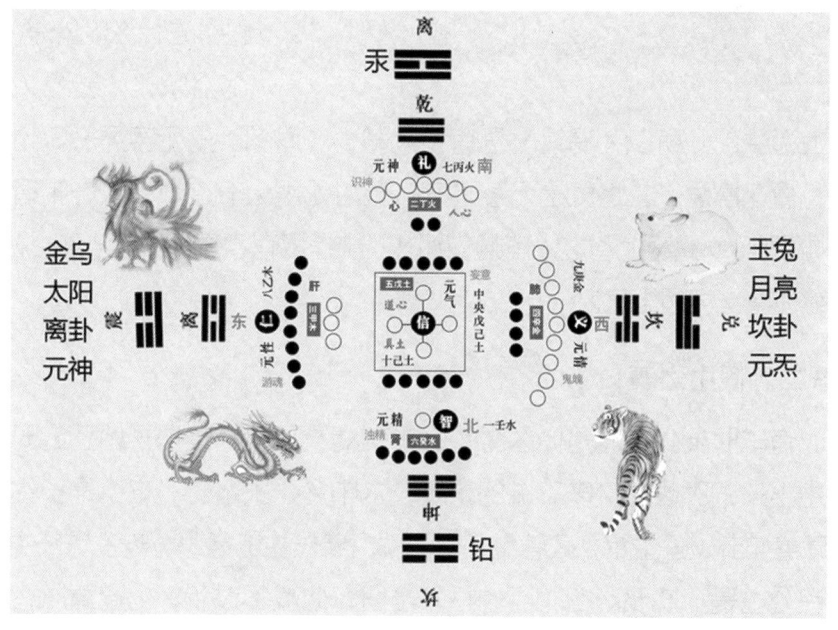

金乌玉兔

一对比你就明白了，它整个描写的是在哪个方位在哪个时间，它是个什么，它去的那个地方是个什么，这都是《易经》讲的天地五行天地能量。如果你不懂《易经》，你就不懂天地能量，而金丹是天地能量造出来的。所以说你要是懂得《易

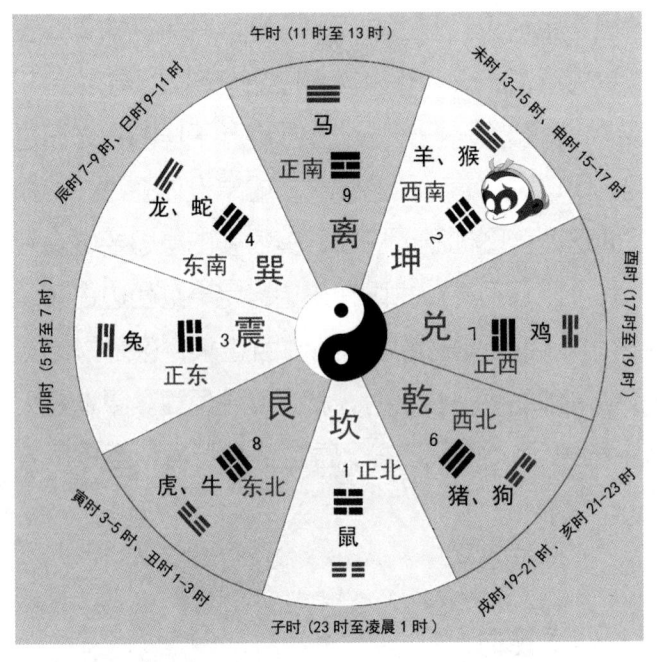

《经》，对金丹的理解就容易得多，不然的话，关于金丹的解说全是卦象，你就不知道东南西北到底是些什么意思。你看《金乌玉兔》就是《河图》，整个《西游记》讲的就是《河图》，讲的是先天的五行，三家相见，五行合一，就是金丹，金丹就是元神，《河图》也是元神图。《河图》是什么呢？是《易经》的祖宗，《易经》是在它的基础上诞生的。所以《易经》是有字天书，《河图》是无字天书。如果你元神通了，懂这意思了，这就是无字天书。但对无字天书，很多人是中智、下智之人，领悟不了，只有上智之人能通，所以只能是取有字真经。有字真经就是《易经》，给你拿文字写出来。

第二，假中之真

此时有申时矣。申时是什么时？就是元精发动已经慢慢开始了的时候，土生金要生出来的时候。"申"讲的是金，水中金、壬水。"申"是长生之申，申里头藏着坤卦，土生金，藏着金，申时就含着长生的意思。申金是长生之金。

"假公主是个妖邪。初时与他打了半日，他战不过我，化道清风，径往天门上跑，是我吆喝天神挡住。"这时候孙悟空已经回来了，因为他看不见妖怪了，他就想妖怪是不是又抓我师父去了？所以孙悟空赶快回来保师父了。"他现了相，又与我斗到十数合，又将身化作金光，败回正南上一座山上。我急追至山，无处寻觅，恐怕他来此害你，特地回顾也。"国王听说，扯着唐僧问道："既然

528

假公主是个妖邪，我真公主在于何处？"行者应声道："待我拿住假公主，你那真公主自然来也。"假的去了，真的就能来，指元精。后天之假藏着先天之真，坎卦是后天，但是里头藏着先天之真，讲真假的转化。

二神告道："大圣，此山唤做毛颖山，山中只有三处兔穴。亘古至今没甚妖精，乃五环之福地也。大圣要寻妖精，还是西天路上去有。"土地跟孙悟空说，这儿是个五环之地，讲的是五色光里头藏着先天真一，玉兔这个妖怪也是得了道的。毛颖山，兔子不是吃草吗，"颖"就是小嫩芽的意思，就是长了好多小嫩芽草的山。妖怪待的是一个生机勃勃的好地方。

土地就给悟空出主意，土地道此间必是妖邪赶急钻进去也。行者即使铁棒捎开石块，那妖邪果藏在里面，呼的一声，就跳将出来，举药杵来打。行者抡起铁棒架住，唬得那山神倒退，土地忙奔。那妖邪口里嘟嘟囔囔的，骂着山神土地道："谁叫你引着他往这里来找寻！"这个地方，电视剧拍的是孙悟空又去天宫找了，小说里写的是直接就下来收玉兔了。

太阴道："与你对敌的这个妖邪，是我广寒宫捣玄霜仙药之玉兔也。他私自偷开玉关金锁走出宫来，经今一载。我算他目下有伤命之灾，特来救他性命，望大圣看老身饶他罢。"行者喏喏连声，只道："不敢，不敢！怪道他会使捣药杵！原来是个玉兔儿！老太阴不知，他摄藏了天竺国国王之公主，却又假合真形，欲破我圣僧师父之元阳。其情其罪，其实何甘！怎么便可轻恕饶他？"太阴道："你亦不知。那国王之公主，也不是凡人，原是蟾宫中之素娥。十八年前，他曾把玉兔儿打了一掌，却就思凡下界。一灵之光，遂投胎于国王正宫皇后之腹，当时得以降生。这玉兔儿怀那一掌之仇，故于旧年走出广寒，抛素娥于荒野。但只是不该欲配唐僧，此罪真不可逭。幸汝留心，识破真假，却也未曾伤损你师。万望看我面上，恕他之罪，我收他去也。"正此观看处，猪八戒动了欲心，忍不住跳在空中，把霓裳仙子抱住道："姐姐！我与你是旧相识，我和你耍子儿去也。"

猪八戒到现在这个时候还调戏人家，太可恨了。前世就因为调戏了嫦娥，被贬下凡，这回他一见嫦娥，又想起前辈子的事儿来了。八戒是淫心，真铅氤

氤的时候，一定要戒淫心。讲的是碰到了元精，猪八戒还是色心，唐僧已经不动色心了。"太阴星君"讲的不是嫦娥，讲的是月光娘娘，玉兔被太阴星君带走，太阴星君就是师父，元神被师父带走，被师父哺育。

你看图中这个太阴，太极图分为阴阳，分别是太阴少阳、少阴太阳、太阴太阳，接下来代表月亮，代表太阳。也就是说你先天一炁这个太极是阴阳混一的，包括阴和包括阳，阴阳又分老少，太阴是什么？实际上就是坤卦。太阳是两个阳道，再分裂的话就成了八卦。就是太极生两仪，两仪生四象，四象生八卦。

太阴太阳代表的是阴阳已经分开了，但是虽然分开它们两个又是互相融合的，月亮是和太阳融合的，是反射太阳的光，用日月的互藏，比喻阴阳混一的先天一炁。太极就是阴阳已经混化混一了。混一是先天，分裂为二是后天。太阳月亮代表的就是阴阳混化的太极，阴阳已经混一了，一点灵光、德一元气是无形的，太阳和月亮是有形的，是人看得见的，那是物质的光，是两个光，一个阴一个阳的光，这是有形的，而有形表现的实际上是无形。

你要理解有形里头无形的一部分，普通人只看到太阳、月亮，只看见什么就信什么，他看不见那部分就不信。其实就是你看见这一部分，内在有一个关系你没看懂，并不是我们说的都是虚无的，不是。科学家就只认看得到的有形的，太阳月亮是有形的，但是这里头无形的呢？那是你没看到的，你没智慧所以理解不到的，难道它就不存在吗？这没法跟他们解释。看到右边这张图你就明白了，明白了这阴阳的关系。

太阴在子时和寅时之间，也就是说太阴最阴的那个部分，月亮实际上是最阴的那地方。你再看这个乾是天空，坤卦代表地，上面是月亮底下是太阳，讲的就是元精发动。元精发动，太阳落

《太阴1》

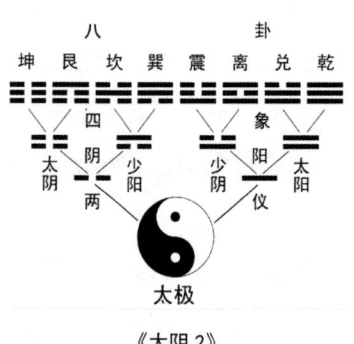

《太阴2》

在水里，太阳就在腹部、在坤地，月亮反射太阳的光，它就成了月光。人的大脑的脑光、性光就是反射月亮的光。

这是讲的玄关四个卦，但是乾坤开始的时候是一个坎离，坎卦离卦动了以后回到乾坤。坎卦离卦的先天卦在东西，也就是说坎离相交、元精发动的时候，你后天的坎离在动，但是你先天的坎离的位置就像一个十字架一样，从上到下从左到右，这是个连续的。元精

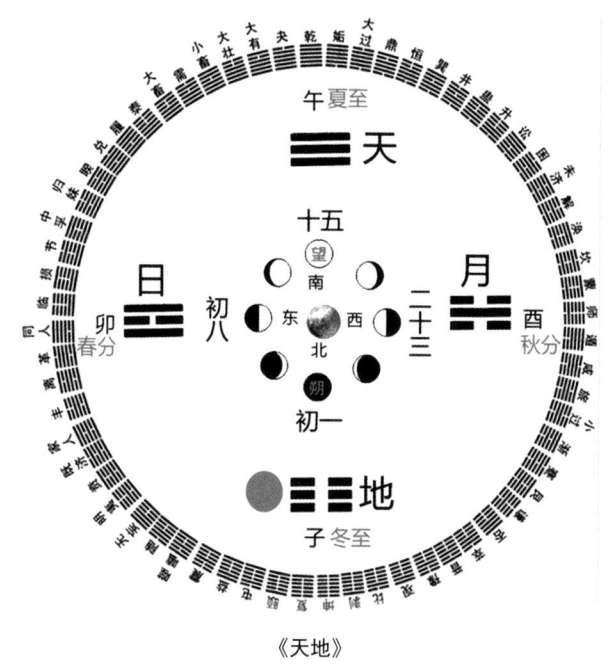

《天地》

发动，后天的坎离就扯动先天的坎离，先天的坎离位置就在东西。

为什么玉兔又是元精呢？我就在解释这个，你看是不是坎卦跑这儿来了，这就是坎卦的先天卦位，玉兔又跑到西天门来了，讲的就是元精。所以在这一层意思上，唐僧与公主相遇，阴阳相遇是真阴真阳相遇，公主是个女的，唐僧是个男的，可不是她是真阴、他是真阳两个相遇吗？但是反过来在先天，在里头的内涵的层面，玉兔又是男的，唐僧又是女的，先天的阴阳，里外是反的。所以你看了这张图，就能理解元神的思维，元神的思维是什么样的呢？是一个立体的、全方位的、包容的思维，不是只就一个点说话。只就一个点说话是说不透的，元神思维在就好多不同的点同时说话，把这件事给说透了，这就是一个立体的思维，宇宙的思维，天人合一的思维。

第三，假去真来

真公主回来了。孙悟空说太阴星君已经把玉兔给收走了。"不期他原是蟾宫玉兔为妖，假合真形，变作公主模样。他却又有心要破我元阳。幸亏我徒弟

施威显法，认出真假，今已被太阴星收去。贤公主见在布金寺装风也。"国王见说此详细，放声大哭。老僧跪指道："此房内就是旧年风吹来的公主娘娘。"国王即令开门。随即打开铁锁，开了门。国王与皇后见了公主，认得形容，不顾秽污，近前一把搂抱道："我的受苦的儿啊！你怎么遭这等折磨，在此受罪！"

行者道："他这山，名为百脚山。近来说有蜈蚣成精，黑夜伤人，往来行旅，甚为不便。我思蜈蚣惟鸡可以降伏，可选绝大雄鸡千只，撒放山中，除此毒虫。就将此山名改换改换，赐文一道敕封，就当谢此僧存养公主之恩也。"国王甚喜领诺，随差官进城取鸡；又改山名为宝华山，仍着工部办料重修，赐与封号，唤做"敕建宝华山给孤布金寺"。

沐尽恩波归了性，出离金海悟真空。

真公主是真阴，没有归正的时候，她是假的。归正以后，她和元灵就合一了，归正了才是真，没归正之前也是假。真假是一个相对的。百脚是蜈蚣，蜈蚣精会伤人，所以把千只大公鸡撒在山上，让公鸡把蜈蚣全部都吃掉。讲的是公鸡打鸣，先天一炁一阳来复，真阳生起，用先天的真阳把后天之假全部都消灭掉。百脚山改名宝华山，寺名宝华山给孤布金寺。了了性，金海、真铅就化完了。

把山的名字改了，用大公鸡把这些蜈蚣都消灭掉，就是说这儿已经恢复成真佛地了，别又让浊精浊气那些假的东西、人为的有形的东西污染这里，要把这些都清干净。讲的就是圣神改变环境，佛待的地方就是清净的。

第九十六回　铜台府寇员外，讲无心有德

第九十六回　寇员外喜待高僧，唐长老不贪富贵

第一，有心无德

之前是犀牛精、兔子精，第九十六回讲的是寇员外，他不是妖怪。讲完牛、兔子就该讲龙了，巽卦的龙，这就连起来了。

这里有一首诗，是对上一回的总结，也是承上启下。

色色原无色，空空亦非空，静喧语默本来同，梦里何劳说梦。

有用用中无用，无功功里施功，还如果熟自然红，莫问如何修种。

真道不是色，也不是空，不要想成一个有形的。静和动，本来是同根生，都是本体生出来的。"梦里何劳说梦"，不管是静，不管是动，都是梦，它们都不是本体，都不是本性，都不是真，本体是真。所以你就悟本体，关注本体，不要管表面。"有用用中无用"，青龙山讲的是元性，光刚刚修成，但是大罗金仙真身还没修出来。只是元性，虽然有神通，但是阴神的神通。很多人是通了就用，能看到就习惯性地看，这不是本体，还是梦中说梦话，还没到根本上。你不要以为这个就是有用了，真正的用是"无功功里施功"。你看那没用的，那是一虚无，但是它什么都自动做了，那个才是本体，那个才是有用。

果子是自然红，到时候它自然就熟了。"莫问如何修种"，说你就别问了，怎么修剪枝，怎么样长，什么时候长？莫要问，你就踏踏实实过日子，它到时候会自动运行。"斗南当日永，万物显光明"，北斗七星的勺柄已经指到南方了，讲的是到夏天了，白天变长了，当日永就是太阳的影子长了。"万物显光明"，就是说白天变长了，什么东西都比较亮。唐僧过了青龙山，了性之后又了了命。三魂已经提升，已经有了能量，所以能看到光，自己的光就强了，比以前很不同了。

色空都不是本体，动静都是本体所发出的，不要梦里说梦话。有用的其实没用，无功的才是真功。功到自然成，不要问是怎么修成的。人的心光，已经

和南斗星沟通了。心光成长的过程，是一步一步和宇宙的高能量合一的过程。

三藏问道："徒弟，此又是什么去处！"行者道："不知，不知。"八戒笑道："这路是你行过的，怎说不知！却是又有些儿跷蹊。故意推不认得，捉弄我们哩。"行者道："这呆子全不察理！这路虽是走过几遍，那时只在九霄空里，驾云而来，驾云而去，何曾落在此地？事不关心，查他做甚，此所以不知。却有甚跷蹊，又捉弄你也？"每一回开始的时候，唐僧就问这是什么地方。孙悟空就反问他，这个反问是与上面那道诗对应的——你不要问了，踏踏实实过日子，慢慢往前走。现在已经到天竺国了，孙悟空之前去过灵山，现在怎么又说不认识路了呢？他是飞着上灵山的，当然不知道底下是什么路。就算离灵山已经很近了，脚踏实地也一点不能少，快到了你也得一步一步走过去，不能飞过去，不能有所省略。

孙悟空是无心而行，就是不着心。你看孙悟空来过几次自己根本就不知道，讲的就是无心而行。那是什么行道呢？是光行道，人要无心，光才能行道，你要是着心着意，想东想西的，光就行不了道。先天的东西是自然出来的，无心的状态才能把光养成。忘掉是非麻烦，忘掉一切的忘境。事不关心，查他做甚？悟空是无心而行，不着心。

此处乃铜台府地灵县。那二老道："过此牌坊，南北街，向东虎坐门楼，有个寇员外家，他门前有个万僧不阻之牌。教我到他家去吃斋哩。"铜是金同，终于到了与金同处之地，光与自然之光相同。金就是光，修的是金光了。现在已经到了天竺，大雷音寺就在不远处了，佛祖待的地方就在天竺。铜台府讲的就是光，你的光才和老天的天光，那个不灭的道体的光相通。金指的是道体，指的是不灭。之前还不行，之前在青龙山的时候，刚了性还没有了命。老天的光是性命合一，了性又了命之后，才能跟老天的道体的光相通，所以叫铜台府。到了铜台府，地灵县，地就灵了。讲的是回归本性的光，与自然融合的光，在现实里就有妙用了，叫地灵。

万僧不阻，还树了这么一大牌子，讲的是护法，到了佛的身边你首先遇到的是护法，斋僧就是护法的意思。但是寇员外却用了人心，他要斋一万僧人，大张旗鼓、敲锣打鼓，简直是搞得比唐太宗的度亡法会的阵仗都大，特别张扬。

这讲的就是有心无德。德是无心，是阴德，是看不见的。你把德都敲锣打鼓了，那能行吗？这就是假的，就是无德。打着万僧不阻的旗号然后大张旗鼓，虚张声势，有心修福，反而亏德。真正的积德，是无形的，自然无心才能有的。有心做善事，是贼其德，而非行其善。

三藏道："贫僧是东土大唐钦差，诣宝方谒灵山见佛祖求真经者。闻知尊府敬僧，故此拜见，求一斋就行。"员外面生喜色，笑吟吟地道："弟子贱名寇洪，字大宽，虚度六十四岁。自四十岁上，许斋万僧，才做圆满。今已斋了二十四年，有一簿斋僧的账目。连日无事，把斋过的僧名算一算，已斋过九千九百九十六员，止少四众，不得圆满。今日可可的天降老师四位，完足万僧之数，请留尊讳，好歹宽住月余，待做了圆满，弟子着轿马送老师上山。此间到灵山只有八百里路，苦不远也。"三藏闻言，十分欢喜，权且应承不题。

名字叫寇洪，寇就是贼的意思，宏大的贼。果然就被贼寇给盯上了。虚度六十四岁，你看下面这张图，外边这一圈六十四卦，八八六十四，每七八年的时候就是一个节点。人的元神每七年有一个变化，女活七男活八，女人离道就更近，她活的是七这个数，比如说十四岁的时候来月经，四十九岁绝经，活的是七这个数，这就是元神的数。

到六十四岁的时候，男人的这个一点灵光，这口元气就用完了。所以寇员外的死，不是讲这个人的死，讲的是先天一点灵光的先天元气用完了，是先天元气耗没了的意思。小说编的是一个人死了的故事，但它不是人死的意思，六十四指的是先天元气的寿数，到这么大先天的元气就没了，不是说先天的元气没了人就死了，后天还养点元气，还攒点

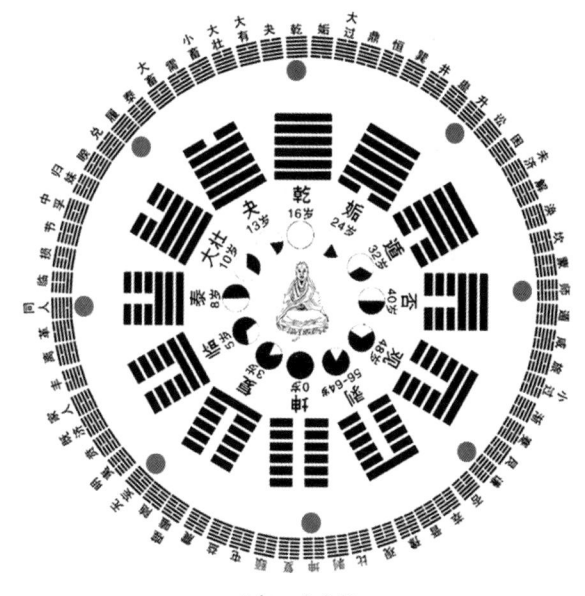

八年一个台阶

精气。活的是后天攒的这一部分，等到后天这一部分再没了的话，人就真死了。所以寇员外死了，讲的不是人死，讲的是先天元气没有了，消磨完了。

今已斋了二十四年，三八二十四，这也是八的数。这是从男人的角度讲，男人和女人是不一样的，女人比男人少一年，含义是一样的，具体的数并不一样。寇员外要积德，表面上是在斋僧，却是人心在算计，在人心层面的行善，都不会有德。只有无心才能积德。就是说你应该做好事人而不知，你也忘了，这才积德。寇员外还拿个本记账，有心做的事就无德。人积德是积的无形的光，但是你大张旗鼓地说我要做功德，并不能长你这无形的光，所以你要搞对了什么是积德，无心才积德。积的德你看不见，但到时候就懂了，真正的德无形有光，有灾难的时候，光就把灾难平了，安然地过去就没事了。但是如果大张旗鼓，做的都是后天人心的那套东西，就没有积到光，灾难来到就化不了。有德的话能把难给化了，真正积的德那时候就能看出来了，它能化解你的灾难，就说明你积的德还够用，所以你不会有灾难。但是如果你大张旗鼓地宣扬，结果没有积到光，一个小事就给你一个灾难。所以这里讲积德是无形的，是个验证，不是后天人心后天意识。

第二，圆满道场

寇员外大张旗鼓地办斋僧，给和尚吃顿饭，干嘛还要敲锣打鼓呢？"金漆桌案，黑漆交椅。前面是五色高果，俱巧匠新装成的时样。第二行五盘小菜，第三行五碟水果，第四行五大盘闲食。般般甜美，件件馨香。素汤米饭，蒸卷馒头，辣辣爨爨热腾腾，尽皆可口，真足充肠。七八个僮仆往来奔奉，四五个庖丁不住手。"

四五个人做饭，七八个人端饭，七八是十五，四五就是九，圆满的意思。十五是圆满，九是纯阳，圆满的时候，就像一个月亮一样。

"大扬幡，铺设金容；齐秉烛，烧香供养。擂鼓敲铙，吹笙捻管。云锣儿，横笛音清，也都是尺工字样。打一回，吹一荡，朗言齐语开经藏。先安土地，次请神将。发了文书，拜了佛像。谈一部《孔雀经》，句句消灾障；点一架药师灯，焰焰辉光亮。拜水忏，解冤愆；讽《华严》，除诽谤。三乘妙法甚精勤，一二沙门皆一样。"寇员外办的圆满道场，简直就像大唐皇帝搞水陆法会的阵仗，场面很大。其实就是斋僧，干嘛像搞法会呢？他觉得他圆满了，要为他斋了一万个僧人这件事大搞一个仪式。

"如此做了三昼夜，道场已毕。但只当时圣君送我出关，问几时可回，我就误答三年可回，不期在路耽阁，今已十四年矣！取经未知有无，及回又得十二三年，岂不违背圣旨？罪何可当！望老员外让贫僧前去，待取得经回，再造府久住些时，有何不可！"八戒忍不住高叫道："师父忒也不从人愿！不近人情！老员外大家巨富，许下这等斋僧之愿，今已圆满，又况留得至诚，须住年把，也不妨事，只管要去怎的？放了这等现成好斋不吃，却往人家化募！前头有你甚老爷、老娘家哩？"长老咄地喝了一声道："你这夯货，只知要吃，更不管回向之因，正是那槽里吃食，胃里擦痒的畜生！汝等既要贪此嗔痴，明日等我自家去罢。"这个时候唐僧已经变了，以前都是孙悟空骂八戒，现在是唐僧骂八戒，而且骂得特别狠，比孙悟空骂得还狠。这说明唐僧的识神已经转了，之前八戒说什么，他就顺着人心，顺着识神走了。唐僧现在识神已经化掉了，他就坚决反对识神。也就是说到铜台府了，识神就应该完全化掉，你不化掉怎么跟那光同呢？

寇员外自己留不住，老太太又出来留。老身也有些针线钱儿，也愿斋老师父半月。"公修公得，婆修婆得，不修不得。我家父家母各欲献芹者，正是各求些因果，何必苦辞？就是愚兄弟，也省得些束脩钱儿，也只望供养老爷半月，方才送行。"那老妪与二子见他执一不住，便生起恼来道："好意留他，他这等固执要去，要去便就去了罢！只管唠叨什么！"母子遂抽身进去。

他们走的时候又是吹吹打打的，安排饯行的宴席，二十对彩旗，又雇了一班的吹乐，雇了道士雇了和尚夹道吟诵，以这么大的阵仗送走了。斋僧这件事，他们只是为了满足自己的欲望，而不管你唐僧取经。所以员外和老太太虽在留人，但这都是人心。针线讲的是人心叵测，绵里藏针。儿子也说要斋，老娘也说要斋，一家人就得斋三遍，耽误人多长时间，他们不管。如此他不仅无德，还有灾难。你看后边不就是他们一家人陷害唐僧师徒吗。人心根本就颠来倒去的，根本就不可靠。两个公子，两个小秀才，人品也是不可靠的，讲的是根莠败秀、良莠不齐的品德。老太太开始说唐僧师徒古怪清奇，必是天人下凡，不遂她的心，就生起气来。气没消，后边一出事，她就反过来诬陷，讲的是人心叵测。两个公子开始特别崇拜，没遂他们的心，后边出事，非要把他们弄到监狱里去。讲的是世事无常，人心作怪，斋僧向佛，不过满足的是贪欲，根本就不是善人。主人斋僧成了满足虚荣，张灯结彩，大肆挥霍，其实，这是给贼开了门。所以说他叫寇员外，其实他是自寇，自己招来贼寇。

第三，韬光隐晦

虽然是百姓之家，却不亚于王侯之宅，只听得一片欢声，真个也惊天动地。本来就是一个小老百姓，弄得简直像帝王的阵仗。

长老至前，见是一座倒塌的牌坊，坊上有一旧匾，匾上有落颜色积尘的四个大字，乃"华光行院"。长老下了马道："华光菩萨是火焰五光佛的徒弟，因剿除毒火鬼王，降了职，化做五显灵官，此间必有庙祝。"遂一齐进去，但见廊房俱倒，墙壁皆倾，更不见人之踪迹，只是些杂草丛菁。欲抽身而出，不期天上黑云盖顶，大雨淋漓。没奈何，却在那破房之下，拣遮得风雨处，将身躲避。密密寂寂，不敢高声，恐有妖邪知觉。坐的坐，站的站，苦捱了一夜未睡。咦！真个是：泰极还生否，乐处又逢悲。师徒四人在寇员外家耽误了半个月。人家留你是后天识神的逻辑，你为什么要服从识神呢？为什么不元神当家，该干什么干什么呢？唐僧在这里就又懈怠了。这么一懈怠就相当于华光破庙，墙都没有了，佛像都没有了。他们走到这里不好好向前努力，又在这儿遂了俗人的心愿，随便蹉跎懈怠。为什么就听了识神的话，懈怠了半个月呢？

这个破庙是个什么庙？原本那个佛是个什么佛？华光菩萨，火焰五光佛，本来是一个五光佛，现在变成了五显灵官。本来是一个菩萨级别的光，但现在已经堕落了，只能成为一个五显灵官，灵官和菩萨的级别就差得太远了。唐僧因为寇员外斋僧就放松了，相当于已经有了菩萨的光，现在堕落到了灵官，是降了很多级的。斋僧这件事实际上对唐僧来说是个灾难。他人心还是没退，心不坚定就又被人拉下水了。突然下雨，讲的是世事无常，还有幻身在，所以要时时谨慎，不可不防，一点漏洞都不能出。这个心，随时随地都要警惕，都要谨慎，如履薄冰，谨小慎微，自始至终不能放松，不能大意，更不能得意忘形。华光行院的惨景，讲的是散光的后果，一片破败之象。

第九十七回　亡灵开口，讲通幽达明

第九十七回　金酬外护遭魔蛰，圣显幽魂救本原

第一，外显遭灾

唐僧本来是想报答寇员外的，结果还惹了麻烦，蹲了一晚上监狱，受了牢狱之灾。

且不言唐僧等在华光破屋中，苦奈夜雨存身。却说铜台府地灵县城内有伙凶徒，因宿娼、饮酒、赌博，花费了家私，无计过活，遂伙了十数人做贼，算道本城哪家是第一个财主，哪家是第二个财主，去打劫些金银用度。内有一人道："也不用缉访，也不须算计，只有今日送那唐朝和尚的寇员外家，十分富厚。我们趁此夜雨，街上人也不防备，火甲等也不巡逻，就此下手，劫他些资本，我们再去嫖赌儿耍子，岂不美哉！"

一帮流氓，到寇员外家去抢了。那员外割舍不得，拼了命，走出门来对众强人哀告道："列位大王！觳你用的便罢，还留几件衣物与我老汉送终。"那众强人哪容分说，赶上前，把寇员外撩阴一脚踢翻在地，可怜三魂渺渺归阴府，七魄悠悠别世人。

"那妈妈想恨唐僧等不受他的斋供，因为花扑扑地送他，惹出这场灾祸，便生妒害之心，欲陷他四众。"寇员外显摆，就招了贼了。这个妈妈和两个儿子没有斋僧成，他们就报复，那妈妈说："点火的是唐僧，持刀的是猪八戒，搬金银的是沙和尚，打死你老子的是孙行者。二子听言，认了真实。"你就看出来了，他们斋僧是为了满足自己的欲望，根本就不可能有功德。人心歹毒，无中生有，造谣污蔑，人心叵测，最不靠谱的就是人心。这儿子写了状子就去告官，官兵就把他们四个给抓了。

第二，恩内有害

真到底是什么？有心就积不了德。唐僧想，寇员外斋僧了咱们半个月，咱把贼偷他家的东西送回去，也算是报个恩。你看这又是好心，结果成了人赃俱获，好心反而办了一个坏事，讲人心最不靠谱，太虚假了。讲恩里有害，人心的假丑恶。

孙悟空他们就碰到贼，孙悟空念个咒语，乃是个定身之法，喝一声："住！"那伙贼共有三十来名，一个个咬着牙，睁着眼，撒着手，直直地站定，莫能言语，不得动身。他们知道这是贼，贼偷了东西，肯定会编瞎话，悟空根本就不让他说话，根本不听他胡说，给他定住。不让贼说话，让死人说话。活人闭嘴，死人说话。讲真假，活人是贼心，你就别说话了。死人不撒谎，讲人不如鬼，鬼比人知道真相。

唐僧听说是从寇家劫的财物，猛然吃了一惊，慌忙站起道："悟空，寇老员外十分好善，如何招此灾厄？"行者笑道："只为送我们起身，那等彩帐花幢，盛张鼓乐，惊动了人眼目，所以这伙光棍就去下手他家。今又幸遇着我们，夺下他这许多金银服饰。"三藏道："我们扰他半月，感激厚恩，无以为报，不如将此财物护送他家，却不是一件好事？"不是吃了一顿饭，而是半个月，这半个月就是懈怠，取经耽误了半个月。他们把东西往寇员外家送，刚一出门就被官兵给抓了。孙悟空看得出来，懈怠了必遭一难。自己招来的，灾难还没满，还得受一晚牢狱之灾。孙悟空就不阻止，让他受，陪着他受吧。

行者悄悄地向沙僧道："师父的灾星又到了，此必是官兵捕贼之意。"说不了，众兵卒至边前，撒开个圈子阵，把他师徒围住道："好和尚，打劫了人家东西，还在这里摇摆哩！"一拥上前，先把唐僧抓下马来，用绳捆了，又把行者三人，也一齐捆了，径转府城。恩里有害，本来是一个行道的，你已经到灵山了，天竺国就在灵山，已经到这了，还有人心的懈怠，还没有真正的元神当家，快马加鞭去行道，你还撂挑子，你又玩了半个月。你看，又遭这个难。修金丹的人，凡是他遭的难，都是自己的毛病，是自己招的。禅性不稳，又滑落到人心状态，顺从识神的七情六欲，在假的上一待，就是一难。八十一难，都是识神带来的。快到灵山了，还有一个牢狱之灾，根本是不应该的，讲的就是这个心，你不能歇，你一离开本性就遭难。

被抓进监牢，监狱长就在这儿审问，孙悟空就说："大人且莫箍那个和尚。昨夜打劫寇家，点火的也是我，持刀的也是我，劫财的也是我，杀人的也是我。

我是个贼头，要打只打我，与他们无干，但只不放我便是。"刺史闻言就教："先箍起这个来。"皂隶们齐来上手，把行者套上脑箍，收紧了一勒，扢扑的把索子断了。又结又箍，又扢扑的断了。一连箍了三四次，他的头皮，皱也不曾皱一些。

行者便叫："列位长官，不必打了。我们担进来的那两个包袱中，有一件锦襕袈裟，价值千金。你们解开拿了去罢。"意思就是说，你不是说我们偷东西了吗？你看我们也没什么值钱的，就有这个值钱，你拿走吧。然后唐僧就很不舍得，因为什么呢？那锦襕袈裟是佛祖赐的，观世音菩萨给送来的，他哪舍得让他们拿走呢。但是也没办法，就跟交罚款一样，唐僧就舍了，就把它交出去了。"众禁子听言，一齐动手，把两个包袱解看。虽有几件布衣，虽有个引袋，俱不值钱，只见几层油纸包裹着一物，霞光焰焰，知是好物。抖开看时，但只见——巧妙明珠缀，稀奇佛宝攒。盘龙铺绣结，飞凤锦沿边。"锦襕袈裟是放光的。

狱官见了，乃是一件袈裟。又将别项衣服，并引袋儿通检看了，又打开袋内关文一看，见有各国的宝印花押，道："早是我来看呀！不然，你们都撞出事来了。这和尚不是强盗，切莫动他衣物，待明日太爷再审，方知端的。"众禁子听言，将包袱还与他，照旧包裹，交与狱官收讫。他们把最难舍的袈裟舍了，来了一个监狱里的官，说不是贼，袈裟就给还回来了。讲唐僧你这个人心要退，退了人心，道心自动用。袈裟是一个活宝，唐僧不得已舍掉了，人心放下了，就出现一个当官的，拨乱反正，袈裟就还回来了。放下人心，皈依了本性，灾难马上就过去了。端着人心就来灾难，把人心一放下灾难就没了，本性自然、自动就给你化解了。

端着人心就是灾难，放下人心灾难就化，你要相信本性，你要依靠本性。担心这样担心那样，就是因为你担心才有的，你要是不担心什么事都没有。你就记住我这话，我这话是真话，你要真信了的话，你什么事都好了。你要不真信还老端着人心，你就好不了。

第三，暗里潜行

又碰到灾难了，陪着唐僧经历灾难。孙悟空只能是暗里潜行，挨至四更三点，行者见他们都不呻吟，尽皆睡着，他暗想道："师父该有这一夜牢狱之灾，老孙不开口折辩，不使法力者，盖为此耳。"知道唐僧有灾，所以就由着他，然后说现在已经四更了，已经到了第二天了，过十二点就算第二天，他就说"灾将满矣，我须去打点打点，天明好出牢门"。就该行动了，天明好出牢门。早上起来就出狱，但是，得先做工作呀，他就出去做了。

"你看他弄本事，将身小一小，脱出辖床，摇身一变，变作个蟭蟟儿，从房檐瓦缝里飞出。"他首先飞到寇员外家，妈妈子硬着胆又问道："员外，你不曾活，如何说话？"行者道："我是阎王差鬼使押将来家与你们讲话的。"说道："那张氏穿针儿枉口诳舌，陷害无辜。"那妈妈子听见叫他小名，慌得跪倒磕头道："好老儿啊！这等大年纪还叫我的小名儿！我哪些枉口诳舌，害什么无辜？"行者喝道："哪里有个什么唐僧点着火，八戒叫杀人，沙僧劫出金银去，行者打死你父亲？只因你诳言，把那好人受难。那唐朝四位老师，路遇强徒，夺将财物，送来谢我，是何等好意！你却假捻失状，着儿子们告官，官府又未细审，又如今把他们监禁，那狱神、土地、城隍俱慌了，坐立不宁，报与阎王。阎王转差鬼使押解我来家，教你们趁早解放他去；不然，教我在家搅闹一月，将合门老幼并鸡狗之类，一个也不存留！"吓唬老太太去了。这个时候是三更时分，就是贞下起元，就是用老天的能量去行事，讲的就是这个。

然后孙悟空又到了刺史的地方，那个刺史供着一个像，然后行者猛的咳嗽一声，把刺史唬得慌慌张张，走入房内梳洗毕，穿了大衣，即出来对着画儿焚香祷告道："伯考姜公乾一神位，孝侄姜坤三蒙祖上德荫，忝中甲科，今叨受铜台府刺史。"意思就是祖宗积德，我现在当了铜台府的刺史。"旦夕侍奉香火不绝，为何今日发声"，感谢祖先积德，我烧香磕头，整天供着，怎么今儿说话了呢。"切勿为邪为祟，恐唬家众"，千万不要弄邪祟恐吓我的家人。行者暗笑道："此是他大爷的神子！"却就绰着经儿叫道，就是拿着一个腔调，说："坤三贤侄，你做官虽承祖荫，一向清廉，怎的昨日无知，把四个圣僧当贼，

不审来因，囚于禁内！那狱神、土地、城隍不安，报与阎君，阎君差鬼使押我来对你说，教你推情察理，快快解放他；不然，就教你去阴司折证也。"

那刺史听说，心中悚惧道："大爷请回，小侄升堂，当就释放。"行者道："既如此，烧纸来，我去见阎君回话。"刺史复添香烧纸拜谢。先到寇员外家，吓唬老太太，让她去撤诉。然后再吓唬当官的，让他翻案。接着第三个行动，他就半空中，改了个大法身，从空里伸下一只脚来，把个县堂躧满，口中叫道："众官听着，吾乃玉帝差来的浪荡游神。说你这府监里屈打了取经的佛子，惊动三界诸神不安，教吾传说，趁早放他；若有差池，教我再来一脚，先踢死合府县官，后躧死四境居民，把城池都踏为灰烬！"一只巨大的脚把那县衙门的大门给挡住了。概县官吏人等，慌得一齐跪倒，磕头礼拜道："上圣请回。我们如今进府，禀上府尊，即教放出，千万莫动脚，惊唬死下官。"行者才收了法身，仍变作个蠓虫儿，从监房瓦缝儿飞入，依旧钻在辖床中间睡着。孙悟空出来干了三件事，虽然唐僧还没有上灵山，还没有成就，但孙悟空早就成了。不管他成不成佛，孙悟空无限的变，表示的就是金丹道体无限的变、无形的用。小说有双条线索，一个是上灵山，一直到最后才上去；一个是已经上过灵山的人，已经有本体之用的人，一直伴随着这个过程。上灵山后什么样？孙悟空无限的变，早就展示了。

悟空夜里出来变化做了三件事，讲的是通幽达明，金丹法身在无形中，在不知不觉中，会自动地去做功。讲的是不知不觉，人不知道，它会自动地去做。

第四，幽明通彻

寇梁、寇栋二人滴泪道："老爷，今夜小的父亲显魂道：'唐朝圣僧，原将贼徒拿住，夺获财物，放了贼去，好意将财物送还我家报恩，怎么反将他当贼，拿在狱中受苦！狱中土地城隍俱不安，报了阎王，阎王差鬼使押解我来教你赴府再告，释放唐僧，庶免灾咎，不然，老幼皆亡。'因此，特来递个解词，望老爷方便，方便！"刺史听他说了这话，却暗想道："他那父亲，乃是热尸新鬼，显魂报应犹可；我伯父死去五六年了，却怎么今夜也来显魂，教我审放？看起来必是冤枉。"就来监狱里释放他们。孙悟空近前努目睁看，厉声高叫道："我的白马是堂上人得了，行李是狱中人得了，快快还我！今日却该我拷较你们了！枉拿平人做贼，你们该个甚罪？"就是说你们执法执错了，现在该给你们治罪了。

孙悟空就到地府去了，就到地府去查看，说："铜台府地灵县斋僧的寇洪之鬼，是哪个收了？快点查来与我。"十阎王道："寇洪善士，也不曾有鬼使勾他，他自家到此，遇着地藏王的金衣童子，教他引见地藏也。"行者即别了，又去见了地藏王。菩萨与他礼毕，具言前事，菩萨喜道："寇洪阳寿，止该卦数，命终不染床席，弃世而来。我因他斋僧，是个善士，收他做个掌善缘簿子的案长。既大圣来取，我再延他阳寿一纪，教他跟大圣去。"他的寿数就是六十四岁那卦数，所以卦数到了他就该死了。但是他不是斋僧嘛，他不是有功嘛，有功的话就在地藏王身边当差。既然是大圣叫他回去呢，那就再给他延延寿吧，延他一纪就是十二年。有金丹的人，可以让人起死回生，可以给人延寿，讲的是金丹的验证。

"行者谢辞了菩萨，将他吹化为气，掉于衣袖之间，同去幽府，复返阳间。驾云头到了寇家，即唤八戒捎开材盖，把他魂灵儿推付本身。"就把他走的那个灵给找回来了。须臾间，透出气来活了，那员外爬出材来，对唐僧四众磕头道："师父！师父！寇洪死于非命，蒙师父至阴司救活，乃再造之恩！"寇员外活回来了，死人活回来作证，事情就解决了。

"地辟能存凶恶事，天高不负善心人。逍遥稳步如来径，只到灵山极乐门。"上灵山之前，到了地灵县，地灵县讲的是能够度亡灵，令人起死回生。在上灵山之前，有所谓的牢狱之灾，地狱走一遭，是玉神的验证。元神主阳在太极白这边，玉神主阴在太极黑这边。也就是说他的法身能在阳间做功，还能在阴间做功。阴间也能做功了，然后才可以上灵山，才开始走向圆满，走向成就。

寇员外这一回已经讲完了。你现在看下面这张图，图中有犀牛精、兔子精和寇员外。然后就上灵山，你看最终孙悟空的诞生，孙悟空是这坤卦，土生金，然后这金就长出来了，长了一圈，最后长到这儿，成为乾卦，就是从坤卦到乾卦，长这么一圈。

所以实际上讲的这个故事情节，就是按照从坤卦到乾卦这么一个顺序。这

个坤卦是后天的坤卦，走一圈走的是什么呢？走的是先天的乾卦。后天的这是离卦，他走的是先天的乾卦，所以到了先天的乾卦，这个地方就是灵山，就是纯阳。你看了这张图以后，对这十回，甚至前面的十回，就都清楚是怎么回事了。寇员外这部分讲了一个斋万僧的事，里面的内涵还是挺丰富的。

下边就该上灵山了，上灵山就简单了。因为都写得很清楚，不用你再费心思去想，这里都明明白白地写在纸上了，所以很容易理解。

上灵山

第九十八回　凌云渡，讲行满脱胎

第九十八回　猿熟马驯方脱壳，功成行满见真如

第一，返本还元

返本还元就是见本性，行满了，就见本性。但是前面是什么呢？"猿熟马驯方脱壳"，你的后天意识终于醒了，你终于不服从那后天意识了。唐僧骂猪八戒，你就吃槽里的东西，就是个磨胃的畜生。你看他骂得特别狠，讲唐僧后天意识已经退了，叫"猿熟马驯"，识神这一关终于过了，过关了才能够脱壳。

"话表寇员外既得回生，复整理了幢幡鼓乐，僧道亲友，依旧送行不题。却说唐僧四众，上了大路，果然西方佛地，与他处不同。"然后就形容这个地方，"冲天百尺，耸汉凌空。低头观落日，引手摘飞星。豁达窗轩吞宇宙"，好像是站在天上，站在天上往下看，讲的就是这个角度已经变了，这个位置已经变了，他已经上来了，已经上到高处了。

只见一个道童，斜立山门之前叫道："那来的莫非东土取经人么？"道童"身披锦衣，手摇玉麈。身披锦衣，宝阁瑶池常赴宴；手摇玉麈，丹台紫府每挥尘"，道童拿着拂尘，经常打扫的意思，扫灵光上的灰尘，看着金丹上不要有灰尘。道童不是一般的人，是核心的人物，经常赴蟠桃会的，"炼就长生居胜境，修成永寿脱尘埃"，道童已经得长生了，居胜地就是戴髻了，在高维空间的意思。

"圣僧不识灵山客，当年金顶大仙来"，大仙就笑道："圣僧今年才到，我被观音菩萨哄了。他十年前领佛金旨，向东土寻取经人，原说二三年就到我处。我年年等候，渺无消息，不意今年才相逢也。"请他们休息喝茶。说三年就成，三年就成讲的是什么呢？讲的是金丹能量，老天的能量。三年十万八千刻，这个能量养成，金丹就成。为什么走了十四年？就是因为这个识神，识神太难脱了。已经到了铜台县，还迎合识神，又蹉跎了半个月，这都到灵山了，你快点上灵山，你看他们又耽误了半个月，就是被那个人心、被假的东西扯着。人心转变，太不容易了，所以要十四年。本来金丹三年就长成了，但是最终上灵山，必须

识神彻底化掉了才行。然后这一首诗：

> 功满行完宜沐浴，炼驯本性合天真。千辛万苦今方息，九戒三皈始自新。
> 魔尽果然登佛地，灾消故得见沙门。洗尘涤垢全无染，反本还原不坏身。

沐浴讲的是金丹三年已经养成，还要沐浴温养，九年面壁，加起来就十二年了。前面三年再加九年，这就是十二年，圣神要十二年成就。虽然金丹有了，但是识神没有完全退，你要完全的元神，元神和能量合一，叫"炼驯本性合天真"，你的本性是一点灵光，那一点灵光合你投胎下来的时候那个自然之光。本来是自然的一点灵光下来的，但是因为你有人心、有肉身，阴气没有消完，九年面壁，沐浴温养，等着你的阴气退干净，变成了纯阳，才能合一点灵光那个天真自然的光。你要慢慢养，慢慢把识神退位。慢慢地合天真，就是"炼驯本性合天真"，完全跟着元神走。人要达到这一步，得慢慢磨。

"功满行完宜沐浴，炼驯本性合天真。千辛万苦今方息，九戒三皈始自新"。这个都很好理解。然后"魔尽果然登佛地，灾消故得见沙门。洗尘涤垢全无染，反本还原不坏身"，经过磨炼，把这个光磨得就像投胎时候，还没有进到肉胎时候那么干净。这就是无染，"洗尘涤垢全无染"。初心本性，它本来特别干净，但是一陷落进来就被污染了。那就等着，等它全干净了以后，"反本还原不坏身"。这个光，当它磨炼得像初心那样纯洁的时候，就不生不灭了，寿齐天地了，所谓的"身"讲的就是这个光，"不坏身"讲的就是永恒的光。

金顶大仙笑道："昨日蓝缕，今日鲜明，观此相真佛子也。观此相真佛子也。"三藏拜别就行。大仙道："且住！等我送你。"行者道："不必你送，老孙认得路。"大仙道："你认得的是云路，圣僧还未登云路，当从本路而行。"就你是飞着走的，但他不能飞，他得一步一步走到灵山。虽然就差两步了，差两步也得自己走，就这意思。

之前的蓝缕，之前唐僧的心一直就没放下，他一直着急取经，一直又这样又那样，总是一个心里有纠结的，但到这个地方他就不纠结了。不纠结了，把他的顾虑、他的所有东西全放下。全放下了以后呢，"今日鲜明"，思想解放了，人就精神了，突然感觉到特别清亮，大变了。就是说，整个的过程你全悟到了，你全悟透了，你自己又能往上走，你就没有顾虑了。"原来这条路不出山门，就自观宇中堂穿出后门便是。"这个后门是中堂，中堂就是中脉，后门就是天门，讲的是天门。上灵山是从天门上去的。大仙指着说："圣僧，你看那半天中有祥光五色，瑞蔼千重的，就是灵鹫高峰，佛祖之圣境也。"放五色光的，就是灵山。

第二，登彼岸

这时候形容这个桥：

远看横空如玉栋，近观断水一枯槎。维河架海还容易，独木单梁人怎瞒！万丈虹霓平卧影，千寻白练接天涯。十分细滑浑难渡，除是神仙步彩霞。

"远看横空如玉栋，近观断水一枯槎"，远看它像一个竖着的白玉的光，近看它是横着的一根木。这个凌云渡，你不要把它看作是一个物质的，它不是一个物质的。只有神能过去，人是过不去的。"除是神仙步彩霞"，只有人的神能过去，人的肉身是过不去的。所以，要先脱胎，把肉身先搁到这边，神才能够过凌云渡，上灵山。

孙悟空就上独木桥，摇摇晃晃，须臾跑将回来，招呼道："过来，过来！"唐僧摇手，八戒、沙僧咬指道："难，难！"正在发愁，三藏回头，忽见那下溜中有一人撑一只船来，叫道："上渡，上渡！"长老大喜道："徒弟，休得乱顽。那里有只渡船儿来了。"他三个跳起来站定，同眼观看，那船儿来得至近，原来是一只无底的船儿。行者火眼金睛，早已认得是接引佛祖，又称为"南无宝幢光王佛"。唐僧已经到了想什么就来什么的境地，心想事成了。他想过河，过河没有船，船就来了，验证唐僧的能量已经心想事成了。

然后有一首诗，说"鸿蒙初判有声名，幸我撑来不变更。有浪有风还自稳，无终无始乐升平"。这个船就是先天一炁，先天一炁就是个无底的。单是一个鸿蒙时期的，讲的就是先天一炁、原始祖气，一提鸿蒙就是原始祖气。然后"幸我撑来不变更"，是原始祖气，先天一炁，来撑这个船。别看有风有浪，但是

特别稳。它是无始无终的虚无，是虚无的先天一炁。先天一炁是法船，所以是先天一炁来渡的。

"六尘不染能归一"，讲识神已经不染了。虽然还有，但是它不出来捣乱，一就可以运行了。识神退了，真一就出来了。"万劫安然自在行"，先天一炁就是齐天大圣，是永远不变的道体，叫"万劫安然"。万劫安然，就永远不轮回了。这是无底船"今来古往渡群生"，先天一炁，一点灵光，把人的神光送到万劫安然的不生不灭的本原世界。所以讲的渡船，这个无底船讲的就是虚无的先天一炁。说有底船才是虚的，无底船才是实的，无底船这个先天虚无的船才能渡。

"长老还自惊疑，行者叉着膊子，往上一推"，孙悟空就招着他的胳膊一下给他推上去了。"那师父踏不住脚，骨碌的跌在水里，早被撑船人一把扯起，站在船上。"那个接引佛就把他拉起来了。"师父还抖衣服，跺鞋脚，抱怨行者。行者却引沙僧八戒，牵马挑担，也上了船，都立在舟早舟唐之上。那佛祖轻轻用力撑开，只见上溜头泱下一个死尸。长老见了大惊，行者笑道：'师父莫怕，那个原来是你。'八戒也道：'是你，是你！'沙僧拍着手也道：'是你，是你！'那撑船的打着号子也说：'那是你！可贺可贺！'"这讲的就是脱胎，光从肉身里出来了，就是脱胎。

然后有一首诗说"脱却胎胞骨肉身，相亲相爱是元神"。脱胎脱出来的是谁呢？是元神，就是元神的光。"今朝行满方成佛，洗净当年六六尘"，现在老天的能量养的已经足够了，人的心也退了，洗净了六尘，就成佛了。所谓的成佛，就是这个光养成了。所谓佛光，就是人自己的光，就是人自己的心光。

"此诚所谓广大智慧，登彼岸无极之法"，讲的就是进入无极。"广大智慧"，这个光修出来了，这个光代表的就是大智慧，是人那个大智慧之心。它不是一般的小智慧，它是无师自通，不用看它就能知道，不用去它也能看见。它是大智慧，就是本性，全息的。它就像一个活人一样，什么都知道，也就是说它是一个大智慧，它叫无极，无极就是本原。我们登太极的时候，人整个的眩晕，天旋地转站不住。然后，这个神进到本原，就是从太极到无极，从二到一，进入到一的本原，就是那种状态。人的肉身不能去，是人的神去的。特别晕的时候，就是脱胎，就是这个神去了无极。无极就是本原，就是大道的本体，本原本体就是无极。所以叫登彼岸无极之法，就是登太极入无极，神进去的时候就像龙卷风一样，人早就迷糊了，就想躺着睡觉算了，讲的就是这一段的验证。

四众上岸回头，无底船却不知去向，行者方说是接引佛祖。三藏方才省悟，急转身，反谢了三个徒弟。行者道："两不相谢，彼此皆扶持也。我等亏师父解脱，借门路修功，幸成了正果；师父也赖我等保护，秉教伽持，喜脱了凡胎。"他们师徒之间，互相帮助，徒弟虽有神通，但没有归于本性，辅佐唐僧，就是归于本性，以命归性。唐僧虽是一个开悟的本性，但他没有法力，他没有能量，他没有功力。他靠他们几个人辅佐他，帮助他。脱胎了他就有法力了，他那个神也就修成了。唐僧是性，他们是命，性不离命，命不离性，是性命合一的金丹。他们之间不用互谢，本来就是一体的，就是性归命，命合性，就是这样的一个关系。

第三，见如来

这又一首诗：

> 当年奋志奉钦差，领牒辞王出玉阶。清晓登山迎雾露，黄昏枕石卧云霾。
> 挑禅远步三千水，飞锡长行万里崖。念念在心求正果，今朝始得见如来。

讲唐僧，从接受唐太宗的任务，一直到见佛祖取经，讲的就是这样千山万水的一个过程。

然后佛祖就开始传经，他说："我今有经三藏，可以超脱苦恼，解释灾愆。三藏：有《法》一藏，谈天；有《论》一藏，说地；有《经》一藏，度鬼。共计三十五部，该一万五千一百四十四卷。真是修真之径，正善之门，凡天下四大部洲之天文、地理、人物、鸟兽、花木、器用、人事，无般不载。汝等远来，待要全付与汝取去，但那方之人，愚蠢村强，毁谤真言，不识我沙门之奥旨。"叫："阿傩、伽叶，你两个引他四众，到珍楼之下，先将斋食待他。斋罢，开了宝阁，将我那三藏经中三十五部之内，各检几卷与他，教他传流东土，永注洪恩。"也就是说，三藏真经三十五部，并没有全给，只从里头挑几部。《经》一藏度

鬼，度鬼就是度人，度人的魂魄那个魄，人的魂魄那个魄就叫鬼魄。人是阴阳，把这个阴转阳了，就剩下纯阳，纯阳就是魄，讲的就是人这个光。

伽叶就跟他们要人事："有些什么人事送我们？快拿出来，好传经与你去。"三藏闻言道："弟子玄奘，来路迢遥，不曾备得。"二尊者笑道："好，好，好！白手传经继世，后人当饿死矣！"讲金丹这个光，是一个高能量。如果不付出就得了能量，他就亏了德了，不付出好像你得了，但实际上你亏了。后代多饿死，子孙再来，孩子灵光特别少，就穷一辈子。

第四，无字真经

却说那宝阁上有一尊燃灯古佛，他在阁上，暗暗地听着那传经之事，心中甚明，原是阿傩、伽叶将无字之经传去，却自笑云："东土众僧愚迷，不识无字之经，却不枉费了圣僧这场跋涉？"问："座边有谁在此？"只见白雄尊者闪出。古佛吩咐道："你可作起神威，飞星赶上唐僧，把那无字之经夺了，教他再来求取有字真经。"。

"那唐长老正行间，忽闻香风滚滚，只道是佛祖之祯祥，未曾提防。又闻得响一声，半空中伸下一只手来，将马驮的经，轻轻抢去，唬得个三藏捶胸叫唤，八戒滚地来追，沙和尚护守着经担，孙行者急赶去如飞。那白雄尊者，见行者赶得将近，恐他棍头上没眼，一时间不分好歹，打伤身体，即将经包捽碎，抛落尘埃。行者见经包破落，又被香风吹得飘零，却就按下云头顾经，不去追赶。那白雄尊者收风敛雾，回报古佛不题。"这时候他们就追这个经，结果经都落在了水里，他们捞上来一看，没字，一下就被吓傻了。滚滚香风讲的就是有佛来，有仙佛来的时候就闻见香味。然后说他们就回来给如来告状，他们这儿还要小费，不给小费就不给经，咱们跟如来直接要经去。他们就又回来了。

"但只是经不可轻传，亦不可以空取，向时众比丘圣僧下山，曾将此经在舍卫国赵长者家与他诵了一遍，保他家生者安全，亡者超脱，只讨得他三斗三升米粒黄金回来。"经不可轻传，也不能空取，给了三斗三升米粒的黄金才传的，"我还说他们忒卖贱了，教后代儿孙没钱使用"，说："你如今空手来取，是以传了白本。白本者，乃无字真经，倒也是好的。因你那东土众生，愚迷不悟，只可以此传之耳。"即叫："阿傩、伽叶，快将有字的真经，每部中各检几卷与他，来此报数。"

三藏无物奉承，即命沙僧取出紫金钵盂，双手奉上道："弟子委是穷寒路遥，不曾备得人事。这钵盂乃唐太宗亲手所赐，教弟子持此，沿路化斋。今特奉上，聊表寸心，万望尊者不鄙轻亵，将此收下，待回朝奏上唐太宗，定有厚谢。只是以有字真经赐下，庶不孤钦差之意，远涉之劳也。"然后又去取有字真经，各检了几卷。

如来打发唐僧去后，才散了传经之会。旁又闪上观世音菩萨合掌启佛祖道："弟子当年领金旨向东土寻取经之人，今已成功，共计得一十四年，乃五千零四十日，还少八日，不合藏数。望我世尊，早赐圣僧回东转西，须在八日之内，庶完藏数，准弟子缴还金旨。"八天之内去东土，然后再回来。

如来大喜道："所言甚当，准缴金旨。"即叫八大金刚吩咐道："汝等快使神威，驾送圣僧回东，把真经传留，即引圣僧西回，须在八日之内，以完一藏之数，勿得迟违。"金刚随即赶上唐僧，叫道："取经的，跟我来！"唐僧等俱身轻体健，荡荡飘飘，随着金刚，驾云而起。这才是：

见性明心参佛祖，功完行满即飞升。

之前唐僧说，我不能再耽误了，我本来说三年就回去，现在都十四年了，如果回去再加十二三年，这什么时候才能到大唐呀。你看，回来的时候会飞了，这一飞就到了，根本不用十二三年了，这就是"功完行满即飞升"，讲的是神来神去。他不用肉身，神去就可以了。

第九十九回　陈家庄，讲全始全终

第九十九回　九九数完魔灭尽，三三行满道归根

第一，八十一难

三三就是乾卦，纯阳的意思。九九也是纯阳，光已经纯阳了。魔都磨尽了，后天意识不再捣乱了，就没有魔，这一捣乱，就是魔。

那三层门下，有五方揭谛、四值功曹、六丁六甲、护教伽蓝，走向观音菩萨前启道："弟子等向蒙菩萨法旨，暗中保护圣僧，今日圣僧行满，菩萨缴了佛祖金旨，我等望菩萨准缴法旨。"这一路上他们就这么护着唐僧，整个金丹成长的过程，都是老天的能量，一直在暗中帮助。本来是如来安排的，奉菩萨的法旨，讲的就是本性能量。四值功曹代表的是天地能量、自然能量。这个自然能量是谁派的呢？是本性派的。也就是说你见本性就有能量。天兵天将的护持，实际上讲的就是能量的护持，而能量的护持是什么？就是你的本性，你的本性就有天地能量。你如果是人心，那就不行。

然后就准缴了。准缴了以后呢，菩萨从头看一遍，他这有一个谁，把这个磨难都给记了下来。菩萨一看，说"谨记唐僧难数清"，就是八十一难，记这个过程："金蝉遭贬第一难，出胎几杀第二难，满月抛江第三难"，然后就讲这难那难，一共八十一难。

到凌云渡的时候就是八十难，"路经十万八千里，圣僧历难簿分明"，观音数着唐僧遭的磨难，讲的就是历难这个数都记着呢，现在还差一难。接着说，佛门中九九归真，圣僧受了八十难，还少一难，不得完成此数。即令揭谛，赶上金刚，还生一难。这揭谛得令，飞云一驾向东来。一昼夜赶上八大金刚，附耳低言道：如此如此！谨遵菩萨法旨，不得违误。八大金刚闻得此言，刷的把风按下，将他四众，连马与经，坠落下地。

已经八十难了，他们在天上飞着，八大金刚这么一伸手吧嗒一下就把他们弄地下来了。你看这不就八十一难了么，怎么后边又有那老鼋，怎么老鼋又把他们诌到水里，这不就八十二难了吗？

往后看就明白了，不是我们所想的那意思。你看"连马与经坠落下地"，已经都掉下来了，这不就是八十一难了嘛。他们掉到什么地方？掉到通天河，陈家庄。这时候老鼋就来了。

第二，体用如一

举头观看，四无人迹，又没舟船，却是一个大白赖头鼋在岸边探着头叫道："老师父，我等了你这几年，却才回也？"行者笑道："老鼋，向年累你，今岁又得相逢。"三藏与八戒、沙僧都欢喜不尽。行者道："老鼋，你果有接待之心，可上岸来。"那鼋即纵身爬上河来。行者叫把马牵上他身，八戒还蹲在马尾之后，唐僧站在马颈左边，沙僧站在右边，行者一脚踏着老鼋的项，一脚踏着老鼋的头叫道："老鼋，好生走稳着。"那老鼋蹬开四足，踏水面如行平地，将他师徒四众，连马五口，驮在身上，径回东岸而来。老鼋身上站着师徒四人一个马，讲的就是河图，河图就是金丹，就是元神。老乌龟驮着他们，讲的是元精，元精把他们带到彼岸。

这时候老鼋就问唐僧，我托你的事，你问了没有。"原来那长老自到西天玉真观沐浴，凌云渡脱胎，步上灵山，专心拜佛及参诸佛菩萨圣僧等众，意念只在取经，他事一毫不理。"这讲的是唐僧的另一个验证，就是专注，没有什么能把他从这件事里拽出来。唐僧非常专注，只专注在取经这一件事上，专注也是一种验证。

唐僧"意念只在取经，他事一毫不理，所以不曾问得老鼋年寿，无言可答，却又不敢欺，打诳语，沉吟半晌，不曾答应。老鼋即知不曾替问，他就将身一晃，呼啦的淬下水去，把他四众连马并经，通皆落水。咦！还喜得唐僧脱了胎，成了道，若似前番，已经沉底。又幸白马是龙，八戒、沙僧会水，行者笑巍巍显大神通，把唐僧扶驾出水，登彼东岸。只是经包、衣服、鞍辔俱湿了"。刚才八大金刚已经出手，把他打落了，那已经是第八十一难了，怎么老鼋又让他落水呢？你看八大金刚一出手，他们本来在天上飞，咔嚓就给掉下来了，掉到水里了嘛。

掉下来一看，噢，正好就掉在陈家庄，他们就明白了。马上这老鼋就来了，驮他们过河，回东岸。这个数有点不对，我觉得你应该这样理解，就是说八大金刚出手的时候，那个经就落下来，你要把那个理解成无形。老鼋弄落水是有形。无形有形，共同构成第八十一难。你要这样理解，要不然数就合不上。实际上就是一档子事，就是一次落水，只不过那个是无形的世界，这个是有形的物质世界，是给你显化出来的，你这样理解它就通了，这就是八十一难。

第三，有始有终

他们就到了陈家庄，陈家庄的童男童女，都已经长大了，过了十几年了，就来感谢。又给他们修了庙，感谢他们。这个庙叫救生寺，"专侍奉香火不绝"。然后又让陈关保、一秤金出来感谢。庙里给他们四个人塑了像，讲的是带肉大罗金仙，有肉身的时候，他们的神光已经能够妙用妙应了。

这时，他们没有再蹉跎，悄悄地就跑了。老百姓感谢他们，给他们盖了庙。他们这个时候不糊涂，赶快就跑了。这讲的是天事人事已毕，物我归空，身外有身。西天取经，帮助人间百姓，这个事和取经的事都完了。完了就没有了，何必居功自傲，又在那吃半个月住半个月的，他们就消失了，悄悄地跑了。这讲的是物我归空。

第一百回 得成正果，讲五圣成真

第一百回 径回东土，五圣成真

第一，望经楼接经

且不言他四众脱身，随金刚驾风而起，却说陈家庄救生寺内多人，天晓起来，仍治果肴来献，至楼下，不见了唐僧，这个也来问，那个也来寻，叫苦连天地道："清清把个活佛放去了。"他们悄悄地跑了。

"却说八大金刚使第二阵香风，把他四众，不一日送至东土"，香风就是佛光，佛光在运行的时候有香味，光是带檀香味的。

然后就又送到东土，渐渐望见长安。原来那太宗自贞观十三年九月望前三日送唐僧出城，至十六年，即差工部官在西安关外起建了望经楼接经，太宗年年亲至其地。恰好那一日出驾复到楼上，忽见正西方满天瑞霭，阵阵香风，金刚停在空中叫道："圣僧，此间乃长安城了。我们不好下去，这里人伶俐，恐泄漏吾象。孙大圣三位也不消去，汝自去传了经与汝主，即便回来。我在霄汉中等你，与你一同缴旨。"就是说你赶快下去，我们等着你回来。

但是唐僧一个人怎么办呢？那么多东西呢，连行李带马的，后来他们就跟去了。"呆子挑着担，沙僧牵着马，行者领着圣僧，都按下云头，落于望经楼边。太宗同多官一齐见了，即下楼相迎。"唐僧说，这三人是途中收的徒弟。唐僧的神已经成了，可以读无字真经。可是普通的人还没成，必须读有字真经。从有字真经入手，成了才能够读得懂无字真经，讲的就是这个意思。三个人还跟着来，讲的就是三五合一，就是三家相见、五行攒簇的金丹。

然后有一个唐僧的旧徒曰："当年师父去时，曾有言道：'我去之后，或三五年，或六七年，但看松树枝头若是东向，我即回矣。'我师父佛口圣言，故此知之。"急披衣而出，至西街时，早已有人传播说："取经的人适才方到，万岁爷爷接入城来了。"唐僧已经成了圣神，唐僧是个圣神。圣神能够改变环

境，控制环境，你看那树现在朝这边了，讲的是圣神的法力，讲的是圣神改变环境。

走了十万八千里，走了一十四遍寒暑。把通关文牒交给唐太宗，宝象国、乌鸡国、车迟国、西梁女国、祭赛国、朱紫国、狮驼国、比丘国、灭法国，还有凤仙郡、玉华州、金平府，这一路上都盖了戳了。

第二，皇帝酬谢

把这些给皇帝看，皇帝就特别感动，于是，他就写了一篇感谢的文章。这文章特别长，我没摘录。开头的几句，"盖闻二仪有像，显覆载以含生；四时无形，潜寒暑以化物。是以窥天鉴地，庸愚皆识其端；明阴洞阳，贤哲罕穷其数"。讲唐太宗看到了阴阳，看到了无形，看到了先天一炁，看到了根本。讲皇帝也开悟了，唐僧这个圣神像太阳一样，照到哪里哪里亮。皇帝也开悟了，这是圣神佛光普照的验证，周围人都受益。

第三，得正果

这个时候，长老捧几卷经登台，方欲讽诵，忽闻得香风缭绕，半空中八大金刚现身高叫道："诵经的，放下经卷，跟我回西去也。"也就是到时候了，八天快到了，要把他喊回去给封号了。

"圣僧，汝前世原是我之二徒，名唤金蝉子。因为汝不听说法，轻慢我之大教，故贬汝之真灵，转生东土。今喜皈依，秉我迦持，又乘吾教，取去真经，甚有功果，加升大职正果，汝为旃檀功德佛。孙悟空，汝因大闹天宫，吾以甚深法力，压在五行山下，幸天灾满足，归于释教，且喜汝隐恶扬善，在途中炼魔降怪有功，全终全始，加升大职正果，汝为斗战胜佛。"就是说有三十五个佛，旃檀佛和斗战胜佛都是这三十五个之一，地位是很高的，级别是很高的。三十五个佛里头，他们俩就占了两个名位。然后猪八戒呢，"猪悟能，汝本天河水神，天蓬元帅，为汝蟠桃会上酗酒戏了仙娥，贬汝下界投胎，身如畜类，幸汝记爱人身，在福陵山云栈洞造孽，喜归大教，入吾沙门，保圣僧在路，却又有顽心，色情未泯，因汝挑担有功，加升汝职正果，做净坛使者"。这一回的题目叫五圣成真，都是成了正果。成真这个真也有不同级别，有佛，有使者，有金刚。沙僧是金身罗汉，白龙马是天龙，天龙八部神马。他们五个之中有两个佛，剩下三个各有的名号，那名号也是真，但真里头的级别不一样，讲的就是这样一个意思。

然后这个孙悟空就说把我的紧箍咒给弄下来吧，唐僧就说："当时只为你难管，故以此法制之。今已成佛，自然去矣，岂有还在你头上之理！你试摸摸看。"行者举手去摸一摸，果然无之。

一体真如转落尘，合和四相复修身。五行论色空还寂，百怪虚名总莫论。

正果旃檀皈大觉，完成品职脱沉沦。经传天下恩光阔，五圣高居不二门。

"一体真如转落尘，合和四相复修身"，一体真如讲的就是先天一炁，一点灵光。这一点灵光落到你人身上了，就叫落尘，转落尘，就是投胎，你投胎了，一点灵光进入肉身了。"合和四相复修身"，讲的是落到人身了，四相五行合一，又把它给修出来。他们五个都成了，都是不二。二就是后天的，一就是先天的。得了真，真就是一，都得了真一了。但是得了一的层次还不一样，就是讲这个。"完成品职脱沉沦"，就是不再沉沦了。

"五圣果位之时，诸众佛祖、菩萨、圣僧、罗汉、揭谛、比丘、优婆夷塞，各山各洞的神仙、大神、丁甲、功曹、伽蓝、土地，一切得道的师仙，始初俱来听讲，至此各归方位"。到给他们封号的时候，众仙都来道贺。

这一百回就讲完了。归结到最后，是"一体真如转落尘"，一点灵光落在你的身体里头了，就是进入到凡间、人间这个红尘，进入到肉身里头了。现在，一点灵光四相五行合一又脱出来。整个的修道，修的就是一点灵光，是一点灵光的复原。

作者丘处机，号长春子，"长春子丘真人留传此书，本以金丹至道开示后世，特借玄奘取经故事叙述，分而为五，则各成一圣；合而为一，则共成一真，皆真乙金丹也"。其实，他整个讲的都是金丹。"后人不识为仙家大道，而目为佛氏小说，持心猿意马、心灭魔灭之浮谈，管窥蠡测，失之远矣！"《西游记》

讲的是金丹，讲的是人话，不是神话。《西游记》是无为大道，借唐僧取经的故事，说的是大道。